Le Dahlia Noir

James Ellroy

Le Dahlia Noir

Traduit de l'anglais (États-Unis)
par Freddy Michalski

*Collection dirigée
par François Guérif*

Rivages/noir

Retrouvez l'ensemble des parutions
des Éditions Payot & Rivages sur

www.payot-rivages.fr

Titre original : *The Black Dahlia*
(Mysterious Press)

106, boulevard Saint-Germain - 75006 Paris
ISBN : 978-2-86930-391-1
ISSN 0764-7786

À
Geneva Hilliker Ellroy
1915-1958

Mère :
Vingt-neuf ans plus tard,
ces pages d'adieux aux lettres de sang.

*Je te range aujourd'hui en tes plis, mon ivrogne, mon
navigateur,
Mon gardien, premier de mes gardiens perdus,
Pour t'aimer ou te contempler, le jour venu.*
Anne Sexton

Prologue

Vivante, je ne l'ai jamais connue, des choses de sa vie je n'ai rien partagé. Elle n'existe pour moi qu'au travers des autres, tant sa mort suscita de réactions transparaissant dans le moindre de leurs actes. En remontant dans le passé, ne cherchant que les faits, je l'ai reconstruite, petite fille triste et putain, au mieux quelqu'un-qui-aurait-pu-être, étiquette qui pourrait tout autant s'appliquer à moi. J'aurais souhaité pouvoir lui accorder une fin anonyme, la reléguer aux quelques mots laconiques du rapport final d'un inspecteur de la Criminelle, avec copie carbone pour le bureau du coroner, et quelques formulaires supplémentaires avant qu'on ne l'emmène à la fosse commune. La seule chose qui ne cadrait pas avec ce souhait, c'était qu'elle n'aurait pas voulu qu'il en fût ainsi. Malgré la brutalité des faits, elle aurait désiré que tout en fût connu. Et puisque je lui dois beaucoup, puisque je suis le seul qui connaisse vraiment toute l'histoire, j'ai entrepris la rédaction de ce mémoire.

Mais avant le Dahlia, il y eut mon partenaire, et avant cela encore, il y eut la guerre, les règlements et manœuvres militaires à la Division de Central, qui nous rappelaient que, flics, nous étions aussi soldats, bien que moins populaires, et de beaucoup, que ceux qui combattaient les Allemands et les Japs. Jour après jour, le service terminé, on nous obligeait à participer à des simulations d'alerte aérienne, des simulations de couvre-feu, des simulations d'évacuation d'incendie qui nous tenaient tous debout, au garde à vous, sur Los Angeles Street, dans l'espoir d'une attaque de Messerschmitt qui nous aurait donné l'illusion de paraître moins stupides. L'appel des équipes de jour se faisait par ordre alphabétique et peu de temps après l'obtention de mon diplôme de l'Académie, en août 1942, c'est là que je rencontrai Lee.

Je le connaissais déjà de réputation et j'avais nos palmarès respectifs inscrits noir sur blanc : Lee Blanchard, 43 victoires, 4 défaites, 2 nuls comme poids lourd, autrefois attraction régulière du Legion Stadium à Hollywood et moi : Bucky Bleichert, mi-lourd, 36 victoires, zéro défaite, zéro nul, jadis classé dixième par *Ring Magazine*, probablement parce que Nat Fleister trouvait amusante ma manière de taquiner mes adversaires de mes grandes dents de cheval. Les statistiques ne disaient pas tout et pourtant Blanchard cognait dur, encaissant six coups pour en rendre un, le modèle classique du boxeur qui cherche la tête ; moi, je dansais, frappant en contre avec crochets au foie, la garde toujours haute, craignant toujours que trop de coups au visage ne me démolissent ma petite gueule plus encore que ne l'avaient fait mes dents. Question style, Lee et moi étions comme l'eau et l'huile, et, chaque fois que nos épaules se frôlaient à l'appel, je me demandais toujours lequel de nous deux gagnerait.

Nous passâmes près d'une année à prendre la mesure l'un de l'autre. Jamais nous ne parlâmes boxe ou travail de police, limitant notre conversation à quelques banalités sur le temps. Au physique, nous étions aussi opposés, autant que deux grands costauds peuvent l'être : Blanchard était blond et rougeaud, 1,80 m, la poitrine profonde et les épaules larges, les jambes maigrichonnes et arquées et un ventre dur qui commençait à se relâcher ; j'avais le teint pâle et les cheveux sombres, 1,87 m de minceur musclée. Lequel gagnerait ?

Finalement, je mis un terme à mes tentatives pour prédire le vainqueur. Mais d'autres flics avaient pris le relais et, durant cette première année à Central, j'entendis des douzaines d'opinions : Blanchard K.O. avant la limite ; Bleichert par décision de l'arbitre ; Blanchard par arrêt de l'arbitre ou abandon sur blessures — tout, sauf Bleichert par K.O.

Une fois hors de portée des regards, j'entendais des murmures sur nos histoires extra-pugilistiques : l'arrivée de Lee sur la scène du L.A.P.D., assuré qu'il était d'une promotion rapide parce qu'il acceptait les combats au finish et en privé sous l'œil des huiles de la police et de leurs potes politiciens, Lee qui, en 39 déjà, avait résolu le braquage de la banque Boulevard-Citizens, puis était tombé amoureux de la petite amie d'un des braqueurs et avait fait foirer une promotion certaine à la Criminelle lorsque la nana avait emménagé chez lui — *en violation des principes du service concernant les couples à la colle* — en le suppliant d'abandonner la boxe. Les rumeurs sur Blanchard me touchèrent comme des feintes de directs, et je me demandais quelle en était la part de vérité. Les bribes de ma propre histoire m'atteignaient comme autant de coups au corps, car c'était tout sauf des tuyaux crevés : Dwight Bleichert ne s'engageait dans le service que parce qu'il lui fallait fuir des événements bigrement plus difficiles comme la menace d'une expulsion de l'Académie lorsque avait éclaté au grand jour l'appartenance de son père à l'Alliance germano-américaine ; on avait fait pression sur lui pour qu'il dénonce à la Brigade des Étrangers, les Japonais parmi lesquels il avait grandi, afin de pouvoir assurer sa nomination au L.A.P.D. On ne lui avait pas demandé de combat au finish, parce que ce n'était pas un cogneur qui gagnait par K.O.

Blanchard et Bleichert ; un héros et une donneuse.

Le simple souvenir de Sam Murakami et de Hideo Ashida, menottes aux poignets, en route pour Manzanar contribua à rendre les choses simples pour nous deux. Au départ. Puis nous allâmes au combat côte à côte, et mes impressions premières sur Lee — et moi-même — volèrent en éclats.

C'était au début de juin 43. La semaine précédente, des marins s'étaient pris de querelle avec des Mexicains en costards nanars de zazous sur Lick Pier à Venice. La rumeur voulait que l'un des matafs ait perdu un œil. Des bagarres larvées commencèrent à éclater sur le continent : personnels de la Marine et de la Base navale de Chavez Ravine contre Pachucos d'Alpine et Palo Verde. Les journaux eurent vent d'un tuyau selon lequel les endimanchés trimbalaient des emblèmes nazis avec leurs crans d'arrêt, et des centaines de soldats en tenue, marins et Marines, descendirent sur le centre-ville de L.A., armés de bâtons et de battes de base-ball. Un nombre égal de Pachucos étaient censés se rassembler près de la brasserie Brew 102 sur Boyle Heights, équipés d'un arsenal similaire. Chaque agent de patrouille de la Division de Central fut rappelé en service pour se voir équipé d'un casque de la Première Guerre mondiale et d'une matraque géante connue sous le nom de tanne-négros.

Au crépuscule, on nous amena sur le champ de bataille en camions empruntés à l'armée, avec, pour seule directive, de restaurer l'ordre. On nous avait ôté nos revolvers réglementaires au poste ; les huiles ne voulaient pas que des .38 tombent entre les mains de gangsters mexicains en costards nanars, pli rasoir, revers pépère, épaulettes gonflettes, et chevelure plaquée à l'Argentine, en queue de canard. En bondissant hors du transporteur de troupes sur Evergreen et Wabash, tenant deux kilos de matraque par la poignée garnie d'adhésif antidérapant, je me pris une trouille dix fois plus forte que toutes mes frayeurs sur le ring, et pas parce que le chaos nous tombait dessus de tous côtés.

J'étais terrifié parce que les méchants, c'était cette fois les bons.

Des marins défonçaient les vitrines d'Evergreen à coups de pied ; des Marines en treillis bleus démolissaient les lampadaires de manière systématique, pour offrir au théâtre de leurs opérations toujours un peu plus d'obscurité. Les rivalités interservices un instant oubliées, soldats et matelots retournaient les voitures garées en face d'une bodega pendant que, juste à côté, sur le trottoir, des jeunots de la Navy, en vareuse et pattes d'eph blancs, tabassaient à coups de matraque un groupe d'endimanchés submergés par le nombre. À la périphérie du champ d'action, je voyais des groupes de collègues policiers en train de frayer avec les nervis de la patrouille de Plage et des M.P.

Je ne sais pas combien de temps je suis resté là, engourdi, ne sachant que faire. Finalement mon regard se porta sur Wabash en direction de la 1re Rue et je vis des petites maisons et des arbres, pas de Pachucos, pas de flics, pas de G.Is assoiffés de sang. Avant même de savoir ce que je faisais, je me mis à courir à toute vitesse. J'aurais continué à courir jusqu'à ce que je tombe, mais un éclat de rire retentit haut et clair sous un porche d'entrée et m'arrêta net.

Je m'avançai dans la direction du bruit. Une voix haut perchée résonna :

— Vous êtes le deuxième jeune flic à prendre la tangente devant le chambard. Je vous en blâme pas. C'est pas facile de savoir à qui passer les bracelets, hein ?

Debout sur le perron, je regardai le vieil homme. Il dit :

— À la radio, y z'ont dit que les taxis, y z'ont pas arrêté de remonter jusqu'à Hollywood, aux U.S.O.[1] pour en ramener les matelots. La K.F.I.[2] a appelé ça une agression navale, ils arrêtent pas de passer *Anchors Aweigh*[3] toutes les heures et demie. J'ai vu des Marines en bas de la rue. Vous croyez que c'est ce que vous appelez une attaque amphibie ?

---

1. U.S.O. : United Service Organizations.
2. K.F.I. : Station de radio.
3. Hymne de la Navy : « Levez l'ancre. »

— Je ne sais pas ce que c'est, mais j'y retourne.

— Z'êtes pas le seul à avoir tourné casaque, vous savez. Un aut' grand balèze est passé par ici en cavalant pronto.

Papy commençait à ressembler à une version rusée de mon père.

— Y a quelques Pachucos qui ont besoin qu'on leur remette les idées en place.

— Tu crois que c'est aussi simple, fiston ?

— Je ferai en sorte que ce soit aussi simple.

Le vieil homme gloussa de plaisir. Je descendis du perron et retournai où le devoir m'appelait, en me tapotant la jambe avec le tanne-négros. Tous les lampadaires étaient maintenant hors d'usage ; il était presque impossible de faire la différence entre les G.Is et les Supersapés. De le savoir m'offrit une porte de sortie facile pour échapper à mon dilemme, et je m'apprêtai à charger. C'est alors que j'entendis « Bleichert ! » derrière moi et je sus qui était le second coureur à pied.

Je fis demi-tour au pas de course. Il y avait là Lee Blanchard, le « bon espoir blanc mais pas génial des quartiers Sud », défiant trois Marines en uniforme et un Pachuco en costard, sapé de pied en cap. Il les avait coincés dans l'allée centrale d'une cour de bungalow merdique et les tenait à distance en détournant leurs coups de son tanne-négros. Les trois crânes d'œuf lui balançaient de grands moulinets de leurs bâtons, et le rataient lorsque Blanchard esquivait à gauche et à droite, d'avant en arrière, toujours en sautillant. Le Pachuco tripotait d'une main caressante et l'air égaré les médailles religieuses autour de son cou.

— Bleichert, code trois.

Je me mis de la partie, à coups de trique bien appliqués, touchant de mon arme boutons de laiton brillants et rubans honorifiques. J'encaissai quelques coups de matraque maladroits sur les bras et les épaules et je poussai mon avance de manière à empêcher les Marines de mouliner à tour de bras. C'était comme si j'étais au corps à corps avec un poulpe, sans arbitre et sans gong toutes les trois minutes, mais l'instinct fut le plus fort, je laissai tomber ma matraque, baissai la tête et commençai à balancer de grands coups au corps, touchant des ventres de gabardine molle. Puis j'entendis : « Bleichert, reculez ! »

Je m'exécutai, et Lee Blanchard apparut, le tanne-négros bien haut au-dessus de la tête. Les Marines, abasourdis, se figèrent ; la matraque s'abattit : une fois, deux fois, trois fois, net et clair sur les épaules. Lorsque le trio fut réduit à un tas de décombres en uniforme bleu, Blanchard dit : « Jusqu'aux palais de Tripoli connards[1] ! » et se retournant vers le Pachuco : « Holà ! Tomas. »

Je secouai la tête et m'étirai. J'avais les bras et le dos douloureux, les jointures de mon poing droit palpitaient. Blanchard passait les menottes au Supersapé et tout ce que je trouvai à dire, ce fut :

— C'était quoi, tout ça ?

Blanchard sourit.

— Pardonnez-moi mes mauvaises manières : Agent Bucky Bleichert, puis-je vous présenter le Señor Tomas Dos Santos, objet d'un avis de recherches à toutes les unités pour meurtre perpétré pendant l'exécution d'un crime au deuxième degré. Tomas a volé à l'arraché le sac d'un vieux boudin au coin de la 6e et d'Alvaredo, la vieille a piqué du nez, crise cardiaque, et elle a cassé sa pipe. Tomas a laissé tomber le sac, et s'est tiré vite fait — en laissant de belles grosses empreintes sur le sac, avec en plus des témoins oculaires.

Blanchard fila un coup de coude à l'homme :

— *Habla Inglés*, Tomas ?

Dos Santos secoua la tête, signe que non ; Blanchard secoua la sienne avec tristesse :

---

1. Raccourci de l'hymne des Marines américains, *Des palais de Montezuma jusqu'aux rivages de Tripoli.*

— C'est de la viande froide. Meurtre au deuxième degré, c'est direct la chambre à gaz pour les spics[1]. Le petit zazou, il est à six semaines du Grand Plongeon.

J'entendis des coups de feu en provenance de Wabash et Evergreen. Debout sur la pointe des pieds, je vis des flammes jaillir d'une rangée de vitrines brisées et exploser en éclairs bleus et blancs lorsqu'elles atteignaient les cibles des tramways et les lignes téléphoniques. Je baissai les yeux sur les Marines, et l'un d'eux me fit un geste obscène du doigt.

— J'espère que ces mecs n'ont pas pris votre numéro matricule, lui dis-je.

— Qu'ils aillent se faire empapaouter s'ils l'ont noté.

Je lui montrai du doigt un bouquet de palmiers que les flammes transformaient en boules de feu.

— Jamais nous ne pourrons le faire coffrer ce soir. Vous avez couru jusqu'ici pour les alpaguer, vous croyez…

Blanchard me fit taire d'un petit direct espiègle qui s'arrêta juste devant ma plaque.

— J'ai couru jusqu'ici parce que je savais qu'y avait pas le moindre putain de truc que j'pouvais faire pour remettre de l'ordre, et si jamais je traînais dans le coin, je risquais de me faire buter. Ça vous rappelle quelque chose ?

— Ouais, dis-je en riant. Et puis vous…

— Et puis j'ai vu les merdeux à la poursuite du p'tit futé, qui ressemblait étrangement au suspect du mandat d'amener numéro quatre onze tiret quarante trois. Ils m'ont coincé ici, et je vous ai vu faire demi-tour en quête de quelques coups, aussi j'ai pensé qu'il valait mieux que vous vous preniez des coups pour quelque chose. Ça se tient, non ?

— Ça a fonctionné.

---

1. Spic : péjoratif ; ici, pour désigner un Mexicain.

Deux des Marines avaient réussi à se remettre sur pied et aidaient le troisième à se relever. Quand ils démarrèrent à trois de front, direction le trottoir, Tomas Dos Santos balança une solide botte du pied droit dans le plus gros des trois culs. Le soldat de première classe qui en était le proprio se retourna face à son attaquant ; je fis un pas en avant. Abandonnant alors leur campagne de L.A. Est, tous les trois partirent en clopinant en direction de la rue, des coups de feu et des palmiers en flammes. Blanchard ébouriffa la chevelure de Dos Santos :

— T'es un petit merdeux tout mignon mais t'es un homme mort. Amenez-vous, Bleichert, on va se trouver un coin et attendre que ça se passe.

À quelques blocs de là, nous trouvâmes une maison avec une pile de quotidiens sous le porche d'entrée. Une fois la serrure forcée, nous entrâmes. Il y avait deux bouteilles de Cutty Sark dans le placard de la cuisine. Blanchard fit passer les bracelets des poignets de Dos Santos à ses chevilles de manière qu'il ait les mains libres pour picoler. Pendant que je préparais des sandwiches au jambon et des whiskies à l'eau, le Pachuco s'était sifflé la moitié d'une bouteille et beuglait *Cielito Lindo* et une version mexicaine de *Chattanooga Choo Choo*. Une heure plus tard, la bouteille était morte et Tomas dans les vapes. Je le soulevai pour le poser sur le canapé, je lui balançai une couverture et Blanchard déclara :

— C'est mon neuvième criminel pour 43 ; y va téter le gaz dans moins de six semaines et moi, dans moins de trois ans, je bosserai pour Central ou Nord-Est, au service des Mandats et Recherches de criminels en fuite.

Son assurance me resta sur l'estomac :

— Tintin. Vous êtes trop jeune, vous n'êtes pas encore passé sergent, vous êtes à la colle avec une nana, vous avez perdu tous vos potes parmi les grosses huiles lorsque vous avez abandonné les combats au finish et vous n'avez pas encore fait votre période en civil.

— Vous...

J'arrêtai lorsque Blanchard sourit avant d'aller jusqu'à la fenêtre du salon pour regarder au-dehors.

— Incendies sur Michigan et Soto. Joli !

— Joli ?

— Ouais, joli. Vous en connaissez un bout sur moi, Bleichert.

— Les gens parlent à votre sujet.

— Ils parlent aussi à votre sujet.

— Que disent-ils ?

— Que votre vieux, c'est un genre de radoteur nazi. Que vous avez cafté votre meilleur ami aux Fédés pour entrer dans le Service. Que vous avez étoffé votre palmarès de boxeur en combattant avec des mi-lourds qu'on avait un peu gonflés.

Les mots restèrent suspendus dans l'air comme trois chefs d'accusation.

— Et c'est tout ?

— Non, dit Blanchard en se retournant pour me faire face. On dit aussi que vous ne courez jamais la chagatte et que vous croyez que vous pouvez m'avoir.

— Tout ce qu'on vous a dit est vrai, dis-je en acceptant le défi.

— Ouais ? Ben, pour moi, c'est pareil. Excepté que je suis sur la liste des postulants sergents, que je suis muté aux Mœurs de Highland Park en août et qu'y a un petit Juif, assistant du Procureur qui en fait dans son froc quand y voit un boxeur. Il m'a promis le premier poste aux Mandats et Recherches qu'il pourra dégoter.

— Je suis impressionné.

— Ouais ? Vous voulez entendre quelque chose d'encore plus impressionnant ?

— Envoyez !

— Mes vingt premiers K.O., c'était des clodos alcoolos choisis par mon manager. Ma petite amie vous a vu combattre à l'Olympic et a dit que vous seriez beau gosse si vous vous faisiez arranger les dents, et aussi que vous *pourriez* peut-être m'avoir.

J'étais incapable de dire si, en ce lieu, à cette heure, l'homme cherchait la bagarre ou une amitié ; s'il était en train de me tester, de se payer ma figure, ou de me soutirer des renseignements. Je montrai du doigt Tomas Dos Santos agité de tics et de soubresauts dans son sommeil de gnôle.

— On fait quoi du Mex ?

— Nous le mettrons au trou demain matin.

— C'est vous qui le mettrez au trou.

— La prise, vous y êtes de moitié.

— Merci, mais c'est non.

— D'accord, partenaire.

— Je ne suis pas votre partenaire.

— Un jour, peut-être.

— Ou peut-être jamais, Blanchard. Peut-être que vous bosserez aux Mandats et Recherches, que vous vous ferez du blé avec les impayés et les assignations à remettre aux bavards véreux du centre-ville, peut-être que je ferai mes vingt balais pour toucher ma pension et me trouver un petit boulot pépère quelque part.

— Vous pourriez aller aux Fédés. Je sais que vous avez des potes à la Brigade des étrangers.

— Ne poussez pas le bouchon trop loin là-dessus.

Blanchard regarda à nouveau par la fenêtre.

— Joli. Ça ferait une bonne carte postale : « Chère maman, j'aimerais que tu sois parmi nous à L.A. Est, les émeutes raciales sont très colorées. »

Tomas Dos Santos remua en marmonnant : « Inez ? Inez ? Qué ? Inez ? » Blanchard alla jusqu'à un placard du couloir et en rapporta un vieux pardessus en lainage qu'il lui balança dessus. La chaleur supplémentaire parut l'apaiser ; ses marmonnements s'éteignirent.

— *Cherchez la femme*[1]. Hein, Bucky ?

— Comment ?

―――――――

1. En français dans le texte.

— *Cherchez la femme*[1]. Même plein de gnôle comme une outre, le vieux Tomas ne peut pas laisser partir Inez. Je vous prends à dix contre un que, lorsqu'il mettra le pied dans la chambre à gaz, elle sera là aussi, tout à ses côtés.

— Il cherchera peut-être à plaider coupable. De quinze à perpète, y sera sorti dans vingt balais.

— Non. C'est un homme mort. *Cherchez la femme*[1], Bucky. N'oubliez pas ça.

Je parcourus la maison en quête d'un lieu où dormir, pour finalement m'installer dans une chambre du rez-de-chaussée sur un lit bancal trop court pour mes jambes. Une fois allongé, j'écoutai les sirènes et les coups de feu dans le lointain. Petit à petit, je m'assoupis et rêvai de femmes, le peu que j'en avais eu, de loin en loin.

Au petit matin, les émeutes s'étaient apaisées, laissant un ciel couvert de suie et des rues jonchées de bouteilles d'alcool vides et de bâtons et de battes de base-ball abandonnés. Blanchard appela le poste de Hollenbeck pour qu'on transporte en voiture pie son neuvième criminel de 43 jusqu'à la prison du palais de Justice, et Tomas Dos Santos se mit à pleurer en nous quittant lorsque les policiers l'emmenèrent. Blanchard et moi nous serrâmes la main sur le trottoir avant de rejoindre le centre-ville par des itinéraires séparés, lui direction le bureau du Procureur pour rédiger son rapport sur la capture du voleur à l'arraché, moi direction le poste de Central et une nouvelle journée de service.

Le conseil municipal de L.A. déclara hors-la-loi le port du costume zazou et Blanchard et moi retournâmes à nos conversations polies au moment de l'appel. Et tout ce qu'il avait déclaré cette nuit-là dans la maison vide, avec sa certitude inébranlable, se réalisa.

Blanchard fut promu sergent et transféré aux Mœurs

---

1. En français dans le texte.

de Highland Park au début d'août, et Tomas Dos Santos passa à la chambre à gaz la semaine suivante. Trois années s'écoulèrent, et je continuai mes patrouilles en voiture-radio au poste de Central. Puis un matin je jetai un coup d'œil au tableau des transferts et promotions et vis tout en haut de la liste : Blanchard, Leland, C., Sergent, Mœurs, Highland Park, muté aux Mandats et Recherches de Central, date d'effet 15-9-46.

Et, bien sûr, nous fîmes équipe. En y repensant, je sais que cet homme ne possédait pas le don de prophétie ; il œuvrait simplement dans le but d'assurer son avenir, tandis que je pédalais dans l'incertain en direction du mien. C'était son *Cherchez la femme*, dit d'une voix monocorde, et qui continue à me hanter. Parce que notre équipe ne fut rien d'autre qu'une route cahotante qui menait au Dahlia. Au bout du compte, elle devait nous posséder l'un et l'autre, totalement.

I

FEU ET GLACE

1

Le chemin qui nous conduisit à faire équipe se dessina sans que je n'en sache rien, et ce fut une reprise des rumeurs d'un combat Blanchard-Bleichert qui m'en fournit le premier indice.

Je venais de terminer une période de service sur Bunker Hill, près d'un piège à chauffards, occupé à leur mettre la main au collet. Mon carnet de contraventions était plein et mon esprit était tout engourdi après les huit heures passées à suivre mes yeux qui faisaient la navette au carrefour de la 2e et de Beaudry. Alors que je traversais la salle commune de Central avec sa foule de poulets en uniforme attendant l'annonce des crimes commis l'après-midi, je faillis rater Johnny Vogel et son « Ça fait des années qu'ils ont pas combattu, et les combats au finish ont été interdits par Horrall, et c'est pour ça que j'y crois pas. Mon père, lui et le petit Juif y sont comme deux doigts de la main, et il a dit qu'il tenterait le coup avec Joe Louis s'il était blanc. »

Je reçus alors un coup de coude de Tom Joslin :

— C'est de toi qu'ils parlent Bleichert.

Je jetai un coup d'œil à Vogel, debout à quelques pas de là, qui parlait à un autre flic.

— Dis-moi tout, Tommy.

— Tu connais Lee Blanchard, dit Tom en souriant.

— Le pape, y connaît Jésus ?

— Ah ! ah ! Il travaille aux Mandats et Recherches de Central.

— Dis-moi quelque chose que je ne sais pas.

— Que dis-tu de ça ? L'équipier de Blanchard finit

ses vingt ans de carrière. Personne croyait qu'il aurait tiré jusqu'au bout mais y va y arriver. Le patron des Mandats, c'est le procureur de la Cour criminelle, Ellis Loew. C'est lui qui a fait nommer Blanchard, et il cherche maintenant un mec brillant pour remplacer l'équipier partant. On dit qu'il en jute dans le froc pour les boxeurs et que c'est toi qu'il veut. Le vieux de Vogel est au bureau des Inspecteurs. Il est pote avec Loew et il pousse à la roue pour que son môme obtienne le boulot. Franchement, je crois pas que vous ayez l'un comme l'autre les compétences requises. Moi, par contre…

Je ressentis quelques picotements, mais je réussis néanmoins à sortir une vanne pour montrer à Joslin que je m'en fichais.

— T'as les dents trop petites. C'est pas terrible pour le sport en chambre, quand tu mordilles au lit. Et les nanas, ça manque pas quand on bosse aux Mandats.

Je ne m'en fichais pas du tout.

Cette nuit-là, je m'assis sur les marches à l'extérieur de mon immeuble et je regardai le garage qui contenait mon sac de sable, mon punching-ball, mon album de coupures de presse, programmes de combats et instantanés publicitaires.

Je réfléchissais au fait que j'avais été bon, mais pas vraiment, que j'avais gardé mon poids à sa limite alors que j'aurais pu prendre cinq kilos supplémentaires et combattre en poids lourds, que j'avais boxé en poids moyens des Mexicains bourrés de tortillas à la grande salle de la Légion d'Eagle Rock, là où mon vieux allait à ses réunions de l'Alliance. Les mi-lourds, c'est une catégorie bâtarde et j'eus tôt fait de piger qu'elle m'irait comme un gant. À 78 kg, j'étais capable de passer la nuit à sautiller sur la pointe des pieds, j'étais capable de placer mes crochets avec précision et à distance, et seul un bulldozer aurait pu passer mon direct du gauche.

Mais il n'existait pas de bulldozer en mi-lourds, parce que n'importe quel boxeur qui en voulait, à la limite des

78 kg, se goinfrait de patates pour passer poids lourd, même s'il y sacrifiait la moitié de sa vitesse et presque tout son punch. Les mi-lourds, c'était la sécurité. Les mi-lourds, c'était des bourses garanties de cinquante dollars sans se faire mal. Les mi-lourds, c'était le battage garanti dans le *Times* par Braven Dyer, l'adulation de la part de mon vieux et de ses copains amateurs de pêche-au-Juif et la certitude de rester une grosse légume tant que je ne quitterais pas Glassel Park et Lincoln Heights. J'étais arrivé aussi loin que je le pouvais, sans forcer mon talent — sans avoir à me sortir les tripes.

C'est alors que Ronnie Cordero vint.

C'était un jeune Mex poids moyen originaire d'El Monte, rapide, capable de vous expédier au tapis des deux mains, avec une défense en crabe, garde haute et coudes collés aux flancs pour dévier les coups au corps. Âgé de dix-neuf ans seulement, il avait de gros os pour son poids et des possibilités de progrès telles qu'elles lui feraient sauter deux catégories jusqu'aux lourds et la bonne oseille. Il aligna une série de quatorze K.O. à la file, dès les premiers rounds, à l'Olympic, descendant en flammes les meilleurs moyens de L.A. Sans cesser de progresser et soucieux de faire grimper la qualité de ses adversaires, Cordero me lança un défi par la page des sports du *Herald*.

Je savais qu'il allait me bouffer tout cru. Je savais que perdre, face à un rouleur de saucisses mexicaines, allait ruiner ma célébrité locale. Je savais que fuir et refuser le combat me feraient mal, mais combattre me tuerait. Je commençai à chercher un endroit où je pourrais me planquer. L'Armée, la Marine et les Marines avaient l'air bien, mais Pearl Harbor se fit bombarder, ce qui les rendit encore bien mieux. C'est alors que mon vieux eut une attaque, perdit son boulot et sa pension et commença à téter de la bouillie de bébé à la paille. Je fus exempté comme soutien de famille et je rejoignis les rangs du L.A.P.D., les services de police de Los Angeles.

Je vis où mes réflexions m'entraînaient : des gorilles du F.B.I. me demandant si je me considérais comme Allemand ou Américain, et si je voulais bien avoir l'obligeance de prouver mon patriotisme en les aidant sans réserves. Je luttai contre ce que je savais être la suite en me concentrant sur le chat de ma propriétaire en train de traquer un geai bleu sur le toit du garage. Lorsqu'il bondit, je reconnus à quel point j'aurais aimé que la rumeur de Johnny fût vraie.

Le service des Mandats et Recherches, pour un flic, c'était la célébrité locale. Les Mandats, c'était le travail en civil, sans costard-cravate, le romanesque plus des kilomètres par jour au volant de sa propre voiture. Aux Mandats, c'est aux vrais truands qu'on en voulait, et non aux poivrots et aux montreurs de zizi qu'il fallait déloger des abords de la Mission de Minuit. Aux Mandats, le travail se passait dans le bureau du Procureur avec un pied dans le bureau des Inspecteurs, c'était des dîners tard le soir avec le maire, Bowron, lorsqu'il donnait dans le chaleureux et désirait entendre des récits de guerre.

D'y penser commença à être douloureux. Je descendis au garage et cognai dans le punching-ball jusqu'à ce que les crampes me viennent aux bras.

***

Pendant les quelques semaines qui suivirent, je fus de ronde en voiture radio près des limites Nord de la Division. J'apprenais le métier à une bleusaille grande gueule du nom de Sidwell, un môme qui venait de terminer trois ans de service comme M.P. dans la zone du Canal. Il buvait la moindre de mes paroles avec la constance d'esclave d'un toutou, et il était tellement amoureux du travail de police en civil qu'il avait pris l'habitude de traînailler au poste après chaque tour d'équipe, à déconner avec les gardiens, à faire claquer les serviettes sur les avis de recherches dans les vestiaires et, en général, à se rendre insupportable jusqu'à ce que quelqu'un lui dise de rentrer chez lui.

Il n'avait aucune idée de la bienséance et était capable de parler à n'importe qui de n'importe quoi. J'étais l'un de ses sujets de conversation favoris et il me repassait directement toutes les bavasseries du poste.

Je rejetais la plupart des rumeurs : le chef Horrall allait mettre sur pied une équipe de boxe interdivision, et il m'expédiait aux Mandats pour être sûr que je signe en compagnie de Blanchard ; Ellis Loew, le nouveau venu plein de promesses de la Cour criminelle, était censé avoir gagné le paquet en pariant sur moi avant la guerre et il m'offrait aujourd'hui une récompense tardive ; Horrall avait abrogé son décret bannissant les combats au finish, et quelque tireur de ficelles bien placé voulait me voir heureux, qu'il puisse s'en mettre plein les poches en pariant sur moi. Toutes ces fables me paraissaient tirées par les cheveux, bien que je sache que je devais, d'une manière ou d'une autre, mon statut de premier plan à la boxe. Je donnais foi pourtant au fait que l'ouverture aux Mandats se rétrécissait à deux candidats, Johnny Vogel ou moi.

Le père de Vogel travaillait au bureau des inspecteurs de Central ; je n'étais qu'un palmarès gonflé, 36-0-0, dans une catégorie bâtarde, il y avait cinq ans de ça. En sachant que la seule voie pour faire concurrence au népotisme était de faire le poids, je tapai dans mes sacs, je sautai des repas, je fis de la corde jusqu'à ce que je redevienne un bon petit mi-lourd bien peinard. Puis j'attendis.

2

Je restai une semaine à la limite des 78 kg, fatigué de l'entraînement et rêvant chaque nuit de steaks, de chili

29

et de gâteaux à la crème et à la noix de coco. Mes espoirs d'obtenir le poste aux Mandats s'étaient amenuisés au point que je les aurais volontiers abandonnés pour des côtes de porc au Pacific Dining Car, et le voisin qui prenait soin de mon vieux pour deux billets de dix par mois m'avait appelé pour me déclarer que ce dernier recommençait ses simagrées, tirant au pif à la carabine à plomb, sur les chiens du voisinage et claquant ses chèques de Sécurité sociale en revues de femmes à poil et maquettes d'avions. Ça en arrivait au point où j'allais devoir faire quelque chose à son sujet, et chaque soûlaud édenté que je rencontrais au cours de mes rondes me sautait à la figure comme des versions de gargouilles de Dolph Bleichert le Cinglé. J'en observais un qui traversait en titubant le carrefour de la 3e et de Hill lorsque je reçus l'appel radio qui changea ma vie à jamais.

— 11-A-23, appelez le poste. Je répète : 11-A-23, appelez le poste.

— On a un appel, Bucky, me dit Sidwell en m'envoyant un coup de coude.

— Accuse réception.

— Le standard a dit d'appeler le poste.

Je pris à gauche et me garai, puis j'indiquai la borne d'appel au coin de la rue.

— Utilise la boîte à malices. La petite clé à côté de tes menottes.

Sidwell obéit, pour revenir un peu plus tard à la voiture en trottinant, l'air soucieux.

— Tu dois te présenter au rapport auprès du chef des Inspecteurs immédiatement, dit-il.

Mes premières pensées allèrent à mon vieux. Je parcourus pied au plancher les six blocs qui me séparaient de l'Hôtel de Ville et je laissai la voiture pie aux mains de Sidwell, puis je pris l'ascenseur jusqu'aux bureaux du chef Thad Green, au quatrième étage. Une secrétaire me fit entrer dans le sanctuaire du patron, où se tenaient, assis dans des fauteuils de cuir assortis, Lee Blanchard, plus un nombre de grosses huiles tel que je n'en avais jamais vu autant réunies au même endroit et un homme maigre comme un clou vêtu d'un complet trois-pièces en tweed.

La secrétaire dit : « Agent Bleichert » et m'abandonna là, debout, seul avec la pensée que mon uniforme pendouillait sur mon corps amaigri comme une toile de tente. Puis Blanchard, vêtu d'un pantalon en velours et d'une veste bordeaux, se leva et joua au maître de cérémonies.

— Messieurs, Bucky Bleichert. Bucky, de gauche à droite en uniforme, inspecteur Malloy, inspecteur Stensland et le chef Green. Le personnage en civil, c'est Ellis Loew, adjoint du procureur.

Je les saluai de la tête, et Thad Green me désigna une chaise vide qui faisait face à l'assemblée. Je m'y installai ; Stensland me tendit une liasse de papiers.

— Lisez ceci. C'est l'éditorial de Braven Dyer du *Times* de samedi.

La page de tête portait la date du 14-10-46, avec un titre en capitales d'imprimerie FEU ET GLACE CHEZ LES MEILLEURS DE L.A. immédiatement en dessous. Plus bas encore, le texte imprimé commençait ainsi :

« Avant la guerre, la Cité des Anges reçut un don de Dieu : deux boxeurs du cru, qui étaient nés et qui avaient grandi à moins de huit kilomètres l'un de l'autre, deux pugilistes aux styles aussi différents que le feu et l'eau. Lee Blanchard, et ses jambes en arceau, balançait ses cuirs à la volée et les étincelles sautaient jusqu'aux premiers rangs lorsque partaient ses uppercuts. Bucky Bleichert pénétrait sur le ring tellement détaché et maître de lui qu'il était aisé de le croire immunisé contre la sueur. Il sautillait sur la pointe des pieds mieux que Bojangles

Robinson[1], et ses directs pénétrants assaisonnaient le visage de ses adversaires jusqu'à ce qu'ils ressemblent au steak tartare du Grill de Mike Lyman. Les deux hommes étaient poètes : Blanchard, poète de la force brute, Bleichert, anti-poète de la vitesse et de la ruse. À eux deux réunis, ils ont gagné 79 combats et n'ont perdu que quatre fois. Sur le ring comme dans le tableau des éléments, le feu et la glace sont durs à vaincre.

« M. Feu et M. Glace n'ont jamais combattu l'un contre l'autre. Les limites des divisions les ont maintenus à distance. Mais le sentiment du devoir les a rapprochés dans l'esprit, et tous deux ont rejoint les rangs des services de police de Los Angeles pour continuer à mener leur combat hors du ring — cette fois dans leur guerre contre le crime. Blanchard a résolu le stupéfiant cambriolage de la banque Boulevard-Citizens en 1939 et capturé le célèbre meurtrier Tomas Dos Santos ; Bleichert a servi avec mérite dans les guerres de zazous de 43. Ils sont aujourd'hui tous deux au poste de Central : M. Feu, 32 ans, sergent à la prestigieuse Brigade des Mandats ; M. Glace, 29 ans, patrouille les quartiers dangereux du centre-ville. J'ai récemment demandé à M. Feu et à M. Glace pourquoi ils avaient abandonné leurs meilleures années de boxe pour devenir flics. Leurs réponses sont significatives et démontrent leurs qualités d'hommes :

« Sergent Blanchard : "La carrière d'un boxeur ne dure pas éternellement, ce qui reste toujours, c'est la satisfaction de servir sa communauté."

« Agent Bleichert : "J'ai voulu combattre deux adversaires plus dangereux, plus précisément les criminels et les communistes." »

---

1. Danseur noir célèbre pour son aisance dans un style de danse en chaussons souples, les *soft shoes*.

« Lee Blanchard et Bucky Bleichert ont fait de grands sacrifices afin de servir leur cité et, le jour du vote, le 5 novembre, c'est aussi ce qui sera demandé aux électeurs : accepter la proposition d'un emprunt de cinq millions de dollars dans le but de rééquiper en matériel moderne le L.A.P.D. et de permettre une augmentation de salaire de huit pour cent à tout le personnel. Gardez à l'esprit les exemples de M. Feu et de M. Glace. Dites "oui" à la proposition B le jour du vote. »

Ayant terminé, je rendis les pages à l'inspecteur Stensland. Il commença à parler mais Thad Green lui imposa le silence d'une pression sur l'épaule.

— Dites-nous ce que vous en pensez, officier. Soyez sincère.

Je déglutis pour garder à ma voix toute sa fermeté.

— Ça ne manque pas de finesse.

Stensland s'empourpra, Green et Malloy sourirent, Blanchard s'esclaffa ouvertement.

— La proposition B, dit Ellis Loew, va être battue à plate couture, mais il reste une chance de la réintroduire à l'élection du printemps prochain, l'année sera peu chargée. Ce que nous avions l'…

— Ellis, s'il vous plaît, dit Green en reportant son attention sur moi. Une des raisons pour lesquelles l'emprunt va être refusé, c'est que le public est rien moins que satisfait de la qualité du service que nous lui avons offert. Nous avons manqué d'hommes pendant la guerre et certains de ceux que nous avons dû engager pour remédier à cela se sont avérés des brebis galeuses et ont donné une mauvaise image au service. En outre, nous sommes submergés de jeunes recrues depuis que la guerre est terminée, et beaucoup de bons policiers sont partis à la retraite. Il nous faut reconstruire deux postes de police et il nous faut pouvoir offrir des salaires de départ plus élevés pour avoir de meilleures recrues.

Tout cela demande de l'argent, et nous ne l'obtiendrons pas des électeurs en novembre.

Je commençais à saisir le tableau.

— C'était votre idée, conseiller, dit Malloy. Dites-la lui.

— Je vous parie des dollars contre des cacahuètes, dit Loew, que nous pourrons faire passer la proposition à la Spéciale de 47. Mais pour cela, nous avons besoin de battre le rappel et de rameuter l'enthousiasme pour le Service. Nous avons besoin de remonter le moral des troupes au sein du Service et nous avons besoin d'impressionner les électeurs par la qualité de nos hommes. Des boxeurs, blancs et sains, ça attire les foules, Bleichert. Vous savez ça.

Je regardai Blanchard.

— Vous et moi, hein ?

— Le Feu et la Glace, dit Blanchard avec un clin d'œil. Racontez-lui le reste, Ellis.

Loew fit la grimace en entendant son prénom, puis continua :

— Un combat de dix rounds, dans trois semaines, au gymnase de l'Académie. Braven Dyer est un ami personnel très proche, et il va faire mousser ça dans sa rubrique. Les billets seront vendus deux dollars pièce, une moitié sera réservée aux policiers et à leur famille, l'autre sera pour les civils. La recette ira aux œuvres charitables de la police. Ce sera aussi le point de départ pour la création d'une équipe de boxe interdivision. Rien que de braves garçons, blancs et sains. Les membres de l'équipe auront un jour de libre par semaine pour enseigner aux mômes défavorisés l'art de l'autodéfense. Publicité tous azimuts, sans interruption jusqu'à l'Élection spéciale de 47.

Tous les regards étaient maintenant sur moi. Je retins ma respiration, dans l'attente de l'offre du boulot d'enquêteur aux Mandats et Recherches. Aucun d'eux ne prononça la moindre parole, je jetai alors un regard de côté en direction de Blanchard. Le haut de son corps m'apparut soudain dans sa puissance brute, mais son estomac s'était ramolli et j'étais plus jeune, plus grand et probablement beaucoup plus rapide. Avant que j'aie pu me trouver des raisons pour battre en retraite, je dis : « Je marche. »

Toutes les huiles accueillirent ma décision par une salve d'applaudissements. Ellis Loew sourit, révélant une dentition qu'on aurait pu prendre pour celle d'un bébé requin.

— La date est fixée au 29 octobre, une semaine avant l'élection, dit-il. Vous aurez tous deux l'usage illimité du gymnase de l'Académie pour l'entraînement. Dix rounds, c'est beaucoup demander à des hommes qui sont restés aussi inactifs que vous deux, mais quelque chose de plus court, ça ferait poule mouillée. Vous n'êtes pas d'accord ?

— Ou communisant, grommela Blanchard.

Loew lui lança un rictus de ses dents de requin.

— Si, monsieur, dis-je.

L'inspecteur Malloy brandit un appareil photo, en gazouillant : « Regarde le p'tit oiseau, fiston. »

Je me levai et souris sans ouvrir les lèvres, une ampoule de flash éclata. Je vis des étoiles et je reçus des bourrades plein le dos, et, lorsque la camaraderie cessa et que ma vision retrouva sa clarté, Ellis Loew se tenait devant moi et me disait :

— J'espère de grandes choses de votre part. Et si mes espoirs ne sont pas déçus, je compte que nous serons bientôt collègues.

Je pensai en moi-même : « T'es un salopard plein de finesse », mais je dis : « Oui, monsieur. » Loew me serra la main avec mollesse et s'éloigna. Je me frottai les yeux pour en chasser les dernières étoiles et vis que la pièce était vide.

Je repris l'ascenseur pour redescendre au niveau de la rue, tout en pensant aux façons savoureuses de regagner le poids que j'avais perdu. Blanchard pesait probablement 90 kg et si je me présentais à lui avec mes bons vieux 78 kg, il m'épuiserait chaque fois qu'il parviendrait à pénétrer ma garde. J'étais en train d'essayer de me décider entre le « Garde-Manger » et le « Petit Joe » lorsque je débouchai sur le parc de stationnement et vis mon adversaire en chair et en os, en train de parler à une femme qui envoyait des ronds de fumée à un ciel de carte postale.

Je m'approchai. Blanchard était appuyé contre une bagnole banalisée, gesticulant devant la femme toujours plongée dans ses ronds de fumée, qu'elle relâchait par trois ou quatre à la fois. Tout le temps que je m'approchai, elle se tint de profil, la tête en arrière, le dos cambré, en appui d'une main sur la portière de la voiture. Une chevelure de page, couleur châtain, coupée court, effleurait les épaules et le cou long et mince ; le tombé de sa veste Eisenhower[1] et de sa jupe de lainage me dit qu'elle était mince de partout.

Blanchard m'aperçut et lui donna un petit coup de coude. Elle laissa échapper une longue bouffée de fumée et se retourna. Je vis de près un visage joli et solide, tout en irrégularités : un front haut qui donnait à la coiffure une allure incongrue, un nez aquilin, des lèvres pleines et de grands yeux marron foncé.

Blanchard fit les présentations :

— Kay, voici Bucky Bleichert. Bucky, Kay Lake.

La femme écrasa sa cigarette. Je dis « bonjour » en me demandant si c'était là la petite amie que Blanchard avait rencontrée au cours du procès du cambriolage de Boulevard-Citizens. Elle ne faisait pas poule de braqueur, même s'il y avait des années qu'elle était à la colle avec un flic.

---

1. Veste style blouson court ou spencer, inspirée de la veste militaire d'Eisenhower.

Sa voix avait une légère trace de l'accent des plaines.

— Je vous ai vu combattre plusieurs fois. Vous avez gagné.

— J'ai toujours gagné. Êtes-vous amateur de boxe ?

— Lee m'y traînait toujours, dit-elle en secouant la tête. Je suivais des cours d'art avant la guerre, alors je prenais mon bloc à dessin et je dessinais les boxeurs.

— Elle m'a fait abandonner les combats au finish, dit Blanchard, en lui entourant les épaules de son bras. Elle m'a dit qu'elle voulait pas que je finisse en légume, sonné à traîner des pieds.

Il se mit à imiter un boxeur sonné de coups à l'entraînement, et Kay Lake se détacha de lui en tressaillant. Blanchard lui lança un bref coup d'œil, puis lâcha en l'air quelques directs du gauche et croisés du droit. Les coups étaient télégraphiés et, dans ma tête, je contrai d'un une-deux à la mâchoire et au corps.

— J'essaierai de ne pas vous faire mal, lui dis-je.

Kay accueillit la remarque avec irritation ; Blanchard sourit.

— Il a fallu des semaines pour la convaincre de me laisser y aller. Je lui ai promis une nouvelle voiture si elle ne faisait pas trop la moue.

— Ne prenez aucun pari que vous ne soyez capable de couvrir.

Blanchard éclata de rire, puis se plaça aux côtés de Kay dans la même position.

— Qui est-ce qui a pensé à ça ? dis-je.

— Ellis Loew. C'est par lui que j'ai eu les Mandats, puis mon équipier a déposé sa demande de départ et Loew a commencé à penser à vous pour le remplacer. Il a obtenu de Braven Dyer qu'il écrive toutes ces conneries sur le Feu et la Glace, puis il a apporté le tout sur un plat à Horrall. Jamais il n'aurait été partant si tous les sondages n'avaient pas déclaré que la question de l'emprunt était partie pour le gros plongeon. Alors, il a dit d'accord.

— Et il a mis de l'argent sur moi ? Et si je gagne, je passe enquêteur ?

— Quelque chose dans ce goût-là. Le procureur lui-même n'aime pas beaucoup l'idée ; il pense que nous deux, équipiers, ça marcherait pas. Mais il suit le mouvement. Horrall et Thad Green l'ont convaincu. Personnellement, j'espère presque que vous gagnerez. Sinon, je me récupère Johnny Vogel. Il est gras, il pète, il pue du bec et son paternel, c'est le plus gros emmerdeur des inspecteurs de Central, c'est le garçon de courses du petit Juif. En outre…

— Y a quoi pour vous là-dedans ? dis-je à Blanchard en lui tapotant la poitrine d'un majeur amical.

— Les paris, ça marche dans les deux sens. Ma gosse, elle a le goût des jolies choses, et je ne peux pas me permettre de la décevoir. Pas vrai, ma jolie ?

— Continue de parler de moi à la troisième personne, dit Kay. Ça me fait des choses.

Blanchard leva les mains en signe de pseudo-abandon. Les yeux sombres de Kay flamboyaient. Plein de curiosité à l'égard de la femme, je dis :

— Que pensez-vous de tout cela, mademoiselle Lake ? Ses yeux dansaient maintenant.

— Pour des raisons d'esthétique, j'espère que vous aurez l'un comme l'autre fière allure sans vos chemises. Pour des raisons de morale, j'espère que les services de police de Los Angeles seront tournés en ridicule pour avoir commis cette mascarade. Pour des raisons d'intérêt, j'espère que Lee gagnera.

Blanchard éclata de rire et claqua de la main le capot de la voiture. J'oubliai ma vanité et je souris, bouche ouverte. Kay Lake me dévisagea, et pour la première fois — fait étrange, mais certitude aussi, — j'eus la sensation que M. Feu et moi-même devenions amis. En lui tendant la main, je dis : « Bonne chance, mais j'irai pas jusqu'à vous souhaiter de gagner. » Lee s'en saisit et répondit : « Moi de même. »

Kay nous engloba tous deux d'un regard qui disait que nous étions des enfants stupides. Je soulevai mon chapeau à son endroit, puis commençai à m'éloigner. Kay appela « Dwight » et je me demandai comment elle pouvait connaître mon véritable nom. Lorsque je fis demi-tour, elle dit :

— Vous seriez très mignon si vous vous faisiez arranger les dents.

3

Le combat déchaîna les passions dans le service puis à L.A., et toutes les places du gymnase de l'Académie furent vendues dans les vingt-quatre heures qui suivirent l'annonce du match par Braven Dyer dans sa rubrique sportive du *Times*. Le lieutenant de la 77e Rue à qui l'on avait officiellement attribué la cotation et la prise de paris pour le L.A.P.D. donna très tôt Blanchard favori à 3 contre 1, alors que le réseau de bookmakers professionnels donnait M. Feu favori par K.O. à 2 1/2 contre 1 et par décision de l'arbitre à 5 contre 3. Les paris interservices battaient leur plein et on avait installé des tableaux de paris dans tous les postes. Dyer et Morrie Ryskind du *Mirror* alimentaient la folie ambiante dans leurs rubriques, et un disc-jockey de la K.M.P.C. composa une chansonnette qu'il appela *Feu et Glace Tango*. Soutenue par un ensemble de jazz, une soprano à la voix sensuelle roucoulait : « Glace et Feu c'est pas du sucre, c'est pas des bleus ; quat'cents livres qui s'tapent des cuirs, c'est sûr que c'est pas d'jeu. Mais m'sieur Feu, moi y m'enflamme. Et m'sieur Glace, y m'laisse sur place. Sans arrêter, la nuit durant, ce s'ra du délire, et excitant. »

J'étais de nouveau une célébrité locale.

À l'appel, je remarquai les tickets de paris changeant

de mains et je reçus des « ça, c'est du mec » de la part de flics que je n'avais jamais rencontrés auparavant. Le gros Johnny Vogel me jetait un regard noir chaque fois qu'il me croisait dans les vestiaires. Sidwell, toujours le colporteur de rumeurs dit que deux flics de l'équipe de nuit avaient engagé leurs voitures, et le commandant du poste, le capitaine Harwell, gardait les petits coupons roses sous le coude jusqu'à ce que le match soit terminé. Les inspecteurs des Mœurs et Contrôles administratifs avaient suspendu leurs descentes chez les books parce que Mickey Cohen ramassait dix bâtons par jour de reconnaissances de dettes dont il reversait cinq pour cent à l'agence de publicité engagée par la municipalité dans sa volonté de faire passer l'idée de l'emprunt. Harry Cohn, M. Grosse Tête à la Columbia, avait misé un paquet sur moi gagnant sur décision et, si j'emportais le morceau, je me payais un week-end brûlant avec Rita Hayworth.

Rien de tout cela n'avait de sens, mais c'était bon, et je m'empêchais de devenir cinglé en m'entraînant plus dur que je ne l'avais fait auparavant.

Le service de garde terminé, chaque jour je faisais route vers le gymnase et je *travaillais*. Ignorant Blanchard, toute sa troupe de lèche-culs ainsi que les flics qui rôdaient autour de moi une fois leur service achevé, je frappais le sac de sable, direct du gauche, croisé du droit, crochet du gauche, cinq minutes d'affilée, toujours debout sur la pointe des pieds ; je m'entraînais avec mon vieux pote Pete Lukins et alternais des séries au punching-ball jusqu'à ce que la sueur m'aveugle et que mes bras se transforment en caoutchouc. Je sautais à la corde et je courais dans les collines d'Elysean Park avec des poids de deux livres attachés aux chevilles, envoyant mes directs aux branches d'arbres et aux buissons, rattrapant à la course les chiens fouilleurs de poubelles qui erraient dans le coin. À la maison, je me gorgeais de foie, de chateaubriands et d'épinards et je m'effondrais dans mon lit sans même avoir pu quitter mes vêtements.

Puis, à neuf jours du combat, je vis mon vieux et, pour le fric, je pris la décision de me coucher.

L'occasion, ce fut ma visite mensuelle, et je me sentais coupable en partant pour Lincoln Heights, coupable de ne pas m'être montré depuis qu'on m'avait passé le mot qu'il rejouait au cinglé. J'apportais des cadeaux pour atténuer ma culpabilité : des conserves que je chouravais sur les marchés au cours de mes rondes et des revues de femmes à poil confisquées. En me garant en face de la maison, je vis que ce ne serait pas suffisant.

Le vieux était assis sous le porche, tétant goulûment une bouteille de sirop contre la toux. Il tenait son pistolet à air comprimé d'une main et tirait, l'air absent, sur une escadrille de maquettes d'avions en balsa qu'il avait alignées sur la pelouse. Je me garai puis m'avançai vers lui. Ses os faisaient saillie sous ses vêtements constellés de taches de vomi, ressortant comme s'ils s'articulaient au reste de son corps sous de mauvais angles. Son haleine puait, ses yeux étaient jaunes et voilés, et la peau que je pouvais apercevoir sous la barbe blanche raidie était rouge de veines éclatées. Je me baissai pour l'aider à se relever ; il me tapa sur les mains en baragouinant : « *Schweiss Kopf! Kleine schweiss Kopf.* »

Je tirai le vieil homme pour le remettre debout. Il laissa tomber son pistolet et son demi-litre d'expectorant et dit : « *Guten Tag, Dwight* », comme s'il m'avait vu le jour précédent.

Je me frottai les yeux pour en chasser les larmes : « Parle anglais, Papa. »

Le vieil homme s'agrippa au creux de mon coude droit et me menaça du poing dans un charabia où les mots se bousculaient : « *English Scheisser! Churchill Scheisser! Amerikanisch Juden Scheisser!* »

Je le laissai sous le porche et jetai un coup d'œil à l'intérieur de la maison. Le salon était jonché de pièces d'aéromodélisme et de boîtes de haricots ouvertes dans un nuage de mouches bourdonnantes ; les murs de la chambre étaient couverts de photos d'actrices, pour la plupart à l'envers. La salle de bains puait l'urine rance et, dans la cuisine, trois chats occupaient le devant de la scène, reniflant le contenu de boîtes de thon à moitié vides. Ils crachèrent vers moi lorsque je m'approchai ; je leur lançai une chaise et ils retournèrent auprès de mon père.

Il était appuyé à la rambarde du perron et se grattait la barbe. Craignant qu'il ne bascule, je le maintins du bras, de peur de me mettre à pleurer pour de bon, et je lui dis :

— Dis quelque chose, Papa. Fous-moi en rogne. Dis-moi comment tu t'es débrouillé pour foutre un tel bordel dans la maison en un mois.

Mon père essaya de se libérer. Je le maintins encore plus serré, puis je relâchai ma prise, craignant de casser l'os comme une allumette. Il dit : « *Du, Dwight ? Du ?* » et je sus qu'il avait eu une autre attaque et perdu à nouveau la mémoire de l'anglais. Je fouillai ma propre mémoire à la recherche d'expressions allemandes mais restai bredouille. Lorsque j'étais enfant, j'avais tellement haï cet homme que je m'étais obligé à oublier la langue qu'il m'avait enseignée.

— *Wo ist Gretta ? Wo, mutti ?*

Je mis les bras autour du vieil homme.

— Maman est morte. Tu étais trop radin pour lui payer de la gnôle de contrebande, alors, elle s'est procuré du rince-cochon chez les Négros des Flats. C'était de l'alcool pour liniment, Papa. Elle est devenue aveugle. Tu l'as mise à l'hôpital et elle a sauté du toit.

— Gretta !

Je le tins plus serré.

— Ssssh. C'était il y a quatorze ans, Papa. Il y a si longtemps.

Le vieil homme essaya de me repousser ; je le plaquai contre les montants de la rambarde pour le maintenir en place. Il retroussa les lèvres prêt à me hurler ses invectives, puis son visage devint tout pâle et je sus qu'il était incapable de retrouver ses mots. Je fermai les yeux et trouvai les mots pour lui.

— Tu sais ce que tu me coûtes, mon salopard ? J'aurais pu m'engager chez les flics sans emmerdes, mais ils ont découvert que mon père était un putain d'élément subversif, comme ils disent. Ils m'ont obligé à cafter Sammy et Ashida, et Sammy est mort à Manzanar. Je sais que t'as rejoint les rangs de l'Alliance rien que pour déconner et courir la connasse, mais t'aurais dû réfléchir avant, parce que moi, je savais rien.

J'ouvris les yeux et m'aperçus qu'ils étaient secs ; le regard de mon père était sans expression. Je relâchai ses épaules et dis :

— Tu pouvais pas savoir ça avant, et ma réputation de mouchard, elle me colle à la peau. Mais t'étais un petit salopard radin. Tu as tué Maman, et c'est toi le responsable, et toi seulement.

J'eus une idée pour mettre un terme à tout ce foutoir.

— Tu vas te reposer maintenant, Papa. Je prendrai soin de toi.

***

Cet après-midi-là, j'observai Lee Blanchard à l'entraînement. Son régime, c'était des rounds de quatre minutes, avec des mi-lourds un peu minces qui lui venaient du gymnase de Main Street, et son style, c'était de foncer sans répit. Il se baissait en avançant, feintant toujours du torse ; son direct était étonnamment percutant. Ce n'était pas du tout ce que je m'attendais à voir, ni chasseur de tête ni sur la défensive, et quand il trouvait le chemin de la boîte à ragoût, je pouvais sentir l'impact de ses coups à vingt mètres de distance. Pour ce qui était de l'argent, face à lui, je n'étais plus sûr de rien. Et l'argent, c'était maintenant tout le combat.

Et l'argent en fit un spectacle de truqueurs.

Je roulai jusqu'à la maison et appelai le facteur retraité qui gardait un œil sur mon père, en lui promettant un billet de cent s'il nettoyait la maison et se collait aux basques du vieux comme un pot de glu jusqu'à ce que le combat soit fini. Il donna son accord, et je passai un coup de fil à un camarade de promo à l'Académie, qui travaillait aux Mœurs à Hollywood pour lui demander les noms de quelques books. Croyant que je voulais parier sur moi-même, il me donna les numéros de deux indépendants, l'un associé à Mickey Cohen, l'autre du groupe de Jack Dragna. Les Indep et le book des Cohen donnaient Blanchard net favori à deux contre un, mais chez Dragna, on donnait Bleichert ou Blanchard à égalité, les nouvelles cotations s'étant établies à partir de rapports d'espions qui disaient que j'avais l'air rapide et costaud. Je pouvais doubler toutes mes mises.

Le matin suivant, je me fis porter pâle et le chef de jour avala l'hameçon parce que j'étais une célébrité locale et que le capitaine Harwell ne voulait pas qu'il me secoue les puces. Débarrassé du boulot, je fermai mon compte épargne, je convertis mes bons du Trésor en liquide et fis un emprunt à la banque pour deux bâtons, en utilisant ma décapotable Chevy 46 presque neuve comme garantie. De la banque jusqu'à Lincoln Heights où j'eus une petite conversation avec Pete Lukins, il ne me fallut que peu de temps. Il accepta de faire ce que je voulais et, deux heures plus tard, il m'appela avec les résultats.

Le book de chez Dragna auprès duquel je l'avais envoyé avait empoché son argent sur Blanchard par K.O. dans les derniers rounds, lui offrant du deux contre un. Si je me couchais entre les huitième et dixième rounds, je me ferais 8 640 dollars net — suffisamment pour garder mon vieux dans une bonne maison de repos pour au moins deux ou trois ans. Ma place d'enquêteur, je l'avais troquée contre le paiement final de toutes mes vieilles dettes de malheur ; la règle des derniers rounds était un risque suffisant pour m'empêcher de me sentir trop lâche. Ce troc, quelqu'un allait m'aider à le payer, et ce quelqu'un, c'était Lee Blanchard.

À sept jours du combat, je me goinfrai jusqu'à 86 kg, augmentai ma distance à la course, réussis à tenir six minutes avec les sacs de sable. Duane Fisk, l'agent chargé de mon entraînement et mon second, m'avertit de ne pas m'épuiser par trop d'entraînement, mais je l'ignorai et continuai à travailler comme un forcené jusqu'à quarante-huit heures avant l'assaut. Je relâchai mon rythme et passai à la gymnastique suédoise, puis j'étudiai mon adversaire.

Du fond du gymnase, j'observai Blanchard s'entraîner dans le ring central. Je cherchai des fautes dans ses attaques fondamentales et évaluai ses réactions lorsque ses sparring-partners faisaient les futés. Je vis qu'au corps à corps il rentrait les coudes en dedans pour dévier les coups au corps, ce qui laissait une ouverture pour de petits uppercuts détonants qui l'amèneraient à lever sa garde et le placeraient en position pour des crochets en contre dans les côtes. Je vis que son meilleur coup, droit croisé, était toujours téléphoné : deux demi-pas vers la gauche et une feinte de la tête. Je vis que dans les cordes il était implacable, qu'il pouvait épingler des adversaires plus légers à coups de coude qu'il alternait avec des coups au corps très brefs. En me rapprochant, je vis la chair rose des arcades cicatrisées qu'il me faudrait éviter afin de me prévenir d'un arrêt par l'arbitre sur blessure. Ça ne me fit pas plaisir, mais une longue cicatrice qui descendait sur la gauche de sa cage thoracique me parut un endroit savoureux pour lui balancer des coups méchants.

— Au moins, il a fière allure sans sa chemise.

Je me retournai pour faire face aux paroles. Kay Lake me fixait du regard ; du coin de l'œil, je vis Blanchard au repos sur son tabouret en train de fixer son regard sur moi.

— Où est votre bloc à esquisses ? lui demandai-je.

Kay fit un signe à Blanchard ; il souffla un baiser dans sa direction, de ses deux mains gantées. Le gong retentit ; son partenaire et lui s'avancèrent l'un vers l'autre en s'envoyant des directs.

— J'ai laissé tomber tout ça, dit Kay. Je n'étais pas très bonne, aussi j'ai changé de dominante.

— Et changé pour quoi ?

— Médecine préparatoire, puis psycho, puis littérature anglaise, puis histoire.

— J'aime les femmes qui savent ce qu'elles veulent.

— Moi aussi, dit Kay en souriant, seulement je n'en connais aucune. Et vous, vous voulez quoi ?

Je laissai mon regard errer dans le gymnase. Trente à quarante spectateurs étaient assis sur des chaises pliantes autour du ring central, pour la plupart des flics et des journalistes qui avaient fini leur journée, pour la plupart la cigarette au bec. Une brume en train de se dissiper enveloppait le ring et la lumière du plafonnier lui donnait des reflets de soufre. Tous les yeux étaient fixés sur Blanchard et son sac à viande sonné, tous les cris, tous les sifflets étaient pour lui — mais sans moi qui me préparais à prendre ma revanche sur de vieilles affaires du passé, rien de tout ça n'avait de sens.

— Je participe à tout ça. Voilà ce que je veux.

— Vous avez laissé tomber la boxe il y a cinq ans, dit Kay en secouant la tête. Ce n'est plus ça, votre vie.

L'agressivité de la jeune femme me rendait nerveux.

— Et votre petit ami, je lui lâchai brutalement, c'est quelqu'un comme moi, il a jamais rien été. Et vous, vous étiez une sorte de poule de gangster avant qu'il vous enlève. Vous…

Kay Lake m'interrompit d'un éclat de rire.

— Auriez-vous lu les coupures de presse sur moi ?

— Non. Vous avez lu les miennes ?

46

— Oui.

À ça, je ne trouvai rien à répondre.

— Pourquoi Lee a-t-il arrêté la boxe ? Pourquoi s'est-il engagé dans le service ?

— Capturer des criminels, ça lui donne le sentiment de l'ordre. Vous avez une petite amie ?

— Je me réserve pour Rita Hayworth. Est-ce que vous flirtez souvent avec les flics, ou bien suis-je un cas spécial ?

Des cris s'élevèrent de la foule. Je regardai et vis le sparring-partner de Blanchard tomber au tapis. Johnny Vogel monta sur le ring pour lui ôter son protège-dents ; le sac à viande recracha un long jet de sang. Je me retournai vers Kay et vis qu'elle était pâle, le dos voûté à essayer de s'emmitoufler dans sa veste.

— Demain soir, ce sera pire, lui dis-je. Vous devriez rester chez vous.

— Non, répondit Kay en frissonnant. C'est un grand jour pour Lee.

— Il vous a dit de venir ?

— Non. Il ne ferait jamais une chose pareille.

— Le genre sensible, alors ?

Kay fouilla ses poches à la recherche de cigarettes et d'allumettes, puis en alluma une.

— Oui, tout comme vous. Mais la rancœur en moins.

Je me sentis devenir tout rouge.

— Vous êtes toujours là, toujours aux côtés de l'autre, pour le pire et le meilleur, et tout le reste ?

— On s'y efforce.

— Dans ce cas, pourquoi n'êtes-vous pas mariés ? Vivre à la colle, c'est pas réglementaire, et si les grosses têtes décident de mettre le nez dans vos affaires, ils peuvent faire trinquer Lee.

Kay souffla ses ronds de fumée vers le sol puis leva les yeux vers moi.

— C'est impossible.

— Pourquoi ? Ça fait des années que vous êtes

ensemble. Il a arrêté ses combats au finish pour vous. Il vous laisse flirter avec d'autres hommes. Ça me paraît tout à fait convenable comme marché, non ?

D'autres cris retentirent. D'un coup d'œil latéral, je vis Blanchard en train de défoncer un nouveau sac à viande. Je contrais les coups, en aspirant l'air rance du gymnase. Au bout de quelques secondes, je m'aperçus de ce que j'étais en train de faire et j'arrêtai. Kay jeta sa cigarette d'une pichenette en direction du ring et dit :

— Il faut que je m'en aille. Bonne chance, Dwight. Il n'y avait que le vieux qui m'appelait comme ça.

— Vous n'avez pas répondu à ma question.

— Lee et moi, on ne couche pas ensemble, dit Kay en s'éloignant, sans que je puisse rien faire sinon écarquiller les yeux.

***

Je traînai dans le gymnase encore une heure. À la tombée du jour commencèrent à arriver journalistes et photographes qui se dirigeaient tout droit sur le ring central, en direction de Blanchard qui en devenait monotone à force d'abattre des adversaires débiles à la mâchoire de verre. Les dernières paroles de Kay ne me quittaient plus, tout comme les éclairs soudains de son rire et de ses sourires et de ses tristesses furtives et totalement imprévisibles. Lorsque j'entendis le hurlement d'un vautour de presse : « Hé ! Regardez ! C'est Bleichert ! », je sortis en courant en direction du parc de stationnement et de ma Chevy deux fois hypothéquée. En partant, je me rendis compte qu'il n'y avait nulle part où aller et rien que je veuille faire hormis satisfaire ma curiosité à propos d'une femme qui me tombait dessus en fanfare avec sa cargaison de chagrin.

Je me dirigeai donc vers le centre-ville pour aller lire les coupures de journaux qui parlaient d'elle.

L'employé aux archives du *Herald*, impressionné

par ma plaque, me conduisit à une table de lecture. Je lui dis que je m'intéressais au cambriolage de la banque Boulevard-Citizens et au procès du cambrioleur, et qu'à mon avis les dates devaient se situer au début de 1939 pour le braquage et peut-être à la fin de l'année pour les suites judiciaires de l'affaire. Il m'abandonna, assis à ma table, et revint dix minutes plus tard, avec deux grands albums reliés en cuir. Les pages des journaux étaient collées sur des feuilles de carton noir rigide, classées dans l'ordre chronologique, et je feuilletai les pages du 1er au 12 février avant de trouver ce que je voulais.

Le 11 février 1939, un groupe de quatre hommes avait attaqué une voiture blindée dans une petite rue tranquille d'Hollywood. Ils avaient utilisé comme diversion une moto accidentée et maîtrisé le garde qui avait quitté son véhicule pour se renseigner sur l'accident. Ils lui mirent un couteau sous la gorge et obligèrent ainsi les deux autres gardes, toujours dans la voiture, à les laisser entrer. Une fois à l'intérieur du véhicule, ils chloroformèrent et ligotèrent les trois hommes, et opérèrent une substitution des sacs, au nombre de six, en remplaçant l'argent par des jetons et de vieux annuaires de téléphone.

Un des cambrioleurs conduisit la voiture blindée dans le centre d'Hollywood ; les trois autres revêtirent des uniformes identiques à ceux des gardes. Ils franchirent la porte de la caisse des Prêts et Dépôts sur Yucca et Yvar, chargés des sacs de papier et de jetons, et le directeur leur ouvrit la porte de la chambre forte. L'un des cambrioleurs assomma le directeur ; les deux autres se saisirent des sacs de bon argent et se dirigèrent vers la porte. Entre-temps, le chauffeur avait pénétré dans la banque et rassemblé les guichetiers. Il les fit entrer dans la chambre forte et les assomma avant de refermer la porte et de la verrouiller. Les quatre braqueurs se trouvaient sur le trottoir lorsqu'une voiture de patrouille de la Division d'Hollywood, alertée par alarme directe, arriva sur les lieux. Les agents enjoignirent aux cambrioleurs de s'arrêter ; ceux-ci ouvrirent le feu ; les flics ripostèrent. Deux voleurs furent tués et deux autres prirent la fuite — avec quatre sacs remplis de billets de cinquante et cent non marqués.

Je ne trouvai aucune mention de Blanchard ou de Kay Lake, aussi me mis-je à feuilleter rapidement les pages de garde des journaux sur une semaine ainsi que deux rapports d'enquête du L.A.P.D.

On identifia les cadavres des deux braqueurs comme ceux de Chick Geyer et de Max Ottens, deux gros bras de San Francisco sans relations connues à L.A. Les témoins oculaires de la banque furent incapables d'identifier les deux échappés à partir des fichiers anthropométriques ou d'en fournir une description détaillée — ils portaient leurs casquettes de gardes enfoncées jusqu'aux yeux ainsi que des lunettes de soleil métallisées. Il n'y avait pas eu de témoin lors de l'attaque du camion et les gardes chloroformés avaient été réduits à merci avant même d'avoir pu voir leurs agresseurs.

Le braquage passa des pages deux et trois à la rubrique des potins. Trois jours d'affilée, c'était Bevo Means qui l'avait tenue, et sa vache à lait du moment, c'était que la bande de Bugsy Siegel était à la poursuite des braqueurs en cavale parce que l'un des arrêts obligatoires de la voiture blindée se trouvait être la chemiserie servant de couverture à Siegel l'Éliminateur. Siegel avait juré de les retrouver, même si l'argent volé était celui de la banque, et non le sien.

Dans sa chronique, Means allait de plus en plus loin dans ses déclarations, et je tournai les pages jusqu'à ce que je tombe sur la manchette du 28 février : « Enquête résolue sur l'attaque sanglante de la banque, grâce aux tuyaux d'un ancien boxeur devenu flic. »

L'article était plein de louanges pour M. Feu, mais il manquait de faits. L'agent Leland G. Blanchard, 25 ans,

attaché à la Division de Central de Los Angeles, et jadis
« attraction célèbre » de l'Hollywood Legion Stadium,
avait questionné ses « connaissances dans le monde de
la boxe » et ses « informateurs », et il avait obtenu des
tuyaux sur un certain Robert « Bobby » De Witt, le
grand cerveau derrière le braquage de Boulevard-Citizens. Blanchard repassa le tuyau aux inspecteurs de la
Division d'Hollywood, qui firent alors une descente au
domicile de De Witt, à Venice Beach. Ils y découvrirent
des planques de marijuana, d'uniformes de gardes et de
sacs d'argent de la caisse des Prêts et Dépôts Boulevard-
Citizens. De Witt protesta de son innocence : il fut arrêté
et inculpé sous de multiples chefs d'accusation : deux
pour vol à main armée, cinq pour coups et blessures, un
pour possession de drogue dangereuse et un pour vol
qualifié de véhicule. Il fut incarcéré sans possibilité de
liberté sous caution — et toujours pas un mot de Kay
Lake.

Fatigué des bons et des méchants, je continuai à feuilleter les pages. De Witt, natif de San Berdoo[1], trois fois
inculpé comme mac, continuait à gueuler que c'était un
coup monté par la bande à Siegel et les flics : les
truands, parce qu'il lui arrivait de courir la fraîche sur
leur territoire, et les flics parce qu'il leur fallait quelqu'un qui porte le chapeau pour l'affaire Boulevard-
Citizens. Le jour du braquage, il n'avait pas d'alibi et il
déclara qu'il ne connaissait ni Chick Geyer, ni Max
Ottens, ni le quatrième homme toujours en cavale. Il
passa en jugement, mais il ne réussit pas à convaincre
le jury. Il fut reconnu coupable de tous les chefs d'accusation et condamné à une peine allant de dix ans à
perpète à San Quentin.

Enfin, Kay apparut, dans le numéro du 21 juillet, au
centre d'un reportage de société intitulé : « Retour au

----

1. Diminutif de San Bernardino.

droit chemin : l'amie d'un truand tombe amoureuse…
d'un flic ! Prochaine étape : l'autel ?» À côté de l'article étaient disposées des photos d'elle et de Lee Blanchard, voisinant avec le cliché anthropométrique de Bobby De Witt, le visage taillé à coups de serpe, les cheveux graisseux et plaqués en arrière. L'article commençait par un rappel de l'affaire Boulevard-Citizens ainsi que du rôle joué par Blanchard dans l'éclaircissement de l'affaire puis, sans transition, donnait dans la mièvrerie :

« … et à l'époque du cambriolage, logeait chez De Witt une jeune fille impressionnable, Katherine Lake, 19 ans, originaire de Sioux Falls, Dakota du Sud, arrivée dans l'Ouest en 1936, en quête, non de la célébrité à Hollywood, mais d'une université pour ses études. Tout ce qu'elle obtint, ce fut un diplôme à l'école des coups durs.
"J'ai fait la rencontre de Bobby parce que je n'avais nulle part où aller", déclara Kay au reporter de l'*Herald Express*, Aggie Underwood. « On était encore en pleine dépression, il n'y avait guère de travail. Je me promenais près de cet horrible foyer où j'avais un lit, et c'est ainsi que j'ai rencontré Bobby. Il m'a offert ma propre chambre dans sa maison et il m'a dit qu'il m'inscrirait à Valley J.C.[1] si je lui faisais le ménage. Il n'a pas tenu parole et j'ai eu plus que ma part du marché.
« Kay pensait que Bobby De Witt était musicien mais, en réalité, ce n'était qu'un trafiquant de drogue et un entremetteur. "Au début, il était gentil avec moi", dit Kay. "Puis il m'a fait boire du laudanum et m'a obligée à rester à la maison pour répondre au téléphone. Après ça, ç'a été pire."

---

1. Junior College : équivalent de notre premier cycle niversitaire.

« Kay Lake a refusé de préciser en quelles circonstances la situation s'était dégradée, et elle ne fut pas surprise lorsque la police procéda à l'arrestation de De Witt pour sa participation au cambriolage sanglant du 11 février. Elle trouva à se loger dans un foyer de starlettes à Culver City et lorsque l'accusation lui demanda de témoigner au procès de De Witt, elle accepta — bien qu'elle fût terrifiée par son ancien "bienfaiteur".

« "C'était mon devoir, dit-elle. Et naturellement, j'ai rencontré Lee au procès."

« Lee Blanchard et Kay Lake tombèrent amoureux. "Dès que je l'ai vue, j'ai compris qu'elle était faite pour moi", déclara l'agent Blanchard au reporter criminel Bevo Means. "Elle a cette beauté fragile pour laquelle je craque. Elle a eu des moments difficiles, mais je vais y mettre bon ordre."

« Lee Blanchard n'ignore rien du tragique de la vie. Lorsqu'il avait 14 ans, sa sœur, âgée de 9 ans, disparut, et il ne la revit jamais plus. "Je pense que c'est la raison qui m'a poussé à abandonner la boxe pour devenir policier", dit-il. "Capturer des criminels satisfait mon sens de l'ordre."

« Ainsi, de deux tragédies, une histoire d'amour vient de naître. Mais jusqu'où ira-t-elle ? Kay Lake déclare : "Pour moi, ce qui est important, c'est mes études et Lee. Les beaux jours sont revenus."

« Et avec le grand Lee Blanchard à ses côtés, il semblerait qu'ils soient là pour de bon. »

Je refermai l'album. Mis à part l'épisode de la petite sœur, rien ne m'avait surpris. Mais l'ensemble avait le parfum des choses qui ne sont pas à leur vraie place. Blanchard qui se permettait de réduire à néant tout le bénef de sa gloire dans l'affaire en refusant les combats au finish ; une petite fille de toute évidence droguée et abandonnée quelque part comme un sac de détritus ;

Kay Lake, à la colle des deux côtés de la barrière. Je rouvris l'album et j'observai Kay avec sept ans de moins. Même à 19 ans, elle donnait l'impression d'être beaucoup trop intelligente pour avoir prononcé les mots que Bevo Means lui faisait dire. Et qu'on fît d'elle un portrait aussi naïf me mit en rogne.

Je rendis les albums à l'employé et sortis de l'immeuble Hearst en m'interrogeant sur ce que j'étais venu chercher : je savais qu'il me fallait plus que de simples preuves pour me convaincre que l'invite de Kay était réglo. Une fois dans la voiture, je roulai sans but, juste pour tuer le temps, que je sois assez crevé pour dormir tout l'après-midi ; l'idée se fit jour : avec le vieux en bonnes mains et aucune chance pour les Mandats, Kay Lake et Lee Blanchard se trouvaient être mes deux seules perspectives d'avenir intéressantes mais j'avais besoin de les connaître, eux, une fois passés les plaisanteries fines, les insinuations et le combat.

Je m'arrêtai à un restau à steaks où j'engloutis un chateaubriand format morfal, accompagné d'épinards et de ragoût de légumes, puis je repris la voiture pour me balader sur Hollywood Boulevard et le Strip. Les affiches aux marquises des cinémas ne me paraissaient guère attirantes et les clubs de Sunset avaient un air trop riche pour une célébrité aussi fugitive que la mienne. À Doheny, les longues enfilades de néon prirent fin et je me dirigeai vers les collines. Mulholland débordait de malabars à moto occupés à se tirer des bourres, et je résistai à l'envie folle d'écraser le champignon jusqu'à la plage.

Au bout du compte, j'en eus assez de conduire comme un citoyen respectueux des lois et je me garai sur la digue. Des projecteurs de cinéma à Westwood Village balayaient le ciel au-dessus de ma tête ; je les regardai pivoter pour faire naître de l'ombre des nuages lourds. À suivre les lumières, je m'hypnotisai et je me laissai prendre au jeu de l'engourdissement. Les voitures qui filaient sur Mulholland atteignaient avec difficulté mes sens engourdis et lorsque les lumières s'éteignirent, je vérifiai ma montre pour m'apercevoir qu'il était minuit passé.

Tout en m'étirant, je laissai mon regard s'accrocher aux quelques maisons en contrebas dont les lumières luisaient encore et je me mis à penser à Kay Lake. En lisant entre les lignes de l'article, je l'imaginai en servante de Bobby De Witt et de ses amis, allant peut-être jusqu'à faire la pute pour lui, *hausfrau* de braqueur, petite ménagère plâtrée au laudanum. La lecture sonnait juste, mais les mots étaient laids, comme si je trahissais les étincelles qui entre nous avaient jailli. Les paroles de Kay à la fin de l'article commençaient à prendre des accents de sincérité et je me demandai comment Blanchard pouvait vivre avec elle sans la posséder complètement.

Les lumières des maisons s'éteignirent une à une, et je me retrouvai seul. Un vent froid descendit des collines ; je frissonnai et j'obtins ma réponse.

Le match est fini, vous venez de gagner. Trempé de sueur, un goût de sang aux lèvres, vous planez avec les étoiles, vous en voulez encore, prêt à y aller. Ceux qui font du pognon sur votre dos vous amènent une fille. Une pro, une semi-pro, une amateur qui aime retrouver sur ses lèvres le goût de son propre sang. Vous faites ça debout dans les vestiaires, ou sur une banquette arrière, sans la place pour étendre vos jambes au point qu'il vous arrive de défoncer les vitres latérales. Quand vous vous retrouvez dehors après ça, la foule se rue sur vous comme un essaim de mains qui cherchent à vous toucher, et vous planez très haut, une fois encore, avec les étoiles. Ça devient une partie dans la partie, le onzième round d'un combat en dix rounds. Et lorsque vous retournez à la vie de tout le monde, il ne vous en reste qu'une faiblesse, quelque chose que vous avez perdu. Pour autant qu'il était resté éloigné de la partie, Blanchard devait obligatoirement savoir tout ça, il fallait qu'il veuille garder son amour pour Kay étranger à tout ça.

Je remontai en voiture en direction de la maison, et je me demandais si je dirais jamais à Kay que je n'avais pas de femme à moi car l'amour avait pour moi un goût de sang, qui se mêlait aux odeurs de résine et d'hémostatique.

4

Nous quittâmes les vestiaires tous les deux au même moment, à la sonnerie. En ouvrant le battant de porte d'une poussée, j'étais comme un câble à haute tension chargé d'adrénaline. J'avais mastiqué un gros steak deux heures avant, pour en avaler le jus et recracher la viande, et je sentais le sang d'animal dans ma sueur. Tout en sautillant sur la pointe des pieds, je me dirigeai vers mon coin en traversant la plus incroyable foule aux arènes que j'aie jamais vue à un combat de boxe.

Le gymnase était bourré plus qu'à craquer, et les spectateurs coincés comme sardines en boîte sur des chaises en bois étroites et les gradins. On aurait dit que chaque humain présent était en train de hurler ; des mains, le long de la travée centrale, tiraillaient mon peignoir, des bouches m'enjoignaient de tuer. On avait enlevé les rings latéraux ; le ring central baignait dans un carré parfait de lumière jaune et brûlante. J'attrapai la corde du bas pour me hisser dessus.

L'arbitre, un vieux flic de quartier de l'équipe de nuit de Central, discutait avec Jimmy Lennon, en congé exceptionnel, ce soir, de son boulot de présentateur à l'Olympic ; au premier rang, je vis Stan Kenton serré contre Misty June Christy, Mickey Cohen, le maire Bowron, Ray Milland et toute une cargaison de grosses huiles en costume-cravate. Kenton me fit signe ; je lui

criai « l'artiste à l'œuvre ». Il rit et je dévoilai mes quenottes de cheval à la foule qui manifesta bruyamment
son approbation. Les rugissements allèrent s'ampli-
fiant ; je me retournai et vis que Blanchard venait de
pénétrer sur le ring.

M. Feu me salua d'une courbette ; je lui rendis la
pareille d'une rafale de courts directs. Duane Fisk me
dirigea vers mon tabouret ; j'enlevai mon peignoir et
m'appuyai contre l'angle du ring, les bras passés sur la
corde du haut. Blanchard s'installa dans une position
identique ; nos deux regards se verrouillèrent l'un à
l'autre. Jimmy Lennon fit signe à l'arbitre d'aller dans
un coin neutre et le micro central coulissa furtivement
d'une perche attachée aux lumières du plafond. Lennon
s'en saisit et cria au-dessus des hurlements de la foule :

« Mesdames et messieurs, policiers et supporters des
meilleurs de L.A., voici venue l'heure de danser le
tango, le tango du feu et de la glace. »

La foule devint cinglée, hurlant et tapant des pieds.
Lennon attendit que le fracas s'apaise jusqu'à n'être plus
qu'un bourdonnement, puis y alla de sa voix charmeuse :

« Nous vous offrons ce soir un match en dix rounds,
catégorie poids lourds. Dans le coin blanc, culottes
blanches, un policier de Los Angeles, ancien professionnel, avec un palmarès de 43 victoires, 4 défaites et
2 nuls : 92,400 kg, mesdames et messieurs, le grand Lee
Blanchard ! »

Blanchard quitta son peignoir, embrassa ses gants et
s'inclina dans les quatre directions. Lennon laissa les
spectateurs redevenir dingues pendant quelques instants, puis il fit jaillir sa voix amplifiée au-dessus de la
foule :

« Dans le coin noir, 86,700 kg, un policier de Los
Angeles, invaincu après 36 combats professionnels
— Bucky Bleichert le Renard ! »

Je m'imprégnai des acclamations jusqu'au dernier
hourra, je mémorisai les visages du premier rang, j'es-

sayai de me convaincre que je n'allais pas me coucher. Le bruit dans le gymnase décrut et je m'avançai au centre du ring. Blanchard s'approcha; l'arbitre marmonna quelques mots que je n'entendis pas; M. Feu et moi nous touchâmes les gants. J'eus soudain une trouille à chier dans mon froc et repartis vers mon coin; Fisk me mit le protège-dents en place. Puis le gong retentit, c'était fini, tout commençait.

Blanchard chargea. Je l'accueillis au milieu du ring, par des séries de directs qu'il esquiva en se baissant et il se tint face à moi, feintant de la tête à droite et à gauche. Les directs ratèrent leur but et je continuai à tourner sur la gauche, n'essayant en rien de le contrer, dans l'espoir de lui faire prendre l'initiative du droit.

Son premier coup fut un crochet large du gauche au corps. Je le vis arriver et je rentrai dans l'attaque, au contact, avec un petit gauche croisé en direction de la tête. Le crochet de Blanchard me racla les côtes; c'était l'un des coups esquivés les plus puissants qu'on m'ait envoyés. Sa main droite était basse, et je réussis à placer un uppercut qui arriva au but, net et clair, et, pendant que Blanchard remontait sa garde, je lui balançai un une-deux dans les côtes. À reculons avant qu'il ait pu s'accrocher ou riposter au corps, je me ramassai un gauche au cou. Elle me secoua, je me remis en danseuse et je commençai à tourner autour de lui.

Blanchard se mit à suivre. Je restai hors de portée tout en lui mitraillant de directs la tête toujours mouvante, et la moitié de mes coups arrivaient au but, mais je m'obligeais à toucher bas de manière à ne pas lui rouvrir les arcades couturées de cicatrices. De sa position défensive, tête rentrée, corps baissé, Blanchard balançait de grands crochets au corps; je reculais et contrais de mes combinaisons de coups qui touchaient leur cible. Au bout d'une minute environ, j'avais réussi à synchroniser ses feintes avec mes directs et, lorsque sa tête revint en position, je lui plaçai quelques brefs crochets du droit dans les côtes.

Je dansais, je tournais, je lançais mes directs en rafales. Blanchard avançait et cherchait des ouvertures pour placer le grand coup. Le round tirait à sa fin, et je me rendis compte que les lueurs aveuglantes du plafond et la fumée du public avaient déformé mes repères. Je ne voyais plus les cordes. Par réflexe, je regardai au-dessus de mon épaule. Au retour, je me pris le grand coup, en plein sur le côté de la tête.

Je chancelai jusque dans les cordes, dans l'angle blanc ; Blanchard était sur moi, partout. La tête me résonnait et les oreilles me bourdonnaient comme si des Zero japs s'exerçaient à y faire leurs piqués. Je levai les mains pour protéger mon visage ; Blanchard me bombarda les bras de gauche-droite en crochets à pulvériser un bœuf pour me faire baisser ma garde. Je commençai à avoir les idées un peu plus claires, je bondis et je m'agrippai à M. Feu, de mes grosses pattes d'ours qui le tenaient serré de toute leur énergie ; à chaque seconde, je devenais plus fort dans notre danse d'ivrognes à travers le ring. Finalement, l'arbitre se mit de la partie et hurla « Break ». Je tins bon malgré tout et il dut nous séparer de force.

Je partis à reculons sur la pointe des pieds, le tournis et les bourdonnements d'oreilles avaient disparu. Blanchard vint sur moi, pieds à plat, garde ouverte. Je feintai du gauche, et Lee le Grand vint s'empaler en plein sur un droit parfait, lancé haut, au-dessus de l'épaule. Il alla au tapis et se retrouva sur le cul.

Je ne sais lequel de nous deux fut le plus choqué ; Blanchard était assis, la mâchoire pendante, écoutant le décompte de l'arbitre. J'allai jusqu'à un coin neutre. Blanchard se remit debout à sept et, cette fois, j'avançai à la charge. M. Feu s'était retranché, bien planté sur ses jambes écartées, prêt à vaincre ou à mourir. Nous étions presque à bonne distance l'un de l'autre prêts à frapper, lorsque l'arbitre se plaça entre nous et cria : « Le gong ! le gong ! »

Je retournai dans mon coin. Duane Fisk me retira le protège-dents et m'inonda d'une serviette mouillée : je regardai les fans, debout en train d'applaudir. Sur chaque visage, je voyais ce que maintenant moi aussi je savais : que je pouvais annuler net et clair le billet de Blanchard pour la gloire. Et, pendant une fraction de seconde, j'eus l'impression que chaque voix me hurlait de ne pas me coucher.

Fisk me fit faire demi-tour, me remit mon protège-dents et me siffla aux oreilles : « Ne te colle pas à lui ! Reste à distance ! Lâche ton direct ! »

Le gong retentit. Fisk sortit du ring ; Blanchard s'avança droit sur moi. Il s'était redressé, et il lança une série de directs qui s'arrêtaient juste avant de toucher leur but, en progressant d'un pas à chaque coup, prenant ma mesure pour son grand swing du droit. Je restai sur mes pointes à sautiller et j'envoyai des directs vifs et doublés mais de trop loin pour faire mal. J'essayai d'arriver à un rythme qui percerait Blanchard et lui laisserait découvrir son corps.

Presque tous mes coups touchaient ; Blanchard maintenait sa pression. Je lui cognai les côtes d'un droit. Il me rentra dedans d'un contre du droit.

À distance rapprochée, on s'envoyait des coups au corps des deux mains. Sans l'espace nécessaire pour acquérir de la vitesse, les coups n'étaient rien d'autre que des moulinets de bras et Blanchard gardait le menton serré au creux de sa clavicule, se méfiant de toute évidence de mes uppercuts qui transperçaient sa garde.

On restait près l'un de l'autre, ne touchant en oblique que nos bras et épaules respectifs. Je sentais la force brute de Blanchard qui surpassait la mienne dans le moindre de ses coups mais je ne fis aucune tentative pour m'en écarter, je voulais lui faire un peu mal avant de remonter sur mon vélo et reprendre mon rétropédalage. Je m'installais pour faire durer, une vraie guerre de tranchées, lorsque M. Feu se mit à jouer au plus fin, plus rusé que M. Glace en ses meilleurs jours.

Au milieu d'un échange au corps, Blanchard recula d'un pas et m'envoya une gauche méchante au ventre. Le coup fit mal, et je rompis, prêt à reprendre mes sautillements. Je sentis les cordes et relevai mon gauche, mais avant que j'aie pu rompre latéralement, un gauche-droite me toucha aux reins. Je baissai mon gauche et le gauche de Blanchard me cueillit à la pointe du menton.

Je rebondis sur les cordes et tombai à genoux au tapis. Les ondes de choc se propageaient de ma mâchoire à mon cerveau, j'eus la vision vacillante de l'arbitre en train de retenir Blanchard et de lui montrer le coin opposé. Je me relevai sur un genou et agrippai la corde du bas, puis je perdis l'équilibre et m'affalai sur le ventre. Blanchard était dans un angle neutre du ring, et d'être allongé sur le ventre rendit à ma vision toute sa clarté. J'aspirais à grandes goulées ; l'air frais apaisa ma sensation d'avoir une tête prête à craquer. L'arbitre revint vers moi et commença à compter. À six, j'essayai mes jambes. Les genoux flageolaient un peu mais je pouvais rester droit sans vaciller. Blanchard envoyait des baisers de ses gants en direction de ses fidèles ; et je me mis à hyperventiler si fort que je faillis en recracher mon protège-dents. À huit, l'arbitre essuya mes gants sur sa chemise et donna à Blanchard le signal de reprise du combat.

De colère, je perdis mon sang-froid tel un enfant humilié. Blanchard vint me chercher, en souplesse, les gants écartés, comme si je ne valais pas un poing serré. Je l'affrontai de face et lui balançai un direct imitation pichenette d'envapé, une fois à bonne portée. Blanchard esquiva le coup avec aisance — exactement ce qu'il était censé faire. Il prépara un super-swing du droit pour m'achever et, pendant qu'il prenait son recul pour frapper, je lui balançai de toutes mes forces un contre du droit sur le nez. Sa tête craqua, je suivis d'un crochet gauche au corps. M. Feu laissa tomber sa garde ; je me ruai dans l'ouverture d'un petit uppercut. Le gong retentit alors qu'il reculait dans les cordes en vacillant.

La foule psalmodiait : « Buck-kee ! Buck-kee ! Buck-kee ! » comme je rejoignais mon coin. Je recrachai mon protège-dents et aspirai l'air goulûment. Je regardai les fidèles et compris qu'il n'était plus question de paris, que j'allais réduire Blanchard en purée, que j'allais profiter des Mandats comme d'une vache à lait pour leur soutirer tout ce que je pourrais, méthodes de travail, ristournes sur impayés et pognon, que j'allais mettre le vieux dans un foyer avec l'argent, tout ce bon argent-là, que j'allais me payer le gâteau tout entier.

Duane Fisk hurla : « Cogne-le ! Cogne-le ! » Les grosses huiles de la justice du premier rang m'envoyaient de grands sourires. Je leur balançai en retour le salut Bucky Bleichert dans un éclair de dents chevalines. Fisk me fourra une bouteille d'eau dans la bouche, je me gargarisai et recrachai dans le seau. Il déboucha une capsule d'ammoniaque sous mes narines et replaça le protège-dents — puis ce fut le coup de gong.

On passait maintenant à du travail tout en prudence — tout en finesse — ma spécialité !

Pendant les quatre rounds qui suivirent, je dansai, feintai, envoyai mes directs à distance en jouant sur mon allonge supérieure, ne laissant jamais Blanchard m'accrocher, me bloquer ou me serrer dans les cordes. Je me concentrai sur un seul et unique point — ses sourcils bourrés de cicatrices — et vole, vole, vole, mon gant gauche vers sa cible. Si le direct atterrissait en plein, et que Blanchard levait les bras par réflexe, je rentrais sous sa garde et frappais au bide d'un crochet du droit. Blanchard réussissait à contrer la moitié du temps en me touchant au corps, et chaque coup qui portait enlevait chaque fois un peu de ressort à mes jambes et un petit *oomph* à mon souffle. À la fin du sixième round, les arcades de Blanchard ressemblaient à une crête de lambeaux ensanglantés et j'avais les flancs meurtris du sternum aux côtes flottantes. L'un comme l'autre, nous commencions à être à court de jus.

Le septième round fut une bataille de tranchées entre deux guerriers exténués. J'essayais de me maintenir hors de portée et de travailler mes directs ; Blanchard maintenait sa garde haute, essuyait de ses gants le sang qui lui coulait dans les yeux et protégeait ses blessures pour que mes coups ne les déchirent pas plus. Chaque fois que je perçais sa garde d'un une-deux sur les gants et au ventre, il me clouait d'un coup au plexus solaire.

Le combat était maintenant une guerre de chaque instant. J'attendais la huitième reprise et je vis que mes bleus se perlaient de gouttelettes de sang ; les cris de « Buck-kee, Buck-kee » me faisaient mal aux oreilles. De l'autre côté du ring, l'entraîneur de Blanchard lui tamponnait les arcades d'un crayon hémostatique et maintenait les chairs sanguinolentes en place au moyen de petites bandes d'adhésif. Je m'écroulai sur mon tabouret et laissai Duane Fisk me donner de l'eau et me malaxer les épaules, les yeux fixés grands ouverts sur M. Feu en personne pendant les soixante secondes, jusqu'à le faire ressembler au vieux pour me donner la haine et l'énergie nécessaires pour tenir le coup les neuf minutes à venir.

Le gong retentit. J'avançai au centre du ring, les jambes flageolantes. Blanchard à nouveau ramassé sur lui-même vint sur moi. Ses jambes tremblaient autant que les miennes, et je vis que ses coupures étaient refermées.

Je balançai un direct faiblard. Blanchard le reçut en pleine progression, mais il continua d'avancer, écartant le gant de sa tête, tandis que mes jambes refusaient de battre en retraite. Je sentis les lacets arracher des lambeaux de sourcils, les abdos rentrés, je vis le visage de Blanchard dégoulinant de sang. Mes genoux cédèrent, je crachai mon protège-dents et je partis en arrière en déséquilibre et atterris dans les cordes. Un droit comme une bombe amorça sa course dans ma direction mais je savais que j'aurais tout le temps de la contrer. Je mis toute ma haine dans mon poing droit et l'envoyai en plein sur la cible sanguinolente qui me faisait face. Je sentis le craquement reconnaissable entre mille des cartilages du nez, puis tout devint noir et jaune et brûlant. Je levai les yeux vers la lumière aveuglante et je sentis qu'on me soulevait ; Duane Fisk et Jimmy Lennon se matérialisèrent à mes côtés, en me tenant les bras. Je recrachai du sang et les mots : « J'ai gagné. » Lennon dit : « Pas c'soir, fiston. T'as perdu — K.O. au huitième. »

Les mots firent leur chemin. Ayant enfin compris, j'éclatai de rire et libérai mes bras. La dernière chose qui me traversa l'esprit avant que je ne m'évanouisse fut que j'avais réussi à sortir mon vieux de la mélasse — et *sans magouilles*.

On m'accorda dix jours de congé — sur les instances du médecin qui m'avait examiné à l'issue du combat. J'avais les côtes toutes bleues, la mâchoire enflée deux fois comme la normale, et le coup qui m'avait envoyé pour le compte avait déchaussé six de mes dents. Le médecin me dit ensuite que Blanchard avait le nez cassé, et qu'il lui avait fallu vingt-six points de suture. Considérant les dégâts de part et d'autre, il n'y avait pas de vainqueur véritable.

Pete Lukins collecta mes gains, et ensemble nous fîmes la tournée des foyers et résidences jusqu'à en trouver une qui parût adaptée à la cohabitation avec des humains — la villa du roi David, à un bloc à l'écart du Miracle Mile[1]. Pour deux bâtons par an et cinquante billets par mois déduits de son chèque de retraite, le

---

1. La rue aux boutiques-cafés… Les mini Champs-Élysées.

vieux aurait sa propre chambre, trois jardins publics et tout un assortiment d'activités de groupe. La majorité des résidents étaient de vieux Juifs, et l'idée me plaisait qu'un Boche cinglé aille passer le restant de ses jours dans le camp ennemi. Pete et moi l'installâmes là et, au moment du départ, il s'amusait à faire des bras d'honneur à l'infirmière en chef et à reluquer une fille de couleur qui faisait les lits.

Après cela, je me terrai dans mon appartement, à lire et à écouter du jazz à la radio, à engloutir soupes et crèmes glacées, les seules nourritures qui passaient encore. J'étais satisfait à l'idée d'avoir joué aussi serré que possible — et gagné à l'occasion la moitié du gâteau.

Le téléphone sonnait constamment ; puisque je savais que ce ne pouvait être que des reporters ou des flics présentant leurs regrets, je ne répondais jamais. Je n'écoutais pas les retransmissions sportives et je ne lisais pas les journaux. Je voulais une coupure bien nette avec la célébrité locale, et me terrer dans mon trou était la seule manière d'y parvenir.

Mes blessures se cicatrisaient, et au bout d'une semaine j'étais impatient de reprendre du service. J'en arrivai à passer des après-midi entiers assis sur les marches à l'arrière de la maison, à observer le chat de ma propriétaire chasser des piafs. Chico passait en revue un geai bleu, lorsque j'entendis une voix ténue m'appeler :

— T'en as pas encore marre ?

Je baissai les yeux. Lee Blanchard se tenait au pied des marches. Ses arcades étaient couturées de points de suture, son nez aplati et violacé. Je ris et dis :

— Ça vient ! ça vient !

Blanchard se passa les pouces dans la ceinture.

— Ça te dirait de bosser aux Mandats avec moi ?

— *Quoi ?*

— Tu as bien compris. Le capitaine Harwell a appelé pour te le dire, seulement, t'étais dans ta putain de période d'hibernation.

Je me sentais des picotements partout.

— Mais j'ai perdu. Ellis Loew a dit...

— Aux chiottes, ce qu'y raconte, Ellis Loew. Tu lis pas les journaux ? L'emprunt a été accepté hier, et ça, probablement parce que les électeurs en ont eu pour leur fric avec le combat qu'on leur a offert. Horrall a dit à Loew que Johnny était out, et que tu étais son homme. Tu veux la place ?

Je descendis les marches et tendis la main. Blanchard la serra en me faisant un clin d'œil.

Le duo était né. C'est ainsi que notre équipe vit le jour.

5

Le service des Mandats et Enquêtes de la Division de Central était situé au sixième étage de l'Hôtel de Ville, entre le bureau des Homicides du L.A.P.D. et la Division criminelle du bureau du Procureur : tout juste quelques cloisons qui délimitaient un espace où deux bureaux se faisaient face, avec deux classeurs débordant de dossiers et une fenêtre couverte d'une carte du comté de Los Angeles. Une porte vitrée en verre translucide, portant la mention PROCUREUR ADJOINT ELLIS LOEW, séparait le réduit du patron des Mandats et du procureur Buron Fitts — son patron à lui — mais rien ne le séparait de la tanière des inspecteurs de la Criminelle, une vaste pièce pleine de bureaux alignés et de panneaux de liège où s'épinglaient rapports, avis de recherches et mémos divers. Le plus délabré des deux bureaux d'enquêteurs portait une plaque au nom de SERGENT L.C. BLANCHARD. Le bureau qui lui faisait face devait donc être le mien et je m'affalai dans le fauteuil, voyant déjà AGENT D.W. BLEICHERT gravé dans le bois près du téléphone.

J'étais seul, et il n'y avait personne d'autre au sixième. Il était un tout petit peu plus de 7 heures du matin et j'avais pris mon premier jour de service en avance, pour savourer mes débuts de flic en civil. Le capitaine Harwell m'avait appelé pour me dire que je devais me présenter à mon nouveau service lundi matin, 17 novembre, à 8 heures. Ma première journée de travail débuterait par une réunion, résumé de tous les délits de la semaine écoulée, réunion obligatoire pour tout le personnel du L.A.P.D. et de la Division criminelle des services du Procureur. Lee Blanchard et Ellis Loew me feraient ensuite leur topo sur le boulot proprement dit, et après ça, ce serait la poursuite des criminels avec un mandat aux fesses.

Le sixième étage abritait les divisions d'élite du département : Criminelle, Mœurs, Cambriolages et Escroqueries voisinaient avec les Mandats de Central et la Brigade des inspecteurs de Central. C'était le domaine des flics spécialistes, des flics qui avaient de l'entregent politiquement parlant, des flics pleins d'avenir, et c'était chez moi, maintenant. J'étais vêtu de mon meilleur veston, de mon meilleur pantalon, mon revolver réglementaire dans son étui d'épaule tout neuf. Chaque homme des services de police m'était redevable des huit pour cent d'augmentation de salaire qui allaient de pair avec le vote de l'article 5. Ma cote dans le département ne allait grimper. Je me sentais prêt pour n'importe quoi.

Excepté revivre le combat. À 7 h 40, le repaire commença à se remplir d'agents râleurs qui grommelaient, qui sur leur gueule de bois, qui sur les lundis en général, qui sur Bucky Bleichert, le maître de ballet qui s'était transformé en cogneur, le petit nouveau du quartier. Je restai à l'abri des regards dans mon réduit jusqu'à ce que je les entende défiler dans le couloir. Lorsque la salle fut silencieuse, je descendis jusqu'à une porte marquée SALLE DES INSPECTEURS. Je l'ouvris et je fus accueilli par une ovation debout.

C'était une ovation style militaire, la quarantaine d'inspecteurs en civil debout à côté de leurs chaises applaudissant comme un seul homme. Je regardai à l'autre bout de la pièce et je vis au tableau noir « 8 % ! ! » écrit à la craie. Lee Blanchard se tenait près du tableau, à côté d'un homme pâle et gros à l'allure de gros ponte. Je portai mon regard sur M. Feu. Il sourit, le gros homme se déplaça en direction d'un pupitre et tapa dessus avec le poing. L'ovation s'éteignit ; les hommes prirent place sur leurs chaises. J'en trouvai une à l'arrière de la salle et je m'installai ; le gros homme frappa sur le pupitre une dernière fois.

— Agent Bleichert, voici les détectives de Central, les inspecteurs de la Criminelle, des Mœurs, Escroqueries et cætera, dit-il. Vous connaissez déjà le sergent Blanchard et M. Loew, je suis le capitaine Jack Tierney. Vous êtes tous les deux les deux héros du moment. Aussi, j'espère que vous avez apprécié votre ovation, parce que vous n'en aurez plus d'autre avant votre départ en retraite.

La salle éclata de rire. Tierney demanda le silence en tapant sur l'estrade et parla dans un micro :

— Assez de conneries. Voici le résumé des délits pour la semaine écoulée jusqu'au 14 novembre 1946. Ouvrez vos oreilles, c'est mignon tout plein.

« Pour commencer, trois braquages de magasins d'alcool, les nuits du 10-11, 12-11, 13-11, tous les trois à moins de dix blocs de Jefferson, Division d'University. Deux ados, blancs, avec fusils à canons sciés et tremblant de partout, de toute évidence des morphinos en manque. Les inspecteurs d'University n'ont pas de piste, et le patron de la brigade veut une équipe des Cambriolages sur place à plein temps. Lieutenant Ruley, vous venez me voir à 9 heures à ce sujet et vous tous vous passez le mot à vos indics — les braquages à la défonce, ça sent mauvais.

« En allant vers l'est, nous avons des putes qui travaillent en solo dans les bars-restaurants de Chinatown. Elles se font leurs michés dans les bagnoles en stationnement, et elles coupent l'herbe sous le pied des filles que Mickey Cohen fait marner dans le coin. Pour l'instant, c'est du petit délit, mais Mickey Cohen n'apprécie pas et les Bridés n'apprécient pas non plus parce que les filles de Mickey utilisent les hôtels de passe d'Alameda, là où les draps n'ont pas le temps de refroidir, et qui sont tous aux mains des Bridés. Tôt ou tard, on va se retrouver dans les emmerdes, aussi je veux qu'on calme les proprios de restaus et qu'on colle au gnouf pour quarante-huit heures toutes les putains de Chinatown qu'on pourra ramasser. Le capitaine Harwell nous détache une douzaine de flics de nuit en uniforme pour une descente un peu plus tard dans la semaine ; je veux aussi qu'on passe en revue tous les dossiers des putes fichées aux Mœurs et qu'on ressorte toutes les photos anthropos et tous les caissers de toutes les racoleuses free-lance qui bossent sur Central. Je veux deux inspecteurs de Central là-dessus, sous l'autorité des Mœurs. Lieutenant Pringle, vous me verrez à 9 h 15.

Tierney s'arrêta pour s'étirer ; je regardai autour de moi et vis que la plupart des agents prenaient des notes. J'étais en train de me maudire de n'avoir rien apporté lorsque le capitaine plaqua ses deux paumes sur le pupitre.

— Voici maintenant un sac de nœuds qui fait bien bicher votre vieux capitaine Jack. Je veux parler des cambriolages de Bunker Hill sur lesquels travaillent les sergents Vogel et Koenig. Fritzie, Bill, avez-vous lu le mémo du labo là-dessus ?

Deux hommes assis côte à côte quelques rangées devant moi répondirent « non, capitaine » et « non, monsieur ». J'examinai avec soin le profil du plus vieux des deux — le portrait craché du gros Johnny Vogel, en plus gras.

— Je suggère que vous le lisiez immédiatement

après ce briefing, dit Tierney. Pour le bénéfice de ceux d'entre vous qui ne sont pas directement concernés par l'enquête, les gars de l'identité ont découvert une série d'empreintes sur les lieux du dernier casse, tout près du vaisselier. Elles appartenaient à un Blanc du sexe masculin, du nom de Coleman Walter Maynard, 31 ans, deux condamnations pour sodomie. Un dégénéré qui viole les gamins, aussi sûr que deux et deux font quatre.

« La Conditionnelle du comté n'a rien sur lui. Il vivait dans un hôtel de passe où les casses ont commencé. À Highland Park, ils ont quatre affaires de sodomie non résolues, tous des gamins aux alentours de huit ans. C'est peut-être Maynard, c'est peut-être pas lui, mais entre ça et les cambriolages avec effraction, on pourrait peut-être lui arranger un aller simple pour Q[1]. Fritzie, Bill, vous êtes sur quoi d'autre en ce moment ?

Bill Koenig se pencha sur son calepin ; Fritz Vogel s'éclaircit la gorge et dit :

— On fait les hôtels du centre-ville. On a coincé deux voleurs de clés et arrêté quelques pickpockets.

Tierney frappa le pupitre d'un poing pesant.

— Fritzie, les voleurs de clés, c'était pas Jerry Katzenbach et Mike Purdy ?

— Si, monsieur, dit Vogel en se tortillant sur sa chaise.

— Fritzie, est-ce qu'y se sont dénoncés l'un l'autre ?

— Euh… oui, monsieur.

Tierney leva les yeux au ciel.

— Laissez-moi un peu éclairer la lanterne de ceux d'entre vous qui ne sont pas familiarisés avec Jerry et Mike. C'est des homos, et ils habitent avec la mère de Jerry dans un petit nid d'amour bien douillet à Eagle Rock. Ils partagent le même lit depuis l'époque où Dieu était encore au biberon, mais régulièrement, de temps à

---

1. Q : pénitencier de San Quentin, aussi connu sous l'appellation de Grand Q.

autre, il leur prend des envies et ça les démange : ils vont draguer le taulard, et y en a un qui cafte l'autre. Alors, l'autre lui rend la pareille et ils vont au trou tous les deux à la prison du comté. Tout le temps qu'y sont au frais, ils dénoncent les truands organisés, ils se farcissent les petits mignons qui traînent et récupèrent ainsi des réductions de peine pour leur boulot d'indic. Et ça fait des années que c'est comme ça, au moins depuis l'époque où Mae West était encore pucelle. Fritzie, sur quoi *d'autre* travaillez-vous ?

Une vague de ricanements se propagea dans la salle. Bill Koenig commença à se lever, se tordant le cou pour repérer les rieurs. Fritz Vogel le fit rasseoir, le tirant par la manche de sa veste et dit :

— Monsieur, nous avons aussi travaillé pour M. Loew. Nous avons recherché des témoins à sa demande.

La figure pâle de Tierney commençait à avoir la rougeur d'une betterave.

— Fritzie, c'est moi qui commande les inspecteurs de Central, ce n'est pas M. Loew. Le sergent Blanchard et l'agent Bleichert travaillent au service de M. Loew, ce n'est pas votre cas. Aussi, vous me laissez tomber ce que vous faites pour M. Loew, vous laissez les pick-pockets tranquilles et vous me ramenez Coleman Walter Maynard avant qu'il ne viole d'autres petits garçons, s'il vous plaît. Il y a un mémo sur ses relations connues au tableau d'affichage de la salle de Brigade et je suggère à tous les officiers de police d'en prendre connaissance. Maynard est en cavale et il se pourrait qu'il se planque chez l'une d'entre elles.

Je vis Lee Blanchard quitter la salle de conférences par une sortie latérale. Tierney feuilleta quelques liasses de papiers sur le pupitre et dit :

— Voici quelque chose de la part du chef Green qui pense que vous devriez être mis au courant. Depuis trois semaines maintenant, quelqu'un balance des chats crevés découpés en morceaux dans les cimetières du côté de Santa Monica et Gower. La Division d'Hollywood a déjà enregistré une demi-douzaine de plaintes à ce sujet. Selon le lieutenant Davis de la 77e Rue, ce serait la carte de visite d'une bande de jeunes Négros. On a balancé les chats pour la plupart dans la nuit de jeudi, et la piste de patins à roulettes d'Hollywood est ouverte aux bronzés le jeudi. Y a peut-être quelque chose à en tirer. Posez des questions autour de vous, touchez-en un mot à vos informateurs et transmettez tout ce qui vous paraît pertinent au sergent Hollander d'Hollywood. Passons aux homicides. Russ ?

Un homme de haute taille, cheveux gris et costume croisé immaculé, prit sa place sur l'estrade, le capitaine Jack s'écroula dans le premier fauteuil disponible. Il émanait de l'homme de grande taille un air d'autorité qui aurait plus convenu à un juge ou à un homme de loi qu'à un flic. Il me fit penser au pasteur luthérien aux manières si policées qui avait été le copain du vieux avant que l'Alliance ne figure sur la liste subversive. L'agent assis à mes côtés murmura : « Lieutenant Millard. Numéro deux de la Criminelle, mais c'est lui le vrai patron. Du vrai velours ! » J'acquiesçai et écoutai le lieutenant parler de sa voix de velours :

— … et le coroner a établi que l'affaire Russo-Nickerson était un meurtre plus suicide. C'est notre service qui s'occupe de l'accident avec délit de fuite de Pico et Figueroa du 10-11 ; nous avons localisé le véhicule : c'est une berline La Salle 39 abandonnée. Elle est enregistrée au nom d'un Mexicain de sexe masculin du nom de Luis Cruz, 42 ans, 1349 Alta Loma Vista à Pasadena Sud. Cruz a plongé deux fois dont une à Folsom — les deux fois pour cambriolage. Il y a longtemps qu'il a disparu de la circulation et sa femme prétend que la La Salle a été volée en septembre. Elle dit que c'est le cousin de Cruz qui l'a piquée, Armando Villareal, 39 ans, disparu lui aussi. C'est Harry Sears et moi qui avons pris l'affaire en main en premier et des témoins oculaires ont déclaré qu'il y avait deux Mexicains dans la voiture. D'autres renseignements, Harry ?

Un homme trapu et débraillé se leva et fit demi-tour pour faire face à la salle. Il déglutit plusieurs fois, puis bredouilla :

— L.L.L… La femme de Cruz b.b.baise le c.c.cousin. On n'.n'.n'a jamais d.d.déclaré le vol de la.la.la voiture et les voisins d.disent que la femme veut que le c.c.cousin, y viole sa liberté conditionnelle, comme ça, C.C.Cruz pourra pas être au courant.

Harry Sears se rassit brutalement. Millard lui sourit et dit :

— Merci, collègue. Messieurs, Cruz et Villareal sont maintenant en violation de la liberté conditionnelle accordée par l'État et fugitifs, priorité 1. Des avis de recherches et des mandats d'arrêt ont été lancés contre eux. Et voici le plus beau de l'histoire : ces deux mecs sont des poivrots finis, avec à leur compte plus d'une centaine de beuveries. Des poivrots chauffards, c'est un vrai danger public. Il faut les retrouver. Capitaine ?

Tierney se leva et hurla : « Rompez ! » Les flics s'agglutinèrent autour de moi, m'offrant leurs mains à serrer, m'assenant de grandes claques dans le dos, m'envoyant des pichenettes au menton. Je baignai dedans, je m'en imbibai jusqu'à ce que la salle de réunion se vide et qu'Ellis Loew s'approche de moi, en tripatouillant l'insigne Phi Beta Kappa[1] qui pendait à son gilet.

— Vous n'auriez pas dû vous colleter avec lui, dit-il en faisant tournoyer sa clé. Vous meniez aux points avec les trois juges arbitres.

Je soutins le regard du procureur.

— L'article 5 a été accepté, monsieur Loew.

— C'est exact, en effet. Mais certains parmi vos

---

1. Confrérie universitaire élitiste.

protecteurs y ont perdu de l'argent. Jouez le jeu de manière plus intelligente ici. Ne gâchez pas cette occasion comme vous avez gâché le combat.

— Alors, t'es prêt, pedzouille ?

Je fus sauvé par la voix de Blanchard. Je partis avec lui avant de faire quelque chose qui aurait tout gâché, tout de suite, là-bas, dès cet instant.

Nous fîmes route vers le sud dans la voiture particulière de Blanchard, un coupé Ford 40 avec un émetteur-récepteur de contrebande sous le tableau de bord. Lee continuait à me baratiner sur le boulot pendant que je regardais le spectacle des rues du centre-ville.

— La plupart du temps on s'occupe des avis de recherches prioritaires, mais de temps en temps il faut aller à la chasse aux témoins matériels pour Loew. C'est pas très fréquent. D'habitude, c'est Fritzie Vogel qui est son garçon de courses, avec Bill Koenig comme gros bras. Deux petits cons, l'un comme l'autre. De toute manière, y a des périodes de creux de temps en temps et on est censés faire le tour des postes de police et vérifier auprès des brigades si elles ont du travail prioritaire — des avis de recherches pour les tribunaux du coin. Chaque poste de police du L.A.P.D. dispose de deux hommes qui bossent aux Mandats et Recherches, mais ils passent la majeure partie de leur temps à courir après leurs indics. C'est pour ça qu'on est censés leur donner la main. Quelquefois, comme aujourd'hui, t'entends quelque chose au résumé de la semaine, ou tu repères un coup fumant sur le tableau. Si c'est très, très calme, on peut te demander de jouer au garçon de courses pour les bavards du service 92 et délivrer les assignations. Trois sacs le coup, de la gnognote, quoi. Le gros pognon, c'est les récups d'impayés. J'ai les listes des mauvais payeurs de chez H. J. Caruso pour Dodge[1] et des Frères Ycakel pour les Olds[1], tous les Négros mauvais payeurs que les

---

1. Dodge, Olds (Oldsmobile) : marques de voitures.

employés au recouvrement ont les chocottes de travailler au corps. Des questions, collègue ?

Je résistai à l'envie pressante de lui demander : « Pourquoi tu ne baises pas avec Kay Lake ? » et « Pendant qu'on y est, c'est quoi, son histoire ? »

— Ouais. Pourquoi t'as arrêté de combattre pour venir t'engager dans la police ? Et ne viens pas me raconter que c'est parce que ta petite sœur a disparu ou parce que mettre la main sur des criminels satisfait ton sens de l'ordre. J'ai déjà entendu ça deux fois, et ça ne prend pas.

Lee ne quitta pas la route des yeux.

— T'as des sœurs ? De jeunes mômes que tu aimes vraiment ?

— Ma famille est morte, dis-je en secouant la tête.

— Laurie aussi. J'ai compris quand j'avais quinze ans. Papa et maman ont dépensé des fortunes en avis de recherches et détectives privés, mais je savais qu'on l'avait zigouillée. J'ai toujours continué à me l'imaginer et à la voir grandir — Reine de la fête du lycée, des A partout, fondant sa propre famille. Ça faisait mal, très mal d'y penser, alors j'ai imaginé qu'elle tournait mal. Une pouffiasse, quoi, tu vois le genre. En fait, ça me rassurait de me dire ça, mais j'avais l'impression que je chiais sur son souvenir.

— Écoute, je suis désolé, lui dis-je.

Gentiment, Lee me donna un coup de coude.

— T'as pas à l'être, parce que t'as raison. J'ai laissé tomber les combats et je me suis engagé dans les flics parce que Benny Siegel m'avait lâché ses gars aux fesses. Il avait racheté mon contrat et foutu la trouille à mon manager, et il m'avait promis de m'arranger un combat avec Joe Louis si j'acceptais de me coucher deux fois pour ses beaux yeux. J'ai dit non et je suis devenu flic parce que les Juifs du syndicat ont des principes : ils ne descendent pas les flics. J'avais une trouille à en faire dans mon froc qu'il me fasse descendre quand même, alors, quand j'ai entendu que les braqueurs de Boulevard-Citizens avaient emporté de l'argent de Benny en même temps que celui de la banque, j'ai secoué les puces à mes indics jusqu'à ce qu'on m'amène Bobby De Witt sur un plateau. J'ai refilé l'enfant à Benny en premier. Son numéro deux l'a dissuadé de le faire zigouiller, aussi j'ai été donner le bébé aux inspecteurs d'Hollywood. Benny, c'est devenu un pote. Y me refile tout le temps des tuyaux sur les canassons. Question suivante ?

Je décidai de ne pas pousser le bouchon trop loin en l'interrogeant sur Kay. Je jetai un coup d'œil au-dehors, je vis que le centre-ville avait laissé place à des pâtés de maisons aux constructions petites et délabrées. L'épisode Bugsy Siegel me trottait encore dans la tête ; et ça trottait toujours lorsque Lee ralentit pour se garer au bord du trottoir.

Je lâchai :

— Mais, bordel !

Lee me dit :

— Ce coup-ci, c'est pour ma satisfaction personnelle. Tu te souviens du violeur de mômes sur les avis de recherches ?

— Bien sûr.

— Tierney a dit qu'il y a quatre agressions pour sodomie dont on n'a pas retrouvé le coupable à Highland Park, d'accord ?

— D'accord.

— Et il a dit aussi qu'y avait une note sur les fréquentations du violeur ?

— Oui, oui, mais…

— Bucky, j'ai lu la note en question et j'ai reconnu le nom d'un receleur. Bruno Albanese. Il fait ses affaires dans un restaurant mex à Highland Park. J'ai appelé la Brigade des inspecteurs de Highland Park et j'ai eu les adresses des agressions, et y en a deux qui sont à moins de cinq cents mètres du troquet où le fourgue a ses quartiers. Voici sa maison, et les R.I.[1] disent qu'il a une tapée de P.V. impayés, avec mandats d'amener délivrés. Tu veux un dessin pour la suite ?

Je sortis de la voiture et traversai une pelouse en façade, pleine de mauvaises herbes et jonchée de merdes de chien. Lee me rattrapa sur le perron et sonna ; de l'intérieur de la maison jaillirent des aboiements furieux.

La porte s'ouvrit, retenue au chambranle par une chaîne. Les aboiements s'amplifièrent ; à travers le jour de la porte, j'entr'aperçus une femme souillon. Je criai : « Police ! », Lee coinça le pied dans l'espace entre le chambranle et la porte ; je passai la main à l'intérieur et dégageai la chaîne de sécurité. Lee ouvrit la porte d'une poussée et la femme se précipita sur le perron en courant. Je pénétrai dans la maison, en m'interrogeant sur le chien. Je contemplais un salon dégueulasse lorsqu'un mastiff à la robe brune me bondit dessus, la gueule grande ouverte. Je tâtonnai pour dégager mon calibre mais le bestiau commença à me lécher la figure.

On resta là tous les deux, les pattes avant du chien en appui sur mes épaules, comme deux danseurs engagés dans un pas de deux. Une langue énorme me lapait le visage et la femme cria : « Sois gentil, Hacksaw[2], sois gentil ! »

J'attrapai les pattes du chien et le fis redescendre au sol, il tourna immédiatement son attention vers mon entre-deux. Lee était en train de parler à la Marie-souillon et lui montrait quelques tronches de truands. Elle secouait la tête en signe de dénégation, les mains sur les hanches, image parfaite de la citoyenne courroucée. Avec Hacksaw sur mes talons, j'allai les rejoindre.

— Madame Albanese, dit Lee, voici le policier res-

1. R.I. : Service des Recherches et Investigations.
2. Scie à métaux.

ponsable de l'enquête. Voulez-vous lui répéter ce que vous venez de me dire ?

La souillon secoua les poings ; Hacksaw explora l'entre-deux de Lee.

— Où est votre mari, la belle ? lui dis-je. On n'a pas toute la journée.

— J'lui ai dit et j'vous le dis aussi. Bruno a payé sa dette envers la société. Il n'a plus de liens avec les criminels et je ne connais pas de Coleman j'sais plus quoi. C'est un homme d'affaires. Le responsable de sa conditionnelle lui a dit de ne plus mettre les pieds dans le troquet mexicain, il y a deux semaines de ça, et je l'ai pas vu depuis. Hacksaw, sois gentil !

Je regardai le policier effectivement responsable qui dansait une valse hésitation avec un chien de deux cents livres.

— Ma belle dame, votre mari, c'est un receleur connu avec un nombre impressionnant de P.V. J'ai dans ma voiture une liste de marchandises volées, et si vous ne me dites pas où il est, je vous retourne la baraque jusqu'à ce que je mette la main sur quelque chose de brûlant. Puis je vous arrête, vous, pour recel de marchandises volées. Vous choisissez quoi ?

La souillon se mit à se marteler les jambes de ses poings serrés ; Lee réussit à remettre la bête sur ses quatre pattes et dit :

— Y a des gens qui réagissent mal quand on est gentil avec eux. Madame Albanese, vous connaissez la roulette russe ?

La femme fit la moue.

— Je ne suis pas stupide et Bruno a payé sa dette à la société.

Lee sortit de son dos, au creux des reins, un .38 à canon court. Il vérifia le barillet et le remit en place avec un claquement.

— Il y a une balle dans ce revolver. Tu te sens en veine, Hacksaw ?

— Woof, répondit Hacksaw.

La femme dit :

— Vous n'oseriez pas.

Lee mit le .38 contre la tempe du chien et appuya sur la détente. Le percuteur frappa dans le vide. La femme eut un haut-le-cœur et commença à pâlir. Lee dit :

— Encore cinq. Prépare-toi pour le paradis des chiens, Hacksaw.

Lee appuya sur la détente une deuxième fois. Je me retins de rire aux éclats lorsque le percuteur claqua une nouvelle fois sur une chambre vide et que Hacksaw se lécha les couilles, l'air de s'ennuyer à mourir. Mme Albanese priait avec ferveur, les yeux clos.

— L'heure d'aller rejoindre ton Créateur, mon toutou, dit Lee.

— Non, lâcha la femme d'un coup. Non, non, non, non ! Bruno, y s'occupe d'un bar à Silverlake, le Buena Vista, sur Vendome. Je vous en prie, laissez mon bébé tranquille.

Lee me montra le barillet du .38, vide, et nous retournâmes à la voiture accompagnés par l'écho des joyeux aboiements de Hacksaw derrière nous. Je ris tout le long du chemin jusqu'à Silverlake.

***

Le Buena Vista était un grill-bar ayant la forme d'un *rancho* espagnol — murs d'adobe blanchis et tourelles décorées de guirlandes lumineuses six semaines avant les vacances de Noël. L'intérieur était frais, tout de bois foncé. Il y avait juste à côté de l'entrée un long bar en chêne derrière lequel un homme essuyait des verres. Lee lui sortit son insigne et dit : « Bruno Albanese ? » L'homme lui montra l'arrière du restaurant, tout en baissant les yeux.

L'arrière du restaurant était étroit, avec banquettes en simili cuir et lumières tamisées. Des bruits de bâfrerie gloutonne nous menèrent jusqu'à la banquette la plus éloignée — la seule à être occupée. Un homme mince au teint sombre était penché au-dessus d'une assiette où s'empilaient haricots, chili et omelette mexicaine, et il engouffrait la bouffe à grandes pelletées comme si c'était son dernier repas sur terre.

Lee frappa sur la table :

— Police ! Êtes-vous Bruno Albanese ?

L'homme leva les yeux et dit :

— Qui ? moi ?

Lee se glissa sur la banquette et désigna le motif religieux de la tapisserie murale.

— Non, le môme dans l'étable. On va régler ça fissa, que je ne sois pas obligé de te regarder manger. Tu as aux fesses toute une collection de mandats, mais moi et mon collègue, on aime ton chien. C'est pour ça qu'on ne te coffre pas. C'est y pas gentil de notre part ?

Bruno Albanese rota, puis dit :

— Vous voulez dire que vous cherchez un indic ?

— Petit génie, va, dit Lee, en lissant la photo de Maynard qu'il avait posée sur la table. Il encule les petits garçons. On sait qu'il te revend sa marchandise et on s'en fout. Où est-il ?

Albanese regarda la photo et eut un renvoi.

— Jamais j'ai vu ce mec avant. Y a quelqu'un qui vous a raconté des craques.

Lee me regarda et soupira.

— Y a des gens qui réagissent mal quand on est gentil avec eux, dit-il.

Il saisit alors Bruno Albanese par le colback et lui écrasa la figure dans son assiette de graillon. Le gras lui rentra par la bouche, par le nez, par les yeux et Bruno se mit à battre des bras et à cogner la table de ses jambes. Lee le maintint en position, en psalmodiant : « Bruno Albanese était un brave homme. C'était un bon mari et un bon père pour son fils Hacksaw. Il n'était pas très coopératif avec la police, mais qui vous demande d'être parfait ? Collègue, peux-tu me donner une seule raison pour que je laisse ce connard en vie ?

Albanese se manifestait par des borborygmes divers ; le sang suintait dans ses fayots.

— Aie pitié de lui, lui dis-je. Même les fourgues ont droit à un dernier repas un peu meilleur que ça.

— Bien dit, répondit Lee, et il lâcha Albanese.

Celui-ci releva la tête, cherchant désespérément un peu d'air, haletant et sanguinolent, en essuyant de son visage l'équivalent de tout un livre de cuisine mexicaine. Une fois sa respiration retrouvée, il lâcha en sifflant comme un asthmatique :

— Les appartements du Versailles, sur la 6e et Saint-Andrews, chambre 803, mais ne dites pas que j'ai mouchardé !

— Bon appétit, Bruno, dit Lee.

— Tu es doué, lui dis-je.

Nous sortîmes du restaurant en courant et, pied au plancher, code trois, nous prîmes la direction de la 6e et de Saint-Andrews.

Les noms sur les casiers à courrier dans le hall du Versailles donnaient un Maynard Coleman à l'appartement 803. Nous prîmes l'ascenseur jusqu'au huitième. Personne ne répondit à notre coup de sonnette. Je mis mon oreille contre la porte. Rien. Lee sortit un trousseau de passes de sa poche et les essaya dans la serrure jusqu'à ce qu'il trouve la bonne et que le verrou s'ouvre d'un sec claquement.

On entra dans une petite pièce sombre où il faisait chaud. Lee alluma le plafonnier, illuminant un petit lit métallique couvert d'animaux en peluche — ours, pandas et tigres. Le pieu sentait la sueur et la pharmacie, une odeur de médicaments que je n'arrivais pas à identifier. Je plissai le nez, et Lee me donna la réponse :

— Vaseline et cortisone. Les pédés l'utilisent pour se lubrifier le cul. J'allais refiler Maynard au capitaine

Jack en personne, mais, après ça, je vais laisser Vogel et Koenig s'en occuper d'abord.

J'allai jusqu'au lit pour examiner les animaux ; ils portaient tous des bouclettes de chevelures d'enfants collées entre leurs pattes. Je frissonnai et regardai Lee. Il était pâle, le visage tordu et dévoré de tics. Nos regards se croisèrent, et nous quittâmes la pièce en silence pour reprendre l'ascenseur jusqu'au rez-de-chaussée.

Une fois sur le trottoir, je lui dis :

— Et maintenant ?

Lee me répondit d'une voix tremblante :

— On se trouve une cabine téléphonique et on appelle le service des Contraventions. On leur refile les pseudos de Maynard ainsi que son adresse et on leur demande s'ils ont récemment, disons dans le courant du mois, enregistré des P.V. à son nom. Si c'est le cas, on aura une description du véhicule et un numéro d'immatriculation. Je te retrouve à la voiture.

Je courus jusqu'au coin de la rue, trouvai une cabine et appelai les renseignements du service des Cartes grises, sur une ligne réservée à la police.

— C'est de la part ? me répondit un employé.

— Agent Bleichert, L.A.P.D., matricule 1611. Services des Immatriculations. Maynard Coleman ou Coleman Maynard, 643 Sud, Saint-Andrews. Probablement un achat récent.

— Ça marche, une minute.

J'attendis, calepin et crayon en main, pensant toujours aux animaux en peluche. Cinq bonnes minutes plus tard :

— On a trouvé.

— Allez-y.

— Berline De Soto, 1938, vert foncé, immatriculation B comme Bravo, V comme Victor, 1-4-3-2. Je répète B comme Bravo...

Je pris note, raccrochai et retournai à la voiture en

courant. Lee examinait de près un plan des rues de L.A. en prenant des notes.

— Je l'ai, lui dis-je.

Lee referma son plan.

— Il doit probablement traîner du côté des écoles. Il y a des écoles primaires du côté de Highland Park, là où ça s'est produit, et il y en a une demi-douzaine par ici. J'ai contacté par radio les permanences de Hollywood et de Wilshire et je leur ai dit ce qu'on avait. Les voitures de patrouille vont s'arrêter au passage devant les écoles et manger le morceau sur Maynard. Qu'est-ce qu'ils ont, aux Cartes grises ?

Je lui montrai mon calepin ; Lee se saisit du micro et mit l'appareil en position émission. On entendit des craquements, puis plus rien.

— Et merde, dit Lee. Allez, on roule !

***

On fit le circuit des écoles primaires d'Hollywood et de Wilshire. Lee conduisait, je balayais les trottoirs et les cours d'école du regard à la recherche d'une De Soto verte et de mecs traînant dans le coin. On s'arrêta une fois à une borne et Lee appela les postes de Wilshire et d'Hollywood, leur refila les tuyaux des Cartes grises et obtint l'assurance que l'info serait relayée à chaque voiture radio à chaque patrouille de la journée.

Durant toutes ces heures, on ne se parla guère. Lee avait les jointures toutes blanches à force de serrer le volant et on se traînait sur la file de droite. Le seul moment où il changeait d'expression, c'était quand il garait la voiture au bord d'un trottoir pour observer des mômes en train de jouer. Ses yeux se voilaient alors, ses mains tremblaient, et je croyais qu'il allait exploser ou s'effondrer en larmes.

Mais il se contentait de regarder, les yeux fixes, et le simple fait de revenir dans la circulation semblait le calmer. C'était comme s'il savait exactement jusqu'où il pouvait se laisser aller en tant qu'homme avant de revenir à son boulot de flic proprement dit.

Peu après 3 heures, on prit au sud sur Van Ness, pour passer devant l'école primaire de l'avenue Van Ness. On était à un pâté de maisons de là, près du Polar Palace[1], lorsque la De Soto verte BV 1432 nous croisa dans la direction opposée pour aller se garer sur le parking face à la patinoire.

— Il est à nous, dis-je. Polar Palace.

Lee fit demi-tour, direction le trottoir juste en face du parking, de l'autre côté de la rue. Maynard verrouillait la De Soto, les yeux sur un groupe de gamins qui se faufilaient vers l'entrée, patins à l'épaule.

— Viens, on y va, dis-je.

— Tu te charges de lui, me dit Lee. Je serais capable de perdre mon sang-froid, on ne sait jamais. Assure-toi que les mômes ne soient pas dans tes pieds et, s'il essaie le moindre geste farfelu, tue-le.

Les arrestations en solo et en civil étaient strictement non réglementaires.

— T'es dingue, c'est un...

Lee me poussa en dehors de la voiture.

— Va le choper, bordel de Dieu ! On exécute des mandats, on n'est pas dans une putain de salle de classe. Va le choper !

Je traversai Van Ness et me faufilai dans la circulation jusqu'au parc de stationnement, et j'entrevis Maynard qui entrait au Polar Palace, au beau milieu d'une flopée d'enfants. Je sprintai jusqu'à la porte d'entrée et j'entrai, en me disant à moi-même d'y aller mollo et en douceur.

L'air froid m'étourdit ; les yeux me piquaient à cause de la lumière crue qui se reflétait sur l'anneau de glace.

---

1. Patinoire.

Je mis ma main en visière et regardai autour de moi : des fjords en papier mâché et un étal à sandwiches en forme d'igloo. Quelques gamins virevoltaient sur la glace et un groupe poussait de grands «aaah» et «oooh» devant un ours polaire géant empaillé, debout sur les pattes de derrière, près d'une sortie latérale. Il n'y avait pas un seul adulte dans tout ça. Soudain, j'eus une idée : les toilettes pour hommes.

Un panneau m'indiqua le sous-sol. J'étais à mi-chemin des marches lorsque je vis Maynard remonter, avec, dans les mains, un petit lapin en peluche. La puanteur de la chambre 803 me revint ; à l'instant même où il allait me dépasser, je dis :

— Police ! Vous êtes en état d'arrestation.

Et je dégainai mon .38.

Le violeur leva les bras ; le lapin vola. Je repoussai l'homme contre le mur, le passai à la fouille et je lui menottai les poignets dans le dos. Le sang me cognait à la tête alors que je le poussais pour lui faire remonter les marches. Je sentis quelque chose qui me martelait les jambes.

— Laisse mon papa tranquille ! Laisse mon papa tranquille !

L'assaillant était un petit garçon en short et marinière. Il me fallut une demi-seconde pour reconnaître le gamin du violeur — la ressemblance était frappante. Le garçon s'accrocha à ma ceinture et continua à beugler : «Laisse mon papa tranquille.» Le père continua à beugler qu'on lui laisse le temps de dire au revoir et de trouver quelqu'un pour s'occuper du petit. Je continuai à avancer, remontant les marches et traversant le Polar Palace, mon revolver sur la tête du violeur, le poussant de mon autre main avec le gamin qui se traînait derrière, hurlant et cognant de toutes ses forces. Un attroupement s'était formé ; je criai : «Police» jusqu'à ce qu'on me laisse passer et que je voie la porte. Un vieux poivrot l'ouvrit pour moi, en lâchant :

— Hé ! Vous êtes pas Bucky Bleichert ?

En haletant, je lui dis :

— Attrapez le môme et appelez une infirmière.

On me débarrassa sans ménagements de la tornade en culottes courtes qui s'accrochait à mes basques. Je vis la Ford de Lee dans le parc de stationnement et je poussai Maynard tout le long du chemin, jusqu'à la banquette arrière de la voiture. Lee enclencha la sirène et laissa du caoutchouc sur la chaussée ; le violeur marmonnait un baratin sur Jésus. Mais je me demandais encore pourquoi le beuglement de la sirène ne parvenait pas à étouffer les hurlements du petit garçon pour son papa.

Nous laissâmes Maynard à la prison du tribunal et Lee téléphona à Fritz Vogel à la Brigade de Central pour lui annoncer que le violeur était incarcéré et prêt à subir un interrogatoire sur les cambriolages de Bunker Hill. Ensuite, retour à la mairie, coup de fil aux inspecteurs de Highland Park pour les informer de l'arrestation de Maynard, et autre coup de fil à la Juvénile d'Hollywood pour apaiser ma conscience à propos du petit. L'infirmière que j'eus au bout du fil me dit que Billy Maynard était là et qu'il attendait sa mère, l'ex-femme de Coleman Maynard, serveuse de drive-in six fois condamnée pour racolage. Il continuait à beugler qu'on lui rende son père, et je raccrochai en regrettant d'avoir téléphoné.

Suivirent trois heures de rédaction de rapport. Je rédigeai à la main le compte rendu de l'arrestation ; Lee le tapa à la machine, omettant l'épisode de l'effraction dans l'appartement de Coleman Maynard. Ellis Loew nous tournait autour dans le réduit pendant que nous travaillions en marmonnant : « Une arrestation du tonnerre ! » et « j'en ferai qu'une bouchée au tribunal, avec le môme ».

À 7 heures, les paperasses étaient terminées. Lee fit comme s'il cochait une case en l'air et dit :

— Et vous en mettrez un de plus sur le compte de Laurie Blanchard. T'as faim, collègue ?

Je me levai pour m'étirer, et l'idée de nourriture me parut soudain super. Je vis alors Fritz Vogel et Bill Koenig s'approcher de notre trou. Lee murmura :

— Fais risette ! Ils sont potes avec Loew.

De plus près, ils ressemblaient à deux rescapés de la ligne de défense des L.A. Rams[1] en état de délabrement avancé. Vogel était grand et gras, avec une énorme tête plate qui lui jaillissait du col de chemise, et les yeux bleus les plus clairs que j'aie jamais vus. Koenig était tout simplement impressionnant, dépassant mon mètre quatre-vingt-sept de cinq bons centimètres, avec une carcasse de ligne arrière qui commençait juste à se ramollir. Il avait le nez large et aplati, les oreilles en chou-fleur, la mâchoire de traviole et des dents minuscules et ébréchées. Il avait l'air stupide, Vogel avait l'air rusé, ils avaient tous deux l'air méchant.

— Il a avoué, dit Koenig en gloussant. Les mômes qu'il a empaffés et les casses. Fritzie dit qu'on va tous avoir des citations.

Il me tendit la main.

— Bien, le combat avec le Blondin.

Je serrai la grosse main et remarquai des traces de sang frais sur la manchette droite de Koenig.

— Merci, sergent, lui dis-je.

Puis je tendis la main à Fritz Vogel. Il la saisit pendant une fraction de seconde, me transperça d'un regard délibérément furieux et me lâcha la main comme s'il s'agissait d'une merde brûlante.

Lee m'envoya une claque dans le dos.

— Bucky, c'est le meilleur. De la cervelle et des couilles. Vous avez vu Ellis pour les aveux ?

— Ellis, c'est pour les lieutenants et au-dessus, dit Vogel.

---

1. Équipe de football américain.

— Je suis un privilégié, dit Lee en riant. À part ça, vous le traitez de youpin derrière son dos, qu'est-ce que ça peut vous faire ?

Vogel piqua un fard ; Koenig regarda autour de lui, la bouche ouverte. Quand il se retourna, je vis que du sang avait éclaboussé son plastron.

— Viens, Billy, dit Vogel.

Koenig suivit, obéissant, jusqu'à la salle de Brigade.

— Faire risette, hein ?

— Des connards, dit Lee en haussant les épaules. S'ils n'étaient pas flics, ils seraient à Atascadero. Fais ce que je dis, pas ce que je fais, collègue. Ils ont peur de moi, et toi, t'es qu'un bleu ici.

Je me creusai les méninges à la recherche d'une réplique cinglante. C'est alors que Harry Sears, l'air encore plus débraillé que dans la matinée, passa la tête dans l'embrasure de la porte.

— J'ai entendu quelque chose et je crois que vous devriez être mis au courant, Lee.

Il prononça ces mots sans l'ombre d'un bredouillement mais son haleine avait des relents d'alcool.

— Vas-y, envoie, dit Lee.

— J'étais à la Conditionnelle du comté, dit Sears, et le responsable m'a dit que De Witt venait de réussir son examen. Il sera mis en liberté conditionnelle sur L.A. au milieu de janvier. Je pensais que ça vous intéresserait.

Sears me salua de la tête et repartit. Je regardai Lee, qui était agité de tics nerveux comme dans la chambre 803 du Versailles. Je dis :

— Collègue…

Lee réussit à sourire :

— On va se manger un morceau. Kay fait du rôti en cocotte et elle a dit qu'il fallait que je te ramène à la maison.

***

Je suivis, rien que pour la femme, et restai abasourdi par la crèche : une maison aux lignes profilées, beige, style Art Déco, à quatre cents mètres au nord du Sunset Strip.

En franchissant la porte, Lee dit :

— Ne parle pas de De Witt ; Kay va être toute retournée.

J'acquiesçai et pénétrai dans un salon sorti tout droit d'un décor de cinéma.

Les lambris étaient d'acajou poli, le mobilier, style scandinave — du bois blond qui brillait en une demi-douzaine de teintes. Les murs étaient garnis de gravures, portraits d'artistes célèbres du vingtième siècle, et le sol couvert de tapis aux motifs décoratifs ultramodernes, gratte-ciel dans la brume et grands arbres dans une forêt, ou cheminées de quelque usine allemande et expressionniste. Un coin salle à manger était attenant au salon, il y avait des fleurs fraîchement coupées sur la table à côté de chauffe-plats qui exhalaient des arômes de bonne cuisine.

— Pas mal, pour un salaire de flic, dis-je. Tu touches quelques enveloppes, collègue ?

— Le fric mis à gauche pendant ma carrière de boxeur. Hé, chérie, tu es là ?

Kay Lake arriva de la cuisine, vêtue d'une robe fleurie qui faisait pendant aux tulipes sur la table. Elle me prit la main et dit :

— Bonjour, Dwight.

Je me sentais comme un loubard qui vient de débarquer sans qu'on l'ait invité au bal de fin d'année du lycée.

— Bonjour, Kay.

Elle me serra la main, puis la lâcha, mettant ainsi fin à la plus longue poignée de main de l'histoire.

— Vous et Leland coéquipiers ! À vous faire croire aux contes de fées, non ?

— Non, je ne crois pas, je suis plutôt du genre réaliste.

89

Je cherchai Lee du regard et vis qu'il avait disparu.

— Pas moi.

— Je l'aurais deviné.

— La réalité, j'en ai eu ma part, assez pour me durer une vie entière.

— Je sais.

— Comment le savez-vous ?

— Le *L.A. Herald Express*.

— Vous avez donc bien lu les articles sur moi, dit-elle en riant. Pour arriver à une conclusion, peut-être ?

— Oui. Les contes de fées, ça marche jamais.

Kay me fit un clin d'œil à la manière de Lee. J'eus le sentiment que c'était elle qui lui avait appris.

— C'est pour ça qu'il faut tout faire pour qu'ils deviennent réalité. Leland ! Le dîner est prêt.

Lee réapparut et nous nous installâmes pour le repas ; Kay fit sauter une bouteille de champagne et emplit les verres. Une fois nos verres pleins, elle dit :

— Aux contes de fées.

Nous bûmes, Kay les remplit à nouveau, et Lee dit :

— À l'emprunt municipal.

La deuxième dose de pétillant me piqua le nez et me fit rire. Je proposai à mon tour :

— À la revanche Bleichert-Blanchard, sur le terrain de polo, avec plus d'entrées que pour Louis contre Schmeling.

— À une deuxième victoire de Blanchard, dit Lee.

— Au match nul, et que le sang ne coule plus, dit Kay.

Nous bûmes et, après notre premier cadavre, Kay alla chercher une seconde bouteille dans la cuisine. Elle fit sauter le bouchon qui frappa Lee à la poitrine. Une fois nos coupes pleines, je sentis les premiers effets du truc à bulles et lâchai :

— À nous.

Lee et Kay me regardèrent comme au ralenti et je vis que nos mains inoccupées reposaient à quelques centimètres de distance sur la nappe. Kay remarqua que j'avais remarqué et me fit un clin d'œil ; Lee dit :

— C'est ici que j'ai pris le coup.

Nos mains se déplacèrent ensemble en une sorte de triade et nous portâmes le toast « À nous » à l'unisson.

***

Adversaires, puis coéquipiers et enfin amis. Kay était inséparable de l'amitié : elle ne venait jamais se mettre entre nous mais elle emplissait nos deux vies, hors des heures de travail, avec grâce et style.

Cet automne 46, nous allâmes ensemble partout. Au cinéma, Kay prenait la place du milieu entre nous deux et agrippait nos deux mains pendant les passages qui lui faisaient peur, le vendredi, au Malibu Rendez-vous, aux soirées dansantes avec grand orchestre, elle alternait les danses avec l'un puis avec l'autre et elle tirait toujours au sort le veinard qui aurait droit à la dernière série de slows avec elle. Lee ne fit jamais montre de la moindre parcelle de jalousie et l'invite de Kay perdit de son brûlant pour n'être plus qu'un petit feu qui couvait. Il était toujours là, pourtant, chaque fois que nos épaules se frôlaient, chaque fois qu'un indicatif à la radio ou une affiche amusante ou un mot de lui faisaient mouche sur nous deux de la même manière : instantanément, nos regards se trouvaient. Plus les choses s'apaisaient, plus je savais Kay disponible — plus je la désirais. Mais je laissai les choses suivre leur cours, non parce que ça aurait détruit notre équipe avec Lee, mais parce que la perfection de notre trio s'en fût trouvée dérangée.

Une fois notre service terminé, Lee et moi nous allions à la maison pour y trouver Kay en train de lire, soulignant des passages au crayon jaune. Elle faisait la cuisine pour trois et parfois Lee nous quittait pour se payer une bourre à moto sur Mulholland. C'est alors que nous parlions.

Lee était toujours à la périphérie de nos conversations, comme si c'était tricher que de parler de la force brute qui était notre point d'ancrage sans qu'elle fût présente : Kay parlait de ses six années d'université et de ses deux maîtrises que Lee avait financées grâce à ses bourses de boxeur, disant aussi à quel point son travail de professeur remplaçant convenait à merveille à la « dilettante surdiplômée » qu'elle était devenue, je lui racontais comment j'avais grandi, petit Boche à Lincoln Heights. On ne parla jamais de mes dénonciations à la Brigade des Étrangers ou de sa vie avec Bobby De Witt. Nous avions tous les deux l'intuition et le sens de l'histoire de l'autre, mais l'un comme l'autre, nous ne voulions pas de détails. J'avais la main, sur ce point : les frères Ashida et Sam Murakami étaient morts depuis longtemps, mais Bobby De Witt se trouvait à un mois d'être libéré sur parole à L.A., et je savais que Kay avait peur de son retour.

Si Lee était effrayé, il ne le montra jamais, mis à part le moment où Harry Sears lui avait refilé le tuyau, et jamais cela ne l'avait gêné, même au cours des meilleurs moments passés ensemble — ceux que l'on passait à travailler côte à côte aux Mandats et Recherches. J'appris, cet automne-là, ce qu'était réellement le travail de police, et Lee fut mon professeur.

De la mi-novembre jusqu'à la nouvelle année, on mit la main sur onze criminels, dix-huit délits de fuite et trois fugitifs en violation de liberté conditionnelle. À contrôler les rôdeurs suspects, on ramassa une demi-douzaine de mecs supplémentaires, tous pour usage de stupéfiants. On travaillait directement sous les ordres d'Ellis Loew, et aussi à partir des listes de délits et des bruits de couloir de la Brigade, le tout filtré par le flair de Lee. Sa manière de faire était parfois très indirecte et prudente, et parfois brutale, mais il était toujours très gentil avec les enfants, et lorsqu'il jouait les gros bras pour obtenir des renseignements c'était parce que c'était la seule manière d'arriver à des résultats.

C'est ainsi qu'on fit la paire, le bon et le méchant associés pour les interrogatoires ; M. Feu, c'était le dur, M. Glace, le tendre. Nos réputations de boxeurs nous donnaient un avantage supplémentaire dans les rues, et lorsque Lee jouait au pseudo-cogneur pour quelques renseignements, et que j'intercédais toujours en faveur du cogné, on arrivait au résultat recherché.

L'équipe n'était pas parfaite. Lorsqu'on était en service vingt-quatre heures d'affilée, Lee harcelait les défoncés pour quelques cachets de benzédrine dont lui-même avalait des poignées entières pour rester éveillé ; c'est alors que tous les Noirs devenaient « Sambo », les Blancs « connards » et les Mexicains « Pancho ». Toute sa sauvagerie ressortait au grand jour, réduisant à néant son extraordinaire finesse et, par deux fois, je dus le retenir pour de bon alors qu'il se laissait emporter par son rôle de méchant et de dur.

Mais c'était un prix dérisoire à payer pour tout ce que j'apprenais. Sous la tutelle de Lee, je devins bon, et vite, et je n'étais pas le seul à le savoir. Même si le combat lui avait coûté un demi-bâton de sa poche, Ellis Loew m'accueillait avec chaleur lorsque Lee et moi lui ramenions une cargaison de criminels qu'il se délectait de faire passer au tribunal, et Fritz Vogel, qui me haïssait pour avoir piqué les Mandats et Recherches à son fils, lui confia avec réticence que j'étais un superflic.

De manière surprenante, ma célébrité locale dura assez longtemps pour me mettre un peu de beurre dans les épinards. Pour les récups de bagnoles, Lee était un des favoris de H.J. Caruso, le concessionnaire aux annonces publicitaires célèbres à la radio. Quand le boulot tournait au ralenti, on faisait la traque à la tire impayée dans Watts et Compton. Lorsqu'on en trouvait une, Lee défonçait la vitre côté conducteur d'un coup de pied et chauffait la tire pendant que je montais la garde. On se rendait alors à la queue leu leu au parc de Caruso sur Figueroa, et H.J. nous refilait vingt sacs chacun. On discutait gendarmes, voleurs et boxe avec lui et, après le baratin, il nous faisait cadeau d'une bonne bouteille de bourbon, que Lee refilait ensuite par habitude à Harry Sears pour qu'il nous ait à la bonne, question tuyaux en provenance de la Criminelle.

Parfois, on retrouvait H.J. pour les combats en soirée le mercredi à l'Olympic. Il s'était fait construire une loge en bordure de ring pour se protéger lorsque les Mexicains du poulailler balançaient des pièces et des verres à bière pleins de pisse sur le ring, et Jimmy Lennon faisait les présentations pendant le cérémonial qui précédait les combats. De temps à autre, Benny Siegel faisait un saut jusqu'à notre loge, et il partait ensuite discuter le bout de gras avec Lee. Lee revenait toujours l'air un peu effrayé. L'homme qu'il avait jadis défié était le gangster le plus puissant de toute la côte Ouest et il avait une réputation de teigneux à la gâchette facile. Mais, d'habitude, Lee récupérait des tuyaux sur les canassons, et en général les chevaux que lui signalait Siegel gagnaient.

L'automne passa. Le vieux eut droit à une autorisation de sortie de la maison de repos et je l'amenai dîner à la maison. Il avait bien récupéré de son attaque, mais il n'avait toujours pas recouvré la mémoire de l'anglais et continuait à radoter en allemand. Kay le nourrit d'oie et de dinde et Lee écouta ses monologues en boche toute la nuit en plaçant : « Tu leur diras, grand-père » et « c'est dingue, mec » chaque fois que le vieux s'arrêtait pour reprendre sa respiration. Lorsque je le déposai à la maison de repos, il me fit signe du bras comme avec une batte et réussit à rentrer tout seul, comme un grand.

La nuit de la Saint-Sylvestre, nous allâmes jusqu'à Balboa Island pour nous offrir l'orchestre de Stan Kenton. On dansa en 1947, la tête pleine de champagne, et Kay tira à pile ou face pour voir qui aurait la dernière danse et le premier baiser au dernier coup de minuit. Lee gagna la danse et je les regardai tourbillonner sur la piste aux accords de *Perfidia*, sentant avec effroi combien ils avaient changé ma vie. Puis ce fut minuit, l'orchestre explosa, et je ne sus que faire.

Kay résolut le problème, en m'embrassant doucement sur les lèvres et en me murmurant : «Je t'aime, Dwight.» Une grosse femme me saisit et me fit couiner un mirliton dans la figure avant que j'aie pu lui retourner les mots qu'elle m'avait dits.

On rentra à la maison par l'autoroute de la côte Pacifique, une voiture parmi tout le flux des excités de l'avertisseur. Arrivés à la maison, ma propre voiture ne voulant pas démarrer, je me fis un lit dans le canapé pour m'écrouler presque aussitôt sous l'effet de toute la gnôle avalée. Aux environs du petit matin, je fus réveillé par de drôles de bruits étouffés par les murs. Je tendis l'oreille pour les reconnaître et je saisis des sanglots suivis par la voix de Kay, plus douce et plus basse que je ne l'avais jamais entendue. Les sanglots augmentèrent de violence — jusqu'à devenir des gémissements. Je m'enfonçai la tête dans l'oreiller et m'obligeai à retrouver le sommeil.

6

Le 10 janvier, à l'énoncé des délits de la semaine, je somnolai presque tout le temps, vu le nombre de banalités, pour être réveillé par l'aboiement du capitaine Jack.

— C'est tout. Lieutenant Millard, sergent Sears, sergent Blanchard et agent Bleichert, au bureau de M. Loew, immédiatement. Rompez !

Je pris le couloir jusqu'au sanctuaire privé d'Ellis Loew. Lee, Russ Millard et Harry Sears s'y trouvaient déjà, agglutinés autour du bureau à compulser une pile de l'édition du matin du *Herald*. Lee me fit un clin d'œil et m'en tendit un exemplaire, plié à la page des nouvelles locales. Je vis un article intitulé : « Le procureur de la Criminelle, candidat républicain aux primaires de 48 ». Je lus trois paragraphes faisant l'éloge d'Ellis Loew et mettant l'accent sur sa préoccupation majeure, les citoyens de Los Angeles. Je jetai le journal sur le bureau avant de me mettre à vomir. Lee dit :

— Et voici celui qui nous concerne. Hé, Ellis, vous vous mettez à la politique maintenant ? Dites-nous : « La seule chose dont il nous faille avoir peur, c'est la peur elle-même », qu'on voie un peu comment ça sonne dans votre bouche. L'imitation de FDR[1] par Lee lui valut les rires de tout le monde ; même Loew gloussa en nous tendant des copies carbone de casiers judiciaires accompagnées de photos de l'Identité.

— Voici le monsieur dont nous devons tous avoir peur. Lisez ça et vous comprendrez pourquoi.

Je lus le papier. Il racontait en détail la carrière criminelle de Raymond Douglas « Junior » Nash, blanc, sexe masculin, né à Tulsa, Oklahoma, en 1908. Ses premières condamnations remontaient à 1926 et comprenaient des séjours à la prison d'État du Texas pour viol, attaques à main armée, meurtre au premier degré et agressions. Il était recherché par l'État de Californie pour cinq chefs d'accusation : trois mandats pour vol à main armée dans le nord de l'État, comté d'Oakland, et deux à L.A. pour l'année 1944 : enlèvements avec viol et détournements de mineures avec incitations à la débauche. L'extrait de casier se terminait par des annotations de la Brigade de Renseignements de San Francisco qui déclarait que Nash était suspecté d'une douzaine de braquages dans la zone de la Baie ; on murmurait aussi qu'il avait fait par-

---

1. FDR : Franklin Delano Roosevelt (1882-1945), Président des États-Unis.

tie de la bande responsable de la tentative d'évasion à Alcatraz en mai 46. Pour terminer, je jetai un coup d'œil aux photos de l'Identité. Junior Nash était le portrait craché d'un bouseux de l'Oklahoma fouteur de merde : un long visage osseux, des lèvres minces, des petits yeux et des oreilles qui n'auraient pas déparé sur Dumbo.

Je regardai les autres, Loew lisait la prose du *Herald* dont il était le sujet ; Millard et Sears étaient toujours plongés dans les feuillets distribués, le visage impassible. Lee dit :

— Donnez-nous les bonnes nouvelles, Ellis. Il se trouve à L.A. et il fait des conneries, exact ?

Loew tripatouilla sa petite clé Phi Beta Kappa.

— Des témoins oculaires l'ont reconnu dans deux braquages de magasin à Leimert Park, le week-end dernier, ce qui explique qu'on ait parlé de lui à la réunion de ce matin. Il a balancé son flingue dans la figure d'une vieille dame pendant le second cambriolage, et elle est morte il y a une heure au Bon Samaritain.

— D-d-des complices c-c-connus ? bredouilla Harry Sears.

— Le capitaine Tierney a eu le S.F.P.D.[1] au bout du fil ce matin, dit Loew en secouant la tête. Ils disent que Nash est du genre loup solitaire. Apparemment, on l'avait recruté pour le coup à Alcatraz mais c'est l'exception. Ce que je…

— Y a-t-il un dénominateur commun parmi toutes ses agressions sexuelles ? demanda Russ Millard, en levant la main.

— J'y arrivais, dit Loew. Apparemment, Nash aime les jeunes Noires. Très jeunes, encore adolescentes. Toutes les plaignantes étaient des filles de couleur.

Lee me fit avancer vers la porte.

---

1. Services de police de San Francisco.

— On va passer au poste d'University pour y lire le rapport de l'inspecteur et on démarre à partir de là. Je parierais que Nash se planque quelque part du côté de Leimert Park. C'est un quartier blanc, mais y a du bougnoule au sud, du côté de Manchester. Ça fait des tas d'endroits où chasser la chagatte colorée.

Millard et Sears se levèrent pour partir. Loew s'avança vers Lee et dit :

— Essayez de ne pas me le tuer, sergent. Il le mérite amplement, mais essayez quand même.

Lee lui servit son sourire breveté, style diable en goguette :

— J'essaierai, monsieur. Mais assurez-vous de le descendre devant le tribunal. Les électeurs aiment bien voir griller des mecs comme Junior, ça les rassure la nuit venue.

Premier arrêt : poste de police d'University. Le patron de la Brigade nous montra les rapports des cambriolages et nous dit de ne pas perdre notre temps à quadriller la zone proche des deux magasins. Millard et Sears s'en chargeaient et essayaient aussi d'obtenir une meilleure description de la voiture de Nash, que l'on croyait être une berline blanche d'après-guerre. Le capitaine Jack avait donné un coup de fil à University pour leur passer le mot sur le penchant de Nash pour la fesse, et on avait expédié trois agents des Mœurs en civil pour explorer cette piste dans les bordels du quartier Sud spécialisés en jeunes filles de couleur. Les Divisions de Newton Street et de la 77e, au personnel presque entièrement de couleur, enverraient des patrouilles radio de nuit dans les coins où les jeunes Noirs se retrouvaient : boîtes à musique et salles de jeux, à la fois pour essayer de repérer Nash et dire aux mômes d'ouvrir l'œil.

Il n'y avait rien à faire pour nous deux à part patrouiller le secteur avec l'espoir que Nash se trouve toujours dans les parages et filer le tuyau aux indics de Lee. On décida de faire le grand circuit de Leimert Park et on se mit en route.

L'attraction principale du secteur était Creenshaw Boulevard, large avenue qui remontait au nord jusqu'à Wilshire et au sud jusqu'à Baldwin Hills; le boom de l'après-guerre s'y inscrivait tout le long en lettres de néon. Dans chaque pâté d'immeubles de Jefferson à Leimert s'alignaient des maisons autrefois de grand style, aujourd'hui délabrées et en cours de démolition, dont les façades étaient remplacées par des panneaux géants qui annonçaient en lettres énormes grands magasins, centres commerciaux géants, parcs de jeux pour enfants et salles de cinéma. Les promesses de fin des travaux s'échelonnaient de Noël 47 au début de 49 et j'eus soudain conscience que, d'ici 1950, toute cette partie de L.A. serait méconnaissable. En roulant plein est, des terrains vagues défilèrent qui verraient bientôt pousser de nouvelles maisons, puis, bloc après bloc, ce ne fut que bungalows d'avant-guerre, en adobe, qui ne se distinguaient que par leur couleur et l'état des pelouses de façade. Vers le sud, les vieilles maisons à ossature de bois prirent le relais, de plus en plus mal tenues au fur et à mesure de notre progression.

Dans les rues, on ne vit personne qui ressemblât à Junior Nash. Et tous les modèles récents de berlines blanches qu'on repéra avaient à leur volant soit une femme, soit le bon citoyen type.

Alors qu'on approchait de Santa Barbara et Vermont, Lee brisa notre long silence :

— Ce genre de circuit, c'est de la connerie : je vais faire jouer quelques faveurs qu'on me doit.

Il s'arrêta à une station-service et sortit direction la cabine téléphonique. J'écoutais les communications sur son émetteur-récepteur. Il se passa dix minutes ou à peu près avant que Lee revienne, pâle et en sueur.

— J'ai un tuyau. Un de mes indics me dit que Nash

est collé avec une pouffiasse, dans une piaule du côté de Slauson et Hoover.

Je coupai la radio.

— Y a que des Noirs par là. Tu crois…

— Putain, je te crois qu'on y roule, et illico.

On prit Vermont jusqu'à Slauson puis plein est, passant en face d'églises avec boutiques en rez-de-chaussée, salons de coiffure spécial défrisage, terrains vagues et magasins de spiritueux sans nom où seules les lettres S.P.I.R.I.T.U.E.U.X. clignotaient au néon à une heure de l'après-midi. Lee prit à droite sur Hoover puis ralentit et commença à scruter les porches des immeubles. On dépassa un groupe, trois Noirs et un Blanc plus âgé, qui tenaient salon sur les marches d'un boui-boui particulièrement dégueu. À les voir, je compris qu'ils nous avaient repérés.

— Des envapés, dit Lee. On dit que Nash traficote avec les bougnoules, alors on va les secouer un peu. S'ils sont pas nets, on pourra les presser pour qu'ils nous refilent une adresse.

J'acquiesçai ; Lee fit piler la bagnole au milieu de la rue. Une fois dehors, on s'approcha du groupe ; tous les quatre se mirent les mains dans les poches et commencèrent à traîner des pieds, figure classique du ballet des truands qu'on alpague un peu partout.

— Police, dis-je. Faites un câlin au mur, tout doux et mollo.

Ils se mirent en position pour être fouillés, bras au-dessus de la tête, paumes au mur, pieds écartés et en arrière. Lee prit les deux de droite ; le Blanc marmonna :

— Putain de… Blanchard ?

— Ta gueule, connard, répondit Lee en commençant à le fouiller.

Je commençai par le Noir du milieu, laissant mes mains courir le long des manches de son manteau, avant de lui retourner les poches. De la main gauche je sortis un paquet de Lucky et un briquet Zippo ; de la droite, une poignée de cigarettes de marijuana.

— Des joints, dis-je, en les laissant tomber par terre.

Je lançai un coup d'œil en direction de Lee. Le zazou négro à côté de lui mit la main à la ceinture ; un éclair de lumière frappa le métal au moment où sa main ressortait. Je hurlai : « Collègue ! » et sortis mon .38.

Le Blanc fit demi-tour. Lee lui expédia deux balles à bout portant dans la tête. Le zazou sortit une lame au moment même où je le mettais en joue. Je fis feu, il laissa tomber son couteau, porta les mains à la nuque et s'effondra contre le mur. Je me retournai et vis le Noir le plus éloigné essayer de sortir quelque chose de sa ceinture : je tirai trois fois. Il bascula en arrière avec violence ; j'entendis : « Bucky, baisse-toi ! » Une fois au sol, j'eus une vision à l'envers de Lee et du dernier Noir, tous les deux en train de dégainer à quelques mètres de distance. Lee fit feu par trois fois et les trois balles arrêtèrent le Noir au moment où il parvenait à mettre en joue un petit derringer. Il s'écroula, mort, une moitié du crâne en moins.

Je me relevai, regardai les quatre corps et le trottoir baigné de sang ; j'avançai en flageolant jusqu'au ruisseau où je me mis à vomir tripes et boyaux, jusqu'à ce que la poitrine me fasse mal. J'entendis les sirènes qui se rapprochaient et épinglai mon insigne au revers de ma veste avant de me retourner. Lee faisait les poches des macchabées et balançait joints et schlass sur le trottoir, à bonne distance des flaques de sang. Il s'approcha de moi et j'espérais qu'il aurait une vanne toute prête pour décompresser. Ce n'était pas le cas ; il chialait comme un môme.

***

Il nous fallut le reste de l'après-midi pour coucher dix secondes sur le papier.

On rédigea les rapports au poste de la 77ᵉ Rue. L'interrogatoire fut conduit par l'équipe de la Criminelle habituellement chargée de toutes les affaires où se trouvaient impliqués d'autres policiers et où s'étaient échangés des coups de feu. Ils nous déclarèrent que les trois Noirs — Willie Walker Brown, Caswell Pritchford et Cato Early — étaient des fumeurs d'herbe connus et que le Blanc — Baxter Fitch — avait plongé deux fois à la fin des années vingt pour violences. Comme tous quatre étaient armés et se trouvaient en possession de marijuana, on nous assura qu'il n'y aurait pas d'audition devant un Grand Jury.

Je pris l'interrogatoire calmement; Lee, beaucoup plus mal, tout tremblant et marmonnant qu'il avait alpagué Baxter Fitch pour vagabondage un paquet de fois quand il faisait le secteur de Highland Park, et qu'il l'aimait bien, ce mec, après tout. Je restai près de lui au poste, puis le guidai jusqu'à sa voiture à travers une meute de reporters et leurs volées de questions.

En arrivant à la maison nous vîmes Kay sur le perron; un regard à son visage hâve me dit qu'elle savait déjà. Elle courut vers Lee et le serra contre elle, en murmurant : «Oh! chéri! oh! chéri!» Je les regardai puis remarquai un journal posé sur la balustrade.

Je le ramassai. C'était l'édition spéciale du matin du *Mirror*, titrant sur cinq colonnes à la une : «Fusillade avec les flics boxeurs! Quatre truands tués!» En dessous du titre, se trouvaient des instantanés publicitaires de Feu et Glace, en tenue et position de combat, à côté des clichés anthropo des quatre morts. Je lus un compte rendu enfiévré de la fusillade et une resucée du combat d'octobre, puis j'entendis Lee hurler :

— Tu ne comprendras jamais, alors, fous-moi la paix, bordel de merde!

Lee partit en courant, le long de l'allée qui menait au garage, avec Kay sur ses traces. Je me tenais sur le perron, stupéfait par la découverte du point faible du plus solide enfant de putain que j'aie jamais connu. J'entendis la moto de Lee démarrer ; quelques secondes plus tard, il s'éloigna en laissant de la gomme sur le bitume pour virer à droite à quatre-vingt-dix degrés en crissant des pneus, en route pour une bourre brutale sur Mulholland.

Kay revint alors que le bruit du moteur mourait dans le lointain. Je lui pris les mains et dis :

— Il s'en remettra. Il connaissait un des gars, ce qui n'a pas arrangé les choses. Mais il s'en remettra.

— Tu prends ça bien calmement, me dit-elle avec un regard étrange.

— C'était eux ou nous. Tu veilleras bien sur Lee demain. Nous ne sommes pas de service, mais à la reprise, c'est un vrai salaud qu'on va courser.

— Et toi aussi, veille bien sur lui. Bobby De Witt sort dans une semaine ou deux et, à son procès, il a juré de tuer Lee et les mecs qui l'ont arrêté. Lee a peur, et je connais Bobby. On ne peut pas trouver pire.

— Chut, dis-je en serrant Kay dans mes bras. C'est Feu et Glace qui s'en occupent, t'en fais pas.

Kay se libéra.

— Tu ne connais pas Bobby. Tu ne sais pas tout ce qu'il m'a fait faire.

Je dégageai une boucle de cheveux qui lui cachait les yeux.

— Si, je le sais, et ça m'est égal. Je veux pas dire que je m'en fous mais...

— Je sais ce que tu veux dire, dit Kay en me repoussant.

Je la laissai partir, sachant que si je continuais elle me raconterait toute une tapée de trucs que je ne voulais pas entendre. La porte d'entrée claqua et je m'assis sur les marches, heureux de me retrouver seul, pour tenter d'y voir plus clair.

Il y a quatre mois de ça, j'étais un minable en voiture

radio et sans avenir. Aujourd'hui, j'étais inspecteur aux Mandats et Recherches, et grâce à moi un emprunt d'un million de dollars avait pu se faire ; et j'avais deux Noirs tués à mon actif. Le mois prochain, j'aurais trente ans, flic depuis cinq, toutes conditions requises pour pouvoir passer l'examen de sergent. Si je réussissais, et si je ne commettais pas de bourdes par la suite, je pourrais être lieutenant avant mes trente-cinq ans, et ce n'était qu'un début.

Je commençais à ne plus tenir en place ; je rentrai et je fouinai dans le salon feuilletant des revues et inspectant les étagères à la recherche de quelque chose à lire. J'entendis alors, quelque part à l'arrière de la maison, un bruit d'eau martelant le métal. Je m'y dirigeai et je vis que la porte de la salle de bains était grande ouverte : je pouvais palper la vapeur qui s'en échappait et je savais que cela m'était destiné.

Kay était nue, debout sous la douche. Son expression se figea dans l'absence, même au croisement de nos regards. J'absorbai tout de son corps, des seins tachés de rousseur et aux pointes sombres, aux hanches larges et au ventre plat, avant qu'elle ne fît volte-face. Je vis alors d'anciennes cicatrices de coups de couteau qui lui couvraient le dos, se croisant des cuisses aux reins. J'étouffai mes tremblements et m'éloignai, regrettant qu'elle se fût dévoilée à moi le jour où j'avais tué deux hommes.

II

39ᵉ ET NORTON

7

Je fus réveillé tôt le mercredi matin par un coup de téléphone qui interrompit mon rêve, illustration des manchettes du *Daily News* de mardi : « Des truands noirs abattus par Feu et Glace, les flics boxeurs », en compagnie d'une belle blonde qui avait le corps de Kay. Je crus que c'était la meute des journaleux qui n'avaient pas cessé de me casser les pieds depuis la fusillade, et je réussis avec bien du mal à décrocher pour reposer le combiné sur la table de nuit et replonger dans les bras de Morphée. Puis j'entendis : « Lève-toi et marche, collègue » et je soulevai l'appareil.

— Oui, Lee.

— Tu sais quel jour on est ?

— Le 15. Jour de paye. Tu m'appelles à six heures du mat pour… (Je m'arrêtai, sentant des traces de sur-excitation dans la voix de Lee.) Tout va bien ?

— Ça baigne. Je me suis payé Mulholland à cent quatre-vingts, j'ai joué à l'homme de maison avec Kay toute la journée. Et maintenant je m'emmerde. Un petit boulot de flic, ça te dirait ?

— Vas-y, ça m'intéresse.

— Je viens de voir un indic qui me doit, et gros. Il me dit que Junior Nash a un baisodrome, un garage sur Colisée et Norton, à l'arrière d'un bâtiment de couleur verte. Je te prends sur la distance ? Le perdant paye une bière au match de ce soir ?

Les manchettes des journaux dansaient devant mes yeux.

— Ça marche, dis-je avant de raccrocher.

Je m'habillai en un temps record, courus jusqu'à la voiture et bombai pendant la quinzaine de kilomètres qui me séparaient de Leimert Park. Lee était déjà là, appuyé contre sa Ford garée au bord du trottoir, face au seul bâtiment qui subsistait au milieu d'une zone de terrains vagues — une maison basse avec jardin d'un vert dégueulis avec une remise à deux étages à l'arrière.

Je me garai derrière lui et sortis de la voiture. Lee me fit un clin d'œil et dit :

— T'as perdu.

— T'as triché, répondis-je.

— T'as raison, dit-il en riant. J't'ai appelé d'une cabine. Les journaleux t'ont cassé les pieds ?

Je regardai lentement mon coéquipier de la tête aux pieds. Il avait l'air décontracté, mais en dessous ça le démangeait, et il avait repris sa bonne vieille façade de tous les jours, blague et ironie.

— Je suis resté dans mon trou, et toi ?

— Bevo Means est passé et m'a demandé comment je me sentais. Je lui ai répondu que j'aimerais pas ça comme régime quotidien.

Je lui montrai le jardin.

— T'as parlé aux locataires ? T'as vérifié pour la voiture de Nash ?

— Pas de véhicule, dit Lee, mais j'ai parlé au proprio. C'est lui qui loue cette remise à Nash. Il l'a utilisée une ou deux fois pour recevoir des nénettes, mais ça fait bien une semaine que le proprio l'a pas vu.

— T'es allé voir ?

— Non, je t'attendais.

Je dégainai mon .38 et le tins contre ma jambe ; Lee cligna de l'œil, m'imita et on traversa la cour pour arriver à la remise. Les portes en bois des deux étages avaient l'air en toc, avec un escalier branlant qui menait au premier. Lee essaya la porte du rez-de-chaussée, elle s'ouvrit en grinçant. On se plaqua au mur de chaque côté de l'entrée, je fis demi-tour et pénétrai dans la pièce, bras tendus et arme au poing.

Pas un bruit, pas un mouvement, rien que des toiles d'araignées et un plancher jonché de journaux jaunis et de vieux pneus. Je battis en retraite ; Lee prit le relais et monta les marches en tête sur la pointe des pieds. Sur le palier, il tourna la poignée, secoua la tête, ça ne marchait pas, et enfonça la porte du pied, l'arrachant de ses gonds.

Je montai les escaliers en courant ; Lee entra le premier, revolver en avant. Je le vis rengainer son calibre une fois arrivé en haut. Il dit : « De la merde de bouseux » en balayant la pièce entière d'un geste ample du bras. Je franchis le seuil et hochai la tête, d'accord avec lui.

La piaule puait le tord-boyaux. Presque toute la surface au sol était occupée par un lit aménagé à partir de deux sièges de voiture repliables ; il était couvert de crin de bourrage et de capotes usagées. De petites fiasques vides de moscatel s'empilaient dans les coins, et l'unique fenêtre était bouchée par les saletés et les toiles d'araignées. La puanteur me monta à la tête et j'allai à la fenêtre pour l'ouvrir. Je regardai au-dehors et vis un groupe de flics en uniforme et de civils, debout sur le trottoir de Norton, à mi-chemin du pâté d'immeubles en direction de la 39ᵉ Rue. Ils avaient tous le regard rivé sur quelque chose que masquaient les mauvaises herbes d'un terrain vague ; garés sur la rue se trouvaient deux voitures pie et un véhicule banalisé.

— Lee, viens un peu ici.

Lee passa la tête par la fenêtre et plissa les yeux.

— Il me semble que je reconnais Millard et Sears. Ils sont censés être à la chasse aux indics, aujourd'hui, alors peut-être…

Je sortis de la piaule en courant, dévalai les marches, tournai au coin de la rue pour me retrouver sur Norton, avec Lee sur mes talons. Je sprintai lorsque je vis s'arrêter dans un crissement de pneus le fourgon du coroner et la voiture de l'Identité. Harry Sears s'en envoyait un derrière la cravate au vu et au su d'une demi-douzaine d'agents ; je pus lire l'horreur dans son regard. Les photographes avaient pénétré dans le terrain vague et se déployaient, pointant leurs appareils en direction

108

du sol. Je me frayai un chemin à coups de coude entre deux agents de patrouille et vis ce qu'il en était.

C'était une jeune fille dont le corps nu et mutilé avait été sectionné en deux au niveau de la taille. La moitié inférieure gisait dans les mauvaises herbes à quelques mètres du haut, jambes grandes ouvertes. Sur la cuisse gauche, on avait découpé une large portion de chair et, de la taille tranchée au sommet de la toison pubienne, courait une entaille longue et béante. Les deux lèvres de peau étaient retroussées : il ne restait rien dans la plaie. La moitié supérieure était pire : les seins étaient parsemés de brûlures de cigarettes, celui de droite pendait, rattaché au torse par quelques lambeaux de peau ; celui de gauche était lacéré autour du téton. Les coupures s'enfonçaient jusqu'à l'os, mais le plus atroce de tout, c'était le visage de la fille.

C'était un énorme hématome violacé, le nez écrasé profondément enfoncé dans la cavité faciale, la bouche ouverte d'une oreille à l'autre en une plaie souriante qui vous grimaçait à la figure comme si elle voulait en quelque sorte tourner en dérision toutes les brutalités infligées au corps. Je sus que ce sourire me suivrait toujours et que je l'emporterais dans la tombe.

Je levai les yeux, j'avais froid sur tout le corps ; le souffle me parvenait en saccades. Des épaules, des bras me frôlèrent et j'entendis des voix qui se mêlaient au brouhaha : « Il ne reste pas une putain de goutte de sang », « C'est le meurtre de femme le plus dégueulasse que j'aie vu en seize ans », « Il l'avait attachée. Regarde, on voit les brûlures des cordes qui ont frotté sur ses chevilles. » Retentit alors un coup de sifflet, long et perçant.

La petite douzaine d'hommes présents cessa ses jacasseries et regarda Russ Millard. Il dit calmement :

— Il faudra mettre le holà avant que la situation ne devienne impossible. Si on fait à ce meurtre trop de publicité, on va avoir une quantité d'aveux. Cette fille a été éviscérée. Il nous faut des renseignements pour pouvoir éliminer les cinglés, c'est ça le problème. Aussi, ne parlez à *personne*. Ne dites rien à vos épouses, ne dites rien à vos petites amies, ne dites rien aux autres policiers. Harry ?

— Ouais, Russ, dit Harry Sears en serrant sa fiasque dans la paume de sa main pour que le patron ne la remarque pas. (Millard ne fut pas dupe du geste et leva les yeux de dégoût.) Je veux qu'aucun journaliste ne voie le corps. L'Identité, vous prenez des photos *maintenant*. Les hommes du coroner, mettez un drap sur le cadavre quand ils auront terminé. Les îlotiers, vous me délimitez un périmètre complet, depuis la rue jusqu'à deux mètres au-delà du cadavre, avec interdiction de pénétrer. Si un reporter quelconque essaie d'y pénétrer, vous l'arrêtez sur-le-champ. Lorsque les gars du labo seront ici pour examiner le corps, vous déplacez les journalistes de l'autre côté de la rue. Harry, tu appelles le lieutenant Haskins au poste d'University et tu lui demandes d'envoyer tous les hommes disponibles pour le quadrillage du secteur.

Millard regarda autour de lui et remarqua ma présence.

— Bleichert, qu'est-ce que vous faites ici ? Blanchard est là aussi ?

Lee était accroupi près du macchabée et prenait des notes sur son calepin. J'indiquai le nord et dis :

— Junior Nash a loué un garage à l'arrière du bâtiment, là-bas. On était en train de visiter la turne quand on a vu le chambard.

— Y avait-il du sang sur les lieux ?

— Non. Ça, c'est pas du Nash, lieutenant.

— Laissons les gars du labo seuls juges de la question. Harry !

Sears était à l'arrière d'une voiture pie, un micro à la main. Entendant qu'on l'appelait, il gueula :

— Ouais, Russ !

— Quand le labo arrivera, demande-leur de monter

dans cette baraque verte, au coin de la rue, et de passer le garage au crible, traces de sang et empreintes. Ensuite, je veux que la rue soit interdite…

Millard s'interrompit en voyant les voitures s'engager sur Norton, pour se diriger tout droit vers le tumulte ; je baissai les yeux en direction du cadavre. Les techniciens photo prenaient toujours cliché sur cliché sous tous les angles ; Lee notait toujours sur son calepin. Les hommes qui grouillaient sur le trottoir regardaient toujours le cadavre, avant de détourner les yeux. Dans la rue, les voitures déversaient reporters et photographes, et Harry Sears et son cordon d'agents en uniformes se tenaient prêts à les écarter. Ça me démangeait de regarder et je soumis la fille à une inspection détaillée.

Les jambes étaient écartées comme pour faire l'amour, et rien qu'à voir la manière dont les genoux étaient vrillés je sus qu'ils étaient brisés ; sa chevelure d'un noir de jais ne portait pas trace de sang comme si l'assassin lui avait fait un shampoing avant de la balancer là. Ce rictus de mort sinistre m'apparut comme l'atrocité ultime, les dents brisées qui transperçaient la chair ulcérée m'obligèrent à détourner les yeux.

Je retrouvai Lee sur le trottoir, il aidait à dérouler les cordes délimitant la scène du crime. La fixité de son regard me transperça, comme si tout ce qu'il était maintenant à même de voir n'était que des fantômes.

— Junior Nash, tu te rappelles ? lui dis-je.

Son regard vint droit sur moi.

— Ce n'est pas lui qui a fait ça. C'est une ordure, mais c'est pas lui.

Du bruit s'éleva de la rue comme arrivaient en nombre de nouveaux reporters, et les agents en bleu se crochetèrent les coudes en ligne de défense. Je hurlai pour me faire entendre :

— Il a battu une vieille femme à mort. C'est notre fugitif numéro un.

Lee m'agrippa les bras et les serra à les engourdir.

— Voici notre objectif numéro un, et nous restons. Je suis le responsable, et c'est moi qui décide.

Les mots tonnèrent autour de nous et des têtes se retournèrent dans notre direction. Je m'arrachai à sa prise et compris soudain qui était le fantôme de Lee.

— O.K., collègue.

L'heure qui suivit, la 39e et Norton se remplirent de véhicules de police, de journalistes et d'une énorme foule de badauds. On enleva le corps sur deux brancards recouverts d'un drap ; à l'arrière du bac à viande, une équipe du labo encra les doigts de la morte pour en prendre les empreintes avant de l'emmener à la morgue du centre-ville. Harry Sears transmit à la presse un communiqué qu'avait rédigé Russ Millard, de la bonne marchandise avec tous les détails, sauf ce qui concernait l'éventration du macchab. Sears partit pour l'Hôtel de Ville vérifier le fichier du bureau des Personnes disparues, et Millard resta sur place pour superviser l'enquête.

On déploya les techniciens du labo pour fouiller le terrain vague à la recherche d'éventuelles armes du meurtre et de vêtements de femme ; une autre équipe fut envoyée au baisodrome de Junior Nash pour essayer de découvrir d'éventuelles empreintes ou taches de sang. Puis Millard fit le compte des flics. Quatre hommes avaient la charge de régler la circulation et de garder les vampires en civil à distance, restaient douze agents en uniforme et cinq en civil, Lee et moi. Millard sortit un plan de sa voiture et divisa tout le quartier de Leimert Park en zones de patrouille à pied, puis il assigna à chaque homme un territoire ainsi qu'une série de questions à poser obligatoirement à chaque individu dans toutes les maisons, tous les appartements et tous les magasins : « Ces dernières quarante-huit heures, avez-vous entendu à un moment quelconque des hurlements de femme ? Avez-vous vu quelqu'un se débarrasser ou brûler des vêtements de femme ? Avez-vous remarqué des voitures suspectes ou des rôdeurs dans le quartier ? Ces dernières vingt-quatre heures, êtes-vous passé sur Norton Avenue entre la 39e Rue et la rue du Colisée ? Si oui, avez-vous remarqué quelqu'un dans les terrains vagues ? »

On m'assigna le secteur d'Olmsted Avenue, à trois blocs à l'est de Norton, de Colisée Sud à Leimert Boulevard ; on confia à Lee les magasins et les immeubles en construction sur Creenshaw, de la 39e Nord jusqu'à Jefferson. On se sépara après avoir décidé de se retrouver à l'Olympic à 8 heures.

J'ai marché, j'ai tiré des sonnettes, j'ai posé des questions, ne recevant que des réponses négatives, notant les adresses lorsque les appartements étaient vides, afin que la seconde vague de quadrillage puisse travailler à partir de ces numéros. J'ai parlé à des ménagères qui tétaient la bouteille en douce et à des loupiots gueulards ; à des retraités et des soldats en permission, et même à un flic de repos qui travaillait à la Division L.A. Ouest. Je plaçais dans le lot des questions sur Junior Nash et la berline blanche dernier modèle et je montrais mes photos. Tout ce que j'ai obtenu, ça a été un beau zéro ; à 17 heures, je retournai à ma voiture, dégoûté par ce dans quoi j'avais mis les pieds.

La voiture de Lee n'était plus là et l'Identité judiciaire installait des lampes à arc au coin de la 39e et de Norton. Je roulai jusqu'à l'Olympic espérant y passer quelques bons moments pour m'enlever de la bouche le mauvais goût que m'avait laissé la journée.

M. J. Caruso avait laissé des billets à notre intention au tourniquet d'entrée, ainsi qu'un petit mot disant qu'il ne passerait pas parce qu'il avait rencard. Le billet de Lee se trouvait toujours dans son enveloppe. Je pris le mien et me dirigeai vers la loge de M.J. Le combat préliminaire au programme poids coq avait déjà débuté, et je m'installai pour regarder le spectacle et attendre Lee.

Les deux minuscules Mex livrèrent un bon combat,

et le public y trouva son compte. Les pièces de monnaie tombaient comme s'il en pleuvait du poulailler, l'arène était pleine de cris en anglais et en espagnol. Après quatre rounds, je compris que Lee n'allait pas se pointer ce soir ; les deux coqs, saignant de toutes leurs coupures, me firent penser à la fille massacrée. Je me levai et partis, sachant exactement où je trouverais Lee.

Je retournai sur la 39ᵉ et Norton. Le terrain était éclairé comme en plein jour par des lampes à arc. Lee se tenait juste à l'intérieur du cordon qui délimitait les lieux. La nuit s'était rafraîchie ; il courbait les épaules, mains enfoncées dans les poches de sa veste, et regardait les techniciens du labo fouiller les herbes.

Je m'avançai. Lee me vit arriver et fit semblant de dégainer très vite pour m'abattre de ses doigts en pistolet, les pouces relevés comme des chiens. C'était le genre de truc qu'il faisait souvent lorsqu'il était chargé à la benzédrine.

— Tu étais censé me retrouver, tu te souviens ?

La lumière crue des lampes à arc donnait au visage de Lee, déjà à cran, un halo blanc bleuté.

— Je t'ai dit qu'ici, c'était la priorité numéro un. Tu te souviens ?

Je regardai au loin et vis d'autres terrains vagues illuminés.

— C'est peut-être une priorité pour le Bureau. Tout comme Junior Nash est la nôtre.

— Collègue, dit Lee en secouant la tête, c'est du gros qu'on tient. Horrall et Thad sont passés ici il y a deux heures. Jack Tierney a été détaché à la Criminelle pour superviser l'enquête, avec Russ Millard en second. Tu veux mon avis ?

— Dis toujours.

— Ça va faire la une de tous les canards. Une belle nana blanche se fait rétamer, le service tout entier, comme un seul homme, se met en chasse pour montrer aux électeurs que le nouvel emprunt leur a donné une police avec du cœur au ventre.

— Peut-être qu'elle était pas si belle que ça, la nana. Peut-être que la vieille dame que Nash a tuée était une adorable mamie. Peut-être qu'on pourrait laisser le Service s'en occuper de cette histoire, et retourner à nos moutons avant que Junior ne descende quelqu'un d'autre.

— T'en as encore d'autres, des comme ça ? dit Lee en serrant les poings.

J'avançai vers lui.

— Peut-être bien que tu as les jetons que Bobby De Witt soit dehors. Peut-être aussi que t'es trop fier pour demander mon aide pour lui foutre la trouille, qu'il n'aille pas traîner ses guêtres autour de la femme qui compte beaucoup pour nous deux. Peut-être qu'on va laisser le service marquer le point en mémoire de Laurie Blanchard.

Lee desserra les poings et s'éloigna ; je le regardai à se balancer sur les talons, j'espérais qu'il réagirait, qu'il se battrait comme un fou, qu'il m'enverrait des vannes, j'espérais n'importe quoi, sauf de le voir aussi blessé ; lorsque j'aperçus son visage, je serrai les poings à mon tour et je hurlai :

— Parle-moi, bordel de Dieu ! On fait équipe, non ? On a descendu quatre putains de mecs à nous deux, et, aujourd'hui, tu te mets à jouer au con !

Lee fit demi-tour. Il me fit son sourire démoniaque breveté, mais ce fut un sourire triste et usé, une réaction purement instinctive. Sa voix était rauque, prête à se briser.

— Quand Laurie jouait, c'était moi le chien de garde. J'étais une tête de cochon, et tous les autres mômes avaient peur de moi. J'avais des tas de petites copines — tu sais, le genre romantique ; comme quand on est gamin. Les filles me taquinaient toujours à propos de Laurie, sur les heures que je passais avec elle, comme si c'était elle ma véritable petite amie.

« Tu comprends, je veillais sur elle. Elle était jolie, et avec les autres c'était toujours elle le centre d'intérêt.

« Papa disait toujours qu'il fallait que Laurie prenne des cours de danse, des cours de piano, des cours de chant. Moi, je devais faire le même boulot que lui, dans la milice des gros bras à l'usine de pneus Firestone, alors que Laurie allait être une artiste. C'était que des mots, mais j'étais gamin et, pour moi, c'était la vérité.

« En tout cas, à peu près à l'époque où elle a disparu, Papa me tannait avec ses discours sur les cours de ma sœur, et ça me rendait furieux envers Laurie. J'ai commencé à la laisser tomber quand elle allait jouer après l'école. Y avait cette fille un peu dingue qui est venue habiter dans notre coin. C'était une allumeuse, et ça la branchait de prendre sa douche et de se montrer à poil devant tous les gars. J'étais en train de la sauter lorsque Laurie s'est fait enlever, alors que j'aurais dû être en train de veiller sur ma sœur.

J'avançai la main pour saisir le bras de mon équipier et lui montrer que je comprenais. Lee repoussa ma main.

— Ne me dis pas que tu comprends, parce que j'vais te dire ce qui rend l'histoire encore plus dégueulasse. Laurie s'est fait descendre. Y a un taré quelconque qui l'a étranglée ou découpée en morceaux. Et quand elle est morte, mes pensées pour elle n'étaient pas très jolies. Je me disais que je la détestais parce que Papa la considérait comme une princesse alors que, pour lui, j'étais qu'une grosse brute. J'ai imaginé ma sœur en cadavre, un cadavre lacéré comme celui de ce matin, et ça m'a fait rire dans les bras de cette morue, en train de la baiser et de siffler la gnôle de son vieux.

Lee prit une profonde inspiration et m'indiqua un endroit au sol à quelques mètres de là. On avait délimité un second périmètre à l'intérieur du premier et marqué à la chaux les deux emplacements du corps découpé.

Mon regard se figea sur le pourtour des jambes écartées. Lee dit :

— Je vais le trouver. Avec ou sans toi, je vais le trouver.

Je réussis à esquisser le fantôme d'un sourire.

— À demain, à l'Hôtel de Ville.

— Avec ou sans toi !

— J'ai compris, lui dis-je, et je retournai à la voiture.

En mettant le contact, je vis s'éclairer un autre terrain vague, à un bloc de là, en direction du nord.

8

En pénétrant dans la salle de brigade, le lendemain matin, la première chose que je vis, ce fut Harry Sears plongé dans la lecture des titres du *Herald* : « Chasse au loup-garou sadique découpeur de femmes », « Où est son repaire ? » La seconde, c'était cinq hommes côte à côte, deux épaves, deux monsieur tout-le-monde et un prisonnier en uniforme bleu, attachés à un banc par des menottes. Harry déposa son journal, en bégayant : « Z-z-z' ont avoué, z-z-z' ont dit qu'y z-z-z' avaient découpé la fille. » J'acquiesçai d'un signe de tête et j'entendis des hurlements sortir de la salle d'interrogatoire.

Quelques instants plus tard, Bill Koenig fit sortir un gros tas de lard par la porte en annonçant à la cantonade : « C'est pas lui. » Deux agents, à leurs bureaux, tapèrent des mains en signe de sarcasme : une demi-douzaine d'autres détournèrent la tête, d'un air dégoûté.

Koenig poussa le gros homme dans le couloir.

— Où est Lee ? demandai-je à Harry.

Harry me montra le bureau d'Ellis Loew.

— Av-av-avec Loew. Y a aussi des-des-des journalistes.

117

Je m'approchai et jetai un œil dans l'embrasure de la porte. Ellis Loew se tenait derrière son bureau, en plein cinéma devant une vingtaine de pisse-copie. Lee était assis aux côtés du procureur, vêtu de son seul et unique costume. Il avait l'air fatigué — mais loin d'être aussi à cran que la nuit dernière.

Loew pérorait froidement :

— … et la nature haineuse de ce crime en fait une priorité absolue : nul effort ne sera épargné pour capturer ce démon dans les meilleurs délais. Un nombre conséquent de policiers d'expérience, dont M. Feu et son coéquipier M. Glace, ont été détachés par leurs services respectifs pour participer à l'enquête. La qualité même des policiers chargés de l'affaire nous laisse espérer des résultats positifs très rapidement. En outre…

Le sang me cognait à la tête si fort que je n'arrivais plus à entendre. Je commençai à pousser la porte d'un cran supplémentaire ; Lee m'aperçut, salua Loew d'une courbette et sortit du bureau. Il me traîna dans le petit réduit du service des Mandats. Je fis demi-tour.

— T'as réussi à nous faire détacher, exact ? Lee mit les mains à plat sur ma poitrine comme pour m'empêcher d'avancer.

— T'emballe pas ! Tout doux, d'accord ! J'ai d'abord rédigé un mémo pour Ellis. J'y ai mis qu'on avait vérifié tous les tuyaux sur Nash et qu'il s'était taillé de notre juridiction.

— Mais t'es complètement cinglé !

— Chut. Écoute, ça, c'était juste pour qu'il n'y ait pas de couille dans le pâté. L'avis de recherches sur Nash tient toujours, son baisodrome est toujours sous surveillance, et tous les flics du quartier Sud sont sur le qui-vive pour lui filer un aller simple. Je vais moi-même à sa piaule cette nuit. J'ai des jumelles, et je crois qu'avec ça et les lampes à arc je serai capable de lire les plaques des bagnoles qui se baladent sur Norton. Peut-être même que l'assassin va revenir dans le coin pour prendre son pied. J'aurai ainsi tous les numéros d'immatriculation et j'irai vérifier au service des Cartes grises ainsi qu'aux Recherches et Investigations.

— Nom de Dieu, Lee, répondis-je dans un soupir.

— Collègue, tout ce que je veux c'est une semaine sur la fille. Nash, on s'en occupe et, s'il se fait pas piquer d'ici là, on se remet sur le coup avec lui comme objectif prioritaire.

— Il est trop dangereux pour qu'on le laisse filer. Tu sais ça aussi bien que moi.

— Collègue, je t'ai dit « on s'en occupe ». Et viens pas me raconter maintenant que tu veux plus qu'on parle de toi après les bougnoules descendus. Ne me dis pas que t'es pas au courant que la nana morte, c'est un truc plus juteux que tous les Junior Nash du monde.

Je vis d'autres grands titres avec, dedans, Feu et Glace.

— Une semaine, Lee. Pas plus.

— Ça, c'est une parole de flic, dit-il dans un clin d'œil.

La voix du capitaine Jack retentit dans l'interphone : « Messieurs, tous à la salle de réunion. Immédiatement. »

Je m'emparai de mon calepin et traversai la salle de jour. Les rangs de ceux qui venaient avouer avaient grossi, les nouveaux venus étaient maintenant attachés aux radiateurs et aux tuyaux de chauffage. Bill Koenig filait des mandales à un vieux mec qui voulait parler au maire Bowron ; Fritzie Vogel notait des noms sur un bloc à pince. La salle de réunion ne comportait que des places debout. Elle était pleine d'hommes de Central et du service et d'une chiée de flics en civil que je n'avais jamais vus auparavant. Le capitaine Jack et Russ Millard se tenaient devant, à côté d'un micro sur pied. Tierney tapota le micro, s'éclaircit la voix et parla :

— Messieurs, ceci est une réunion générale d'information sur le 187 de Leimert Park. Je suis sûr que vous avez tous lu les journaux et que, tous, vous savez que c'est un putain de sale boulot. Ça va aussi être un putain de gros boulot et ce ne sera pas du gâteau. Le bureau du maire a reçu des quantités d'appels et le chef Horrall a reçu des appels de quantité de gens qui comptent sur nous pour continuer à vivre en paix. Ce truc sur le sadique découpeur va nous amener encore plus d'appels, aussi, ne perdons pas notre temps.

« Je commencerai par définir les tâches de commandement. J'ai la charge de l'enquête, le lieutenant Millard sera mon officier d'exécution et le sergent Sears fera la liaison entre les divisions. L'adjoint du procureur Loew sera notre contact auprès de la presse et des autorités civiles, et les agents dont les noms suivent sont détachés à la Criminelle de Central, à compter du 16-1-47 : sergent Anders, inspecteur Arcola, sergent Blanchard, agent Bleichert, sergent Cavanaugh, inspecteur Ellison, inspecteur Grimes, sergent Koenig, inspecteur Liggett, inspecteur Navarette, sergent Pratt, inspecteur J. Smith, inspecteur W. Smith, sergent Vogel. À l'issue de cette réunion, vous verrez le lieutenant Millard. Russ, ils sont à vous.

Je sortis mon stylo et me fis un peu de place pour écrire en repoussant du coude mon voisin le plus proche. Tous les flics autour de moi faisaient la même chose : on pouvait sentir leur attention se river sur le devant de la pièce.

Millard parla de sa voix de maître du barreau :

— Hier, 7 heures, Norton Avenue entre la 39e et Colisée. Une jeune femme morte, nue, coupée en deux, dans un terrain vague, à peu de distance du trottoir. Torturée de toute évidence, mais je n'en dirai pas plus tant que je n'aurai pas vu le légiste — le Dr Newbarr fera le travail cet après-midi à l'hôpital Queen of Angels. Pas de journalistes, il y a certains détails que je ne veux pas qu'ils connaissent.

« La zone a déjà été passée au peigne fin — pas de pistes pour l'instant. Il n'y avait pas de sang là où nous avons trouvé le corps, de toute évidence, la fille a été tuée ailleurs et on a abandonné son cadavre dans le coin. C'est rempli de terrains vagues par là et on les ratisse l'un après l'autre, à la recherche d'armes et de traces de sang. Un suspect — vol à main armée et homicide — louait un garage dans le bas de la rue, on a vérifié l'endroit pour ce qui est des empreintes et des taches de sang. Les gars du labo n'ont strictement rien trouvé et, pour ce qui est de la fille, Nash n'est pas considéré comme suspect.

« Il n'y a toujours pas d'indications sur l'identité de la morte, rien qui corresponde dans les dossiers des Personnes disparues. On a transmis ses empreintes par télétype et on devrait avoir des réponses très bientôt. C'est un coup de téléphone anonyme au poste d'University qui a tout déclenché, d'ailleurs. L'agent qui a pris la communication a dit que c'était une femme complètement hystérique qui accompagnait sa petite fille à l'école. La femme n'a pas donné de nom et a raccroché, et je crois que nous pouvons l'éliminer comme suspecte.

Millard changea de voix et prit un ton patient et professoral.

— Jusqu'à l'identification du corps, toute l'enquête doit être centrée sur le secteur de la 39e et de Norton, et la première chose à faire, c'est de repasser toute la zone au peigne fin.

Un long grondement collectif s'éleva. Millard se renfrogna et dit :

— Le poste d'University servira de poste de commandement, et il y aura des agents de bureau sur place pour taper les notes au propre et centraliser les rapports des agents de terrain. Les employés aux écritures établiront les comptes rendus des rapports ainsi que le catalogue des indices recueillis. Ils seront épinglés sur le tableau de la brigade à University et toutes les divisions du L.A.P.D. et du shérif recevront des copies carbone. Ceux qui viennent d'autres brigades, vous rapporterez les renseignements recueillis aujourd'hui auprès de vos postes respectifs et vous les ferez passer sur toutes les listes de délits, pour chaque équipe. Tout renseignement recueilli par les patrouilles devra être transmis à la Criminelle de Central, poste 411. Passons maintenant au quadrillage : j'ai des affectations prévues pour chacun de vous sauf Bleichert et Blanchard. Bucky et Lee, vous prendrez les mêmes secteurs qu'hier. Quant à ceux des autres divisions, restez sur place ; le reste des hommes détachés par le capitaine Tierney, venez me voir. C'est tout.

Je bousculai du monde pour franchir la porte et je descendis l'escalier de service jusqu'au parking car je voulais éviter Lee et mettre quelque distance entre lui et mon accord sur son mémo au sujet de Nash. Le ciel avait viré au gris sombre et, pendant tout le trajet jusqu'à Leimert Park, je songeais aux orages qui élimineraient tous les indices des terrains vagues, qui expédieraient l'enquête sur la fille en morceaux à vau-l'eau et laveraient les remords de Lee sur sa petite sœur dans les profondeurs des égouts jusqu'à ce que les caniveaux débordent et que jaillisse la tête de Junior Nash, suppliant qu'on l'arrête. Au moment où je garais ma voiture, les nuages commencèrent à se disperser, et je me retrouvai bientôt à quadriller le secteur sous un soleil de plomb — et une nouvelle série de réponses négatives mit le holà à mes fantasmes.

Je posai les mêmes questions que j'avais posées le jour précédent, en mettant l'accent encore plus fortement sur Nash. Mais, cette fois, ce fut différent. Les flics passaient le secteur au peigne fin, notaient les numéros minéralogiques des voitures en stationnement et draguaient les égouts à la recherche de vêtements de femme, et les habitants du quartier avaient écouté la radio et lu les journaux.

Une commère hirsute à l'haleine empestant le sherry tendit un crucifix en plastique et me demanda si cela

122

aiderait à éloigner le loup-garou sadique ; un vieux poivrot en caleçon, maillot de corps et col de pasteur, me dit que la morte était un sacrifice de Dieu parce que Leimert Park avait voté démocrate aux législatives de 46. Un petit garçon me montra une photo de cinéma de Lon Chaney Jr dans le rôle de l'homme-loup et me déclara que le terrain vague entre la 39e et Norton était l'aire de lancement de sa fusée spatiale ; un de mes supporters me reconnut après mon combat avec Blanchard et me demanda un autographe avant de me déclarer, de but en blanc, très sérieux, que le tueur, c'était le basset du voisin, et me demanda si ça ne me dérangerait pas d'abattre cette petite chiure. Autant les « non » sérieux que j'obtenais étaient ennuyeux, autant je m'amusais de l'originalité des réponses des fêlés, et je commençai bientôt à me sentir le seul être sain d'esprit pris dans une routine comique et monstrueuse.

À 1 h 30, j'avais fini et je retournai à ma voiture ; je pensais aller déjeuner et faire un saut au poste d'University. Je trouvai sous mes essuie-glaces un papier — une feuille de bloc personnel de Thad Green avec, au beau milieu, tapé à la machine : « Témoin officiel — cette personne est habilitée à assister à l'autopsie de Jane Doe[1], 31 ans, 14 heures, le 16-1-47 ». La signature de Green était griffonnée au bas de la page, signature suspecte qui présentait tous les signes de l'écriture du sergent Leland C. Blanchard. Riant malgré moi, je roulai jusqu'à l'hôpital Queen of Angels.

Les couloirs étaient bondés, religieuses-infirmières et vieillards en fauteuil roulant. Je montrai mon insigne à une infirmière d'un certain âge et me renseignai sur l'autopsie ; elle se signa, me conduisit le long du couloir et me désigna une porte à double battant marquée

---

1. Nom standard pour une inconnue, équivalant à « madame Tout-le-Monde ».

PATHOLOGIE. Je m'avançai vers l'homme de garde et lui montrai mon invitation ; il se mit au garde-à-vous et m'ouvrit les portes. J'entrai dans une petite pièce froide, d'un blanc aseptisé avec, au milieu, une longue table métallique. Deux choses couvertes d'un drap y étaient étendues. Je m'assis sur un banc qui faisait face à la table de dissection, tremblant à l'idée de revoir le sourire de mort de la fille.

Les deux portes s'ouvrirent quelques secondes plus tard. Un homme grand et âgé, un cigare allumé à la bouche, entra dans la pièce en compagnie d'une nonne qui tenait à la main un bloc sténo ; Russ Millard, Harry Sears et Lee entrèrent à sa suite, le responsable de la Criminelle hochant la tête.

— Vous et Blanchard avez le chic pour apparaître comme le loup au coin d'un bois. Doc, on peut fumer ?

Le vieil homme sortit un scalpel de sa poche arrière et l'essuya contre sa jambe de pantalon.

— Pas de problème. La fille, ça la dérangera pas, elle est au pays des rêves sans fin et pour de bon. Sœur Margaret, voulez-vous m'aider à enlever ce drap, s'il vous plaît ?

Lee s'assit sur le banc à côté de moi ; Millard et Sears allumèrent des cigarettes avant de sortir stylos et calepins. Lee bâilla et demanda :

— T'as trouvé quelque chose, ce matin ?

Les effets de la benzédrine étaient encore loin d'être dissipés.

— Ouais. Un homme-loup tueur, originaire de Mars, est responsable du meurtre. Mais Buck Rogers le pourchasse dans son vaisseau spatial, et toi, tu devrais rentrer à la maison et dormir un peu.

Lee bâilla de nouveau.

— Plus tard. Mon meilleur tuyau, ça a été les nazis. Un mec m'a dit qu'il avait vu Hitler dans un bar sur la 39e et Creenshaw. Oh ! bon Dieu, Bucky !

Lee baissa les yeux ; je regardai la table de dissection, puis fixai mon regard sur mes chaussures pendant que le docteur psalmodiait ses incantations médicales :

— L'inspection préliminaire nous indique que nous sommes en présence d'un individu de sexe féminin et de race blanche. Le tonus musculaire indique un âge compris entre seize et trente ans. Le cadavre se présente en deux moitiés, sectionné au niveau de l'ombilic. Concernant la partie supérieure : la tête est entière et comporte d'importantes fractures avec enfoncement de la boîte crânienne. Les traits du visage sont rendus méconnaissables par la masse d'ecchymoses, d'hématomes et d'œdèmes. Déplacement inférieur du cartilage nasal. Lacérations de part en part des deux commissures des lèvres à travers les muscles masséters et qui s'étendent jusqu'aux lobes auriculaires en passant par les deux condyles. Pas de signes visibles d'ecchymoses sur la nuque. Lacérations multiples de la face antérieure du thorax essentiellement concentrées sur les deux seins. Brûlures de cigarettes sur les deux seins. Sein droit sectionné et presque totalement détaché du thorax.

« L'examen de la moitié supérieure de la cavité abdominale ne révèle aucun signe d'hémorragie. Intestins, estomac, foie et vésicule biliaire absents.

On entendit le docteur reprendre sa respiration ; je levai les yeux et le vis tirer sur son cigare. La nonne-sténo termina sa prise de notes, Millard et Sears avaient les yeux fixés sur le visage figé de la morte et Lee rivait son regard au sol en essuyant la sueur qui lui coulait du front. Le docteur palpa les deux seins et dit :

— L'absence d'hypertrophie mammaire indique que la femme n'était pas enceinte au moment du décès.

Il se saisit du scalpel et commença à fourrager dans la moitié inférieure du cadavre. Je fermai les yeux et écoutai.

— L'examen de la partie inférieure du corps révèle une incision longitudinale qui s'étend de l'ombilic au pubis. Le mésentère, l'utérus, les ovaires et le rectum ont été ôtés ; lacérations multiples sur les parois antérieure et postérieure de la cavité abdominale. Sur la cuisse gauche, entaille triangulaire profonde. Ma sœur, aidez-moi à la retourner.

J'entendis les portes s'ouvrir, une voix appela : « Lieutenant. » J'ouvris les yeux et vis Millard qui se levait pendant que le docteur et la nonne luttaient pour remettre le macchabée sur le ventre. Ce résultat obtenu, le médecin souleva les chevilles et plia les jambes.

— Les deux jambes sont brisées au genou, avec fractures en voie de cicatrisation, petites marques de lacérations sur le haut du dos et les épaules. Marques de liens aux deux chevilles. Ma sœur, donnez-moi un spéculum et un torchon.

Millard revint et tendit une feuille de papier à Sears qui la lut et donna un coup de coude à Lee. Le docteur et la nonne retournèrent une nouvelle fois la moitié inférieure du cadavre, en lui écartant les jambes en grand. J'avais l'estomac qui faisait des huit. Lee dit : « Bingo ». Il avait les yeux rivés à la feuille de téléscripteur pendant que le docteur continuait sa litanie sur l'absence d'abrasion sur les parois vaginales et la présence de vieux sperme. La froideur de sa voix me remplit de fureur, je m'emparai du bout de papier et lus : « Russ — c'est Elizabeth Ann Short. Née le 29-7-24 à Medford, Massachusetts. Les Fédés ont identifié les empreintes : elle a été arrêtée à Santa Barbara en septembre 43. Vérification de ses antécédents en cours. Après l'autopsie, repassez à l'Hôtel de Ville pour le rapport. Convoquez tous les agents de terrain disponibles. » J. T.

— C'est terminé pour le post-mortem préliminaire, dit le docteur. J'aurai des détails plus tard et je ferai quelques tests toxicologiques.

Il recouvrit du drap les deux moitiés d'Elizabeth Ann Short et ajouta :

— Des questions ?

La nonne se dirigea vers la porte, serrant contre elle son bloc sténo.

— Vous pouvez nous faire une petite reconstitution, demanda Millard.

— Bien sûr, sans préjuger des résultats des tests. Voici tout ce qu'elle n'était pas : elle n'était pas enceinte, on ne l'a pas violée, mais elle a eu des rapports sexuels, et elle était consentante, dans la semaine qui a précédé. Elle a subi quelques coups de fouet, mais gentiment dirons-nous, dans le courant de la semaine passée. Les dernières marques qu'elle porte sur le dos sont plus anciennes que les coupures sur le devant du corps. Voici ce qui s'est passé, selon moi : je pense qu'on l'a attachée et torturée avec un couteau pendant un minimum de trente-six à quarante-huit heures. Je pense qu'on lui a brisé les deux jambes au moyen d'un instrument contondant, sans aspérités, comme une batte de base-ball, et ce quand elle était encore vivante. Je pense qu'on l'a battue à mort avec quelque chose qui ressemblerait à une batte de base-ball, ou alors elle s'est étouffée avec tout le sang provenant de ses blessures à la bouche. Une fois morte, on l'a coupée en deux au moyen d'un couteau de boucher ou d'un instrument similaire, et le meurtrier l'a vidée de ses organes internes avec quelque chose qui pourrait être un canif. Après cela, il a vidé le corps de son sang et l'a lavé, très proprement, à mon avis dans une baignoire. Nous avons pris quelques échantillons de sang sur les reins, et, dans quelques jours, nous serons capables de vous dire si elle avait de l'alcool ou de la drogue dans les veines.

— Doc, dit Lee, ce mec, est-ce qu'il s'y connaissait en médecine ou en anatomie ? Pourquoi il lui a sorti les tripes ?

— C'est à vous de me dire ça, dit le docteur en examinant son mégot de cigare. Il aurait pu sortir les organes de la moitié supérieure sans problème. Les organes inférieurs, il lui a fallu un couteau pour y arriver, comme si c'était ça qui l'intéressait vraiment. Il a peut-être eu un début de formation médicale, mais il aurait pu aussi bien avoir une formation de véto, ou de taxidermiste, ou de biologie, ou alors il a peut-être suivi le cours de physiologie 104 d'un établissement scolaire de L.A. ou mes cours de pathologie pour débutants à U.C.L.A.[1]. Ça, c'est à vous de me le dire. Je vais vous dire, moi, ce dont vous pouvez être sûrs : elle est morte six à huit heures avant la découverte du corps : on l'a tenue enfermée puis tuée quelque part où il y avait l'eau courante. Harry, cette fille a un nom ?

Sears essaya de répondre mais sa bouche remua sans qu'un son en sorte. Millard lui mit une main sur l'épaule et dit :

— Elizabeth Short.

Le docteur salua les cieux de son cigare.

— Que Dieu t'accueille avec amour, Elizabeth. Russell, quand vous mettrez la main sur le fils de pute qui lui a fait ça, vous lui foutrez un bon coup de pied dans les couilles de la part de Frederick D. Newbarr, docteur en médecine. Maintenant, sortez tous. J'ai rencard dans dix minutes avec un suicidé qui a fait le grand plongeon.

***

En sortant de l'ascenseur, j'entendis la voix d'Ellis Loew, plus grave et plus forte d'une octave par rapport à la normale, amplifiée par l'écho du couloir. Je parvins à saisir « vivisection d'une jeune et jolie femme », « un loup-garou psychopathe » et « mes aspirations politiques sont subordonnées à mon désir profond de savoir que justice sera faite ». J'ouvris une porte de communication qui donnait sur la salle de la Criminelle

---

1. U.C.L.A. : Université de Californie — Los Angeles.

et j'y vis un jeune et brillant républicain vibrant devant des micros de la radio aux côtés d'une équipe d'enregistrement. Il portait au revers de la veste un coquelicot de l'American Legion — qu'il avait probablement acheté au légionnaire poivrot qui couchait dans le parking des Archives, celui-là même contre lequel il avait requis avec vigueur pour vagabondage.

La salle de jour était encombrée de bouffons qui en rajoutaient et je traversai le couloir pour me rendre au bureau de Tierney. Lee, Russ Millard, Harry Sears et deux flics, des vieux de la vieille que je connaissais à peine — Dick Cavanaugh et Vern Smith — s'étaient tous regroupés autour du bureau du capitaine Jack pour examiner un morceau de papier que leur montrait le patron.

Je regardai par-dessus l'épaule d'Harry. Trois photos de l'Identité judiciaire d'une brune, belle à couper le souffle, étaient collées sur la feuille, à côté du visage, en gros plan et sous trois angles, du cadavre de Norton et de la 39e. Le sourire à la bouche fendue me sauta à la figure. Le capitaine Jack dit :

— Les photos de l'Identité viennent des services de police de Santa Barbara. Ils ont chopé la fille Short en septembre 43 pour consommation de boissons alcoolisées par une mineure et ils l'ont renvoyée à sa mère dans le Massachusetts. La police de Boston a contacté la mère il y a une heure. Elle arrivera demain par avion pour identifier le macchabée. Les flics de Boston font les vérifications nécessaires sur la côte Est, et tous les congés dans le service sont annulés. À la moindre protestation, je montre ces photos. Qu'est-ce qu'a dit Doc Newbarr, Russ ?

— Torturée pendant deux jours, répondit Russ. Cause probable de la mort, la plaie à la bouche ou un enfoncement de la boîte crânienne. Pas de viol. Organes internes supprimés. Décédée six à huit heures avant l'abandon du corps dans le terrain. Qu'est-ce qu'on a d'autre sur elle ?

Tierney se plongea dans les paperasses sur son bureau.

— Mis à part son arrestation quand elle était mineure, pas de casier. Quatre sœurs, parents divorcés, elle a travaillé au Camp Cooke P.X. [1] pendant la guerre. Le père est ici, à L.A. Qu'est-ce qu'on fait maintenant ?

Je fus le seul à tiquer en entendant le grand patron demander l'avis du numéro deux. Millard dit :

— Je veux un requadrillage de Leimert Park, cette fois avec les photos de l'Identité. Moi, Harry et deux hommes. Ensuite, je peux passer au poste d'University, lire les rapports et répondre aux appels. Est-ce que Loew a laissé la presse jeter un coup d'œil aux photos ?

— Ouais, dit Tierney en acquiesçant, et Bevo Means m'a appris que le père avait vendu au *Times* et au *Herald* quelques vieux portraits de sa fille. Elle fera la une de toutes les éditions du soir.

— Bon Dieu ! aboya Millard, du seul blasphème qu'on l'ait jamais entendu prononcer. Il s'apaisa et dit : Ça va grouiller comme des larves quand on la verra. Est-ce que le père a été interrogé ?

Tierney secoua la tête et consulta quelques mémos.

— Cleo Short, 1020 1/2 South Kingsley, District de Wilshire. Je l'ai fait appeler par un agent en lui disant de ne pas bouger et qu'on lui enverrait quelques hommes pour lui parler. Russ, vous croyez que les cinglés de service vont tomber amoureux de cette petite-ci ?

— Combien d'aveux spontanés jusqu'à maintenant ?

— Dix-huit.

— Vous pouvez multiplier ça par deux d'ici demain matin, et plus encore si Loew a réussi à exciter la presse avec sa prose sanglante.

— Je dirais que je suis parvenu à les motiver, lieu-

---

1. Cantine militaire.

tenant. Et j'ajouterais que ma prose s'adapte au crime qu'elle décrit.

Ellis Loew se tenait dans l'entrée avec, derrière lui, Fritz Vogel et Bill Koenig. Millard accrocha son regard à celui du baratineur des ondes pour ne plus le lâcher.

— Trop de publicité nous crée toujours des ennuis, Ellis. Vous sauriez ça si vous étiez policier.

Loew piqua un fard et se mit à tripoter sa clé fétiche.

— Je suis officier de liaison entre le public et la police, j'ai rang de gradé et j'ai été spécialement délégué par la ville de Los Angeles.

— Monsieur le conseiller, vous êtes un civil, dit Millard en souriant.

Loew prit la mouche et se retourna vers Tierney.

— Capitaine, avez-vous envoyé des hommes interroger le père de la victime ?

— Pas encore, Ellis, dit le capitaine Jack. Très bientôt.

— Que diriez-vous de Vogel et Koenig ? Ils nous obtiendront ce que nous désirons savoir.

Tierney leva les yeux sur Millard. Le lieutenant lui fit un signe de tête à peine perceptible.

— Aah, Ellis, dit le capitaine Jack, dans les affaires d'homicide importantes, c'est l'exécutif qui désigne les hommes. Ah, Russ, qui devrions-nous envoyer selon vous ?

Millard examina soigneusement Cavanaugh et Smith, moi qui essayais de passer inaperçu et Lee qui bâillait, affalé contre le mur. Il dit :

— Bleichert, Blanchard, les deux cinquièmes roues de la charrette, vous interrogerez le père de mademoiselle Short. Vous transmettrez votre rapport demain matin au poste d'University.

Les mains de Loew firent sauter de sa chaîne la clé qui tomba au sol. Bill Koenig réussit à se faufiler dans l'embrasure pour la ramasser ; Loew tourna les talons en direction du couloir. Vogel lança un regard menaçant à Millard, avant de le suivre. Harry Sears, l'haleine chargée de Old Grand Dad[1] dit :

— Il vous envoie quelques négros à la chambre à gaz et ça lui monte à la tête.

— Les négros ont dû avouer, dit Vern Smith.

— Avec Fritzie et Bill, ils avouent tous, ajouta Dick Cavanaugh.

— Espèce de fils de pute merdeux et prétentieux ! conclut Russ Millard.

***

On prit des voitures séparées pour se rendre dans le secteur de Wilshire, rendez-vous fixé au crépuscule en face du 1020 1/2 South Kingsley. C'était un appartement au-dessus d'un garage, de la taille d'une remise, à l'arrière d'une grande maison victorienne. La lumière brillait ; Lee, bâillant encore, dit : « Un bon — un méchant » et appuya sur la sonnette.

Un homme maigre, la cinquantaine, ouvrit la porte et dit : « Flics, hein ? » Les cheveux étaient sombres et les yeux clairs, tout comme ceux de la fille sur les photos de l'Identité, mais là s'arrêtait la ressemblance familiale. Elizabeth Short était un morceau de rêve, lui sortait tout droit d'un cauchemar : un tas d'os en pantalon sac à patates et maillot de corps taché, les épaules couvertes de verrues, le visage marqué, creusé de cicatrices d'acné. Il nous fit entrer en disant :

— J'ai un alibi, juste au cas où vous pensez que c'est moi. Un alibi comme du béton, plus serré qu'un con de pucelle. Pas moyen d'y mettre le doigt !

Je jouai au bon apôtre jusqu'au bout des ongles et dis :

— Je suis l'agent Bleichert, monsieur Short. Voici mon collègue, le sergent Blanchard. Nous voudrions

---

1. Marque de bourbon.

vous exprimer nos condoléances pour la perte cruelle que vous avez subie.

Cleo Short claqua la porte.

— Je lis les journaux. Je sais qui vous êtes. Y en a pas un de vous deux qui aurait tenu un round contre Gentleman Jim Jeffries. Pour ce qui est de vos condoléances, je vous répondrai *c'est la vie*[1]. Betty a voulu danser, c'est à elle de payer le chef d'orchestre. Tout se paye dans la vie. Vous voulez connaître mon alibi ?

Je m'assis sur un canapé usé jusqu'à la trame et regardai la pièce. Les murs étaient couverts du sol au plafond d'étagères débordant de romans bon marché ; il y avait le canapé, un fauteuil en bois et rien d'autre. Lee sortit son calepin.

— Puisque vous tenez tant à nous en parler, allez-y, on vous écoute.

Short s'affala dans le fauteuil et cala ses pieds sur le plancher, comme un animal grattant le sol.

— J'étais au boulot, recta, sans charre, du mardi 14, 2 heures de l'après-midi, au mercredi 15, 17 heures. Vingt-sept heures d'affilée, en heures sup à cinquante pour cent pour les dix-sept dernières. Je répare les frigos et je suis le meilleur réparateur de tout l'Ouest. Je travaille au Roi du Froid, 4831, South Berando. Le nom de mon patron c'est Mike Mazmanian. Appelez-le. Il me fournira un alibi plus serré qu'un pet de jeune fille, et ça, pas moyen d'y mettre le doigt.

Lee bâilla et prit des notes ; Cleo Short croisa les bras sur sa poitrine osseuse, nous défiant de tirer quelque chose de tout ça.

— Quand avez-vous vu votre fille pour la dernière fois, monsieur Short ? lui dis-je.

— Betty est venue dans l'Ouest au printemps 43. Des étoiles plein les yeux et une cervelle de moineau.

---

1. En français dans le texte.

Je ne l'avais pas revue depuis que j'ai quitté la vieille pouffiasse desséchée qui me servait de femme à Charleston, Mass., le 1ᵉʳ mars 1930 après J.-C., et j'ai jamais regardé en arrière. Mais Betty m'a écrit pour me dire qu'elle avait besoin d'un point de chute et j'…

Lee l'interrompit.

— Arrêtons là les récits de voyage, Papy. Quand avez-vous vu Elizabeth pour la dernière fois ?

— Du calme, collègue. Monsieur coopère. Continuez, monsieur Short.

Cleo recula sa chaise, en jetant à Lee un regard furieux.

— Avant que votre copain le balèze ne se mette des idées en tête, j'allais vous dire que j'ai été retirer un billet de cent de mes propres économies et je l'ai envoyé à Betty pour lui payer son voyage dans l'Ouest, et je lui ai promis trente sacs et cinq thunes par semaine si elle s'occupait de tenir la maison. Une offre honnête, si vous voulez mon avis. Mais Betty avait d'autres choses en tête. C'était une maîtresse de maison merdique, et je lui ai mis mon pied au derrière le 2 juin 1943 après J.-C. et je l'ai pas revue depuis.

Je notai les renseignements, puis demandai :

— Saviez-vous qu'elle était à L.A. ces temps-ci ?

— Non, dit Short, dont le regard furieux abandonna Lee pour se fixer sur moi.

— Lui connaissiez-vous des ennemis ?

— Rien qu'elle-même.

— Pas d'ironie, Grand-père, dit Lee.

Je murmurai : « Laisse-le parler », puis, à haute voix :

— Où est allée Elizabeth en vous quittant en juin 43 ? Short pointa un doigt vindicatif sur Lee.

— Vous dites à votre copain qu's'y m'appelle encore Grand-père, moi, je l'appelle sac à viande. Dites-lui que la politesse, ça marche dans les deux sens. Dites-lui que j'ai réparé moi-même le Maytag modèle 821 du chef

C.B. Horrall et, après ça, y fermait bien, pas moyen d'y mettre un doigt.

Lee pénétra dans la salle de bains ; je le vis faire descendre une poignée de pilules avec de l'eau du robinet. Je pris ma plus douce voix de flic bien élevé :

— Monsieur Short, où Elizabeth est-elle allée en juin 43 ?

— Ce gugusse, y met la main sur moi, dit Short, et j'lui arrange son char, y pourra pus y met' le doigt !

— J'en suis persuadé. Voudriez-vous av…

— Betty est partie pour Santa Barbara et elle a trouvé un boulot au Camp Cooke P.X. Elle m'a envoyé une carte postale en juillet. Elle me disait qu'elle s'était bien fait dérouiller par un soldat. C'est la dernière fois que j'ai eu de ses nouvelles.

— Vous donnait-elle, sur la carte, le nom du soldat en question ?

— Non.

— Des amis masculins ?

— Ah !

Je posai mon stylo.

— Pourquoi « Ah ! » ?

Le vieil homme éclata de rire si fort que je crus un instant que sa poitrine de poulet allait exploser. Lee sortit de la salle de bains. Je lui fis signe d'y aller en douceur. Il acquiesça et s'assit à côté de moi ; nous attendîmes que le rire de Short s'éteigne de sa belle mort. Quand ce ne fut plus qu'un rire sans voix, je dis :

— Parlez-moi de Betty et de ses rapports avec les hommes.

Short gloussa.

— Elle aimait les hommes et les hommes l'aimaient. Betty préférait la quantité à la qualité, et je crois pas qu'elle était très douée pour dire non. C'était pas comme sa mère.

— Soyez plus précis, dis-je. Des noms, des dates, des descriptions.

— T'as dû t'en prendre un peu trop sur le ring, fiston, ça tourne pas très rond là-dedans. Même Einstein pourrait pas se souvenir des noms de tous les petits copains de Betty, et je m'appelle pas Albert.

— Donnez-nous les noms dont vous vous souvenez.

Short se coinça les pouces dans la ceinture et se balança dans son fauteuil comme un petit coq de seconde zone.

— Betty se sentait plus quand elle voyait un pantalon, civil ou militaire. Elle se ramassait les piliers de bistrot et tout ce qui était blanc et portait un uniforme. Alors qu'elle était censée veiller sur la maison, elle traînait sur Hollywood Boulevard, à se faire payer à boire par les troufions. Quand elle était ici, cet endroit ressemblait à une annexe de l'U.S.O.

— Vous êtes en train de nous dire que votre fille, c'était une raclure ? dit Lee.

Short haussa les épaules.

— J'ai cinq filles. Un mauvais numéro sur cinq, c'est pas si mal.

La fureur de Lee commençait à faire surface ; je posai une main apaisante sur son bras et je pouvais presque sentir son sang bourdonner dans ses veines.

— Les noms, monsieur Short.

— Tom, Dick, Harry. Ces tarés, y jetaient un coup d'œil à Cleo Short et y se tiraient des pattes vite fait. Je peux pas être plus précis. Essayez de trouver n'importe qui de pas trop laid et qui porte un uniforme, et vous risquerez pas de vous tromper.

J'ouvris mon calepin à une page vierge.

— Parlez-nous un peu de son travail. Est-ce que Betty avait un boulot régulier tout le temps qu'elle a passé ici ?

Le vieux cria :

— Betty, elle travaillait pour moi, c'était ça son boulot. Elle disait qu'elle cherchait à faire du cinéma, mais c'est pas vrai. Tout ce qu'elle voulait, c'était parader sur le boulevard toute sapée en noir et cavaler après les mecs ! Elle m'a bousillé ma baignoire en se teignant les tifs en noir et puis elle s'est taillée avant que j'aie pu lui déduire les dégâts de ses gages. Elle rôdait dans les rues comme une veuve noire, c'est pas étonnant qu'elle soit tombée sur un os. C'est la faute de sa mère, pas la mienne. Espèce de connasse, salope d'Irlandaise ! C'est pas ma faute !

Lee me fit signe, d'un doigt tendu dont il fit semblant de se trancher la gorge. Une fois dehors dans la rue, avec Cleo qui hurlait entre ses quatre murs, Lee dit :

— Bordel de Dieu !

— Ouais, répondis-je en songeant au fait qu'on venait de nous refiler comme suspects l'ensemble des Forces armées américaines.

Je fouillai mes poches à la recherche d'une pièce de monnaie.

— Pile ou face pour celui qui rédige le rapport.

— Tu le fais, d'accord ? dit Lee. Je veux me coller dans la piaule de Junior Nash et relever quelques numéros de plaques.

— Essaie quand même de dormir un peu.

— Je vais essayer.

— Menteur !

— Je peux même plus t'entuber. Écoute, est-ce que tu veux bien rentrer à la maison et tenir compagnie à Kay ? Elle se tracasse pour moi, et je ne veux pas qu'elle reste toute seule.

Je songeai à ce que j'avais dit, sur Norton et la 39e, la nuit dernière — cette affirmation sur ce qu'on savait tous les trois mais dont on ne parlait jamais, sur cette avance que seule Kay avait eu le cran de faire.

— T'en fais pas, Lee.

***

Je retrouvai Kay dans sa position habituelle, tous les soirs de la semaine — elle lisait sur le canapé du salon.

137

Elle ne leva pas les yeux lorsque je rentrai dans la pièce, elle lâcha simplement un rond de fumée paresseux et dit :

— Salut, Dwight.

Je pris une chaise et m'installai en face d'elle, de l'autre côté de la table basse.

— Lee a un pas lourd, toi, tu avances avec précaution.

— Joli symbole, dis-je en riant, mais ne le répète à personne.

Kay écrasa sa cigarette et reposa le livre.

— Tu as l'air soucieux.

— Lee est complètement à côté de ses pompes à cause de la fille assassinée, dis-je. Il a obtenu notre détachement pour participer à l'enquête, alors qu'on devrait être aux trousses d'un suspect recherché en priorité, et puis, il prend de la benzédrine et il commence un peu à débloquer. Est-ce qu'il t'a parlé d'elle ?

— Un petit peu, dit Kay en acquiesçant.

— As-tu lu les journaux ?

— Je me suis abstenue.

— Eh bien, la fille en question, on est en train d'en faire quelque chose de plus gros que la bombe atomique. Y a une centaine d'hommes qui travaillent sur un simple meurtre, Ellis Loew cherche tous les moyens pour se faire mousser à l'occasion ; Lee est complètement malade sur le sujet…

Kay désarma ma tirade d'un sourire.

— Et toi, lundi, tu faisais la une des journaux, mais aujourd'hui, tu es loin d'être encore une nouvelle fraîche. Et tu veux partir aux trousses de ton super-cambrioleur et regagner à l'occasion une nouvelle manchette.

— Touché, mais ce n'est qu'une partie du problème.

— Je sais. Une fois que tu auras ta manchette, tu te cacheras dans ta caverne pour lire les journaux.

— Doux Jésus, dis-je dans un soupir, qu'est-ce que j'aimerais que tu ne sois pas plus intelligente que moi.

— Et moi, j'aimerais que tu ne sois pas aussi précautionneux et compliqué. Dwight, qu'est-ce que nous allons devenir ?

— Tu veux dire, tous les trois ?

— Non, nous deux.

Je regardai autour de moi dans le salon, tout en bois, cuir et chrome style Art Déco. Il y avait un meuble d'acajou à la façade vitrée : il était rempli des pulls en cachemire de Kay, et chacune des teintes de son arc-en-ciel revenait à quarante dollars pièce. Il y avait la femme elle-même, une Blanche du Dakota du Sud, une moins que rien que l'amour d'un flic avait complètement transfigurée, qui se tenait assise en face de moi, et, pour une fois, je dis exactement ce que j'avais en tête.

— Jamais tu ne le quitteras. Jamais tu n'abandonneras tout ça. Peut-être que si tu partais, peut-être que si Lee et moi on arrêtait de faire équipe, peut-être qu'alors nous aurions une chance, tous les deux. Mais tu ne laisseras jamais tomber tout ça.

Kay prit son temps pour allumer une cigarette. Elle exhala une bouffée de fumée et dit :

— Tu sais ce que je lui dois ?

— Et moi ? répondis-je.

Kay mit la tête en arrière et regarda le plafond, stuc lissé avec lambrissage d'acajou. Tout en soufflant ses ronds de fumée, elle dit :

— J'étais folle de toi, comme une collégienne. Bobby De Witt et Lee me traînaient toujours aux matches de boxe. J'apportais mon carnet de croquis pour ne pas me sentir comme une de ces bonnes femmes qui lèchent les bottes de leurs jules en prétendant qu'elles aiment ça. Moi, ce que j'aimais, c'était toi. La manière dont tu te moquais de toi-même avec les dents, la manière dont tu tenais ta garde pour que l'autre ne te touche pas. Puis tu t'es engagé chez les flics et Lee m'a raconté qu'il avait entendu dire que tu avais dénoncé tes amis Japonais. Je ne t'ai même pas haï pour ça, simplement, ça te rendait un peu plus réel à mes yeux. L'histoire avec les Zazous, c'est pareil. Tu étais le héros de mon livre de contes, seulement, ce n'était pas un conte, c'était vrai, tous ces petits morceaux, ici et là, qui se mettaient en place. Après, il y a eu le combat, et même si je ne pouvais pas en supporter l'idée, j'ai dit à Lee d'accepter, parce qu'à mes yeux ça voulait dire que nous trois ensemble, il fallait que ça se fasse.

Les mots me vinrent en foule, des mots sincères, des mots doux à lui dire, des mots qui lui parleraient de nous deux. Mais je n'y arrivai pas, et c'est Lee que je me trouvai comme excuse :

— Je ne veux pas que tu te tracasses au sujet de Bobby De Witt. Quand il sortira, je lui ferai comprendre. Vite, bien et fort. Après ça, il ne s'approchera plus jamais de toi ou de Lee.

Kay quitta le plafond des yeux et me fixa d'un regard étrange, dur en apparence, mais plein de tristesse au fond.

— J'ai cessé de me tracasser au sujet de Bobby. Lee est parfaitement capable de s'en charger.

— Je crois que Lee a peur de lui.

— C'est vrai. Mais je crois que c'est parce qu'il sait trop de choses sur moi, et Lee a peur qu'il les révèle au grand jour pour que tout le monde sache. De toute façon, tout le monde s'en fiche.

— Moi pas. Et quand je me serai bien fait comprendre par De Witt, il aura de la chance s'il peut prononcer un mot.

Kay se leva.

— Pour un homme dont le cœur est bon à prendre, tu es bien dur. Je vais me coucher. Bonne nuit, Dwight.

Lorsque j'entendis un quatuor de Schubert s'élever de la chambre de Kay, je pris stylo et papier dans le secrétaire et rédigeai mon rapport sur l'interrogatoire du père d'Elizabeth Short. J'y mentionnai son alibi, celui « où on ne pouvait mettre le doigt », son avis sur le comportement de la fille quand elle avait séjourné chez lui en 43, la correction qu'elle avait reçue par un soldat de Camp Cooke et le défilé incessant de petits amis sans nom. Je gonflai le rapport de détails qui n'étaient pas nécessaires, ce qui m'aida à chasser Kay de mon esprit. Le travail fini, je me préparai deux sandwiches au jambon que je fis descendre d'un verre de lait, et je m'endormis sur le canapé.

Mes rêves furent peuplés de clichés anthropo de truands récents, avec Loew représentant le bon côté de la loi, la poitrine couverte des numéros des crimes marqués au pochoir. Betty Short le rejoignit en noir et blanc, vue de face et profil gauche. Puis tous les visages vinrent se dissoudre pour prendre la forme de formulaires de rapports du L.A.P.D. qui se déroulaient sans fin, alors que j'essayais de noter dans les blancs les informations sur l'endroit où se cachait Junior Nash. Je me réveillai avec un mal de crâne, sachant que la journée allait être longue.

C'était l'aube. Je sortis sur le perron et ramassai l'édition du matin du *Herald*. Au-dessus d'un portrait d'Elizabeth Short, au beau milieu de la page, le titre du jour était : « Le meurtre sadique : on recherche les petits amis. » Le portrait portait en légende : « Le Dahlia Noir », suivi de : « La police enquête aujourd'hui sur la vie amoureuse d'Elizabeth Short, 22 ans, victime du loup-garou sadique dont les aventures avaient transformé selon des amis une innocente jeune fille en délinquante folle de son corps, toujours vêtue de noir, et répondant au surnom de « Dahlia Noir ».

Je sentis Kay à mes côtés. Elle se saisit du journal et passa rapidement la première page en revue. Elle frissonna. En me le rendant, elle demanda :

— Est-ce que tout cela sera bientôt fini ?

Je feuilletai les premières pages, l'une après l'autre. Elizabeth Short occupait trois pleines pages, et la plus grande partie du baratin faisait d'elle une femme fatale provocante, en robe noire collante.

— Non, dis-je.

9

Les journalistes entouraient le poste d'University. Le parking était plein et, au bord du trottoir, s'alignaient les camions radio. Je me garai en double file, collant le macaron « Véhicule de police officiel » sous mes essuie-glaces et me frayai un passage à travers la foule de journaleux, en baissant la tête pour éviter d'être reconnu. Ça ne marcha pas ; j'entendis « Buckkee ! » et « Bleichert ! », puis des mains s'agrippèrent à moi. On m'arracha la poche de ma veste et je jouai des coudes pour pénétrer à l'intérieur du poste.

L'entrée était remplie d'agents de jour en uniforme bleu qui prenaient leur service ; une porte de communication s'ouvrit sur une salle de brigade bourdonnante d'activité. Des couchettes s'alignaient le long des murs ; je vis Lee sur l'une d'elles, complètement dans les vapes, les jambes recouvertes de journaux. Tout autour de moi, les téléphones sonnaient sur les bureaux, et mon mal de tête revint, me cognant aux tempes deux fois plus fort. Ellis Loew était en train de fixer des bouts de papier sur un tableau d'informations ; je lui tapotai sèchement l'épaule. Il se retourna.

— Je ne veux plus de ce cirque, lui dis-je. Je suis agent aux Mandats et Recherches, pas détective à la Criminelle, et j'ai des fugitifs prioritaires. Je veux qu'on annule mon détachement. *Tout de suite.*

— Non, dit Loew d'une voix sifflante. Vous travaillez pour moi, et je veux que vous restiez sur l'affaire Short. C'est une décision indiscutable, absolue et irrévocable. Je ne souffrirai aucune de vos exigences de vedette capricieuse, monsieur l'officier de police ! Est-ce que c'est compris ?

— Ellis, bordel de Dieu !

— Il vous faudra quelques bananes sur les manches avant de pouvoir m'appeler comme ça, Bleichert. Jusque-là, ce sera monsieur Loew. Maintenant, allez lire le compte rendu de Millard.

Je partis furieux en direction du fond de la salle. Russ Millard dormait sur une chaise, les jambes posées sur le bureau qui lui faisait face. Quatre feuillets dactylographiés étaient punaisés au mur de liège près de lui. Je lus :

« Premier compte rendu de rapports 187 P.C. Vict. Short, Elizabeth, Ann, blanche, sexe féminin, née le 29-7-24.
17-1-47 — 06.00.
« Messieurs,
« Voici le 1er compte rendu sur E. Short D.D.D.[1] — 15-1-47 39e et Norton — Leimert Park.
1. Trente-trois confessions, imaginaires ou tout comme, jusqu'à présent. Les pseudo-coupables, innocents de toute évidence, ont été relâchés. Les déséquilibrés et les baratineurs incohérents sont retenus à la prison municipale attendant vérification de leurs alibis et contrôle de leur équilibre mental. Les obsédés connus sont interrogés par le Dr De River, psychiatre consultant, avec l'aide des inspecteurs de la Division. Rien de probant pour l'instant.
2. Résultats du P.M. prélim. et conclusions : vict. morte étouffée par plaie béante. Bouche ouverte d'une oreille à l'autre. Pas de drogue ou d'alcool dans le sang à l'heure de la mort (voir det. dossier 14.187.47).

---

1. D.D.D. : Date de décès.

3. Police Boston : enquête sur famille et amis victime E. Short — leurs alibis à l'heure de la mort. Père (C. Short) : l'alibi tient — éliminé comme suspect.

4. le C.I.D.[1] de Camp Cooke : vérification rapport coups et blessures sur E. Short par un soldat quand elle travaillait à P.X. 9-43. E. Short arrêtée pour infraction sur les boissons alcoolisées en 9-43. C.I.D. déclare soldats arrêtés avec elle sont tous outre-mer, donc éliminés comme suspects.

5. Dragage des égouts sur toute la ville : recherche vêtements E. Short. Tous vêtements féminins récupérés seront analysés au labo central (voir résumé rapports labo crim. pour + dét.).

6. Interro-terrain L.A. : 12-1-47 — 15-1-47 — rapports rassemblés et lus. Une piste possible : appel femme Hollywood — plainte pour hurlements "du baratin de cinglé" à H.W. Hills — nuits des 13 et 14-1. Résultats après vérif. : éliminé — soirée bruyante — invités éméchés. Commentaire policier interrogateur : à éliminer.

7. Vérif. par téléphone : E. Short a passé 12-46 à San Diego — domicile de Mme Elvera French. La vict. a rencontré fille Mme French, Dorothée, dans cinéma où Dorothée travaille — a prétendu (non vérifié) être abandonnée par mari. Logée par les French. E. Short a fait récits contradictoires : veuve d'un major armée de l'air, enceinte pilote de la marine, fiancée à aviateur. La victime a eu de nombreux R.-V. avec hommes différents pendant séjour chez French (voir int. 14.187.84 pour det.).

8. E. Short quitte maison French 9-1-47 en compagnie homme du nom de "Red" (desc. : blanc, sexe masculin, 25-30, grand, "beau", 75-80 kg, roux, yeux

---

1. C.I.D. : Criminal Investigation Department.

bleus), prétendu vendeur. Véhicule : berline Dodge avant-guerre avec plaques Huntington Park. Vérification véhicule en cours. A.R.T.U.[1] sur "Red".

9. Info vérifiée : Val Gordon (Blanche — Féminin) Riverside. Calif. s'est présentée — sœur major armée de l'air Matt Gordon, décédé, déclare : E. Short a écrit à ses parents et à elle — automne 46 — peu après décès Maj. Gordon. catast. aérienne. A prétendu être fiancée à Gordon — a demandé de l'argent — les parents et Miss Gordon, ont refusé.

10. Malle appartenant à E. Short retrouvée à la consigne du Railway Express centre-ville (employé a reconnu nom et photo victime dans journaux — s'est souvenu du dépôt de la malle fin 11/46. Malle en cours d'examen. Copies de certaines lettres d'amour (essentiellement à des soldats) avec (beaucoup moins nombreuses) réponses brèves à son adresse. Aussi, beaucoup de photos d'E. Short avec soldats dans la malle. Lettres en cours de lecture, noms et description en cours.

11. Info téléphone vérifiée : appel ancien lieutenant armée de l'air J.C. Fickling de Mobile, Ala. après diffusion photo et nom E. Short dans journaux de Mobile. Déclare avoir eu "brève liaison" avec vict. à Boston fin 43 et "elle avait toujours une dizaine de petits amis en cours". Alibi Fickling vérifié pour moment du meurtre. Éliminé comme suspect. Nie avoir été fiancé à E. Short.

12. Nombreux appels à toutes les Divisions, L.A.P.D. + services du shérif. Déséquilibrés éliminés. Autres appels transmis Brigades territoriales concernées par Criminelle Central. Double archivage tous appels.

13. Adresse vérifiée : E. Short a vécu à ces adresses

---

1. A.R.T.U. : Avis de recherches à toutes les unités.

en 1946 (noms à la suite adresses : correspondant ou résidant même adresse — vérifié). Tous vérifiés au fichier Cartes grises sauf Linda Martin.

13.A.1611.N. Orange Dr, Hollywood (Harold Costa, Donald Leyes, Marjorie Graham).

"6024 Carlos Ave, Hollywood. "1842 N. Cherokee, Hollywood (Linda Martin — Sheryl Saddon). "53 Linden, Long Beach.

14. Résultats labo objets trouvés terrains vagues Leimert Park : pas de vêtement femme trouvé — nombreux couteaux et lames de couteaux, trop rouillés pour être armes du crime. Pas de tache de sang.

15. Résultats quadrillage Leimert Park (avec photos d'E. Short) : zéro (reconnue que par des fêlés).

Conclusion : je pense que les enquêteurs doivent orienter tous leurs efforts sur les relations connues d'E. Short, en particulier ses nombreux petits amis. Je pars avec le sergent Sears à San Diego pour interroger sur place ses familiers. Entre l'A.R.T.U. sur "Red" et les interrogatoires des R.C.[1] de L.A. nous devrions obtenir des renseignements significatifs.

Russell A. Millard, Lt,
Matricule 49
Criminelle Central. »

Je me retournai pour découvrir que Millard m'observait. Il dit :

— Sans réfléchir, là, tout de suite, quelle est votre opinion ?

Je tripatouillai ma poche déchirée.

— Est-ce qu'elle en vaut la peine, lieutenant ?

Millard sourit ; je remarquai qu'il n'avait rien perdu

---

1. R.C. : Relations connues.

de sa classe malgré ses vêtements défraîchis et son visage pas rasé.

— Je crois que oui. Votre équipier également.

— Lee poursuit des fantômes, lieutenant.

— Vous pouvez m'appeler Russ, vous savez.

— D'accord, Russ.

— Qu'est-ce que vous avez obtenu du père, Blanchard et vous ?

Je tendis mon rapport à Millard.

— Rien de très précis, des tuyaux supplémentaires qui confirment que la fille était une propre-à-rien. C'est quoi, cette histoire de Dahlia Noir ?

Millard plaqua bruyamment les paumes de ses mains sur les accoudoirs :

— C'est Bevo Means qu'il faut remercier. Il est descendu à Long Beach et il a parlé à l'employé de la réception de l'hôtel où la fille a séjourné l'été dernier. Le réceptionniste lui a déclaré que Betty Short portait toujours des robes noires collantes. Bevo a alors pensé au film avec Alan Ladd, *Le Dahlia Bleu* et c'est de là que c'est parti. Je pense que la métaphore choisie nous vaudra au moins une douzaine de confessions supplémentaires par jour. Comme dit Harry quand il en a quelques-uns derrière la cravate, « Hollywood vous baisera toujours quand y reste plus personne pour le faire ». Vous êtes toujours là quand il ne faut pas, mais vous êtes intelligent, Bucky. Qu'en pensez-vous ?

— Je pense que j'aimerais retourner aux Mandats et Recherches. Pourriez-vous m'arranger le coup avec Loew ?

— Non, dit Millard en secouant la tête. Pourriez-vous répondre à ma question ?

J'étouffai en moi le désir de frapper comme celui de supplier.

— Elle a dit oui ou non au mauvais mec, au mauvais moment, au mauvais endroit. Et puisqu'il est passé sur elle plus de mecs que de bagnoles sur l'autoroute de

San Berdoo, et qu'en plus elle est incapable de dire la vérité, je dirai que pour retrouver le mauvais mec, ça va être coton.

Millard se leva et s'étira.

— Toujours dans vos pattes et intelligent avec ça ! Vous montez au poste d'Hollywood pour y retrouver Bill Koenig, puis vous allez tous les deux interroger les locataires aux différentes adresses à Hollywood notées sur le compte rendu. Mettez l'accent sur les petits amis. Essayez de retenir Koenig si vous pouvez. Vous rédigerez le rapport parce que Billy est quasiment illettré. Présentez-vous au rapport dès que vous aurez terminé.

Mon mal de tête se transformait en migraine et j'obéis. La dernière chose que j'entendis avant de me retrouver dehors, ce fut les gloussements d'un groupe de flics en train de lire les lettres d'amour de Betty Short.

***

Je récupérai Koenig au poste d'Hollywood et nous nous rendîmes en voiture à l'adresse de Carlos Avenue. Je me garai en face du 6024 et je dis :

— C'est vous le plus gradé, sergent. Comment voulez-vous qu'on joue le coup ?

Koenig se racla la gorge bruyamment, puis avala le gros glaviot qu'il avait décroché.

— D'habitude, c'est Fritzie qui cause, mais il est malade. C'est vous qui causez, moi, je suis là en soutien, ça vous va ? Il ouvrit sa veste pour me montrer une matraque de cuir passée dans sa ceinture. Vous croyez qu'y va falloir cogner ?

— On cogne pas, on cause, lui dis-je en sortant de la voiture.

Une vieille dame était assise sur le perron du 6024, un immeuble de trois étages aux bardeaux de bois marron avec, fiché sur un poteau au milieu de la pelouse,

148

l'écriteau « CHAMBRES À LOUER ». Elle me vit avancer, ferma sa Bible et dit :

— Désolée, jeune homme, mais je ne loue qu'aux jeunes femmes qui ont de l'ambition et, en plus, sur recommandation.

Je lui montrai ma plaque.

— Nous sommes officiers de police, madame. Nous sommes ici pour vous parler de Betty Short.

— Je la connaissais sous le nom de Beth, dit la vieille dame en lançant un regard à Koenig, debout sur la pelouse, en train de se curer le nez subrepticement.

— Il cherche des indices, dis-je.

— Ce n'est pas dans ce qui lui sert de tarin qu'il va les trouver, grommela-t-elle. Qui a tué Beth Short, monsieur l'agent ?

Je sortis crayon et calepin.

— C'est pour le découvrir que nous sommes ici. Voudriez-vous me donner votre nom, s'il vous plaît ?

— Je suis mademoiselle Loretta Janeway. J'ai appelé la police quand j'ai entendu le nom de Beth à la radio.

— Mademoiselle Janeway, à quelle époque Elizabeth Short a-t-elle habité à cette adresse ?

— J'ai vérifié dans mes registres, juste après le bulletin d'informations. Beth a habité la chambre du fond à droite, troisième étage, du 14 septembre dernier au 19 octobre.

— S'est-elle présentée avec des références ?

— Non. Je m'en souviens très bien, parce que Beth était tellement jolie. Elle a frappé à la porte et m'a dit qu'elle remontait Gower lorsqu'elle avait vu ma pancarte. Elle m'a dit qu'elle souhaitait devenir actrice et qu'elle avait besoin d'une chambre bon marché avant de décrocher le gros lot. J'ai répondu que celle-là, je la connaissais déjà et je lui ai dit aussi qu'elle ferait bien de perdre son abominable accent de Boston. Alors Beth a souri et elle a dit : « C'est aujourd'hui que tous les hommes de bonne volonté se doivent de venir en aide à leur parti » sans la moindre trace d'accent. Puis elle a ajouté : « Vous voyez ! vous voyez que je sais obéir aux ordres du metteur en scène. » Elle voulait tellement me faire plaisir que je lui ai loué la chambre, même si c'était contraire à ma politique de louer à des gens de cinéma.

Je notai toutes ces informations précieuses, puis demandai :

— Est-ce que Beth était une bonne locataire ?

Mlle Janeway secoua la tête.

— Paix à son âme, mais c'était une locataire détestable, et elle m'a fait regretter d'avoir fait une exception à mon principe sur les gens de cinéma. Elle était toujours en retard pour son loyer, elle mettait toujours ses bijoux au clou pour pouvoir se payer à manger et elle essayait sans cesse de me convaincre de la laisser payer à la journée au lieu de la semaine. Elle voulait payer un dollar par jour ! Vous vous imaginez la place qu'il me faudrait sur mes registres si je laissais tous mes locataires faire la même chose !

— Est-ce que Beth fréquentait les autres locataires ?

— Seigneur Dieu, que non ! La chambre du troisième, au fond, à droite, a un escalier privé, ce qui fait que Beth n'avait pas besoin de passer par la porte d'entrée comme les autres filles, et elle n'a jamais assisté aux petites réunions, café et petits gâteaux que j'offrais aux filles après l'office du dimanche. Jamais elle n'est allée à l'église et elle m'a dit un jour : « Les filles, c'est bien pour bavarder un soir de cafard, mais tous les autres jours, c'est les hommes que je préfère. »

— Voici ma question la plus importante, mademoiselle Janeway. Est-ce que Beth a eu des petits amis tout le temps qu'elle a vécu ici ?

La vieille femme ramassa sa Bible et la serra contre sa poitrine.

— Monsieur l'agent, s'ils étaient passés par la grande porte comme les gandins de ces demoiselles, je les aurais vus. Je ne veux pas blasphémer sur une morte, aussi je dirai que j'ai entendu beaucoup de bruits de pas dans l'escalier de Beth aux heures les plus indues.

— Beth a-t-elle jamais mentionné des ennemis ? Quelqu'un dont elle aurait eu peur ?

— Non.

— Quand l'avez-vous vue pour la dernière fois ?

— Fin octobre, le jour où elle m'a quittée. Elle a dit : « J'ai trouvé une piaule plus chouette » de sa plus belle voix californienne.

— A-t-elle dit où elle allait ?

Mlle Janeway répondit « Non », puis se pencha vers moi en toute confiance en me montrant du doigt Koenig qui retournait à la voiture, à petits bonds, en se grattant furieusement l'entre-deux.

— Vous devriez dire un mot à cet homme au sujet de son hygiène. Franchement, c'est dégoûtant.

— Merci, mademoiselle Janeway.

Je retournai à la voiture et m'installai au volant.

— Qu'est-ce qu'elle a raconté sur moi, la vieille pouffiasse ?

— Elle a dit que vous étiez mignon.

— Ouais ?

— Ouais.

— Et quoi d'autre ?

— Qu'avec un mec comme vous, elle se sentait rajeunir.

— Ouais ?

— Ouais. Je lui ai dit de ne pas rêver, que vous étiez marié.

— J'suis pas marié.

— Je sais.

— Alors, pourquoi vous lui avez dit ça ?

Je m'engageai dans la circulation.

— Vous voulez qu'elle vous envoie des petits mots doux au Bureau ?

— Oh, je pige. Qu'est-ce qu'elle a dit sur Fritzie ?

— Elle connaît Fritzie ?

Koenig me regarda comme si c'était moi qui avais une case de moins.

— Y a plein de gens qui causent de Fritz derrière son dos.

— Qu'est-ce qu'ils racontent ?

— Des mensonges.

— Quel genre de mensonges ?

— Des mensonges pas corrects.

— Par exemple ?

— Par exemple comme quoi il a chopé la ch'touille en baisant les putes quand il était aux Mœurs. Qu'y s'est pas pointé pendant un mois au boulot pour se faire une cure au mercure. Comme quoi il s'est fait virer de la Crime de Central à cause de ça. C'est des mensonges pas corrects, et y a même des trucs pires.

J'avais des frissons dans le dos. Je tournai dans Cherokee et dis :

— Quel genre ?

Koenig se glissa plus près de moi.

— T'essaies d'me tirer les vers du nez, Bleichert ? Tu cherches des trucs pas corrects à raconter sur Fritzie ?

— Non, je suis juste curieux.

— La curiosité, c'est un vilain défaut. Le petit chat en est mort[1]. Oublie pas ça.

— J'oublierai pas. Tu as obtenu combien à l'examen de sergent, Bill ?

— Je sais pas.

— Comment ça ?

— C'est Fritzie qui l'a passé à ma place. Oublie pas le petit chat, Bleichert. Je veux que personne y dise des choses pas correctes sur mon collègue.

1842, un grand immeuble en stuc apparut. Je me

---

1. Littéralement, le proverbe dit : la curiosité a tué le chat.

garai et murmurai : «On cause seulement», puis me dirigeai tout droit vers le hall d'entrée.

Une liste sur le mur donnait dix noms, dont celui de S. Saddon — mais pas de Linda Martin — appartement 604. Je pris l'ascenseur jusqu'au sixième, puis un couloir qui sentait légèrement la marijuana et je frappai à la porte. La musique d'orchestre s'arrêta, la porte s'ouvrit et une femme pas très âgée, en costume étincelant d'Égyptienne, parut, tenant à la main une coiffure en carton pâte.

— Êtes-vous le chauffeur de la R.K.O. ?

— Police, dis-je.

Elle me referma la porte à la figure. J'entendis un bruit de chasse d'eau qu'on tirait ; la fille revint quelques instants plus tard et je pénétrai dans l'appartement sans y être invité. Le salon voûté était haut de plafond ; des lits couchettes faits à la va-vite s'alignaient le long des murs. Des mallettes, des valises, de grosses malles débordaient d'un réduit à la porte ouverte. Une table couverte d'une toile cirée et coincée de biais contre une série de couchettes sans matelas était encombrée de cosmétiques et de miroirs de beauté ; le plancher crevassé était recouvert de poudre et de fards renversés.

— Est-ce que c'est à cause des P.V. pour avoir traversé hors des clous et que j'ai pas payés ? dit la fille. Écoutez, je suis engagée pour trois jours à la R.K.O. dans la *Malédiction du tombeau de la momie* et, quand je serai payée, je vous enverrai un chèque. C'est d'accord comme ça ?

— C'est au sujet d'Elizabeth Short, dis-je, mademoiselle ?

La fille prit une voix de scène, un grondement rauque et profond.

— Saddon. Sheryl avec Y.L. Saddon. Écoutez, j'ai parlé à un policier au téléphone ce matin : sergent quelque chose, qui bégayait pas mal. Il m'a posé dix mille questions sur Betty et ses dix mille petits amis et

153

je lui ai dit dix mille fois qu'y a des tas de filles qui pieutent ici et qu'elles ont rencard avec des tas de mecs, et, pour la plupart, c'est des coups d'une nuit. Je lui ai dit que Betty a vécu ici de début novembre à début décembre, qu'elle payait un dollar par jour tout comme le reste d'entre nous, et que je ne me souvenais d'aucun des noms de ses rencards. Est-ce que je peux partir ? La camionnette des figurants doit arriver d'un moment à l'autre, et j'ai besoin de ce boulot.

Sheryl Saddon était essoufflée et transpirait sous son costume métallique. Je désignai un lit couchette :

— Asseyez-vous et répondez à mes questions, ou je vous embarque pour les joints que vous avez fait passer dans les toilettes.

La Cléopâtre de trois jours obéit et me lança un regard qui aurait fait rentrer César dans un trou de souris.

— Première question, dis-je. Est-ce qu'une certaine Linda Martin habite ici ?

Sheryl Saddon se saisit d'un paquet d'Old Golds sur le lit et en alluma une.

— Je l'ai déjà dit à sergent Bègue. Betty a parlé de Linda Martin une ou deux fois. Elle a habité avec Betty, dans son autre piaule, celle qui est du côté de De Longpré et Orange. Et il vous faut des preuves pour arrêter quelqu'un, vous savez.

Je sortis mon calepin et mon stylo.

— Que savez-vous des ennemis de Betty ? De violences ou de menaces contre elle ?

— Le problème de Betty, c'était pas ses ennemis, c'était qu'elle avait trop d'amis. Si vous voyez où je veux en venir. Ça vient ? Des amis comme des « petits » amis.

— Futée avec ça. Il y en a qui l'ont déjà menacée ?

— Pas que je sache. Écoutez, est-ce qu'on pourrait pas accélérer le mouvement ?

---

1. Junior College : équivalent de notre premier cycle universitaire.

— Doucement les basses. Quel genre de travail faisait Betty quand elle était ici ?

— Comédienne, répondit Sheryl Saddon en ronchonnant. Betty ne travaillait pas. Elle tapait du pognon aux autres filles ici, et elle se faisait payer à boire et à dîner par des hommes genre papy gâteau sur le Boulevard. Une ou deux fois, elle est partie pour deux ou trois jours et elle est revenue avec de l'argent, puis elle a raconté des histoires à la noix sur comment elle l'avait eu. C'était une si mauvaise menteuse, que personne n'a jamais cru un traître mot de ce qu'elle racontait.

— Parlez-moi de ses histoires à la noix — et des mensonges de Betty en général.

Sheryl écrasa sa cigarette et en alluma une autre immédiatement. Elle fuma en silence pendant quelques instants et je savais que ce qu'il y avait d'actrice en elle se réjouissait à l'idée de caricaturer Betty Short. Finalement, elle dit :

— Vous êtes au courant de toutes ces histoires sur le Dahlia Noir dans les journaux ?

— Oui.

— Eh bien, Betty s'habillait toujours en noir, c'était un truc pour impressionner les responsables du casting quand elle faisait ses tournées avec les autres filles, ce qui n'arrivait pas souvent, parce qu'elle aimait dormir jusqu'à midi tous les jours. Mais, parfois, elle vous disait qu'elle portait du noir parce que son père était décédé ou parce qu'elle était en deuil des garçons morts à la guerre. Puis, le lendemain, elle vous racontait que son père était vivant. Quand elle partait pendant deux jours et revenait pleine aux as, elle disait à une fille qu'un oncle riche était mort et lui avait laissé un gros paquet, et à une autre qu'elle avait gagné l'argent en jouant au poker à Gardena.

« Elle racontait à tout le monde dix mille mensonges sur dix mille mariages avec dix mille héros de guerre différents. Vous voyez le tableau ?

— Très clairement. Changeons un peu de sujet.

— Super. Que diriez-vous de la finance internationale ?

— Plutôt le cinéma. Toutes les filles ici, elles essaient de percer, non ?

Sheryl me lança son regard de vamp.

— C'est fait pour moi. J'ai joué dans *La Femme cougar*, *L'Attaque du monstre fantôme*, et *Qu'il sera doux mon chèvrefeuille*.

— Toutes mes félicitations. Est-ce que Betty a jamais travaillé au cinéma ?

— Peut-être. Peut-être une fois, mais peut-être que non, parce que c'était une menteuse incorrigible.

— Continuez.

— Eh bien, le jour de Thanksgiving[1], toutes les mômes du sixième ont participé pour se payer un dîner à la fortune du pot, et Betty était renflouée et elle a acheté deux caisses de bière. Elle se vantait de jouer dans un film, et elle montrait à la cantonade un viseur que, selon elle, son metteur en scène lui avait donné. Y a des tas de filles qui ont de ces petits trucs en toc que leur donnent les mecs du cinéma, mais celui qu'elle avait était de qualité, monté sur chaînette, avec un petit étui en velours. Je me souviens que Betty était au septième ciel, ce soir-là, et qu'elle était en veine de confidences.

— Vous a-t-elle donné le titre du film ?

— Non, dit Sheryl en secouant la tête.

— A-t-elle mentionné des noms associés à ce film ?

— Si elle l'a fait, je ne m'en souviens pas.

Je regardai la pièce autour de moi et comptai douze lits à un dollar la nuit, et je songeai au proprio qui s'engraissait.

— Vous savez ce que c'est qu'un « canapé d'engagement » ?

---

1. Journée fériée d'action de grâces, 4e jeudi de novembre.

— Comptez pas sur moi, mon bonhomme, dit-elle, son regard de pseudo-Égyptienne soudain furieux. Je suis pas, et je serai jamais de ce genre-là.

— Et Betty Short ?

— Elle, probable.

J'entendis un avertisseur, allai jusqu'à la fenêtre et regardai dans la rue. Un camion à plate-forme avec une douzaine de Cléopâtres et de Pharaons à l'arrière était rangé au bord du trottoir, juste derrière ma voiture. Je me retournai pour prévenir Sheryl, mais elle était déjà sortie.

***

La dernière adresse sur la liste de Millard était le 1611 North Orange Drive, un boui-boui à touristes en stuc rose à l'ombre du lycée d'Hollywood. Koenig interrompit sa rêverie et son curage de nez lorsque je me garai en double file et lui désignai deux hommes qui feuilletaient distraitement une pile de journaux sur les escaliers.

— Je m'en charge, tu t'occupes des nanas. T'as des noms ?

— Peut-être Harold Costa et Donald Leyes, dis-je. Vous avez l'air fatigué, sergent. Vous ne voulez pas attendre dans la voiture que ce soit fini ?

— Je m'emmerde. Qu'est-ce que je dois leur demander, aux mecs ?

— Je m'en occupe, sergent.

— Tu te souviens du petit chat, Bleichert. Ce qui lui arrive, ça peut arriver aux mecs qui me tiennent la laisse trop serrée quand Fritzie n'est pas là. Alors, pour quel motif je les alpague ?

— Sergent…

Koenig m'envoya des postillons à la figure.

— C'est moi qui commande, petite tête ! Tu fais ce que le Gros Bill te dit !

Je vis rouge et lui dis :

— Demandez les alibis et demandez-leur si Betty Short a jamais fait de la prostitution.

Koenig ricana en réponse. Je franchis la pelouse et montai l'escalier au pas de course et les deux hommes s'écartèrent pour me laisser passer. La porte d'entrée s'ouvrit sur un salon délabré, un groupe de jeunes s'y trouvaient assis à fumer et à lire des revues de cinéma.

— Police, dis-je. Je cherche Linda Martin, Marjorie Graham, Harold Costa et Donald Leyes.

Une blonde aux cheveux de miel en tailleur pantalon mit son *Photoplay*[1] en cornet d'oreille.

— C'est moi, Marjorie Graham, Hal et Don sont dehors. Le reste du groupe se leva et s'écarta en éventail dans l'entrée comme si j'étais le porteur d'un tas de mauvaises nouvelles.

— C'est au sujet d'Elizabeth Short. Est-ce que quelqu'un la connaissait ?

J'obtins une demi-douzaine de signes de tête négatifs, des regards choqués et tristes. Au-dehors, j'entendis Koenig hurler : « Racontez-moi pas de craques ! Est-ce que la môme Short elle donnait dans le pain de fesse ? »

— C'est moi qui ai appelé la police, dit Marjorie Graham. Je lui ai donné le nom de Linda Martin parce que je savais qu'elle connaissait aussi Betty.

— Et ces mecs, là-dehors ? dis-je en montrant la porte.

— Don et Harold ? Ils sont tous les deux sortis avec Betty. Harold vous a appelés parce qu'il savait que vous seriez à la recherche d'indices. Qui c'est, celui qui lui gueule dessus ?

J'ignorai la question, m'assis à côté de Marjorie et sortis mon calepin.

— Que pouvez-vous me dire sur Betty, que je ne

_____

1. Revue de cinéma.

sache déjà ? Pouvez-vous me donner des faits ? Des noms de petits amis, des descriptions, des dates précises ? Des ennemis ? Des mobiles possibles pour que quelqu'un veuille la tuer ?

La femme tiqua. Je me rendis compte que j'élevais la voix. Parlant plus doucement, je demandai :

— Commençons par les dates. Quand Betty a-t-elle habité ici ?

— Début décembre. Je m'en souviens parce qu'on était assis, tout un groupe, à écouter un programme radio sur le cinquième anniversaire de Pearl Harbor quand elle est arrivée.

— C'était donc le 7 décembre ?

— Oui.

— Combien de temps est-elle restée ?

— Pas plus d'une semaine, à peu de chose près.

— Comment a-t-elle trouvé cet endroit ?

— Je crois que Linda Martin lui en avait parlé.

Le mémo de Millard disait que Betty Short avait passé la plus grande partie du mois de décembre à San Diego.

— Mais il est exact qu'elle est partie peu de temps après ?

— Oui.

— Pourquoi, mademoiselle Graham ? Nous savons que Betty a habité en trois endroits différents l'automne dernier — tous à Hollywood. Pourquoi changeait-elle de logement aussi fréquemment ?

Marjorie Graham sortit un mouchoir en papier de son sac et se mit à le déchiqueter.

— Eh bien, je ne sais pas vraiment.

— Est-ce qu'elle fuyait un petit ami jaloux ?

— Je ne crois pas.

— Mademoiselle Graham, quelle est votre opinion personnelle ?

— Monsieur l'agent, soupira Marjorie, Betty utilisait les gens. Elle leur empruntait de l'argent, elle leur racontait des bobards et… enfin y a des tas de mômes qui vivent ici et qui ont du flair et je crois qu'elles ont vite vu clair dans le jeu de Betty.

— Parlez-moi de Betty. Vous l'aimiez bien, si je ne me trompe ?

— Oui. Elle était gentille et elle vous faisait confiance, elle n'était pas très maligne, mais… elle était inspirée. Elle avait ce don étrange, si c'est comme ça qu'il faut l'appeler. Elle aurait fait n'importe quoi pour être aimée, et elle prenait en quelque sorte les manières de ceux avec qui elle était. Tout le monde fume ici, et Betty a commencé à fumer pour faire partie du groupe, même si c'était mauvais pour son asthme et si elle détestait la cigarette. Le plus drôle, c'est qu'elle essayait de marcher comme vous, de parler comme vous, mais tout en le faisant, elle restait elle-même. C'était toujours Betty ou Beth ou un autre surnom suivant l'inspiration du moment !

Je digérai tous ces tristes tuyaux et je les retournai dans ma tête.

— De quoi parliez-vous avec Betty ?

— Le plus souvent, j'écoutais simplement les bavardages de Betty. On s'asseyait ici et on écoutait la radio, et Betty racontait ses histoires — des histoires d'amour sur tous ces héros de guerre — le lieutenant Joe, le major Matt et ainsi de suite. Je savais que ce n'était que son imagination. Parfois, elle disait qu'elle voulait devenir vedette de cinéma, et qu'il lui suffirait de se montrer en robe noire et qu'un jour ou l'autre quelqu'un la remarquerait. Ça me rendait furieuse, parce que je prends des cours au théâtre de Pasadena et je sais qu'être acteur, c'est un travail difficile.

Je feuilletai mon calepin pour retrouver les notes de l'interrogatoire Sheryl Saddon.

— Mademoiselle Graham, est-ce que Betty vous a fait part de ses intentions de jouer dans un film, dans le courant de la fin novembre ?

160

— Oui. Le premier soir qu'elle a passé ici, elle en a fait tout un plat. Elle a dit qu'elle allait être la covedette, et elle nous a fait passer son viseur. Deux des garçons ont insisté pour avoir des détails et elle a dit à l'un d'eux que c'était la Paramount et à l'autre que c'était la Fox. J'ai cru qu'elle mentait, juste pour attirer l'attention sur elle.

J'écrivis « Noms » sur une nouvelle page et soulignai le mot trois fois.

— Marjorie, pourriez-vous me donner des noms ? Les amis de Betty, les gens avec qui vous l'avez vue ?

— Eh bien je sais qu'elle est sortie avec Don Leyes et Harold Costa, et je l'ai vue une fois avec un marin, et je…

Marjorie hésita ; une lueur soucieuse voila son regard.

— Que se passe-t-il ? Dites-le-moi.

La voix de Marjorie se fit toute petite, prête à se briser.

— Juste avant qu'elle nous quitte, j'ai vu Betty et Linda Martin qui discutaient avec cette grosse femme un peu plus âgée, sur le Boulevard. Elle portait un costume d'homme et elle était coiffée court comme un homme. C'est la seule fois que je les ai vues avec cette femme, ça ne veut peut-être pas dire que…

— Vous voulez dire que cette femme était une lesbienne ?

Marjorie hocha la tête plusieurs fois et tendit la main vers un Kleenex ; Bill Koenig entra dans la pièce et me fit signe du doigt d'approcher. J'avançai vers lui. Il murmura :

— Les mecs, y z'ont causé, y z'ont dit que la refroidie, elle marnait dans le pain de fesse quand elle était dans la mouise. J'ai appelé M. Loew. Il a dit de la boucler là-dessus, pasque ça a une meilleure gueule si ça reste une petite nana bien gentille.

Je me mordis les lèvres pour étouffer le tuyau sur les

gouines. Le procureur et son cireur de bottes l'étouffe-raient probablement aussi.

— J'ai encore une personne à voir en vitesse. Essayez d'avoir les dépositions des mecs, O.K. ?

Koenig gloussa et sortit, je dis à Marjorie de ne pas bouger et j'allai à l'autre bout du hall d'entrée. Il y avait un bureau à la réception avec un grand registre ouvert. Je feuilletai les pages jusqu'à ce que je tombe sur un gri-bouillis enfantin « Linda Martin » avec « Chambre 14 » imprimé sur la même ligne.

Je pris le couloir du premier qui menait à la chambre, frappai à la porte et attendis la réponse. Personne ne répondit, j'attendis cinq secondes avant de tourner la poignée et d'ouvrir la porte.

C'était une petite chambre étriquée qui ne contenait qu'un lit défait. Je vérifiai le placard : il était complète-ment vide. Sur la table de nuit, il y avait une pile de journaux de la veille ouverts à la page du « loup-garou sadique ». Soudain, je compris que la fille Martin était une fugueuse. Je m'accroupis au sol et passai la main sous le lit et touchai un objet aplati que je sortis.

C'était un porte-monnaie en plastique rouge. Je l'ou-vris et trouvai deux pennies, une pièce de dix cents et une carte d'identité du lycée Cornhusker à Cedar Rapids dans l'Iowa. La carte était établie au nom de Lorna Mar-tilkova, née le 19-12-31. Sous l'insigne en couronne de l'école, il y avait la photo d'une belle jeune fille ; je me mis aussitôt à taper dans ma tête un mandat de recherches pour adolescente en fugue à toutes les unités.

Marjorie Graham apparut à la porte. Je lui tendis la carte d'identité.

— C'est Linda, dit-elle. Mon Dieu, elle n'a que quinze ans !

— C'est presque une vieille pour Hollywood. Quand l'avez-vous vue pour la dernière fois ?

— Ce matin. Je lui ai dit que j'avais appelé la police

et que vous passeriez pour nous parler de Betty. Est-ce que j'ai eu tort ?

— Vous ne pouviez pas savoir. Je vous remercie.

Marjorie sourit, et je me surpris à lui souhaiter un aller simple vite fait bien fait, loin de la ville cinéma. Je gardai mon souhait pour moi en lui rendant son sourire et je sortis. Sur le perron, Bill Koenig se tenait au repos, Donald Leyes et Harold Costa étaient vautrés dans des fauteuils avec, sur le visage, cet air un peu verdâtre de ceux qui ont pris quelques coups du lapin.

— Ils sont innocents, dit Koenig.

— Sans charre, Sherlock.

— Mon nom, c'est pas Sherlock.

— Sans charre.

— Quoi ?

***

Au poste d'Hollywood, je profitai de mes prérogatives spéciales de flic des Mandats et Recherches pour faire partir un avis de recherches à toutes les unités pour une ado en fugue ainsi qu'un mandat prioritaire pour fuite d'un témoin matériel — aux noms de Lorna Martilkova et de Linda Martin. Je laissai les formulaires de rapport remplis au chef de jour qui me dit que les A.R.T.U. seraient sur les ondes dans moins d'une heure et qu'il enverrait des agents jusqu'au 1611 North Orange Drive pour questionner les locataires sur les endroits où pourraient se trouver Linda/Lorna. Cela réglé, je rédigeai mon rapport sur les séries d'interrogatoires, mettant l'accent sur le côté fabulateur de Betty Short ainsi que sur le fait qu'elle avait peut-être joué dans un film en novembre 46. Avant de boucler mon rapport, j'hésitai. Je ne savais pas s'il fallait faire état de la piste de Marjorie Graham sur la vieille gouine. Si Ellis Loew mettait la main sur les renseignements, il étoufferait probablement cet aspect de l'affaire, de même que le petit pavé dans la mare, Betty putain à temps partiel. Je décidai donc de ne pas le mentionner dans le rapport et de transmettre verbalement l'information à Russ Millard.

Du téléphone de la salle de brigade, j'appelai le Bureau central de casting et demandai des renseignements sur Elizabeth Short. Un employé me répondit que personne répondant à ce nom ou à un quelconque diminutif d'Elizabeth n'avait jamais été enregistré chez eux, ce qui rendait peu probable qu'elle eût jamais joué dans une production hollywoodienne légitime. Je raccrochai en me disant que le film, c'était encore une nouvelle fable de Betty, et son viseur un accessoire de conte de fées.

C'était la fin de l'après-midi. De ne plus avoir Koenig à mes basques, j'avais l'impression d'avoir survécu à un cancer et les trois entrevues avaient le goût d'une overdose de Betty/Beth Short et de ses dernières semaines sur terre dans des hôtels bon marché. J'étais fatigué et affamé, je rentrai donc à la maison pour me payer un sandwich et un petit somme, et je tombai en plein sur un nouveau numéro du grand spectacle du Dahlia Noir.

Kay et Lee étaient debout autour de la table de la salle à manger en train d'étudier les photos des lieux du crime entre la 39e et Norton : la tête défoncée de Betty Short ; les seins lacérés de Betty Short, la moitié du corps évidé de Betty Short ; les jambes de Betty Short en grand écart — le tout en noir et blanc lustré. Kay fumait nerveusement et jetait des petits coups d'œil aux photos ; Lee les étudiait l'une après l'autre, le visage dévoré de tics nerveux de toutes parts, l'extra-terrestre chargé à la benzédrine. Ils ne dirent pas un mot ; je restai là, debout, jouant au faire-valoir devant le macchabée le plus célèbre de toute l'histoire de L.A.

Finalement, Kay dit : « Salut, Dwight », et Lee pointa un doigt tremblotant sur un gros plan des mutilations du torse.

— Ce n'est pas le résultat du hasard, j'en suis sûr. Vern Smith dit qu'un mec l'a draguée dans la rue, l'a emmenée quelque part pour la torturer puis l'a larguée dans un terrain vague. Conneries. Le mec qui a fait ça la haïssait pour une raison précise et il a voulu que tous ces putains de gens soient au courant. Bon Dieu, il l'a tailladée, bordel, et ça, pendant deux jours entiers. Petite, tu as suivi des cours d'initiation médicale, tu crois que ce mec a une formation médicale ? Tu sais, du genre Dr Maboul ?

Kay éteignit sa cigarette et dit : « Lee, Dwight est ici », Lee fit demi-tour.

— Collègue, dis-je, et Lee essaya de faire un clin d'œil, de sourire et parler en même temps.

Il ne réussit qu'une horrible grimace ; quand il parvint à sortir : « Bucky, écoute Kay, je savais bien que les cours d'université que je lui ai payés me serviraient un jour », je dus détourner les yeux.

La voix de Kay était douce et patiente.

— Ce genre de théorisation, c'est parfaitement absurde, mais je vais t'offrir une théorie si tu manges quelque chose pour te calmer.

— Vas-y pour ta théorie, la prof !

— Eh bien, ce n'est qu'une hypothèse, mais il y a peut-être deux tueurs différents, les entailles de tortures sont grossières, alors que l'incision qui a séparé le corps en deux et celle de l'abdomen, de toute évidence pratiquée lorsqu'elle était déjà morte, sont nettes et précises. Peut-être aussi qu'il n'y a qu'un seul tueur et, qu'une fois la fille exécutée, il s'est calmé puis l'a coupée en deux et a fait cette entaille sur l'abdomen. Et n'importe qui aurait pu enlever les organes internes une fois le corps en deux parties. Je crois que les docteurs fous, on ne les rencontre que dans les films. Chéri, c'est toi qui dois te calmer. Il faut que tu arrêtes de prendre toutes ces pilules et il faut que tu manges. Écoute Dwight, il te dira la même chose.

Je regardai Lee.

— Je suis trop chargé pour manger, dit-il en me tendant la main comme si je venais de rentrer à l'instant. Alors, collègue, t'as appris quelque chose de valable sur la fille, aujourd'hui ?

Je songeai à lui dire que j'avais appris qu'elle ne valait pas une centaine de flics à plein temps ; je songeai à lui vider mon sac, à lui donner le tuyau sur la gouine et lui dire que Betty Short n'était qu'une triste petite pouffiasse menteuse, pour apporter de l'eau à mon moulin. Mais le visage de Lee électrisé par la défonce me fit dire :

— Rien qui vaille que tu t'arranges comme ça. Rien qui vaille que tu te retrouves complètement inutile quand un gus que t'as envoyé à Quentin est à trois jours d'être libéré à L.A. Pense à ta petite sœur, si elle te voyait comme ça. Pense à elle…

J'arrêtai lorsque je vis les larmes commencer à couler de ses grands yeux d'extra-terrestre. Il se tenait maintenant comme si c'était lui le faire-valoir des membres de sa famille. Kay vint se placer entre nous deux et posa une main sur chacune de nos épaules. Je sortis avant que Lee ne se mette à pleurer pour de bon.

***

L'hôtel de police d'University était un autre avant-poste de la grande folie du Dahlia Noir.

Une feuille de paris à contresigner était affichée dans les vestiaires. Elle se présentait sous la forme grossière d'un tapis de craps[1], avec des blancs pour l'établissement des cotes des paris : « Résolu — 2 contre 1 » « Maniaque sexuel d'occasion — 4 contre 1 » « Non résolu — 1 contre 1 » « Petit(s) Ami(s) 1 contre 4 » et « Red — pas de cote tant qu'il n'est pas capturé ».

---

1. Craps : jeu de dés.

Le sergent Shiner était donné comme banquier maison, et jusqu'à présent, là où il y avait le plus de monde, c'était à la rubrique « petit(s) ami(s) » avec les signatures d'une douzaine de policiers, qui avaient engagé dix sacs pour en récolter deux cent cinquante.

La salle de brigade donnait plus dans le genre interlude comique. On avait suspendu dans l'embrasure de la porte les deux moitiés d'une robe noire bon marché. Harry Sears, à moitié pompette, entraînait la femme de ménage, une Noire, dans un pas de valse, en la présentant comme le vrai Dahlia Noir, la meilleure chanteuse de couleur depuis Billie Holliday. Ils avalaient tour à tour des gorgées de la fiasque d'Harry et la femme de ménage beuglait des chansons gospel pendant que les agents qui essayaient de téléphoner se bouchaient l'oreille restée libre.

Le boulot à proprement parler se déroulait lui aussi dans la frénésie. Des hommes travaillaient sur les registres des Cartes grises et les annuaires de rues de Huntington Park : ils essayaient de retrouver la piste du « Red » avec lequel Betty Short avait quitté San Diego ; d'autres lisaient ses lettres d'amour, et deux agents étaient en ligne avec le service des Cartes grises, essayant d'obtenir des renseignements sur les numéros relevés par Lee la nuit dernière, alors qu'il planquait au baisodrome de Junior Nash. Millard et Loew étaient partis, aussi, j'abandonnai mon rapport d'interrogatoire et une note sur les avis de recherches que j'avais lancés dans une grande corbeille marquée « COMPTES RENDUS DES INSPECTEURS DE TERRAIN ». Puis je pris le large avant qu'un clown gradé ne m'oblige à me joindre au cirque.

Je ne savais pas trop quoi faire et ça me fit penser à Lee, ce qui me fit souhaiter d'être de retour à la brigade ; là au moins, on pensait à la morte avec le sens de l'humour. Puis, de penser à Lee me rendit fou furieux, et je commençai à penser à Junior Nash, tueur professionnel plus dangereux que cinquante petits copains jaloux et meurtriers. J'avais la bougeotte, je redevins un flic des Mandats et Recherches et j'allai rôder dans Leimert Park à sa recherche.

Mais on n'échappait pas au Dahlia Noir.

Je passai près de la 39e et de Norton et je vis une foule de badauds bayer aux corneilles autour du terrain vague pendant que des marchands de glaces et de hot-dogs refilaient leur camelote, une vieille femme revendait des photos noir et blanc de Betty Short en face du bar de la 39e et de Creenshaw, et je me demandai si le charmant Cleo Short avait fourni les négatifs en échange d'un pourcentage substantiel. Ça me débectait ; je me refusai à penser à cette bouffonnerie un instant de plus et me mis au travail.

Je passai cinq heures d'affilée à arpenter South Creenshaw et South Western, à montrer les photos de Nash et à décrire sa manière d'opérer en planquant de jeunes Négresses dans sa cache avant de les violer. Tout ce que j'obtins, ce fut des « Non » et la question « Et pourquoi vous êtes pas aux trousses du mec qui a découpé ce beau brin de fille, le Dahlia ? » La soirée était déjà bien avancée et je me rendis à l'évidence que Junior Nash s'était peut-être taillé de L.A. J'avais toujours la bougeotte et je rejoignis le cirque.

Après un hamburger englouti sur le pouce en guise de dîner, j'appelai le numéro de nuit des Mœurs et me renseignai sur les lieux de réunion des lesbiennes. L'employé vérifia les fiches de renseignements des Mœurs et revint avec les noms de trois bars à cocktails, tous dans le même bloc que Ventura Boulevard plus loin vers la Vallée : le Duchesse, le Coin de l'Épate et la Planque de la Verne. J'étais sur le point de raccrocher lorsqu'il ajouta qu'ils étaient hors de la juridiction du L.A.P.D., dans les territoires du comté qui en étaient exclus et que patrouillaient les services du shérif, et qu'ils continuaient à ouvrir parce qu'ils étaient protégés, contre rétribution.

Je ne pensai pas aux juridictions au cours de mon trajet vers la Vallée. Je pensai aux femmes avec d'autres femmes. Non pas le type gougnotte, mais des filles tendres avec leurs côtés durs, pareilles à ma cohorte de nanas récompenses après les matches. En passant au-dessus de Cahuenga Pass, j'essayai de les associer par paires. Tout ce qui put me revenir, ce fut des corps, l'odeur du liniment et des sièges de voiture — et pas un visage. J'utilisai alors Betty/Beth et Linda/Lorna, photos de l'Identité judiciaire et cartes d'identité de lycée, je les combinais avec les corps des filles qui m'avaient marqué lors de mes derniers combats pro. Ça devenait de plus en plus explicite lorsque le bloc 11000 de Ventura Boulevard apparut pour m'offrir, en vrai, des femmes entre elles.

Le Coin de l'Épate avait une façade de chalet, en rondins, et des portes à double battant, comme celles des saloons de westerns. L'intérieur était étriqué et faiblement éclairé ; il fallut de longues minutes pour que mes yeux s'habituent à l'obscurité. Je distinguai alors des dizaines de femmes qui me défiaient du regard.

Certaines d'entre elles étaient des gouines très masculines, en chemises kaki et pantalons de treillis militaires ; d'autres, des jeunes filles très douces en jupe et pull. Une costaud aux yeux en furie me passa en revue des pieds à la tête, la fille qui se tenait à ses côtés, une rouquine mince, posa la tête sur son épaule et glissa son bras autour de sa taille épaisse. Je commençai à avoir des sueurs et je cherchai le bar et quelqu'un qui ait l'air d'être le responsable. Je repérai un coin salon à l'arrière de la salle, des chaises de bambou et une table pleine de bouteilles d'alcool, le tout baigné des clignotements de lampes au néon, rouges, jaunes et orange. Je m'approchai, des couples enlacés se séparaient pour que je puisse passer en me laissant juste la place pour me faufiler.

La gouine derrière le comptoir me versa un mini

verre plein de whisky et le plaça en face de moi, en disant :

— Vous êtes du service des Fraudes ?

Elle avait des yeux clairs et un regard perçant ; les reflets du néon les rendaient presque translucides. J'eus le sentiment étrange qu'elle lisait dans mes pensées alors que je m'approchais.

Je descendis la gnôle et dis :

— L.A.P.D. Criminelle.

La gouine dit :

— C'est pas votre secteur, mais qui est-ce qui s'est fait descendre ?

Je fouillai mes poches à la recherche de la photo de Betty Short et de la carte d'identité de Lorna/Linda, puis je les plaçai sur le bar. Le whisky mit un peu d'huile dans les rouages fatigués de ma gorge.

— Avez-vous vu l'une ou l'autre ?

La femme passa les deux bouts de papier, puis ma personne en revue de détail :

— Vous voulez dire que le Dahlia, c'est une sœu-rette ?

— C'est à vous de me le dire.

— Je vous dirai que je ne l'ai jamais vue, excepté dans les journaux, et la petite minette de lycée, j'l'ai jamais vue, parce que moi et mes filles, on fricote pas avec des mineures. *Capice ?*

Je montrai le mini verre ; la gouine le remplit à nou-veau. Je bus ; mes vapeurs se firent plus chaudes, puis se refroidirent.

— *Capice*, quand vos filles me diront la même chose et que je les croirai.

La femme siffla et le coin salon se remplit. Je pris les photos et les tendis à une femme collée à une dame en costume de bûcheron. Elles prirent connaissance des photos et secouèrent la tête, puis je les passai à une femme en combinaison de pilote à la Howard Hughes. Elle dit : « Non, mais c'est un morceau de choix pour servir d'engrais à l'Agriculture », puis les tendit à un couple à côté d'elle. Elles murmurèrent « le Dahlia Noir », la voix pleine d'effroi. Elles répondirent « non » toutes deux ; la dernière gouine dit : « Niet, nein, no et, en plus, c'est pas mon type. » Elle repoussa les photos dans ma direction, puis cracha par terre.

— Bonne nuit, belles dames, dis-je en me dirigeant vers la porte, et les murmures répétaient « Dahlia » sans fin dans mon dos.

Le Duchesse, ce fut deux verres de plus à l'œil, une douzaine de regards hostiles et des « non » comme réponses, le tout dans un décor vieille Angleterre. En pénétrant dans la Planque de La Verne, j'étais à moitié beurré et quelque chose me démangeait mais je n'arrivais pas à mettre le doigt dessus.

Chez La Verne, il faisait sombre, des petits spots lumineux fixés aux poutres du salon jetaient ombre et lumière sur des murs couverts de papier de palme bon marché. Des couples de lesbiennes roucoulaient sur des banquettes qui les protégeaient des regards ; la vue de deux femmes en train de s'embrasser me força à regarder puis à détourner les yeux pour chercher le bar.

Il occupait un recoin du mur de gauche, un long comptoir aux lumières colorées se reflétant sur un paysage de plage à Waikiki. Il n'y avait personne, pas un client assis sur les tabourets. J'allai jusqu'au fond de la pièce et m'éclaircis la gorge afin que les pigeonnes roucoulantes abandonnent un instant leur septième ciel pour retrouver le plancher des vaches. Mon stratagème fonctionna : les enlacements et les baisers prirent fin, des yeux furieux et surpris levèrent leurs regards sur moi, l'annonciateur de mauvaises nouvelles.

Je dis « L.A.P.D. Criminelle » et tendis les photos à la lesbienne la plus proche.

— Celle aux cheveux noirs, c'est Elizabeth Short. Le Dahlia Noir si vous lisez les journaux. L'autre, c'est sa copine. Je veux savoir si vous les avez vues et, si oui, avec qui.

Les photos firent le tour des banquettes ; j'étudiais les réactions lorsque je vis qu'il me faudrait une matraque pour obtenir de simples réponses par oui et par non. Personne ne dit un mot ; tout ce que je réussis à obtenir des visages que j'étudiais, ce fut de la curiosité teintée une fois ou deux d'une lueur de désir. Les photos me revinrent, tendues par une grosse en tenue de camionneur exhibant une casquette. Je m'en saisis et me dirigeai vers la rue et un peu de fraîcheur, mais je m'arrêtai en voyant une femme derrière le comptoir, qui essuyait des verres.

J'allai jusqu'au bar et posai mes marchandises sur le comptoir, en lui faisant signe d'approcher. Elle ramassa les photos de l'Identité judiciaire et dit :

— J'ai vu sa photo dans l'canard, et c'est tout.

— Et celle-ci ? Elle s'appelle Linda Martin.

La barmaid leva la carte d'identité de Lorna/Linda à la lumière et plissa les yeux. Je vis à l'expression qui traversa son visage qu'elle lui disait quelque chose.

— Non, désolée. Je me penchai au-dessus du comptoir.

— Putain de Dieu, ne me mentez pas ! Bordel, elle a quinze ans, alors, vous accouchez, tout de suite, ou je vous colle une débauche de mineure aux fesses et vous passez les cinq années à venir à gougnoter les chattes de Tehachapi.

La gouine eut un mouvement de recul ; je m'attendais presque à ce qu'elle se saisisse d'une bouteille pour me la coller sur le cigare. Les yeux sur le bar, elle dit :

— La môme venait ici de temps en temps. Y a de ça deux, trois mois. Mais le Dahlia, j'l'ai jamais vu, et je crois que la môme, elle aimait les garçons. Je veux dire par là, elle se faisait juste payer un pot par les sœurettes, et pis c'est tout.

D'un regard en coin, je vis une femme en train de

s'asseoir au bar changer soudain d'avis, attraper son sac et se diriger vers la porte, comme si mes paroles avec la barmaid lui avaient filé le trac ; je lui trouvai une ressemblance fugace avec Elizabeth Short.

Je ramassai mes photos, comptai jusqu'à dix et suivis la femme ; j'arrivais juste à ma voiture lorsque je la vis ouvrir la porte d'un coupé Packard blanc neige, garé à deux voitures de la mienne. Lorsqu'elle partit, je comptai jusqu'à cinq et me mis à la filer.

La filature me conduisit au-delà de Ventura Boulevard jusqu'à Cahuenga Pass puis Hollywood. La circulation à cette heure de la nuit était fluide, aussi je laissai plusieurs longueurs d'avance à la Packard qui me précédait, plein sud sur Highland, quittant Hollywood pour le quartier de Hancock Park. À la 4e Rue, la femme tourna à gauche ; en quelques secondes, je me retrouvai au cœur de Hancock Park — une zone que les flics de la division de Wilshire appelaient « la zone des Faisans sous verre [1] ».

La Packard tourna à l'angle de Muirfield Road et s'arrêta en face d'une résidence Tudor avec, en façade, une pelouse de la taille d'un terrain de football. Je continuai et mes phares éclairèrent la plaque d'immatriculation : CAL RQ 765. Dans mon rétro, je vis la femme verrouiller la portière conducteur ; même à cette distance, sa silhouette nette aux vêtements collants se détachait clairement.

Je pris la 3e Rue pour sortir de Hancock Park. Sur Western, je vis une cabine, sortis et appelai la ligne de nuit des Cartes grises, demandant coordonnées et casier du propriétaire d'un coupé blanc Packard, CAL RQ 765. L'employé me fit attendre presque cinq minutes, puis revint avec son topo :

Madeleine Cathcart Sprague, sexe féminin, race

---

1. Référence aux restaurants de luxe, où le faisan est servi et tenu au chaud sous cloche de verre.

blanche, née le 14-11-25, L.A., 482 South Muirfield Road ; non recherchée, pas de mandat à son nom, casier judiciaire vierge.

Sur le chemin du retour, les effets de la gnôle commencèrent à se dissiper. Je commençai à me demander si Madeleine Cathcart Sprague avait quelque chose à voir avec Betty/Beth et Lorna/Linda, ou si c'était simplement une gouine richarde qui aimait à s'encanailler. Conduisant d'une main, je sortis mes photos de Betty Short, y superposai le visage de la fille Sprague et me retrouvai avec une simple ressemblance. Puis je me surpris à la dévêtir de ses collants et sus que je m'en souciais autant que d'une guigne.

10

Le lendemain matin, je mis la radio pendant le trajet jusqu'au poste d'University. Le quartette de Dexter Gordon me mettait de bonne humeur avec ses rythmes be-bop lorsque « Billie's Bounce » cessa de balancer, remplacé par une voix fiévreuse :

« Nous interrompons notre programme quotidien pour un bulletin d'informations. Un suspect majeur dans l'enquête sur le meurtre d'Elizabeth Short, la jeune brune à la vie mouvementée connue sous le nom de Dahlia Noir, a été capturé ! L'homme qui n'était connu des enquêteurs que sous le nom de "Red" a été identifié comme étant Robert "Red" Manley, vingt-cinq ans, vendeur dans une quincaillerie de Huntington Park. Manley a été capturé ce matin à South Gate, au domicile d'un ami, et il est actuellement retenu et interrogé au poste d'Hollenbeck, à Los Angeles Est. Dans une interview exclusive à K.G.F.J., le procureur adjoint Ellis Loew, le célèbre porte-parole et homme de loi qui travaille sur l'affaire en tant qu'agent de liaison entre la police et les autorités civiles, nous a déclaré : "Red Manley est un suspect majeur. Nous avons déterminé que c'est lui qui a emmené Betty Short de San Diego le 9 janvier, six jours avant que le corps affreusement mutilé ne soit découvert dans un terrain vague de Leimert Park. Cela ressemble fort à l'ouverture que nous espérions tous et pour laquelle nous avons tous prié. Dieu a exaucé nos prières !" »

Les sentiments d'Ellis Loew furent remplacés par une pub pour Préparation H, dont on garantissait qu'elle réduisait le gonflement douloureux de vos hémorroïdes, sinon, on vous remboursait le double du prix d'achat. J'éteignis la radio et changeai de route pour me diriger vers le poste d'Hollenbeck.

La rue qui en partait était bloquée par des chevaux de frise et des panneaux de déviation ; des agents en uniforme maintenaient les reporters à distance. Je me garai dans une allée derrière le poste et entrai par la porte de derrière dans le quartier des cellules. Des ivrognes caquetaient dans les geôles côté infractions mineures du couloir ; des criminels endurcis brûlaient, silencieux, des feux de la rancœur dans les cages pour délits majeurs. La prison affichait complet, mais on ne voyait les geôliers nulle part. En ouvrant une porte de communication qui donnait dans le poste proprement dit, je compris pourquoi.

Ce qui ressemblait à tout le contingent du poste était amassé en foule et se pressait dans un petit couloir desservant les salles d'interrogatoire et essayait de jeter un œil à travers la vitre sans tain de la salle du milieu, côté gauche. La voix de Russ Millard s'élevait d'un haut-parleur fixé au mur : elle était douce, engageante, persuasive.

— A-t-il avoué ? dis-je en donnant un coup de coude à l'agent le plus proche.

— Non, répondit-il en secouant la tête. Millard et son équipier lui font le coup du bon et du méchant.

— A-t-il avoué qu'il connaissait la fille ?

— Ouais. On l'a eu par vérification auprès des Cartes grises, et il nous a suivis gentiment. Ça te dirait un p'tit pari ? Innocent ou coupable, fais ton choix. J'me sens en veine aujourd'hui.

J'ignorai l'offre et me frayai un passage en douceur jusqu'à la vitre pour jeter un coup d'œil à l'intérieur. Millard était assis sur une table en bois tout esquintée avec, en face de lui, un jeune et beau mec à la tignasse couleur carotte et gominée, peignée vers l'arrière, en train de jouer avec un paquet de cigarettes. Il était mort de trouille à en faire dans son froc ; Millard ressemblait au prêtre brave mec des films — celui qui a tout vu et qui file l'absolution pour tout le toutim.

La voix haut perchée de Poil de Carotte retentit dans le haut-parleur.

— Je vous en prie, je vous ai déjà tout raconté trois fois.

— Robert, dit Millard, si nous faisons ça, c'est parce que tu ne t'es pas présenté volontairement. Betty Short fait la une de tous les journaux de L.A. depuis trois jours, et tu savais qu'on voulait te parler. Mais tu t'es planqué. Et à ton avis, à quoi ça ressemble pour nous ?

Robert « Red » Manley alluma une cigarette, aspira une bouffée et toussa.

— Je ne voulais pas que ma femme sache que je me conduisais mal dans son dos.

— Mais tu ne te conduisais pas mal. Betty ne voulait pas jouer. Elle t'a excité et puis tintin, elle n'a pas suivi. Ce n'est pas une raison pour te cacher de la Police.

— Je suis sorti avec elle à Dago[1]. J'ai dansé des slows avec elle. C'est pareil que se conduire mal.

---

1. San Diego.

Millard posa la main sur le bras de Manley.

— Revenons au commencement. Dis-moi dans quelles circonstances tu as rencontré Betty, ce que tu as fait, de quoi vous avez parlé. Prends ton temps, personne ne te presse.

Manley écrasa sa cigarette dans un cendrier débordant de mégots, en alluma une autre et essuya la sueur qui lui coulait du front. Je regardai autour de moi dans le couloir et vis Ellis Loew appuyé contre le mur d'en face, flanqué de ses deux chiens jumeaux Vogel et Koenig, n'attendant que son ordre pour attaquer. Un soupir chargé de craquements d'électricité statique crachota dans le haut-parleur ; je me retournai et observai le suspect, gigotant, mal à l'aise sur sa chaise.

— Et ce sera la dernière fois que je raconterai toute l'histoire ?

— Exact, fiston, vas-y, dit Millard en souriant.

Manley se leva, s'étira puis se mit à arpenter la pièce en parlant.

— J'ai rencontré Betty la semaine précédant Noël, dans un bar en ville, à Dago. On a juste bavardé tous les deux, et Betty m'a fait comprendre qu'elle était un peu à cran, vu qu'elle restait avec la femme French et sa fille, et que c'était pour pas longtemps. Je lui ai payé à dîner dans un troquet italien dans la vieille ville, puis on est allé danser au Sky Room de l'hôtel El Cortez. On…

— Est-ce que tu dragues toujours quand tu es en ville pour affaires ? l'interrompit Millard.

— Je draguais pas ! cria Manley.

— Qu'est-ce que tu faisais, alors ?

— J'étais sous le charme, c'est tout. J'étais incapable de dire si Betty était une chouette fille ou si elle chassait le pognon ; et je voulais connaître le fin mot. Je voulais aussi mettre à l'épreuve ma loyauté à l'égard de ma femme et j'ai juste…

La voix de Manley mourut.

— Fiston, pour l'amour de Dieu, dis la vérité. Tu cherchais à te lever une nana, exact ?

— Exact, répondit Manley, en s'écroulant sur sa chaise.

— Et c'est ce que tu fais chaque fois que tu es en déplacement, exact ?

— Non ! Betty c'était pas pareil.

— Les nanas en voyage d'affaires, c'est des nanas en voyage d'affaires, non ?

— Non, quand je suis en déplacement, je fricote pas dans le dos de ma femme. Betty, c'est juste que…

La voix de Millard était si basse qu'elle sortait à peine du haut-parleur.

— Betty, elle t'a fait craquer. Exact ?

— Exact.

— Elle t'a donné envie de faire des trucs que t'avais jamais faits auparavant, elle t'a rendu cinglé, elle t'a fait…

— Non ! non ! Je voulais la baiser. Je voulais pas lui faire de mal !

— Chut ! chut ! Revenons à la période de Noël, à ton premier rencard avec Betty. Tu l'as embrassée en la quittant ?

Manley agrippa le cendrier des deux mains ; elles tremblaient et les mégots se répandirent sur la table.

— Sur la joue.

— Allez, Red ! Pas d'avances plus précises ?

— Non.

— Tu as eu un second rendez-vous avec Betty deux jours avant Noël, exact ?

— Exact.

— Une autre soirée dansante au El Cortez, exact ?

— Exact.

— Musique douce, alcool, lumières tamisées, et tu as tenté le coup, exact ?

— Bordel ! arrêtez de toujours dire « Exact ». J'ai essayé d'embrasser Betty et elle m'a raconté un baratin comme quoi elle pouvait pas coucher avec moi parce que le père de son enfant, ça devait être un héros de la guerre et moi, j'étais seulement dans la fanfare de l'armée. Elle était complètement toquée sur le sujet ! Elle a pas arrêté toutes ses conneries sur les héros de la guerre.

— Pourquoi dis-tu des « conneries », Red ? demanda Millard en se levant.

— Parce que je savais que c'était des mensonges. Betty disait qu'elle était mariée à ce mec et fiancée à celui-là, et je savais qu'elle voulait me rabaisser parce que j'avais jamais connu le feu.

— A-t-elle cité des noms ?

— Non, rien que des grades. Le major Untel ou le capitaine Machin, comme si je devais avoir honte de n'être que caporal.

— Est-ce que tu l'as détestée pour ça ?

— Non ! Ne me faites pas dire ce que je n'ai pas dit. Millard s'étira et s'assit.

— Après ce second rendez-vous, quand as-tu revu Betty ?

Manley soupira et posa le front sur la table.

— Je vous ai déjà raconté toute l'histoire trois fois.

— Fiston, plus tôt tu auras fini ta version, plus tôt tu pourras rentrer chez toi.

Manley frissonna et s'enserra de ses bras.

— Après le second rencard, je n'ai pas eu de nouvelles de Betty jusqu'au 8 janvier, quand j'ai reçu ce télégramme au bureau. Le télégramme disait qu'elle aimerait me rencontrer à mon prochain déplacement à Dago. Je lui ai répondu, par télégramme, que je devais aller à Dago le lendemain après-midi et que je passerais la prendre. Je suis passé la prendre, et elle m'a supplié de l'emmener à L.A. J'ai dit…

Millard leva la main.

— Betty t'a-t-elle dit la raison pour laquelle elle devait se rendre à L.A. ?

— Non.

— T'a-t-elle dit qu'elle devait retrouver quelqu'un ?

— Non.

— Tu as accepté parce que tu croyais que ça allait la faire céder ?

— Oui, dit Manley dans un soupir.

— Continue, fiston.

— J'ai emmené Betty faire la tournée ce jour-là. Elle est restée dans la voiture pendant que je rendais visite aux clients. J'avais d'autres visites à faire à Oceanside le lendemain matin, aussi on a passé la nuit dans un motel là-bas, et...

— Redis-nous un peu le nom de l'endroit, fiston.

— Ça s'appelait le motel de la Corne d'Abondance.

— Et Betty t'a envoyé aux pelotes une nouvelle fois, cette nuit-là ?

— Elle... elle a dit qu'elle avait ses règles.

— Et t'es tombé dans le panneau ?

— Oui.

— Est-ce que ça t'a foutu en rogne ?

— Nom de Dieu, je l'ai pas tuée !

— Chut ! Tu as dormi dans le fauteuil et Betty dans le lit, exact ?

— Exact.

— Et le lendemain matin ?

— Le lendemain matin, on est parti pour L.A. Betty m'a accompagné pendant ma tournée et elle a essayé de me tirer cinq sacs, mais je l'ai envoyée promener. Elle m'a alors raconté une histoire à la noix comme quoi elle devait retrouver sa sœur, en face de l'hôtel Biltmore. Je voulais me débarrasser d'elle, alors je l'ai larguée en face du Biltmore cet après-midi-là, aux environs de 5 heures. Et je ne l'ai plus jamais revue, excepté dans les récits sur le Dahlia dans les canards.

— C'était donc bien le vendredi 10 janvier, à 5 heures, que tu l'as vue pour la dernière fois ?

Manley acquiesça de la tête. Millard se tourna face au miroir, ajusta son nœud de cravate et sortit. Dans le couloir il fut assailli par les policiers qui le bombardèrent de questions. Harry Sears se glissa dans la pièce ; tout près de moi, une voix familière s'éleva au-dessus du brouhaha.

— Vous allez voir maintenant pourquoi Russ garde Harry à portée de main.

C'était Lee, le visage coupé par un rictus délirant, comme s'il avait encaissé un million de dollars nets d'impôts. Je lui passai le bras autour du cou en disant :

— Bienvenue à ton retour sur terre !

Lee me rendit la pareille.

— C'est de ta faute, si j'ai l'air de tenir une forme terrible. Juste après que tu es parti, Kay m'a refilé un Mickey Finn[1], un truc qu'on lui a donné au drugstore. J'ai dormi dix-sept heures et, quand je me suis réveillé, j'ai dévoré comme un ogre.

— Bordel, c'est bien fait pour tes pieds, ça t'apprendra à lui payer des cours de chimie ! Que penses-tu de Red ?

— Un coureur de jupons, au pire, et un coureur de jupons qui aura divorcé d'ici la fin de la semaine. T'es d'accord ?

— Au quart de poil.

— T'as trouvé quelque chose, hier ?

Ce me fut facile de tordre un peu le cou à la vérité, de voir mon meilleur ami redevenu un nouvel homme.

— T'as lu mon rapport sur les interrogatoires de terrain ?

— Ouais, à University. Beau travail, le mandat pour la petite. Rien d'autre ?

---

1. Boisson chargée de somnifère.

Je lui sortis froidement un bobard, une silhouette épurée en collant dansait toujours dans ma mémoire.

— Non, et toi ?

Les yeux fixés sur la glace sans tain, Lee répondit :

— Non, mais ce que j'ai dit sur ce salopard tient toujours. Mon Dieu, regarde Harry !

C'est ce que je fis. Le bègue aux manières douces tournait autour de la table d'interrogatoire, jouant d'une matraque alourdie de plomb en l'abattant violemment sur la table à chaque tour. Ses « vlan » se répercutaient dans le haut-parleur. Red Manley, les bras serrés sur la poitrine, frissonnait aux échos de chaque coup.

Lee me poussa gentiment.

— Russ a une règle d'or — jamais de coups. Mais admire la manière…

Je me libérai de la main de Lee et regardai de tous mes yeux. Sears tapotait sa matraque sur la table à quelques centimètres face à Manley, parlant sans l'ombre d'un bégaiement, pleine d'une furie glacée.

— Tu voulais de la viande fraîche, et tu croyais qu'avec Betty ce serait facile. T'attaques de front, ça ne marche pas, tu te mets à supplier. Ça marche pas non plus, alors tu offres du pognon. Elle t'a dit alors que les Anglais avaient débarqué et ça a mis le feu aux poudres. T'as voulu qu'elle saigne pour de bon. Raconte-moi un peu comment tu lui as découpé les nénés. Dis-moi…

— Non ! hurla Manley.

Sears écrasa la matraque sur le cendrier, le verre explosa, les mégots volèrent. Red se mordit les lèvres ; le sang jaillit, puis se mit à lui couler sur le menton. Sears matraqua le tas de verre brisé ; des esquilles de verre s'éparpillèrent à travers toute la pièce.

— Non, non, non, non, gémissait Manley.

— Tu savais très bien ce que tu voulais, lui siffla Sears aux oreilles. T'es un dragueur qui a de l'expérience, et tu connais des tas d'endroits où on peut emmener les filles. Tu l'as d'abord fait boire pour l'amadouer, tu l'as fait parler de ses anciens petits amis et t'as joué au bon copain, le bon petit caporal gentil prêt à laisser Betty aux *vrais mâles*, à ceux qui ont connu le feu, tous ceux qui méritent une nuit avec une belle petite chatte comme elle.

— Non !

Sears frappa la table. Vlan !

— Si, mon petit Reddy, si ! Je crois que tu l'as emmenée dans un coin, tu sais, un de ces entrepôts abandonnés, près de la vieille usine Ford à PicoRivera. Y avait des cordages et des tas d'outils de coupe dans le coin, et t'as commencé à bander. Puis t'en as juté dans le froc avant de pouvoir t'enfiler Betty. T'étais furieux avant, mais ça t'a rendu complètement dingue. T'as commencé à penser à toutes ces nanas qui avaient rigolé devant ton zizi minuscule, à toutes les fois où ta femme t'a dit : « Pas ce soir, Reddy-chou, j'ai la migraine. » Alors, tu l'as frappée, tu l'as attachée, tu l'as cognée, tu l'as charcutée. Reconnais-le, espèce de putain de taré !

— Non !

Vlan ! La table rebondit sous la violence du coup. Manley faillit en tomber de sa chaise ; seules les mains de Sears sur le dossier l'empêchèrent de basculer.

— Mais si, Reddy-chou. Si. T'as pensé à toutes les filles qui disent : « Je ne suce pas », toutes les fois que ta maman t'a filé la fessée, tous les regards méchants que t'envoyaient les vrais soldats quand tu jouais du trombone dans la fanfare militaire. Planqué, zizi de mes deux, les nanas qui te faisaient danser, tout ça, ça te traversait la tête. Et y fallait que Betty, elle paye pour tout ça. C'est pas vrai ?

Manley laissa filer sur lui un crachat de sang et salive mêlés et bafouilla :

— Non ! Je vous en prie, Dieu m'est témoin, non !

— Dieu déteste les menteurs, dit Sears en cognant la table trois fois de suite. Vlan ! vlan ! vlan !

Manley baissa la tête et se mit à sangloter sans larmes. Sears s'agenouilla près de sa chaise.

— Dis-moi comment elle a hurlé, comment elle a supplié, Betty. Dis-le moi, ensuite c'est à Dieu que tu le diras.

— Non, non. Je n'ai jamais fait de mal à Betty.

— Est-ce que ça t'a encore fait bander ? Est-ce que t'as joui, joui, joui, chaque fois que tu la découpais ?

— Non ! Oh ! mon Dieu, mon Dieu !

— C'est ça, Red. Parle à Dieu. Dis-lui tout ! Il te pardonnera.

— Non, mon Dieu, je vous en prie.

— Dis-le Red. Dis à Dieu comment t'as battu Betty Short, comment tu l'as torturée, comment tu l'as étripée trois jours durant avant de la couper en deux.

Sears écrasa la table une fois, deux fois, trois fois puis la renversa par terre. Red s'extirpa de sa chaise et tomba à genoux. Il joignit les mains et marmonna : « Le Seigneur est mon berger, rien ne saurait manquer où Il me conduit », avant de commencer à pleurer. Sears regarda droit dans la glace, se dégoûtant avec tant de force que le mépris se gravait dans chacun des méandres de son visage bouffi de picoleur. Il fit signe, pouces dirigés vers le bas, avant de quitter la pièce.

Russ Millard le rejoignit à l'extérieur et s'éloigna de la foule des agents en venant dans ma direction. Je tendis l'oreille pour surprendre les murmures de leur conversation et j'en saisis l'essentiel : ils étaient tous deux convaincus que Manley n'y était pour rien, mais ils voulaient en être absolument sûrs en lui injectant une dose de Pentothal et en le faisant passer au détecteur de mensonges. Je jetai un dernier coup d'œil dans la salle d'interrogatoire et vis Lee en compagnie d'un policier en civil qui passait les menottes à Red avant de le faire sortir de la pièce. Lee traitait le suspect avec douceur, le gant de velours qu'il réservait habituellement aux enfants, la voix douce et la main sur l'épaule.

La foule s'éparpilla lorsqu'ils eurent disparu tous les trois dans le quartier des cellules. Harry Sears retourna dans la petite pièce et commença à nettoyer le bordel. Millard se tourna dans ma direction :

— Bon rapport, hier, Bleichert.

— Merci, dis-je, sachant qu'on était en train de me jauger. Nos regards s'accrochèrent. Quoi d'autre ? je lui demandai.

— À vous de me le dire.

— D'abord, vous me renvoyez aux Mandats et Recherches, d'accord ?

— Pas d'accord, mais continuez.

— Bien. On quadrille autour du Biltmore et on essaie de reconstruire tous les mouvements de Betty Short depuis le 10, lorsque Red l'a larguée, jusqu'au 12 ou 13, lorsqu'elle s'est fait embarquer. On couvre toute la zone, on récupère tous les témoignages sur le terrain et y a plus qu'à espérer que les pistes valables ne vont pas être noyées avec tous les coups foireux que la pub nous ramène.

— Continuez.

— Nous savons que Betty aimait les mecs et le cinéma et qu'elle clamait partout qu'elle allait tourner un film en novembre dernier, c'est pourquoi je suis sûr qu'elle n'aurait pas refusé un rôle, quitte à passer à la casserole. Je pense qu'on devrait enquêter auprès des producteurs et des responsables de casting, et voir ce qu'on peut en tirer.

— J'ai téléphoné à Buzz Meeks ce matin, dit Millard en souriant. C'est un ex-flic, il travaille comme chef de la sécurité à la compagnie d'aviation Hughes. C'est notre contact non officiel avec les studios et il va fouiner. Vous vous débrouillez bien, Bucky. Suivez le mouvement.

J'hésitai : je voulais impressionner un supérieur ; je voulais alpaguer la gougnotte pleine aux as moi-même. Millard, avec sa manière de me tirer les vers du nez, m'apparut comme plein de condescendance, quelques os de flatterie à ronger qu'on lance à un jeune flic pour l'empêcher de regimber sur un boulot qu'il n'avait pas demandé. Madeleine Cathcart Sprague reprit forme dans ma mémoire et je dis :

— Tout ce que je sais, c'est que vous devriez garder un œil ouvert sur Loew et ses acolytes. Je ne l'ai pas noté dans mon rapport, mais Betty Short ne se gênait pas pour vendre carrément ses fesses quand elle était vraiment dans la dèche, et Loew essaie de garder ça sous son coude. Je crois qu'il va essayer d'étouffer tout ce qui peut la faire passer pour une roulure. Plus le public éprouvera de la sympathie pour la fille, plus ça lui fera de pub comme procureur si jamais ce merdier passe devant un tribunal.

— Toujours là où on l'attend pas, et brillant avec ça ! dit Millard dans un éclat de rire. Est-ce que vous voulez dire que votre propre patron est capable d'étouffer des preuves ?

— Ouais, dis-je en pensant que les mêmes termes s'appliquaient à moi. C'est un fils de salaud arrogant et c'est de la merde qui lui sert de cervelle.

— Touché, dit Millard, et il me tendit un bout de papier. Les lieux où on a vu Betty — restaurants et bars, Division de Wilshire. Vous pouvez travailler en solo ou avec Blanchard, ça m'est égal.

— Je préférerais voir le secteur du Biltmore.

— Je le sais bien mais je veux là-bas des flics de ronde à pied qui connaissent le coin et j'ai besoin de cerveaux brillants pour éliminer les fausses pistes de la liste.

— Qu'allez-vous faire vous-même ?

Millard sourit tristement.

— Je vais garder l'œil ouvert sur le fils de salaud à la cervelle merdeuse qui étouffe les preuves, ainsi que sur ses mignons, pour être sûr qu'ils ne vont pas essayer d'obtenir de cet innocent en cellule une confession forcée.

***

Je ne trouvai Lee nulle part à la brigade, aussi je vérifiai la liste des tuyaux en solo. La zone à quadriller se situait au centre du district de Wilshire, bars-restaurants et troquets à musique sur Western, Normandie et la 3e Rue. Les gens avec qui je discutai étaient pour la plupart des piliers de bistrot, des poivrots de jour tout à fait désireux d'avaler les couleuvres de l'autorité ou de papoter avec quelqu'un de différent des connaissances habituelles qu'ils liaient dans leurs troquets habituels. J'insistai pour avoir des faits et je n'obtins que des fantasmes convaincus : pratiquement chacun d'eux s'était fait longuement baratiner par Betty Short, baratin qu'ils avaient piqué dans les journaux ou à la radio, alors qu'en réalité elle se trouvait à San Dago avec Red Manley ou en un lieu quelconque en train de se faire torturer à mort. Plus je les écoutais, plus ils parlaient d'eux-mêmes, entremêlant à la tapisserie de leurs tristes contes les fils du Dahlia Noir, dont ils étaient convaincus que c'était une sirène, pleine de fascination, en route pour le paradis étoilé d'Hollywood. On aurait dit qu'ils étaient prêts à échanger leur propre vie contre une mort sur cinq colonnes bien juteuses. Je glissai des questions sur Linda Martin/Lorna Martilkova, Junior Nash, Madeleine Cathcart Sprague et sa Packard blanc neige, mais tout ce que j'obtins, ce fut des regards morts pleins de stupeur. Je décidai que mon compte rendu des interrogatoires ne contiendrait que trois mots : « Que des conneries ».

Je terminai peu de temps après la tombée de la nuit et je rentrai à la maison pour manger un morceau.

Je rangeais la voiture lorsque je vis Kay sortir et descendre les marches comme une furie pour balancer violemment une brassée de papiers sur la pelouse ; elle remonta toujours aussi furieuse, pendant que Lee tempêtait à ses côtés, en hurlant et moulinant l'air de ses bras. Je m'approchai et me mis à genoux près de la pile ; les papiers, c'était des doubles de formulaires-rapports du L.A.P.D. En les feuilletant, je découvris des rapports de quadrillage, des listes de preuves, des comptes rendus d'interrogatoires, des listes de tuyaux et un formulaire officiel d'autopsie, le tout portant, tapé en haut de la page, « E. Short — Blanche — Sexe féminin — née le 29-07-24 ». On les avait de toute évidence sortis en fraude du poste d'University — et le simple fait de les avoir en sa possession suffisait pour que Lee soit immédiatement mis à pied.

Kay revint avec un autre chargement, en criant :

— Après tout ce qui est arrivé, et tout ce qui pourrait encore arriver, comment peux-tu faire une chose pareille ? Il faut être malade ou cinglé !

Elle flanqua les papiers à côté de l'autre pile : des photos luisantes de la 39e et Norton brillèrent à la lumière. Lee l'agrippa par les bras et essaya de la maintenir alors qu'elle se débattait.

— Bon Dieu, tu sais très bien ce que ça représente pour moi. Tu le *sais*. Et je vais me louer une chambre pour y stocker tout ce bazar, mais, petite, ne me laisse pas tomber sur ce coup-ci. C'est mon coup à moi, et j'ai besoin de toi… et ça aussi, tu le *sais*.

C'est alors qu'ils remarquèrent ma présence.

— Bucky, dis-lui, toi. Essaie de la raisonner.

De tout le cirque du Dahlia, c'était la phrase la plus drôle que j'avais entendue jusque-là.

— Kay a raison. Tu as commis au moins trois infractions avec cette affaire et ça commence à se savoir.

J'arrêtai en songeant à ce que j'avais commis, *moi*, et à l'endroit où je me rendais à minuit. Je regardai Kay et je changeai de régime :

— Je lui ai promis une semaine sur l'affaire. Ça

veut dire encore quatre jours. Mercredi prochain, c'est terminé.

— Dwight, me dit Kay en soupirant, qu'est-ce que tu peux manquer de tripes parfois !

Puis elle retourna à la maison. Lee ouvrit la bouche pour dire quelque chose de drôle. Je me frayai un chemin à coups de pied dans les paperasses officielles du L.A.P.D. pour arriver à ma voiture.

***

La Packard blanc neige se trouvait au même emplacement que la nuit dernière. Je me mis en planque dans ma propre voiture, garée directement derrière la sienne. Blotti sur le siège avant, je passai des heures de colère à regarder les piétons entrer et sortir des trois bars du bloc — des maîtresses femmes, des femmes femmes et des flics du shérif avec cet air de presse particulier à ceux qui collectent les enveloppes. Minuit vint, minuit passa, le nombre des piétons augmenta — pour la plupart des gouines en route pour l'autre côté de la rue, vers les motels dont les draps n'avaient pas le temps de refroidir. Elle franchit alors le seuil de la Planque de La Verne, seule, beauté en robe de soie verte à vous couper le souffle.

Je me glissai au-dehors par la portière passager à l'instant précis où elle descendait du trottoir en me lançant un regard en coin :

— Alors, on s'encanaille, mademoiselle Sprague ?

Madeleine Sprague s'arrêta, je raccourcis la distance entre nous. Elle fouilla dans son sac et en sortit des clés de voiture et une grosse liasse de liquide.

— Alors comme ça, Papa recommence à espionner ? Ça le reprend, ses petites croisades calvinistes, et il vous a demandé de ne pas faire les choses en finesse. Elle passa à une imitation adroite du grasseyement écossais : « Jeune fille un peu folle, il ne vous sied guère de vous réunir en des lieux aussi mal choisis. Il serait du plus mauvais ton que vous fussiez reconnue par des gens de peu, ma petite. »

J'avais les jambes qui tremblaient, comme lorsque j'attendais le gong qui annonçait le premier round.

— Je suis officier de police, dis-je.

Madeleine Sprague reprit sa voix normale.

— Oh ? Alors Papa s'achète des policiers, maintenant ?

— Il ne m'a pas acheté.

Elle me tendit l'argent et me passa en revue de détails.

— Non, probablement pas. Vous vous vêtiriez mieux si vous travailliez pour lui. Essayons alors les shérifs de West Valley. Vous saignez déjà La Verne, alors vous avez songé à essayer de saigner ses habituées.

Je pris l'argent, comptai plus d'une centaine de dollars, puis les lui redonnai.

— Essayons la Criminelle, L.A.P.D. Essayons Elizabeth Short et Linda Martin.

Madeleine Sprague mit très vite fin à son numéro de jeune fille à papa. Son visage se crispa d'inquiétude et je constatai que sa ressemblance avec Betty/Beth tenait plus à la coiffure et au maquillage qu'à autre chose, les traits de son visage étaient en fait moins raffinés que ceux du Dahlia, et la ressemblance n'était que superficielle. J'étudiai ce visage : des yeux noisette paniqués pris dans les reflets des réverbères ; un front plissé par l'effort, comme si le cerveau travaillait en heures sup. Les mains tremblaient, aussi je m'emparai des clés de voiture et de l'argent, les fourrai dans son sac que je balançai sur le capot de la Packard. Sachant que je tenais peut-être là une piste, mais que je ne la tenais que du bout des doigts, je lui dis :

— Vous pouvez me parler ici ou en ville, mademoiselle Sprague. Simplement, ne mentez pas. Je sais que vous la connaissiez, alors, si vous me menez en bateau là-dessus, ce sera le poste et toute la publicité dont vous ne voulez pas.

La jeune effrontée reprit bonne figure.

— Ici ou en ville ? répétai-je.

Elle ouvrit la portière côté passager de la Packard et se glissa à l'intérieur, puis derrière le volant. Je la rejoignis et mis l'éclairage au tableau de bord pour pouvoir lire son visage. L'odeur de capitonnage de cuir et de parfum éventé me monta aux narines.

— Dites-moi combien de temps vous avez connu Betty Short.

Madeleine Sprague se trémoussa dans la lumière.

— Comment saviez-vous que je la connaissais ?

— Vous avez pris la tangente la nuit dernière quand j'interrogeais la barmaid. Et Linda Martin ? La connaissez-vous ?

Madeleine caressa le volant de l'extrémité de ses longs doigts rouges.

— Tout ça, ce n'est qu'un hasard extraordinaire. J'ai rencontré Betty et Linda chez La Verne, l'automne dernier. Betty m'a dit que c'était la première fois qu'elle venait. Je crois que je lui ai parlé une fois après cela. Linda, je lui ai parlé plusieurs fois, des papotages de salon, rien de plus.

— À quel moment, à l'automne ?

— En novembre, je crois.

— Avez-vous couché avec l'une ou l'autre ?

— Non, dit Madeleine en tressaillant.

— Pourquoi non ? C'est bien à ça que sert ce boui-boui, non ?

— Pas uniquement.

J'assenai une tape sèche sur l'épaule de soie verte.

— Êtes-vous lesbienne ?

Madeleine reprit le grasseyement de son père :

— Vous pourriez dire que je prends ce que je trouve où je le trouve, mon gars.

191

Je souris, puis tapotai gentiment l'endroit même que j'avais frappé un instant auparavant.

— Vous essayez de me dire que les seuls contacts que vous ayez eus avec Linda Martin et Betty Short se sont limités à deux conversations de salon, il y a deux mois de cela, c'est exact ?

— Oui. C'est exactement ce que j'essaie de vous dire.

— Alors, pourquoi avez-vous décollé si vite la nuit dernière ?

Madeleine leva les yeux au ciel et roula « mon gars » d'une voix écossaise.

— Arrêtez vos conneries et allez droit au but.

La fille à papa lâcha d'un trait :

— Mon bonhomme, mon père, c'est Emmett Sprague. *Le* Sprague, celui qui a bâti la moitié d'Hollywood et de Long Beach, et ce qu'il n'a pas bâti, il l'a acheté. Il déteste la publicité, et il n'aimerait pas voir « La fille du millionnaire interrogée dans l'Affaire du Dahlia Noir — elle faisait du pied à la morte dans une boîte de lesbiennes », dans les journaux. Vous voyez le tableau ?

— En Technicolor, répondis-je et je tapotai l'épaule de Madeleine.

Elle s'écarta de moi et soupira.

— Est-ce que mon nom ira grossir des tas de dossiers de police où des tas de petits policiers visqueux et de petits journaleux visqueux et jaunâtres pourront le dénicher ?

— Peut-être que oui, peut-être que non.

— Que faut-il que je fasse pour qu'il n'y soit pas mis ?

— Essayez de me convaincre de certaines choses.

— Telles que quoi ?

— Telles que, en premier lieu, me donner vos impressions sur Betty et Linda. Vous êtes quelqu'un d'intelligent — dites-moi comment vous les jaugez.

Madeleine caressa le volant, puis le chêne luisant du tableau de bord.

— Eh bien, elles n'étaient pas de la confrérie, elles utilisaient simplement la Planque pour taper quelques verres ou un dîner.

— Comment le savez-vous ?

— Je les ai vues repousser des avances directes.

Je songeai à la femme assez âgée aux allures hommasses de Marjorie Graham.

— Des avances marquantes ? Vous savez, du rentre-dedans ? Des vrilles un peu persuasives ?

— Non, dit Madeleine en riant. Les avances que j'ai vues étaient très discrètes.

— Qui les a faites ?

— Des tapineuses que je n'avais jamais vues auparavant.

— Et depuis ?

— Et depuis, non plus.

— De quoi avez-vous parlé avec elles ?

Madeleine éclata de rire à nouveau, d'un rire plus dur.

— Linda a parlé du garçon qu'elle a laissé à Hicktown, Nebraska, enfin, de là où elle venait, et Betty, du dernier numéro de *Screenworld*. Sur le plan de la conversation, elles vous suivaient pas à pas, seulement, elles étaient plus jolies que d'autres.

— Vous êtes mignonne, dis-je en souriant.

— Ce n'est pas votre cas, dit Madeleine en me souriant à son tour. Écoutez, je suis fatiguée. N'allez-vous pas me demander de prouver que je n'ai pas tué Betty ? Et puisque je peux le prouver, ça devrait suffire pour mettre un terme à cette farce.

— J'y arrive dans une minute. Betty vous a-t-elle jamais dit qu'elle allait jouer dans un film ?

— Non, mais les films la branchaient bien, en général.

— Vous a-t-elle jamais montré un viseur de cinéma ? Un gadget avec des lentilles, monté sur une chaînette ?

— Non.

— Et Linda ? A-t-elle parlé d'un rôle au cinéma ?

— Non, rien que de son petit chéri d'Hicktown.

— Avez-vous une idée de l'endroit où elle irait si elle était en cavale ?

— Oui. Hicktown. Nebraska.

— Et à part ça ?

— Non. Puis je…

Je touchai l'épaule de Madeleine, et ce fut plus une caresse qu'une tape.

— Ouais. Parlez-moi de votre alibi. Où étiez-vous et que faisiez-vous entre lundi dernier, le 13 janvier, jusqu'au vendredi 15 ?

Madeleine mit ses mains en coupe autour de sa bouche et souffla comme en un cor de fanfare avant de les reposer sur le siège tout près de moi.

— J'étais dans notre maison du dimanche soir jusqu'au jeudi matin. Papa, Maman, ma sœur Martha étaient là avec moi ainsi que les serviteurs qui vivent chez nous. Si vous voulez vérifier, appelez Papa. Notre numéro, c'est Webster 4391. Mais soyez discret. Ne lui dites pas où vous m'avez rencontrée. Avez-vous encore d'autres questions ?

Ma piste du Dahlia, ma petite piste à moi venait de disparaître, mais elle me donnait le feu vert pour une autre direction.

— Ouais. Ça vous arrive de faire ça avec des hommes ?

Madeleine me toucha le genou.

— Je n'en ai guère rencontré récemment, mais je ferai ça avec vous pour que mon nom ne figure pas dans les journaux.

Mes jambes étaient de la vraie gelée.

— Demain soir ?

— D'accord. Venez me prendre à 8 heures, comme un homme bien élevé. L'adresse, c'est le 482 South Muirfield.

— Je connais l'adresse.

— Ça ne me surprend pas. Comment vous appelez-vous ?

— Bucky Bleichert.

— Ça va tout à fait avec votre dentition, dit Madeleine.

— 8 heures, répondis-je, et je sortis de la Packard pendant que mes jambes pouvaient encore fonctionner.

11

— Tu veux voir les films de boxe au Wiltern ce soir ? dit Lee. C'est des vieux bijoux qu'ils projettent — Dempsey, Ketchel, Grab. Qu'en dis-tu ?

Nous étions à des bureaux qui se faisaient face dans la salle de brigade d'University, le téléphone à portée de main. Les larbins de bureau qu'on avait affectés à l'affaire Short avaient eu leur dimanche de libre et c'était des flics de terrain réguliers qui se payaient la corvée, prendre note des tuyaux, puis rédiger une évaluation du correspondant avant d'affecter à la Division d'inspecteurs la plus proche, la tâche d'assurer le suivi s'il y en avait un. Ça faisait une heure qu'on y était, sans interruption, la phrase de Kay « tu manques de tripes » suspendue entre nos deux têtes. Je regardai Lee et vis que ses pupilles commençaient à se rétrécir, signe qu'il venait de se payer une dose toute fraîche de Benzie.

— C'est impossible, dis-je.

— Et pourquoi ?

— J'ai un rencard.

— Ouais, dit Lee avec un rictus-tic. C'est qui ?

— T'as recollé les morceaux avec Kay ? dis-je pour changer de sujet.

— Ouais, j'ai loué une piaule pour tous mes trucs. À l'hôtel El Nido, Santa Monica et Wilcox. Neuf sacs la semaine, de la gnognote, si ça la rassure.

— De Witt sort demain, Lee. Je crois que je vais le

passer à la casserole et peut-être demander à Vogel et Koenig de le faire à ma place.

Lee donna un coup de pied dans la poubelle. Des liasses de papiers et des tasses à café vides voltigèrent ; des têtes se levèrent des autres bureaux. Puis son téléphone sonna.

Lee décrocha : « Criminelle. Sergent Blanchard à l'appareil. »

Je regardai mes petits papiers d'affectation ; Lee écoutait son correspondant. Mercredi, l'heure de donner au Dahlia son baiser d'adieu, vint se préciser comme s'il restait une éternité à attendre, et je me demandai s'il faudrait le dissuader de continuer la benzédrine. Madeleine surgit dans ma mémoire — pour la dix millième fois depuis qu'elle avait dit : « Je ferai ça avec vous pour que mon nom ne figure pas dans les journaux. » Ça faisait un long moment que Lee était à son coup de fil sans placer un commentaire ou une question. Je commençai à souhaiter que mon téléphone se mette à sonner pour faire disparaître Madeleine de mon esprit.

Lee reposa le combiné.

— Quelque chose d'intéressant ? dis-je.

— Un fêlé de plus. C'est qui, ton rencard ce soir ?

— Une fille du coin.

— Mignonne ?

— Une perle. Collègue, si je te retrouve défoncé après mardi prochain, ça va être la revanche Bleichert-Blanchard.

Lee me refit son rictus d'extra-terrestre.

— C'est Blanchard-Bleichert, et tu perdrais à nouveau. Je vais me prendre un café. T'en veux ?

— Noir, sans sucre.

— Ça vient.

***

Je localisai un total de quarante-six coups de fil, dont la moitié étaient raisonnablement cohérents. Lee décarra au début de l'après-midi, et Ellis Loew me colla le boulot de taper le dernier compte rendu de Russ Millard. On y disait que Red Manley avait été rendu à sa femme après avoir passé avec succès les tests du détecteur de mensonges et du Pentothal, et que la lecture des lettres d'amour de Betty Short était terminée. Un certain nombre de ses chéris avait été identifiés et innocentés, de même que la plupart des mecs qui apparaissaient sur ses photos. On continuait l'identification des types restants, et la police militaire de Camp Cooke avait appelé pour nous informer que le soldat qui avait flanqué une rouste à Betty en 43 avait été tué lors du débarquement en Normandie. Quant aux nombreux mariages et fiançailles de Betty, une vérification des registres de quarante-huit États avait révélé qu'aucune licence de mariage n'avait été délivrée à son nom.

Après ça, le compte rendu ne comportait que des éléments négatifs. Les numéros de plaques que Lee avait repérés de la fenêtre du baisodrome de Nash avaient donné peau de balle ; plus de trois cents coups de fil par jour bloquaient les standards du L.A.P.D. et des services du shérif, pour dire que le Dahlia avait été vu. Jusqu'à présent, on comptait quatre-vingt-treize pseudo-confessions parmi lesquelles quatre cinglés sérieusement atteints et sans alibis, qu'on retenait à la prison du tribunal dans l'attente d'une évolution psychiatrique et un probable transfert vers Camarillo. Les interrogatoires sur le terrain continuaient bon train — cent quatre-vingt-dix hommes à plein temps travaillaient sur l'affaire. Le seul rayon d'espoir était le résultat de mes interrogatoires du 17-1 : Linda Martin/Lorna Martilkova avait été repérée dans deux bars à cocktails d'Encino, et on mettait le paquet dans ce coin-là pour l'alpaguer. Je terminai ma corvée de frappe, certain qu'on ne trouverait jamais l'assassin d'Elizabeth Short, et j'engageai mon argent dessus — deux billets de dix sacs sur « Non résolu — 2 contre 1 », sur la feuille de paris de la brigade.

Je sonnai à l'hôtel particulier des Sprague à 8 heures précises. J'avais revêtu ma meilleure tenue — blazer bleu, chemise blanche et pantalon de flanelle grise — et me pariai à moi-même que j'avais été stupide de vouloir me fondre dans l'environnement : les fringues, je les enlèverais aussitôt que Madeleine serait chez moi. Les dix heures passées au téléphone me collaient à la peau malgré la douche que j'avais prise au poste. Je me sentais encore moins à ma place que je n'aurais dû et mon oreille gauche résonnait encore douloureusement des flots de paroles sur le Dahlia.

Madeleine ouvrit la porte, un super morceau en jupe et chandail de cachemire moulant. Elle passa la revue de détail, me prit par la main et dit :

— Écoutez, je déteste vous jouer ce sale tour, mais Papa a entendu parler de vous. Il a insisté pour que vous restiez à dîner. Je lui ai dit que nous nous étions rencontrés à cette exposition de peinture, à la librairie Stanley Rose et s'il faut que vous tiriez les vers du nez de tout le monde à propos de mon alibi, essayez de faire ça en finesse. D'accord ?

— Sans problème, dis-je.

Je laissai Madeleine glisser son bras sous le mien pour me conduire dans la maison. Le salon d'entrée devait à l'Espagne ce que l'extérieur de la résidence devait aux Tudor : tapisseries et épées de fer forgé entrecroisées sur des murs crépis de blanc, tapis persans épais sur le plancher de bois ciré. Le salon donnait sur un gigantesque séjour à l'atmosphère de club pour hommes — chaises de cuir vert disposées autour de tables basses et fauteuils profonds ; une énorme cheminée de pierre ; de petits tapis orientaux, multicolores, placés selon des angles variés, de manière à ne laisser apparaître en bordure qu'un peu de plancher de chêne.

Les murs étaient lambrissés de merisier et mettaient en scène des vues en sépia de la famille et de ses ancêtres.

Je remarquai un épagneul naturalisé qui se tenait près de la cheminée, avec dans la gueule un journal roulé et tout jauni. Madeleine dit :

— Ça, c'est Balto. Le journal, c'est le *L.A. Times* du 1er août 1926. C'est le jour où Papa a appris qu'il était millionnaire pour la première fois. Balto était notre chien à l'époque. Le comptable de Papa l'a appelé et a dit : « Emmett, vous êtes millionnaire ! » Daddy était en train de nettoyer ses pistolets, et Balto est arrivé avec le journal dans la gueule. Papa a voulu consacrer ce moment, aussi, il l'a abattu. Si vous regardez de près vous verrez l'orifice de la balle dans la poitrine. Retenez votre souffle, mon joli. Voici la famille.

La mâchoire un peu tombante, je laissai Madeleine me conduire dans un petit salon. Les murs étaient couverts de photographies encadrées ; l'espace au sol était occupé par les trois autres Sprague de la famille dans leurs fauteuils assortis. Ils levèrent les yeux comme un seul homme, personne ne se leva. Souriant, en évitant de montrer mes dents, je dis « Bonjour ». Madeleine fit les présentations pendant que je béais stupidement devant cette nature morte familiale.

— Bucky Bleichert, puis-je vous présenter ma famille ? Ma mère Ramona Cathcart Sprague. Mon père, Emmett Sprague. Ma sœur, Martha McConville Sprague.

La nature morte reprit un semblant de vie, quelques signes de tête et quelques sourires. Puis Emmett Sprague, rayonnant, se leva et me tendit la main.

— C'est un plaisir de vous rencontrer, monsieur Sprague, dis-je en lui serrant la main, le jaugeant du regard pendant qu'il me jaugeait lui-même.

Le patriarche était petit avec du coffre, un visage buriné brûlé de soleil et une chevelure toute blanche qui avait dû être blonde jadis. Je lui donnai dans la cinquantaine et sa poignée de main avait la fermeté de quelqu'un qui a beaucoup travaillé en force. Sa voix tranchante était écossaise, sans le grasseyement épais de l'imitation de Madeleine.

— Je vous ai vu combattre Mondo Sanchez. Vous lui avez fichu une vraie déculottée. On aurait dit un nouveau Billy Conn.

Je songeai à Sanchez, un nullard de poids moyen gonflé que j'avais combattu parce que mon manager voulait me bâtir la réputation de grand descendeur de Mexicains.

— Merci, monsieur Sprague.

— C'est moi qui vous remercie pour nous avoir offert un spectacle d'une telle classe. Mondo était un bon boxeur, lui aussi. Qu'est-ce qu'il est devenu ?

— Il est mort d'une overdose d'héroïne.

— Dieu lui pardonne. C'est triste qu'il ne soit pas mort sur le ring, ça aurait épargné à sa famille beaucoup de chagrin. En parlant de famille, venez serrer la main au reste de la compagnie.

Martha Sprague se leva sur commande. Elle était petite, dodue et blonde, et ressemblait sur beaucoup de points à son père ; les yeux étaient d'un bleu si clair qu'on aurait dit qu'elle les envoyait à la blanchisserie pour les délaver, et le cou chargé d'acné à vif d'avoir été trop gratté. Elle offrait l'image d'une adolescente qui n'aurait jamais perdu ses rondeurs de petite fille pour devenir une beauté à l'âge adulte. Je serrai sa main ferme et je me sentis triste pour elle ; elle saisit ce que je pensais sans l'ombre d'une hésitation. Elle m'incendia de ses yeux pâles tout en dégageant sa petite paluche de la mienne.

Ramona Sprague était la seule des trois qui ressemblât à Madeleine ; sans elle, j'aurais pu croire que ma petite fille de riche était une enfant adoptée. Elle possédait la même chevelure sombre et luisante, la même peau que Madeleine mais dans une version adaptée, proche de la cinquantaine ; elle n'avait pourtant rien d'attirant. Elle était grasse, le visage chargé de bajoues, le maquillage des pommettes et le rouge à lèvres légèrement décentrés, ce qui lui donnait l'air d'être bizarrement de travers. Je lui pris la main et elle me dit :

— Madeleine m'a dit tant de choses gentilles sur vous, en bousculant légèrement ses mots.

Son haleine ne sentait pas l'alcool ; je me demandai si elle ne donnait pas dans le shoot pharmaceutique.

— Papa, pourrait-on dîner ? dit Madeleine dans un soupir. Bucky et moi, nous voudrions aller au spectacle de 9 h 30.

Emmett Sprague me donna une claque dans le dos.

— J'obéis toujours à mon aînée. Bucky, vous voudrez bien nous distraire de quelques anecdotes de policier et de boxeur ?

— Entre les bouchées seulement, dis-je.

Il m'asséna une nouvelle claque, plus fort cette fois.

— Je peux vous dire en tout cas que vous n'en avez pas trop pris dans la cabèche. On dirait Fred Allen. Debout, la famille. Le dîner est servi.

Nous nous dirigeâmes en file indienne vers une vaste salle à manger lambrissée. La table, au milieu, était petite, avec cinq couverts déjà mis. Un chariot de service était placé près de la porte, laissant échapper un fumet inimitable de chou et de bœuf en boîte.

— Une nourriture solide, ça vous fait des gens solides, dit le vieux Sprague, la haute cuisine [1], ça vous fait des dégénérés. Tapez dedans, mon garçon. La bonne va tous les dimanches à ses soirées de renaissance vaudou, c'est pourquoi il n'y a personne ici, nous sommes entre bons Blancs.

J'attrapai une assiette que je remplis de nourriture. Martha Sprague servit le vin et Madeleine se prit de

---

1. En français dans le texte.

petites portions de chaque plat et s'assit à la table en me faisant signe de m'asseoir à ses côtés. C'est ce que je fis, et Martha annonça à la cantonade :

— Je veux m'asseoir en face de M. Bleichert pour pouvoir le dessiner.

Emmett accrocha mon regard et me fit un clin d'œil.

— Bucky, vous êtes bon pour une caricature féroce. Le crayon de Martha ne faiblit jamais. Elle n'a que dix-neuf ans, et c'est déjà une graphiste de publicité grassement payée. Maddy, c'est ma jolie, mais Martha, c'est mon petit génie.

Martha tiqua d'une grimace. Elle plaça son assiette juste en face de moi et prit place, disposant sur sa serviette un crayon et un petit bloc à dessin. Ramona Sprague prit le siège voisin et lui tapota le bras ; Emmett, debout près de sa chaise à la place d'honneur, proposa un toast.

— Aux nouveaux amis, à notre prospérité et à ce grand sport qu'est la boxe.

— Amen, dis-je.

Je portai ma fourchette garnie d'une tranche de bœuf à la bouche et me mis à mâchonner. C'était gras et sec, mais je fis bonne figure et dis :

— C'est délicieux.

Ramona Sprague me lança un regard vide. Emmett dit :

— Lacey, notre bonne, croit au vaudou. Quelque variation chrétienne du rite d'origine. Elle a probablement jeté un sort à une vache et fait un pacte avec le Jésus nègre pour que la bête soit succulente. En parlant de nos frères de couleur, qu'est-ce que ça vous a fait d'abattre ces deux métèques, Bucky ?

— Faites-lui plaisir, me murmura Madeleine.

Emmett entendit l'aparté et gloussa.

— C'est ça, mon garçon, faites-moi plaisir. En fait, il faudrait toujours faire plaisir aux vieux riches qui

202

vont sur la soixantaine. Ils peuvent devenir séniles et vous confondre avec leurs héritiers.

Je ris, mettant mes dents bien en vue ; Martha prit son crayon pour les croquer.

— Ça ne m'a pas fait grand-chose. C'était eux ou nous.

— Et votre équipier ? Ce gars blond que vous avez combattu l'année dernière ?

— Lee a eu plus de mal à l'encaisser que moi.

— Les blonds, c'est toujours trop sensible, dit Emmett. J'en suis un et je sais de quoi je parle. Dieu merci, j'ai deux brunes dans la famille qui nous donnent le sens des réalités. Maddy et Ramona ont cette ténacité de bulldog qui nous manque, à Martha et à moi.

Seule la nourriture que je mâchonnais m'empêcha d'éclater d'un rire tonitruant. Je songeai à la raclure de bidet complètement pourrie que j'allais me sauter un peu plus tard dans la soirée et à sa mère qui souriait bêtement de l'autre côté de la table. L'envie de rire se fit de plus en plus forte. Finalement, j'avalai ma bouchée, fis un renvoi au lieu d'exploser et levai mon verre.

— À vous, monsieur Sprague. Pour m'avoir fait rire pour la première fois depuis une semaine.

Ramona me lança un regard dégoûté, Martha se concentra sur son travail d'artiste. Madeleine me fit du pied sous la table et Emmett me rendit mon toast.

— La semaine a été dure, mon gars ?

— Pire que ça, dis-je en riant. J'ai été détaché à la Criminelle pour travailler sur le Dahlia Noir. On m'a supprimé mes jours de congé, mon collègue est complètement obsédé par la chose, et on s'est payé des cinglés comme s'il en pleuvait. Il y a deux cents flics qui travaillent sur une affaire unique. C'est absurde.

— C'est tragique, voilà ce que c'est, dit Emmett. Quelle est votre théorie, mon gars ? De toutes les créatures de Dieu, qui a pu faire une chose pareille à un autre être humain ?

Je savais que la famille n'était pas au courant du mince fil qui reliait Madeleine à Betty Short, et je décidai de ne pas insister pour son alibi.

— Je crois que c'est le résultat du hasard. La fille Short était ce qu'on pourrait appeler une fille facile. C'était une affabulatrice consommée avec une bonne centaine de petits amis. Si nous attrapons le tueur, ce sera un coup de bol.

— Dieu lui pardonne, dit Emmett. J'espère que vous l'attraperez et j'espère qu'on lui préparera un rencard de choix dans la petite chambre verte de San Quentin.

Madeleine fit courir ses orteils le long de ma jambe et fit la moue.

— Papa, tu monopolises la conversation et tu lui fais payer son repas pour de bon, à Bucky, avec toutes tes questions.

— Veux-tu que je m'acquitte du mien, ma fille ? Même si c'est moi qui fais bouillir la marmite ?

Le vieux Sprague était furieux — ça se voyait à la rougeur qui lui montait aux pommettes et à la manière dont il attaquait son bœuf en boîte. J'étais curieux de cet homme et je dis :

— Quand êtes-vous arrivé aux États-Unis ?

Emmett se rengorgea.

— Je veux bien répondre à tous ceux qui sont prêts à écouter l'histoire de ma réussite. Bleichert, c'est quoi comme nom ? Hollandais ?

— Allemand, dis-je.

— Un grand peuple, le peuple allemand, dit Emmett en levant son verre. Hitler y est allé un peu fort, mais souvenez-vous de mes paroles : un jour, nous regretterons de ne pas avoir joint nos forces aux siennes pour combattre les Rouges. De quelle région d'Allemagne vient votre famille, mon gars ?

— Munich.

— Ah, München ! Ça m'étonne que votre famille soit partie. Si j'avais grandi à Édimbourg ou dans un autre lieu un peu civilisé, je porterais encore le kilt. Mais je viens d'Aberdeen l'affreuse et je suis arrivé en Amérique juste après la Première Guerre mondiale. J'ai tué beaucoup de vos braves compatriotes allemands pendant cette guerre-là, mon garçon. Mais eux essayaient de me tuer aussi. J'ai donc des excuses. Avez-vous vu Balto dans l'entrée ?

J'acquiesçai ; Madeleine grommela, Ramona Sprague tiqua et empala une pomme de terre.

— Mon vieux rêveur d'ami Georgie Tilden l'a naturalisé. Ce vieux rêveur de Georgie était un homme aux talents divers. On était ensemble dans un régiment écossais pendant la guerre, et je lui ai sauvé la vie quand un groupe de vos braves compatriotes allemands a pris la mouche et nous a chargés à la baïonnette. Georgie était tombé amoureux des petites images qui bougent, il adorait un bon spectacle de cinématographe. Nous sommes retournés à Aberdeen après l'armistice pour voir à quoi ressemblait une ville morte, et Georgie m'a persuadé de venir en Californie avec lui — il voulait travailler dans l'industrie du cinéma muet. Il n'avait jamais valu grand-chose quand je n'étais pas là pour le mener par le bout du nez. Je regardai autour d'Aberdeen, vis que ne m'y attendait qu'un destin de troisième ordre et dis : « Georgie, c'est d'accord, bon pour la Californie. Peut-être que nous ferons fortune. Sinon, nous échouerons là où le soleil brille toujours. »

Je songeai à mon vieux qui était venu en Amérique en 1908, la tête pleine de grands rêves — mais il avait épousé la première immigrante allemande qu'il avait rencontrée et s'était installé dans l'esclavage à appointements hebdomadaires à la Pacific Gas and Electric.

— Que s'est-il alors passé ?

Emmett Sprague frappa la table de sa fourchette.

— Je touche du bois, c'était le bon moment pour y débarquer. Hollywood n'était qu'une prairie à vaches, mais les films muets entraient dans leurs jours de gloire. Georgie trouva du travail comme éclairagiste, et je travaillai à construire des maisons, des maisons rudement bien, bien faites et bon marché. Je vivais sans toit et je remettais chaque sacré bon Dieu de centime de gagné dans l'affaire ; puis j'empruntai de l'argent à toutes les banques et à tous les usuriers qui y étaient disposés pour acheter des sacré bon Dieu de terrains bien placés — d'une sacré bon Dieu de qualité et bon marché. Georgie me présenta à Mack Sennett, et je l'aidai à construire des décors dans son studio d'Edendale, puis je le contactai pour un prêt pour acheter encore plus de terrains. Le vieux Mack savait reconnaître quelqu'un qui se faisait un nom, car il était en train de s'en faire un lui aussi. Il me prêta l'argent sous la condition que je l'aide pour le projet immobilier qu'il mettait sur pied — Les Terres d'Hollywood — juste en dessous de cet abominable panneau d'une hauteur de trente-cinq mètres qu'il avait érigé sur le Mont Lee pour en faire le battage. Le vieux Mack savait obtenir le maximum de ses dollars, et c'est ce qu'il fit. Ses figurants travaillaient au noir comme ouvriers et vice versa. Je les conduisais jusqu'aux Terres d'Hollywood après dix ou douze heures passées sur un film de la Keystone Corps., et on retravaillait six heures supplémentaires à la lueur des projecteurs. On m'a même cité comme assistant metteur en scène pour deux films, tellement Mack avait de reconnaissance pour la manière dont je pressurais ses esclaves.

Madeleine et Ramona picoraient leur nourriture, le visage maussade, comme si elles avaient déjà été prisonnières de l'histoire auparavant. Martha dessinait toujours, c'était moi, le prisonnier, sous son regard qui ne me lâchait pas.

— Qu'est devenu votre ami ? demandai-je.

— Dieu le bénisse, mais à l'histoire de chaque réussite correspond l'histoire d'un échec. Georgie n'a pas su graisser les pattes qu'il fallait. Il n'avait pas l'énergie nécessaire pour parfaire les talents que Dieu lui avait donnés, et il est tombé dans le fossé. Il fut défiguré dans un accident de voiture en 36 et il est aujourd'hui ce qu'on pourrait appeler « quelqu'un qui n'a jamais été ». Je lui donne des petits boulots, il fait l'entretien dans quelques-unes de mes propriétés locatives et il fait aussi du transport d'ordures pour la municipalité…

J'entendis un grincement bref et regardai de l'autre côté de la table. Ramona avait raté une pomme de terre et sa fourchette avait glissé de l'assiette. Emmett dit :

— Mère, vous sentez-vous bien ? La nourriture vous convient-elle ?

Ramona baissa les yeux sur son giron et dit :

— Oui, Père.

On aurait dit que Martha lui soutenait le coude. Madeleine recommença à me faire du pied ; Emmett dit :

— Mère, vous et notre petit génie n'avez guère joué votre rôle d'hôtes pour notre invité. Vous agréerait-il de participer à la conversation ?

Madeleine enfonça ses orteils dans ma cheville — à l'instant où j'allais essayer d'alléger l'atmosphère d'une plaisanterie. Ramona Sprague porta une petite bouchée à ses lèvres, la mâcha délicatement et dit :

— Saviez-vous que Ramona Boulevard avait été baptisé en mon honneur, monsieur Bleichert ?

Le visage de travers de la femme se figea autour de ses paroles ; elle parlait, pleine d'une dignité étrange.

— Non, madame Sprague, je ne savais pas. Je croyais qu'il portait le nom du personnage biblique, le personnage historique.

— On m'a donné le nom du personnage, dit-elle. Lorsque Emmett m'a épousée pour l'argent de mon père, il a promis à ma famille qu'il userait de son influence auprès du Comité d'urbanisme de la municipalité pour qu'on baptisât une rue en mon honneur, puisque tout son argent était investi dans des affaires immobilières et qu'il n'avait pas les moyens de m'offrir une alliance. Père pensait que ce serait une belle rue d'un quartier résidentiel, mais tout ce qu'Emmett réussit à obtenir, ce fut une impasse dans un quartier chaud de Lincoln Heights. Est-ce que le quartier vous est familier, monsieur Bleichert ?

La voix de chiffe molle se teintait maintenant d'accents furieux.

— C'est là que j'ai grandi, dis-je.

— Alors vous devez savoir que les prostituées mexicaines se montrent dans les vitrines pour attirer le client. Eh bien, lorsque Emmett réussit à faire changer le nom de Rosalinda Street en Ramona Boulevard, il m'emmena y faire un tour. Les prostituées le saluaient par son nom. Certaines lui avaient même donné des petits surnoms anatomiques. Cela me rendit triste, cela me fit très mal, mais j'ai attendu mon heure pour prendre ma revanche. Lorsque les filles étaient petites, je mettais en scène mes propres reconstitutions historiques, juste sous nos fenêtres, sur la pelouse. J'utilisais les enfants des voisins comme figurants et je faisais interpréter des épisodes du passé de M. Sprague que lui-même aurait préféré oublier. Qu'il aurait…

Un claquement violent retentit en bout de table ; les verres se renversèrent, les assiettes tintèrent. Je baissai les yeux pour rendre aux adversaires un peu de leur dignité et je vis que Madeleine serrait le genou de son père avec tant de force que ses doigts en étaient bleus. Elle se saisit de mon genou de sa main libre — avec dix fois plus de force que je ne l'en aurais crue capable. Le silence atroce se prolongea, puis Ramona Cathcart Sprague dit :

— Père, je m'acquitterai de mon repas lorsque le maire Bowron ou le conseiller Tucker viendront dîner, mais certainement pas pour les putes mâles de Madeleine. Un vulgaire policier ! Mon Dieu, Emmett, que vous avez piètre opinion de moi !

Des chaises raclèrent le plancher, des genoux se

cognèrent à la table, puis des bruits de pas indiquèrent que quelqu'un quittait la salle à manger. Je vis que ma main serrait celle de Madeleine de la même manière que je serrais les doigts dans un gant de boxe de huit onces. La petite fille à papa murmurait : « Je suis désolée, Bucky, je suis désolée. » C'est alors qu'une voix guillerette dit : « Monsieur Bleichert », et je levai les yeux tant elle me parut saine et heureuse.

C'était Martha McConville Sprague, qui me tendait une feuille de papier. Je la saisis de ma main libre ; Martha sourit et s'éloigna. Madeleine était toujours en train de marmonner des excuses lorsque je regardai le dessin. Il nous représentait tous les deux, Madeleine et moi, nus. Madeleine avait les jambes écartées. Je me trouvais en leur milieu et je la grignotais de mes dents de lapin géantes, les dents de Bucky Bleichert.

***

On prit la Packard en direction des hôtels de passe dans les ruelles de La Brea Sud. Je conduisais et Madeleine eut l'intelligence de ne pas dire un mot jusqu'à ce qu'on arrive à un parking et des bâtiments en parpaings qui portaient le nom d'Auberge de la Flèche rouge. Elle dit alors :

— Ici, c'est propre.

Je me garai à côté d'une rangée de tas de boue d'avant-guerre ; Madeleine alla au bureau et revint avec la clé de la chambre 11. Elle ouvrit la porte ; j'allumai l'applique murale.

La piaule offrait une palette de marrons sinistres et elle puait encore des occupants précédents. J'entendis un client en train d'acheter sa dose de drogue dans la chambre 12, Madeleine commençait à ressembler à la caricature dessinée par sa sœur. Je tendis la main vers l'interrupteur pour faire le noir. Elle dit :

— Non. S'il vous plaît. Je veux vous voir.

La vente de dope se transforma en engueulade. Je vis une radio sur la table de nuit et l'allumai ; une pub pour la boutique de Gorton Taille-Mince avala les mots de colère. Madeleine enleva son chandail et ses bas, debout ; elle en était à ses dessous que je commençais seulement à me débattre avec mes vêtements. Je bousillai la fermeture Éclair en sortant les jambes de mon pantalon. Je déchirai ma chemise à la couture en dégrafant mon harnais d'épaule. Puis Madeleine fut nue sur le lit — et l'image griffonnée par la petite sœur disparut.

Je fus nu en moins d'une seconde et à côté de ma fille à papa en moins de deux. Elle marmonna quelque chose qui ressemblait à « Il ne faut pas en vouloir à ma famille, ils ne sont pas mauvais », et je la fis taire d'un baiser violent. Elle me le rendit ; nous jouâmes des lèvres et des langues jusqu'à ce qu'il nous faille arrêter pour un peu d'air. Mes mains descendirent sur ses seins que je pris comme dans une coupe avant de les pétrir ; Madeleine laissait échapper des petits bouts de phrases comme quoi c'était elle la compensation pour tous les autres Sprague. Plus je l'embrassais, plus je la touchais, plus je la goûtais, et plus elle aimait, plus ses murmures augmentaient, avec *eux* au centre. Aussi je saisis sa chevelure et sifflai :

— Pas *eux*, moi. Fais-le *moi*, sois avec *moi*.

Madeleine obéit : elle alla jusqu'entre mes jambes comme un double inversé du dessin de Martha. J'étais son prisonnier et je me sentis sur le point d'éclater en lui caressant les cheveux et en essayant de me concentrer sur un jingle stupide à la radio. Madeleine me tint serré plus fort que ne l'avaient jamais fait toutes les filles cadeaux de fin de match ; une fois calmé, lorsque je fus prêt, je la mis gentiment sur le dos et m'enfonçai en elle.

Ce n'était plus le vulgaire policier et la traînée pleine de fric. C'était nous, ensemble, les corps arqués qui changeaient, qui bougeaient, durs et tendus, avec toutes les heures de la terre devant eux. Ensemble, ils bougèrent jusqu'à ce que la musique de danse et les jingles se terminent pour laisser place à l'indicatif qui disparut lui aussi, laissant la stalle bâtie de parpaings silencieuse, à l'exception de nous deux. Puis ce fut terminé — une fin parfaite, ensemble.

Après, nous restâmes enlacés, nos corps liés de la tête aux pieds par des poches de sueur. Je songeai que j'étais de service dans moins de quatre heures et grognai ; Madeleine rompit notre étreinte et singea ma marque de fabrique en découvrant ses dents parfaites. En riant, je lui dis :

— Eh bien, tu as réussi à ne pas avoir ton nom dans les journaux.

— Jusqu'à ce qu'on annonce les noces Bleichert-Sprague.

Je ris plus fort.

— Ta mère adorerait ça ?

— Mère est une hypocrite. Elle prend les pilules que lui donne le docteur, donc, ce n'est pas une droguée. Je cours les mecs, donc je suis une putain. Elle a l'autorisation, moi pas !

— Si, tu l'as. Tu es ma... Je n'arrivai pas à aller jusqu'au bout de « putain ». Madeleine me chatouilla les côtes.

— Dis-le. Ne sois pas un flic à cheval sur les principes. *Dis-le.*

J'attrapai sa main avant de demander grâce sous ses chatouillis.

— Tu es mon amante, tu es mon *inamorata*, tu es ma douce, tu es la femme pour laquelle j'ai étouffé des preuves.

Madeleine me mordit l'épaule et dit :

— Je suis ta putain.

— O.K., dis-je en riant, tu as violé le 234-A P.C.

— Qu'est-ce que c'est que ça ?

— L'appellation légale de la prostitution par le Code pénal californien.

Elle joua de ses sourcils.

— Code *pénal* ?

— Je me rends, dis-je en levant les mains.

— Tu me plais, Bucky, dit ma fille à papa en se nichant contre moi.

— Tu me plais aussi.

— Au début, tu ne m'aimais pas. Sois sincère, au début, tout ce que tu voulais, c'était me sauter.

— C'est vrai.

— Alors, quand as-tu commencé à bien m'aimer ?

— Au moment où tu as quitté tes vêtements.

— Salaud ! Tu veux savoir quand tu as commencé à me plaire ?

— Sois sincère !

— Quand j'ai dit à Papa que j'avais rencontré un policier agréable du nom de Bucky Bleichert. Il en est resté bouche bée. Ça l'a impressionné, et Emmett Mc-Conville Sprague est un homme très difficile à impressionner.

Je songeai à la cruauté de cet homme envers sa femme et fis un commentaire qui ne m'engageait pas.

— C'est un homme impressionnant.

— Diplomate ! C'est un salopard de fils de pute d'Écossais qui les lâche avec un élastique, mais c'est un homme. Tu sais comment il a fait fortune en réalité ?

— Comment ?

— Des dessous de table des gangsters et pis encore. Papa achetait le bois pourri et les façades des décors abandonnés par Mack Sennett, et il en construisait des maisons. Il possède des taudis, de vrais pièges à incendie, et des bouges dans tout L.A., sous le prête-nom de sociétés bidons. Il est copain avec Mickey Cohen dont les gens collectent ses loyers.

— La bande de Mick, dis-je en haussant les épaules, est copain comme cochon avec Bowron et la moitié du bureau des Contrôleurs. Tu vois mon revolver et mes menottes ?

— Oui.

— C'est Cohen qui les a payés. Il a avancé le fric pour une donation afin d'aider les jeunes agents débutants à se payer leur équipement. C'est de la bonne relation publique. Le contrôleur des impôts de la municipalité ne vient jamais fourrer le nez dans ses livres, parce que le Mick paie l'essence et l'huile pour toutes les voitures de ses inspecteurs. On ne peut pas dire que tu me choques vraiment.

— Veux-tu connaître un secret ? dit Madeleine.

— Bien sûr.

— La moitié d'un immeuble qui appartenait à Papa à Long Beach s'est effondré pendant le tremblement de terre de 33. Il y a eu douze morts. Papa a payé pour que son nom soit retiré des registres de l'entrepreneur.

— Pourquoi me racontes-tu tout ça ? dis-je en la maintenant à bout de bras.

Elle me caressa les mains et dit :

— Parce que tu as impressionné Papa. Parce que tu es le seul garçon que j'aie jamais ramené à la maison dont il ait dit qu'il valait plus que la salive pour en parler. Parce que Papa vénère les durs et il croit que tu en es un et si ça devient sérieux entre nous, il te le dira probablement lui-même. Tous ces morts pèsent sur sa mémoire, et il se défoule sur Mère, parce que c'est avec son argent à elle qu'il a construit cet immeuble. Je ne veux pas que tu juges Papa sur la soirée d'aujourd'hui. Les impressions premières, ça reste et tu me plais et je ne veux pas…

— Du calme, petite, dis-je en l'attirant contre moi. Tu te trouves avec moi en ce moment, pas avec ta famille.

Madeleine me serra fort contre elle. Je voulais lui faire comprendre que tout allait bien et je lui relevai le menton. Les larmes aux yeux, elle me dit :

— Bucky, je ne t'ai pas tout raconté au sujet de Betty Short.

— Quoi ! Je lui agrippai les épaules.

— Il ne faut pas m'en vouloir. C'est rien, je ne veux pas que ce soit un secret, c'est tout. Tu ne me plaisais pas au début, c'est pourquoi…

— Dis-moi tout, *tout de suite*.

Madeleine me regarda, nos deux corps séparés par une bande de drap tachée de sueur.

— L'été dernier, je traînais beaucoup dans les bars. Pas des bars de gouines. À Hollywood. J'ai entendu parler d'une fille qui était censée me ressembler beaucoup. Ça m'a rendue curieuse et j'ai laissé des petits mots à deux ou trois endroits «votre sosie aimerait vous rencontrer» avec mon numéro de téléphone personnel. Betty m'a appelée, et on s'est rencontrées. On a parlé et c'est tout. Je l'ai rencontrée une nouvelle fois chez La Verne avec Linda Martin en novembre dernier. C'était simplement une coïncidence.

— Et c'est tout ?

— Oui.

— Alors, ma petite, prépare-toi au pire. Il y a une cinquantaine de flics qui quadrillent les bars, et même s'il n'y en a qu'un seul qui met la main sur ton petit numéro de sosie, tu es bonne pour un voyage sur cinq colonnes à la une. Y a pas une seule putain de chose que je puisse y faire et si ça t'arrive, ne me demande rien — parce que j'aurai fait tout ce qui aura été en mon pouvoir.

S'écartant de moi, Madeleine dit :

— Je m'occuperai de ça.

— Tu veux dire, ton père ?

— Bucky, mon gars, voulez-vous me faire comprendre que vous êtes jaloux d'un homme qui a deux fois votre âge et qui est deux fois plus petit que vous ?

Je songeai alors au Dahlia Noir dont la mort avait éclipsé mes cinq colonnes après ma fusillade.

— Pourquoi voulais-tu rencontrer Betty Short ?

Madeleine frissonna ; la flèche de néon rouge qui donnait son nom à l'hôtel de passe clignota à travers la fenêtre et se refléta sur son visage.

— J'ai travaillé durement pour me faire une vie libre et sans attaches, dit-elle. Mais de la manière dont les gens décrivaient Betty, on aurait dit que, chez elle, c'était inné. Une vraie sauvageonne dès le départ.

J'embrassai ma sauvageonne. Nous fîmes l'amour une nouvelle fois et je l'imaginai accouplée à Betty Short pendant toute l'étreinte — deux filles nature, l'une comme l'autre.

12

Russ Millard remarqua mes vêtements chiffonnés et dit :

— Un dix tonnes ou une femme ?

Je regardai autour de moi la salle de brigade à University qui commençait à se remplir de flics de jour.

— Betty Short. Pas de téléphone aujourd'hui, vous voulez bien, patron ?

— Un peu d'air frais, ça vous irait ?

— Vous m'intéressez !

— Linda Martin a été repérée la nuit dernière vers Encino, elle a essayé de se faire servir dans deux bars. Vous et Blanchard, vous partez pour la Vallée et vous essayez de la trouver. Commencez par l'immeuble au 20 000 de Victory Boulevard et vous remontez vers l'ouest. J'enverrai du renfort dès que les hommes se seront présentés au rapport.

— Quand part-on ?

— Immédiatement, et même plus tôt que ça, dit Millard en regardant sa montre.

Je cherchai Lee du regard et ne vis personne ; je fis

signe que j'étais d'accord et tendis le bras vers le téléphone du bureau. J'appelai la maison, le bureau des Mandats et Recherches à l'Hôtel de Ville et les renseignements pour le numéro de l'hôtel El Nido. Je n'obtins pas de réponse à mon premier coup de fil et deux « Pas de Blanchard » aux autres.

Puis Millard revint, accompagné de Fritz Vogel et — chose surprenante — de Johnny Vogel en civil.

Je me levai.

— Je n'arrive pas à trouver Lee, chef.

— Allez-y avec Fritzie et John. Prenez une voiture radio banalisée pour rester en contact avec ceux qui sont déjà dans le secteur.

Les deux gros lards Vogel me scrutèrent du regard, puis se regardèrent l'un l'autre. Ce qui se passa entre eux signifiait que mon allure était déjà un délit de seconde catégorie.

— Merci, Russ, répondis-je.

***

On partit pour la Vallée, les Vogel devant et moi à l'arrière. J'essayai de somnoler mais le monologue de Fritz sur les racoleuses et les assassins de femmes rendait la chose impossible. Johnny acquiesçait tout du long ; chaque fois que son père reprenait sa respiration, il disait : « Exact, Papa. » En passant au-dessus de Cahuenga Pass, Fritzie avait épuisé son flux de paroles et le petit numéro de béni-oui-oui de Johnny s'arrêta par la même occasion. Je fermai les yeux et m'appuyai contre la vitre. Madeleine faisait un lent strip-tease accompagné par le bourdonnement du moteur, lorsque j'entendis les murmures des Vogel.

— Il dort, Papa.

— M'appelle pas « Papa » au boulot, j't'ai l'ai déjà dit un sacré million de fois. Ça te fait passer pour une chochotte.

— J'ai prouvé que j'étais pas une chochotte. Les pédés, y seraient incapables de faire ce que j'ai fait. Je suis plus puceau, alors ne m'appelle pas chochotte.

— Calme-toi, bon Dieu.

— Papa, je veux dire pa…

— Je t'ai dit de te calmer, Johnny.

Le gros flic vantard, qu'on avait à tout prix voulu garder enfant, suscita mon intérêt. Je fis semblant de roupiller pour que les deux continuent leur numéro. Johnny murmura :

— Regarde, Pa, il dort. Et c'est lui la choute, pas moi. J'l'ai prouvé. Salopard avec ses dents de travers. Je pourrais me le faire, Pa. Tu sais que j'pourrais. Il m'a piqué ma place, ce salaud. Les Mandats et Recherches, c'était dans la poche jusqu'à…

— John Charles Vogel, tu la fermes tout de suite ou je te fous une tannée, malgré tes vingt-quatre ans et ton boulot de flic.

La radio commença à aboyer ; je feignis un bâillement. Johnny se retourna et sourit.

— Alors, ma belle au bois, on avait du sommeil en retard ? dit-il en m'envoyant les effluves pourris de son haleine légendaire.

Ma première réaction fut de répondre à sa vanne comme quoi il pourrait m'avoir, mais mon sens aigu de la politique policière prit le dessus.

— Ouais, j'ai eu une longue nuit.

— Moi aussi, j'aime la fesse bien fraîche, dit-il en clignant de l'œil sans y parvenir. Si je suis une semaine sans, je ne me tiens plus.

Le standard ronronna : « … je répète, 10-A-94, loca-lisez-vous. »

— 10-A-94, dit Fritzie en se saisissant du micro, sur Victory et Saticoy.

— Voyez le barman du Caledonia Lounge, Victory et Valley View, répondit la voix du dispatcher. Linda

217

Martin, objet d'un avis de recherches, y est signalée. Code trois.

Fritzie enclencha la sirène et écrasa l'accélérateur. Les voitures se rangèrent sur le bas-côté ; la voiture bondit dans la file du milieu. J'en envoyai une petite au dieu de Calvin auquel je croyais quand j'étais môme : faites que la fille Martin ne mentionne pas Madeleine Sprague. Valley View Avenue apparut dans le pare-brise ; Fritzie s'engagea brutalement à droite et coupa la sirène juste en face d'une cabane en faux bambou.

La porte du bar, elle aussi en faux bambou, s'ouvrit avec violence ; Linda Martin/Lorna Martilkova, l'air aussi pimpante et lavée de près que sur sa photo, en jaillit. Je trébuchai en sortant de la voiture et me retrouvai au pas de course sur le trottoir, avec, derrière moi, Vogel et Vogel qui soufflaient et ahanaient. Linda/Lorna courait comme une antilope, serrant contre sa poitrine un sac à main de bonne taille. Je comblai la distance qui nous séparait en piquant un sprint. La fille arriva sur une rue latérale pleine de monde et plongea dans la circulation ; les conducteurs donnèrent de grands coups de volant pour l'éviter. Elle regarda alors par-dessus son épaule. J'esquivai un camion de bière et une moto qui allaient se rentrer dedans, pris une inspiration et fonçai. La fille valdingua sur le trottoir d'en face, son sac vola dans les airs, je fis un dernier bond et l'attrapai.

Elle se releva du trottoir en crachant et me frappant la poitrine de ses poings. Je saisis ses poignets si minces, les lui tordis dans le dos et lui passai les menottes. Lorna essaya alors les coups de pied, des petits coups bien dirigés visant les jambes. J'en reçus un dans le tibia ; la fille, en déséquilibre à cause de ses menottes, tomba le cul par terre. Je l'aidai à se relever et me ramassai un joli paquet de salive sur mon plastron.

— Je suis une mineure émancipée, hurla Lorna, et si vous me touchez hors de la présence d'une responsable femme, je peux porter plainte.

Je repris ma respiration et je la traînai jusqu'à l'endroit où gisait son sac.

Je le ramassai, surpris par sa taille et son poids. Je regardai à l'intérieur et y trouvai une petite bobine de film métallique.

— Qu'est-ce que c'est que ce film ?

— Si-si-s'il vous plaît, monsieur, bredouilla la fille, mes pa-pa-parents.

Un avertisseur retentit. Je vis Johnny Vogel penché à la fenêtre de la voiture.

— Millard a dit d'amener la fille à la Délinquance de Georgia Street.

Je traînai Lorna jusqu'à la voiture et la poussai sur la banquette arrière. Fritzie mit la sirène, et on y alla plein pot.

La course jusqu'au centre-ville nous prit trente-cinq minutes.

Millard et Sears nous attendaient sur les marches des services de la Délinquance juvénile sur Georgia Street. Je conduisis la fille, Vogel et Vogel avançaient devant. Matrones du tribunal et flics de service nous frayèrent un chemin à l'intérieur. Millard ouvrit une porte marquée « INTERROGATOIRES DES DÉTENUS ». J'enlevai les menottes de Lorna, Sears entra dans la pièce, mit les chaises en place ainsi que les cendriers et les blocs-notes.

— Johnny, dit Millard, vous retournez à University et vous vous mettez au téléphone.

Gros Tas commença à protester, puis regarda son père ; Fritzie fit signe que oui de la tête ; Johnny sortit, l'air blessé.

— Je vais appeler M. Loew, annonça Fritzie. Il faut qu'il soit sur le coup.

— Non, dit Millard. Pas avant que nous ayons une déposition.

— Donnez-la-moi et je vous obtiendrai une déposition.

219

— Une déposition volontaire, sergent.

— Je considère que c'est une insulte dégueulasse, Millard, dit Fritzie en piquant un fard.

— Vous pouvez considérer ce que vous voulez, bon Dieu ! mais bon Dieu, vous faites ce que je vous dis, il n'y a pas de M. Loew qui tienne !

Fritz Vogel ne bougea pas d'un pouce. Il ressemblait à une bombe atomique faite homme, prête à exploser, avec sa voix comme détonateur.

— T'as fait la pute avec le Dahlia, hein, fillette ? T'as vendu ton petit cul avec elle. Dis-moi où tu étais passée les derniers jours de sa vie.

— Va te faire foutre, Charlie, dit Lorna.

Fritzie fit un pas vers elle ; Millard s'interposa. Les secondes s'étirèrent, puis Fritzie couina :

— T'es qu'un nom de Dieu de bolchevik, t'as un cœur de femmelette !

Millard s'avança d'un pas ; Vogel recula d'autant.

— Dehors, Fritzie.

Vogel recula de trois pas ; il toucha le mur des talons, pivota sur lui-même et sortit en claquant la porte. Le bruit se répercuta. Harry désamorça les restes de la bombe et dit :

— Comment on se sent quand on se trouve être l'objet d'un tel tintouin, mademoiselle Martilkova ?

— Je m'appelle Linda Martin, dit-elle en tirant sur les plis de sa jupe.

Je pris un siège, croisai le regard de Millard et indiquai le sac sur la table avec sa bobine de film qui sortait. Le lieutenant acquiesça et s'assit près de Lorna.

— Tu sais que ça concerne Betty Short, n'est-ce pas, ma jolie ?

La fille baissa la tête et commença à renifler ; Harry lui tendit un Kleenex. Elle le déchira en lambeaux qu'elle se mit à lisser sur la table.

— Est-ce que ça veut dire qu'y faudra que j'retourne à la maison ?

— Oui, dit Millard en hochant la tête.

— Mon vieux, y me tape. C'est un Slave taré, y se soûle et y me tape.

— Ma jolie, quand tu seras de retour dans l'Iowa, tu seras sous surveillance judiciaire. Tu diras au policier responsable que ton père te frappe et il y mettra un terme vite fait, bon Dieu !

— Si mon père découvre ce que j'ai fait à L.A., il va me dérouiller.

— Il ne saura rien, Linda. J'ai dit aux deux autres agents de quitter la pièce pour m'assurer que ce que tu diras restera confidentiel.

— Si vous me renvoyez à Cedar Rapids, je m'enfuirai à nouveau.

— J'en suis sûr. Aussi, plus vite tu nous auras dit ce que nous voulons savoir sur Betty et plus vite nous te croirons, plus vite tu te retrouveras dans le train et plus vite tu pourras t'échapper. C'est bien une raison valable, ça, pour ne pas nous raconter de bobards, n'est-ce pas, Linda ?

La fille se remit à jouer avec ses Kleenex. J'avais devant moi un petit cerveau fatigué et pas très brillant qui étudiait toutes les possibilités, toutes les portes de sortie possibles.

— Appelez-moi Lorna, dit-elle finalement dans un soupir. Si je dois retourner en Iowa, autant que je m'y habitue tout de suite.

Millard sourit ; Harry Sears alluma une cigarette et tint son stylo prêt au-dessus de son bloc-sténo. Le sang dans mes veines battit plus fort au son de « Pas Madeleine, pas Madeleine, pas Madeleine ».

— Lorna, es-tu décidée à parler ? demanda Russ.

— Allez-y, dit l'ex-Linda Martin.

— Où et quand as-tu rencontré Betty Short ?

Lorna froissa ses débris de Kleenex.

— À l'automne dernier, dans cette maison avec les filles qui veulent être actrices, sur Cherokee.

— 1842 North Cherokee.

— Mmm.

— Réponds par oui ou non, Lorna.

— Oui, on est devenues amies.

— Qu'avez-vous fait ensemble ?

Lorna se mordilla la peau des ongles.

— On a parlé entre filles, on a fait la tournée des plateaux, on s'est fait offrir à boire et à manger dans les bars.

— Quel genre de bars ? dis-je en l'interrompant.

— Qu'est-ce que vous voulez dire ?

— Je veux dire des endroits bien ? Des bouges ? Des troquets à soldats ?

— Oh ! des endroits à Hollywood. Des endroits où on se doutait qu'on ne me demanderait pas de pièces d'identité.

Le sang dans mes veines se mit à battre plus lentement.

— Tu as parlé à Betty du logement d'Orange Drive, dit Millard, l'endroit où tu as habité, est-ce exact ?

— Mmm, je veux dire oui.

— Pourquoi Betty a-t-elle abandonné sa chambre sur Cherokee ?

— Il y avait trop de monde, et elle avait tapé toutes les filles, un dollar par-ci, un dollar par-là, et elles étaient toutes furieuses contre elle.

— Y en avait-il qui lui en voulaient particulièrement ?

— Je ne sais pas.

— Es-tu sûre que Betty n'est pas partie parce qu'elle avait des ennuis avec un petit ami ?

— J'en suis sûre.

— Te souviens-tu des noms des hommes avec lesquels Betty est sortie l'automne dernier ?

— C'était que des noms d'une nuit, dit-elle en haussant les épaules.

— Les noms, Lorna ?

La fille compta sur ses doigts et s'arrêta à trois.

— Eh bien, y avait ces deux mecs à Orange Drive, Don Leyes et Hal Costa, et un marin qui s'appelait Chuck.

— Pas de nom de famille pour Chuck ?

— Non, mais je sais qu'il était canonnier de seconde classe.

Millard commençait à poser une autre question, mais je levai le bras pour le couper.

— Lorna, j'ai parlé à Marjorie Graham l'autre jour, et elle a déclaré qu'elle t'avait dit que la police était venue à Orange Drive pour parler de Betty aux locataires. Tu t'es enfuie. Pourquoi ?

Lorna mordit un morceau d'ongle et l'arracha, puis suçota la plaie.

— Parce que je savais que si les journaux imprimaient ma photo comme étant l'amie de Betty, mes parents la verraient et feraient tout pour que la police me renvoie à la maison.

— Où es-tu allée quand tu as pris la tangente ?

— J'ai rencontré un homme dans un bar et je lui ai fait louer une chambre dans un motel de la Vallée.

— Est-ce que tu...

Millard me fit taire d'un geste coupant de la main.

— Tu as dit que toi et Betty faisiez la tournée des plateaux. As-tu jamais travaillé dans un film ?

— Non, dit Lorna en se tortillant les doigts sur les genoux.

— Pourrais-tu alors me dire ce qui se trouve sur cette bobine de film dans ton sac ?

Les yeux rivés au plancher avec les larmes qui coulaient, Lorna murmura :

— C'est un film.

— Un film cochon ?

Lorna acquiesça sans un mot. Ses pleurs s'étaient transformés en rivières de mascara ; Millard lui tendit un mouchoir.

— Ma jolie, il faut que tu nous dises tout, depuis le

début. Alors réfléchis bien et prends ton temps. Bucky, va lui chercher un peu d'eau.

Je quittai la pièce, trouvai une fontaine, un distributeur de gobelets en carton, en remplis un grand et retournai dans la salle. Lorna parlait d'une voix douce lorsque je plaçai le gobelet sur la table en face d'elle.

— ... et j'étais en train de quémander dans ce bar de Gardena. Y a un Mexicain — Raoul ou Jorge, ou quelque chose — qui a commencé à me parler. Je croyais que j'étais enceinte et j'étais désespérément sans un, il me fallait du pognon. Il a dit qu'il me donnerait deux cents dollars pour jouer à poil dans un film.

Lorna s'arrêta, engloutit le verre d'eau et prit une grande inspiration avant de poursuivre.

— Le mec a dit qu'il avait besoin d'une autre fille, c'est pour ça que j'ai appelé Betty sur Cherokee. Elle a dit oui et on est allés la chercher, le Mexicain et moi. Il nous a défoncées avec des cigarettes de hasch, je crois qu'il avait la trouille qu'on prenne peur et qu'on se dégonfle. On est allés en voiture jusqu'à Tijuana et on a tourné le film dans une grande maison, à l'extérieur de la ville. Le Mexicain, il réglait les éclairages et il maniait la caméra et il nous a dit ce qu'on devait faire et, après, il nous a ramenées à L.A. et pis *c'est tout, depuis le début*, alors, vous voulez bien appeler mes vieux, maintenant ?

Je regardai Russ, puis Harry ; ils observaient la fille d'un regard impassible. Je voulais remplir les blancs que comportait ma propre piste et je lui demandai :

— Quand as-tu fait le film, Lorna ?

— Aux environs de Thanksgiving.

— Peux-tu nous décrire le Mexicain ?

Lorna fixa les yeux sur le plancher.

— C'était rien qu'un Mex huileux. Il avait p'têt trente ou quarante ans, je ne sais pas. J'étais défoncée et j'me souviens plus très bien.

— Paraissait-il s'intéresser à Betty plus particulièrement ?

— Non.

— Vous a-t-il touchées, l'une ou l'autre ? Est-il méchant ? Il a fait des avances ?

— Non. Il nous a fait changer de position, c'est tout.

— Ensemble ?

— Oui, gémit Lorna.

Mon sang se mit à bourdonner. Ma propre voix me parut étrange à mes oreilles, comme si j'étais la marionnette de quelque ventriloque.

— Alors c'était pas seulement du cinéma à poil ? Toi et Betty, vous avez fait les gouines ?

Lorna eut un petit sanglot sans larmes et fit signe que oui, je pensai à Madeleine et poussai mon avantage, oublieux de la manière dont la fille pourrait l'encaisser.

— T'es gouine ? Et Betty, c'était une gouine ? Tu dragues dans les boîtes à *gouines* ?

— Bleichert, arrêtez ! aboya Millard.

Lorna se pencha sur sa chaise et saisit le gentil papa flic pour se serrer contre lui avec violence. Russ me regarda et abaissa lentement la main ouverte, paume vers le bas, pareil à un chef demandant à l'orchestre un silence. Il caressa les cheveux de Lorna de sa main libre puis tendit le doigt en direction de Sears.

— Je suis pas gouine, gémit la fille, je suis pas gouine, c'est que cette fois-là.

Millard la berça comme un bébé.

— Est-ce que Betty était lesbienne, Lorna ? demanda Sears.

Je retins mon souffle. Lorna s'essuya les yeux sur le devant du manteau de Millard et me regarda.

— Je suis pas gouine, dit-elle, et Betty, c'en était pas une non plus, et on faisait la manche que dans des bars normaux. Ça a été que cette fois-là dans le film parce qu'on était fauchées et défoncées, et si jamais les journaux publient ça, mon papa, y va me tuer !

Je regardai Millard et j'eus la sensation qu'il gobait le morceau, instinctivement, j'eus la conviction que tout le côté « lesbienne » de l'affaire n'était qu'un hasard.

— Est-ce que le Mexicain a donné un viseur à Betty ? demanda Harry.

— Oui, marmonna Lorna, la tête toujours sur l'épaule de Millard.

— Tu te souviens de sa voiture ? La marque ? la couleur ?

— Je… je crois qu'elle était noire et vieille.

— Tu te souviens du bar où tu l'as rencontré ?

Lorna leva la tête ; je vis que ses larmes avaient séché.

— Je crois que c'était sur Aviation Boulevard, près des usines d'avions.

Je poussai un grognement ; cette partie de Gardena, c'était facilement deux kilomètres de boîtes à musique, de troquets à poker et de bordels qui arrosaient les flics.

— Quand as-tu vu Betty pour la dernière fois ? dit Harry.

Lorna retourna à sa chaise, les dents et les poings serrés pour éviter un autre trop-plein d'émotion — une réaction de dur, chez une môme de quinze ans.

— La dernière fois que j'ai vu Betty, c'était deux semaines plus tard, juste avant qu'elle quitte sa chambre sur Orange Drive.

— Est-ce que tu sais si Betty a revu le Mexicain ?

— Le Mex, c'était un mec d'une nuit, dit-elle en grattouillant le vernis écaillé de ses ongles. Il nous a payées, nous a ramenées à L.A., puis il est parti.

— Mais tu l'as revu, exact ? dis-je en mettant mon grain de sel. Il n'aurait jamais pu faire une copie du film avant de vous ramener de TJ[1].

Lorna étudia ses ongles.

---

1. TJ : Tijuana, à la frontière mexicaine.

— Je l'ai cherché dans Gardena, quand j'ai lu dans les journaux ce qui était arrivé à Betty. Il était sur le point de rentrer au Mexique, et j'ai réussi à lui escroquer une copie du film. Vous comprenez… il ne lisait pas les journaux et donc il ne savait pas que, tout d'un coup, Betty était célèbre. Vous comprenez… je me suis dit qu'un film porno du Dahlia Noir, c'était une pièce de collection, et que si la police essayait de me réexpédier chez mes vieux, je pourrais le vendre et engager un avocat pour combattre l'avis d'extradition. Vous me le rendrez, vous voulez bien ? Vous ne laisserez pas les gens le regarder ?

Et on parle de la vérité qui sort de la bouche des enfants.

— Tu es retournée à Gardena et tu as retrouvé l'homme ? dit Millard.

— Mmm. Je veux dire oui.

— Où ça ?

— Dans un des bars sur Aviation.

— Peux-tu décrire l'endroit ?

— Il y faisait sombre, avec des lumières qui clignotaient en façade.

— Et il n'a pas fait de difficultés pour te donner une copie du film ? Pour rien ?

— Je lui ai fait une fleur, à lui et à ses copains, dit Lorna, les yeux au sol.

— Peux-tu être plus précise dans sa description, en ce cas ?

— Il était gras et il avait un minuscule zizi. Il était laid et ses copains aussi.

Millard montra la porte à Sears ; Harry sortit sur la pointe des pieds.

— Nous allons essayer de faire en sorte que les journaux ne soient pas au courant et nous détruirons le film. Une question avant que la matrone ne t'emmène dans ta chambre. Si nous t'accompagnons à Tijuana,

227

crois-tu que tu pourras trouver la maison où le film a été tourné ?

— Non, dit Lorna en secouant la tête. Je ne veux pas aller à cet endroit abominable. Je veux aller à la maison.

— Pour que ton père puisse te frapper ?

— Non ; pour que je puisse m'enfuir à nouveau.

Sears revint avec une matrone, la femme emmena Linda/Lorna, la dure-douce, la pathétique-enjouée. Harry, Russ et moi-même, nous nous regardâmes. Je sentis la tristesse de la fille qui m'étouffait. Finalement le plus gradé dit :

— Des commentaires ?

Harry enfonça le premier clou.

— Elle se couvre pour le Mex et la piaule à TJ. Il lui a probablement fichu une trempe et il l'a baisée, et elle a peur des représailles. À part ça, son histoire, je veux bien l'avaler.

Russ sourit.

— Et vous, brillant garçon ?

— Elle se couvre pour tout ce qui touche au Mex. Je pense qu'il l'a peut-être baisée de façon régulière, et aujourd'hui elle le protège pour qu'on lui colle pas une incitation à la débauche sur le dos. Je parierais aussi que le mec est blanc, que tout le baratin sur le Mex n'est qu'une couverture qui va bien avec le reste, le truc de TJ — ce que j'accepte sans problème — parce que cet endroit-là, c'est un vrai trou à merde et la plupart des débauchés que j'ai alpagués quand j'étais en patrouille, c'est là qu'ils trouvaient leur chair fraîche.

Millard fit un clin d'œil à la Blanchard.

— Bucky, vous êtes très brillant, aujourd'hui. Harry, je veux que tu ailles voir le lieutenant Waters qui est ici. Dis-lui de garder la fille sans contacts avec l'extérieur pendant soixante-douze heures. Je veux qu'elle ait une cellule individuelle, et je veux que Meg Caulfield soit détachée des bureaux de Wilshire pour partager sa cellule. Dis à Meg de lui tirer les vers du nez et de faire son rapport toutes les vingt-quatre heures.

« Quand tu auras terminé, appelle les services des Recherches ainsi que les Mœurs pour avoir les casiers de tous les mecs, Blancs et Mexicains, condamnés pour pornographie, puis tu appelles Vogel et Koenig et tu les envoies à Gardena faire la tournée des bars à la recherche du monsieur cinéma de Lorna. Appelle aussi le bureau, et dis au capitaine Jack que nous avons un petit film du Dahlia à visionner. Puis tu appelles le *Times* et tu leur refiles le tuyau sur le film porno avant qu'Ellis Loew ne l'étouffe. Donne-leur Jane Doe à la place de Lorna, demande-leur de faire passer un appel pour des tuyaux sur les pornos et, enfin, tu fais ta valise, nous partons ce soir pour Dago et TJ.

— Russ, vous savez que c'est très hasardeux, comme piste, dis-je.

— Mais c'est la meilleure qu'on ait eue depuis que vous et Blanchard vous vous êtes filés la peignée du siècle avant de faire équipe. Venez, brillant sujet. C'est la soirée du film porno à la mairie.

On avait déjà installé projecteur et écran dans la salle de réunion ; que des vedettes pour un film de vedettes : Lee, Ellis Loew, Jack Tierney, Thad Green et le chef de la police C.B. Horrall en personne étaient assis face à l'écran ; Millard tendit la bobine au pigeon des bureaux qui avait la charge du projecteur en marmonnant : « Où est le pop-corn ? »

Le grand chef s'avança et me donna une poignée de main d'habitué aimant la chose.

— C'est un plaisir, monsieur, dis-je.

— Le plaisir est réciproque, monsieur Glace, et mon épouse vous adresse ses compliments tardifs pour l'augmentation de salaire que vous-mêmes et M. Feu nous avez obtenue. (Il indiqua un siège à côté de Lee.)

— Lumières ! Projecteur ! On tourne !

Je m'assis près de mon équipier. Lee avait les traits

tirés, mais il n'était pas chargé. Un *Daily News* était déplié sur ses genoux ; je vis : « Le cerveau de Boulevard-Citizens libéré demain — assigné à L.A. après huit ans d'emprisonnement. » Lee examina mon piteux état et dit :

— Ça marche ?

J'étais sur le point de réagir lorsque les lumières s'éteignirent. Une image floue apparut sur l'écran ; la fumée des cigarettes l'estompa plus encore. L'éclair d'un titre jaillit — *Esclaves de l'Enfer* — pour céder la place à une grande pièce, haute de plafond, les murs couverts de hiéroglyphes égyptiens, en noir et blanc granuleux. Des piliers en forme de serpents lovés avaient été placés dans toute la pièce ; la caméra fit un zoom avant sur deux serpents en bas relief de plâtre, la queue de l'un dans la gueule de l'autre. Puis les serpents se fondirent en Betty Short, vêtue de ses seuls bas, en train d'exécuter les pas ineptes d'une danse qui se voulait lascive.

Je serrai les fesses ; j'entendis Lee aspirer une brusque bouffée d'air. Un bras apparut sur l'écran, tendant à Betty un objet cylindrique. Elle s'en saisit ; la caméra s'approcha. C'était un godemiché, la tige couverte d'écailles, des crocs ouverts sortant du gland, gros et circoncis. Betty le prit en bouche et se mit à le sucer, les yeux vitreux grands ouverts.

Il y eut une coupure brutale, puis ce fut Lorna, nue, étendue sur un divan, les jambes écartées. Betty apparut sur l'écran. Elle s'agenouilla entre les jambes de Lorna, enfonça le godemiché et en usa pour lui faire l'amour. Lorna remua et fit pivoter ses hanches, l'écran devint tout flou, puis plus rien jusqu'à un gros plan — Lorna qui se tordait en une extase de pacotille. Même un enfant de deux ans aurait vu que son visage se tordait pour retenir des hurlements ; Betty réapparut dans le cadre, en attente entre les cuisses de Lorna.

Elle regarda la caméra. Les lèvres articulant « Non,

je vous en prie ». Puis on lui baissa la tête, et elle usa de sa langue près du godemiché dans un plan tellement rapproché que chaque détail horrible en paraissait grossi dix millions de fois.

Je voulus fermer les yeux sans y parvenir. Près de moi, le chef Horrall dit calmement :

— Russ, qu'en pensez-vous ? Vous croyez que ça a quelque chose à voir avec le meurtre de la fille ?

— C'est peut-être un coup pour rien, chef, répondit Russ d'une voix rauque. Le film a été fait en novembre et d'après ce que nous a dit la fille Martilkova, le Mexicain n'a pas le genre d'un tueur. Il faudra cependant vérifier. Peut-être que le Mex a montré le film à quelqu'un, et ce quelqu'un a craqué sur Betty. Ce que je…

Lee fit valdinguer sa chaise d'un coup de pied et hurla :

— Bordel de merde, on s'en fout s'il ne l'a pas tuée ! j'ai envoyé des boy-scouts à la chambre verte pour moins que ça. Alors si vous ne voulez rien y faire, moi, je vais agir !

Personne ne bougea, en état de choc. Lee était debout face à l'écran, clignant des yeux devant la lumière aveuglante. Il fit pivoter puis arracha l'obscénité en cours ; l'écran et le pied s'effondrèrent au sol. Betty et Lorna poursuivirent leurs étreintes sur un tableau noir chargé de craie ; Lee partit en courant. J'entendis derrière moi qu'on faisait tomber le projecteur par terre. Millard hurla :

— Rattrapez-le, Bleichert !

Je me levai, glissai, me relevai et m'arrachai de la salle de réunion, je vis Lee qui montait dans l'ascenseur au bout du couloir. Les portes une fois refermées, l'ascenseur se mit à descendre et je courus vers les escaliers, dévalai six étages et arrivai sur le parking juste à temps pour voir Lee laisser du caoutchouc sur l'asphalte de Broadway, en direction du nord. Sur le côté réservé au service dans le parc de stationnement était alignée une rangée de voitures banalisées ; je m'y dirigeai au pas de course et vérifiai sous le siège conducteur de la plus proche. Les clés s'y trouvaient. Je mis le contact, écrasai la pédale et pris la route.

Je gagnais rapidement du terrain, me rapprochant de la Ford de Lee lorsqu'il fit une embardée pour s'engager dans la file centrale de Sunset, direction ouest. Je lui envoyai trois coups brefs d'avertisseur, il me répondit en actionnant son propre avertisseur selon le code du L.A.P.D. qui signifiait « Agent en chasse ». Les voitures se rangèrent sur les côtés pour lui laisser le champ libre — il n'y avait rien que je puisse faire si ce n'était enclencher mon avertisseur et lui coller au train.

On se tira les fesses du centre-ville, puis on traversa Hollywood et Cahuenga Pass direction la Vallée. En tournant sur Ventura Boulevard, la proximité de l'immeuble où se tenait le bar à gouines me fit voir des fantômes ; lorsque Lee pila pour s'arrêter bruyamment au beau milieu du Boulevard, j'eus la gorge nouée par une bouffée de panique et je me dis : « C'est impossible, il ne peut pas être au courant pour ma petite fille de riche, le film de gouine lui a fait tourner les méninges. » Lee sortit de la voiture et poussa la porte de la Planque de La Verne. Un vent de panique me fit écraser les freins et j'engageai la bagnole en travers sur le trottoir ; les pensées se bousculaient dans ma tête, Madeleine, moi accusé d'avoir escamoté des preuves, et je fonçai dans le boui-boui à la poursuite de mon équipier.

Lee faisait face et défiait d'insultes des banquettes pleines de gouines, hommasses ou féminines. Je balayai l'ensemble du regard à la recherche de Madeleine et de la barmaid que j'avais harponnée ; ne voyant personne, je m'apprêtai à assommer mon meilleur ami de sang-froid.

— Bande de pouffiasses, renifleuses de connasses, z'avez déjà vu un p'tit film appelé *Esclaves de l'Enfer* ? Vous achetez pas vos merdes pornos à un gros lard de Mex d'environ quarante balais ? Vous...

Je saisis Lee par-derrière et lui fis faire un demi-tour en direction de la porte. Ses bras étaient tendus comme des cordes, ses reins creusés, mais j'utilisai son poids à son désavantage. Nous sortîmes en trébuchant, puis nous dégringolâmes dans une forêt de bras et de jambes sur le trottoir. Je maintins la prise de toutes mes forces, puis j'entendis un bruit de sirène qui approchait et compris soudain que Lee ne m'offrait plus aucune résistance — il gisait là, marmonnant sans s'arrêter « collègue », « collègue ».

La sirène se fit plus forte puis mourut ; j'entendis des portes qu'on claquait. Je me dégageai de la prise et aidai Lee, pareil à une poupée de chiffon toute mollasse, à se remettre debout. Ellis Loew était là.

Ses yeux lançaient des éclairs. Je réalisai soudain que la réaction explosive de Lee s'expliquait par son étrange chasteté, une semaine de mort et de drogue et, pour couronner le tout, le film porno. Je me sentais en sécurité et je passai mon bras autour des épaules de mon partenaire.

— Monsieur Loew, c'est à cause de cette saloperie de film. Lee a cru que les gouines pourraient nous fournir une piste sur le Mex.

— Bleichert, la ferme, siffla-t-il, puis il dirigea sa colère froide sur Lee. Blanchard, je vous ai obtenu les Mandats. Vous êtes à mon service, et vous m'avez, moi, fait passer pour un imbécile aux yeux des hommes les plus puissants de notre police. Ce n'est pas un meurtre de lesbienne, ces deux filles étaient droguées et elles détestaient ça. Je vous ai couvert auprès de Horrall et de Green, mais, au bout du compte, je ne sais si j'ai bien fait. Si vous n'étiez pas M. Feu, le Grand Blanchard, vous seriez déjà suspendu. Vous vous êtes impliqué dans l'affaire Short en tant qu'individu, et c'est là un manque de professionnalisme que je ne saurais tolérer. Présentez-vous au rapport à 8 heures, avec deux lettres officielles d'excuses adressées au chef Horrall et au chef Green. Si vous voulez un jour toucher votre retraite, je vous conseille de vous exécuter sans regimber.

Lee, le corps comme une chiffe molle, dit :

— Je veux aller à TJ à la recherche de l'homme au film porno.

— Au vu de la situation, dit Loew en secouant la tête, je qualifierai cette requête de parfaitement ridicule. Vogel et Koenig partent pour Tijuana et vous repassez aux Mandats. Bleichert, quant à vous, vous restez sur l'affaire Short. Je vous souhaite le bonjour, messieurs.

Loew partit en furie vers sa voiture pie, l'agent de patrouille qui conduisait fit demi-tour dans la circulation.

— Il faut que je parle à Kay, dit Lee.

J'acquiesçai. Une voiture de patrouille du shérif passa le long du trottoir, le flic à la place du passager siffla les gouines qui se tenaient devant la porte. Lee marcha jusqu'à sa voiture en murmurant :

— Laurie, Laurie, oh, ma petite Laurie.

13

J'arrivai au bureau le lendemain matin à 8 heures car je voulais aider Lee à supporter l'ignominie de son retour aux Mandats et partager avec lui toutes les couleuvres que Loew, sans l'ombre d'un doute, allait l'obliger à avaler. Deux mémos identiques du chef Green se trouvaient sur nos bureaux : « Présentez-vous à mon bureau demain, 22-1-47 à 18 heures. » Les notes manuscrites ressemblaient à des signes du destin.

Lee ne se présenta pas à 8 heures, je restai assis à mon bureau une heure durant, l'imaginant en train de se débattre devant la libération de Bobby De Witt, prisonnier de ses propres fantômes, lui, le chasseur de fantômes, ayant laissé échapper toute possibilité de rédemption, maintenant qu'on l'avait éliminé de l'affaire du Dahlia. De l'autre côté de la cloison, dans le bureau du procureur, j'entendis les aboiements de Loew qui plaidait au téléphone devant les rédacteurs du *Mirror* et du *Daily News* — des torchons républicains dont la rumeur disait qu'ils sympathisaient avec ses propres aspirations politiques. L'essentiel de son baratin était qu'il les aiderait à couper l'herbe sous le pied du *Times* et du *Herald* grâce à des infos privilégiées sur le Dahlia à condition qu'ils y aillent doucement sur Betty Short et qu'ils atténuent ses côtés Marie-couche-toi-là pour la présenter comme une douce jeune fille qui avait subi de mauvaises influences. À l'écoute des adieux du grand homme et de la suffisance qui y transparaissait, j'étais sûr que les journalistes avaient avalé son numéro, convaincus par Loew que « plus nous rendrons la fille sympathique, plus j'aurai d'impact en requérant contre le tueur. »

À 10 heures, Lee n'était toujours pas là. J'allai dans la salle de réunions et compulsai en détail le dossier volumineux d'E. Short pour me convaincre que le nom de Madeleine ne s'y trouvait pas. Deux heures plus tard et deux cents formulaires plus loin, j'étais convaincu — son nom n'était pas cité parmi les centaines de personnes interrogées et elle n'apparaissait dans aucun des tuyaux reçus. L'unique mention de lesbiennes était visiblement une affaire de cinglés — des fêlés de religion qui transmettaient des infos téléphoniques empoisonnées et nous tuyautaient sur les membres de sectes rivales comme étant « des nonnes gouines qui ont sacrifié la fille en l'honneur du pape Pie XII » et « des lesbiennes qui accomplissaient des rites communistes et païens ».

À midi, Lee n'avait toujours pas fait son apparition… J'appelai la maison, la brigade d'University et l'hôtel El Nido, sans succès. Je voulais avoir l'air occupé pour que personne ne me refile un boulot quelconque, aussi je fis le tour des tableaux d'affichage à lire les comptes rendus.

Russ Millard avait établi un nouveau et dernier résumé avant de partir pour San Diego et Tijuana la nuit dernière. Il y disait qu'il allait, en compagnie de Harry Sears, vérifier les dossiers des R.I. et des Mœurs à la recherche de pornographes suspects ou condamnés, puis partir à la recherche du lieu où avait été tourné le film porno à TJ. Vogel et Koenig avaient été incapables de dénicher le « Mexicain » de Lorna Martilkova à Gardena, et ils partaient aussi pour Tijuana pour enquêter sur la piste du film porno. L'enquête du coroner avait eu lieu la veille : la mère d'Elizabeth Short était présente et avait identifié les restes. Marjorie Graham et Sheryl Saddon témoignèrent de la vie de Betty à Hollywood, Red Manley sur la manière dont il avait amené Betty de Dago pour la déposer en face de l'hôtel Biltmore le 10 janvier. Jusqu'à présent, un quadrillage poussé des alentours du Biltmore n'avait rien donné de positif, personne ne l'avait reconnue, on continuait à passer au peigne fin les casiers des cinglés et des criminels coupables de délits sexuels, les quatre fêlés qui avaient avoué étaient toujours en tôle à la prison municipale dans l'attente d'une vérification de leurs alibis, d'un contrôle psychiatrique et d'un dernier interrogatoire. Le cirque continuait, les infos par téléphone tombaient comme s'il en pleuvait, avec pour résultat des interrogatoires de quatrième ou cinquième main — on parlait à des gens qui connaissaient des gens qui connaissaient des gens, qui connaissaient le Dahlia. Une aiguille dans une botte de foin, du début jusqu'à la fin.

Les hommes qui travaillaient à leurs bureaux commençaient à me regarder d'un sale œil et je retournai dans mon cagibi. Madeleine jaillit dans ma tête ; je décrochai le téléphone pour l'appeler. Elle répondit à la troisième sonnerie.

— Résidence Sprague.

— C'est moi. Tu veux qu'on se voie ?

— Quand ?

— Tout de suite. Je passe te prendre dans quarante-cinq minutes.

— Ne viens pas ici. Papa a une soirée d'affaires. On se retrouve à la Flèche rouge ?

— J'ai un appart, tu sais, dis-je en soupirant.

— Je n'assouvis mon rut que dans les motels. C'est l'une de mes manies de fille riche. Chambre 11 à la Flèche dans quarante-cinq minutes.

— J'y serai.

Et je raccrochai. Ellis Loew frappa à la cloison.

— Au travail, Bleichert. Vous pédalez depuis ce matin, et ça me tape sur le système. Lorsque vous verrez votre équipier fantôme, dites-lui que son petit numéro d'homme invisible lui aura coûté trois jours de paie. Allez prendre une voiture radio et roulez !

***

Je roulai droit jusqu'au motel de la Flèche Rouge. La Packard de Madeleine était garée dans l'allée derrière les bungalows : la porte de la chambre 11 était déverrouillée. J'entrai, sentis son parfum et plissai des yeux dans l'obscurité jusqu'à ce que je sois récompensé par un gloussement. Je me déshabillai, mes yeux s'habituèrent au manque de lumière, je vis Madeleine — balise de chair dénudée sur un couvre-lit en lambeaux.

La jonction de nos deux corps fut si violente que les ressorts du matelas touchèrent le plancher. Madeleine couvrit de baisers la route qui menait entre mes jambes, me fit durcir puis bascula rapidement sur le dos. Je la pénétrai en pensant à Betty et à la tige en forme de serpent, puis j'effaçai tout en me concentrant sur les plis du papier peint en face de moi. Je voulais aller doucement mais Madeleine haleta : « Ne te retiens pas, je suis prête. » Je poussai fort, plaquant nos deux corps l'un contre l'autre, les mains rivées à la barre du lit. Madeleine noua les jambes sur mes reins, agrippa la barre au-dessus de sa tête et poussa, tira et se vrilla tout contre moi. La jouissance vint à quelques secondes d'intervalle, durant et s'étirant en contrepoint de nos deux corps qui se heurtaient ; lorsque ma tête toucha l'oreiller, je me mis à le mordre pour apaiser mes tremblements.

Madeleine se glissa pour se dégager de dessous moi.

— Chéri, ça va ?

Je voyais le serpent. Madeleine me chatouilla ; je me tordis vers elle et la regardai pour que la chose disparaisse.

— Je veux un sourire doux et tendre.

Madeleine m'offrit un rictus d'affiche de pub. Le rouge à lèvres qui lui barbouillait le visage me fit penser au rictus de mort du Dahlia. Je fermai les yeux et la serrai fort. Elle me caressa tendrement le dos, en murmurant :

— Bucky, qu'est-ce qu'il y a ?

Je fixai mon regard dans le lointain des rideaux sur le mur.

— On a ramassé Linda Martin hier. Elle avait dans son sac une copie d'un film porno où elle faisait la gouine avec Betty Short. Le film a été tourné à TJ et il y a dedans des trucs à faire frémir. Ça m'a fait frémir, et ça a fait frémir mon équipier encore plus fort.

— Linda a-t-elle parlé de moi ? dit Madeleine en interrompant ses caresses.

— Non, et j'ai vérifié dans le dossier. On ne mentionne nulle part ton petit numéro avec les petits mots que tu as laissés. Mais on a mis une femme-flic dans la cellule de la fille pour lui tirer les vers du nez et, si elle crache le morceau, tu es foutue.

— Ça ne me tracasse pas, chéri, Linda ne se souvient probablement pas de moi.

Je me tortillai de manière à pouvoir regarder Madeleine de près. Son rouge lui barbouillait le visage de traces sanglantes que j'essuyai avec l'oreiller.

— Petite, pour toi, j'étouffe des preuves. C'est un marché régulier en échange de ce que tu me donnes, mais ça me fait quand même froid dans le dos. Pour ça, il faut que tu n'aies absolument rien à te reprocher. Je vais te le demander une seule fois. Y a-t-il quelque chose que tu ne m'aies pas dit à propos de toi, Betty et Linda ?

Madeleine fit courir ses doigts le long de mes côtes, explorant les cicatrices d'hématomes reçus pendant le combat contre Blanchard.

— Chéri, Betty et moi, on n'a fait l'amour qu'une seule fois, la fois où on s'est rencontrées l'été dernier. J'ai fait ça rien que pour voir ce que ça me ferait d'être avec une fille qui me ressemblait tellement.

J'eus l'impression de sombrer, comme si le lit disparaissait sous moi. On aurait dit que Madeleine se tenait au bout d'un long tunnel, filmée par quelque miracle étrange de la caméra.

— Bucky, c'est tout, je te jure que c'est tout, dit-elle d'une voix tremblante qui venait de très loin, d'on ne sait où.

Je me levai et me rhabillai, et c'est seulement lorsque je mis en place mon .38 et mes menottes que j'eus l'impression d'être sorti des sables mouvants.

— Reste, chéri, reste, plaida Madeleine.

Je sortis avant de succomber. Dans la voiture, j'enclenchai la radio, cherchant les bons vieux dialogues de flics bien sensés pour m'occuper l'esprit. Le dispatcher aboya :

— Code quatre à toutes les unités, Creenshaw et Stocker. Cambriolage. Deux morts, suspect mort, confirmation par unité 4.A.82 : suspect Raymond Douglas Nash, blanc, masculin, objet mandat pour délit de fuite numéro…

J'arrachai le fil de la radio et mis le contact, écrasai l'accélérateur et enclenchai la sirène en un seul geste, me sembla-t-il. En dégageant la voiture, j'entendais Lee qui essayait de m'apaiser avec des « Ne viens pas me dire que tu ne sais pas que la morte, c'est un plus gros morceau que Junior Nash » ; à fond de ballon vers le centre-ville, je me revis courbant l'échine devant les fantômes de mon équipier en sachant pertinemment que le tueur de l'Oklahoma n'était pas qu'un croque-mitaine, c'était un assassin, de chair et d'os. En me frayant un chemin dans le parking de la mairie, je revis Lee, cajoleur et câlin, me poussant, me tirant, me tordant en tous sens pour arriver à ses fins ; en montant au Bureau au pas de course, je vis rouge.

Je sortis de l'escalier en hurlant : « Blanchard ! » Dick Cavanaugh, qui sortait du quartier des cellules, m'indiqua la salle de bains. J'ouvris la porte d'un coup de pied ; Lee se lavait les mains dans le lavabo.

Il me les montra et je vis le sang qui perlait de plaies aux jointures.

— J'ai cogné le mur. Pénitence pour Nash.

Ça ne me suffisait pas. Je laissai libre cours à ma furie et j'écrabouillai mon meilleur ami jusqu'à ce que mes mains n'en puissent plus et qu'il gise à mes pieds, sans connaissance.

14

D'avoir perdu le premier combat Bleichert-Blanchard, je m'étais retrouvé célébrité locale ; je travaillais aux Mandats et Recherches et j'avais empoché presque neuf bâtons en liquide ; d'avoir gagné la revanche, je me retrouvai avec une entorse au poignet gauche, deux luxations à la main et une journée au lit, complètement dans les vapes à la suite d'une réaction allergique aux pilules de codéine que m'avait données le capitaine Jack après avoir eu vent du règlement de comptes, en me voyant dans mon cagibi en train d'essayer de me bander le poignet. Le seul avantage que j'avais trouvé à ma « victoire », ce fut un répit de vingt-quatre heures loin d'Elizabeth Short ; le pire était encore à venir — soutenir Kay et Lee pour voir si je pouvais nous sauver tous les trois, sans laisser trop de mon amour-propre dans l'affaire.

Je me rendis à la maison, mercredi après-midi, mon dernier jour sur le Dahlia et premier « anniversaire » hebdomadaire de l'apparition du macchabée célèbre. La conférence avec Thad Green était prévue pour 18 heures et, s'il y avait un moyen de récupérer Lee et de nous rabibocher avant ça, il fallait le tenter.

La porte d'entrée était ouverte ; sur la table basse, on avait ouvert le *Herald* aux pages deux et trois. Les débris de ma vie de désordre s'y étalaient — le Dahlia, Bobby De Witt et son visage taillé à la serpe, de retour vers sa ville natale ; Junior Nash abattu par un agent du shérif qui n'était pas de service, après que Nash eut attaqué une épicerie tenue par un Japonais, tuant le propriétaire et son fils de quatorze ans.

— Nous sommes célèbres, Dwight.

Kay se tenait dans le couloir. J'éclatai de rire ; le sang afflua dans ma main blessée.

— Disons d'une certaine notoriété, peut-être. Où est Lee ?

— Je ne sais pas. Il est parti hier après-midi.

— Tu sais qu'il a des ennuis, tu es au courant ?

— Je sais que tu lui as flanqué une raclée.

Je m'avançai. L'haleine de Kay puait la cigarette et elle avait le visage gonflé d'avoir trop pleuré. Je la serrai contre moi ; elle me serra contre elle et dit :

— Je ne t'en veux pas.

Je nichai ma figure dans ses cheveux.

— De Witt est probablement à L.A. maintenant. Si Lee ne revient pas d'ici ce soir, je viendrai et je resterai avec toi.

Kay s'arracha de mes bras.

— Ne viens pas, sauf si tu veux coucher avec moi.

— Je ne peux pas, Kay.

— Pourquoi ? À cause de cette fille du coin que tu vois ?

J'avais présent à la mémoire le mensonge que j'avais fait à Lee.

— Oui… euh non, ce n'est pas ça. C'est juste que…

— De *quoi*, Dwight ?

J'attrapai Kay pour qu'elle ne puisse pas lire dans mes yeux et comprendre que ce que je disais faisait de moi pour moitié un enfant, et pour l'autre moitié un menteur.

— C'est juste que toi et Lee, vous êtes toute ma famille, et je fais équipe avec Lee, et jusqu'à ce qu'on le sorte du pétrin où il s'est fourré et qu'on sache si on reste toujours ensemble, jusque-là, toi et moi, ça ne peut pas se faire, bon Dieu. La fille que je vois, c'est rien du tout. Elle ne signifie rien pour moi.

— Tu as tout simplement peur de tout ce qui n'est pas du vrai combat, des flics, des revolvers, et tout le tralala, dit-elle en me serrant plus fort.

Je la laissai faire, sachant qu'elle avait vu juste, en plein dans le mille. Puis je rompis et roulai vers le centre-ville en direction du « tralala ».

L'horloge au mur de la salle d'attente de Thad Green marqua 18 heures ; et toujours pas de Lee ; à 18 h 01, la secrétaire de Green ouvrit la porte et me fit entrer. Le chef des inspecteurs leva les yeux de son bureau :

— Où est Blanchard ? C'est lui que je veux voir tout particulièrement.

— Je ne sais pas, monsieur.

Et je me mis au repos. Green m'indiqua une chaise. Je m'assis et le C.D.I.[1] me fixa d'un regard dur.

— Je vous donne cinquante mots ou même moins pour m'expliquer le comportement de votre partenaire lundi soir. Allez-y.

— Monsieur, la petite sœur de Lee a été assassinée lorsqu'il n'était qu'un enfant et l'affaire du Dahlia est devenue pour lui ce qu'on pourrait appeler une obsession. Bobby De Witt, l'homme qu'il a fait envoyer en prison pour le coup de Boulevard-Citizens est sorti hier, et, il y a une semaine de ça, nous avons abattu ces quatre truands. Le film porno a été la goutte d'eau. Il a déclenché quelque chose chez Lee, et il a fait cette sortie chez les lesbiennes parce qu'il croyait qu'il obtiendrait un indice sur le gars qui a fait le film.

Green cessa de hocher la tête en signe d'acquiescement.

— On croirait entendre un bavard en train d'essayer de justifier les actes de son client. Dans mon service de police, un homme met au vestiaire son bagage émotionnel quand il épingle son insigne ou, alors, il dégage. Mais pour vous montrer que je ne suis pas totalement dénué de sympathie, je vais vous faire un aveu. Je suspends Blanchard et il passera en conseil de discipline, mais ce ne sera pas pour son esclandre de lundi soir. Je le suspends pour avoir passé un mémo déclarant que Junior Nash avait quitté notre juridiction. Je pense que c'était un faux délibéré. Qu'en pensez-vous, agent Bleichert ?

Je sentis mes jambes flageoler.

— Je l'ai cru, monsieur.

— C'est que vous n'êtes pas aussi intelligent que vos notes de l'Académie me l'ont laissé entendre. Quand vous verrez Blanchard, vous lui direz de rendre son

---

1. C.D.I. : chef des inspecteurs.

arme et son insigne. Vous restez sur l'enquête Short, et je vous prierai de réprimer vos instincts de bagarreur lorsqu'il s'agit de propriété de la municipalité. Bonne nuit, agent Bleichert.

Je me levai, saluai, exécutai un demi-tour pour sortir du bureau et conservai mon pas de militaire jusqu'à ce que je me retrouve au bout du couloir, dans la salle de réunion. J'attrapai un téléphone, j'appelai la maison, la brigade d'University et l'hôtel El Nido — sans aucun résultat. Une sombre pensée me traversa alors l'esprit et je composai le numéro du bureau de Liberté conditionnelle du comté.

Un homme répondit :

— Liberté conditionnelle du comté, en quoi puis-je vous être utile ?

— Agent Bleichert, L.A.P.D., à l'appareil. Je voudrais connaître les coordonnées d'un prisonnier libéré sur parole récemment.

— Allez-y.

— Robert « Bobby » De Witt, sorti hier de San Quentin.

— C'est facile. Il n'a pas encore pris contact avec son responsable. Nous avons appelé la gare routière de Santa Rosa, et nous avons découvert que De Witt n'a pas pris de billet pour L.A. mais pour San Diego, avec changement pour Tijuana. Nous n'avons pas encore lancé d'avis de recherches pour violation de parole. Son responsable a pensé qu'il était peut-être allé à TJ pour tirer un coup. Il lui donne jusqu'à demain matin pour se montrer.

Je raccrochai, soulagé de savoir que De Witt n'était pas parti tout droit pour L.A. Je pensai aller rôder un peu à la recherche de Lee. Je pris l'ascenseur jusqu'au parking et vis Russ Millard et Harry Sears qui se dirigeaient vers l'escalier arrière. Russ me remarqua et me fit signe du doigt d'approcher. Je m'exécutai au petit trot.

— Qu'est-ce qui s'est passé à TJ ? demandai-je.

Harry, l'haleine chargée de Sen-Sen, répondit :

— Peau de balle sur le film. On a cherché la piaule et on n'a rien trouvé, on a secoué quelques revendeurs de trucs pornos. Double peau de balle. On a vérifié les relations de la fille Short à Dago. Triple peau de balle. Je…

Russ Millard mit la main sur l'épaule de son équipier.

— Bucky, Blanchard est descendu à Tijuana. Un policier qui patrouillait sur la frontière et à qui on a parlé, l'a reconnu d'après les pubs pour le combat. Il s'était fait des copains d'un groupe de Rurales à l'air peu engageant.

Je songeai à la destination de De Witt, TJ, et je me demandai pourquoi Lee se serait mis en contact avec la police d'État mexicaine.

— Quand ?

— La nuit dernière, dit Sears. Loew, Vogel et Koenig sont descendus là-bas aussi, à l'hôtel Divisidero. Ils ont parlé aux flics de TJ. Russ croit qu'ils sont en train d'évaluer leurs chances avec les espingos pour faire porter le chapeau à un Mex dans l'affaire du Dahlia.

Lee chassa les démons obscènes de mon esprit ; je le vis gisant, ensanglanté à mes pieds et je frissonnai.

— C'est de la connerie, dit Millard. Meg Caulfield a obtenu des tuyaux de première de la fille Martilkova sur l'homme au film porno. C'est un Blanc, du nom de Walter « Duke » Wellington. On a vérifié son dossier criminel aux Mœurs : il a été condamné une demi-douzaine de fois pour proxénétisme et pornographie. Très bien jusque-là, sauf que le capitaine Jack a reçu une lettre de Wellington, postée il y a trois jours. Il se planque, il a peur d'une balle perdue avec toute la pub faite autour du Dahlia, et il a avoué qu'il avait fait le film avec Betty Short et Lorna. Il avait la trouille qu'on lui fasse endosser le meurtre et il a envoyé un alibi détaillé pour les jours qui manquent à Betty. Jack l'a vérifié personnellement, et c'est du béton. Wellington a

245

envoyé une copie de la lettre au *Herald* et ils la publient demain.

— Ainsi donc, Lorna mentait pour le protéger ?

— On dirait bien, dit Sears en acquiesçant. Wellington est cependant toujours en cavale pour des vieux mandats lancés contre lui pour maquereautage et Lorna s'est fermée comme une huître quand elle a pigé le rôle de Meg. Et voici le plus beau : on a appelé Loew pour lui dire que le Mex, c'était des conneries. Mais un pote à nous chez les Rurales, nous a dit que Vogel et Koenig continuent à coffrer des espingos.

Le cirque tournait à la farce.

— Si le journal met un terme à leur boulot sur les Mex, ils vont chercher quelqu'un à qui faire porter le chapeau ici, dis-je. Il ne faudrait pas leur refiler tous nos tuyaux. Lee est suspendu, mais il a fait des copies du dossier de l'affaire, et il les a entassées dans une chambre d'hôtel d'Hollywood. Il faudrait la reprendre pour nous et l'utiliser pour planquer nos propres documents.

Millard et Sears acquiescèrent lentement ; la tournure que prenaient les événements me fila un coup.

— La Conditionnelle du comté m'a appris que Bobby De Witt a pris un billet pour TJ. Si Lee s'y trouve aussi, ça peut faire du vilain.

— Je n'aime pas ça, dit Millard en frissonnant. De Witt, c'est un mauvais cheval, et peut-être qu'il a découvert que Lee se dirigeait sur TJ. Je vais appeler la police des Frontières, qu'ils passent l'ordre de le mettre en détention.

Soudain, je compris que tout reposait sur moi.

— J'y vais.

15

Je franchis la frontière à l'aube. Tijuana s'éveillait juste comme je tournais sur Revolución, son artère principale. Des enfants mendiants fouillaient les poubelles pour leur petit déjeuner, les vendeurs de tacos touillaient des marmites pleines de ragoût de chien, marins et Marines se faisaient escorter en quittant les bordels à la fin de leur nuit à cinq dollars. Les plus intelligents se dirigeaient d'un pas chancelant vers Calle Colón et ses revendeurs de pénicilline. Les tarés se dépêchaient vers TJ Est, le Renard Bleu et le Club Chicago — sans aucun doute pour ne pas rater le premier spectacle du matin. Les voitures de touristes s'alignaient déjà le long des boutiques de tapisseries à prix réduits ; des Rurales au volant de Chevy d'avant-guerre sillonnaient l'avenue comme des vautours vêtus d'uniformes noirs qui ressemblaient presque à des tenues nazies.

Je roulais tranquillement, cherchant Lee et sa Ford 40. Je songeai à m'arrêter à la cabane des gardes-frontières ou au poste annexe des Rurales pour chercher de l'aide, puis je me souvins que mon équipier était suspendu, porteur d'arme illégal et probablement tellement au bout du rouleau qu'une parole de trop prononcée par un des métèques le pousserait à faire Dieu sait quoi. Je me rappelai l'hôtel Divisidero, à l'époque de mes excursions de lycée vers le Sud et je me dirigeai vers la sortie de la ville pour chercher de l'aide auprès des Américains.

La monstruosité Art Déco de couleur rouge se tenait sur un escarpement qui surplombait un bidonville aux toits de zinc. J'usai d'intimidation avec l'employé de la réception ; il me dit que le « groupe Loew » se tenait dans la suite 462. Je la trouvai au rez-de-chaussée sur l'arrière et des voix en colère résonnaient avec force de l'autre côté de la porte.

Fritzie Vogel hurlait :

— Je répète qu'y faut qu'on se trouve un espingo !
La lettre au *Herald* parlait pas de film porno, elle disait
juste que Wellington a vu le Dahlia et l'aut' minette en
novembre ! On peut encore…

— On ne *peut* pas faire ça ! hurlait Ellis Loew en
retour. Wellington a admis devant Tierney qu'il avait
tourné le film ! C'est lui qui a la charge de l'enquête et
on ne peut pas passer au-dessus de sa tête !

J'ouvris la porte et vis Loew, Vogel et Koenig sur
des chaises, regroupés dans un coin, chacun d'eux tenant
en main la toute dernière édition du *Herald*, fraîchement sortie des presses. Ceux qui jouaient à faire porter
le chapeau se firent silencieux. Koenig en resta bouche
bée ; Loew et Vogel marmonnèrent « Bleichert » en
même temps tous les deux.

— Que ce putain de Dahlia aille se faire foutre. Lee
est ici, Bobby De Witt est ici et ça va mal finir. Vous…

— Que Blanchard aille se faire foutre, dit Loew, il
est suspendu.

Je me dirigeai droit sur lui. Koenig et Vogel s'inter-
posèrent en coin entre nous ; tenter de franchir cette
barrière aurait ressemblé à enfoncer un mur de briques.
Le procureur recula jusqu'au fond de la pièce, Koenig
m'attrapa les bras, Vogel posa les mains sur ma poitrine et me repoussa au-dehors. Loew me fit le mauvais
œil du seuil de la porte, puis Fritzie me prit le menton.

— J'ai un petit faible pour les lourds-légers. Si tu
me promets de ne pas frapper Billy, je t'aiderai à
retrouver ton équipier.

J'acquiesçai et Koenig lâcha prise.

— On prend ma voiture, dit Fritzie. Tu n'as pas l'air
en état de conduire.

Fritzie prit le volant ; je regardais. Il n'arrêta pas son
flot de paroles sur l'affaire Short et sur le grade de lieutenant qu'il allait obtenir grâce à elle. Je vis les mendiants assaillir les touristes comme des essaims de

mouches, les racoleuses dispenser leurs pipes sur les banquettes avant et les jeunots en costards de zazous rôder en quête d'ivrognes à détrousser. Après quatre heures sans résultats, les rues devinrent trop encombrées de voitures pour pouvoir manœuvrer ; on abandonna la nôtre pour continuer à pied.

À pied, la misère noire était encore plus noire. Les mômes mendiants vous sautaient au visage, ils jacassaient et vous envoyaient des crucifix à la figure. Fritzie leur filait des tapes et les chassait à coups de pied, mais leurs visages dévorés par la faim me hantaient à force, et je changeai un billet de cinq en pesos dont je balançai des poignées dans le ruisseau chaque fois qu'ils convergeaient vers moi. Et ça donnait naissance à des coups de griffes, des coups de dents, des coups de poing dans la mêlée générale, mais mieux valait ça que de regarder dans des yeux enfoncés au milieu de leurs orbites pour y voir *nada*.

Après une heure à rôder côte à côte, il n'y avait toujours pas de Lee ni de Ford 40, ni de gringo ressemblant à Bobby De Witt. C'est alors qu'un Rurale en chemise noire et bottes, lézardant dans une embrasure de porte, surprit mon regard. Il dit : « Policia ? » Je m'arrêtai et lui montrai mon insigne en guise de réponse.

Le flic fouilla dans sa poche et en sortit une photo de téléscripteur. La photo était trop floue pour être identifiable mais le « Robert De Witt » était clair comme de l'eau de roche. Fritzie tapota les épaulettes du flic :

— Où ça, amiral ?

Le Mex claqua des talons et aboya : « *Estación, vamanos !* » Il ouvrit la marche et tourna dans une allée bordée de cliniques pour maladies vénériennes et nous indiqua une cabane de parpaings grillagée de fil de fer barbelé. Fritzie lui tendit un dollar ; le Mex salua comme Mussolini, fit demi-tour et s'éloigna. J'avançai vers le poste à grandes enjambées en m'obligeant à ne pas courir.

Des Rurales, mitraillette au poing, encadraient l'entrée. Je montrai mon insigne ; les talons claquèrent et on me laissa entrer. Fritzie me rattrapa à l'intérieur ; un billet de un dollar en main, il se dirigea droit vers la réception. Le flic au bureau escamota le pognon et Fritzie dit :

— Fugitivo ? Americano ? De Witt ?

L'homme au bureau sourit et appuya sur un bouton à côté de sa chaise. Les grilles du mur latéral s'ouvrirent d'un claquement.

— Très précisément, qu'est-ce que c'est qu'on veut que cette raclure nous dise ?

— Lee est ici, il suit probablement ses propres pistes sur le film porno. De Witt est venu ici directement de Quentin.

— Sans être passé se faire contrôler par son flic responsable ?

— Exact.

— Assez parlé.

On avança jusqu'au bout d'un couloir au milieu de deux rangées de cellules. De Witt était seul dans la dernière cage, assis par terre. La porte s'ouvrit avec un bourdonnement, celui qui avait souillé Kay Lake se leva. Les années de tôle n'avaient pas été tendres avec lui ; le dur des photos de 39 au visage buriné avait pris un sacré coup de vieux, le corps bouffi, le teint grisâtre, sa coupe de cheveux à la *pachuco* aussi démodée que son costume de l'Armée du Salut.

J'entrai dans la cage avec Fritzie. L'accueil de De Witt fut *con bravado* mêlé de juste ce qu'il fallait d'obséquiosité.

— Flics, hein ? Au moins, vous êtes américains. Jamais j'aurais cru que je serais content de vous voir, les mecs.

— Pourquoi commencer, alors, dit Fritzie en lui allongeant un coup de pied dans les couilles.

Il se plia en deux. Fritz l'attrapa par sa nuque de gros lard et lui balança une mandale du revers. De Witt commença à baver ; Fritzie le laissa aller et essuya la brillantine de sa manche. De Witt tomba au sol, puis rampa jusqu'au trône et vomit. Lorsqu'il essaya de se remettre debout, Fritzie lui replongea la tête dans la cuvette et la maintint dans cette position d'un brodequin à bout ferré ciré façon miroir. L'ex-braqueur maquereau but de l'eau de pisse et dégueula.

— Lee Blanchard se trouve à TJ, dit Vogel, et tu es venu ici tout droit à peine sorti du Grand Q. C'est une sacré bon Dieu de coïncidence, et je n'aime pas ça. Je ne t'aime pas, je n'aime pas la putain vérolée qui t'a donné le jour, je n'aime pas me trouver ici dans un pays étranger infesté de rats alors que je pourrais me trouver chez moi avec ma famille. J'aime ça, faire mal aux criminels, alors tu ferais mieux de répondre à mes questions sans mentir, ou bien tu vas comprendre ta douleur.

Fritzie releva son pied ; De Witt souleva la tête, haletant à la recherche d'un peu d'air. Je ramassai un maillot de corps dégueulasse par terre et j'étais sur le point de le donner à De Witt lorsque je me souvins des cicatrices de coups de fouet sur les jambes de Kay. L'image devant les yeux, je lui envoyai le maillot dans la figure. Je m'emparai d'une chaise dans le couloir et sortis mes menottes. Fritzie essuya le visage du truand, je le fis asseoir d'une poussée brutale et lui mis les menottes que j'attachai au dossier.

De Witt leva les yeux ; ses jambes de pantalon s'assombrirent, la vessie venait de lâcher.

— Tu savais que le sergent Blanchard est ici à Tijuana ? dit Fritzie.

De Witt secoua la tête d'avant en arrière, en faisant gicler les dernières gouttelettes de son plongeon dans les chiottes.

— J'ai pas vu Blanchard depuis mon putain de procès.

Fritzie lui balança un petit revers, et sa bague de franc-maçon lui entailla une veine de la joue.

— N'utilise pas de grossièretés avec moi et, quand tu me parles, dis monsieur. Alors, tu savais que le sergent Blanchard est ici à Tijuana ?

— Non, bredouilla De Witt.

— Non, *monsieur*, dit Fritzie d'une baffe.

De Witt laissa tomber la tête, le menton sur la poitrine. Fritzie le lui souleva d'un doigt.

— Non, qui ?

— Non, monsieur ! dit De Witt, d'une voix perçante.

À travers les brumes de ma haine, je voyais qu'il allait manger le morceau.

— Blanchard a peur de toi, pourquoi ? dis-je.

Il se tortilla sur la chaise, sa chevelure plaquée et brillantinée lui retomba sur le front et il se mit à rire. D'un rire un peu fou, de ce rire qui tranche dans la douleur avant de la rendre encore plus forte. Livide, Fritzie serra le poing et se prépara à le punir.

— Laisse faire, dis-je.

Vogel se radoucit. Les gloussements de timbré moururent doucement. Aspirant l'air par goulée, De Witt dit :

— Man o Manieschewitz[1], c'est à mourir de rire. L'beau Lee, y doit avoir les jetons à cause de comment j'ai ouvert ma gueule au procès, mais tout ce qu'j'sais, c'est c'qu'j'lis dans les canards. Y faut qu'j'vous dise que c't'entôlage pour une cibiche de hasch, ça m'a foutu une trouille de tous les dieux, qu'on me pende si j'mens. P't'être bien que je pensais à prendre ma revanche jusqu'à ce moment-là, p't'être bien que j'ai raconté des craques aux tôlards de ma cellule, mais quand l'beau Lee a descendu les Négros, alors…

La droite de Vogel attrapa De Witt en plein et les envoya bouler, la chaise et lui, par terre. Le poivrot vieillissant recracha ses dents et son sang, et se mit à gémir et à rire en même temps ; Fritzie s'agenouilla

---

1. Vin cacher, bon marché, très sucré.

près de lui et lui pinça l'artère carotide, bloquant l'arrivée du sang au cerveau.

— Mon petit Bobby, je n'aime pas le sergent Blanchard, mais c'est un policier comme moi, et c'est pas une raclure de vérolé comme toi qui va le diffamer. Tu as couru le risque de te retrouver en rupture de parole et de refaire la balade jusqu'à Grand Q. pour une balade jusqu'ici. Quand je lâcherai prise, tu vas me dire pour quelles raisons, ou je te rechope le cou jusqu'à ce que tes petites cellules fassent clac, crac et pan comme les Rice Krispies de chez Kellog.

Fritzie lâcha prise ; le visage de De Witt vira du bleu au rouge foncé. D'une main, Vogel agrippa la chaise et le suspect pour les remettre debout. Bobby le poivrot se remit à rire, puis cracha du sang et s'arrêta. Il leva les yeux sur Fritzie et me fit penser à cet instant à un chien qui aime son maître cruel parce que c'est le seul qu'il ait. Sa voix n'était plus qu'une plainte de chien battu.

— Je suis venu pour me trouver un peu de horse à rapporter à L.A. avant de repasser au rapport chez mon officier responsable. Le mec qui s'occupe de moi, c'est un cœur tendre, à ce qu'on m'a dit, vous lui dites : « Mais, m'sieur, j'ai été au trou pendant huit ans et il faut que j'me fasse dégorger le poireau », et y vous dit rien si vous vous présentez en retard.

De Witt prit une profonde inspiration.

— Clac, crac et pan, dit Fritzie.

Bobby le p'tit toutou poursuivit les lamentations de sa confession *rapidamente*.

— Le mec d'ici, c'est un *cholo* qui s'appelle Felix Chasco. On doit se rencontrer ce soir au motel des Jardins de Calexico. Le mec de L.A. c'est le frangin du mec que j'ai connu à Quentin. J'l'ai pas vu, s'il vous plaît, me faites plus mal.

Fritzie se laissa aller à un énorme « youpie » et sortit de la cage en courant pour faire son rapport sur ce qu'il avait récolté ; De Witt lécha le sang sur ses lèvres et me regarda, moi, son maître chien, maintenant que Vogel était parti.

— Termine ton histoire sur Lee Blanchard et toi. Et arrête là tes petites crises d'hystérie.

— Monsieur, tout ce qu'il y a entre moi et Blanchard, c'est que j'ai baisé cette connasse de Kay Lake.

Je me souviens d'avoir avancé sur lui et je me souviens de l'avoir chopé au cou des deux mains en me demandant quelle force il fallait exercer sur la gorge d'un chien pour lui faire jaillir les yeux des orbites. Je me souviens qu'il a changé de couleur, je me souviens de sa voix en espagnol et de la gueulante de Fritzie : « Ça se tient, son histoire ! » Je me souviens enfin qu'on m'a violemment tiré en arrière et que j'ai pensé : « C'est ça que les bourreaux doivent ressentir. » Puis je ne me souviens plus de rien.

***

J'en étais à penser que j'avais été mis K.O. au cours d'un troisième combat Bleichert-Blanchard et je me demandais si j'avais mis à mal mon partenaire. Je bredouillai : « Lee ? Lee ? Tu n'as pas de mal ? », puis mon regard vint se poser sur deux métèques de flics, leurs chemises noires pleines d'insignes de pacotille. Fritz Vogel apparut, immense, en disant :

— J'ai laissé Bobby se tailler pour qu'on puisse le filer jusqu'à son pote. Mais il a cassé la filature pendant que tu rattrapais ton sommeil de belle endormie, ce qui ne lui a pas porté chance.

Quelqu'un d'une force énorme me souleva du sol de la cellule ; en sortant de mon brouillard, je sus que ça ne pouvait être que le Gros Bill Koenig. Encore dans les vapes, les jambes en coton, je laissai Fritzie et les flics Mex me guider à travers le poste jusqu'à la sortie. C'était le crépuscule, et le ciel de TJ s'éclairait déjà de néon. Une voiture de patrouille Studebaker vint se ranger devant nous ; Fritzie et Bill me firent monter sur la banquette arrière. Le conducteur enclencha la sirène la plus bruyante que le monde ait jamais entendue, puis il écrasa l'accélérateur.

On sortit de la ville par l'ouest pour stopper sur le gravier d'une avant-cour parking de motel, en forme de fer à cheval. Les flics de TJ en chemise kaki et pantalon de cheval montaient la garde à l'entrée d'un pavillon sur l'arrière, fusil à pompe à la main. Fritzie me fit un clin d'œil et m'offrit son bras pour que je m'appuie dessus. Je le repoussai et sortis de la voiture par mes propres moyens. Fritzie ouvrit la marche ; les flics me saluèrent du canon de leurs fusils puis ouvrirent la porte.

La chambre était un abattoir qui puait la cordite. Bobby De Witt et un Mexicain gisaient au sol, morts, criblés de balles et baignant dans le sang qui se vidait des orifices des projectiles. Un mur entier était couvert de parcelles de cervelle qui suintaient encore ; le cou de De Witt était couvert d'ecchymoses, là où je lui avais coupé les gaz. Ma première pensée cohérente fut que c'était moi qui avais fait ça, pendant que j'étais dans les vapes, vengeance personnelle afin de protéger les deux seules personnes que j'aimais. Fritzie devait savoir lire dans les pensées, parce qu'il éclata de rire et dit :

— C'est pas toi, fiston. L'espingo, c'est Felix Chasco, trafiquant de drogue bien connu. C'est peut-être une autre raclure de dopé, ou bien Lee, ou p'têt Dieu lui-même. Ce que j'en dis, c'est qu'on laisse nos collègues mexicains s'occuper de leur linge sale entre eux et qu'on se rentre à L.A. pour mettre la main sur le fils de pute qui a découpé le Dahlia.

16

Le meurtre de Bobby De Witt eut droit à une demi-colonne dans le *L.A. Mirror* ; j'eus droit pour ma part à un jour de congé de la part d'un Ellis Loew soudain plein d'une sollicitude surprenante, et Lee eut droit, de par sa disparition, à toute une brigade à plein temps de flics de la Métropolitaine.

Je passai la plus grande partie de la journée dans le bureau du capitaine Jack, à répondre à leurs questions. Ils m'en posèrent des centaines sur Lee — des raisons de son explosion au cours du film porno et à la Planque de La Verne jusqu'aux motifs de son obsession pour l'affaire Short en passant par le mémo sur Nash et son concubinage avec Kay. Je jouai le coup, détaché mais ferme et je mentis par omission — je la bouclai sur l'usage qu'il faisait de la benzédrine, sa piaule et tous ses dossiers à l'hôtel El Nido, et sur le fait que sa coha-bitation avec Kay était chaste. Les gros balèzes de la Métro n'arrêtaient pas de me demander si je croyais que Lee avait tué Bobby De Witt et Felix Chasco. Je n'arrêtais pas de leur répondre que Lee était incapable de commettre un meurtre. Ils me demandèrent d'inter-préter la fuite de mon partenaire et je leur racontai comment j'avais fichu une raclée à Lee à propos de l'affaire Nash, en ajoutant que c'était un ex-boxeur, qu'il serait peut-être très bientôt un ex-flic, trop vieux pour remonter sur un ring, trop instable pour mener la vie de monsieur Tout-le-monde — et le territoire du Mexique était probablement un endroit qui en valait bien d'autres pour un homme comme lui. Au fur et à mesure de l'interrogatoire, j'eus la sensation que les policiers ne s'intéressaient pas au sort de Lee, ils étaient en train de bâtir leur dossier pour l'expulser du L.A.P.D. On me répéta avec force détails de ne pas fourrer mon nez dans leur enquête et chaque fois que j'acquiesçais, mes ongles s'enfonçaient dans les paumes de mes mains pour m'empêcher de leur envoyer des insultes ou pire encore.

En quittant l'Hôtel de Ville, j'allai voir Kay. Deux sbires de la Métro lui avaient déjà rendu visite et l'avaient fait passer au rouleau compresseur pour ce qui touchait à sa vie avec Lee en remuant tous les détails de son passé avec Bobby De Witt. Le regard de glace qu'elle m'adressa me fit comprendre que j'étais de la fange parce que j'appartenais au même service de police ; lorsque j'essayai de la réconforter en lui offrant des paroles d'encouragement quant au retour de Lee, elle répondit : « et tout le tralala » en me repoussant au-dehors.

J'allai vérifier alors la chambre 204 de l'hôtel El Nido, dans l'espoir d'y trouver un message quelconque, un indice qui m'aurait fait comprendre « je reviendrai, nous trois, ça continuera ». Ce que j'y découvris, ce fut un mausolée à la mémoire d'Elizabeth Short.

La chambre était typique des piaules pour célibataires à Hollywood ; un lit métallique, évier, placard minuscule. Mais les murs étaient ornés de portraits photos d'Elizabeth Short, photos de journaux et photos de magazines, images luisantes et horribles de la 39e et Norton, dont les détails atroces étaient exposés, grossis, sur une douzaine d'agrandissements. Le lit était couvert de boîtes de carton — un dossier de police complet, avec copies carbone de mémos divers, listes de tuyaux, catalogues de preuves, résultats de quadrillages de quartiers et rapports d'interrogatoires, tous classés par ordre alphabétique et à entrées multiples qui se recoupaient.

Je n'avais rien à faire et je n'avais personne avec qui le faire, et je me mis à feuilleter le contenu des chemises. La masse de renseignements était impressionnante, le potentiel en hommes qui était derrière encore plus impressionnant, mais le fait le plus impressionnant de tous, c'est que tout cela ne concernait qu'une seule et stupide jeune femme. J'hésitai entre saluer Betty Short d'un toast ou l'arracher des murs, aussi, en sortant, je jouai de mon insigne avec l'employé de la réception, lui payai un mois de loyer d'avance et gardai la chambre en l'état, ainsi que je l'avais promis à Millard et Sears — même si en réalité je la gardais pour le sergent Leland C. Blanchard.

Qui se trouvait quelque part dans le Grand Nulle Part.

J'appelai les bureaux des annonces classées du *Times*, du *Mirror*, du *Herald* et du *Daily News*, pour y faire passer un message personnel, à courir sans limite de temps : « Feu — chambre de Fleur de Nuit restera intacte. Envoie-moi un message — Glace. » Cela fait, je roulai jusqu'au seul endroit possible à mes yeux pour lui laisser un message de mon côté.

La 39e et Norton n'étaient plus qu'un bloc de terrains vides et vagues. Plus de lampes à arc, plus de voitures de police, plus de badauds nocturnes. Un vent de Santa Ana[1] se mit à souffler alors que j'étais là, et plus je m'efforçais de faire revenir Lee à moi, plus j'avais conscience que ma vie de super-flic était aussi morte que la préférée du moment, la jeune fille assassinée.

17

Dans la matinée, j'adressai un message à mes chefs. Réfugié dans une pièce de rangement à quelques mètres de mon cagibi un peu plus loin dans le couloir, je tapai des copies d'une demande de transfert, destinée à Loew, à Russ Millard et au capitaine Jack. La lettre disait ceci :

---

1. Vent d'est venant du désert, sec et chaud.

« Je sollicite mon détachement immédiat de l'enquête Elizabeth Short pour reprendre mes fonctions auprès des Mandats et Recherches de la Division de Central. Je pense que le personnel affecté à l'affaire Short est amplement suffisant en nombre et se compose d'agents plus expérimentés que je ne le suis, et que je serai par conséquent plus efficace pour le service en travaillant aux Mandats et Recherches. En outre, mon équipier, le sergent L.C. Blanchard, est absent et je me retrouverai donc dans la position du plus haut gradé ; il me faudra mettre au courant un remplaçant éventuel à une période où, selon toute probabilité, il y aura un important arriéré de travail sur les mandats prioritaires. Afin de me préparer à mes fonctions d'officier supérieur, j'étudie pour l'examen de sergent et j'espère pouvoir le présenter au prochain conseil qui statuera sur les promotions au printemps prochain. Cela me donnera, j'en suis convaincu, une bonne formation à la fonction de responsable et compensera mon relatif manque d'expérience en tant qu'agent en civil.

« Respectueusement
Dwight W. Bleichert. Matricule 1611
Inspecteur — Central. »

Une fois la lettre terminée, je la relus et conclus qu'elle mêlait adroitement respect et exaspération, avec, en plus, la demi-vérité concernant l'examen de sergent qui y apportait une bonne conclusion. J'étais en train de signer les copies lorsque j'entendis un énorme vacarme en provenance du quartier des cellules.

Je pliai les feuilles, les mis dans ma poche de veste et partis aux renseignements. Un groupe d'inspecteurs et de techniciens de labo en blouses blanches étaient rassemblés autour d'une table et y regardaient quelque chose, avec force gestes et paroles. Je me joignis au gros de la troupe, et murmurai : « Putain de Dieu » en voyant la raison de leur excitation.

Une enveloppe gisait sur un plateau de labo en métal. Elle était timbrée et revêtue du cachet de la poste et sentait vaguement l'essence. Le côté en évidence était couvert de lettres découpées dans des journaux et des revues et collées sur la surface toute blanche. Les mots disaient :

« AU HERALD ET AUTRES JOURNAUX DE L.A.
VOICI LES OBJETS PERSONNELS DU DAHLIA.
UNE LETTRE SUIVRA. »

Un homme du labo, des gants de caoutchouc aux mains, ouvrit l'enveloppe avec une lame pour en extraire le contenu — un petit carnet d'adresses noir, une carte de Sécurité sociale sous étui plastique et un petit paquet de photographies. Je plissai les yeux et lus le nom sur la carte — Elizabeth Ann Short — et je compris que l'affaire du Dahlia venait d'exploser à la face du monde. L'homme à mes côtés racontait l'histoire de la livraison de la lettre — un collecteur de courrier avait trouvé l'enveloppe dans une boîte aux lettres près de la bibliothèque du centre-ville ; il avait failli être terrassé par une crise cardiaque, puis il avait mis la main sur deux mastars en voiture qui avaient rapporté le butin, code trois tout le long du chemin.

Ellis Loew se fraya un chemin parmi les techniciens du labo, Fritzie Vogel sur les talons. Le technicien en chef battit des bras de colère ; une cacophonie d'hypothèses diverses emplit la salle. Puis retentit un coup de sifflet tonitruant. Russ Millard hurla :

— Bon Dieu ! Vous voulez reculer et les laisser travailler. Et leur laisser un peu de calme !

On s'exécuta.

Les techniciens fondirent sur l'enveloppe, la saupoudrant pour déterminer les empreintes, feuilletant le carnet d'adresses, examinant les instantanés et déclamant leurs trouvailles à haute voix tels des chirurgiens autour de la table d'opération.

— Deux empreintes partielles sur le rabat, brouillées, pas plus de un ou deux points de comparaison possibles, insuffisant pour mettre une vérif en route, ça peut peut-être suffire pour comparer avec les suspects appréhendés.

— Pas d'empreintes sur la carte de Sécurité sociale.

— Des pages du carnet sont lisibles, mais détrempées par l'essence, aucune chance d'y trouver une empreinte. Noms et numéros de téléphone, des hommes surtout, pas par ordre alphabétique, quelques pages arrachées.

— Photographies de la fille Short avec des soldats en uniforme, les visages des gars sont raturés.

Stupéfait, je me demandai : Est-ce qu'une lettre va *suivre* ? Est-ce que ma théorie du meurtre de parfait hasard était complètement foireuse ? Puisque, de toute évidence, c'était le meurtrier qui avait envoyé les photos, est-ce qu'il faisait partie des soldats des clichés ? Est-ce que le courrier, c'était pour jouer au chat et à la souris, ou le signe avant-coureur qu'il allait se livrer et confesser son crime ? Tout autour de moi, d'autres agents couraient avec les mêmes infos, les mêmes questions, discutaient en groupes de deux ou trois, ou alors prenaient un air absorbé dans leurs réflexions comme s'ils se parlaient à eux-mêmes. Les techniciens du labo levèrent le siège avec une pléthore de nouvelles pistes, qu'ils tenaient précautionneusement dans leurs mains gantées de caoutchouc. Puis le seul homme calme de la pièce siffla à nouveau.

Et tout le remue-ménage se figea. Russ Millard, le visage impassible, compta les têtes et nous indiqua le tableau d'affichage du fond. Nous nous mîmes en ligne.

— Je ne sais pas ce que ça signifie, dit-il, si ce n'est que je suis presque sûr que c'est l'assassin qui a envoyé ça. Les gars du labo vont avoir besoin de temps supplémentaire sur l'enveloppe, puis ils vont photographier les pages et nous fournir une liste de noms avec lesquels on démarrera nos interrogatoires.

— Russ, il s'amuse avec nous, dit Dick Cavanaugh. On a arraché certaines pages, et je vous parie dix contre un que son nom se trouve sur l'une d'elles.

— Peut-être que oui, peut-être que non, répondit Millard en souriant. Peut-être qu'il est cinglé et veut qu'on le capture, peut-être que certaines personnes du carnet le connaissent. Peut-être que les techniciens vont nous trouver des empreintes sur les photos et qu'ils seront capables d'identifier certains des hommes à partir des insignes sur leurs uniformes. Peut-être que le salopard *enverra* une lettre. Ça fait beaucoup de peut-être, aussi je vais vous dire ce que nous avons de sûr : tous les onze, vous allez laisser tomber ce que vous êtes en train de faire et quadriller la zone autour de la boîte aux lettres où on a trouvé l'enveloppe. Harry et moi allons revoir le dossier de l'affaire pour établir si certains de nos précédents suspects vivent ou travaillent dans le coin. *Ensuite*, lorsque nous aurons la liste des noms du carnet, nous nous y mettrons avec discrétion. Betty s'est partagée équitablement entre beaucoup d'hommes, et briser les ménages, ce n'est pas mon style. Harry ?

Sears était debout près de la carte murale du centre de L.A., avec à la main un bloc et un stylo. Il bredouilla :

— On f-f-fe-ra des pa-pa-patrouilles à p-p-pied.

Je vis ma demande de transfert avec le tampon « Refusée ». Puis j'entendis des éclats de voix à l'autre bout de la salle.

Les protagonistes étaient Ellis Loew et Jack Tierney, chacun d'eux voulait marquer des points et parlait à voix basse. Ils se camouflèrent derrière un pilier de la salle pour être à l'abri. J'avançai jusqu'à la protection d'un poste téléphonique tout proche et tendis l'oreille — dans l'espoir de piquer quelques tuyaux sur Lee.

Ce n'était pas au sujet de Lee — c'était au sujet d'*Elle*.

— ... Jack, Horrall veut retirer les trois quarts des hommes actuellement sur l'enquête. Emprunt ou pas, il pense que le public en a eu pour son argent. On peut le forcer à changer d'avis en y allant à fond sur les noms du carnet. Plus l'affaire obtient de publicité, plus on aura de poids auprès de Horrall.

— Bon Dieu, Ellis...

— Non. Écoutez-moi. Avant, je voulais qu'on mette les pouces et qu'on ne présente pas la fille comme une roulure. La manière dont je vois les choses maintenant, c'est que c'est allé trop loin au grand jour pour qu'on puisse l'étouffer. Nous savons ce qu'elle était, et nous allons en avoir la confirmation deux cents fois au moins par les hommes dans le petit carnet. On demande à nos hommes de continuer à les interroger et je continuerai de mon côté à fournir les noms à mes contacts auprès des journaux, et on continuera à faire mousser cette affaire jusqu'à ce qu'on attrape l'assassin.

— C'est faire le dindon de la farce, Ellis. Le nom de l'assassin n'est probablement pas dans le carnet. C'est un cinglé, et il nous montre son derrière en nous disant : « Essayez de tirer quelque chose de ça. » Cette fille, c'est le bon filon, Ellis. Je le sais depuis le début, et vous le savez aussi. Mais ça va nous retomber sur la figure. Je travaille sur une demi-douzaine d'autres meurtres avec des équipes fantômes, et si les hommes mariés de ce carnet ont leurs noms dans les journaux, alors, leurs vies ne vaudront plus que de la merde, et tout ça, parce qu'ils se sont fait Betty Short pour une petite partie de fesses en l'air.

Il y eut un long moment de silence.

— Jack, dit enfin Loew, vous savez que je serai procureur tôt ou tard. Si ce n'est pas l'année prochaine, en 52. Et vous savez que Green va prendre sa retraite dans quelques années, et vous savez qui je veux pour le remplacer. Jack, j'ai trente-six ans et vous en avez quarante-neuf. J'aurai peut-être l'occasion de retrouver une affaire aussi sensationnelle. Vous, non. Pour l'amour de Dieu, essayez de voir plus loin que le bout de votre nez.

Encore du silence. Je m'imaginai le capitaine Jack Tierney pesant le pour et le contre, se demandant s'il devait vendre son âme à Satan avec sa clé Phi Béta Kappa, qui bandait pour la mairie de Los Angeles. Lorsqu'il dit : « D'accord, Ellis », je déchirai ma demande de transfert et retournai rejoindre le cirque.

18

Pendant les dix jours qui suivirent, le cirque se transforma en une gigantesque farce, parfois ponctuée d'un zeste de tragédie.

On ne glana pas de nouvelles pistes à partir de la « Lettre de Mort », et les 243 noms du carnet d'adresses furent répartis entre quatre équipes d'enquêteurs ; le petit nombre de policiers faisait partie du stratagème de Jack Tierney dont le but était de faire durer cette partie de l'enquête afin d'obtenir le maximum de couverture de la part des radios et journaux. Russ Millard discuta la décision et demanda vingt équipes et une enquête rapide et propre. Le capitaine Jack, couvert par le procureur Satan, refusa. On estima que le gros Bill Koenig avait une tendance trop spontanée à s'enflammer pour qu'on lui confie les interrogatoires et on lui donna du travail de bureau. Je me retrouvais apparié à Fritz Vogel. Ensemble, on questionna une cinquantaine de personnes, pour la plupart des hommes, au sujet de leurs relations avec Betty Short. On eut droit aux histoires prévisibles, à savoir qu'ils avaient rencontré Betty dans des bars, lui avaient offert quelques verres, un dîner, en l'écoutant étaler ses rêveries imaginaires — épouse ou veuve de héros de guerre — et avaient couché avec elle ou non, c'était selon. Nombre de gars ne connaissaient même pas le célèbre Dahlia — ils étaient des « amis d'amis » qui avaient refilé leurs noms par simple camaraderie entre coureurs de jupons.

De tout notre paquet de noms, seize d'entre eux étaient ce que Fritzie avait qualifié de « baiseurs attestés du Dahlia ». Ils étaient pour la plupart employés dans le cinéma à des échelons subalternes : agents, chercheurs de talents et chefs de distribution qui traînaient régulièrement au drugstore de Schwab en quête de starlettes ambitieuses et naïves, des promesses creuses plein la bouche, des capotes en promo plein les poches. Ils racontèrent avec fierté ou pleins de honte des histoires de canapés d'antichambres toutes aussi tristes que les récits d'extase de Betty avec ses étalons en uniforme. Finalement, les hommes du petit carnet noir d'Elizabeth Short avaient deux choses en commun — ils eurent leurs noms dans les quotidiens de L.A. et ils nous crachèrent des alibis qui les éliminaient en tant que suspects. Et le renseignement filtra jusque dans la salle de brigade que la publicité avait fait rayer de la catégorie des maris un nombre certain d'entre eux.

Chez les femmes, il y avait de tout : la plupart n'étaient que des copines — des amitiés de rencontre ou de bavardage, des parasites de bars à cocktails et des aspirantes actrices sans avenir. Environ une douzaine d'entre elles étaient des racoleuses et des semi-pro, aux amitiés de cœur instantanées et que Betty rencontrait dans les bars. Elles nous fournirent des pistes qui partirent en fumée au cours des enquêtes sur lesquelles elles débouchèrent — grosso modo, Betty s'était vendue en free-lance aux délégués de diverses conventions dans plusieurs hôtels minables du centre-ville. Elles étaient prêtes à parier que Betty faisait rarement dans le pain de fesse, et elles furent incapables de désigner un seul des michés par son nom ; tournée des hôtels par Fritzie lui apporta que dalle et le mit en rogne, et le fait que plusieurs autres femmes — fichées au service des Recherches et Investigations comme prostituées confirmées — restaient introuvables, le fit foutre en rogne encore plus.

Le nom de Madeleine Sprague n'était pas dans le carnet et il ne remonta pas non plus à la surface au cours des interrogatoires qui avaient suivi. Des 243 noms, on ne récolta aucun tuyau sur des gouines ou des bars à gouines et, chaque soir, je vérifiais les tableaux d'affichage de la salle de brigade à University, pour voir si d'autres équipes avaient dégoté son blaze. Toujours rien, et je commençai à me sentir en sécurité pour tout ce qui concernait ma petite valse d'étouffeur de preuves.

Pendant que les enquêtes à partir du carnet faisaient toujours la une des journaux, le reste du cirque continuait : des tuyaux, encore des tuyaux et toujours des tuyaux qui bouffaient des milliers d'heures de travail ; des coups de fil, des lettres de corbeaux revanchards obligeaient les inspecteurs du district à affronter bille en tête de méprisables petits tarés qui essayaient d'impliquer leurs ennemis pour des centaines de griefs mesquins ou importants. Les vêtements de femme abandonnés passaient à l'examen du laboratoire central et chaque article féminin de taille quarante et de couleur noire que l'on découvrait mettait en marche un nouveau passage de tout le quartier au peigne fin.

La plus grosse surprise de mon circuit du petit carnet noir fut Fritz Vogel. Libéré de Bill Koenig, il révéla une finesse d'esprit surprenante et, dans sa version musclée, ses talents d'interrogateur valaient ceux de Russ Millard. Il savait à quel moment cogner pour obtenir un renseignement, et il frappait sec et dur, animé d'une rancœur personnelle, mais capable de faire une croix dessus lorsque le suspect crachait ce que nous voulions savoir. Parfois, j'avais la sensation qu'il se maîtrisait par pur respect pour mon style d'interrogatoire, le mec tendre et gentil, parce que le pragmatiste en lui savait que c'était la meilleure manière d'obtenir des résultats. Très rapidement, on devint un duo efficace, le Méchant et le Gentil, et je savais que j'avais sur Fritzie une influence modératrice, je contrôlais et j'étais la mesure de son penchant reconnu pour faire mal aux criminels. Il fit montre d'un respect prudent pour ce que j'avais infligé à Bobby De Witt et, après quelques jours de partenariat temporaire, on déconnait tous les deux en allemand approximatif, une manière comme une autre de tuer le temps pendant les trajets. En ma compagnie, Fritzie parlait beaucoup moins par tirades grossières et il me fit l'effet d'être l'un des nôtres — avec des tendances perverses. Il parla du Dahlia, du grade de lieutenant qu'il convoitait mais ne dit rien des magouilles, et comme il n'essaya jamais de monter un entôlage avec moi dans le coin et qu'il était réglo dans ses rapports d'interrogatoires de terrain j'eus l'impression que Loew, ou avait abandonné l'idée, ou attendait son heure. Je savais aussi que Fritzie était constamment en train de me jauger : il était parfaitement conscient du fait que jamais Koenig ne ferait l'affaire comme équipier aux yeux des huiles de la division des Inspecteurs, mais qu'avec Lee hors circuit je conviendrais parfaitement. Le processus d'évaluation me flatta, et je mis un point d'honneur à être parfaitement affûté au cours des interrogatoires. J'avais joué au second couteau avec Lee aux Mandats et Recherches, et si Fritzie et moi devions faire équipe tous les deux, je voulais qu'il sache que je ne jouerais pas au faire-valoir — ou au laquais — tel Harry Sears devant Russ Millard.

Millard, l'antithèse de Fritzie comme flic, usa aussi de son influence sur moi. Il en vint à utiliser la chambre 204 du El Nido comme son bureau de campagne ; il s'y rendait en fin de service pour relire la collection de feuillets superbement référencée par Lee. Maintenant que Lee

267

n'était plus là, le temps se faisait pesant et je le rejoignais presque tous les soirs. Lorsqu'il regardait les photos d'horreur du Dahlia, il faisait toujours le signe de croix et murmurait « Elizabeth » avec déférence ; en sortant, il disait : « Je l'aurai, petite. » Il partait toujours à 8 heures très précises, pour rentrer chez lui auprès de sa femme et de ses fils. Qu'un homme puisse être aussi profondément concerné et parvienne néanmoins à se débarrasser du fardeau de manière aussi naturelle ne laissait pas de me stupéfier. Je lui posai la question, et il me répondit :

— Je ne laisserai jamais la sauvagerie gouverner ma vie.

Après 8 heures, ma propre vie était gouvernée par deux femmes, prise entre les deux feux de leurs volontés fortes et étranges.

En quittant le El Nido, je partais voir Kay. Maintenant que Lee n'était plus là et qu'il ne réglait plus les factures, il lui fallait trouver un travail à plein temps, ce qu'elle fit — elle obtint un poste d'institutrice de cours élémentaire, à quelques blocs du Strip. Je la trouvais en train de corriger des fiches de lecture, ou de feuilleter stoïquement les chefs-d'œuvre artistiques des gamins, heureuse de me voir, mais caustique sous les apparences. Elle maintenait sa façade coutumière — les affaires continuaient. On aurait dit qu'elle avait trouvé là la manière de garder à distance respectueuse son chagrin de l'absence de Lee et son mépris à mon endroit parce que je me refusais à elle. J'essayais de trouver la brèche dans la façade en lui disant que je la désirais, mais ne ferais le premier geste que lorsque la disparition de Lee serait résolue ; elle répondait par un baratin de spécialiste en psycho sur notre tiers absent, usant du savoir intellectuel qu'il lui avait payé comme une arme contre lui. J'explosais devant des expressions comme « tendances paranoïdes » et « égoïsme pathologique », en la contrant par « toi, il t'a *sauvée*, il t'a *faite* ». À ça,

Kay répliquait par « *il n'a fait que m'aider* ». Je n'avais plus rien à répondre à la vérité que masquait son jargon et au fait que, sans Lee comme pièce centrale, nous n'étions tous deux que deux pièces rapportées, une famille sans patriarche. Dix nuits durant, la même chose se répéta, je franchissais la porte en courant, fonçant tout droit vers le motel de la Flèche Rouge.

Et c'est ainsi que j'emportai Kay avec moi jusqu'auprès de Madeleine.

Avant toute chose, on baisait ; on parlait ensuite. On parlait toujours de la famille de Madeleine, et j'y ajoutais des anecdotes imaginaires que je concoctais pour ne pas être en reste dans le sillage de ses récits. La fille à papa avait Papa, le baron voleur, Emmett Sprague, le *vrai*, confrère de Mack Sennett, dans l'Hollywood de leur jeunesse aux jours de grâce et de conquête. Il y avait aussi Maman, snobinarde qui se piquait d'art et sifflait les potions à la bouteille, descendante directe *des* Cathcart, propriétaires terriens de Californie. Auxquels s'ajoutait la petite sœur de génie Martha, artiste publicitaire réputée, étoile montante dans la rue des agences de pub au centre-ville. Les membres de la troupe comprenaient aussi le maire, Fletcher Bowron, le truand Mickey Cohen, très pointilleux sur son image de marque, Georgie Tilden « le Rêveur », l'ancien faire-valoir d'Emmett, fils d'un célèbre anatomiste écossais et artiste dilettante du cinématographe. Les Doheny, les Sepulveda, les Mulholland étaient aussi des amis intimes, de même que le gouverneur Earl Warren et le procureur Buron Fitts. Je n'avais quant à moi que le vieux et sénile Dolph Bleichert, feu Greta Heilbrunner Bleichert, les Japonais que j'avais mouchardés et des relations de boxe, et je dévidais mon écheveau à partir de l'air du temps ; mes médailles sportives scolaires, les fêtes de fin d'année au lycée, mes fonctions de garde du corps de FDR en 43. Je feintais et dissimulais jusqu'au moment de baiser à nouveau, reconnaissant du fait que nous gardions les lumières éteintes entre deux poussées de rut, afin que Madeleine ne puisse voir mon visage et y lire que je venais à elle en état de manque.

Ou parce que je fuyais le Dahlia.

La première fois, cela se produisit accidentellement. Nous faisions l'amour, l'un et l'autre près de culminer. Ma main glissa de la barre du lit et toucha l'interrupteur sur le mur, illuminant Betty Short sous moi. L'espace de quelques secondes, je crus que c'était elle, et j'appelai Lee et Kay à l'aide. Lorsque mon amante redevint Madeleine, je tendis la main vers l'interrupteur, avec, pour seul résultat, de la voir me saisir le poignet. Je m'enfonçais avec violence, les ressorts grinçaient, la lumière brûlait, et Madeleine devint Betty — je fis passer ses yeux du noisette au bleu, je fis de son corps le corps de Betty dans le film porno, je fis en sorte que sa bouche murmure silencieusement : « Non, je t'en prie. » Je jouissais et je sus que jamais ce ne pourrait être aussi bon avec Madeleine toute simple, toute seule ; lorsque la petite fille à papa murmura : « Je savais qu'elle trouverait le moyen de te rejoindre tôt ou tard », je sanglotai sans larmes et confessai que toutes mes histoires d'oreiller n'étaient que mensonges, et déversai le flot ininterrompu de la véritable histoire de Lee, Kay et Bucky, jusqu'à la fixation de M. Feu sur la fille morte et sa disparition de la surface de la terre. Lorsque j'eus terminé, Madeleine dit :

— Je ne serai jamais une institutrice de Sioux Falls, Dakota du Sud, mais je serai Betty ou toutes celles que tu voudras que je sois.

Je la laissai me caresser la tête, plein de reconnaissance de ne plus avoir à mentir, mais aussi plein de tristesse que ce soit elle — et non pas Kay — qui écoute ma confession.

C'est ainsi que je me retrouvai uni à Elizabeth Short dans les règles.

19

Lee se changea en fille de l'air et Madeleine se changea en Betty, et il n'y avait rien que je puisse faire au sujet de l'un ou de l'autre de ces changements. Respectueux de l'avertissement des sbires de la Métro, je ne mis pas le nez dans leur enquête, sans cesser de me demander si M. Feu avait pris la poudre d'escampette suivant un plan préétabli ou de façon fortuite. Je vérifiai cependant ses relevés bancaires et découvris un solde de 800 dollars sans retraits récents, et lorsque j'entendis qu'un A.R.T.U. pour tout le territoire, y compris le Mexique, avait été lancé avec pour objet Lee et sa Ford 40, et pour résultat peau de balle, mon instinct me dit qu'il s'était enfui loin au sud de la frontière, là où les Rurales utilisaient les bulletins de recherches gringos comme papier toilette. Russ Millard me dit que deux Mexicains, tous deux trafiquants de drogue connus, avaient été arrêtés à Juarez pour les meurtres de Bobby De Witt et Felix Chasco, ce qui m'enleva un poids de la poitrine, la Métro ne pourrait plus faire porter le chapeau à Lee. Mais c'est alors que des bruits, venant de très haut, des hautes sphères du service, se mirent à filtrer. Le chef Horrall avait annulé l'A.R.T.U. en décrétant : « Il ne faut pas réveiller l'eau qui dort. » La secrétaire de Thad Green dit à Harry Sears qu'elle avait entendu qu'on allait exclure Lee du L.A.P.D. s'il ne se montrait pas dans les trente jours suivant sa disparition.

Janvier se termina lentement, journées pluvieuses où seule brilla une petite étincelle d'excitation. Une enveloppe arriva par courrier au Bureau. L'adresse était faite de lettres découpées, de même que la lettre qui se trouvait à l'intérieur, sur du papier blanc, sans signe distinctif :

« AI CHANGÉ D'AVIS
VOUS NE JOUERIEZ PAS FRANC JEU
MEURTRE DU DAHLIA JUSTIFIÉ
LE VENGEUR AU DAHLIA NOIR »

Collée sur la page se trouvait la photographie d'un petit homme trapu, en costume de ville, le visage masqué de griffures. On n'obtint pas de nouvelles pistes d'empreintes par le labo à partir de la photo ou de l'enveloppe, et puisque les militaires en photo de la première lettre n'avaient pas été livrés à la presse comme procédé d'élimination des suspects, on sut que la lettre numéro deux n'était pas un faux. Au bureau, on s'accordait à penser que la photo était celle du meurtrier qui s'éliminait ainsi symboliquement du « tableau » général.

Les pistes de la lettre de mort et du film porno maintenant réduites à néant, un second consensus se fit jour : jamais on n'attraperait ce salopard. Les cotes sur « Non résolu » chutèrent à un contre un sur le tableau des paris dans la salle de brigade ; Thad Green dit à Russ et au capitaine Jack que Horrall allait mettre le holà au boxon du Dahlia d'ici le 5 février en réintégrant dans leurs services d'origine un grand nombre de policiers. La rumeur voulait que je sois l'un de ceux-là, avec la tâche de former Johnny Vogel comme nouveau partenaire. Johnny Pue-du-bec me resta sur le cœur, mais retourner aux Mandats et Recherches, c'était comme le paradis retrouvé. Betty Short n'existerait plus dès lors qu'au seul endroit où je voulais qu'elle soit — petite flamme vivace dans un recoin de mon imagination.

20

Les officiers de police de la division de Central et du bureau des Inspecteurs dont les noms suivent sont invi-

tés à reprendre leurs affectations premières, en date du 6-2-47 :

« Sergent T. Anders — aff. à Central Escroqueries
Insp. J. Arcola — aff. à Central Cambriolages
Serg. R. Cavanaugh — aff. à Central Vols
Insp. G. Ellison — aff. à Central Inspecteurs
Insp. G. Grimes — aff. à Central Inspecteurs
Insp. C. Ligget — aff. à Central Délinquance Juvénile
Insp. C. Navarette — aff. à Central Escroqueries
Serg. P. Pratt — aff. à Central Criminelle (voir Lt Ruley pour affectation)
Insp. J. Smith — aff. à Central Criminelle (voir Lt Ruley)
Insp. W. Smith — aff. à Central Inspecteurs

« *Le chef Horrall et le chef adjoint Green me demandent de vous remercier en leurs noms pour l'aide que vous avez apportée à l'enquête, mention spéciale faite des nombreuses heures supplémentaires que vous y avez consacrées. Chacun de vous recevra une lettre de recommandation.*

« *J'y joins mes propres remerciements.*

                « Capit. J.V. Tierney, Commandant, Central
                                          Inspecteurs. »

La distance entre le tableau d'affichage et le bureau de Millard était de dix mètres environ. Je les couvris en moins d'un dixième de seconde. Russ leva les yeux de son bureau.

— Salut, Bucky, ça gaze ?

— Pourquoi ne m'a-t-on pas mis sur la liste des transferts ?

— J'ai demandé à Jack de vous garder sur l'affaire Short.

— Pourquoi ?

— Parce que vous allez devenir un sacrément bon inspecteur, et Harry prend sa retraite en 50. Ça vous suffit ?

Je me demandais ce qu'il fallait répondre lorsque le téléphone sonna. Russ décrocha et dit : « Central Criminelle, Millard », écouta pendant quelques instants et me montra le poste sur le bureau en face de lui. J'attrapai l'appareil et j'entendis une voix d'homme grave au milieu d'une phrase :

— ... rattaché au service d'Enquêtes criminelles ici à Fort Dix. Je sais que vous avez été envahis par des tas d'aveux spontanés, mais celui-ci me paraît valable.

— Continuez, major.

— Le soldat s'appelle Joseph Dulange. C'est un M.P. attaché au quartier général de Dix. Il a fait ses aveux à son officier responsable (O.R.) un lendemain de bringue. Ses copains disent qu'il a toujours une lame sur lui, et il a pris l'avion pour Los Angeles en perm le 8 janvier. Pour couronner le tout, on a trouvé des traces de sang sur un pantalon — mais trop peu pour qu'on puisse en déterminer le groupe. Personnellement, je pense que c'est un mauvais numéro. Outre-mer, il a été mêlé à des tas de bagarres, et son O.R. dit qu'il bat sa femme.

— Major, est-ce que Dulange est près de vous en ce moment ?

— Oui. Il se trouve dans une cellule de l'autre côté du couloir.

— Voulez-vous me rendre ce service, s'il vous plaît ? Demandez-lui de décrire les marques de naissance d'Elizabeth Short. S'il le fait dans le détail, mon équipier et moi prendrons le prochain vol cargo qui part du Camp MacArthur.

— Bien, monsieur, dit le major.

La communication avec Fort Dix — enfin la moitié que j'avais entendue — fut coupée.

— Harry a la grippe. Ça vous dirait un petit voyage dans le New Jersey, brillant jeune homme ?

— Parlez-vous sérieusement ?

— Si ce soldat nous sort les grains de beauté sur l'arrière-train d'Elizabeth, ce sera très sérieux.

— Demandez-lui de parler des coups de couteau, tout ce dont les journaux n'ont pas parlé.

— Non, dit Russ en secouant la tête. Ça pourrait l'exciter un petit peu trop. Si ce n'est pas du bidon, on part par le prochain vol et on fait notre rapport de retour du New Jersey. Si Jack ou Ellis mettent la main sur ce truc, ils enverront Fritzie, et le soldat se retrouvera sur la chaise électrique au petit matin, qu'il soit ou non coupable.

La vanne sur Fritzie me mit en rogne.

— Il n'est pas si mal. Et je crois que Loew a laissé tomber l'idée d'un faux coupable.

— Vous êtes un garçon impressionnable, dans ce cas. Il n'y a pas plus mauvais que Fritzie et Ellis...

Le major revint en ligne.

— Monsieur, Dulange a dit que la fille avait trois grains de beauté sur le lobe gauche de son... euh — derrière[1].

— Vous auriez pu dire cul, major. Nous partons.

Le caporal Dulange était âgé de vingt-neuf ans, grand, le muscle dur, le visage chevalin barré d'une moustache en trait de crayon. Habillé d'un treillis vert sale, il était assis face à nous, devant une table, dans le bureau du grand prévôt[2] de Fort Dix, l'air incorrigiblement vicieux. Un capitaine aux fonctions de juge avocat se tenait à ses côtés, probablement pour garantir qu'on ne lui inflige pas notre troisième degré civil. Le vol d'une durée de huit heures nous avait chahutés ; à 4 heures du matin, j'étais encore à l'heure de L.A., épuisé mais tendu par l'attente. Sur le chemin du fort, le major du C.I.D. que nous eûmes au téléphone nous tuyauta sur Dulange : vétéran, deux fois marié, ivrogne et bagarreur redouté. Sa déclaration était incomplète, mais étayée

---

1. En français dans le texte.
2. Prévôt : chef de la police militaire.

par deux faits : il avait pris l'avion pour L.A. le 8 janvier et avait été arrêté pour ivresse sur la voie publique à Pennsylvania Station à New York le 17 janvier. Russ donna le coup d'envoi.

— Caporal, mon nom est Millard et voici l'inspecteur Bleichert. Nous appartenons aux forces de police de Los Angeles et si vous réussissez à nous convaincre que vous avez tué Elizabeth Short, vous serez mis en état d'arrestation et nous vous emmènerons avec nous.

— J'l'ai découpée, dit Dulange en se tortillant sur sa chaise, d'une voix haut perchée qui venait du nez.

— Beaucoup de gens nous ont dit ça, soupira Russ.

— J'l'ai baisée aussi.

— Vraiment ? Vous trompez votre femme ?

— J'suis français.

J'y allai dans mon interprétation de méchant.

— J'suis allemand, alors qu'est-ce qu'on en a à foutre ? Qu'est-ce que ça a à voir avec le fait que vous trompez votre femme ?

Dulange sortit la langue comme un serpent.

— J'fais ça à la française et ma femme, elle aime pas ça.

Russ me donna un coup de coude.

— Caporal, pourquoi êtes-vous venu à Los Angeles pour votre permission ? Qu'est-ce qui vous intéressait ?

— Le cul. Le Johnnie Red Label. Les sensations fortes.

— Vous auriez pu trouver ça de l'autre côté de la rivière à Manhattan.

— Le soleil. Les actrices. Les palmiers.

Russ éclata de rire.

— Ça ne manque pas à L.A. On dirait que votre épouse ne vous serre pas trop la vis, Joe. Vous voyez ce que je veux dire, une permission, tout seul comme un grand.

— Elle sait que je suis français. Quand j'suis à la

maison, j'la fais reluire et bien. Position missionnaire, vingt-cinq centimètres. Elle s'plaint pas.

— Et si elle se plaignait, Joe ? Que lui feriez-vous ?

— Elle se plaint une fois et j'utilise mes poings, dit-il, impassible. Elle râle encore une fois, j'la coupe en deux.

Je l'interrompis.

— Vous voulez me faire croire que vous avez fait cinq mille kilomètres pour bouffer de la connasse ?

— J'suis français.

— Pour moi, vous faites plutôt homo. Ceux qui donnent dans la langue fourrée princesse, c'est des pédés refoulés, ç'a été prouvé. Vous avez une réponse à ça, espèce de merdeux ?

Le militaire avocat se leva et murmura à l'oreille de Russ. Russ me donna un coup de pied sous la table. Le visage impassible de Dulange s'ouvrit en un large rictus.

— Ma réponse, c'est vingt-cinq centimètres de bonne tige bien raide pieds plats !

— Excusez l'inspecteur Bleichert, Joe, dit Russ. Il est soupe au lait.

— Il a un petit zizi. Comme tous les Boches. J'suis français, j'sais c'que j'dis.

Russ éclata d'un rire tonitruant, comme s'il venait d'en entendre une bonne au club des Élans.

— Joe, vous avez un foutu caractère.

Dulange joua de la langue.

— Je suis français.

— Joe, vous êtes un sacré numéro et le major Carroll m'a dit que vous battiez votre épouse. Est-ce que c'est la vérité ?

— Est-ce que les Nègres, ça sait danser ?

— Très certainement. Vous aimez ça, frapper les femmes, Joe ?

— Quand elles le demandent.

— Et votre femme demande ça tous les combien ?

— Il lui faut son gros morceau tous les soirs.

277

— Pas ça. Demander à être battue, je veux dire.

— Chaque fois qu'j'fais du tête-à-tête avec mon copain Johnnie le Rouge et qu'elle me vanne, alors elle y a droit.

— Y a longtemps que vous copinez tous les deux ?

— Johnnie le Rouge, c'est mon meilleur ami.

— Et Johnnie vous a suivi jusqu'à L.A. ?

— Dans ma poche qu'il était.

Cet échange avec un fêlé commençait à m'épuiser ; je pensai à Fritzie et à ses approches plus directes.

— Est-ce que t'as des accès de delirium tremens, espèce de merdeux ? Tu veux un p'tit coup sur la cabêche pour te rafraîchir les idées ?

— Bleichert, assez !

Je la fermai, le juge avocat m'incendia du regard ; Russ resserra son nœud de cravate, signe pour moi qu'il fallait que je la boucle. Dulange fit craquer les jointures de sa main gauche une à une. Russ balança un paquet de cigarettes sur la table, le truc à la « j'suis ton pote » le plus vieux du monde.

— Johnnie le Rouge, dit le Français, il aime pas que je fume sans lui. Vous me ramenez Johnnie, et j'fumerai. J'avoue mieux quand j'suis avec Johnnie. Demandez au chapelain catholique de North Post. Il m'a dit qu'il sent toujours Johnnie quand j'vais à confesse.

Je commençais à sentir le caporal Joseph Dulange comme un cinglé de baratineur qui cherchait à attirer l'attention sur lui.

— Les aveux imbibés de gnôle ne sont pas valables devant un tribunal, Joe, dit Russ. Mais je vais vous dire ce qu'on va faire. Si vous arrivez à me convaincre que vous avez tué Betty Short, je vous promets que Johnnie nous raccompagnera jusqu'à L.A. Huit bonnes petites heures de vol, ça devrait vous laisser assez de temps pour renouer connaissance avec lui. Qu'en dites-vous ?

— Je dis que l'Dahlia, c'est moi qui l'ai viandée.

— Je dis, moi, que non. Je dis que vous et Johnnie allez rester séparés pour un moment.

— J'l'ai viandée.

— Comment ?

— J'l'ai ouverte sur les nénés, d'une oreille à l'autre et en deux. Tac, tac, *tac*.

— Remontons un peu dans le passé, Joe, soupira Russ. Vous avez quitté Dix le mercredi 8 janvier, vous avez atterri au Camp MacArthur le soir même. Vous et Johnnie, vous vous retrouvez à L.A., impatients de faire exploser quelques pétards. Où êtes-vous d'abord allés ? Hollywood Boulevard ? Sunset Strip ? La plage ? Où ?

Dulange fit craquer ses phalanges.

— Chez Nathan, le salon de tatouage, 463 North Alvaredo.

— Qu'est-ce que vous y avez fait ?

Joe le dingue releva sa manche droite, révélant la langue bifide d'un serpent avec dessous, pour blason, « Frenchy ». Il gonfla le biceps et le tatouage grandit.

— J'suis français, dit-il.

— Et moi, je suis flic, dit Millard, dans son numéro breveté de marche arrière, et je commence à m'ennuyer. Lorsque je m'ennuie, c'est l'inspecteur Bleichert qui prend le relais. Jadis, l'inspecteur Bleichert a été classé dixième mondial chez les mi-lourds, et ce n'est pas quelqu'un de gentil. Exact, collègue ?

— J'suis allemand, dis-je en serrant les poings.

Dulange se mit à rire.

— Pas de ticket, pas d'entrée. Rien à boire, pas d'histoire.

Je faillis lui bondir dessus, par-dessus la table. Russ me saisit le coude et le tint serré, comme dans un étau, pendant qu'il marchandait :

— Joe, je vais passer un marché avec vous. En premier lieu, il faut nous convaincre que vous *connaissiez* Betty Short. Donnez-nous des faits. Des noms, des dates, des descriptions. Faites-le et quand nous aurons notre première ouverture, vous pourrez retourner en cellule refaire connaissance avec Johnnie. Qu'en dites-vous ?

— Johnnie la pinte ?

— Non, son grand frère, Johnnie le trois quarts.

Le Français attrapa le paquet de clopes et en sortit une d'une secousse ; Russ tenait son briquet prêt, le bras tendu. Dulange avala une bouffée monumentale et exhala un flot de paroles avec la fumée :

— Après la boîte à tatouage, moi et Johnnie on s'est pris un taxi direction le centre-ville et on a pris une chambre — hôtel Havana, sur la 9e et Olive, deux biftons la nuit avec des grosses blattes. Elles ont commencé à faire le chambard, alors j'ai sorti les attrape-souris. Ça les a tués. Moi et Johnnie, on a fait passer ça par un bon roupillon. Et puis le lendemain, on est allés courir la chatte. Pas de bol. Le lendemain, j'me lève une connasse de Philippine à la gare routière. Elle dit qu'elle a besoin du pognon pour le bus jusqu'à Frisco. Alors j'lui offre un bifton de cinq pour qu'elle nous fasse, moi et Johnnie. Elle dit minimum dix sacs pour deux mecs. Je dis que Johnnie l'en a une belle comme Jésus, c'est elle qui devrait payer. On revient à l'hôtel, toutes les blattes s'étaient taillées des attrapes. J'lui présente Johnnie, j'lui dis qu'il a priorité. Elle a les foies, elle dit : « Tu t'prends pour Fatty Arbuckle[1] ? » J'lui dis que j'suis un Français, pour qui qu'elle se prend, al'croit qu'a peut snober Johnnie le Rouge ?

« Les blattes, elles commencent leurs hurlements de Nègre. La Philippine, elle dit qu'Johnnie, il a les dents pointues, non merci, m'sieur. Elle se taille comme une furie, moi et Johnnie on se terre dans not'trou jusqu'à samedi tard. On veut du cul, et on en crève. On va sur

---

1. Fatty Arbuckle : enfant-acteur célèbre, un peu dodu, dont la carrière fut ruinée lorsqu'il fut accusé d'avoir provoqué la mort d'une jeune actrice au cours d'une party.

Broadway à une boutique pour l'armée et la marine, et j'm'achète des rubans pour ma veste à la Ike[1], La D.S.C.[2] avec feuille de chêne, l'étoile d'argent, l'étoile de bronze, des rubans pour toutes les campagnes contre les Japs. Je ressemble à George S. Patton, mais moi, la mienne est plus grosse. Moi et Johnnie, on va dans ce bar qui s'appelle le Hibou de Nuit. Le Dahlia, y rentre en faisant la roue, Johnnie y dit : "Oui, m'sieur, c'est ma môme, non, m'sieur, c'est pas peut-être, oui m'sieur, c'est ma môme maintenant". »

Dulange écrasa sa cigarette et tendit la main vers le paquet. Russ jetait des notes sur son calepin ; je m'imaginais l'heure et l'endroit car je me souvenais du Hibou de Nuit et ça remontait à l'époque où je travaillais aux patrouilles de Central. C'était sur la 62e et Hill — à deux blocs de l'hôtel Biltmore, là où Red Manley avait déposé Betty Short le vendredi 10 janvier. Le Français, en dépit de ses souvenirs de delirium, venait de gagner un degré de crédibilité supplémentaire.

— Joe, dit Russ, vous parlez bien de la nuit du samedi 11 au dimanche 12 ?

— J'suis français, pas un calendrier, dit Dulange en allumant un nouveau clope. Dimanche, c'est après samedi, à vous de voir.

— Continuez.

— En tout cas, Dahlia, moi et Johnnie on discute le bout de gras, et je l'invite à l'hôtel. On arrive et les blattes sont en liberté, al'chantent et al'bouffent les boiseries. Dahlia dit pas question que j'les élargisse mes cuisses, si tu les zigouilles pas. Je chope Johnnie et j'commence à leur taper dessus avec, et Johnnie, y m'a dit qu'ça lui f'sait pas mal. Mais Dahlia la fente, ses cuisses, pas moyen qu'elle les élargisse, si j'ai pas dis-

---

1. Ike, surnom d'Eisenhower.
2. D.S.C. : Distinguished Service Cross, décoration militaire.

281

posé des blattes avant, comme qui dirait scientifiquement. Je descends la rue et j'attrape le toubib. Il refile aux blattes des piqûres de poison pour un talbin de cinq. Moi et Dahlia, on baise comme des lapins, Johnnie le Rouge y regarde. Il est fou, pasque la Dahlia, elle est tellement bien que j'veux pas lui en filer une miette.

Je balançai une remarque du genre arrête-là-tes-conneries :

— Décris son corps. Et fais ça bien, ou alors tu ne reverras pas Johnnie le Rouge avant que tu sortes de tôle.

Le visage de Dulange se radoucit ; il ressemblait à un petit enfant que l'on menace de priver de son nounours.

— Répondez à la question de cet homme, Joe, dit Russ.

Dulange ricana.

— Avant que j'les lui coupe, elle avait des petits nénés qui relevaient la tête, avec des tétons roses. Des jambes assez grosses, jolie toison. Elle avait les grains de beauté qu'j'ai causé au major Carroll et elle avait des égratignures dans le dos, toutes fraîches, comme si al'venait de tâter le fouet.

Je frissonnai, me souvenant des «légers coups de lanière» dont avait fait mention le coroner à l'autopsie.

— Continuez, Joe.

Dulange sourit d'un rictus de vampire.

— Le Dahlia, y commence alors à faire la fêlée, elle dit : «Comment ça se fait qu't'es seulement caporal si t'as gagné toutes ces décorations ?» Elle commence à m'appeler Matt et Gordon et elle arrête pas de parler de not'bébé, même si on avait fait le coup qu'une fois et qu'j'avais une capote. Johnnie, y flippe, et lui et les blattes, elles commencent à chanter : «Non, m'sieur, c'est pas ma môme.» Je veux encore du cul, alors j'amène le Dahlia en bas de la rue pour voir le docteur à blattes. Je lui file un talbin de dix, il lui fait un examen bidon et lui dit : «Le bébé sera en bonne santé et arrivera dans six mois.»

Une confirmation supplémentaire, au beau milieu des brumes de son délire — les Matt et Gordon étaient sans conteste Matt Gordon et Joseph Gordon Fickling, deux des maris imaginaires de Betty Short. Je pensai 50-50, allez, on boucle vite fait pour le Grand Lee Blanchard.

— Et alors, Joe ? demanda Russ.

Dulange eut l'air honnêtement perplexe — au-delà de la bravade, des souvenirs de sa mémoire embrumée de gnôle et de son désir de se retrouver réuni à Johnnie le Rouge.

— Alors, j'l'ai coupée.

— Où ?

— En deux.

— Non, Joe. Où avez-vous commis le meurtre ?

— Oh ! à l'hôtel.

— Quel numéro de chambre ?

— 116.

— Comment avez-vous amené le corps sur la 39e et Norton ?

— J'ai volé une voiture

— Quel genre de voiture ?

— Une Chevy.

— Année et modèle ?

— Une berline de 43.

— Les voitures américaines n'ont plus été fabriquées pendant la guerre, Joe. Essaie autre chose.

— Une berline de 47.

— Quelqu'un a laissé les clés dans une belle voiture comme ça ? En plein centre de L.A. ?

— J'ai chauffé la tire.

— Comment chauffez-vous une voiture, Joe ?

— Quoi ?

— Expliquez-moi la manière de procéder.

— J'ai oublié comment j'ai fait. J'étais soûl.

Je l'interrompis.

— Où se trouvent la 39e et Norton ?

Dulange joua avec le paquet de cigarettes.

— C'est près du Boulevard Creenshaw et de la rue du Colisée.

— Dis-nous quelque chose qui n'était pas dans les journaux.

— J'l'ai coupée d'une oreille à l'autre.

— Tout le monde sait ça.

— Moi et Johnnie, on l'a violée.

— Elle n'a pas été violée et Johnnie aurait laissé des marques. Il n'y avait pas de marques. Pourquoi l'as-tu tuée ?

— Elle baisait comme un pied.

— Connerie ! Tu as dit que Betty baisait comme une lapine.

— Une foutue lapine.

— La nuit, tous les chats sont gris, espèce de merdeux. Pourquoi l'as-tu tuée ?

— Elle voulait pas me faire ça à la française.

— Ça existe pas, espèce de merdeux.

— J'l'ai viandée.

Je claquai la table de la main à la Harry Sears.

— T'es qu'un grenouillard menteur, espèce de salopard !

Le juge avocat se mit debout. Dulange beugla :

— J'veux mon Johnnie !

Russ dit au capitaine :

— Ramenez-le ici dans six heures, et il me sourit — du sourire le plus doux que je lui avais jamais vu.

***

On laissa les choses à 50-50 évoluant vers 75-25 contre. Russ partit téléphoner son rapport et faire envoyer une équipe du S.I.D.[1] jusqu'à la chambre 116

---

1. S.I.D. : Scientific Investigation Department, identité judiciaire.

de l'hôtel Havana pour rechercher des traces de sang ; j'allai me coucher dans la chambre du quartier pour célibataires que le major Carroll avait mise à notre disposition. Je rêvai en noir et blanc de Betty Short et de Fatty Arbuckle ; quand le réveil sonna, je cherchai Madeleine.

J'ouvris les yeux, je vis Russ, vêtu d'un complet propre. Il me tendit un journal et dit :

— Ne sous-estimez jamais Ellis Loew.

C'était un canard format tabloïd de Newark, barré du titre : « Un soldat de Fort Dix coupable du sensationnel meurtre de Los Angeles ! » Sous le titre en bannière, on trouvait côte à côte les photos de Joe Dulange le Français et Loew à son bureau, très théâtral dans sa pose. L'article disait :

En exclusivité avec notre confrère de Los Angeles, le Mirror *: le procureur adjoint de Los Angeles Ellis Loew, conseiller légal responsable de l'énigmatique affaire du Dahlia Noir, a annoncé la nuit dernière une découverte capitale : « Je viens d'être informé par deux de mes collègues les plus proches, le lieutenant Russell Millard et l'agent Dwight Bleichert, que le caporal Joseph Dulange de Fort Dix, New Jersey, a confessé le meurtre d'Elizabeth Short et que ses aveux se sont trouvés corroborés par des faits que seul l'assassin pouvait connaître. C'est un fait reconnu que le caporal Dulange est un dégénéré stupide, et je fournirai à la presse de plus amples détails sur les aveux aussitôt que mes hommes auront ramené Dulange à Los Angeles pour l'audience de mise en accusation. » L'affaire Elizabeth Short a semé le désarroi parmi les autorités depuis le matin du 15 janvier, date à laquelle a été découvert, dans un terrain vague de Los Angeles, le corps nu, mutilé et sectionné en deux à la taille, de Mlle Short. L'adjoint du procureur, M. Loew, a refusé de révéler le contenu des aveux du caporal*

Dulange, mais il a déclaré que Dulange a été intime
avec Mlle Short. « D'autres détails suivront, a-t-il
dit. Ce qui est important, c'est que ce monstre soit
incarcéré, là où il ne tuera plus. »

J'éclatai de rire.

— Qu'avez-vous réellement dit à Loew ?

— Rien. Lorsque j'ai parlé au capitaine Jack la première fois, je lui ai dit que Dulange était un coupable
très possible. Il m'a envoyé promener en gueulant que
j'aurais dû faire mon rapport avant de partir, et ça s'est
arrêté là. La seconde fois que je l'ai appelé, je lui ai dit
que Dulange commençait à ressembler à un autre de
nos cinglés. Ça l'a fortement secoué, et je comprends
maintenant pourquoi.

Je me levai pour m'étirer.

— Espérons qu'il l'a vraiment tuée !

— Le S.I.D., dit Russ en secouant la tête, déclare
qu'il n'y a pas de taches de sang dans la chambre d'hôtel, et pas d'eau courante pour nettoyer le corps. Et
Carroll a fait diffuser une demande de renseignements
dans trois États sur l'emploi du temps de Dulange du
10 janvier au 17 — en tôle pour ivresse, hôpitaux, tout
le toutim. On vient d'avoir l'info : le Français se trouvait en cellule à l'hôpital St. Patrick de Brooklyn du
14 janvier au 17. Crise violente de delirium tremens. Il
a été relâché le matin du 17 et cueilli à Penn Station
deux heures plus tard. *L'homme est innocent.*

Je ne savais plus sur qui faire porter ma rogne. Loew
et compagnie voulaient régler l'ardoise de n'importe
quelle manière, Millard voulait que justice soit faite, et
je rentrais à la maison avec de grands titres dans les
journaux qui me faisaient passer pour un imbécile.

— Et Dulange alors ? Vous voulez l'attaquer encore
une fois ?

— Et encore entendre son baratin sur les blattes
chantantes ? Non. Carroll l'a confronté aux renseigne-

286

ments reçus. Il a déclaré qu'il avait inventé toute l'histoire pour se faire de la publicité. Il veut se réconcilier avec sa première femme et il a cru qu'il obtiendrait par là un peu de sympathie. Je l'ai revu et je lui ai parlé, et tout ce que j'ai obtenu, c'est du délire alcoolique. Il ne nous dira rien de plus.

— Doux Jésus !

— Doux Jésus en effet ! Joe va être libéré vite fait et nous avons un vol pour Los Angeles dans quarante-cinq minutes. Alors, habillez-vous, collègue !

Je remis mes vêtements fatigués puis je partis en compagnie de Russ en direction du petit aéroport pour attendre la jeep qui nous conduirait au terrain. De loin, je vis une grande silhouette en uniforme qui approchait. Je frissonnai de froid ; l'homme de grande taille se rapprocha. Et je vis que c'était le caporal Joseph Dulange.

En arrivant au bâtiment de l'aéroport, il sortit un journal du matin petit format et désigna du doigt la photo en première page.

— C'est pour moi, tout le tralala. Vous, vous êtes en petits caractères, c'est la place des Boches.

Je sentis son haleine chargée de Johnnie le Rouge et lui balançai mon poing en plein dans la tronche. Dulange s'effondra comme un gros tas ; j'avais mal à la main droite. Le regard de Russ Millard me fit penser à Jésus qui s'apprêtait à répondre aux idolâtres.

— N'ayez donc pas l'air aussi convenable, nom de Dieu ! Putain, vous n'êtes pas un saint !

21

Ellis Loew dit :

— J'ai demandé cette petite réunion pour plusieurs raisons, Bucky. La première, c'est que je veux que vous m'excusiez d'avoir brûlé les étapes avec Dulange. Je me suis trop précipité en parlant aux journalistes, et vous avez reçu un mauvais coup. Acceptez mes excuses pour cela.

Je regardai Loew, et Fritz Vogel, assis à ses côtés. La « petite réunion » se tenait chez Fritzie, dans son salon ; deux jours de gros titres sur Dulange avaient suffi à me faire passer pour un flic trop zélé qui poursuivait du vent.

— Que voulez-vous, monsieur Loew ?

Fritzie éclata de rire et Loew dit :

— Appelez-moi Ellis.

Il était difficile de descendre plus bas dans l'échelle des subtilités avec ce coup fourré — bien plus raffiné que les whiskies à l'eau et bols de bretzels que la maîtresse de maison avait servis par courtoisie. J'étais censé retrouver Madeleine dans une heure, et copiner avec mon patron en dehors des heures de service était la dernière chose au monde que je désirais.

— O.K., Ellis.

Le ton de ma voix fit tiquer Loew.

— Bucky, nous avons été en conflit un certain nombre de fois par le passé. Peut-être même est-ce le cas en ce moment. Mais je pense que nous sommes d'accord sur plusieurs points. L'un comme l'autre, nous aimerions boucler l'affaire Short et retourner à nos tâches normales. Vous voulez revenir aux Mandats et Recherches et, pour autant qu'il me serait agréable de requérir contre l'assassin, je dois avouer que j'ai été dépassé par le cours des événements durant cette enquête, et il est temps que je retourne aux vieilles affaires que j'ai en souffrance.

J'avais l'impression d'être un tricheur de seconde zone tenant à la main un flush royal.

— Que désirez-vous, Ellis ?

— Je désire vous rendre au service des Mandats et Recherches dès demain, et je désire faire une dernière tentative sur l'affaire Short avant de retourner à mes vieux dossiers. L'un comme l'autre, Bucky, nous avons de l'avenir. Fritzie veut vous prendre comme équipier lorsqu'il sera lieutenant et…

— Russ Millard me veut lorsque Harry Sears prendra sa retraite.

Fritzie s'envoya une gorgée de whisky.

— Garçon, vous avez les angles trop vifs pour lui. Il a raconté que vous n'arriviez pas à vous contrôler. Le vieux Russ, c'est une chialeuse, et je suis beaucoup plus votre type.

C'était un bon point pour lui; je songeai au regard dégoûté que Russ m'avait lancé lorsque j'avais mis son compte à Joe Dulange.

— *Ellis*, que désirez-vous?

— Très bien, *Dwight*, je vais vous le dire. Il y a encore quatre détenus à la prison municipale qui ont avoué. Ils n'ont pas d'alibis pour les derniers jours de Betty, ils n'ont pas été cohérents au cours de leur premier interrogatoire, et c'est tous des violents, des fous enragés. Je veux qu'ils soient réinterrogés, en utilisant ce qu'on pourrait appeler un équipement approprié. C'est du travail de biscotos, et Fritzie voulait Bill Koenig pour ça, mais Bill aime un peu trop la violence, alors je vous ai choisi. Alors, *Dwight*, c'est oui ou c'est non? Retour aux Mandats ou travail merdique à la Criminelle jusqu'à ce que Russ Millard se fatigue de vous? Millard est un homme patient et indulgent, *Dwight*. Ça pourrait durer longtemps, très longtemps.

— C'est oui.

Mon flush royal se cassa la gueule. Loew rayonnait.

— Allez immédiatement à la prison municipale. Le garde de nuit a établi des billets de relaxe pour les quatre hommes. Il y a un fourgon à poivrots dans le parking du service de nuit, les clés sont sous le tapis. Conduisez les suspects au 1701, South Alameda, vous y retrouverez Fritzie. Bienvenue pour votre retour aux Mandats, *Dwight*.

Je me levai. Loew prit un bretzel du bol et le picora avec délicatesse ; Fritzie éclusa son verre, ses mains tremblaient.

***

Les cinglés m'attendaient en cellule, vêtus de bleus de tôlards, enchaînés entre eux et entravés par des fers aux chevilles. Les billets de relaxe que m'avait donnés le gardien étaient accompagnés de clichés anthropométriques et de doubles carbone de leurs casiers ; lorsque la grille de la cellule se referma électroniquement, je comparai les photos aux visages.

Paul David Orchard était petit et trapu, avec un nez aplati qui lui mangeait la moitié du visage et de longs cheveux pommadés et laqués ; Cecil Thomas Durkin, mulâtre, la cinquantaine, chauve, plein de taches de rousseur, d'une taille avoisinant le mètre quatre-vingt-quinze. Charles Michael Issler avait d'énormes yeux marron enfoncés dans leurs orbites, et Loren (NMI) Bidwell était un vieil homme frêle, tremblotant de paralysie agitante, la peau couverte de taches jaunâtres. Il avait l'air tellement pathétique que je vérifiai sa feuille une seconde fois pour m'assurer que c'était bien le bon ; des plaintes pour mauvais traitements à enfants me rassu-rèrent. C'était le bon.

— Dehors, sur la passerelle, dis-je. Allez, remuez-vous.

Ils sortirent tous les quatre d'une démarche traî-nante et avancèrent de côté en croisant les pieds dans un raclement de chaînes. Je leur indiquai une sortie laté-rale jouxtant la passerelle ; le gardien ouvrit la porte de l'extérieur. La conga des cinglés déroula son ruban en pas chassés jusqu'au parking. Le gardien les tint à l'œil pendant que j'amenais le fourgon jusqu'à eux en marche arrière.

Le gardien ouvrit la porte arrière du fourgon ; je vérifiai dans le rétroviseur et observai la montée à bord de ma cargaison. Ils chuchotaient entre eux, avalant des goulées d'air vivifiant de la nuit pendant qu'ils grimpaient maladroitement. Le gardien verrouilla la porte derrière eux et me fit signe du canon de son arme ; je démarrai.

Le 1701 South Alameda se trouvait dans la zone industrielle de L.A. Est, à environ deux kilomètres et demi de la prison municipale. Cinq minutes plus tard, je trouvai un entrepôt géant au beau milieu d'un bloc d'entrepôts géants, le seul dont la façade sur la rue était illuminée : LE ROI DU COMTÉ — VIANDES DE PREMIER CHOIX — FOURNISSEUR DES SERVICES PUBLICS DU COMTÉ DEPUIS 1923. J'appuyai sur l'avertisseur en me garant ; une porte s'ouvrit sous l'enseigne, la lumière s'éteignit, Fritzie Vogel était là, les pouces en crochets dans le ceinturon.

Je sortis et déverrouillai la porte arrière. Les cinglés sortirent dans la rue en trébuchant ; Fritzie leur cria : « Par ici, messieurs. » Tous les quatre se dirigèrent en pas chassés en direction de la voix ; une lumière s'alluma derrière Fritzie. Je fermai le fourgon et m'avançai.

Fritzie fit entrer le dernier cinglé et m'accueillit sur le pas de la porte.

— On paie ses dettes dans le comté, garçon. Celui à qui appartient cet endroit a une dette avec le shérif Biscailuz, et un de ses lieutenants en civil a un frangin docteur qui a une dette vis-à-vis de moi. Vous comprendrez de quoi je parle dans un instant.

Je fermai la porte et mis le verrou ; Fritzie passa en premier et doubla les marcheurs aux pas chassés, dans un couloir qui puait la bidoche. Le couloir donnait sur une pièce immense — des sols de ciment couverts de sciure, des rangées entières de crocs de boucher rouillés suspendus au plafond. Des quartiers de bœuf pendouillaient, accrochés à la moitié d'entre eux, en plein air, à température ambiante, un vrai festin pour les taons qui se régalaient. Mon estomac se retourna ; puis, au fond, je vis quatre chaises, placées juste en dessous de quatre crochets vides, et je compris cette fois pour de bon.

Fritzie défaisait les fers des cinglés pour leur attacher les mains devant par des menottes. Je restai à ses côtés pour jauger leurs réactions. Les tremblements du vieux Bidwell avaient passé la surmultipliée, Durkin fredonnait pour lui-même, Orchard ricanait, la tête inclinée sur le côté, comme si sa tignasse graisseuse, plaquée comme celle d'une gouine, lui pesait. Seul, Charles Issler avait l'air suffisamment lucide pour se montrer soucieux — il se tordait les mains et dardait ses regards de Fritzie à moi sans nous perdre de vue un seul instant.

Fritzie sortit un rouleau d'adhésif de sa poche et me le lança.

— Fixez les palmarès au mur, à côté des crocs. Par ordre alphabétique, juste de l'autre côté.

Je m'exécutai et je remarquai une table recouverte d'un drap, coincée en travers d'une porte de communication à quelques mètres de là. Fritzie fit approcher les prisonniers et les fit mettre debout sur les chaises avant de faire passer leurs chaînes de menottes dans les crocs de boucherie où elles se mirent à pendouiller. J'examinai les dossiers des types, dans l'espoir d'y trouver des faits qui me feraient suffisamment haïr les quatre hommes pour avoir le courage de tenir la nuit et retourner aux Mandats et Recherches.

Loren Bidwell était tombé trois fois déjà, à Atascadero, pour violences sexuelles sur mineurs avec circonstances aggravantes. Entre ses séjours en prison, il avouait avoir commis tous les grands crimes sexuels, et il avait même été un suspect majeur dans le meurtre de l'enfant Hickman dans les années 20. Cecil Durkin était un drogué, il aimait jouer de la lame et violer pendant ses séjours en tôle, et il était aussi batteur de jazz et avait joué avec quelques bons ensembles ; il avait plongé deux fois à Quentin pour incendie volontaire et on l'avait capturé en train de se masturber sur les lieux mêmes de son dernier boulot — le domicile d'un chef d'orchestre qui l'avait soi-disant entubé sur le règlement d'une soirée dans un night-club. De se faire piquer lui avait coûté douze ans en cabane ; depuis sa libération, il travaillait comme plongeur et vivait dans une chambre de l'Armée du Salut.

Charles Issler était maquereau et coupable professionnel, spécialiste en confessions dans les assassinats de tapineuses. Ses trois tickets comme julot lui avaient valu une année à la prison du comté, ses aveux bidons, deux séjours de quatre-vingt-dix jours pour observation à l'asile de dingues de Camarillo. Paul Orchard était un entôleur, un prostitué mâle, et un ancien shérif adjoint du comté de San Bernardino. Pour couronner ses trois gaulages par les Mœurs, il avait pris deux condamnations pour coups et blessures et agression.

Une petite bouffée de haine passa en moi. C'était encore léger, comme si j'allais monter sur le ring pour affronter un mec dont je n'étais pas sûr qu'il soit à ma main.

— Charmant quatuor, hein, mon garçon ? dit Fritzie.

— De vrais enfants de chœur.

Fritzie mit un doigt en crochet, façon « approchez-vous, jeune homme ». Je m'avançai pour faire face aux quatre suspects. Ma bouffée de haine tint le coup pendant qu'il disait :

— Vous avez tous avoué avoir tué le Dahlia. Nous ne pouvons pas prouver que c'est vous, donc c'est à vous de nous convaincre. Bucky, vous posez les questions sur les journées qui nous manquent pour la fille. J'écouterai jusqu'à ce que j'entende leurs mensonges de vérolés.

Je m'attaquai à Bidwell en premier. Les spasmes de ses tremblements faisaient branler la chaise sous lui. Je levai la main pour agripper le croc de boucher afin qu'il ne bouge plus.

— Parle-moi un peu de Betty Short, Papy. Pourquoi l'as-tu tuée ?

Le vieil homme me supplia du regard ; je détournai les yeux. Fritzie, qui lisait attentivement les palmarès criminels, rompit le silence.

— Ne soyez pas timide, mon garçon. Cet oiseau, il a fait sucer son bout à des petits garçons.

Ma main tressauta et fit bouger le croc.

— Accouche, Papy. Pourquoi tu l'as butée ?

— J'l'ai pas tuée, m'sieur, répondit-il, d'une voix essoufflée d'ivrogne. J'voulais juste un p'tit billet pour la célébrité. Trois repas chauds et un bon dodo, c'est tout ce que j'voulais. S'il vous plaît, m'sieur.

Le vieux poivrot n'avait pas l'air assez costaud pour *soulever* un couteau, et encore moins pour ligoter une femme et transporter les deux moitiés de son cadavre dans une bagnole. Je passai à Cecil Durkin.

— Raconte un peu, Cecil.

Le Zazou se mit à se foutre de moi.

— Raconter quoi ? T'as pris ta réplique dans *Dick Tracy,* ou *les Antigangs* ?

Du coin de l'œil, je vis Fritzie qui m'observait, prenant ma mesure.

— Encore une fois, merdeux. Parle-moi de toi et de Betty Short.

— J'ai baisé Betty Short, gloussa Durkin, et j'ai baisé ta maman ! J'suis ton papa !

Je lui envoyai un une-deux au plexus solaire, deux petits coups bien secs. Les jambes de Durkin cédèrent sous lui, mais il garda les pieds sur la chaise. Il haleta, cherchant sa respiration, avala une bonne goulée d'air et recommença à jouer au bravache.

— Tu crois que t'es intelligent, hein ? Toi, t'es le méchant, et ton pote, c'est le gentil. Tu vas me dérouiller, lui, y va venir à la rescousse. Bande de clowns, vous savez pas que votre numéro est mort avec les vaudevilles ?

Je me massai la main droite, aux jointures encore douloureuses, souvenir de Lee Blanchard et Joe Dulange.

— C'est moi le gentil, Cecil, n'oublie pas ça !

C'était la bonne réplique. Durkin se tritura les méninges pour me répondre ; je tournai mon attention sur Charles Michael Issler. Il baissa les yeux et dit :

— Je n'ai pas tué Lizz. Je ne sais pas pourquoi j'ai fait ça, et je m'excuse. S'il vous plaît, ne laissez pas cet homme me faire du mal.

D'un abord paisible, il paraissait sincère mais quelque chose en lui me débectait.

— Essaie de me convaincre.

— Je… je ne peux pas. Je n'ai rien fait.

Je songeai à Issler en maquereau, Betty en pute à mi-temps, et je me demandai s'il pouvait exister un rapport entre les deux — puis je me souvins que les racoleuses inscrites dans le petit carnet avaient déclaré qu'elle travaillait toujours en solo.

— Tu connaissais Betty Short ?

— Non.

— T'en avais entendu parler ?

— Non.

— Pourquoi as-tu avoué l'avoir assassinée ?

— Elle… elle avait l'air si gentille et si jolie et je me suis senti si mal quand j'ai vu sa photo dans le journal… J… j'avoue toujours quand elles sont jolies.

— Ton dossier dit que tu craches le morceau quand c'est des radasses qu'on a effacées. Pourquoi ?

— Ben, je…

— Tu frappes tes filles, Charlie ? Tu les fous dans les vapes avec ta schnouff ? Tu les obliges à faire les gentilles avec les potes ?

J'arrêtai, pensant à Kay et à Bobby De Witt. Issler releva la tête puis la baissa, d'abord lentement, puis de plus en plus fort. Il se mit rapidement à sangloter.

— Je fais des choses tellement moches, vicieuses, des choses vicieuses, vicieuses, vicieuses…

Fritzie s'approcha de moi, les deux mains serrées sur des coups de poing américains.

— Ça nous mènera nulle part, la technique du gant de velours, dit-il en chassant la chaise d'Issler de dessous lui d'un coup de pied.

Le mac-confesseur hurla et se mit à gigoter comme un poisson empalé ; les os craquèrent lorsque les menottes encaissèrent le choc de son poids.

— Ouvre les yeux, garçon, dit Fritz.

En hurlant « enfoiré », « négro », « enculeur », il vira les trois autres chaises du sol. Les confesseurs pendouillaient maintenant à quatre de front, hurlant, essayant de s'agripper au voisin par les jambes comme une pieuvre en bleus pénitentiaires. On aurait dit que les cris n'étaient qu'une seule et même voix jusqu'à ce que Fritzie arrive au contact de Charles Michael Issler.

Les deux coups de poing américains taillèrent leurs trajectoires en plein corps, gauche-droite, gauche-droite, gauche-droite. Issler hurla et gargouilla. Fritzie hurla :

— Parle-moi des derniers jours du Dahlia, espèce de marchand de fesse vérolé !

Je sentis que mes jambes étaient sur le point de lâcher. Issler répondit dans un cri perçant :

— Je… ne… sais… rien !

Fritzie lui envoya un uppercut dans l'entre-deux.

— *Dis-moi ce que tu sais !*

— Je vous ai connu aux Mœurs.

Fritzie lui balança une série de coups rapides.

— Dis-moi ce que tu sais ! Dis-moi ce que tes filles t'ont dit, espèce de marchand de fesse vérolé !

Issler eut un haut-le-cœur ; Fritzie s'approcha et le travailla au corps. J'entendis les côtes craquer, puis mon regard se figea sur ma gauche, en direction d'une alarme de protection sur le mur près de la porte de communication. Je regardai, les yeux figés, sans bouger. Fritzie entra dans mon champ de vision et fit rouler la table couverte d'un drap que j'avais remarquée auparavant.

Les cinglés gigotaient toujours sur leurs crocs, gémissant doucement. Fritzie s'approcha avec son chargement tout près de moi, me ricana à la figure et arracha le drap.

Sur la table se trouvait un cadavre nu, de sexe féminin, coupé en deux à la taille — une fille rondelette coiffée et maquillée pour ressembler à Elizabeth Short. Fritzie agrippa Charles Issler par la peau du cou et lui siffla au visage :

— Pour ta satisfaction d'expert en découpe, puis-je te présenter Jane Doe numéro quarante-trois. Vous allez tous tailler dans le vif, et le meilleur découpeur gagne une inculpation.

Issler ferma les yeux et se mordit la lèvre inférieure de part en part. Le vieux Bidwell devint violacé et commença à écumer des lèvres. Je sentis à l'odeur que Durkin venait de lâcher le paquet dans son pantalon et je vis les poignets brisés d'Orchard, tordus à angles droits, la chair percée d'os et de tendons. Fritzie sortit un schlass de Pachuco et fit jaillir la lame.

— Montrez-moi comment vous avez fait, bande d'ordures. Montrez-moi ce que les journaux n'ont pas dit. Montrez-moi et je serai gentil avec vous, et vous n'aurez plus mal, plus mal du tout. Bucky, enlève-leur les menottes.

Mes jambes cédèrent. Je m'effondrai sur Fritzie, le bousculant et l'envoyant dinguer au sol, puis je courus jusqu'à l'alarme et tirai la manette. En réponse, une sirène code trois retentit si haut, si clair, si bien qu'on aurait dit que c'était ses ondes sonores qui me propulsèrent au-dehors de l'entrepôt puis dans le fourgon à poivrots pour m'accompagner tout au long du chemin jusqu'à la porte de Kay, sans une excuse, sans une parole loyale pour Lee.

C'est ainsi que s'accomplit, dans les règles, notre union, à Kay et à moi.

22

J'avais enclenché l'alarme et, de tous les actes de ma vie, ce fut celui qui me coûta le plus cher.

Loew et Vogel réussirent à étouffer l'affaire. On me vira des Mandats et Recherches et je me retrouvai en uniforme — rondes à pied, équipe de relève entre jour et nuit, autour du poste de Central, mon ancien territoire. Le lieutenant Jaskow, responsable du service, était copain comme cochon avec le procureur diabolique. Je savais qu'il était à l'affût de mes moindres gestes — attendant que je cafte ou que je me dégonfle ou que j'essaie d'une manière ou d'une autre de donner suite à cette erreur grossière que j'avais été forcé de commettre.

Je ne fis rien du tout. C'était la parole d'un agent avec cinq ans de service contre un homme engagé depuis vingt-deux ans et le futur procureur de la ville, avec en supplément leur atout caché : les agents de la voiture radio qui avaient répondu à l'alerte devinrent la nouvelle équipe des Mandats et Recherches de la division de Central, trouvaille heureuse et inattendue, assurée de leur clouer le bec et de les tenir satisfaits. Deux consolations m'empêchèrent de devenir cinglé : Fritzie n'avait tué personne ; et lorsque je vérifiai les registres des libérés à la prison municipale, j'appris que les quatre confesseurs avaient été soignés pour « blessures suivant collision automobile » au Queen of Angels, puis expédiés chacun dans un asile de fous différent pour « observation ». L'horreur me poussa à aller là où je n'avais jamais voulu me réfugier pendant longtemps, très longtemps.

Kay.

Cette première nuit, elle fut autant récipiendaire de mes chagrins que mon amante. J'avais peur du bruit, des mouvements brusques ; elle me déshabilla et m'obligea à ne plus bouger, en murmurant « et tout le tralala » chaque fois que j'essayais de parler de Fritzie et du Dahlia. Elle me toucha avec tant de douceur que c'était à peine si elle me touchait ; je touchai d'elle chaque parcelle, bonne, pleine et saine, jusqu'à ce que je sente mon propre corps cesser d'être de la viande de flic, dure et musclée. Puis nos deux corps s'éveillèrent l'un l'autre, avec lenteur, et nous fîmes l'amour, loin, très loin de Betty Short.

Une semaine plus tard, ce fut la rupture avec Madeleine, la «fille du coin» dont j'avais gardé l'identité secrète à Lee et Kay. Je n'invoquai pas de raison, et la petite fille à papa, la raclure de ruisseau, prit l'avantage sur moi alors que j'étais sur le point de raccrocher.

— Tu as trouvé quelqu'un de *sans danger* ? Tu reviendras, tu sais. Je lui ressemble, à elle.

Elle.

Un mois s'écoula. Lee ne revint pas, les deux trafiquants de drogue furent reconnus coupables pour les meurtres de De Witt et Chasco, ma petite annonce Feu et Glace continua à paraître dans les quatre quotidiens de L.A. L'affaire Short passa de la une aux dernières pages, les tuyaux se réduisirent presque à zéro, tout le monde excepté Russ Millard et Harry Sears retourna à son affectation d'origine. Ayant toujours charge d'*Elle*, Russ et Harry continuaient à passer leurs huit heures d'affilée au bureau et sur le terrain, et leurs soirées au El Nido à compulser le dossier. Lorsque je quittais mon service à 9 heures, j'allais leur rendre une petite visite en allant chez Kay, et ma stupéfaction grandissait de jour en jour de voir l'obsession s'installer chez monsieur Criminelle, qui en négligeait sa famille à force de fouiller dans les paperasses jusqu'à minuit. L'homme suscitait le désir de se confesser à lui ; lorsque je lui racontai l'histoire de Fritzie et de l'entrepôt, il me donna l'absolution sous la forme d'une accolade et d'une admonestation : «Passez l'examen de sergent ; dans un an environ, j'irai voir Thad Green. Il est en dette avec moi et, lorsque Harry partira à la retraite, vous deviendrez mon équipier. »

C'était une promesse chargée d'avenir, et elle me ramenait sans cesse au dossier. Durant mes jours de congé, maintenant que Kay travaillait, je n'avais rien à faire, aussi je les consacrai à lire et relire le dossier. Les chemises « R », « S » et « T » manquaient, ce qui était embêtant, mais, cela mis à part, c'était parfait. Ma vraie femme était parvenue à me faire repousser Betty Short au-delà d'une ligne Maginot où elle n'était plus que curiosité professionnelle, et je continuais à lire, réfléchir et échafauder des hypothèses avec l'objectif de devenir un bon inspecteur — itinéraire qui était le mien lorsque j'avais déclenché l'alarme. J'avais parfois la sensation que les liens entre les faits suppliaient que je les établisse, parfois je me maudissais de ne pas posséder dix pour cent de plus de matière grise, parfois les copies carbone me faisaient simplement repenser à Lee.

Je continuai avec la femme qu'il avait sauvée du cauchemar. Kay et moi jouions à mari et femme trois et quatre fois par semaine, à des heures tardives maintenant que je travaillais dans l'équipe mi-jour mi-nuit. Nous faisions l'amour à notre tendre manière, nous parlions des tristes événements de ces derniers mois et, même si je faisais preuve de bonté et de douceur, je ne cessais pas néanmoins de me torturer intérieurement dans l'attente d'une conclusion extérieure — Lee de retour, le tueur du Dahlia sur un plateau, la Flèche Rouge une fois encore avec Madeleine au pieu, ou Ellis Loew et Fritzie Vogel cloués à une croix. En accompagnement, je me voyais rejouant sans rien en perdre cette scène de laideur où je frappais Cecil Durkin, en me reposant immanquablement la question : jusqu'où serais-tu allé cette nuit-là ?

C'est au cours de ma ronde que je me rongeais le plus. Mon secteur se situait à l'est de la 5e Rue, de Main jusqu'à Stanford, bas-fonds et quartier mal famé. Banques de sang, magasins de spiritueux qui vendaient leurs tord-boyaux exclusivement par demi-pintes et carafons, gîtes de passage à cinquante *cents* la nuit et missions délabrées. La règle tacite, c'était que les flics de peine qui marnaient à pied dans le quartier étaient des travailleurs de force. On mettait fin aux querelles de bouteille en tabassant les poivrots à la matraque ; on virait les négros des boîtes de travail journalier quand ils insistaient pour qu'on les engage. On coffrait sans distinction soûlauds et chiffonniers pour satisfaire aux quotas de la municipalité, et on les tabassait s'ils essayaient de monter dans le fourgon. C'était un travail d'usure, et les seuls agents qui y excellaient, c'était les bouseux transplantés, les fouteurs de merde de l'Oklahoma, qu'on avait embauchés pendant la guerre, quand il y avait pénurie de personnel. Je faisais mes rondes sans enthousiasme : des petits coups de bâton, dix ou vingt sous que je refilais aux poivrots pour les faire dégager des rues et rentrer dans les bistrots où je n'aurais pas à les alpaguer, des quotas très faibles pour mes ramassages d'ivrognes. Je me fis un nom et une réput' dans l'équipe, à Central : la chialeuse. Par deux fois Johnny Vogel me surprit à distribuer de la menue monnaie et hurla d'un énorme éclat de rire. Le lieutenant Jaskow me classa en catégorie D dans son rapport sur ma forme physique après mon premier mois d'uniforme. Une employée de bureau me dit qu'il avait fait état de ma « répugnance à faire suffisamment usage de sa force avec des délinquants récalcitrants ». Kay prit son pied à lire la phrase, mais je voyais, quant à moi, les rapports s'accumuler en une pile si haute que même toute l'influence de Russ Millard ne me permettrait jamais de retourner au Bureau.

Je me retrouvais donc à l'endroit où j'étais avant le combat et avant l'emprunt, seulement un peu plus à l'est et à pied. Les bruits avaient fait rage au cours de mon ascension jusqu'aux Mandats et Recherches ; aujourd'hui, ma chute était l'objet de spéculations. Pour les uns, on m'avait fait dégringoler pour avoir tabassé Lee, selon d'autres, j'avais débordé sur le territoire de la division d'East Valley et leurs prérogatives de présentations d'assignations, ou bien je m'étais dégonflé au cours d'un combat avec le jeune bleu de la 77ᵉ Rue qui avait gagné les Gants d'Or en 46 ; ou encore j'avais encouru les foudres d'Ellis Loew en laissant filtrer des infos sur le Dahlia jusqu'à une station de radio opposée à sa candidature de futur procureur. Chaque bruit de couloir faisait de moi quelqu'un qui vous poignardait dans le dos, un bolchevik, un lâche et un imbécile ; lorsque le rapport sur ma forme physique, à la fin de mon second mois, se termina par les mots suivants : « Le comportement passif en service de cet agent lui a valu l'hostilité de tous les policiers en patrouille soucieux de faire respecter la loi », je commençai à songer à distribuer des billets de cinq sacs à tous les poivrots et des branlées à tous les uniformes bleus qui me lanceraient un regard, ne serait-ce qu'un tout petit peu chargé de suspicion.

Puis *elle* réapparut.

Je ne pensais jamais à elle pendant mes rondes ; lorsque j'étudiais le dossier, ce n'était que les résultats de policiers qui avaient trimé dur, des faits et des théories établis à partir d'un facteur commun, un cadavre déjà froid à l'arrivée de la police. Lorsque mes rapports physiques avec Kay allaient trop loin dans la tendresse, elle venait à l'aide, remplissait son office et était bannie dès que nous en avions terminé. Elle vivait pendant les heures où j'étais endormi sans défense.

C'était toujours le même rêve. J'étais à l'entrepôt avec Fritz Vogel, en train de battre à mort Cecil Durkin. Elle regardait, hurlant qu'aucun de ces cinglés ne l'avait tuée, me promettant de m'aimer si je parvenais à stopper Fritzie qui frappait Charlie Issler. J'arrêtais, car je voulais lui faire l'amour. Fritzie continuait son carnage, et Betty pleurait sur Charlie pendant que je la possédais.

Je me réveillais toujours en accueillant la lumière du jour avec reconnaissance, en particulier lorsque Kay se trouvait à mes côtés.

Le 4 avril, presque deux mois et demi après la disparition de Lee, Kay reçut une lettre sur papier à en-tête officiel du L.A.P.D.

3-4-1947.

Chère mademoiselle Lake,

Nous tenons à porter à votre connaissance les faits suivants : Leland C. Blanchard a été rayé des cadres des Services de Police de Los Angeles en bonne et due forme pour raison de turpitude morale. Sa radiation prend effet au 15-3-47. « Vous étiez la bénéficiaire de son compte au Crédit municipal unifié de Los Angeles, et puisque M. Blanchard reste introuvable, nous considérons qu'il est juste et équitable que le solde créditeur vous en soit adressé. Cordialement à vous.

Léonard V. Strock
Sergent
Division du personnel »

On y avait joint un chèque de 14,11 dollars. Je piquai une crise de folie meurtrière et attaquai le dossier en lieu et place de mon nouvel ennemi — la bureaucratie qui me possédait.

23

Deux jours plus tard, le lien manquant jaillit de la copie carbone et me saisit à pleines couilles.

C'était mon propre rapport d'interrogatoire classé à la date du 17-1-47. Sous « Marjorie Graham », j'avais écrit : « M.G. a déclaré qu'E. Short utilisait des variantes de son prénom selon les personnes avec lesquelles elle se trouvait ».

Bingo.

J'avais entendu appeler Elizabeth Short des noms de « Betty », « Beth » et une ou deux fois « Betsy », mais *seul* Charles Michael Issler, un *maquereau*, avait fait référence à elle sous le nom de « Lizz ». À l'entrepôt, il avait nié la connaître. Je me rappelai qu'il ne m'avait pas marqué comme assassin possible mais qu'il m'avait néanmoins paru pas très net. Lorsqu'il m'était arrivé précédemment de penser à l'entrepôt, ce qui me revenait avec force, c'était Durkin et le macchab ; je repassai mon film uniquement à la recherche de faits.

Fritzie avait à moitié tué Issler de ses coups, ignorant les trois autres cinglés.

Il avait mis l'accent sur des points mineurs, hurlant : « Parle-moi des derniers jours du Dahlia », « Dis-moi ce que tu sais », « Dis-moi ce que tes filles t'ont dit. »

Issler avait répondu : « Je vous ai connu aux Mœurs. »

Je songeai à Fritzie et à ses mains qui tremblaient au début de cette fameuse nuit ; je me rappelai qu'il avait hurlé à Lorna Martilkova : « T'as fait la pute avec le Dahlia, hein, fillette ? *Dis-moi où tu te trouvais pendant ces derniers jours !* » Et enfin le bouquet final : les murmures de Fritzie et Johnny Vogel pendant le trajet de la Vallée :

— *J'ai prouvé que j'étais pas une chochotte. Les choutes pourraient pas faire ce que j'ai fait.*

— *Tais-toi, bordel de Dieu !*

Je courus dans le couloir, mis une pièce dans le téléphone et composai le numéro de Russ Millard au Bureau.

— Central Criminelle, lieutenant Millard.

— Russ, c'est Bucky.

— Quelque chose qui ne va pas, brillant jeune homme ? Vous avez l'air de trembler de partout.

— Russ, je crois que j'ai quelque chose. Je ne peux

rien vous dire maintenant, mais j'ai besoin de deux services.

— C'est au sujet d'Elizabeth ?

— Oui ! Bordel de Dieu, Russ...

— Chut, allez-y.

— J'ai besoin que vous me procuriez le dossier de Charles Michael Issler aux Mœurs. Il a déjà eu trois condamnations, c'est pourquoi je sais que le dossier existe.

— Et puis ?

Je déglutis, la gorge sèche.

— Je veux que vous vous renseigniez sur les emplois du temps de Fritz Vogel et Johnny Vogel du 10 au 15 janvier.

— Vous voulez me faire croire que...

— Tout ce que je vous dis, c'est peut-être. Et un solide peut-être.

— Où êtes-vous ? demanda-t-il après un long silence.

— Au El Nido.

— Restez sur place. Je vous rappelle dans une demi-heure.

Je raccrochai et j'attendis, pensant à une belle revanche auréolée de gloire. Dix-sept minutes plus tard, le téléphone sonna. Je me précipitai.

— Russ, qu'est-ce que...

— Le dossier est manquant. J'ai vérifié les « I » moi-même. On les a tous remis dans le désordre, aussi je dirais que ça a été piqué récemment. Pour le reste, Fritzie était de service au bureau tous les jours pendant cette période, il a même fait des heures sup sur des affaires en cours, et Johnny était en congé, où ? je ne sais pas. Et maintenant, allez-vous expliquer ce qui se passe ?

Il me vint une idée.

— Pas maintenant. Retrouvez-moi ici ce soir. Tard — Si je ne suis pas là, attendez-moi.

— Bucky...

— Plus tard, Padre.

Cet après-midi-là, je téléphonai que j'étais malade ; cette nuit-là, je commis deux délits d'effraction.

Ma première victime faisait le poste mi-jour mi-nuit ; j'appelai la division du Personnel en me faisant passer pour un employé du service Paiements de la municipalité afin d'obtenir son adresse personnelle et son numéro de téléphone. L'agent que j'eus au bout du fil cracha le morceau. Au crépuscule, je me garai de l'autre côté de la rue et passai en revue l'immeuble que Johnny Vogel appelait sa maison.

C'était un immeuble en stuc de quatre appartements sur Mentone à la sortie de L.A. vers Culver City, une bâtisse rose saumon jouxtée de bâtiments semblables peints en beige et vert clair. Juste au coin se trouvait une cabine téléphonique ; je composai le numéro de Johnny Pue-du-bec, précaution supplémentaire pour m'assurer que le salopard n'était pas chez lui. Je laissai sonner vingt fois. J'entrai calmement jusqu'à une porte du rez-de-chaussée marquée « Vogel » au-dessus de la fente à courrier, triturai la serrure d'une épingle à cheveux pliée en deux et pénétrai dans l'appartement.

Une fois à l'intérieur, je retins ma respiration, m'attendant à moitié à ce qu'un chien tueur me bondisse dessus. Je contrôlai le cadran lumineux de ma montre et décidai de m'accorder dix minutes maxi, avant de cligner des yeux à la recherche d'une lampe.

Je vis un lampadaire. Je m'avançai, tirai le cordon et allumai sur un petit salon bien net. Il y avait un canapé d'occasion propret avec fauteuils assortis, une cheminée factice, des photos nunuches de Rita Hayworth, Betty Grable et Ann Sheridan scotchées au mur, et ce qui ressemblait à un véritable drapeau jap capturé à l'ennemi, étalé sur la table basse. On avait posé le téléphone par terre près du canapé, à côté d'un répertoire d'adresses ; j'y passai la moitié du temps que je m'étais accordé.

Je contrôlai chaque page. Pas de Betty Short ni de Charles Issler, et aucun des noms répertoriés ne correspondait à ceux du dossier ou du « petit carnet noir de Betty ». Cinq minutes passées, il en restait cinq.

Attenant au salon, il y avait une cuisine, un coin repas et une chambre. J'éteignis la lampe, me déplaçai dans l'obscurité jusqu'à la porte entrouverte de la chambre et tâtonnai sur le mur à la recherche d'un interrupteur. J'en trouvai un et j'allumai.

Apparurent un lit défait, quatre murs tendus de drapeaux jap et une grosse commode en piteux état. J'ouvris le tiroir du haut et j'y vis trois Luger allemands, des chargeurs de rechange et des balles en vrac — et je me mis à rire devant le goût de Johnny l'Axe. Puis j'ouvris le tiroir du milieu et je fus pris de picotements sur tout le corps.

Harnais de cuir noir, chaînes, fouets, colliers de chien cloutés, préservatifs de Tijuana qui vous rajoutaient dix centimètres et un gland en matraque. Livres de cul avec des photos de femmes nues en train de se faire fouetter par d'autres femmes pendant qu'elles suçaient des mecs à grosses pines harnachés de cuir. Gros plans sur des grosses, des marques de piqûres, des ongles au vernis écaillé et des yeux vitreux de droguées. Pas de Betty Short, ni de Lorna Martilkova, pas de décor à l'égyptienne comme dans les *Esclaves de l'Enfer* ou de lien avec Duke Wellington, mais un attirail — les fouets pour les « marques légères » du coroner — qui suffisait à classer Johnny Vogel comme suspect numéro un dans l'affaire du Dahlia.

Je fermai les tiroirs, éteignis la lumière d'une pichenette, retournai dans le salon avec mes picotements et rallumai le lampadaire pour reprendre le répertoire. Le numéro de « Papa-Maman » était Granite — 9401. Si je n'obtenais pas de réponse, le lieu de l'effraction numéro deux se trouvait à dix minutes en voiture.

Je composai le numéro ; le téléphone de Fritzie Vogel sonna vingt-cinq fois. J'éteignis la lumière et me tirai des pattes.

La petite maison en bois de Vogel Senior était dans l'obscurité totale lorsque je me garai en face. Je restai au volant en essayant de me souvenir de la disposition des lieux lors de ma précédente visite : deux chambres donnant sur un long couloir, la cuisine, une entrée de service avec perron sur l'arrière, et une porte fermée de l'autre côté du couloir, la salle de bains. Si Fritzie avait un petit repère privé, ça ne pouvait être que là.

Je pris l'allée qui menait à l'arrière de la maison. La porte-moustiquaire donnant sur le perron de service était ouverte ; sur la pointe des pieds, je laissai derrière moi une machine à laver et avançai jusqu'à l'entrée proprement dite. La porte était en bois massif mais je passai la main sur le chambranle et vis qu'elle ne se verrouillait que par un simple crochet passé dans un œilleton. Je secouai la poignée et sentis un jeu suffisant ; si je pouvais faire sauter le petit bout de métal, j'étais dans la place.

Je me mis à genoux et tâtonnai sur le plancher ; ma main toucha une mince tige de métal nu. Je me mis à la tripoter comme un aveugle et je compris que je tenais une vieille baguette de jauge à huile. Je souris devant ce coup de veine, me remis debout et ouvris la porte.

Je m'accordai quinze minutes maxi ; je traversai la cuisine et m'engageai dans le couloir, les mains tendues devant moi pour détourner les obstacles invisibles. Une veilleuse brûlait dans l'embrasure de la salle de bains — m'indiquant la porte en face que j'espérais être le repère de Fritzie. J'essayai la poignée — et la porte s'ouvrit.

La petite pièce était d'un noir d'encre. Je rebondis sur les murs et me cognai aux cadres, me sentant glacé d'angoisse jusqu'à ce que ma jambe frôle quelque chose de grand et de pas très stable. La chose était sur le point de basculer lorsque je compris que c'était une lampe à col de cygne ; j'en trouvai le globe et appuyai sur l'interrupteur.

Lumière.

Les gravures étaient des photographies de Fritzie en uniforme, en civil, au garde à vous avec le reste de la promotion 1925 de l'Académie. Contre le mur du fond, il y avait un bureau, face à la fenêtre aux rideaux de velours, un fauteuil pivotant et un meuble-classeur.

J'ouvris le compartiment supérieur et feuilletai les chemises de kraft marquées « Rapport Renseignements — Division Escroqueries » « Rapport Renseignements — Division Cambriolages » « Rapport Renseignements — Division Vols » chacune portant sur un index latéral des noms de personnes. Je cherchai un dénominateur commun et je vérifiai les premiers feuillets des trois chemises suivantes, pour n'y trouver qu'une feuille de copie carbone.

Mais à eux seuls, ces feuillets me suffisaient.

C'était des relevés comptables, des listes de relevés bancaires et autres garanties, des fiches de renseignements sur des criminels connus que les services de police ne pouvaient poursuivre légalement. Les destinataires clairement désignés en tête de chaque feuillet le disaient sans ambiguïté. Le L.A.P.D. refilait aux Fédés des tuyaux brûlants de façon qu'ils puissent démarrer leurs enquêtes sur les fraudes fiscales. Des notes manuscrites — numéros de téléphone, noms et adresses — remplissaient les marges et je reconnus l'écriture et le stylo Parker de Fritzie.

Ma respiration se fit courte, de brèves bouffées d'air froid, lorsque je compris : extorsion. Ou bien il forçait la main des truands grâce aux infos des dossiers, ou il leur fournissait des tuyaux contre argent comptant sur les descentes imminentes des Fédés.

— Extorsion, premier degré.

— Vol et recel de documents officiels du L.A.P.D.

— Entrave à enquête fédérale.

Mais pas de Johnny Vogel, pas de Charlie Issler, pas d'Elizabeth Short.

Je fouillai avidement quatorze autres chemises, et je retrouvai les mêmes rapports financiers et les mêmes gribouillages dans chacune d'elles. Je mémorisai les noms des étiquettes, puis passai au compartiment inférieur. Je vis « Rapport Récidive — Service Mœurs » sur le premier dossier et je sus que j'avais touché le gros lot.

La première page détaillait les arrestations, les modus operandi (M.O.) et les aveux, toute la carrière de Charles Michael Issler, sexe masculin, race blanche, né à Joplin, Missouri, en 1911 ; en page deux était établie la liste de ses « relations connues » (R.C.) Une vérification effectuée en juin 1946 par son officier de probation de son « catalogue de putes » donnait les noms de six filles, suivis de leurs numéros de téléphone, des dates d'arrestations et des clauses de leurs condamnations pour racolage. Sous l'intitulé : « Pas de casier Prostitution » s'ajoutaient quatre noms féminins supplémentaires. Le troisième nom de la liste était « Lizz Short — ponctuellement ? »

Je tournai la page et lus la colonne intitulée « R.C. — suite » ; un nom me harponna : « Sally Stinson » se trouvait dans le petit carnet noir de Betty Short, et aucune des quatre équipes d'interrogatoire n'avait été capable de la localiser. Entre parenthèses, à côté de son nom, un inspecteur des Mœurs avait noté au crayon « Exerce à partir du bar du Biltmore — michés congressistes ». Des griffonnages dans une encre de même couleur que celle de Fritzie entouraient la remarque.

Je m'obligeai à réfléchir comme un inspecteur, et non comme un môme qui a soif de revanche. Mis à part le côté extorsion, il était certain que Charlie Issler connaissait Betty Short. Betty connaissait Sally Stinson qui racolait dans le coin du Biltmore. Fritz Vogel ne voulait pas que quiconque l'apprenne. Il avait probablement arrangé le coup de l'entrepôt pour connaître les renseignements que Sally et/ou ses autres filles avaient donnés à Issler au sujet de Betty et des hommes avec qui elle avait été récemment.

— J'ai prouvé que j'étais pas une chochotte. Les choutes pourraient pas faire ce que j'ai fait. *Je suis plus puceau*, alors m'appelle pas chochotte.

Je remis les chemises en place, fermai le classeur, éteignis la lumière et remis le loquet en place avant de sortir par la porte de devant, comme si j'étais le propriétaire, en me demandant un court instant s'il existait un lien entre Sally Stinson et les « S » manquants dans le dossier de l'affaire. Je marchais sur des nuages en rejoignant ma voiture et je savais que c'était impossible — Fritzie ne savait même pas que la pièce de travail du El Nido existait. Puis une autre pensée prit le pas sur la précédente : si Issler avait craché le morceau sur « Lizz » et ses façons d'opérer, j'aurais tout entendu. Fritzie était certain qu'il pourrait me clouer le bec. Il me sous-estimait et j'allais le lui faire payer.

***

Russ Millard m'attendait avec deux mots à la bouche : « Au rapport ».

Je lui racontai toute l'histoire en détail. Lorsque j'en eus terminé, il salua Elizabeth Short sur le mur et dit : « Nous progressons, petite », en me tendant la main de manière très formelle.

Je la lui serrai, comme un père celle de son fils après le grand match.

— Et maintenant, Padre ?

— Maintenant, vous reprenez votre service comme si de rien n'était. Harry et moi, nous allons aller secouer Issler chez les cinglés et je vais désigner quelques hommes pour retrouver la trace de Sally Stinson en douceur.

— Et Fritzie ?

Je déglutis.

— Il faut que je réfléchisse.

— Je veux qu'on l'épingle.

— Je le sais très bien. Mais pensez à une chose. Les hommes qu'il a fait chanter sont des criminels qui ne témoigneraient jamais contre lui devant un tribunal, et s'il a vent de ça et détruit ses copies, nous ne pourrons même pas le coincer pour faute de conduite interservices. Tous ces renseignements sans exception devront être corroborés, pour l'instant, il n'y a que nous. Et vous, vous feriez bien de vous calmer et de vous maîtriser jusqu'à ce que ce soit terminé.

— Je veux être de la partie quand on le coincera.

Russ acquiesça.

— Je n'envisageais pas la chose autrement.

Il salua Elizabeth de son chapeau en se dirigeant vers la porte.

***

Je retournai à mes rondes et à mon poste, je continuai à jouer la chialeuse ; Russ mit des hommes sur la piste de Sally Stinson. Le lendemain, il m'appela à la maison pour me donner des nouvelles fraîches, l'une bonne, l'autre mauvaise.

Charles Issler s'était trouvé un avocat pour qu'il engage une demande d'habeas corpus ; on l'avait libéré de l'asile de Mira Loma trois semaines auparavant. Son appartement de L.A. avait été nettoyé par le vide ; il était introuvable. C'était un sale coup dans la gueule, mais il fut compensé par la confirmation du chantage exercé par Vogel.

Harry Sears avait vérifié le dossier d'arrestations criminelles de Fritzie — des Mœurs en 1934 jusqu'à son

312

poste actuel aux inspecteurs de Central. À un moment ou à un autre, Vogel avait arrêté chacun des hommes dont les noms étaient cités sur les copies comptables du L.A.P.D. — F.B.I. Et les Fédés n'en avaient pas inculpé un seul.

Le lendemain, je n'étais pas de service et je passai la journée avec le dossier, en pensant « *corroborer les faits* ». Russ appela pour me dire qu'il n'avait pas la moindre piste sur Issler, tout portait à croire qu'il s'était tiré de la ville. Harry gardait Johnny Vogel sous surveillance flottante, pendant et en dehors de son service ; un pote qui travaillait aux Mœurs d'Hollywood Ouest, dans les services du shérif, avait craché quelques adresses de R.C. — des ami(e)s de Sally Stinson. Une demi-douzaine de fois, Russ me dit d'y aller mollo et de ne pas brûler les étapes. Il comprenait sacrément bien que je voyais déjà Fritzie à Folsom[1] et Johnny dans la Petite Pièce Verte[2].

Il était prévu que je retourne au travail jeudi, et je me levai tôt afin de passer une longue matinée en tête à tête avec le dossier. Je préparais mon café lorsque le téléphone sonna. Je décrochai.

— Oui ?

— C'est Russ. On a Sally Stinson. Rendez-vous au 1546 Havenhurst Nord dans une demi-heure.

— Ça roule.

***

L'adresse correspondait à un immeuble style château espagnol : ciment blanchi en forme de tourelles ornementales, balcons surmontés d'un auvent aux couleurs passées. Des escaliers menaient aux portes des apparte-

---

1. Folsom : pénitencier.
2. Pièce où l'on exécute les condamnés à mort.

ments. Russ se tenait à côté d'un d'entre eux, à l'extrême droite.

Je laissai ma voiture en zone rouge et arrivai au trot. Un homme en costume débraillé et chapeau-cotillon en papier descendit le passage pour piétons en se pavanant, avec sur le visage un sourire satisfait.

— La relève, hein ? dit-il d'une voix traînante. On se met à deux contre un, oh ! là ! là !

Russ ouvrit la marche dans l'escalier. Je frappai à la porte.

Une blonde plus toute jeune, les cheveux en désordre et toute barbouillée de maquillage l'ouvrit avec violence en crachant :

— Qu'est-ce que tu as oublié ce coup-ci ? puis : Oh ! merde !

Russ lui montra son insigne.

— L.A.P.D. Êtes-vous Sally Stinson ?

— Non, je suis Eleanor Roosevelt. Écoutez, j'ai craché au bassinet du shérif plus qu'il n'en faut ces derniers temps, alors, côté oseille, je suis à sec. L'autre côté, ça vous dit ?

J'essayai d'entrer en jouant des coudes ; Russ m'attrapa le bras.

— Mlle Stinson, c'est au sujet de Lizz Short et de Charlie Issler, vous choisissez : ici ou à la prison de femmes.

Sally Stinson agrippa le devant de son peignoir et le pressa contre son corsage.

— Écoutez, j'ai tout dit à l'autre gars, dit-elle.

Puis elle s'arrêta et serra les bras contre sa poitrine. Elle ressemblait à la pute, pauvre victime, qui allait affronter le monstre dans les vieux films d'horreur. Je savais exactement qui était *son* monstre à elle.

— Nous ne sommes pas avec lui. Nous voulons simplement vous parler de Betty Short.

— Et il en saura rien ? dit-elle en nous jaugeant du regard.

314

— Non, mentit Russ en lui lançant son sourire de père confesseur. Ça restera strictement confidentiel.

Sally se recula sur le côté. Russ et moi, nous entrâmes dans l'archétype de la grande pièce d'une piaule de passe — des meubles bon marché, des murs nus, des valises alignées dans un coin pour une fuite rapide. Sally verrouilla la porte.

— Qui est ce gars dont nous parlons, mademoiselle Stinson ? lui demandai-je.

Russ resserra son nœud de cravate, je la fermai. Sally désigna le canapé du doigt.

— Il va falloir faire fissa. Réchauffer les vieilles rancunes, c'est contre ma religion.

Je m'assis ; le crin du bourrage et la pointe d'un ressort jaillirent du canapé à quelques centimètres de mon genou. Russ s'installa dans un fauteuil et sortit son calepin ; Sally prit place sur les valises, le dos au mur et les yeux sur la porte comme une spécialiste aguerrie de la carapate. Elle commença par la phrase cliché de l'affaire Short, les mots d'introduction les plus souvent entendus :

— Je ne sais pas qui l'a tuée.

— Ça me paraît correct, dit Russ, mais commençons par le commencement. Quand avez-vous rencontré Lizz Short ?

— L'été dernier, dit-elle en se grattouillant une marque de suçon dans le décolleté. Peut-être en juin.

— Où ça ?

— Au bar du Yorshire House Grill, en ville. J'étais à moitié pompette et j'attendais mon... enfin, j'attendais Charlie I. Lizz faisait ses manœuvres d'approche sur un vieux machin à l'air plein aux as, mais elle y allait trop fort. Elle lui a fichu les jetons et il s'est taillé. Alors on a commencé à parler et Charlie est arrivé.

— Et ensuite, dis-je ?

— On a découvert qu'on avait tous beaucoup de choses en commun. Lizz a dit qu'elle était fauchée,

Charlie a dit : « Tu veux te faire quarante sacs vite fait ? » Lizz a répondu : « Oui. » Charlie nous envoie en doublette au congrès des revendeurs de textile au Mayflower.

— Et puis ?

— Lizz était super-douée. Vous voulez des détails, attendez que je publie mes mémoires. Mais je vais vous dire une chose : je suis plutôt douée pour faire croire que j'aime ça, mais Lizz, elle était géniale. Son truc, c'était qu'elle gardait toujours ses bas, mais c'était une virtuose. Elle méritait un Oscar.

Je songeai au film porno, et à l'étrange entaille sur la cuisse de Betty.

— Savez-vous si Lizz a jamais joué dans des films pornographiques ?

— Non, dit Sally en secouant la tête, mais si elle l'avait fait, elle aurait été géniale.

— Vous connaissez quelqu'un du nom de Walter « Duke » Wellington ?

— Non.

— Linda Martin ?

— Que dalle.

Russ prit le relais.

— Vous avez monté d'autres coups avec Lizz ?

— Quatre ou cinq l'été dernier. Dans les hôtels. Des congressistes.

— Vous vous rappelez des noms ? Des organismes ? Des descriptions ?

Sally éclata de rire et se gratta le décolleté.

— Monsieur le policier, mon premier commandement, c'est garder les yeux fermés et essayer d'oublier. Et je suis douée pour ça

— Est-ce qu'il vous est arrivé de bosser au Biltmore ?

— Non. Au Mayflower, à l'Hacienda House. Peut-être au Rexford.

— Est-ce qu'il y a eu des clients qui ont réagi bizarrement devant Lizz ? Qui ont été méchants ?

— Ils étaient surtout très contents, dit-elle en hurlant de rire, tellement elle faisait bien semblant.

Ça me démangeait qu'on en arrive à Vogel et je changeai de sujet.

— Parlez-moi de vous et de Charlie Issler. Saviez-vous qu'il avait avoué pour le meurtre du Dahlia ?

— Non, au début, je le savais pas. Ensuite… eh bien disons que je n'ai pas été surprise quand j'en ai entendu parler. Charlie, il a c'qu'on pourrait appeler un désir violent de confession. Quand une pute se fait rétamer et qu'on en parle dans les journaux, salut Charlie et préparez la teinture d'iode quand il revient, pasqu'y s'débrouille toujours pour se faire passer à tabac.

— Pourquoi croyez-vous qu'il fasse ça ?

— Une conscience coupable, ça vous va ?

— Et ça, ça vous va comment ? Dites-nous où vous étiez du 10 au 15 janvier, et parlez-nous un peu du mec que vous n'aimez pas, et nous non plus.

— On dirait que j'ai vraiment le choix.

— Vous l'avez. Vous nous parlez ici ou devant une gouine de matrone en ville.

Russ tira sur sa cravate — violemment.

— Vous souvenez-vous où vous vous trouviez à ces dates, mademoiselle Stinson ?

Sally alla pêcher cigarette et allumettes dans sa poche et souffla de la fumée.

— Tous ceux qui connaissaient Lizz savent où ils se trouvaient à ce moment-là. Comme si c'était FDR qui était mort. Vous souhaitez pouvoir revenir en arrière, vous savez, et changer le cours des choses.

Je commençai à m'excuser pour ma manière de faire. Russ me battit au poteau.

— Mon collègue ne voulait pas être méchant, mademoiselle Stinson. Il en fait une affaire personnelle.

C'était une intro rêvée. Sally Stinson balança sa cigarette par terre, l'écrasa de son pied nu puis tapota les valises.

— Moi, c'est salut la compagnie aussitôt que vous aurez franchi la porte. Je vais vous répondre, mais je dirai que dalle au procureur, au Grand Jury ou aux autres flics. Et ça, c'est sûr. Vous franchissez la porte et adieu Sally.

— Marché conclu, dit Russ.

Sally reprit des couleurs ; le rose aux joues et la colère dans son regard la rajeunirent d'une bonne dizaine d'années.

— Le vendredi 10, j'ai eu un coup de fil à l'hôtel où j'étais. Le mec m'a dit qu'il était un ami de Charlie et qu'il voulait m'engager pour un jeune gars qui était encore puceau. Une séance de deux jours au Biltmore, cent cinquante sacs. Je lui ai dit que j'avais pas vu Charlie depuis un bout de temps, comment il a eu mon numéro. Le mec me répond : « Vous en faites pas, retrouvez-moi avec le môme devant le Biltmore demain à midi. »

« J'étais sans un, alors je dis d'accord, et je retrouve les deux mecs. Deux gros tas de lard enfouraillés, deux portraits crachés, je comprends tout de suite que c'est des flics, le père et le fils. On me file le pognon, le fils a mauvaise haleine mais j'ai déjà vu pire. Il me dit le nom du Papa et je commence à avoir les foies, mais le Papa se tire et le fils est tellement paumé que je comprends que j'aurai pas de mal à m'en occuper. »

Sally alluma une autre cigarette. Russ me fit passer des photos « fichier du personnel » des deux Vogel ; je les lui donnai.

— Plein dans le mille, dit Sally en leur brûlant la figure du bout de sa Chesterfield avant de continuer.

— Vogel avait fait réserver une suite. Le fiston et moi, on tire notre coup, et le voilà qui essaie de me faire jouer avec ces petits gadgets sexuels qu'il avait achetés et qui me filaient les boules. « Que dalle je lui dis, que dalle, que dalle. » Il me dit qu'il me donnera vingt sacs de rab si je me laisse un peu fouetter pour le plaisir. « Quand les poules auront des dents », je lui dis. Alors il…

J'interrompis son récit.

— A-t-il parlé de films pornos ? De trucs de gouines ?

— Il a parlé de base-ball et de son zizi, répliqua Sally. Il l'appelait son gros Schnitzel et vous savez quoi ? C'était même pas vrai.

— Continuez, mademoiselle Stinson, dit Russ.

— On a baisé tout l'après-midi, et le môme, il s'arrêtait pas de parler des Brooklyn Dodgers et de son gros Schnitzel jusqu'à ce que j'en puisse plus. Je lui dis alors : « On va dîner et prendre un peu l'air », et on descend dans le salon de l'hôtel.

« Lizz était là, assise dans un coin. Elle me dit qu'elle a besoin de fric, et comme je vois qu'elle ne déplaît pas au fiston, j'arrange le coup, une passe pendant ma passe. On retourne à la suite, et je souffle un peu pendant qu'y font ça dans la salle de bains. Lizz se taille aux environs de minuit et demi, me murmure "petit Schnitzel" et je ne l'ai plus jamais revue jusqu'à ce que je voie sa photo dans tous les journaux. »

Je regardai Russ. Il articula sans bruit le nom de « Dulange ». J'acquiesçai d'un signe de tête, m'imaginant Betty Short libre comme l'air jusqu'à ce qu'elle rencontre Joe le Français le matin du 12. Les derniers jours du Dahlia commençaient à se remplir.

— Vous et Johnny Vogel vous êtes retournés à vos petites affaires à ce moment-là ? demanda Russ.

— Oui, dit Sally en balançant les photos « personnel » par terre.

— Est-ce qu'il vous a parlé de Lizz Short ?

— Il a dit qu'elle avait aimé son gros Schnitzel.

— Vous a-t-il dit s'ils avaient prévu de se revoir ?

— Non.

— A-t-il, d'une manière ou d'une autre, parlé de Lizz et de son père ?

— Non.

— Qu'a-t-il dit de Lizz ?

Sally s'enserra la poitrine de ses bras.

— Il a dit qu'elle aimait jouer à ça. J'ai dit : « Quel genre de jeux ? » et Fiston a répondu : « Maître et esclave » et : « Flic et pute ».

— La suite, s'il vous plaît, dis-je. Sally jeta un coup d'œil en direction de la porte.

— Deux jours après que Lizz a fait la une de tous les journaux, Fritz Vogel est venu dans mon hôtel et m'a dit que son fils lui avait dit qu'il l'avait sautée. Il m'a dit qu'il avait eu mon nom dans un dossier quelconque, et qu'il s'était renseigné sur mes… fournisseurs. J'ai parlé de Charlie I, et Vogel s'est souvenu de lui quand il avait travaillé sur cette grosse affaire aux Mœurs. Puis il a eu les foies pasqu'y s'est souvenu que Charlie avait ce problème des aveux. Il a appelé un collègue à lui au téléphone et lui a dit de piquer un rapport aux Mœurs dans le dossier de Charlie, puis il a passé un autre coup de fil qui l'a rendu cinglé ; pasque celui à qui il a parlé lui a dit que Charlie était déjà en cabane et qu'il avait déjà avoué pour Lizz.

« Il m'a passée à tabac après ça. Il m'a posé plein de questions, genre : est-ce que Lizz elle dirait à Charlie qu'elle avait monté le fils d'un flic ? Je lui ai dit que Charlie et Lizz se connaissaient à peine, qu'il l'avait envoyée sur quelques coups il y a des mois de ça, mais il a continué à me taper dessus, et il m'a dit qu'il me tuerait si je racontais quoi que ce soit à la police sur son fils et le Dahlia. »

Je me levai pour partir ; Russ resta sans bouger.

— Mademoiselle Stinson, vous avez déclaré que lorsque Johnny Vogel vous a donné le nom de son père, vous avez eu les foies. Pourquoi ?

— Une histoire que j'ai entendue, murmura Sally.

Soudain, elle eut l'air plus qu'usée — une antiquité.

— Quel genre d'histoire ?

Le murmure de Sally se craquela.

— Comment y s'est fait virer de cette grosse affaire aux Mœurs.

Je me souvins des paroles de Bill Koenig — que Fritzie avait attrapé la vérole auprès des radasses quand il travaillait aux Mœurs, et qu'on l'avait mis au placard pour qu'il se fasse un traitement au mercure.

— Il a chopé le paquet, exact ?

Sally se racla la gorge et dit d'une voix claire :

— J'ai entendu dire qu'il a attrapé la chtouille et que ça l'a rendu cinglé. Il pensait que c'était une fille de couleur qui lui avait refilé ça, alors il est allé à Watts, il a fait une descente dans une maison et il a obligé toutes les filles à passer à la casserole avant qu'il aille se faire soigner. Il les a obligées à se frotter son truc sur les yeux, et y a deux filles qui sont devenues aveugles.

Mes jambes vacillaient sous moi, plus encore qu'au cours de la nuit à l'entrepôt.

— Merci, Sally, dit Russ.

— Allons-y, on va se faire Johnny.

***

On prit ma voiture direction centre-ville. Johnny travaillait de jour, flic de patrouille qui faisait des heures sup aux changements de poste ; je savais donc qu'à 11 heures du matin, on avait toutes nos chances pour le choper seul.

Je conduisais lentement, cherchant sa silhouette familière en uniforme de serge bleue. Russ avait posé sur le tableau de bord une seringue et une ampoule de pentothal qu'il avait gardées de l'interrogatoire de Red Manley ; même lui savait que, cette fois, c'était un travail de force. On roulait sur l'allée qui longeait l'arrière de la mission Jesus Saves lorsque je le repérai — il était en train de remuer le lard en solo à deux clodos ivres qui farfouillaient dans une poubelle.

Je sortis de la voiture et criai :

— Hé ! Johnny.

Vogel junior menaça du doigt les deux poivrots et vint vers moi, les pouces dans sa ceinture Sam Browne.

— Qu'est-ce que vous fabriquez en civil, Bleichert ?

Je le frappai d'un crochet au bide. Il se plia en deux, je lui attrapai la tête et la cognai sur le toit de la voiture. Johnny s'affaissa, dans les vapes. Je le soutins ; Russ lui releva la manche gauche et lui fila le jus d'allonge dans une veine au creux du coude.

Il était maintenant complètement sonné. Je sortis le .38 de son étui, le balançai sur le siège avant et fourrai Johnny à l'arrière. Je montai à côté de lui. Russ prit le volant. Il démarra en trombe, sous l'œil des poivrots qui nous saluaient de leurs carafons.

Le trajet jusqu'au El Nido nous prit une demi-heure. Johnny gloussa dans son sommeil de drogué en se réveillant presque à deux occasions. Arrivés à l'hôtel, Russ vérifia le hall d'entrée, il n'y avait personne, et il me fit signe d'y aller depuis la porte. Je chargeai Johnny sur mon épaule et le traînai jusqu'à la chambre 804 — la minute de travail la plus dure de toute ma vie.

Le trajet dans les escaliers le réveilla à moitié ; il battit des paupières lorsque je le balançai dans un fauteuil en menottant son poignet gauche à un tuyau de chauffage central.

— Le pentothal fera encore effet pendant quelques heures, dit Russ. Il pourra pas mentir. Je mouillai une serviette de bain dans le lavabo et en frottai la figure de Johnny. Il toussa, et j'enlevai la serviette.

Johnny gloussa.

— Elizabeth Short, dis-je en montrant les photos sur le mur.

— Et alors ? répondit Johnny d'une voix traînante, le visage tout rouge.

J'y allai de nouveau avec la serviette, le frottant avec vigueur comme pour lui enlever des toiles d'araignées. Johnny crachouilla ; je laissai retomber sur ses genoux la serviette froide roulée en boule.

— Parlons un peu de *Lizz* Short. Tu te souviens d'elle ?

Johnny éclata de rire ; Russ me fit signe de m'asseoir à côté de lui sur le montant du lit.

— Il y a la méthode pour ça. Laissez-moi l'interroger. Pensez simplement à vous calmer.

J'acquiesçai. Johnny nous avait maintenant clairement dans son champ de mire, mais ses yeux étaient comme des têtes d'épingles et son visage ramolli pendouillait.

— Comment t'appelles-tu, fils ? demanda Russ.

— Vous m'connaissez, 't'nant — La voix était déjà moins traînante.

— Dis-le quand même.

— Vogel, Johnny Vogel.

— Quelle est ta date de naissance ?

— Le 6 mai 1922.

— 16 et 56, ça fait combien ?

— 72 répondit Johnny, après avoir réfléchi un moment, puis il fixa son regard sur moi.

— Pourquoi vous m'avez frappé, Bleichert ? Je vous ai jamais fait de crasses.

Gros Lard paraissait sincèrement stupéfait. Je la bouclai.

— Ton père s'appelle comment, fiston ?

— Vous le connaissez, 't'nant. Oh… Friedrich Vogel. Fritzie en raccourci.

— Un raccourci comme dans Lizz Short ?

— Euh ! ouais, c'est ça… comme Lizz, Betty, Beth, Dahlia… des tas de surnoms.

— Pense à ce mois de janvier, Johnny. Ton père a voulu que tu perdes ton pucelage, exact ?

— Euh… ouais.

— Il t'a payé une femme pour deux jours, exact ?

— Pas une femme. Pas une vraie femme. Une pute. Une puuuu…tain.

La syllabe rallongée explosa dans un éclat de rire ;

Johnny essaya de battre des mains. Une main toucha sa poitrine ; l'autre rebondit au bout de l'attache de la menotte.

— C'est pas bien, ça je l'dirai à Papa.

— Ce n'est que pour peu de temps, répondit Russ avec calme. La prostituée, tu te l'es faite au Biltmore, exact ?

— Exact. Papa a eu des prix puisqu'il connaissait le flic de l'hôtel.

— Et tu as également rencontré Lizz Short au Biltmore, exact ?

Le visage de Johnny s'anima de mouvements spasmodiques — battements de paupières, tics et grimaces de la bouche, battements d'une veine sur le front. Il me fit penser à un boxeur au tapis qui essaie de se remettre debout.

— Euh… c'est exact.

— Qui t'a présenté ?

— C'est quoi son nom… La pute.

— Et qu'est-ce que vous avez fait, Lizz et toi, à ce moment-là, Johnny ? Parle-m'en un peu.

— Nous… on s'est mis d'accord sur vingt sacs pour trois heures et on a fait joujou tous les deux. Je lui ai filé mon gros Schnitzel. On a joué au cheval et au cavalier, et j'l'aimais bien Lizz, alors, je l'ai fouettée gentiment. Elle était mieux que la pute blonde. Elle avait gardé ses bas, pasqu'elle avait une marque de naissance que personne pouvait regarder. Elle aimait la trique et elle m'a laissé l'embrasser sans Listerine comme la blondasse el' m'avait fait me gargariser.

Je songeai à l'entaille sur la cuisse de Betty et retins ma respiration.

— Johnny, pourquoi as-tu tué Lizz ? demanda Russ.

Gros Tas tressauta sur sa chaise.

— Non, non, non, non, non, non ! Non !

— Chut ! Du calme, fiston, du calme. Quand Lizz t'a-t-elle quitté ?

— Je l'ai pas découpée.

— On te croit, mon garçon. Alors, quand t'a-t-elle quitté ?

— Tard — Tard le samedi. Peut-être minuit, une heure.

— Tu veux dire dimanche matin ?

— Ouais.

— T'a-t-elle dit où elle allait ?

— Non.

— A-t-elle cité les noms d'autres hommes ? Des petits amis ? Des hommes qu'elle allait voir ?

— Euh… un aviateur qu'elle avait épousé.

— C'est tout ?

— Ouais.

— Tu l'as revue ?

— Non.

— Est-ce que ton père connaissait Lizz ?

— Non.

— Est-ce qu'il a obligé le détective de l'hôtel à changer le nom sur le registre des entrées après la découverte du corps de Lizz ?

— Euh… oui.

— Sais-tu qui a tué Lizz Short ?

— Non ! non !

Johnny commençait à suer à grosses gouttes. Moi aussi — impatient de connaître assez de faits pour pouvoir l'épingler maintenant que son histoire avec le Dahlia apparaissait comme une affaire d'une nuit.

— Tu l'as dit à ton père, à propos de Lizz, quand elle a fait la une, est-ce que c'est vrai ? lui dis-je.

— Euh… oui.

— Et *lui*, il t'a parlé d'un dénommé Charles Issler ? Un mec qui faisait le mac pour Lizz Short ?

— Oui.

— Et il t'a dit qu'Issler était en détention parce qu'il avait fait des aveux ?

— Euh… oui.

325

— Maintenant, tu vas me dire ce qu'il t'a dit qu'il fallait faire à ce sujet-là, espèce de merdeux. Tu craches le morceau, doucement et dans le détail.

Le cœur d'occase du Gros Tas se mit à cogner pour répondre au défi.

— Papa, il a demandé à Ellis le Youde de relâcher Issler, mais il a pas voulu. Papa y connaissait ce mec à la morgue qui avait une dette envers lui, et il a récupéré la nana trouvée morte et il a baratiné le Youde pour marcher avec lui. Papa y voulait faire ça avec oncle Bill, mais le Youde, il a dit non, il a dit de vous prendre. Papa a dit que vous feriez l'affaire parce que sans Blanchard pour vous dire quoi faire, vous étiez de la gnognote. Papa, il a dit que vous étiez une chialeuse, un faiblard avec des dents de cheval.

Johnny éclata d'un rire hystérique, secouant la tête, faisant gicler les gouttes de sueur et jouant de son poignet emprisonné en raclant sa menotte comme un animal de zoo avec un nouveau jouet. Russ s'avança face à moi.

— Je vais lui faire signer une déclaration. Vous sortez une petite demi-heure pour reprendre votre sang-froid. Je lui donnerai du café ; quand vous reviendrez, on verra ce qu'il faut faire ensuite.

Je sortis et j'allai jusqu'à l'escalier de secours, m'assis et laissai pendre mes jambes dans le vide. Je regardai les voitures remonter Wilcox en direction d'Hollywood et je mis tout sur le tapis, le prix que je payais, tout le bazar en somme. Puis je me mis à jouer au black-jack avec les numéros d'immatriculation, direction sud contre direction nord, les voitures étrangères à l'État jouant le rôle de joker. La direction sud, c'était moi, la banque ; la direction nord, Lee et Kay. Le Sud se ramassa un dix-sept merdique ; le Nord, un as et une dame, black-jack. Je dédiai tout le bazar à nous trois et retournai dans la chambre.

Johnny Vogel était en train de signer sa déclaration,

le visage tout rouge et couvert de sueur, en tremblant de partout. Je lus sa confession par-dessus son épaule ; on y trouvait succinctement le Biltmore, Betty et le passage à tabac de Sally Stinson par Fritzie, paroles sur la musique de quatre infractions et deux crimes.

— Je veux garder ça sous le coude pour l'instant, dit Russ, et je veux voir un homme de loi.

— Non, Padre, dis-je, et me tournant vers Johnny : Vous êtes en état d'arrestation pour subornation de prostituées, recel d'informations, obstruction à enquête et complicité pour coups et blessures et agression au premier degré.

— Papa, lâcha Johnny, en regardant Russ.

Russ me regarda et me tendit la déposition. Je la mis dans ma poche et passai les menottes à Johnny, les poignets dans le dos, pendant qu'il sanglotait en silence.

— Ils vont vous en faire chier jusqu'à la retraite, soupira le Padre.

— Je sais.

— Vous ne retournerez jamais au Bureau.

— J'ai déjà un certain goût pour la merde, Padre. Je ne pense pas que ce sera aussi dur que ça.

***

Je menai Johnny à ma voiture et parcourus les quatre blocs jusqu'au poste d'Hollywood. Reporters et photographes tenaient salon sur le perron d'entrée ; on aurait dit de vrais dingues quand ils virent le civil et le flic en uniforme, bracelets aux poignets. Les flashes explosèrent, la meute me reconnut et hurla mon nom, je hurlai en retour : « Pas de déclaration. » À l'intérieur du poste, les hommes en bleu firent les yeux ronds devant le spectacle. Je poussai Johnny jusqu'au bureau de réception et lui murmurai à l'oreille :

— Tu diras à ton papa que je suis au courant de son chantage avec les rapports des Fédés, de la chtouille et du bordel de Watts. Dis-lui que demain, je file tout ça aux journaux.

Johnny se mit à sangloter en silence. Un lieutenant en uniforme s'approcha et lâcha brutalement :

— Nom de Dieu, qu'est-ce qui se passe ici ?

Un éclair de flash m'explosa à la figure ; c'était Bevo Means, le calepin et le crayon à la main.

— Je suis l'agent Dwight Bleichert et voici l'agent John Charles Vogel.

Je tendis sa déposition au lieutenant et je lui fis un clin d'œil.

— Bouclez-le.

***

Je fis traîner mon déjeuner, un gros steak, puis partis vers le centre-ville en direction du poste de Central pour prendre mon service normal. Je me dirigeais vers les vestiaires lorsque j'entendis l'interphone aboyer : « Agent Bleichert, au bureau du commandant de poste immédiatement. »

Je fis demi-tour et frappai à la porte du lieutenant Jaskow. Il cria : « C'est ouvert. » J'entrai et saluai comme un bleu idéaliste. Jaskow se leva, ignora mon salut et ajusta ses lunettes d'écaille comme s'il me voyait pour la première fois de sa vie.

— À partir de cet instant, vous êtes en vacances pour deux semaines, Bleichert. Quand vous reprendrez votre service, vous vous présenterez au chef Green. Il vous affectera à une autre division.

Voulant faire durer le plaisir du moment, je demandai :

— Pourquoi ?

— Fritz Vogel vient de se faire sauter la cervelle. Voilà pourquoi.

Mon salut d'adieu fut deux fois plus sec que le précédent ; Jaskow l'ignora à nouveau. Je traversai le couloir en pensant aux deux putes aveugles et en me demandant si elles l'apprendraient un jour ou si elles s'en fichaient. La salle de réunion était pleine d'uniformes bleus qui attendaient l'appel — un dernier obstacle avant le parking et la maison. Je fis ça lentement, droit comme un I, croisant les regards de ceux qui cherchaient le mien pour leur faire baisser les yeux. Les persiflages de « traître » et « bolchevik » revinrent une fois que j'eus le dos tourné. J'étais presque à la porte lorsque j'entendis des applaudissements ; je me retournai et vis Russ Millard et Thad Green qui me disaient au revoir.

24

Exilé là où j'allais en chier, et fier de l'être ; deux semaines à tuer avant que je reprenne mon service dans quelque avant-poste puant du L.A.P.D. On passa un coup d'éponge sur l'arrestation suicide des Vogel en parlant d'infractions internes au service et de la honte d'un père devant cette ignominie. Je fermai la porte sur mes jours de gloire de la seule manière qui me paraissait décente — je repartis à la chasse de l'homme disparu.

Je commençai à enquêter sur sa disparition par tout ce qui touchait à L.A.

Je n'obtins rien des lectures répétées de l'album d'arrestations de Lee ; j'interrogeai les gouines à la Planque de La Verne et leur demandai si M. Feu était réapparu pour les insulter à nouveau — je n'eus que des « non » et des ricanements. Le Padre me refila en douce une copie du dossier d'arrestations criminelles de Blanchard, dans son intégralité — ça ne m'en dit pas plus. Kay, satisfaite de notre monogamie, me dit que j'étais pire qu'un imbécile pour faire ce que je faisais — et je savais que ça lui faisait peur.

J'avais cependant réussi à dénicher le lien existant

entre Issler, Stinson, Vogel, et ça m'avait convaincu d'une chose — c'est que j'étais un vrai détective. Mais réfléchir comme un détective quand ça concernait Lee, c'était une autre paire de manches, pourtant je m'y obligeai. Le côté impitoyable que j'avais toujours vu — et secrètement admiré — chez lui me revint avec encore plus d'impact, et il compta pour moi avec encore moins d'équivoque. Tout comme les faits auxquels je me retrouvais finalement confronté :

Lee avait disparu au moment de la convergence sur lui de trois facteurs : le Dahlia, la benzédrine et la libération imminente de Bobby De Witt.

On l'avait vu pour la dernière fois à Tijuana, au moment où De Witt s'y dirigeait et que l'affaire Short se centrait sur la frontière U.S. Mexique.

De Witt et son pote trafiquant de drogue Felix Chasco avaient alors été assassinés et, bien qu'on ait épinglé deux Mexicains, c'était peut-être un coup monté de toutes pièces. Les Rurales effaçaient de leurs tablettes un homicide gênant.

Conclusion : Lee Blanchard aurait pu assassiner De Witt et Chasco avec comme mobile le désir de se protéger d'une tentative de vengeance et de protéger Kay de ce pilier de bistrot de De Witt et de ses violences. Conclusion de la conclusion : je m'en fichais.

L'étape suivante, ce fut l'étude des minutes du procès De Witt. Aux Archives, de nouveaux éléments se mirent en place.

Lee citait les noms des informateurs qui l'avaient tuyauté sur De Witt comme étant le « cerveau » du braquage de Boulevard-Citizens, puis déclarait qu'ils avaient quitté la ville pour éviter les représailles des amis du poivrot. Pour confirmation, je passai un coup de fil aux R.I. avec des résultats surprenants : les indics n'avaient même pas de casier. De Witt prétendait que la police lui avait fait porter le chapeau à cause de ses arrestations précédentes comme trafiquant de drogue.

L'accusation utilisa comme argument clé le fait qu'on avait trouvé au domicile de De Witt l'argent marqué provenant du cambriolage ainsi que son absence d'alibi à l'heure du braquage. Du gang des quatre, deux avaient été abattus sur les lieux du crime, De Witt capturé et le quatrième homme avait pris le large. De Witt proclama avec force qu'il ne le connaissait pas — alors que le dénoncer lui aurait fait gagner une réduction de peine.

Conclusion : c'était peut-être une opération d'entôlage de la part du L.A.P.D., peut-être qu'effectivement Lee y avait eu sa part, peut-être était-ce lui-même qui en était à l'origine pour se gagner les bonnes grâces de Benny Siegel dont l'argent avait été piqué par les vrais braqueurs, et dont Lee avait une trouille bleue, à juste titre — il avait tenu tête à Benny le nettoyeur pour ses contrats de boxeur. C'est alors que Lee avait rencontré Kay au procès De Witt, qu'il en était tombé amoureux à sa manière, chaste et chargée de culpabilité, apprenant alors à haïr Bobby pour de bon. Conclusion de la conclusion : impossible que Kay ait été au courant. De Witt n'était qu'un salaud qui avait eu ce qu'il méritait.

Conclusion finale : il fallait que je l'entende de la propre bouche de Lee, qu'il confirme ou qu'il nie toute l'histoire.

Quatre jours après le début de mes « vacances », je partis pour le Mexique. À Tijuana je distribuai pesos et menue monnaie américaine en montrant des photos de Lee, me réservant les quarts de dollar comme monnaie d'échange pour « *información importante* ». Je me fis des relations, mais pas la moindre piste et la certitude que j'allais finir par me faire écrabouiller si je continuais à distribuer ma monnaie. À partir de cet instant, je me contentai de l'échange traditionnel entre flic gringo et flic Mex — le billet de un dollar qui changeait de main pour renseignements confidentiels.

Les flics de Tijuana étaient des vautours en chemise

noire qui ne parlaient qu'un charabia d'anglais — mais ils comprenaient très bien la langue internationale.

J'arrêtai des dizaines de flics qui « patrouillaient » seuls dans les rues, leur sortis insigne et photos en leur glissant mes billets de un dollar dans la main et posai mes questions dans mon meilleur hispano-anglais. Les « solistes » pigeaient vite. On hochait la tête, on me racontait un flot de conneries dans les deux langues et j'entendis tout un tas d'étranges histoires qui sonnaient vrai.

Dans l'une, *el blanco explosivo* pleurait à une projection porno privée, au Club Chicago, fin janvier ; telle autre décrivait un grand mec blond qui avait foutu une branlée à trois tantouzes avant d'acheter les flics avec des billets de vingt sacs qu'il arrachait à un gros rouleau de pognon. Le fin du fin, c'était Lee faisant don de deux cents biftons à un prêtre lépreux rencontré dans un bar et payant à boire à tout le monde avant de partir pour Ensenada. Je crachai cinq sacs pour ce dernier petit tuyau et demandai des explications. Le flic dit :

— Le curé, un frère à moi. S'est fait prêtre. *Vaya con Dios*. Gardez votre argent dans votre poche.

Je pris la route côtière du sud, cent quarante kilomètres jusqu'à Ensenada, en me demandant où Lee avait trouvé tout l'argent qu'il claquait. Le trajet était agréable — falaises bordées de buissons qui ouvraient sur l'océan à ma droite, et, sur la gauche, vallées et collines couvertes de verdure. La circulation était plus que fluide, sauf une file ininterrompue de piétons qui remontaient vers le nord : des familles entières, valises à la main, l'air effrayé et heureux à la fois, comme s'ils ignoraient tout de ce qui les attendait de l'autre côté de la frontière, convaincus néanmoins que ce serait toujours mieux que de bouffer de la poussière mexicaine et les aumônes des touristes.

J'arrivai aux abords d'Ensenada au crépuscule et la file se transforma en convoi d'immigrants. Une file unique occupait le bord de la route en direction du nord, leurs effets enveloppés dans des couvertures qu'ils transportaient sur l'épaule. Toutes les cinq ou six personnes, se trouvait un porteur de torche ou de lanterne, et tous les enfants en bas âge étaient sanglés à même le dos de leurs mères comme des papooses, à la manière indienne. En franchissant la dernière colline aux abords de la ville, je vis apparaître Ensenada, tache de néon dans le fond de la vallée, dont les éclats fluorescents engloutissaient les lumières des torches ponctuant l'obscurité à leur arrivée dans la cité.

Je m'engageai dans la descente et je compris vite que la bourgade où je pénétrais était la version bord de mer de TJ, offrant tous ses services à une clientèle de touristes plus huppés. Les gringos étaient bien élevés, on ne trouvait pas d'enfants qui mendiaient dans les rues ni d'aboyeurs de service à l'entrée des troquets en surnombre. La file des « dos mouillés » prenait naissance à l'intérieur des terres pauvres, et ne faisait que traverser Ensenada pour rejoindre la route côtière — mais il leur fallait payer tribut aux Rurales pour avoir le droit de franchir la ville.

Ils se faisaient dépouiller au vu et au su de tous, de la manière la plus éhontée que j'aie jamais vue. Des Rurales en chemises brunes, culottes et bottes de cheval allaient de paysan en paysan, prenaient l'argent et leur fixaient une étiquette à l'épaule au moyen d'agrafeuses ; des flics en civil vendaient des colis de bœuf et de fruits séchés, et plaçaient les pièces reçues dans des distributeurs de monnaie sanglés sur leur avant-bras. D'autres Rurales étaient postés, un homme par bloc, afin de contrôler les étiquettes ; lorsque je quittai le flot principal pour m'engager dans ce qui était sans possibilité d'erreur une rue du quartier des plaisirs, j'aperçus deux chemises brunes en train de tabasser un homme avec la crosse de leur arme : des fusils à pompe à canons sciés.

Je pris la sage décision de rendre visite à la police locale avant de me lancer à interroger les citoyens d'Ensenada. En outre, on avait vu Lee en train de parler à un groupe de Rurales près de la frontière peu de temps après avoir quitté L.A., et il me serait peut-être possible de leur tirer les vers du nez à son sujet.

Je suivis une caravane de voitures en maraude, toutes des modèles des années 30 ; je longeai le quartier rouge et le dépassai pour arriver à une rue parallèle à la plage — c'était là que se trouvait le poste de police. C'était une ancienne église reconvertie, avec barreaux aux fenêtres et le mot POLICIA peints en noir au-dessus de scènes religieuses sculptées dans la masse de la façade blanche en adobe. On avait installé un projecteur sur la pelouse ; je sortis de la voiture, insigne à la main, et sourire américain sur la figure, et je me pris la lumière en pleine figure.

J'avançai dans sa direction, le bras en visière, la figure dévorée de picotements sous la bouffée de chaleur. Un homme caqueta : « Flic Yanqui, J. Edgar, Texas Rangers. » Il avait la main tendue lorsque je passai près de lui. J'y déposai un billet d'un dollar et pénétrai dans le poste.

L'intérieur faisait encore plus église : des draperies murales en velours illustrant la vie de Jésus décoraient le couloir d'entrée ; les rangées pleines de chemises brunes affalées ressemblaient à des bancs d'église avec leurs fidèles. Le bureau qui me faisait face était un gros bloc de bois sombre où on voyait gravé Jésus sur sa croix — vraisemblablement un autel qui avait cessé de servir. Le gros Rurale qui y jouait à la sentinelle se pourlécha les babines en me voyant arriver — il me fit penser à un bourreau qui refuserait de prendre sa retraite.

Mon petit talbin solo et obligatoire était prêt mais je ne le donnai pas.

— Police de Los Angeles, je veux voir le chef.

La chemise brune se frotta le pouce contre l'index, puis pointa le doigt vers l'étui qui contenait mon insigne. Je les lui tendis, accompagnés du dollar ; il ouvrit la marche dans un couloir aux murs peints de fresques de Jésus jusqu'à une porte marquée : CAPITÁN. Il entra et j'attendis là pendant qu'il débitait des rafales de mots en espagnol ; il sortit, et j'eus droit à un claquement de talons et un salut tardif.

— Agent Bleichert, veuillez entrer, s'il vous plaît.

Je fus surpris par ces mots sans trace d'accent. J'entrai, prêt à répondre. Je fus accueilli par un Mexicain de grande taille, vêtu d'un costume gris, la main tendue — pour une poignée de main et non un billet d'un dollar. On se serra la main. L'homme s'assit derrière un bureau et tapota une plaque gravée au nom de CAPITÁN VASQUEZ.

— En quoi puis-je vous être utile ?

Je récupérai mon étui et mon insigne sur le bureau et déposai à leur place une photo de Lee.

— Cet homme est un officier de police de Los Angeles. Il a disparu depuis fin janvier et, la dernière fois qu'il a été aperçu, il se dirigeait ici.

Vasquez examina la photo. Un début de rictus apparut aux commissures de ses lèvres. Immédiatement, il tenta de masquer sa réaction en le transformant en un signe de tête négatif.

— Non, je n'ai pas vu cet homme. Je vais transmettre une note à tous mes agents et leur demander d'enquêter dans la communauté américaine.

— Il est difficile de ne pas repérer un homme comme lui, dis-je en réponse à son mensonge. 1,80 m, blond, bâti comme une armoire à glace.

— Ensenada attire une clientèle parfois assez brutale, inspecteur. C'est la raison pour laquelle nos Forces de Police sont si vigilantes et si bien armées. Allez-vous rester quelque temps parmi nous ?

— Jusqu'à demain matin du moins. Peut-être que

vos hommes l'ont raté, et que je pourrai trouver quelque piste.

— J'en doute, dit-il d'un sourire. Êtes-vous venu seul ?

— Deux de mes collègues m'attendent à Tijuana.

— Et vous êtes affecté à quelle division ?

— Police Métropolitaine.

Le mensonge était gros.

— Vous êtes bien jeune pour un travail aussi prestigieux.

Je ramassai la photo.

— Pur népotisme, capitaine. Mon père est l'adjoint du chef et mon frère travaille au consulat de Mexico. Bonne nuit.

— Et bonne chance, Bleichert.

***

Je louai une chambre d'hôtel à quelque distance du quartier chaud, secteur boîte de nuits. Pour deux dollars, j'eus une piaule avec vue sur l'océan, un lit avec un matelas papier à cigarette, un évier et une clé pour les chiottes communs à l'extérieur. Je laissai tomber mon paquetage sur la commode et, par précaution en sortant, m'arrachai deux cheveux que je collai à la salive, à la jonction de la porte et du chambranle. Si les *fascisti* venaient rôder dans la piaule, je le saurais.

Je marchai jusqu'au cœur de la tache de néon.

Les rues étaient pleines d'hommes en uniforme : chemises brunes, Marines et marins américains. On ne voyait pas trace d'indigènes, et chacun se comportait correctement — même les groupes de boules à zéro ivres qui avançaient tant bien que mal. À mon avis, c'était l'arsenal ambulant des Rurales qui rendaient les choses si calmes. La plupart des chemises brunes n'étaient que des poids coq mais leur puissance de feu était *mucho grande* : canons sciés, mitraillettes camembert, .45 automatiques, coups de poing en laiton qui leur pendouillaient à la cartouchière.

Les enseignes fluorescentes m'envoyaient leurs éclats de néon : Flame Klub, le Four d'Arturo, Club Boxeo, L'Antre du Faucon, Chico-Klub Impérial. « Boxeo » signifie boxe en espagnol — je décidai que le boui-boui en question serait mon premier arrêt.

Je m'attendais à l'obscurité et je pénétrai dans une pièce à l'éclairage violent, remplie de marins. Des filles mexicaines dansaient à moitié nues sur le dessus d'un long bar, des dollars passés dans leurs strings. La musique marimba enregistrée et les huées du public faisaient du boui-boui une poche de bruit assourdissant. Je me mis sur la pointe des pieds à la recherche de quelqu'un qui ressemblerait au proprio. Au fond de la salle, je vis un recoin dont les murs étaient garnis de photos publicitaires de boxeurs. Je me sentis attiré comme par un aimant et me faufilai jusque-là, frôlant au passage une nouvelle équipe de nanas à poil qui s'insinuaient en direction du bar pour prendre la relève.

J'y étais aussi, *moi*, en grande compagnie de milourds, coincé entre Gus Lesnevich et Billy Conn.

Et Lee en était, juste à la droite de Joe Louis, contre qui il aurait pu combattre s'il s'était allongé pour Benny Siegel.

Bleichert et Blanchard — Deux Blancs, deux espoirs, qui avaient tout foiré.

Je regardai les photos un long moment, sans les quitter des yeux, jusqu'à ce que tout le tintamarre où je baignais disparaisse et que je quitte cet égout d'apparat pour me retrouver en 40 et 41, à gagner des combats et baiser des filles cadeaux qui ressemblaient à Betty Short. Lee accumulait les K.O. et vivait avec Kay — et, étrangement, nous étions de nouveau réunis.

— D'abord Blanchard, maintenant vous. C'est qui le prochain ? Willie Pep ?

Je me retrouvai instantanément de retour dans l'égout, et je lâchai :

— Quand ? Quand l'avez-vous vu ?

Je me retournai vivement vers un vieil homme massif. Le visage n'était que cuir craquelé et os brisés — un sac d'entraînement — mais la voix n'avait rien de celle d'un clodo ex-boxeur abruti par les coups.

— Il y a deux mois. Au moment des grosses pluies de février. On a dû causer boxe pendant dix heures d'affilée.

— Où est-il maintenant ?

— J'l'ai pas vu depuis c'te fois-là et p't'êt qu'y veut pas vous voir. J'ai essayé de discuter du combat que vous vous êtes payé tous les deux, mais le Grand Lee, il a dit pas question. Il a dit « on est plus équipiers » et y commence à m'dire que les plumes, c'est ce qu'y a de mieux comme catégorie question poids-puissance. J'lui réponds, que dalle, c'est les moyens. Zale, Graziano, La Motta, d'qui y se moque ?

— Il se trouve toujours en ville ?

— Je crois pas. Je suis le proprio de cet endroit, et il est pas revenu ici. On dirait qu'vous voulez régler un vieux compte ? Une revanche p't'êt ?

— Je cherche à le sortir de la mer d'emmerd' dans laquelle y s'est fourré.

Le vieux cogneur mesura mes paroles et dit :

— Moi, un maître de ballet comme vous, ça m'fait craquer, alors je vais vous r'filer le seul tuyau qu'j'aie. J'ai entendu dire que Blanchard a foutu le boxon au Club Satan et il a fallu qu'y crache gros au bassinet du capitaine Vasquez pour s'en sortir. Vous faites cinq blocs direction la plage, et vous verrez le Satan. Vous parlez à Ernie le cuistot. Il a tout vu. Vous lui dites que j'ai dit qu'y fallait être réglo avec vous, et respirez un bon coup en rentrant, pasque y a pas au monde un coin comme celui où vous allez.

***

Le Club Satan était une cabane en adobe au toit d'ardoises, exhibant une enseigne au néon ingénieuse : un petit diable rouge qui fendait l'air de sa queue bandante à tête de trident. Le Club avait pour portier sa propre chemise brune, un petit Mex qui examinait avec soin chaque nouveau venu tout en tripatouillant le boîtier de commande d'un BAR sur trépied. Ses épaulettes étaient garnies de solos yankees ; j'en ajoutai un à la collection en entrant et en m'armant de tout mon courage.

De l'égout à la fosse à merde.

Le bar était une auge d'urinoir. Marines et matelots se masturbaient dedans tout en jouant à chasse-chagatte sur les nanas à poil, accroupies sur le bar. Les pompiers, ça y allait à tout va sous les tables, sur l'avant de la pièce et face à l'estrade d'orchestre. Un mec en costume de Satan s'embourbait une femme grasse sur un matelas. Un *burro*, des cornes de démon en velours rouges accrochées aux oreilles, se tenait à côté, bouffant du foin dans un saladier sur le sol. À la droite de la scène, un gringo en smoking roucoulait dans un microphone : « J'ai une nana riche, elle s'appelle Roseanne, elle prend des tortillas comme diaphragme ! Hey ! Hey ! J'ai une nana, elle s'appelle Janet, c'est un aller simple pour la super tringlette ! Hey ! Hey ! J'ai une nana, elle s'appelle Roxane, elle sait comment faire juter ma banane ! Hey ! Hey ! »

La « musique » était noyée sous les clameurs venant des tables — « Baudet ! Baudet ! » Je restais là, debout, à me faire frôler par les fêtards, quand une haleine aillée m'étouffa :

— Tou veux l'bar, mon jouli ? P'tit déjeuner pour champions, un dollar. Tou veux moi ? Lé grand jeu pour deux dollars.

Je rassemblai mes tripes pour oser la regarder. Elle était vieille et grasse, les lèvres croûteuses de chancres écorchés. Je sortis des billets de ma poche que je lui fourrai dans les mains, sans me soucier de leur valeur. La putain fit sa génuflexion devant Jésus ; je hurlai :

— Ernie ! Il faut que je le voie tout de suite. C'est le mec du Club Boxeo qui m'envoie.

Mamacita s'exclama : «*Vamanos !*» et se coltina la foule, se frayant un chemin en traversant de force une rangée de boules à zéro qui attendaient une place pour dîner au bar. Elle me conduisit jusqu'à un passage abrité d'un rideau à côté de la scène et l'emprunta en direction de la cuisine. Un fumet épicé ranima mes papilles gustatives — jusqu'à ce que je voie l'arrière-train d'une carcasse de chien qui pendouillait hors d'une marmite. La femme parla au chef en espagnol — un mec à l'allure bizarre, tout à fait l'air d'un métis de Mex et de Chinetoque. Il fit un signe de tête et s'approcha.

J'avais sorti la photo de Lee.

— J'ai entendu dire que cet homme vous avait fait des ennuis, il y a quelque temps.

Le mec jeta à la photo un regard distrait.

— Et ça intéresse qui ?

Je lui montrai mon insigne en lui laissant entrevoir mon feu.

— Lui ami à vous ?

— Mon meilleur ami.

Le sang-mêlé plongea les mains sous son tablier ; je savais que l'une d'elles tenait un couteau.

— Votre ami boit quatorze verres mon meilleur mescal, record de la maison. Ça j'aime. Il faire beaucoup de toasts à la santé de femmes mortes. Ça me gêne pas. Mais lui essaie foutre le bordel avec mon âne et le spectacle, et ça marche pas avec moi.

— Que s'est-il passé ?

— Quatre de mes gars, il se fait, le cinquième y peut pas. Les Rurales le prennent avec eux pour la nuit pour lui cuver.

— C'est tout ?

Le sang-mêlé sortit un cran d'arrêt, fit jaillir la lame et se gratta le cou du côté opposé au tranchant.

— Finito.

Je sortis par la porte de derrière et me retrouvai dans une allée. J'avais peur pour Lee. Deux hommes en costard luisant glandaient sous un lampadaire ; en me voyant, ils accélérèrent le rythme de leur pas traînant et se mirent à étudier le sol comme si soudain la poussière les fascinait. Je démarrai en courant ; au crissement du gravier dans mon dos, je compris qu'on me collait aux fesses.

L'allée rejoignait une route qui menait au quartier chaud avec, au croisement, une autre piste à peine carrossable qui se dirigeait vers la plage. Je pris la piste à toute vitesse, frôlant des épaules le grillage des poulaillers sous les aboiements des chiens enfermés des deux côtés, qui essayaient de me mordre. Leurs aboiements noyèrent tous les autres bruits de la rue : impossible de savoir si j'avais toujours deux mecs à mes trousses. Je vis apparaître, sans trop savoir où j'étais, le boulevard du bord de mer, pris mes repères et déterminai la position de mon hôtel à un bloc sur ma droite. Je ralentis et me mis à marcher.

J'avais parcouru un demi-bloc — toujours personne derrière.

La crèche était à une centaine de mètres. Toujours haletant, je m'approchai en touriste, monsieur l'Américain moyen s'encanaillant dans les taudis. La cour d'entrée était vide ; je cherchai la clé de ma chambre. La lumière du second étage balaya furtivement ma porte — où manquait maintenant mon petit piège pour visiteur indiscret.

Je dégainai mon .38 et enfonçai la porte du pied. Un Blanc, assis dans le fauteuil près du lit avait déjà levé les bras, des paroles de paix prêtes sur les lèvres.

— Wow, mec ! J'suis un ami. Je suis pas enfou-

341

raillé. Si vous me croyez pas, je suis prêt à me faire fouiller tout de suite.

Je lui montrai le mur de mon arme. L'homme se leva et plaça ses mains à plat, bras au-dessus de la tête et jambes écartées. Je le passai à la fouille de la tête aux pieds, mon .38 au creux de ses reins : un porte-billets, des clés, un peigne graisseux. J'enfonçai le canon un peu plus profond et examinai le porte-billets. Il était bourré d'argent américain avec, dans un étui séparé, une licence de détective privé de Californie. Elle portait le nom de Milton Dolphine, avec l'adresse de son bureau, 986 Copa de Oro, à San Diego.

Je lançai le porte-billets sur le lit et relâchai la pression de mon revolver, Dolphine se tortilla :

— Ce pognon, c'est du caca d'oiseau comparé à ce qu'avait Blanchard. On fait équipe tous les deux et ce sera du gâteau.

Je lui balayai les jambes d'un coup de pied. Dolphine se ramassa et goûta la poussière du tapis.

— Vous me racontez toute l'histoire, et vous faites gaffe à ce que vous dites sur mon collègue, sinon c'est violation de domicile et la prison d'Ensenada.

Dolphine se redressa sur les genoux. Il haleta :

— Bleichert, putain de merde, à votre avis, comment j'ai fait pour venir ici ? Ça vous a pas traversé l'esprit que peut-être j'étais pas loin quand vous avez fait votre numéro de flic gringo avec Vasquez ?

Je jaugeai le bonhomme. La quarantaine passée, gras et un peu chauve, mais vraisemblablement costaud — comme un ancien athlète dont la pêche se transforme en jugeote quand le corps ne suit plus.

— Y a quelqu'un d'autre qui me colle aux fesses. Qui est-ce ?

Dolphine recracha des toiles d'araignées.

— Les Rurales. Il est du plus grand intérêt pour Vasquez de ne pas vous laisser découvrir ce qui est arrivé à Blanchard.

— Est-ce qu'ils savent que j'habite ici ?

— Non. J'ai dit au capitaine que je prendrais la filature. Ses autres gars ont dû vous repérer en route. Vous les avez perdus ?

J'acquiesçai et lui soulevai sa cravate d'une pichenette de mon revolver.

— Comment ça se fait que vous soyez aussi coopératif ?

Dolphine posa une main légère sur le canon et le déplaça sur le côté.

— Il y va de mes propres intérêts, et je suis drôlement doué pour tirer les marrons du feu quand y a deux parties qui se tirent la bourre. Je parle aussi plus facilement quand je suis assis. Vous croyez que ça peut se faire ?

J'attrapai le fauteuil et le plaçai en face de lui. Dolphine se remit debout, essuya son costard et s'affala sur le siège. Je rengainai mon calibre.

— Doucement, et depuis le début.

Dolphine s'exécuta.

— Il y a environ un mois, y a une Mexicaine qui est venue à mon bureau à Dago : un peu dodue, des tonnes de maquillage sur la tronche mais sapée comme une duchesse. Elle m'offrait cinq cents sacs pour repérer Blanchard, en me déclarant qu'il devait à son avis se trouver quelque part du côté de TJ ou d'Ensenada. Elle m'a dit qu'il était flic à L.A., et plus ou moins en cavale. Je sais que les flics de L.A. aiment bien le pognon et j'ai commencé à penser fric pronto.

« J'ai demandé à mes indics de TJ de se renseigner sur lui et j'ai montré la photo du journal que la femme m'avait donnée. J'ai entendu dire que Blanchard se trouvait à TJ fin janvier, à se bagarrer, picoler et claquer des tas de pognon. C'est alors qu'un pote de la police des Frontières me dit qu'il se planque ici à Ensenada et qu'il paie sa protection aux Rurales — qui le laissent picoler et faire la bringue dans leur ville — c'est pas souvent que Vasquez tolère une chose pareille.

« O.K., je débarque ici et je commence à filer Blanchard qui joue au riche gringo jusqu'au bout des ongles. Je le vois qui casse la gueule à ces deux espingos qui insultent la señorita, sous les yeux des Rurales qui ne bougent pas. Ça veut dire que le tuyau comme quoi il était protégé, c'était pas du bidon. Et je commence à penser pognon, pognon, beaucoup de pognon. »

Dolphine dessina un dollar en l'air ; j'agrippai le dossier de la chaise avec tant de force que je sentis le bois commencer à céder.

— C'est ici que ça devient intéressant. Y a un des Rurales qui tire la gueule parce qu'il touche rien de Blanchard et il me dit qu'il a entendu que Blanchard avait engagé deux Rurales en civil pour qu'ils descendent deux de ses ennemis à Tijuana fin janvier. Je retourne à TJ, allonge un peu de pognon aux flics de TJ et j'apprends que deux mecs dénommés Robert De Witt et Felix Chasco se sont fait dessouder à TJ le 23 janvier. Le nom de De Witt me paraissait familier, alors j'appelle un ami qui travaille dans les Services de Police de San Diego. Il se renseigne et me rappelle. Tenez-vous bien, si vous ne le saviez pas déjà. C'est Blanchard qui a expédié De Witt à Grand Q. en 39, et De Witt a fait le serment de se venger. Je pense que De Witt a été libéré sur parole avant son temps, et Blanchard l'a fait descendre pour se protéger les miches. J'ai appelé mon collègue à Dago, et je lui ai laissé un message pour la Mexicaine. Blanchard est à Ensenada, protégé par les Rurales, qui lui ont fait une fleur en descendant De Witt et Chasco.

Je relâchai le dossier, les doigts engourdis.

— Comment s'appelait la Mexicaine ?

— Elle se faisait appeler Dolores Garcia, dit Dolphine en haussant les épaules, mais, de toute évidence, c'était un faux nom. Quand on m'a mis au courant pour l'histoire De Witt-Chasco, je l'ai prise pour une des pouffiasses de Chasco. On disait que c'était un gigolo avec plein de chagattes mexicaines et riches sur son hameçon… et je me suis dit que la nana voulait le venger. Je me suis dit aussi qu'elle devait déjà savoir que Blanchard était responsable des meurtres et qu'elle avait besoin de moi que pour le repérer.

— Vous avez entendu parler du Dahlia Noir à L.A. ?

— Et le pape, il est rital ?

— Lee travaillait sur l'affaire juste avant de venir ici et à la fin janvier, Tijuana, c'était une piste possible. L'avez-vous entendu poser des questions sur le Dahlia ?

— Nada, dit Dolphine. Vous voulez la suite ?

— Rapidamente.

— O.K. Je suis reparti à Dago, et mon collègue m'a dit que la nana mex avait eu le message que j'avais laissé. Je suis alors parti pour Reno et quelques jours de vacances, et j'ai claqué le pognon qu'elle m'avait payé à la table de craps. J'ai commencé à penser à Blanchard et à tout ce fric qu'il avait, en me demandant ce que la nana mex voulait faire de lui. Ça a fini par tellement me les gonfler que je suis retourné à Dago, j'ai bossé sur quelques cas de disparitions et je suis revenu à Ensenada environ deux semaines plus tard. Et vous savez pas quoi ? Ce putain de Blanchard, il était plus là.

« Y a qu'un imbécile qui aurait demandé à Vasquez ou à ses commandos des renseignements sur lui, alors je me suis mis à traîner dans le coin pour ramasser des tuyaux. J'ai vu un loubard qui portait la vieille veste de Blanchard, et puis un autre loulou avec son sweat du Legion Stadium. On m'apprend qu'y a deux mecs qui ont été pendus à Juarez pour l'affaire De Witt-Chasco et je me dis, un coup typique des Rurales, ils ont fait porter le chapeau à quelqu'un. Je reste en ville et je lèche bien les bottes à Vasquez, je lui moucharde des drogués pour qu'il m'ait à la bonne. Et, finalement, je rassemble tous les morceaux du puzzle Blanchard. Alors, si c'était votre pote, accrochez-vous.

Au son du mot « était », mes mains brisèrent le dossier que je serrais.

— Whoa ! mec !

— Finissez-en, dis-je dans un hoquet.

Le détective privé parla calmement et lentement, comme s'il s'adressait à une grenade explosive :

— Il est mort. On l'a tué à coups de hache. Des loubards l'ont découvert. Ils ont pénétré par effraction dans l'appart qu'il occupait, et y en a un qui a lâché le morceau aux flicards pour qu'on leur colle pas l'affaire sur le dos. Vasquez a acheté leur silence avec quelques pesos et des affaires à Blanchard, et les Rurales ont enterré le corps à la sortie de la ville. J'ai entendu par les bruits qui courent qu'on n'a rien trouvé de l'argent, mais je suis resté dans les parages parce que je croyais que Blanchard, c'était un truand, et que, tôt ou tard, y aurait un flic américain qui viendrait à sa recherche. Quand vous vous êtes pointé au poste avec toutes vos conneries sur votre boulot à la Métropolitaine, j'ai su que c'était vous.

J'essayai de dire non, mais mes lèvres ne voulaient pas bouger ; Dolphine cracha le reste vitesse grand V :

— C'est p't'êt les Rurales qui ont fait le coup, c'est p't'êt la femme ou des amis à elle. P't'êt qu'y en a un qui a récupéré l'oseille ou p't'êt pas, mais nous deux, on peut ! Vous connaissiez bien Blanchard, vous pourriez avoir des infos sur…

Je bondis et lui balançai un coup avec le dossier de la chaise cassée ; il encaissa ça sur la nuque, tomba au sol et se remit à goûter le tapis pour la deuxième fois. Je pointai mon arme sur l'arrière de sa tête ; le petit privé merdeux se mit à geindre, puis me sortit en accéléré une demande de grâce.

— Écoutez, j'savais pas qu'c'était une affaire aussi personnelle avec vous. Je l'ai pas tué et je vous foutrai la paix si vous voulez alpaguer ç'ui qui a fait ça. S'il vous plaît, Bleichert, nom de Dieu !

Je me mis à geindre à mon tour.

— Comment je saurai que c'est vrai ?

— Y a une carrière de sable près de la plage. C'est là que les Rurales balancent leurs macchabées. Un môme m'a dit qu'il avait vu un groupe de flics qui enterraient un Blanc de grande taille à peu près au moment où Blanchard faisait le grand plongeon. Mais nom de Dieu, c'est vrai !

Je laissai retomber lentement le chien du .38.

— Alors, montrez-moi ça.

***

Le lieu du sépulcre se situait à quinze bons kilomètres au sud d'Ensenada, juste au bord de la route côtière, sur une falaise en surplomb au-dessus de l'océan. Une grande croix qui se consumait marquait l'endroit. Dolphine s'arrêta tout près et coupa le moteur.

— Ce n'est pas ce que vous pensez. Les gens du coin, ils gardent ce sacré truc allumé parce qu'ils savent pas qui est enterré là, et il y en a des tas parmi eux qui ont perdu des êtres chers. C'est leur rituel à eux. Ils mettent le feu aux croix, et les Rurales le tolèrent, comme si c'était un genre de panacée pour que les prolos ne se mettent pas à jouer de la gâchette. À propos de gâchette, vous voulez ranger ça ?

Mon revolver réglementaire était dirigé vers le ventre de Dolphine ; je me demandai depuis combien de temps je le tenais en joue.

— Non. Vous avez des outils ?

— Des trucs de jardinage. (Dolphine déglutit.) Écoutez…

— Non. Vous m'emmenez à l'endroit dont vous a parlé le môme, et on creuse.

Dolphine sortit de la voiture, en fit le tour et ouvrit le

coffre. Je le suivis et le vis sortir une grosse pelle. Les lueurs pourpres des flammes illuminèrent le vieux coupé Dodge du privé ; je remarquai un tas de piquets de clôture et de chiffons près de la roue de secours. J'enfonçai mon .38 dans ma ceinture et je me fabriquai deux torches en enroulant des chiffons autour des extrémités de deux piquets ; j'y mis le feu en les approchant de la croix. J'en tendis une à Dolphine en lui disant :

— Marchez devant moi.

L'un après l'autre, on descendit dans la carrière, deux hors-la-loi tenant à la main deux boules de feu. Le sable mou rendait la progression difficile ; la lueur des torches me permettait de discerner des offrandes mortuaires — petits bouquets et statues religieuses placés au sommet des dunes ici et là. Dolphine n'arrêtait pas de marmonner que les gringos, on les balançait dans le coin le plus éloigné ; je sentis des os craquer sous mes pas. On arriva sur un monticule particulièrement élevé et Dolphine balaya de sa torche un drapeau américain en lambeaux, étalé sur le sable.

— Ici. Le même a dit à côté d'*el bannero*.

Je virai le drapeau à coups de pied ; un essaim d'insectes se mit à bourdonner. Dolphine s'écria : « Saloperies » et les écrasa de sa torche.

Des relents putrides s'élevèrent du gros cratère à nos pieds.

— Allez, creusez, dis-je.

Dolphine se mit au travail ; je pensai à des fantômes — Betty Short et Laurie Blanchard — en attendant que la bêche heurte des os. Au premier choc, je récitai un psaume que mon vieux m'avait obligé à apprendre ; au second, ce fut des « Notre-Père » que Danny Boylan avait coutume de psalmodier avant nos séances d'entraînement. Lorsque Dolphine dit : « Un marin, je peux voir sa vareuse », je ne savais plus si je voulais retrouver Lee vivant et dévoré par le chagrin ou alors mort et disparu. Je repoussai Dolphine sur le côté et me mis à bêcher.

Mon premier coup de bêche sectionna le crâne du marin, le second déchira le devant de sa tunique et arracha le torse du reste du squelette. Les jambes étaient en miettes ; je bêchai sans m'en préoccuper et plongeai dans le sable luisant de mica. Ce fut ensuite des nids d'asticots dans les entrailles, une doublure gorgée de sang séché, du sable à nouveau, quelques ossements, puis plus rien — lorsque apparut soudain de la peau rose tannée par le soleil, des sourcils blonds couverts de cicatrices de points de suture qui m'étaient familiers. Lee était là qui me souriait du sourire du Dahlia, les vers grouillant de sa bouche et des deux trous qui avaient jadis été ses yeux.

Je laissai tomber la bêche et me mis à courir. Dolphine hurla : « L'argent ! » derrière moi ; je courus vers la croix en flammes en songeant que je les lui avais faites, ces cicatrices, que c'était moi le responsable. J'arrivai à la voiture, rentrai à l'intérieur, passai en marche arrière, labourai le sable et le crucifix que j'écrasai et passai les vitesses, première-seconde-troisième, en faisant craquer les pignons. J'entendis : « Ma voiture ! l'argent ! » pendant que je dérapais sur la route côtière pour me diriger vers le nord, tout en cherchant à brancher la sirène ; je donnai de grands coups dans le tableau de bord lorsque je compris soudain que l'équipement n'existait pas sur les véhicules civils.

Je réussis à rejoindre Ensenada, à fond de ballon, à deux fois la vitesse maxi autorisée. Je larguai la Dodge dans la rue de l'hôtel, puis courus vers *ma* voiture. Je ralentis le pas en voyant trois hommes s'approcher en mouvement tournant, les mains dans les poches de leur veste.

Ma Chevy à dix mètres, le mec du milieu, je le reconnus à son approche : c'était le capitaine Vasquez, et les deux autres s'écartaient en éventail pour me prendre en tenaille. Un seul abri possible : la cabine téléphonique près de la première porte, sur la branche gauche du U de l'avant-cour. Bucky Bleichert sur le point de se retrouver « mort à l'arrivée » dans une carrière de sable mexicaine, avec pour compagnie son meilleur copain. Je décidai de laisser Vasquez s'approcher tout près de moi et de lui brûler la cervelle à bout portant. C'est alors qu'une femme blanche sortit de la porte côté gauche, et je compris que c'était elle ma planche de salut.

Je courus vers elle et l'agrippai à la gorge. Elle commença à hurler. J'étouffai ses cris en mettant ma main gauche en bâillon sur sa bouche. La femme battit l'air de ses bras, puis son corps se raidit tout entier. Je sortis mon .38 et le pointai sur sa tête.

Les Rurales avancèrent avec précaution, de gros calibres plaqués contre les flancs. Je fis entrer la femme en force dans la cabine en murmurant : « *Un cri et vous êtes morte — Un cri et vous êtes morte.* » Une fois à l'intérieur, je la plaquai contre la paroi en m'aidant des genoux et enlevai ma main ; les cris qu'elle lâcha furent silencieux. Je plaçai mon revolver contre sa bouche pour qu'ils le restent, attrapai le combiné, mis une pièce dans la fente et composai le 0. Vasquez était maintenant à la porte de la cabine, livide, puant l'eau de Cologne américaine de bazar. Le standardiste vint en ligne avec un « *Que ?* ». Je lâchai :

— *Habla inglés ?*

— Oui, monsieur.

Je serrai l'appareil entre l'épaule et le menton, et réussis à glisser tant bien que mal toutes les pièces que j'avais en poche dans la fente, mon .38 toujours collé au visage de la femme. Une fois que l'appareil eut avalé une chiée de pesos, je dis :

— F.B.I. de San Diego. En urgence.

— Oui, monsieur, marmonna le standardiste.

J'entendis mon appel faire son chemin. Les dents de la femme claquaient contre le canon du revolver. Vasquez essaya de m'acheter.

— Blanchard était très riche, mon ami. Nous pourrions trouver son argent. Vous pourriez vivre très bien chez nous. Vous…

— F.B.I., agent spécial Rice.

Je fusillai Vasquez du regard.

— Agent Dwight Bleichert à l'appareil, Services de Police de Los Angeles. Je suis à Ensenada et j'ai des emmerdes avec un groupe de Rurales. Ils s'apprêtent à me descendre pour rien, et j'ai pensé que vous pourriez convaincre le capitaine Vasquez de n'en rien faire.

— Qu'est-ce que…

— Monsieur, je suis un véritable policier de L.A. et il vaudrait mieux que vous vous dépêchiez.

— Vous ne croyez pas que vous tirez un peu fort sur la laisse, fiston ?

— Bon Dieu, vous voulez des preuves ? J'ai travaillé comme inspecteur à la Criminelle avec Russ Millard et Harry Sears. J'ai travaillé aux Mandats et Recherches pour le procureur. J'ai travaillé…

— Passez-moi l'*espingo*, fiston.

Je passai le combiné à Vasquez ; il le prit et me mit en joue de son automatique ; je gardai mon .38 sur la femme. Les secondes s'égrenèrent ; le statu quo tint bon pendant que le patron des Rurales écoutait le Fédé, en devenant de plus en plus livide au fil des minutes. Finalement il raccrocha le téléphone et abaissa son arme.

— Rentre à la maison, fils de pute. Fous le camp de ma ville et fous le camp de mon pays.

Je rengainai mon arme et m'extirpai de la cabine ; la femme hurla. Vasquez recula et fit signe à ses hommes de s'éloigner. Je montai dans ma voiture et démarrai en trombe, la trouille au ventre, fuyant Ensenada en quatrième vitesse. Ce ne fut qu'une fois de retour en Amérique que je me mis à respecter les limitations de vitesse, et c'est alors que ça a commencé à mal tourner pour tout ce qui avait trait à Lee.

***

L'aube commençait à poindre au-dessus des collines
d'Hollywood lorsque je frappai à la porte de Kay. J'étais
debout sur le perron, je frissonnais, sous les nuages
d'orage et les premiers rais de lumière qui m'apparaissaient comme des augures étranges et menaçants que je
ne voulais pas voir. J'entendis « Dwight ? » à l'intérieur
de la maison, avant le bruit des verrous qu'on libérait.
Puis le second partenaire restant de la triade Blanchard-
Bleichert-Lake apparut, en me disant :

— Et tout le tralala ?

C'était là une épitaphe que je ne voulais pas
entendre. Je pénétrai dans la maison, stupéfait de trouver le salon si étrange et si joli.

— Lee est mort ? dit Kay.

Je m'assis dans son fauteuil favori et c'était bien la
première fois.

— C'est les Rurales ou bien une femme mexicaine
ou bien des amis à elle qui l'ont tué. Oh ! mon petit, je…

D'avoir utilisé le petit mot doux cher à Lee me
secoua. Je regardai Kay, debout près de la porte, à
contre-jour sur fond de rais de lumière étranges.

— Il a engagé des Rurales pour tuer De Witt, mais
c'est que des conneries. Il faut qu'on mette sur le coup
Russ Millard et quelques flics mexicains honnêtes.

J'arrêtai en remarquant le téléphone sur la table
basse. Je commençai à composer le numéro personnel
du Padre. La main de Kay m'arrêta.

— Non. Je veux d'abord te parler.

Je quittai le fauteuil pour le canapé ; Kay s'assit à
côté de moi.

— Tu feras du mal à Lee, si ça te monte au ciboulot
à ce point-là

Je sus alors qu'elle s'y attendait ; je sus alors qu'elle
en savait plus que moi.

— Tu ne peux pas faire de mal à un mort.

— Oh si, tu peux, mon petit.

— Ne m'appelle pas comme ca ! c'est à lui !

Kay s'approcha et me toucha la joue.

— Tu peux lui faire du mal et tu peux *nous* faire du mal.

Je m'éloignai de ses caresses.

— Dis-moi pourquoi, *mon petit* !

Kay resserra la ceinture de son peignoir et me fixa d'un œil froid.

— Je n'ai pas rencontré Lee au procès de Bobby, dit-elle. Je l'ai rencontré avant. Nous sommes devenus amis et j'ai menti à Lee sur l'endroit où j'habitais pour qu'il n'apprenne pas l'existence de Bobby. C'est alors qu'il l'a découvert tout seul. Et je lui ai dit combien j'étais mal et il m'a répondu qu'il avait une affaire en vue. Il n'a pas voulu me donner de détails et puis Bobby s'est fait arrêter pour le cambriolage de la banque et ç'a été le chaos le plus total.

« Lee avait mis le cambriolage sur pied et s'était trouvé trois hommes pour l'aider. Il avait racheté son contrat de boxeur à Ben Siegel pour ne pas tomber dans ses pattes et ça lui avait coûté jusqu'au dernier centime de ses gains. Deux des hommes se sont fait tuer pendant le vol, le troisième s'est enfui au Canada, et Lee, c'était le quatrième. Lee a entubé Bobby parce qu'il le haïssait pour ce qu'il m'avait fait endurer. Bobby ne savait pas que nous nous voyions et on s'est arrangés pour que ça ait l'air de s'être passé au tribunal. Bobby savait qu'on lui faisait porter le chapeau ; il ne soupçonnait pas Lee, mais le L.A.P.D. en général.

« Lee voulait me donner un foyer, et il a réussi. Il était très prudent avec sa part de l'argent du cambriolage, et il a toujours mis en avant ses gains de boxeur et ce qu'il gagnait au jeu de telle manière que ses supérieurs ne pensent pas qu'il vivait au-dessus de ses moyens. Il a nui à sa propre carrière en vivant avec une femme, même si nous n'étions pas ensemble au sens où les autres le croyaient. Ça ressemblait à un merveilleux conte de fées, jusqu'à l'automne dernier, juste après que tu es devenu l'équipier de Lee. »

Je me rapprochai de Kay, impressionné par Lee, le flic-escroc le plus audacieux de tous les temps.

— Je savais qu'il avait ça en lui, quelque part.

Kay se recula à mon approche.

— Laisse-moi finir avant de devenir sentimental. Lorsque Lee a su que Bobby allait être remis en liberté anticipée sur parole, il est allé voir Ben Siegel pour essayer de le faire descendre. Il avait peur que Bobby ne se mette à parler à *mon* sujet et ne détruise notre conte de fées avec toutes les choses répugnantes qu'il connaissait sur ta très chère ici présente. Siegel n'a pas voulu, et j'ai dit à Lee que ça n'avait pas d'importance, qu'on était trois maintenant et que la vérité ne pouvait plus nous faire de mal. Juste avant la nouvelle année, le troisième homme du cambriolage a refait surface. Il savait que Bobby De Witt devait être libéré sur parole, et il a fait du chantage : Lee devait lui verser dix mille dollars, sinon il dirait à Bobby que le maître d'œuvre du cambriolage c'était Lee, et que c'était lui qui lui avait fait porter le chapeau dans l'histoire.

« Le gars a fixé comme dernière limite à Lee la date de la libération de Bobby. Lee l'a fait patienter, puis il est allé voir Ben Siegel pour essayer d'emprunter l'argent. Siegel a refusé et Lee l'a supplié de faire descendre le gars. Ça aussi, Siegel l'a refusé. Lee a alors appris que le gars traînait avec des Nègres qui revendaient de la marijuana et il…

Je vis arriver la suite, en grosses lettres noires comme les titres que ça m'avait valus, avec les paroles de Kay en petits caractères pour le commentaire :

— L'homme s'appelait Baxter Fitch. Siegel n'a pas voulu aider Lee, alors Lee s'était trouvé quelqu'un, toi. Les hommes étaient armés, je pense donc que, légalement, vous étiez couverts, mais je crois aussi que vous avez eu sacrément de la chance que personne ne vienne fourrer son nez dans l'histoire. C'est la seule chose que je ne saurais lui pardonner, la seule chose que j'aie accepté de laisser faire, et je me déteste pour ça. Tu te sens toujours aussi sentimental, mon petit fou de la gâchette ?

Impossible de répondre ; je n'y arrivais pas. Kay le fit pour moi.

— Je ne le pense pas. Je vais terminer l'histoire, et tu me diras si tu veux toujours le venger.

« L'affaire Short est alors survenue, et Lee s'est accroché à elle, pour sa petite sœur et pour Dieu sait quoi d'autre. Il était terrifié à l'idée que Fitch ait déjà parlé à Bobby et que Bobby soit au courant pour l'entôlage. Il voulait le tuer ou le faire tuer, et je l'ai supplié de laisser les choses suivre leur cours, personne ne croirait Bobby, alors il ne fallait plus faire de mal à personne. S'il n'y avait pas eu cette putain de nana morte, j'aurais peut-être réussi à le convaincre. Mais l'affaire est allée jusqu'au Mexique, et Bobby et Lee et toi, vous avez suivi. Je savais que le conte de fées était terminé ! Et il est bien terminé.

— FEU ET GLACE METTENT K.O. DES TRUANDS NÈGRES.

— RÈGLEMENT DE COMPTES DANS LE QUARTIER SUD FLICS 4 PÈGRE 0. — 4 DROGUÉS ABATTUS PAR LES FLICS BOXEURS AU COURS D'UNE SANGLANTE BATAILLE RANGÉE.

Je me sentais tout avachi et j'essayai de me remettre debout ; Kay m'attrapa la ceinture des deux mains et m'obligea à me rasseoir.

— Non ! tu ne vas pas me faire le coup de la fuite brevetée Bucky Bleichert cette fois ! Bobby a pris des photos de moi avec des animaux, et Lee y a mis un terme. Il a fait le mac et m'a vendue à ses amis et m'a frappée avec un cuir à rasoir, et Lee y a mis un terme. Il voulait m'aimer, pas me baiser, et il voulait qu'on reste

355

ensemble, et si tu n'avais pas été aussi intimidé par lui, tu l'aurais compris. Nous n'avons pas le droit de traîner son nom dans la boue. Il faut tout laisser tomber et lui pardonner et continuer, rien que nous deux et…

C'est alors que je pris la fuite, avant que Kay ne détruise le reste de la triade.

***

Le fou de la gâchette. Le faire-valoir.

Connard de détective taré trop aveugle pour résoudre l'affaire dont il avait été l'accessoire criminel.

Le point faible d'un triangle de conte de fées.

Meilleur ami d'un flic braqueur de banque et aujourd'hui détenteur de ses secrets.

« Tout laisser tomber. »

Je restai cloîtré dans mon appartement toute la semaine qui suivit, à attendre que prenne fin le reste de mes « vacances ». Je tapai dans le grand sac, je sautai à la corde, j'écoutai de la musique. Je restais assis sur les marches de derrière à viser de l'index les geais qui venaient se percher sur la corde à linge de la propriétaire. Je reconnus Lee coupable de quatre homicides liés au cambriolage de la banque Boulevard-Citizens et lui accordai sa grâce en me fondant sur l'homicide numéro cinq — le sien. Je songeai à Betty Short et à Kay jusqu'à ce qu'elles se fondent l'une dans l'autre ; je reconstituai notre équipe sur des critères de séduction mutuelle et décidai au bout du compte que je convoitais le Dahlia parce que je l'avais percé à jour et que j'aimais Kay parce qu'elle m'avait percé à jour.

Et je passai en revue les derniers six mois. Tout y était :

Le fric que Lee avait dépensé au Mexique venait du fade du braquage mais probablement d'une planque séparée.

Le soir de la Saint-Sylvestre, je l'avais entendu pleurer ; Baxter Fitch lui avait fait part de ses exigences de maître chanteur quelques jours auparavant.

Cet automne-là, Lee avait rencontré Benny Siegel — en privé — chaque fois que nous allions aux matches de boxe à l'Olympic ; il essayait de le convaincre de tuer Bobby De Witt.

Juste avant la fusillade, Lee avait discuté par téléphone avec un indic — soi-disant à propos de Junior Nash. L'« indic » avait donné Fitch et les Nègres, et Lee était revenu à la voiture comme s'il avait vu un fantôme. Dix minutes plus tard, quatre hommes étaient morts.

La nuit de ma rencontre avec Madeleine Sprague, Kay avait crié à Lee : « *Après tout ce qui pourrait arriver* » — paroles de mauvais augure qui prédisaient probablement le désastre avec Bobby De Witt. Tout le temps que nous avons travaillé sur l'affaire du Dahlia, elle avait la trouille, elle avait le cafard, elle se faisait de la bile pour Lee, et pourtant, bizarrement, elle acceptait son comportement de cinglé. Je croyais qu'elle était contrariée par la fixation que faisait Lee sur le meurtre de Betty Short ; en réalité, elle fuyait l'épilogue du conte de fées en se dirigeant droit dessus.

Tout y était. « Tout laisser tomber. »

Mon réfrigérateur une fois vide, je me fis le coup de la fuite brevetée Bucky Bleichert, direction l'épicerie pour regarnir les stocks. En pénétrant dans la boutique, je vis un commis qui lisait les pages locales du *Herald*, édition du matin. Au bas de la page figurait la photo de Johnny Vogel ; je jetai un coup d'œil par-dessus l'épaule du gamin et vis que Johnny avait été exclu du L.A.P.D. après avoir été blanchi par piston. Une colonne plus loin le nom d'Ellis Loew me sauta à la figure — Bevo Means le citait, déclarant : « L'enquête Elizabeth Short n'est plus "ma raison d'être"[1]. J'ai du poisson plus

---

1. En français dans le texte.

important à prendre dans mes filets. » Je ne songeai plus du tout à manger et partis pour Hollywood Ouest.

C'était la récré. Kay se trouvait au milieu de la cour de l'école à surveiller des gamins qui s'en donnaient à cœur joie dans le bac à sable. Je la regardai un moment de ma voiture avant de m'approcher.

Les gamins me remarquèrent les premiers. Je leur lançai un de mes sourires éclatants et ils se mirent à rire. Kay se retourna alors.

— Ça, c'est l'entrée en matière brevetée Bucky Bleichert, dis-je.

— Dwight !

Les enfants nous regardaient comme s'ils savaient que c'était un grand moment. Kay se ressaisit une seconde plus tard.

— Es-tu venu ici pour me dire quelque chose ?

Je ris ; les gamins gloussèrent devant cette nouvelle apparition de mes quenottes.

— Ouais. J'ai décidé de tout laisser tomber. Veux-tu m'épouser ?

Sans rien laisser paraître, Kay dit :

— Et on enterre toute l'histoire ? Cette p...n de morte aussi ?

— Oui. Elle aussi.

Kay avança jusque dans mes bras.

— Alors, c'est oui.

Je l'enlaçai. Les enfants se mirent à crier :

— Mad'moiselle Lake, elle a un p'tit ami, mad'moiselle Lake, elle a un p'tit ami !

Nous nous sommes mariés trois jours plus tard, le 2 mai 1947. Ce fut du travail à la va-vite, le chapelain protestant du L.A.P.D. bénit notre union et le service se déroula dans la petite cour à l'arrière de la maison de Lee Blanchard. Kay portait une robe rose afin de tourner en dérision son absence de virginité ; je portais mon uniforme bleu. Russ Millard était mon témoin et Harry Sears était venu comme invité. Il commença par bégayer et, pour la première fois, je vis que c'était très précisément son quatrième verre qui mettait fin au bégaiement. J'obtins l'autorisation de sortir mon vieux de sa maison de repos : il ne savait plus du tout qui j'étais, mais, apparemment, il passa un bon moment — à téter la bouteille de Harry, à suivre Kay comme un toutou, à sautiller au son de la musique à la radio. On avait disposé une table avec sandwiches et punch, fort et doux. Tous les six, on mangea, on but et des gens qui nous étaient totalement inconnus entendirent la musique et les rires en allant sur le Strip et s'invitèrent à notre petite fête. À la tombée du jour, la cour était pleine de gens que je ne connaissais pas et Harry fit un saut jusqu'au Hollywood Ranch pour rapporter bouffe et gnôle en rab. Je déchargeai mon revolver réglementaire et laissai des civils inconnus jouer avec lui, et Kay dansa des polkas avec le chapelain. Lorsque l'obscurité se fit, je n'ai pas voulu que ça se termine et je suis allé emprunter des guirlandes de Noël chez les voisins pour les accrocher ensuite sur la porte, la corde à linge et le yucca préféré de Lee. On dansa, on but, on mangea sous cette constellation factice aux étoiles rouges, bleues et jaunes. Aux environs de 2 heures du matin, les clubs du Strip se vidèrent, les fêtards du Trocadéro et du Mocambo débarquèrent dans la fête et Errol Flynn passa un moment parmi nous avec sur les épaules, au lieu de son smoking, ma veste garnie d'insignes et de médailles gagnées au tir. Si l'orage n'avait pas éclaté, la fête aurait pu continuer à jamais — et c'était ce que je désirais. Mais la foule se sépara au milieu des baisers et des embrassades pressées, et Russ reconduisit mon vieux à son trou de repos. Kay Lake Bleichert et moi-même, nous nous sommes alors retirés dans la chambre pour faire l'amour, et je laissai la radio allumée pour m'aider à me distraire de Betty Short. Ce n'était pas nécessaire — elle ne me traversa même pas l'esprit.

III

KAY ET MADELEINE

25

Les jours passèrent. Nous jouâmes, Kay et moi, par l'effort et le plaisir, au jeune couple marié.

Après une rapide lune de miel à San Francisco, je retournai à ce qui restait de ma carrière de policier. Thad Green me fit un baratin à la dégonfle : il admirait ce que j'avais fait avec les Vogel, mais considérait que je n'étais plus d'aucune utilité comme flic de patrouille : je m'étais attiré l'animosité des flics en bleu, des gradés jusqu'aux sans-grades, et ma présence dans une division d'agents en uniforme ne créerait que des problèmes. Puisque j'avais obtenu des A en math et en chimie au cours de mon année de premier cycle universitaire, il m'affecta au laboratoire des Investigations scientifiques comme technicien.

Le boulot, c'était presque du civil — blouse dans le labo et costard gris sur le terrain. Je faisais des analyses de groupes sanguins, j'étalais ma poudre à la recherche d'empreintes et je rédigeais les rapports balistiques ; je raclais les murs sur les lieux des meurtres et récupérais coulures et suintements que j'examinais ensuite sous un microscope pour aider les flics de la Criminelle à démarrer leurs enquêtes à partir de là. Tubes à essai, cornues et hémoglobine, un univers d'intimité avec la mort contre lequel je ne suis jamais parvenu à m'endurcir, qui me rappelait à tout instant que j'étais pas inspecteur, qu'on ne pouvait plus me faire confiance pour me laisser poursuivre l'enquête à partir de mes propres découvertes.

De plus ou moins loin, je suivais les amis et les ennemis que je m'étais faits grâce à l'affaire du Dahlia.

Russ et Harry gardaient toujours la chambre aux dossiers intacte au El Nido, et ils continuaient à travailler, une fois leur service terminé, sur l'enquête Short. J'avais la clé de la chambre, mais je n'en fis pas usage

— de par ma promesse à Kay d'enterrer « cette... de morte ». Il m'arrivait de retrouver le Padre à déjeuner et de lui demander comment avançait l'enquête ; invariablement, il répondait « lentement » et je savais qu'il ne trouverait jamais le tueur, mais qu'il n'abandonnerait jamais.

En juin 47, Ben Siegel fut abattu dans le salon de sa petite amie à Beverly Hills. Bill Koenig, affecté aux inspecteurs de la 77e Rue après le suicide de Fritz Vogel, se prit une décharge de fusil de chasse en pleine figure, à un coin de rue de Watts au début de 48. Les deux meurtres ne furent pas résolus. Ellis Loew fut battu à plate couture aux primaires républicaines de juin 48, et je célébrai l'événement en distillant des bolées de gnôle sur mon bec Bunsen, et tout le monde dans le labo se retrouva ivre mort.

Les législatives de 48 m'amenèrent des nouvelles des Sprague. Une liste de démocrates réformateurs étaient candidats au conseil municipal de L.A. et son comité de contrôle, avec comme thème majeur de leur campagne, « L'aménagement de la ville ». Ils affirmaient que des quantités de logements sur Los Angeles avaient été mal conçus et présentaient des défauts de sécurité, ils demandaient une enquête approfondie par un Grand Jury sur les entrepreneurs qui avaient construit les logements en question à l'époque du grand boom immobilier des années 20. Les journaux à scandales se mirent de la partie et encouragèrent les protestations du public en sortant des articles sur les « barons du boom » — avec, parmi eux, Mack Sennett et Emmett Sprague — et leurs « liens avec le milieu ». La revue *Confidences* publia une série sur le projet immobilier de Mack Sennett, « Les Terres d'Hollywood » et sur la manière dont la chambre de commerce d'Hollywood avait voulu couper « les Terres d' » sur le panneau géant « Les Terres d'Hollywood » du Mont Lee. Il y avait même des photos du directeur de Keystone

Kops[1] debout à côté d'un homme trapu qui avait, accrochée à ses basques, une mignonne petite fille. Je n'arrivais pas à savoir si c'était Emmett et Madeleine, mais je découpai quand même les photos.

Mes ennemis. Mes amis.

Ma femme.

Je traquais les preuves matérielles et Kay enseignait, et, pendant un moment, nous nous prîmes au jeu de la nouveauté, une vie de gens ordinaires. La maison était maintenant complètement payée et nous avions deux salaires. L'argent à dépenser ne manquait pas, et nous l'utilisions pour oublier Lee Blanchard et l'hiver de 47 en menant la belle vie : week-ends dans le désert et les montagnes ; trois ou quatre soirées au restaurant par semaine. On s'inscrivait à l'hôtel en prétendant être des amants illégitimes, et il me fallut plus d'une année pour comprendre le pourquoi de notre attitude ; ça nous sortait de chez nous, de cette bicoque que l'on avait payée grâce à l'argent de la banque Boulevard-Citizens. Et il y avait tant d'insouciance dans ma poursuite de cette belle vie qu'il me fallut un choc brutal pour me mettre les points sur les *i*.

Dans le couloir, une lame de parquet se descella et je l'enlevai complètement afin de la recoller. Je regardai dans le trou et trouvai un rouleau de billets, deux mille dollars en billets de cent tenus par un bracelet de caoutchouc. Je ne me sentis ni joyeux ni choqué ; mon cerveau se mit à battre la campagne, et j'obtins les réponses que ma course folle vers une vie normale avait étouffées en moi.

Si Lee possédait cet argent, plus l'oseille qu'il dépensait au Mexique, pourquoi n'avait-il pas acheté le silence de Baxter Fitch ?

---

1. Compagnie de films de Mack Sennett, du nom des « Cops » (flics) qui en étaient les personnages réguliers.

S'il possédait l'argent, pourquoi était-il allé voir Ben Siegel pour tenter d'emprunter dix bâtons pour satisfaire aux exigences de Fitch, maître chanteur ?

Comment Lee avait-il pu acheter et meubler cette maison, puis payer l'université à Kay et se retrouver malgré tout à la tête d'une somme substantielle alors que sa part du braquage foiré avait difficilement pu dépasser cinquante bâtons ?

Bien sûr, je racontai tout à Kay ; et, bien sûr, il lui fut impossible de donner des réponses ; bien sûr, elle me détesta pour avoir remué le passé. Je lui dis que nous pouvions vendre la maison et prendre un appartement comme d'autres gens normaux — bien sûr, elle ne voulut pas en entendre parler. C'était le confort, la classe — un lien avec sa vie passée qu'elle se refusait à abandonner.

Je brûlai l'argent dans la cheminée de Lee, style Art Déco, aux lignes épurées. Kay ne me demanda jamais ce que j'en avais fait. Ce simple geste me rendit une partie de moi-même enfouie au plus profond, me coûta presque tout ce que j'avais en partage avec ma femme — et me renvoya à mes fantômes.

Kay et moi, nous fîmes de moins en moins l'amour. Lorsque cela arrivait, c'était pour elle un geste de pure forme qui la rassurait et, pour moi, une explosion sans trop d'éclat. J'en arrivai à considérer que Kay Lake Bleichert avait été gâchée par les dépravations obscènes de son ancienne vie, à peine la trentaine et déjà presque chaste. Je fis alors entrer les boues du ruisseau dans les plis de nos draps, et j'attachai au corps de Kay dans l'obscurité les visages des racoleuses que je voyais en ville. Les premières fois, cela réussit, jusqu'à ce que je découvre jusqu'où je voulais vraiment aller. Lorsque, finalement, je fis le geste et me retrouvai haletant après avoir joui, Kay me caressa de ses mains maternelles et je sentis qu'elle savait que j'avais brisé la promesse de mon mariage — avec elle toujours présente.

1948 devint 1949. Je transformai le garage en salle d'entraînement, avec sac lourd et sac léger, cordes à sauter et haltères. Je me remis en forme, comme pour un combat, et décorai les murs du garage d'instantanés du jeune Bucky Bleichert sur le ring, vers les années 40-41. Ma propre image que j'entrevoyais au milieu des rigoles de sueur me rapprocha d'elle, et je traînais vers les librairies d'occasion à la recherche des suppléments du dimanche et des revues de faits divers. Je découvris des photos innocentes en sépia dans *Colliers* ; quelques instantanés de la famine reproduits dans de vieux numéros du *Globe* de Boston. Je les gardais hors de portée des regards dans le garage, et la pile grandit, puis disparut un après-midi. J'entendis Kay sangloter ce soir-là à l'intérieur de la maison et, lorsque je me rendis dans la chambre pour lui parler, je trouvai la porte verrouillée.

26

Le téléphone sonna. Je tendis la main vers le combiné installé dans la chambre, puis réalisai soudain que, depuis un mois, je passais mes nuits sur le canapé. Mon bras battit l'air en direction de la table basse.

— Ouais ?

— Encore au lit ?

C'était la voix de Ray Pinker, mon supérieur au S.I.D.

— Je dormais.

— Le passé est de rigueur. Vous m'écoutez ?

— Allez-y.

— Nous avons un suicide sur les bras, par arme à feu, c'est arrivé hier. 514 South June Street, Hancock Park. Le corps a été emporté, ça a l'air net et clair. Faites un examen complet, dans le détail, et déposez le rapport auprès du lieutenant Reddin à la Criminelle de Wilshire. Vous avez tout ?

— Ouais, dis-je en bâillant. Les scellés ont été posés ?

— L'épouse du macchabée vous fera faire le tour du propriétaire. Soyez courtois, nous avons affaire à des richards, des gros richards.

Je raccrochai en grommelant. Puis un déclic se fit dans ma tête : la résidence Sprague n'était qu'à un pâté d'immeubles de l'adresse dans June Street. Soudain, le travail qu'on me proposait me parut fascinant.

Je sonnai à la porte de la maison, style colonial avec perron à colonnes, une heure plus tard. Une femme, belle et élégante, les cheveux gris, la cinquantaine, ouvrit la porte vêtue de frusques de travail poussiéreuses.

— Je suis l'agent Bleichert du L.A.P.D. Puis-je vous exprimer mes condoléances, madame...

Ray Pinker ne m'avait pas donné son nom. La femme dit :

— Condoléances acceptées. Je m'appelle Jane Chambers. Êtes-vous l'homme du labo ?

La femme tremblait sous ses dehors brusques. Elle me plut immédiatement.

— Oui, c'est moi. Si vous m'indiquez l'endroit, je vais m'en occuper sans tarder et je ne vous embêterai pas.

Jane Chambers me fit entrer dans un vestibule paisible, tout en bois.

— Le bureau est derrière la salle à manger. Vous verrez la corde. Maintenant, si vous voulez bien m'excuser, je désire faire un peu de jardinage.

Elle partit en se tamponnant les yeux. Je trouvai la pièce, m'avançai vers la corde qui délimitait les lieux du crime et me demandai pourquoi ce salopard s'était foutu en l'air là où ceux qu'il aimait verraient toute l'hémoglobine.

Ça avait l'air d'un travail banal, modèle classique du suicide au fusil : fauteuil de cuir renversé, avec la silhouette du cadavre marquée à la craie sur le plancher juste à côté. L'arme, un calibre 12 à double canon, se trouvait exactement là où elle aurait dû être — un mètre devant le corps, le bout du canon plein de sang et de lambeaux de chair. Les murs et le plafond de plâtre clair révélaient comme en plein jour sang et cervelle desséchés, les fragments de dents et la chevrotine, preuves irréfutables que la victime s'était enfoncé les deux canons dans la bouche.

Je passai une heure à mesurer trajectoires et marques d'éclaboussures, à racler et récupérer les morceaux dans des tubes à essai, et vaporiser ma poudre sur l'arme du suicide à la recherche d'empreintes. Le travail terminé, je sortis un sac de ma trousse et enveloppai le fusil, en sachant pertinemment qu'il allait finir propriété de quelque grand sportif du L.A.P.D. Puis je sortis en direction du couloir d'entrée et je m'arrêtai en voyant une peinture encadrée suspendue à hauteur du regard.

C'était le portrait d'un clown, un jeune garçon déguisé en costume de fou d'il y a très très longtemps. Le corps était difforme et bossu, il arborait un sourire stupide qui allait d'une oreille à l'autre et dont on aurait cru que ce n'était qu'une seule et profonde cicatrice.

Je restai là, transfiguré, songeant à Elizabeth Short, morte à l'arrivée de la police, sur la 39e et Norton. Plus je regardais, plus les deux images fusionnaient; finalement, j'en arrachai mes regards pour les poser sur une photo de deux jeunes femmes, bras dessus, bras dessous, qui ressemblaient à Jane Chambers.

— Les autres survivantes. Jolies, non ?

Je me retournai. La veuve était deux fois plus poussiéreuse, sentant la terre fraîche et l'insecticide.

— Tout comme leur mère. Quel âge ont-elles ?

— Linda a vingt-trois ans et Carol vingt. En avez-vous terminé dans le bureau ?

Je songeai aux filles comme appartenant à la même classe d'âge que les filles Chambers.

— Oui. Dites à celui ou celle qui nettoiera d'utiliser de l'ammoniaque pur. Madame Chambers…

— Jane.

— Jane, connaissez-vous Madeleine et Martha Sprague ?

Jane Chambers grommela :

— Ces filles et cette famille ! Comment se fait-il que vous les connaissiez ?

— J'ai travaillé pour eux autrefois.

— Vous pouvez vous estimer heureux, ça n'a été qu'une brève rencontre.

— Que voulez-vous dire ?

Le téléphone du couloir sonna.

Jane Chambers dit :

— Pour en revenir aux condoléances, merci pour votre gentillesse, M…

— Je m'appelle Bucky. Au revoir, Jane.

— Au revoir.

***

Je rédigeai mon rapport au poste de police de Wilshire, puis vérifiai le rapport de main-courante sur le suicide de Chambers, Eldridge, Thomas, D.D.D. 2-4-49. Je n'appris pas grand-chose : Jane Chambers avait entendu le coup de feu, trouvé le corps et appelé immédiatement la police. À l'arrivée des inspecteurs, elle avait déclaré que son mari était très déprimé pour deux raisons : sa fortune plus que chancelante et le mariage aussi chancelant de sa fille aînée. Suicide : affaire classée sous réserve d'examen des lieux du crime par le laboratoire d'analyse criminelle.

Mes observations confirmèrent le verdict, purement et simplement. Mais j'avais la sensation que ça ne suffisait pas. J'aimais bien la veuve, les Sprague vivaient à un immeuble de là, et j'étais encore curieux. Je me mis au téléphone à la brigade et appelai les contacts de

Russ Millard dans la presse. Je leur donnai deux noms : Eldridge Chambers et Emmett Sprague. Ils se mirent au travail de leur côté, fouinant par-ci, appelant par-là, et me rappelèrent au numéro du poste que j'avais monopolisé. Quatre heures plus tard, j'appris les choses suivantes :

Qu'Eldridge Chambers était mort immensément riche.

Que, de 1930 à 1934, il avait été président du conseil d'administration de la Fédération immobilière de Californie du Sud.

Qu'il avait parrainé la candidature de Sprague pour devenir membre du Country Club de Wilshire en 1929, mais que l'Écossais avait été refusé à cause de ses « relations d'affaires juives » — c'est-à-dire les truands de la côte Est.

Et le plus beau : Chambers, par le biais de divers intermédiaires, avait fait renvoyer Sprague du conseil d'administration de la Fédération immobilière après l'effondrement de plusieurs maisons appartenant à ce dernier lors du tremblement de terre de 33.

Il y avait suffisamment de matière pour faire un papier bien juteux sur sa mort, mais ce n'était pas assez pour un flic de labo dont le mariage battait de l'aile et qui avait du temps libre devant lui. J'attendis quatre jours ; puis lorsque j'appris par les journaux qu'Eldridge Chambers était dans le trou, je retournai bavarder avec sa veuve.

Elle ouvrit la porte en vêtements de jardinage, une paire de cisailles à la main.

— Avez-vous oublié quelque chose ou bien êtes-vous aussi curieux que je me l'imaginais ?

— La deuxième solution est la bonne.

Jane se mit à rire et essuya la terre qu'elle avait sur le visage.

— Après votre départ, je suis parvenue à resituer

370

votre nom. N'étiez-vous pas un athlète ou quelque chose de ce genre-là ?

— J'étais boxeur, dis-je en riant. Vos filles sont-elles là ? Y a-t-il quelqu'un qui vous tienne compagnie ?

— Non, dit-elle en secouant la tête et je préfère qu'il en soit ainsi. Me tiendrez-vous compagnie pour le thé sur la terrasse ?

J'acquiesçai. Jane me montra le chemin, à travers la maison jusqu'à une véranda aux stores tirés, qui surplombait un vaste jardin aux herbes inclinées et dont plus de la moitié était bêchée et creusée de sillons. Je m'installai dans un fauteuil ; elle versa le thé glacé.

— J'ai fait tout ce travail au jardin depuis dimanche. Je crois que ça m'a été d'un plus grand secours que tous les appels de sympathie que j'ai reçus.

— Vous prenez ça très bien.

Jane s'assit à côté de moi.

— Eldridge avait un cancer, aussi ça ne m'a étonnée qu'à moitié. Je ne m'attendais cependant pas à ce qu'il utilise un fusil dans notre propre maison.

— Étiez-vous très liés ?

— Non, plus maintenant. Les filles avaient grandi et, tôt ou tard, nous aurions divorcé. Êtes-vous marié ?

— Oui, depuis presque deux ans.

Jane but son thé à petites gorgées.

— Mon Dieu, un jeune marié ! C'est le meilleur moment, non ?

Mon visage dut me trahir.

— Désolée, dit Jane en changeant de sujet. Comment se fait-il que vous connaissiez les Sprague ?

— J'ai connu Madeleine avant de rencontrer ma femme. Vous les connaissez bien ?

Jane réfléchit à ma question, le regard fixé sur le jardin défoncé.

— Eldridge et Emmett se sont connus il y a bien longtemps, dit-elle finalement. L'un comme l'autre, ils ont gagné beaucoup d'argent dans les affaires immobilières et ils ont siégé au conseil d'administration de Californie du Sud. Je ne devrais pas vous dire cela, puisque vous êtes policier, mais Emmett était quelque peu escroc. Il y a beaucoup de ses maisons qui se sont effondrées pendant le grand tremblement de terre de 33, et Eldridge a dit qu'il possédait des tas d'autres biens immobiliers qui vont mal finir tôt ou tard — des maisons construites avec les pires matériaux qu'on a pu trouver. Eldridge a fait virer Emmett du conseil lorsqu'il a découvert que des compagnies fantômes avaient le contrôle des locations et des ventes — cela le mettait dans tous ses états de savoir qu'on ne pourrait jamais tenir Emmett pour responsable si d'autres personnes encore venaient à perdre la vie.

Je me souvins d'avoir discuté avec Madeleine des mêmes choses.

— Votre mari devait être un honnête homme, à vous entendre.

Les lèvres de Jane esquissèrent un sourire — comme malgré elle.

— Il avait ses périodes.

— Il n'est jamais allé à la police au sujet d'Emmett ?

— Non. Il avait peur de ses amis gangsters. Il a fait simplement ce qu'il a pu, pour Emmett ce n'était que des ennuis mineurs. Qu'on l'ait éliminé du conseil d'administration a dû cependant lui faire perdre quelques affaires.

— « Il a fait ce qu'il a pu », ce n'est pas une mauvaise épitaphe.

Les lèvres de Jane se soulevèrent en grimace de dérision.

— C'était par pure culpabilité. Eldridge était propriétaire d'immeubles entiers de taudis à San Pedro. Lorsqu'il a appris qu'il avait un cancer, il a véritablement commencé à se sentir coupable. L'année dernière, il a voté démocrate et, lorsqu'ils ont été élus, il a participé à des réunions avec certains des membres du nouveau conseil municipal. Je suis sûre qu'il leur a balancé ce qu'il savait sur Emmett.

Je songeai à l'enquête par le Grand Jury que les canards à scandale avaient prédite.

— Peut-être qu'Emmett se dirige tout droit vers la défaite. Votre mari aurait pu être...

Jane tapota la table de son alliance.

— Mon mari était riche et beau et il dansait le charleston comme un dieu. Je l'ai aimé jusqu'à ce que je découvre qu'il me trompait et, maintenant, je recommence à l'aimer. C'est tellement bizarre.

— Ce n'est pas aussi bizarre que ça.

Jane sourit, d'un sourire très doux.

— Quel âge avez-vous, Bucky ?

— Trente-deux ans.

— Moi, j'en ai cinquante et un, et je pense que c'est bizarre, par conséquent, c'est bizarre. Vous ne devriez pas à votre âge accepter de si bon gré tout ce que le cœur humain vous réserve. Vous devriez encore avoir des illusions.

— Vous me taquinez, Jane. Je suis flic. Les flics n'ont plus d'illusions.

Jane rit — de bon cœur.

— Touchée. À mon tour d'être curieuse. Comment se fait-il qu'un ex-boxeur ait pu connaître Madeleine Sprague ?

Je mentis.

— Je l'ai arrêtée pour un feu rouge grillé et c'est parti de là. (Je sentis mes tripes se serrer lorsque je demandai :) Que savez-vous d'elle ?

Jane tapa du pied pour faire fuir un corbeau qui examinait ses massifs de rosiers juste au bord de la véranda.

— Ce que je connais de la gent féminine chez les Sprague remonte à au moins dix ans et c'est tout à fait bizarre. Presque baroque, dirais-je.

— Je suis tout ouïe.

— D'aucuns diraient toutes dents dehors.

Je ne ris pas, aussi porta-t-elle son regard au-delà du jardin retourné, en direction de Muirfield Road et du domaine du baron de l'immobilier.

— Lorsque leurs filles, Maddy et Martha, étaient toutes petites, Ramona orchestrait des spectacles et des cérémonies sur cette immense pelouse devant leur demeure. Des petits jeux de rôles avec les fillettes en costumes et déguisements d'animaux. Je laissais Linda et Carol y participer, même si je savais Ramona un peu dérangée. Lorsque les filles eurent grandi, dans leurs années d'adolescence, les spectacles devinrent plus bizarres. Ramona et Maddy étaient très douces pour le maquillage, et Ramona a orchestré ces… reconstitutions du passé, qui mettaient en scène les choses qui étaient arrivées à Emmett et à son ami Georgie Tilden pendant la Première Guerre mondiale.

« Et elle faisait porter aux enfants des kilts de soldats écossais et des mousquets d'opérette, en les tartinant de fard. Il lui arrivait de les barbouiller en rouge pour imiter le sang et de demander à Georgie de les filmer. C'est devenu tellement bizarroïde, tellement déplacé, que j'ai obligé Linda et Carol à cesser de fréquenter les filles Sprague. Puis, un jour, Carol est revenue à la maison avec des photos que Georgie avait prises d'elle. Elle faisait la morte, toute barbouillée de teinture rouge. Ça a été la goutte qui a fait déborder le vase. Je me suis précipitée à la maison des Sprague et j'ai dit mes quatre vérités à Georgie, parce que je savais que Ramona ne pouvait pas être tenue pour responsable de ses actions. Le pauvre homme a encaissé sans broncher et je me suis sentie horriblement honteuse par la suite — il a été défiguré dans un accident de voiture qui l'a transformé en vagabond ; jadis il gérait les propriétés d'Emmett et, maintenant, il s'occupe des jardins et des terrains vagues pour la municipalité.

— Que sont alors devenues Madeleine et Martha ? Jane haussa les épaules.

— Martha est devenue une sorte d'artiste prodige et Madeleine est devenue une Marie-couche-toi-là, ce que vous savez, je suppose.

— Ne soyez pas agressive, Jane.

Tapotant la table de son alliance, Jane dit :

— Excusez-moi. Je souhaitais peut-être au fond de moi pouvoir revenir en arrière. Je ne peux décemment pas passer le restant de mes jours à faire du jardinage, et je suis trop fière pour les gigolos. Qu'en pensez-vous ?

— Vous vous trouverez un autre millionnaire.

— C'est peu probable, et un seul m'a suffi pour toute une vie. Vous savez ce que je persiste à penser. Que nous sommes presque en 1950 et que je suis née en 1898. Ça me tue.

Je lui dis ce que je pensais depuis une demi-heure.

— Vous me feriez souhaiter que les choses soient différentes. Que le temps soit différent.

Jane sourit et soupira.

— Bucky, est-ce que c'est là ce que je peux espérer de mieux de votre part ?

Je soupirai en retour.

— Je crois que c'est le mieux qu'on puisse espérer de quiconque.

— Vous êtes un peu voyeur, vous savez.

— Et vous, vous êtes un peu rapporteuse !

— Touchée. Venez, je vous raccompagne.

Nous nous prîmes les mains en allant vers la porte. Dans le couloir de l'entrée, le clown à la bouche cicatrice me sauta à nouveau au visage. Je le montrai du doigt en disant :

— Bon Dieu, ça me fait des frissons dans le dos.

— Pourtant ça a de la valeur. Eldridge me l'a offert pour mon quarante-neuvième anniversaire, mais je le hais. Voudriez-vous l'emporter avec vous ?

— Je vous remercie, mais c'est non.

— Merci à vous, dans ce cas. Vous avez été mon meilleur consolateur.

— Et vous avez été ma meilleure consolatrice.

Je la tins serrée quelques instants, puis je partis.

27

Le petit rigolo au bec Bunsen.

L'assidu du canapé nocturne.

L'inspecteur sans enquête.

Mes trois fonctions me tinrent occupé pendant tout le printemps de 49. Kay se rendait à l'école tôt chaque matin ; je faisais semblant de dormir jusqu'à ce qu'elle soit partie. Seul dans la maison du conte de fées, je touchais les objets appartenant à ma femme — les chandails de cachemire que Lee lui avait achetés, les devoirs qu'elle devait corriger, les livres qu'elle avait empilés en attendant de les lire. Je cherchais toujours son journal intime, mais jamais je ne l'ai trouvé. Au labo, je m'imaginais Kay en train de fouiller les choses qui m'appartenaient, à moi. Je jouai avec l'idée d'écrire un journal et de le laisser traîner pour qu'elle le trouve — des récits détaillés de mes accouplements avec Madeleine Sprague — qu'elle s'en prenne plein la figure et qu'elle me pardonne ma fixation sur le Dahlia, ou alors que notre mariage explose, que cesse enfin ce calme plat. Dans mon petit cagibi, je gribouillai cinq pages — et m'arrêtai lorsque je sentis le parfum de Madeleine se fondre avec la puanteur du désinfectant utilisé par le motel de la Flèche Rouge. Je rassemblai mes feuillets de gribouillis pour les jeter à la poubelle et ça ne fit qu'activer le petit feu qui se consumait en un brasier ardent.

Je me postai en surveillance devant la résidence de Mansion Road pendant quatre nuits d'affilée. J'étais garé de l'autre côté de la rue et je voyais les lumières s'allumer et s'éteindre, et des ombres traverser les vitraux des fenêtres. Je me berçais de petits rêves : pénétrer la vie de la famille Sprague, faire cracher Emmett en le menaçant de jouer au dur, m'accoupler à Madeleine, hôtel de passe après hôtel de passe. Aucun membre de la famille ne quitta le domicile durant toutes ces nuits — leurs quatre voitures restèrent à leur place dans l'allée en demi-cercle. Je ne manquai pas de m'interroger sur ce qu'ils pouvaient bien faire, quelle histoire commune ils étaient en train de revivre, quelles étaient les chances pour que quelqu'un mentionne le flic qui était venu dîner deux ans auparavant.

La cinquième nuit, Madeleine, en pantalon et chandail rose, alla jusqu'au coin de la rue pour poster une lettre. Sur le chemin du retour, je vis qu'elle avait remarqué ma voiture, son visage surpris illuminé dans la lumière des feux de croisement. J'attendis qu'elle se dépêche de rentrer dans sa forteresse Tudor avant de retourner à la maison, avec, aux oreilles, la voix sarcastique de Jane Chambers qui me répétait : « Voyeur ! voyeur ! »

Je pénétrai dans la maison et j'entendis la douche ; la porte de la chambre était ouverte ; le phonographe passait un quintette de Brahms, le morceau favori de Kay. Je me souvins de la première fois où j'avais vu ma femme nue et je me déshabillai pour m'étendre sur le lit.

La douche s'arrêta ; Brahms gagna en puissance, profitant de l'occasion. Kay apparut dans l'embrasure de la porte enveloppée d'une serviette. Je dis : « Petite », elle dit : « Oh, Dwight » en laissant retomber la serviette. L'un comme l'autre, nous nous mîmes à parler, tout de suite, à faire jaillir des excuses d'un côté comme de l'autre. Je n'arrivais pas tout à fait à saisir toutes ses paroles, et je savais qu'elle ne pouvait déchiffrer les miennes. Je me mis debout pour éteindre le phonographe, mais Kay s'approcha du lit la première.

On joua de baisers maladroits. J'ouvris la bouche trop vite, oubliant combien Kay aimait à se faire séduire. Je sentis sa langue et je me reculai, sachant qu'elle détestait ça. Je fermai les yeux et je sus qu'elle jouait la comédie. Les bruits d'amour gagnèrent en force — et en laideur, comme quelque chose que l'on attend d'une actrice de film porno. Les seins de Kay étaient doux et souples sous mes mains, ses jambes serrées, les genoux relevés en barrage. Un autre genou les força — elle réagit d'un bond, d'un spasme. J'étais dur, je mouillai Kay de ma bouche et la pénétrai.

Je gardais mes yeux ouverts, mon regard rivé à son regard, qu'elle sache bien qu'il n'y avait que nous deux ; Kay se détourna et je sus qu'elle voyait au-delà de moi-même. Je voulais être doux, je voulais être tendre et lent, mais la vue d'une veine qui battait sur le cou de Kay me fit durcir comme jamais. Je jouis en grommelant : « Je suis désolé, sacré bon Dieu, je suis désolé », et la réponse de Kay, quelle qu'elle ait pu être, fut étouffée par l'oreiller dans lequel elle enfouissait son visage.

28

La nuit qui suivit, je me retrouvai garé en face de la résidence des Sprague, de l'autre côté de la rue, cette fois dans la Ford banalisée du S.I.D. que j'utilisais pour mes examens de terrain. Le temps n'avait plus prise sur moi mais je savais que chaque seconde passée me rapprochait un peu plus du moment où je frapperais à cette porte, ou bien où je fuirais sans me retourner.

Mon esprit jouait avec Madeleine nue ; j'enthousiasmais le reste des Sprague avec mes bons mots à les faire mourir de rire. Puis la lumière trancha la nuit de l'allée, la porte claqua et les phares de la Packard s'éclairèrent. Elle s'engagea sur Muirfield, fit un rapide virage à gauche sur la 6e Rue et prit la direction de l'est. J'attendis trois petites secondes et me mis à la suivre.

La Packard resta dans la file du milieu ; je me mis à ses basques sur la file de droite, à quatre bonnes voitures de distance derrière. Nous sortîmes de Hancock Park pour nous engager dans le secteur de Wilshire, puis plein sud sur Normandie et la 8e Rue vers l'est. Les enseignes lumineuses des bars étincelèrent sur un bon kilomètre — et je sus que Madeleine approchait de sa destination.

La Packard s'arrêta en face du Zimba Room, un rade dont l'entrée arborait une enseigne avec deux lances de néon. La seule place disponible pour me garer se trouvait juste derrière sa voiture et je m'y laissai glisser, surprenant dans la lueur de mes phares la conductrice qui verrouillait sa portière. L'écheveau se débrouilla dans ma tête lorsque je vis qui ce n'était pas, et qui avait pris la place.

Elizabeth Short. Betty Short.

Lizz Short.

Le Dahlia Noir.

Dans un sursaut, mes genoux cognèrent le volant, mes mains tremblantes touchèrent l'avertisseur. L'apparition leva le bras en protection en clignant des yeux dans la lueur des phares, avant de hausser les épaules. Je surpris un tressautement des fossettes qui m'étaient familières, et retournai d'où je venais, où que ce pût être.

C'était Madeleine Sprague, totalement métamorphosée en Dahlia. Elle était vêtue d'une robe noire, longue et collante, le maquillage et la coiffure totalement identiques à ceux de Betty Short au meilleur de sa beauté photographique. Je la regardai pénétrer dans le bar de sa démarche arrogante et vis une tache de jaune au milieu de ses boucles noires relevées et je sus qu'elle avait poussé la transformation jusqu'au bout, jusqu'à la barrette que portait Betty. Ce détail me frappa comme un une-deux au corps de Lee Blanchard. De mes jambes flageolantes de boxeur soûlé de coups, je poursuivis le fantôme.

L'intérieur du Zimba Room n'était que fumée du sol au plafond, G.Is et jazz de juke-box ; Madeleine était au bar en train de siroter un verre. En regardant autour de moi je vis qu'elle était la seule femme présente et déjà le centre d'un brouhaha naissant — soldats et marins se refilaient la bonne nouvelle à coups de coude, en désignant la silhouette vêtue de noir et échangeant des murmures.

Au fond de la salle, je trouvai un recoin décoré de rayures noires et blanches. Il était rempli de marins qui se partageaient une bouteille. Un regard sur leurs joues au duvet de pêche me suffit : ils n'avaient pas l'âge légal d'être là. Je sortis mon insigne et dis :

— Taillez-vous ou, dans moins d'une minute, vous aurez la police de la plage sur le dos.

Les trois jeunots décollèrent dans un tourbillon d'uniformes bleus en abandonnant leur bouteille. Je m'installai pour regarder Madeleine dans son interprétation de Betty.

J'engloutis un demi-verre de bourbon qui me calma les nerfs. J'avais de Madeleine au bar une vue en diagonale, elle au milieu de prétendants suspendus à ses lèvres, buvant ses paroles. J'étais trop loin pour entendre quelque chose — mais chaque geste que je la voyais accomplir n'était pas d'elle, mais celui de quelque autre femme. Et chaque fois qu'elle touchait un de ses chevaliers servants, ma main tressautait, en direction du .38.

Le temps s'étira, dans une brume de bleu marine et de kaki dont le centre était noir de jais.

Madeleine but, bavarda, repoussa des avances, pour finir par jeter son dévolu sur un marin râblé. Son petit cénacle fondit sous les regards méchants de l'élu ; je descendis le reste de la bouteille. Je regardais le bar de tous mes yeux et cela m'empêchait de réfléchir, le jazz assourdissant m'obligeait à tendre l'oreille pour saisir le bruit des voix quand il ne les couvrait pas, la gnôle m'empêchait d'alpaguer le petit râblé pour une demi-douzaine de motifs inventés de toutes pièces. Puis la femme en noir et le marin en bleu franchirent la porte, bras dessus, bras dessous, Madeleine une tête de plus à cause de ses hauts talons.

Je leur accordai cinq secondes de ce calme qui naît du bourbon, avant de décarrer. La Packard tournait à droite au coin de la rue lorsque je m'installai au volant ; pied au plancher, je virai sec à droite juste pour voir des feux à l'autre extrémité du pâté d'immeubles. Je me rapprochai comme en un zoom avant, presque jusqu'à toucher le pare-chocs arrière. Madeleine tendit le bras par la vitre, et s'engagea dans le parc de stationnement d'un motel brillamment éclairé.

Je m'arrêtai en dérapage, puis fis marche arrière avant d'éteindre mes phares. De la rue, je voyais mon petit marin debout près de la Packard en train de griller une cigarette, pendant que Madeleine allait chercher la clé de la chambre à la réception du motel. Elle en ressortit avec la clé quelques instants plus tard, tout comme à notre vieille habitude ; elle fit avancer le soldat devant elle, tout comme avec moi. À l'intérieur de la pièce, les lumières s'allumèrent, puis s'éteignirent et, lorsque je me mis à l'écoute à l'extérieur, les stores étaient tirés et c'était notre vieille station de radio qui jouait.

Je planquais sans désemparer. J'interrogeais, je questionnais.

Le petit rigolo au bec Bunsen, c'était maintenant un inspecteur qui avait son enquête.

Je gardai Madeleine et son numéro du Dahlia sous surveillance pendant quatre nuits supplémentaires ; chaque fois, même modus operandi : rade de la 8e Rue, petit dur, poitrine pleine de médaillettes, baisodrome sur la 9e et Irolo. Une fois mes deux gens bien installés, je revenais sur mes pas et interrogeais les propriétaires des bars et les G.Is qu'elle avait envoyés paître.

Quel nom la femme en noir a-t-elle donné ? Aucun.

De quoi a-t-elle parlé ?

De la guerre et de faire son trou au cinéma.

Avez-vous remarqué sa ressemblance avec le Dahlia Noir, cette jeune fille assassinée il y a environ deux ans ? Si c'est le cas, que croyez-vous qu'elle essayait de prouver ?

Réponses et théories négatives : c'est une cinglée qui croit que c'est elle, le Dahlia Noir ; c'est une racoleuse qui s'fait du pognon en jouant sur l'allure du Dahlia ; c'est une femme-flic qui fait la chèvre pour capturer le meurtrier du Dahlia ; c'est une cinglée qui se meurt du cancer, elle essaie d'attirer le boucher du Dahlia pour faire la nique au grand C.[1].

Je savais que l'étape suivante, c'était d'aller secouer les amants de Madeleine — mais je ne me faisais pas confiance pour agir rationnellement. S'ils répondaient à côté ou s'ils répondaient juste, s'ils m'envoyaient dans la bonne comme dans la mauvaise direction, je savais qu'on ne pourrait me tenir responsable de ce que je ferais.

Quatre nuits de gnôle, de petits sommes dans la voiture, de petits sommes sur le canapé de la maison avec Kay séquestrée volontaire dans sa chambre sapèrent mes forces. Au travail, je laissais tomber mes plaquettes de microscope, j'intervertissais mes étiquettes d'échantillons sanguins, rédigeais mes rapports d'examen avec ma sténo dictée par l'épuisement, et par deux fois je m'écroulai endormi au-dessus de mon microscope de balistique pour me réveiller, des photos déchiquetées de Madeleine en noir devant les yeux. Sachant que je ne pouvais pas me colleter la nuit numéro cinq tout seul ni faire une croix dessus, je volai quelques cachets de benzédrine en attente d'examen pour la Brigade des Stups. Ils me procurèrent un coup de fouet, envolée la fatigue, en me laissant un sentiment de dégoût suintant

---

1. Le grand C : le cancer.

pour ce que je me faisais à moi-même — ils déclenchèrent aussi une tempête sous un crâne pour me sauver de Madeleine Dahlia et refaire de moi un vrai flic.

Thad Green hocha la tête en signe d'acquiescement tout au long de mon plaidoyer : j'étais dans le service depuis sept ans, ma « rencontre » avec les Vogel remontait à plus de deux ans et on l'avait presque oubliée ; je détestais mon travail au S.I.D. et je voulais retourner dans une division en uniforme — de préférence de service de nuit. J'étudiais pour l'examen de sergent, et le S.I.D. m'avait bien servi comme terrain d'entraînement pour le but que je m'étais assigné : le Bureau des inspecteurs. Je commençai à débiter une tirade sur mon mariage merdique, sur l'aventure d'être de nuit — ça me tiendrait éloigné de mon épouse —, mais mon assurance commença à s'évanouir lorsque je fus assailli par des images de la femme en noir et que je me rendis compte que j'étais presque en train de la supplier. Le chef des inspecteurs me fit taire finalement d'un long regard silencieux et je me demandai si mes amphets n'étaient pas en train de me trahir. Il dit alors : « O.K., Bucky » et me montra la porte. J'attendis dans l'antichambre pendant une éternité amphétaminée de benzédrine ; lorsque Green sortit en souriant, je bondis à en laisser mon enveloppe de peau sur place.

— Service de nuit, Newton Street, dès demain, dit-il. Et essayez d'être poli avec nos frères de couleur du quartier. Vous avez la mauvaise manie de gueuler un peu trop fort et je ne voudrais pas que vous leur repassiez votre tic.

***

La division de Newton Street était située au sud-est de L.A. centre, quatre-vingt-quinze pour cent de taudis, pour cent de Noirs, rien que des ennuis. Il y avait des bandes d'ivrognes et des jeux de craps à chaque coin de rue ; des boutiques à gnôle, des salons de coiffure où on vous défrisait les tifs, des officines de paris dans chaque pâté d'immeubles, des appels au poste en code trois vingt-quatre heures sur vingt-quatre. Les flics à pied se baladaient avec des matraques plombées ; les inspecteurs de la brigade étaient enfouraillés de .45 automatiques chargés de balles dum-dum non réglementaires. Les poivrots du coin picolaient du « Lézard Vert » — eau de cologne coupée de porto blanc Old Monterey — et la passe standard pour une pute était de un dollar, un sac et une demi-thune si on allait « chez elle », à savoir les tires abandonnées au cimetière de bagnoles entre la 56e et Central. Les mômes dans la rue étaient décharnés et souffreteux, les chiens errants souffraient de la gale et montraient toujours les crocs, les commerçants avaient tous un fusil de chasse sous le comptoir. La division de Newton Street était zone de guerre.

Je me présentai au rapport après vingt-deux heures au pieu, sevré d'amphets à la gnôle. Le commandant du poste, un vieux lieutenant du nom de Getchell, m'accueillit chaleureusement, en me déclarant que Thad Green avait dit que j'étais réglo, et qu'il voulait bien de moi jusqu'à ce que je commence à déconner et lui prouver le contraire. À titre personnel, il détestait les boxeurs et les balances, mais il était prêt à faire une croix sur le passé. Mes collègues policiers demande-raient certainement, quant à eux, un peu de persuasion ; eux détestaient vraiment les flics à gloriole, les boxeurs et les bolcheviks, et ils se souvenaient avec émotion du séjour de Fritzie Vogel à Newton Street deux ans aupa-ravant. L'officier commandant m'affecta à un circuit de ronde en solo, et je quittai cette première séance de briefing déterminé à être plus réglo que le bon Dieu lui-même.

Au premier appel, ce fut pire.

Le sergent de service me présenta aux policiers de patrouille, je n'obtins aucun applaudissement mais un vaste échantillonnage de regards en coin, de regards mauvais et de regards détournés. Après la lecture des délits, sept hommes sur les cinquante-cinq qui étaient là s'arrêtèrent pour me serrer la main et me souhaiter bonne chance. Le sergent me fit faire le tour de la division, en silence, et me déposa avec un plan des rues à la limite est de mon circuit de ronde ; en guise d'adieu, il me dit :

— Laissez pas les négros vous emmerder.

Je le remerciai et il répondit :

— Fritz Vogel était un bon pote à moi, avant de décarrer.

Je décidai de me mettre au parfum vite fait.

Ma première semaine à Newton, je la passai à alpaguer des mecs en jouant du biscoteau et à collecter des infos sur qui étaient vraiment les gros méchants. Les petites fiestas au Lézard Vert, je les explosais à la matraque, en promettant aux poivrots de ne pas les boucler s'ils me donnaient des noms. S'ils ne crachaient pas le morceau, je les arrêtais ; s'ils s'exécutaient, je les arrêtais quand même. Je sentis une odeur de hasch sur le trottoir à l'extérieur de chez le coupe-tifs au coin de la 68e et de Beach ; je défonçai la porte à coups de pied et je tombai sur trois fumeurs en possession de marijuana, assez pour les accuser de détention de stupéfiants. Ils balancèrent leur fournisseur et m'informèrent sur un sac de nœuds qui se pointait à l'horizon, entre les Slausons et les Choppers, en échange d'une promesse de clémence de ma part ; j'appelai la brigade pour leur refiler le tuyau et arrêtai une voiture pie pour emmener mes défoncés au poste. Je fouinai chez les putes dans le cimetière à bagnoles et je les alpaguai pour prostitution ; en menaçant les michés des nanas d'aller rendre visite à leurs épouses, je me procurai encore d'autres noms. À la fin de la semaine, j'avais vingt-deux arrestations à mon actif — dont neuf délits majeurs. Et j'avais des noms. Des noms sur lesquels j'allais pouvoir tester mon courage. Des noms pour tous les événements importants auxquels j'avais fait la pige. Des noms qui feraient trembler les flics qui me détestaient.

Je chopai Downtown Willy Brown qui sortait du bistrot, le Lucky Time. Je lui dis : « Ta mère, c'est une sacrée suceuse de zob, Blanc-blanc » ; Willy se rua sur moi. J'encaissai trois coups pour en rendre six ; lorsque j'en eus fini avec lui, Brown crachait ses dents par le nez. Et deux flics qui discutaient le bout de gras de l'autre côté de la rue furent spectateurs de toute la chose.

Roosevelt Williams, en liberté sur parole, violeur maquereau, dirigeant de loterie clandestine, fut plus dur à avoir. Sa réaction à « Salut, merdeux » fut « Sale Blanc fils de pute », et il cogna le premier. On échangea des coups pendant près d'une minute, au vu de tout un corps de Choppers qui coinçaient la bulle sur les marches des perrons. Il commençait à avoir le dessus, et je faillis prendre ma matraque — mais ce n'est pas de cette étoffe-là qu'on fait les héros. Finalement je l'attaquai à la Lee Blanchard, une série d'uppercuts et de crochets de haut en bas, vlan-vlan-vlan-vlan, et le dernier coup envoya Williams au pays des rêves et moi chez l'infirmière du poste pour deux doigts fracturés.

Les poings nus, c'était fini pour moi maintenant. Mes deux derniers noms, Crawford Johnson et son frère Willis, organisaient des parties de cartes truquées dans la salle d'accueil de l'église baptiste du Puissant Rédempteur, sur la 61e et Enterprise juste dans la diagonale du boui-boui à graillon où les flics de Newton mangeaient à moitié prix. J'entrai par la fenêtre alors que Willis était à la donne. Il leva les yeux et dit « Heuh ? », et ma matraque bousilla et ses mains et la table de cartes. Crawford fit un geste vers sa ceinture ; mon second coup lui fit sauter des mains un .45 muni d'un silencieux. Les deux frères se bousculèrent vers la porte en hurlant de douleur ; je ramassai mon nouveau calibre pour les jours de repos et dis aux autres joueurs de prendre leur fric et de rentrer chez eux. En sortant sur le trottoir, j'avais gagné un public : des uniformes bleus qui mastiquaient leurs sandwiches tout en observant les frangins Johnson qui se tiraient vitesse grand V en soutenant leurs paluches brisées.

— Y a des gens qui réagissent mal à la politesse ! hurlai-je.

Un vieux sergent dont la rumeur disait qu'il ne pouvait pas m'encadrer hurla en retour :

— Bleichert, t'es membre honoraire de la confrérie des vrais Blancs !

Et je sus que j'étais un des leurs.

De m'être colleté avec les frères Johnson fit de moi une petite légende. Mes collègues flics, petit à petit, me manifestèrent leur sympathie — comme à un mec trop dingue dans sa témérité pour son propre bien, un de ces mecs dont vous savez avec reconnaissance que vous ne serez jamais. J'avais l'impression d'être redevenu une célébrité locale.

À mon premier rapport mensuel sur ma forme physique, je n'obtins que des 100 et le lieutenant Getchell me récompensa en m'offrant une patrouille en voiture. C'était en quelque sorte une promotion, tout comme le territoire qui allait avec.

La rumeur voulait que les Slausons comme les Choppers soient sur le sentier de la guerre pour me faire la peau ; s'ils échouaient, Crawford et Willis Johnson étaient les suivants sur la liste. Getchell voulait que je ne sois plus dans leur ligne de mire jusqu'à ce qu'ils se calment, aussi m'affecta-t-il à un secteur aux limites ouest de la division.

Ma nouvelle ronde était une invitation à l'ennui. Blancs et Noirs mélangés, petites usines et maisons proprettes, si vous vouliez de l'action, vous pouviez au mieux espérer quelques conducteurs ivres et des putains auto-stoppeuses racolant les automobilistes pour tâcher de se faire quelques thunes en passant, avant de rejoindre les boîtes à dope de Négroville. J'arrêtais des conducteurs en état d'ivresse, je contrecarrais des rencontres amoureuses en allumant mes gyrophares, rédigeais des procès-verbaux pour excès de vitesse à la pelle et, de façon générale, je traînais dans les rues à la recherche de tout ce qui pouvait sortir de l'ordinaire. Les restaurants drive-in poussaient comme des champignons sur Hoover et Vermont, des trucs modernes à paillettes où l'on pouvait manger dans sa voiture et écouter de la musique grâce aux haut-parleurs fixés aux montants des fenêtres. Je passais des heures dans ma voiture, du be-bop de K.G.F.J. plein les oreilles, mon émetteur-récepteur en sourdine au cas où surviendrait quelque chose de sérieux. Je gardais les yeux sur la rue tout en écoutant, assis dans ma voiture, cherchant à repérer des racoleuses blanches, en me disant que si j'en voyais ressemblant à Betty Short, j'irais les avertir que la 39e et Norton n'étaient qu'à quelques kilomètres de distance et je les exhorterais à être prudentes.

Mais la plupart des putains étaient des bougnoules ou des blondes décolorées, qui ne valaient pas la peine qu'on les avertisse, tout juste bonnes à appréhender lorsque je n'avais pas mon quota d'arrestations. C'était des femmes, cependant, autour desquelles mon esprit pouvait vagabonder en sécurité, substituts sans danger de mon épouse seule à la maison et de Madeleine qui se vautrait dans la fange de la 8e Rue. Je jouais avec l'idée de ramasser un sosie de mon Dahlia/Madeleine pour la baise, mais j'en étouffais toujours le désir — ça ressemblait trop à Johnny Vogel et Betty, ensemble au Biltmore.

Je quittais mon service à minuit et j'étais toujours crispé, nerveux, sans le moindre désir de rentrer à la maison et dormir. Il m'arrivait parfois de me faire les cinémas de nuit du centre-ville, parfois les clubs de jazz de Central Sud. Le bop était presque à son apogée, et des bœufs d'une nuit entière avec une pinte de gnôle légale suffisaient généralement à me faciliter le retour à la maison où je plongeais dans un sommeil sans rêves peu après le départ de Kay pour l'école le matin.

Mais, quand ça ne suffisait pas, c'était alors les nuées et le clown souriant de Jane Chambers, Joe Dulange le Français qui écrasait ses blattes et Johnny Vogel et son fouet, Betty qui me suppliait ou de la baiser ou de tuer son tueur, elle s'en foutait. Le pire de tout, c'était le réveil en solitaire dans la maison de conte de fées.

Vint l'été. Des jours de chaleur qui s'écoulèrent en somnolence sur le canapé ; des nuits de chaleur à patrouiller l'ouest de Négroville, du whisky légal, le Royal Flush et Bido Lito's, Hampton Hawes, Dizzy Gillespie, Wardell Gray et Dexter Gordon. Quelques tentatives impatientes d'étudier pour l'examen de sergent et le désir violent de faire une croix sur Kay et la maison de conte de fées pour me trouver une turne bon marché, quelque part dans mon secteur de ronde. S'il n'y avait pas eu ce spectre de poivrot, ç'aurait pu continuer à jamais.

J'étais garé au drive-in de Duke, et je reluquais un petit troupeau de nanas à l'air un peu clodo, debout près de l'arrêt de bus, à environ dix mètres devant moi. Ma radio était éteinte, des riffs violents de Kenton sortaient du haut-parleur qu'on m'avait accroché. L'humidité de l'air, sans un souffle, me plaquait l'uniforme au corps ; ça faisait une semaine que je n'avais pas procédé à une arrestation. Les filles faisaient signe aux voitures de passage, une blonde oxygénée roulait des hanches à leur rencontre. Je commençais à synchroniser les roulis et les vrilles avec la musique en jouant avec l'idée de les faire tomber en flag sans rien leur laisser passer jusqu'aux Recherches et Investigations qui retrouveraient tous les mandats qui leur collaient au cul. C'est alors qu'un vieil alcoolo décharné apparut, un litron à la main, l'autre main tendue pour une aumône de quelques sous.

La blonde décolorée arrêta de danser pour lui parler ; la musique perdit la boule — réduite à des couinements — sans elle pour l'accompagner. J'allumai mes phares ; l'alcoolo leva le bras pour se protéger les yeux puis me fit signe d'aller me faire mettre. Je sortis de la voiture pie et lui tombai sur le râble, accompagné par l'orchestre de Stan Kenton.

Larges swings du gauche et du droit, rafale de coups au corps, les cris de la fille qui crachait plus de décibels que le Grand Stan, l'alcoolo qui m'injuriait, moi, mon père, ma mère, des sirènes plein la tête, l'odeur de viande pourrie à l'entrepôt, et pourtant, je savais que ce n'était pas possible. Et le vieux poivrot qui bafouillait « j'vous en pri-i-i-i-e ».

Je chancelai jusqu'à la cabine téléphonique au coin, lui refilai sa pièce et composai mon propre numéro. Dix sonneries, rien, pas de Kay ; We-4391 sans même réfléchir. Sa voix, « Allô, résidence Sprague », mes bredouillis, puis « Bucky ? Bucky ? C'est toi ? » L'alcoolo qui vacillait dans ma direction, tétait sa bouteille de ses lèvres sanglantes. Des mains dans mes poches, pour en sortir des billets qu'elles lui lancèrent, du fric sur le trottoir. « Viens, chéri. Les autres sont tous à Lajuna. Ce serait comme au bon vieux… »

Je laissai le combiné pendouiller et l'alcoolo racler la plus grosse part de mon dernier salaire. Je roulai jusqu'à Hancock Park et je courus, rien que cette seule fois-là, rien que pour me retrouver à nouveau à l'intérieur de la maison. Je frappai à la porte, je m'étais convaincu. Madeleine apparut alors, soie noire, coiffure relevée, barrette jaune. Je tendis les mains pour la toucher. Elle recula, libéra sa chevelure en la laissant tomber sur ses épaules.

— Non. Pas tout de suite. Pas encore. C'est tout ce qui me reste pour te garder.

IV

ELIZABETH

29

Tout un mois, elle me tint de sa main de fer dans son gant de velours.

Emmett, Ramona et Martha passaient le mois de juin dans la maison familiale sur la plage dans le comté d'Orange, laissant Madeleine seule à veiller sur la résidence de Muirfield Road. Notre aire de jeux, c'était vingt-deux chambres, une maison de rêve bâtie par l'ambition d'un immigrant. C'était une nette amélioration par rapport au motel de la Flèche Rouge et à la maison de Lee Blanchard, monument au meurtre et au braquage de banque.

Nous fîmes l'amour, Madeleine et moi, dans chacune des chambres, défaisant tous les draps de soie et couvre-lits de brocart, entourés de Picasso, de maîtres flamands et de vases de la dynastie Ming qui valaient des centaines de bâtons. Tard le matin, tôt l'après-midi, nous dormions avant que je ne parte pour Négroville ; les regards que me lançaient les voisins lorsque je me dirigeais dans mon bel uniforme, vers la voiture, n'avaient pas de prix.

Nos retrouvailles, c'était celles de deux vagabonds avérés, deux bêtes en rut qui savaient pertinemment que ce ne serait jamais mieux avec un autre partenaire. Madeleine m'expliqua son numéro du Dahlia comme une stratégie pour me faire revenir à elle ; la fameuse nuit, elle m'avait vu garer ma voiture, et elle savait que de me séduire à la Betty Short me ferait revenir. Le désir que l'aveu impliquait me toucha, même si le raffinement du procédé m'incitait à la répugnance.

Elle abandonna son personnage dès la première fois, à la seconde où la porte se referma. Un lavage rapide et sa chevelure retrouva sa couleur normale et ses reflets marron foncé ; elle reprit sa coiffure de page, elle ôta sa robe noire et collante. J'essayai tout sauf de la menacer de partir et de la supplier ; Madeleine réussit à m'apaiser avec des « peut-être un de ces jours ». Notre compromis implicite, c'était qu'on parle de Betty.

Je posais les questions, elle partait en digressions. Nous eûmes vite passé en revue les faits réels ; à partir de cet instant, ce ne fut que pure interprétation.

Madeleine parla de cette malléabilité totale chez le Dahlia, Betty le caméléon, qui devenait n'importe quoi pour plaire à n'importe qui. Pour moi, elle était le centre de l'enquête criminelle la plus énigmatique que le service ait jamais connue. C'était elle qui avait brisé la plupart des vies qui m'étaient proches, c'était elle cette énigme faite femme dont je voulais tout découvrir. C'était là mon but ultime, enfoui si profond que je le sentais ancré dans ma chair.

Après Betty, je détournai la conversation sur les Sprague eux-mêmes. Jamais je n'avouai à Madeleine que je connaissais Jane Chambers, j'amenai ses révélations dans la conversation de manière détournée. Madeleine me dit qu'Emmett était quelque peu soucieux quant aux démolitions à venir non loin du panneau « Terres d'Hollywood » ; que les mises en scène de sa mère ainsi que son amour des livres étranges et du folklore médiéval n'étaient autres que « des trucs de défoncé — Maman avec plein de temps libre a ses tapées de pilules brevetées ». Après quelque temps, elle en vint à s'offusquer de mes perpétuelles questions et exigea d'inverser les rôles. Je répondis par des mensonges et me demandai où je pourrais bien aller si, soudain, il ne me restait plus pour vivre que mon propre passé.

30

En m'arrêtant devant la maison, je vis un camion de déménagement dans l'allée et la Plymouth de Kay, capote baissée, chargée de valises. Je passais prendre un uniforme propre ; apparemment, ma petite course se transformait en quelque chose de totalement différent.

Je me garai en double file et montai les marches quatre à quatre, en sentant encore sur moi le parfum de Madeleine. Le camion commença à sortir en marche arrière ; je hurlai :

— Hé ! Nom de Dieu ! Revenez ici !

Le conducteur m'ignora ; du perron, des paroles m'empêchèrent de courir après lui.

— Je n'ai pas touché à tes affaires. Et tu peux garder les meubles.

Kay portait sa veste Eisenhower et sa jupe de tweed, tout comme à notre première rencontre.

— Petite, dis-je, et je commençai à demander : Pourquoi ?

Ma femme riposta sans détours :

— Tu crois que je vais laisser mon mari disparaître pendant trois semaines et ne rien faire ? Je t'ai fait suivre par des détectives, Dwight. Elle ressemble à cette putain de morte, aussi, tu peux te la garder — moi, c'est exclu.

Les yeux secs et la voix paisible de Kay étaient pires que tout ce qu'elle pouvait me dire. Je sentis que mes tremblements me reprenaient, j'avais les chocottes, pour de bon.

— Petite, nom de Dieu...

Kay recula hors de portée.

— Espèce de coureur de putes ! Lâche ! *Nécrophile !*

Mes tremblements redoublèrent ; Kay fit demi-tour et se dirigea vers sa voiture, preste petite pirouette qui sortait de ma vie. Je reçus une nouvelle bouffée de Madeleine et pénétrai dans la maison.

Le mobilier de bois cintré était toujours le même, mais, sur la table basse, il n'y avait plus de magazines littéraires, dans l'armoire de la salle à manger, il n'y avait plus de chandails en cachemire rangés. On avait disposé très proprement les coussins sur le canapé, comme si je n'avais jamais dormi là. Mon phonographe était toujours près de la cheminée, mais il n'y avait plus un seul des disques de Kay.

J'empoignai le fauteuil favori de Lee et le balançai contre le mur; j'envoyai le fauteuil à bascule de Kay dans l'armoire, la réduisant en poussière de verre. Je soulevai une des extrémités de la table basse et m'en servis comme d'un bélier pour défoncer la fenêtre de façade avant de la balancer sur le perron.

Je rassemblai du pied les tapis en tas désordonnés, vidai les tiroirs, renversai le réfrigérateur et pris un marteau pour mettre en miettes le lavabo de la salle de bains ne laissant que les tuyaux. J'avais la sensation d'avoir tenu dix rounds à toute pompe; lorsque mes bras se firent trop lourds pour pouvoir causer des dégâts supplémentaires, j'attrapai mes uniformes et mon .45 et son silencieux et je quittai la maison, laissant la porte ouverte aux pillards qui pourraient nettoyer la place jusqu'au plus petit objet.

Le reste des Sprague était attendu à L.A. d'un jour à l'autre et il ne me restait qu'un seul endroit où aller. Je roulai jusqu'au El Nido où je collai mon insigne sous le nez du réceptionniste en lui déclarant qu'il avait un nouveau locataire. Il farfouilla pour me trouver une clé de la chambre; quelques secondes plus tard, je sentais la fumée rassise des cigarettes de Russ Millard et l'odeur de whisky renversé par Harry Sears. Et j'étais nez à nez avec Elizabeth Short sur les quatre murs : vivante, souriante, muette et béate de trop de rêves bon marché, découpée à vif et abandonnée dans un terrain vague rempli de mauvaises herbes.

Et sans même me le dire à moi-même, je sus ce que j'allais faire.

J'ôtai les cartons de dossiers du lit, les empilai dans le placard et j'arrachai draps et couvertures. Les photos du Dahlia étaient épinglées au mur; il me fut facile de draper la literie par-dessus de manière à complètement les recouvrir. La piaule en état, je partis à la recherche des accessoires.

Je trouvai une perruque noir de jais, à la coiffure relevée, chez Western Costume, une barrette jaune dans un bazar à vingt sous sur le Boulevard. Les chocottes me reprirent, pire que pour de bon. Je pris la voiture pour me rendre au Firefly Lounge, en espérant que les Mœurs d'Hollywood leur accordaient toujours leur feu vert.

Une fois à l'intérieur, un coup d'œil me suffit pour me dire que c'était le cas. Je m'assis au bar, commandai un double Old Forester et passai en revue les filles rassemblées sur une estrade d'orchestre grande comme une boîte d'allumettes. Des feux de rampe les éclairaient par dessous ; de tout le boui-boui, c'était les seules choses illuminées.

J'éclusai mon verre. Elles avaient toutes la même allure caractéristique — des putains droguées en kimonos fendus bon marché. J'en comptai cinq et je les regardai fumer leurs cigarettes et élargir les fentes du tissu pour montrer un peu plus de leurs jambes. Pas une qui s'en approchât d'un peu près.

C'est alors qu'une brunette un peu maigre, en robe de cocktail à volants, monta sur l'estrade. Elle cligna des yeux, sous la lumière violente, gratta son petit nez effronté et se mit à dessiner des huit sur le sol du bout du pied.

J'appelai le barman d'un doigt. Il arriva avec une bouteille. Je plaçai ma main au-dessus de mon verre.

— La fille en rose. Combien pour l'emmener chez moi pour une heure ou deux ?

— M'sieur, dit le barman dans un soupir, on a trois chambres ici. Les filles n'aiment pas que…

Je la lui fermai d'un billet de cinquante, tout neuf et craquant.

— Vous ferez une exception pour moi. Profitez de l'occasion !

Le talbin disparut, puis le bonhomme lui-même. Je remplis mon verre et l'éclusai, les yeux rivés sur le bar jusqu'à ce que je sente une main sur mon épaule.

— Salut, je m'appelle Lorraine.

Je me retournai. De près elle aurait pu passer pour n'importe quelle jolie brunette — une glaise parfaite pour le modelage.

— Salut, Lorraine. Moi c'est… B.B… Bill.

La fille eut un petit rire moqueur.

— Salut, Bill. Vous voulez qu'on y aille tout de suite ?

J'acquiesçai ; Lorraine sortit la première. La lumière crue du jour révéla les échelles de ses bas nylon et de vieilles cicatrices de piqûres sur les bras. Lorsqu'elle monta dans la voiture, je vis que ses yeux étaient brun sombre ; lorsqu'elle fit tambouriner ses doigts sur le tableau de bord, je vis que ce qui la rapprochait le plus de Betty, c'était le vernis écaillé de ses ongles.

Cela me suffisait.

Pendant tout le trajet jusqu'au El Nido, en montant jusqu'à la chambre, pas une parole ne fut échangée. J'ouvris la porte et me reculai sur le côté pour laisser entrer Lorraine ; elle fit les yeux ronds devant le geste puis siffla doucement pour me faire comprendre que l'endroit n'était guère reluisant. Je fermai la porte derrière nous, déballai la perruque et la lui tendis.

— Tiens. Enlève tes fringues et mets ça.

Lorraine se déshabilla de manière inepte. Elle vira ses grolles par terre, bruyamment, puis elle bousilla ses bas en les ôtant. Je fis un mouvement pour défaire sa robe, mais elle me vit arriver se retourna et la défit elle-même — le dos tourné. Elle dégrafa son soutien-gorge, enjamba sa culotte et trifouilla pour mettre la perruque. Elle me fit face et me dit :

— C'est ça ta façon de t'en payer une bonne tranche ?

La coiffure était de travers, comme une moumoute de comédie sur un personnage de vaudeville ; seuls ses seins allaient bien avec le reste. J'ôtai ma veste et commençai à défaire ma ceinture. Quelque chose dans le regard de Lorraine m'arrêta ; je compris soudain qu'elle avait peur du revolver et des menottes. J'eus le désir pressant de l'apaiser en lui disant que j'étais flic — mais le regard la faisait un peu plus ressembler à Betty, et je n'en fis rien.

— Tu ne vas pas me faire m… dit la fille.

— Ne parle pas, lui dis-je et je lui plaçai la perruque correctement, en rassemblant ses cheveux bruns et ternes pour les glisser dessous.

L'ensemble n'allait toujours pas, toujours un peu pute et foireux. Lorraine tremblait maintenant, des frissons de la tête aux pieds alors que je fixais la barrette jaune dans la coiffure pour que les choses aient l'air correct. Tout ce que je réussis à faire, ce fut d'arracher des mèches noires, sèches comme de la paille, et de tout basculer d'un côté, comme si la fille était le clown aux lèvres en balafre ouverte, et non plus ma Betty.

— Allonge-toi sur le lit, lui dis-je.

La fille s'exécuta, les jambes raides et pressées l'une contre l'autre, les mains sous elle, étalage de chair osseuse, toute de tics et de tremblements, étendue sur le dos, la perruque à moitié sur la tête, à moitié sur l'oreiller. Sachant que les photos au mur allaient donner naissance à la perfection, j'arrachai les draps qui les recouvraient.

Mes yeux se figèrent sur Betty/Beth/Lizz, portrait parfait ; la fille hurla :

— *Non ! Assassin ! Police !*

Je fis demi-tour et vis une nudité d'escroquerie transfigurée par la 39e et Norton. Je me jetai sur le lit, pressai mes mains contre sa bouche et la maintins plaquée au lit, et mes paroles sonnèrent juste, d'une justesse absolue :

— C'est parce qu'elle existe avec tous ces noms différents, et cette femme, elle ne veut plus être elle pour moi, et je n'arrive pas à être quelqu'un comme elle, et chaque fois j'essaie, je fais tout merder, et mon copain, il est devenu cinglé parce que sa petite sœur, elle aurait pu être quelqu'un comme elle si on l'avait pas tuée…

— ASSASS…

Une perruque défaite sur le lit.

Mes mains autour du cou de la fille.

Je lâchai tout et me relevai lentement, paumes en avant, je ne cherchais pas à mal. Les cordes vocales de la fille se tendirent, mais pas un son ne sortit de sa bouche. Elle se frotta la gorge, là où mes mains l'avaient serrée, les marques rouges encore visibles. Je me reculai tout contre le mur, loin d'elle, incapable de parler.

Une reculade à la mexicaine.

La fille se massa la gorge ; quelque chose qui ressemblait à de la glace vint habiter son regard. Elle descendit du lit et remit ses vêtements, me faisant toujours face, la glace de ses yeux se faisant plus froide et plus profonde encore. Je savais que c'était un regard que je ne pouvais pas contrer, et je sortis alors mon étui d'identification, et lui montrai mon insigne L.A.P.D. matricule 1611. Elle sourit ; j'essayai de l'imiter ; elle s'avança vers moi et cracha sur le morceau de métal. La porte claqua, les photos au mur se mirent à vaciller, la voix me revint, en bouffées rauques :

— Pour toi, je l'attraperai, il ne te fera plus mal, je te ferai ce cadeau Betty, oh ! putain de Dieu, je te le promets.

31

L'avion décolla plein est, tranchant les nuages accumulés et le ciel d'un bleu lumineux. J'avais les poches bourrées de liquide : j'avais mis mon compte à sec. Le lieutenant Getchell avait avalé le morceau quand je lui avais parlé d'un copain de lycée gravement malade à Boston et il m'avait accordé une semaine de congés de maladie cumulés. J'avais sur les genoux une liasse de documents tous relatifs aux vérifications entreprises pour les services de police de Boston — laborieusement recopiés à partir des dossiers du El Nido. J'avais déjà préparé la liste des personnes à interroger en me servant d'un plan de la ville de Boston que j'avais acheté à l'aéroport de L.A. Lorsque l'avion atterrirait, en route pour Medford-Cambridge-Stoneham et le passé d'Elizabeth Short — cette partie de son passé qu'on n'avait pas étalée en première page.

J'avais plongé dans le dossier principal hier après-midi, aussitôt que mes tremblements avaient cessé et que j'avais pu comprendre clairement combien j'avais été près de me chambouler le cerveau pour de bon — tout au moins sa partie visible. Un coup d'œil rapide m'apprit que tout le côté de l'enquête qui touchait à L.A. était mort, une deuxième et une troisième lecture m'apprirent que c'était mort et enterré, une quatrième lecture me convainquit que si je restais en ville, je deviendrais complètement maboul sur Madeleine et Kay. Il fallait que je me taille, et si ma promesse à Elizabeth Short devait signifier quelque chose, il fallait que ce soit dans sa direction. Et s'il s'avérait que la recherche ne menait nulle part, ce serait au moins un voyage vers des territoires propres — là où mon insigne et les femmes de chair et d'os ne me causeraient pas d'ennuis.

La répulsion que j'avais vue sur le visage de la putain ne voulait pas me quitter ; je sentais encore son parfum bon marché et je l'imaginais crachant des accusations, dans les mêmes termes que Kay un peu plus tôt ce jour-là, mais en pire — parce qu'elle savait ce que j'étais : une pute avec un insigne. Penser à elle, c'était comme racler de mes genoux les fonds cachés de ma vie — avec pour seule satisfaction de savoir que je ne pouvais pas descendre plus bas, que je mordrais de toutes mes dents le canon de mon .38 bien avant.

L'avion atterrit à 7 h 35 ; je fus le premier à débar-

quer, calepin et serviette à la main. Il y avait une
agence de location de voitures à l'intérieur du termi-
nal ; je louai un coupé Chevy et fis route vers la métro-
pole de Boston, impatient de profiter de la petite heure
de jour qui me restait.

Mon itinéraire comprenait les adresses de la mère
d'Elizabeth, de deux de ses sœurs, son lycée, un troquet de Harvard Square où elle avait servi en 42 et le
cinéma où elle avait travaillé comme ouvreuse en 39 et
40. Je décidai de faire un détour jusqu'à Cambridge
après avoir traversé Boston, avant d'aller à Medford —
le véritable terrain de chasse de Betty.

Boston, vieille et précieuse, se montra à moi comme
dans un brouillard. Je suivis les panneaux de rues jusqu'au bout de Charles River que je traversai pour pénétrer dans Cambridge : des taules de rupins, de style
géorgien, des rues encombrées d'étudiants. D'autres
panneaux encore me menèrent jusqu'à Harvard Square ;
c'était mon arrêt numéro un : la Hofbrau d'Otto, une
structure de pain d'épices qui dégageait des arômes
mêlés de chou et de bière.

Je me garai dans un emplacement de parcmètre et
j'entrai. Le thème de Hänsel et Gretel envahissait tout
l'espace — banquettes de bois sculpté, chopes de bière
alignées le long des murs, serveuses en costume allemand
traditionnel. Je regardai autour de moi à la recherche du
patron et mes yeux finirent par s'arrêter sur un homme
âgé vêtu d'une blouse, debout près de la caisse.

Je m'approchai, et quelque chose m'empêcha de sortir mon insigne.

— Excusez-moi. Je suis journaliste et j'écris une histoire sur Elizabeth Short. Je crois savoir qu'elle a travaillé ici en 42 et j'ai pensé que vous pourriez me dire
quelques petites choses sur elle.

— Elizabeth qui ? dit l'homme. C'est quoi, une
actrice de cinéma, non ?

— Elle a été assassinée à Los Angeles il y a

quelques années. C'est une affaire célèbre. Est-ce que vous… ?

— J'ai acheté cet endroit en 46 et la seule employée qui reste de l'époque de la guerre, c'est Ross. Rozzie, viens ici ! Un homme veut te parler !

Se matérialisa alors la serveuse des serveuses, bâtie comme une masse d'armes — un bébé éléphant dans une jupe à mi-cuisses. Le patron dit :

— Ce gars est journaliste. Y veut te parler d'Elizabeth Short. Tu t'souviens d'elle ?

Rozzie me claqua sa bulle de chewing-gum dans la figure :

— J'ai tout raconté au *Globe* et au *Sentinel* et aux flics la première fois et je change rien à ce que j'ai dit. Betty Short, c'était une rêveuse qui cassait les assiettes, et si elle ne nous avait pas amené tant de clients d'Harvard, elle aurait pas duré une journée ici. J'ai entendu dire qu'elle avait participé à l'effort de guerre, mais je n'ai connu aucun de ses petits amis. Fin de l'histoire. Et vous êtes pas journaliste, vous êtes flic.

— Merci pour ce commentaire plein de flair, dis-je avant de sortir.

Mon plan indiquait Medford à une distance de vingt kilomètres, tout droit après Massachusetts Avenue. J'y arrivai juste comme la nuit tombait, et la reconnus, à l'odeur d'abord, à l'œil ensuite.

Medford était une ville industrielle dont le périmètre était délimité par des hauts fourneaux dégueulant leur fumée. Je remontai ma vitre pour me protéger de la puanteur de soufre, la zone industrielle se fit moins dense pour se transformer en pâtés de maisons étroites, en briques rouges, serrées l'une contre l'autre comme des sardines, avec moins de trente centimètres entre elles. Chaque pâté de maisons avait au moins ses deux troquets, et lorsque je vis Swasey Boulevard — la rue où se trouvait le cinéma — j'ouvris mon aérateur pour voir si la puanteur des fonderies était toujours là. Ce n'était pas le cas — mais mon pare-brise était déjà couvert d'une pellicule de suie graisseuse.

Je trouvai le Majestic à quelques pâtés de maisons de là, un bâtiment typique de Medford, tout en briques rouges, dont la marquise affichait *Criss Cross* avec Burt Lancaster et *Duel au soleil* — « un film de stars ». Le guichet était vide, aussi entrai-je droit dans la salle et remontai-je directement vers le stand sucreries. L'homme qui officiait derrière dit :

— Quelque chose ne va pas, monsieur l'agent ?

Je grommelai en voyant que les mecs du cru me reconnaissaient — à cinq mille kilomètres de la maison :

— Non, non, tout va bien. Êtes-vous le gérant ?

— Le propriétaire. Ted Carmody. Vous êtes de la police de Boston ?

Je me fis violence pour lui montrer ma plaque.

— Services de police de Los Angeles. C'est au sujet de Betty Short.

Ted Carmody se signa.

— Pauvre Lizzie. Vous avez d'nouvelles pistes ? C'est pour ça qu'z'êtes ici ?

Je mis un sou sur le comptoir et attrapai une barre de Snickers dont j'enlevai l'emballage.

— Disons que j'lui dois bien ça, à Betty, et j'aurais quelques questions à vous poser.

— Allez-y.

— D'abord, j'ai jeté un coup d'œil au dossier des vérifications qu'a faites la police de Boston, et votre nom ne figurait pas sur les listes des gens interrogés. Ils ne vous ont pas parlé ?

Carmody me rendit mon sou.

— C'est pour la maison. Et je n'ai pas parlé aux flics de Boston parce qu'ils disaient d'elle que c'était un genre de roulure. Je ne coopère pas avec ceux qui dégoisent dans le dos des gens.

— Ça, c'est remarquable, monsieur Carmody. Et qu'est-ce que vous auriez pu leur dire ?

— Rien de sale, ça, c'est sûr, nom de Dieu. Lizzie, pour moi, c'était une fille super, voilà ce que j'leur aurais dit.

Le bonhomme commençait à me fatiguer.

— Je suis quelqu'un de très respectueux. Faites comme si c'était il y a deux ans et racontez-moi.

Carmody n'arrivait pas tout à fait à comprendre ma façon de procéder ; aussi je croquai dans ma barre sucrée pour le mettre à l'aise, qu'il crache un peu son baratin.

— J'leur aurais dit que Lizzie, c'était une mauvaise travailleuse, dit-il finalement. Et j'leur aurais dit que j'm'en fichais. Elle attirait les garçons comme un aimant, et même si elle arrêtait pas de se faufiler en douce pour aller reluquer le film, qu'est-ce que ça pouvait faire ? Pour un demi-dollar de l'heure, je ne demandais pas qu'elle soit mon esclave.

— Et pour ce qui est de ses petits amis ?

Carmody claqua le comptoir de ses deux mains ; barres de jujube et tablettes de chocolat au lait s'écroulèrent.

— Lizzie, c'était pas une Marie-couche-toi-là ; le seul petit ami que je lui aie connu, c'était un aveugle, et je savais que c'était que des copains.

« Écoutez, vous voulez vraiment savoir quel genre de môme c'était, Lizzie ? J'vais vous le dire. J'avais l'habitude de le laisser entrer gratis, qu'il puisse écouter le film, et Lizzie, elle arrêtait pas de se faufiler pour lui dire ce qui se passait sur l'écran. Vous comprenez, pour lui décrire. Ça fait roulure, à votre avis, une attitude comme ça ?

Cela me fit comme un direct au cœur.

— Non, pas du tout. Vous vous souvenez du nom du mec ?

— Tommy queq'chose. Il a une chambre plus bas dans le pâté de maisons après le bâtiment des V.F.W.[1],

---

1. V.F.W. : Vétérans des guerres étrangères.

et si lui, c'est un assassin, alors moi, j'suis pilote de ligne.

— Merci pour les sucreries, monsieur Carmody, dis-je en lui tendant la main.

Il la serra et dit :

— Vous m'attrapez le mec qui a assassiné Lizzie, et moi j'vous achète l'usine qui fabrique ces satanés trucs.

Au moment même où je prononçai les paroles, je sus que c'était l'un des plus beaux moments de ma vie :

— Je l'aurai.

Le bâtiment des V.F.W. se trouvait en contrebas du Majestic, de l'autre côté de la rue, une bâtisse de plus tout en briques rouges aux longues traînées de suie. Je me dirigeai vers elle en pensant à Tommy l'aveugle comme à un nouveau coup pour rien, quelqu'un à qui il me fallait parler pour me rendre Betty plus douce, qu'elle vive en moi avec plus de facilité encore.

Un escalier latéral me mena au premier, à côté d'une boîte aux lettres marquée T. GILFOYLE. J'appuyai sur la sonnette et je perçus de la musique ; je regardai par l'une des fenêtres et je vis l'obscurité la plus complète. Puis, de l'autre côté de la porte, j'entendis une voix masculine très douce :

— Oui ? Qui est-ce ?

— Police de Los Angeles, monsieur Gilfoyle. C'est au sujet d'Elizabeth Short.

La lumière s'alluma derrière la fenêtre, la musique s'arrêta. La porte s'ouvrit, et un homme grand et grassouillet, portant des lunettes noires, me fit signe d'entrer. Il était vêtu de manière impeccable d'un pantalon et d'une chemise de sport à rayures, mais la chambre était une vraie porcherie, poussière, traces graisseuses et noirâtres partout, avec une armée de bestioles qui s'égaraient en tous sens, effrayées par l'inhabituel éclat de lumière.

— Mon professeur de Braille m'a lu les journaux de

L.A., dit Tommy Gilfoyle. Pourquoi ont-ils raconté tant de choses méchantes sur Betty ?

J'essayai d'être diplomate.

— Parce qu'ils ne la connaissaient pas aussi bien que vous.

Tommy sourit et s'affala dans un fauteuil délabré.

— Est-ce que l'appartement est vraiment dégueulasse ?

Le canapé était littéralement jonché de disques de phonographe. J'en repoussai une belle brassée sur le côté et m'assis.

— Un petit coup ne lui ferait pas de mal.

— Je me laisse aller parfois. Est-ce que l'enquête sur Beth est réouverte ? De nouveau priorité un ?

— Non, je suis ici pour mon propre compte. Où est-ce que vous avez appris le jargon des flics ?

— J'ai un ami qui est policier.

Je me brossai la manche pour en chasser un rampant bien gras.

— Tommy, parlez-moi de vous et de Beth. Donnez-moi quelque chose qui ne soit pas passé dans les journaux. Quelque chose qui vaille le coup.

— Est-ce que vous en faites une affaire personnelle ? Une vendetta ?

— C'est plus que ça.

— Mon ami dit toujours que les policiers qui prennent leur travail trop à cœur finissent par avoir des ennuis.

J'écrabouillai un cafard qui explorait ma chaussure.

— Je veux tout simplement attraper ce salaud.

— Ce n'est pas la peine de hurler. Je suis aveugle, pas sourd, mais je n'étais pas non plus aveugle aux petits défauts de Betty.

— Comment ça ?

Tommy joua de sa canne posée près du fauteuil.

— Eh bien, je ne veux pas trop insister là-dessus, mais Beth avait le contact plus que facile, exactement comme l'ont dit les journaux. J'en connaissais la raison, mais je n'ai rien dit parce que je ne voulais pas salir sa mémoire, et je savais que ça n'aurait pas aidé la police à capturer l'assassin.

L'homme se voulait maintenant persuasif, pris qu'il était entre vouloir cracher le morceau et garder ses petits secrets.

— Laissez-moi juge de ça. J'ai l'expérience des enquêtes policières.

— À votre âge ? Rien qu'au son de votre voix, je peux dire que vous êtes jeune. Mon ami dit toujours que pour être inspecteur, il faut avoir déjà servi au moins dix ans.

— Bon Dieu, arrêtez de jouer au détective avec moi. Je suis venu ici pour mon propre compte, je ne suis pas venu pour...

J'arrêtai lorsque je me rendis compte que l'homme était effrayé, une main prête à se saisir du téléphone.

— Écoutez, je suis désolé. La journée a été longue et j'ai fait beaucoup de chemin depuis chez moi.

Tommy me surprit en souriant.

— Je suis tout aussi désolé. Je jouais au timide pour le plaisir de prolonger votre compagnie, et ça ne se fait pas. Je vais donc vous parler de Beth, de ses petites faiblesses et du reste.

« Vous savez probablement qu'elle désirait plus que tout être une grande actrice, et c'est vrai. Vous avez aussi probablement deviné qu'elle n'avait guère de talent, et ça aussi, c'est vrai. Beth me lisait des pièces de théâtre — elle jouait tous les rôles, et elle en rajoutait comme c'est pas possible —, c'était tout simplement affreux. Je comprends les finesses de la parole alors, croyez-moi, je sais de quoi je parle.

« Là où elle était douée, c'était pour écrire. J'avais l'habitude d'aller voir les films du Majestic, et Beth me décrivait ce qui se passait pour que j'aie un accompagnement au dialogue. Elle était brillante, et je l'ai encouragée à écrire pour le cinéma, mais tout ce qu'elle voulait, c'était être actrice comme toutes les autres filles un peu stupides qui n'avaient qu'une envie, quitter Medford.

J'aurais quant à moi commis un massacre pour m'en tailler.

— Tommy, vous avez dit que vous connaissiez la raison pour laquelle Beth était une fille aussi facile.

— Lorsque Beth avait seize ou dix-sept ans, dit-il dans un soupir, deux loubards l'ont agressée, quelque part à Boston. L'un des deux l'a en fait violée, et le second allait en faire autant, mais un matelot et un Marine sont arrivés et les ont chassés.

« Beth croyait qu'elle pourrait se retrouver enceinte et elle est allée voir un médecin pour qu'il l'examine. Il lui a dit qu'elle avait des kystes bénins aux ovaires et qu'elle ne pourrait jamais avoir d'enfant. Ça a rendu Beth complètement folle, parce qu'elle avait toujours voulu des tas de bébés. Elle renoua le contact avec le matelot et le Marine qui l'avaient sauvée, et elle les a suppliés de lui faire un enfant. Le Marine a refusé et le matelot… il a usé de Beth jusqu'à ce qu'on l'envoie outre-mer.

Je songeai immédiatement au Français, Joe Dulange — tout ce qu'il avait raconté sur le Dahlia et son idée fixe d'être enceinte et comme il lui avait arrangé le coup avec un « pote toubib » et un examen bidon. Toute cette partie de l'histoire de Dulange n'était de toute évidence pas aussi embrumée de gnôle que Russ Millard et moi l'avions cru à l'origine — c'était maintenant une piste solide sur les derniers jours de Betty, le « pote toubib » se retrouvait au moins témoin essentiel, si ce n'est suspect numéro un.

— Tommy, connaissez-vous les noms du matelot et du Marine ? Du médecin ?

— Non, dit Tommy en secouant la tête. Mais ça se passait à l'époque où Beth a commencé à coucher avec tout ce qui portait un uniforme. Elle croyait que c'était ses sauveurs, qu'ils pourraient lui faire un enfant, une petite fille qui deviendrait une grande actrice au cas où elle-même ne le deviendrait jamais. C'est triste, mais le seul endroit où j'aie entendu que Beth était une grande actrice, c'était au lit.

Je me levai.

— Que s'est-il alors passé entre vous et Beth ?

— Nous nous sommes perdus de vue. Elle a quitté Medford.

— Vous m'avez fourni une piste solide, Tommy. Merci.

L'aveugle tapa le sol de sa canne au son de ma voix.

— Alors attrapez celui qui a fait ça et faites en sorte que l'on ne fasse plus de mal à Betty.

— Comptez sur moi.

32

L'affaire Short brûlait à nouveau — même si elle ne brûlait que moi.

Des heures passées à traîner dans les bistrots de Medford m'offrirent une Betty Marie-couche-toi-là style côte Est — une belle douche froide après les révélations de Tommy Gilfoyle. Je pris le vol de minuit qui me ramena à Los Angeles et j'appelai Russ Millard de l'aéroport. Il fut d'accord avec moi : le « toubib à blattes » de Joe le Français n'était probablement pas du flan, et n'avait rien à voir avec le délire de Dulange. Il offrit d'appeler le service d'Enquêtes criminelles de Fort Dix pour essayer d'obtenir des détails supplémentaires du cinglé libéré, puis de visiter tous les cabinets de médecins du centre-ville — trois hommes suffiraient — en se concentrant plus particulièrement sur les environs de l'hôtel Havana, là où Dulange s'était envoyé Betty. Je suggérai que le « toubib » était probablement un pilier de bistrot, un avorteur ou un charlatan. Russ fut d'accord. Il déclara qu'il en toucherait un mot aux R.I. et à ses indics et que lui et Harry Sears commenceraient leur porte à porte dans moins d'une heure. On se partagea les territoires à quadriller : de Figueroa à Hill, 6e à 9e Rue pour moi ; de Figueroa à Hill, 5e à 1re pour eux. Je raccrochai et fis route droit vers le centre-ville.

Je volai un annuaire des Pages Jaunes et dressai une liste : médecins et chiropracteurs ayant pignon sur rue, revendeurs de tisanes et mystiques — ces vampires qui vendaient de la religion et des médicaments brevetés sous l'appellation protectrice de « Docteur ». Il y avait quelques noms d'obstétriciens et de gynécologues, mais mon instinct me dit que le stratagème de Joe Dulange avec son histoire de docteur était un effet du hasard — et non pas le résultat de sa volonté consciente de trouver un spécialiste pour calmer Betty. Je me mis au travail, chargé d'adrénaline.

Je me pointai chez la plupart des médecins au début de leur journée de travail, et j'obtins l'assortiment le plus varié de dénégations pleines de sincérité qu'il m'ait été donné de rencontrer dans ma carrière de flic. Chacun des toubibs à qui je parlai — tous citoyens des plus honnêtes — réussit à me convaincre chaque fois que le copain de Frenchy devait pour le moins être un petit peu marron. Après avoir englouti un sandwich en guise de déjeuner, je m'attaquai aux pseudo-toubibs.

Les fanas de la tisane étaient tous chinois ; les mystiques, pour moitié des femmes, pour l'autre, des m'sieur Tout-le-monde pas convaincants pour deux sous. Je crus tous leurs « non » de stupéfaction ; je les imaginai tous bien trop effrayés par le Français pour accepter sa proposition. J'étais sur le point de m'attaquer aux bistrots pour me tuyauter sur les ragots qui couraient sur les toubibs piliers de bar lorsque j'eus une poussée de grosse fatigue. Je rentrai « à la maison » au El Nido et dormis — pendant vingt bonnes minutes.

Trop crispé pour essayer de me rendormir, j'essayai de réfléchir logiquement. Il était six heures du soir, les cabinets médicaux fermaient, les bars ne seraient pas mûrs pour en faire la tournée avant au moins trois heures. Russ et Harry me contacteraient s'ils tombaient sur quelque chose de brûlant. Je plongeai dans le dossier de l'affaire et commençai à lire.

Le temps passa très vite ; les noms, les dates, les lieux — le tout en jargon policier — me tinrent éveillé. C'est alors que je vis quelque chose que j'avais vu une douzaine de fois auparavant, seulement, cette fois-ci, ça levait un lièvre.

C'était deux mémos :

« 18-1-47 : Harry — Appelle Buzz Meeks chez Hughes et demande-lui de passer le mot sur les relations possibles d'E. Short dans les milieux du cinéma. Bleichert dit que la fille rêvait d'être star. À faire indépendamment de Loew. Russ. »

« 22-1-47 : Russ — Meeks dit peau de balle. Pas de bol. Très désireux de nous aider. Harry. »

J'avais encore à l'esprit la fixation de Betty sur le cinéma et les mémos me paraissaient différents maintenant. Je me souvins de Russ me disant qu'il allait interroger Meeks, chef de la Sécurité chez Hughes et le « contact non officiel » du service avec la communauté d'Hollywood ; je me souvins aussi que tout ça se passait à l'époque où Ellis Loew escamotait les preuves pour tout ce qui touchait à Betty, fille facile, afin de s'assurer un réquisitoire plus juteux qui lui soignerait sa pub. Autre point : le petit carnet noir de Betty contenait un certain nombre de sans-grades dans l'industrie du cinéma — des noms qui avaient été vérifiés pendant les interrogatoires de 47 à partir du carnet.

Un gros point d'interrogation :

Si Meeks avait réellement passé le mot, pourquoi n'avait-il pas réussi à obtenir au moins quelques-uns des noms du carnet noir pour les repasser à Russ et Harry ?

Je sortis dans le couloir, et fis le numéro de la Sécurité de chez Hughes que je trouvai dans l'annuaire. Une femme à la voix monotone répondit :

— Sécurité. En quoi puis-je vous être utile ?

— Buzz Meeks, s'il vous plaît.

— M. Meeks n'est pas dans son bureau en ce moment. C'est de la part de qui ?

— Inspecteur Bleichert. L.A.P.D. Quand sera-t-il de retour ?

— Une fois terminée la réunion sur le budget. Puis-je vous demander quel est le motif de votre appel ?

— Une enquête de police. Dites-lui que je serai à son bureau dans une demi-heure.

Je raccrochai et fis le parcours jusqu'à Santa Monica pied au plancher en vingt-cinq minutes. Le garde à l'entrée m'admit au parking de chez Hughes et me désigna le bureau de la Sécurité — une baraque tout au bout d'une longue rangée de hangars d'aviation. Je me garai et frappai à la porte ; la femme à la voix monotone ouvrit.

— M. Meeks a demandé que vous l'attendiez dans son bureau. Il ne sera pas très long.

J'entrai ; la femme partit, l'air soulagé d'avoir terminé sa journée. La baraque avait des murs placardés de peintures représentant les avions de Hughes, de l'art militaire qui ne trouvait son égal que dans les dessins sur les boîtes de céréales. Le bureau de Meeks était mieux décoré : photos d'un homme trapu aux cheveux en brosse, en compagnie de diverses célébrités d'Hollywood — des actrices dont je ne remettais pas les noms, à côté de George Raft et Mickey Rooney.

Je pris un siège. L'homme trapu fit son entrée

quelques minutes plus tard, la main déjà tendue, automatisme chez ceux dont le travail est à quatre-vingt-quinze pour cent fait de relations publiques.

— Bonjour. Inspecteur Blyewell, n'est-ce pas ?

Je me levai. Nous nous serrâmes les mains ; je voyais très bien que Meeks était quelque peu réticent devant mes vêtements de deux jours et ma barbe de trois.

— C'est Bleichert.

— Bien sûr, bien sûr. Que puis-je pour vous ?

— J'aurais quelques questions à vous poser concernant une vieille affaire à laquelle vous avez apporté votre concours auprès de la Criminelle.

— Je vois. Vous êtes du Bureau, dans ce cas ?

— Patrouille de Newton.

Meeks s'assit derrière son bureau.

— Un peu loin de votre terrain de chasse, non ? Et ma secrétaire m'a dit que vous étiez inspecteur.

Je fermai la porte et m'appuyai contre elle.

— Ceci est une affaire personnelle.

— Alors ça complétera votre quota d'arrestations, vos vingt Négros, clodos de pissoires. Ou bien est-ce qu'on ne vous a jamais dit que les flics qui prennent une affaire trop à cœur finissent par crever de faim ?

— C'est ce qu'on se tue à me répéter, et moi, j'me tue à leur dire que c'est ma ville, ici. Vous avez baisé beaucoup de starlettes, Meeks ?

— J'ai baisé Carole Lombard. J'vous donnerais bien son numéro, malheureusement, elle est morte.

— Vous avez baisé Elizabeth Short ?

Tilt, bingo, jackpot, le gros lot au détecteur de mensonges en voyant Meeks rougir et tripatouiller ses papiers sur le sous-main ; pour accompagner le tout, une voix sifflante d'asthmatique :

— Vous vous en êtes ramassé un de trop au cours du combat avec Blanchard ? La connasse Short est morte.

J'entrouvris ma veste pour montrer à Meeks le .45 que je trimbalais.

413

— Ne l'appelez plus jamais comme ça.

— D'accord, gros bras. Et maintenant, si vous me disiez un peu ce que vous voulez au juste. Comme ça on règle notre petite affaire et on finit ce petit jeu de devinettes avant qu'il n'aille trop loin. *Comprende*?

— En 47, Harry Sears vous a demandé d'interroger vos contacts dans le cinéma sur Betty Short. Vous avez déclaré que ça n'avait rien donné. Vous avez menti. Pourquoi?

Meeks se saisit d'un coupe-papier. Il fit courir son doigt sur le fil de la lame, vit ce qu'il était en train de faire et le reposa

— Je ne l'ai pas tuée et je ne sais pas qui l'a tuée.

— Soyez plus convaincant, ou alors j'appelle Hedda Hopper et je lui offre sa rubrique de demain : « Un sycophante d'Hollywood a escamoté des preuves dans l'affaire du Dahlia parce que blanc — blanc — blanc — Vous me remplissez ces blancs, ou c'est moi qui les remplis pour Hedda. *Comprende*?

Meeks essaya une nouvelle fois de faire le bravache.

— Bleichert, vous êtes en train de déconner avec le mec qu'il ne faut pas.

Je sortis le .45, m'assurai que le silencieux était bien vissé à fond et fis monter une balle dans le canon.

— Non, c'est vous.

Meeks tendit la main vers un carafon sur le côté de son bureau ; il se versa un remontant et l'avala d'une gorgée.

— Tout ce que j'ai trouvé, c'est une piste en cul-de-sac, mais je veux bien vous la donner puisque vous en avez tellement envie.

Je fis pendouiller l'arme par l'anneau de gâchette.

— J'en crève d'envie, merdeux. Alors, accouche !

Meeks ouvrit un coffre-fort incorporé à son bureau et en sortit une liasse de papiers. Il les étudia puis fit pivoter son fauteuil pour s'adresser au mur.

— J'ai eu un tuyau sur Burt Lindscott, producteur

chez Universal. Je l'ai eu d'un mec qui haïssait le copain de Lindscott, Scotty Bennett. Scottie, c'était un mac et un book, et il donnait le numéro personnel de Lindscott à Malibu à toutes les jolies minettes qui posaient leur candidature au bureau de la distribution d'Universal. La nana Short a eu l'une des cartes par Scotty, et elle a appelé Lindscott.

« Le reste, les dates et tout le tremblement, je l'ai eu de Lindscott lui-même. Le soir du 10 janvier, la fille a appelé du Biltmore au centre-ville. Burty lui a demandé de se décrire, et il a aimé ce qu'il a entendu. Il a dit à la fille qu'il lui ferait faire un bout d'essai le lendemain matin, à son retour d'une partie de poker à son club. La fille a dit qu'elle n'avait nulle part où aller d'ici là, aussi Lindscott lui a dit de venir chez lui et d'y passer la nuit — son valet lui donnerait à manger et lui tiendrait compagnie. Elle a pris un bus jusqu'à Malibu et le valet — c'était un homosexuel — lui a effectivement tenu compagnie. Puis, le lendemain aux alentours de midi, Lindscott et trois de ses potes ont débarqué à la maison complètement ivres.

« Les mecs pensaient s'en payer une bonne tranche et ils ont fait faire à la fille son bout d'essai, à partir d'un scénario que Burt avait sous la main. Elle a été mauvaise, et elle a dû arrêter sous les quolibets ; c'est alors que Lindscott lui a fait une offre : elle leur faisait une fleur à tous les quatre et il lui donnerait un petit rôle dans son prochain film. La môme était encore furibarde parce qu'ils s'étaient moqués d'elle au cours de son essai, et elle a fait un foin de tous les diables. Elle les a traités de planqués et de traîtres et leur a dit qu'ils n'étaient pas de taille à être soldats. Burt l'a fichue dehors vers deux heures et demie de l'après-midi, ce samedi 11. Le valet a déclaré qu'elle était fauchée et qu'elle lui avait dit qu'elle rentrerait en ville à pinces.

Ainsi donc Betty a marché, ou fait du stop, sur quarante kilomètres, pour rencontrer Sally Stinson et

Johnny Vogel dans le hall du Biltmore environ six heures plus tard.

— Meeks, pourquoi n'avez-vous rien dit de tout ça ? Et regardez-moi !

Meeks pivota d'un demi-tour ; on aurait dit qu'il avait la figure barbouillée de honte.

— J'ai essayé de contacter Russ et Harry, mais ils étaient sur le terrain, alors j'ai appelé Ellis Loew. Il m'a dit de ne pas parler de ce que j'avais trouvé, et il m'a menacé de faire sauter mon autorisation de fonctionnement à la Sécurité. J'ai découvert plus tard que Lindscott était un gros ponte chez les républicains et qu'il avait promis à Loew le gros paquet lorsque celui-ci serait candidat au poste de procureur. Loew ne voulait pas qu'il soit impliqué avec le Dahlia.

Je fermai les yeux de façon à ne pas être obligé de regarder cet homme ; Meeks essayait d'arranger le coup pendant que je faisais défiler des images de Betty sous les huées et les ricanements, Betty à qui l'on faisait des offres de service, Betty qu'on fichait dehors pour qu'elle aille mourir.

— Bleichert, j'ai vérifié pour Lindscott, pour son valet et ses copains — j'ai ici leurs dépositions légitimes — tout le tremblement. Aucun d'entre eux n'aurait pu la tuer. Ils étaient tous chez eux ou au boulot du 12 jusqu'au vendredi 17. Aucun d'entre eux n'aurait eu la possibilité de le faire, et je n'aurais pas gardé ça sous mon coude si l'un de ces salopards l'avait descendue. J'ai les dépositions ici et je vais vous les montrer.

Je rouvris les yeux ; Meeks composait la combinaison d'un coffre-fort mural.

— Combien Loew vous a-t-il payé pour vous clouer le bec ?

— Un bâton, lâcha Meeks, en reculant comme s'il craignait de recevoir un coup.

J'avais pour lui trop de mépris pour lui donner la

416

satisfaction de le punir, et je partis, laissant derrière moi son prix d'achat flotter dans l'air.

***

Les derniers jours d'Elizabeth Short étaient maintenant à moitié remplis :

Red Mandley l'avait déposée en face du Biltmore au crépuscule le vendredi 10 janvier ; de là, elle avait appelé Burt Lindscott, et son aventure à Malibu avait duré jusqu'à 2 h 30 l'après-midi du lendemain. Ce soir-là, samedi 11, elle était de retour au Biltmore, elle avait rencontré Sally Stinson et Johnny Vogel dans le hall et fait une passe avec Johnny jusqu'un peu après minuit avant de repartir. C'est alors qu'elle avait rencontré le caporal Joseph Dulange, ou un peu plus tard dans la matinée, au bar du Hibou de Nuit sur la 6e et Hill — à deux blocs du Biltmore. Elle y était restée avec Dulange, puis était allée à l'hôtel Havana avec lui, jusque dans l'après-midi ou la soirée du dimanche 12 janvier, avant qu'il l'emmène voir son « pote toubib ».

En retournant au El Nido, je sentais malgré mon épuisement qu'un morceau manquant de l'enquête me tarabustait. En passant près d'une cabine téléphonique, ça me revint ; si Betty avait appelé Lindscott à Malibu — appel interurbain avec préavis — il en resterait des traces à la Pacific Coast Bell[1]. Si elle avait passé d'autres appels avec préavis, à ce moment-là ou alors le 11, avant ou après sa passe avec Johnny Vogel, la P.C.B. aurait le renseignement dans ses registres — la compagnie conservait une trace des transactions téléphoniques qui passaient par les cabines à fins d'étude de coût et de prix de revient.

La fatigue me fit piquer du nez, une fois de plus. Je pris des rues latérales tout le restant du chemin, grillant

---

1. Compagnie du téléphone.

balises de stop et feux rouges. Arrivé à destination, je me garai en face d'une bouche à incendie et courus à la chambre me chercher un calepin. Je me dirigeais vers le téléphone du couloir lorsqu'il m'arrêta en se mettant à sonner.

— Oui ?

— Bucky ? C'est toi, chéri ?

C'était Madeleine.

— Écoute, je ne peux pas te parler maintenant.

— On avait rendez-vous hier, tu te souviens ?

— Il a fallu que je quitte la ville. C'était pour le boulot.

— Tu aurais pu appeler. Si tu ne m'avais pas parlé de ta petite cachette, j'aurais pu croire que tu étais mort.

— Madeleine, Seigneur Jésus...

— Chéri, j'ai besoin de te voir. Ils vont arracher les lettres du panneau «Terres d'Hollywood» demain et ils vont aussi démolir des bungalows que papa possède par là-bas. Bucky, les options sont redevenues propriété de la municipalité, mais papa a acheté ces terrains et bâti dessus sous son propre nom. Il a utilisé les pires matériaux, et un enquêteur du conseil municipal a été fourrer son nez du côté des conseillers fiscaux de papa. L'un d'eux lui a déclaré que l'un de ses vieux ennemis qui s'est suicidé a laissé au conseil un compte rendu sur tous les avoirs de papa et...

Ça ressemblait à du baratin sans queue ni tête — papa le grand bonhomme costaud a des ennuis, alors on va chercher Bucky, le grand garçon costaud, le deuxième préféré, pour se faire consoler.

— Écoute, je ne peux pas te parler maintenant.

Je raccrochai.

C'était maintenant du vrai boulot merdique d'inspecteur de police. Je disposai calepin et stylo sur le rebord près du téléphone et vidai de mes poches la récolte de quatre jours de pièces de monnaie. J'en avais pour près de deux dollars, suffisamment pour passer quarante coups de fil. J'appelai d'abord la responsable de la Pacific Coast Bell, en lui demandant la liste de toutes les communications avec préavis et en P.C.V. passées à partir des cabines payantes du Biltmore, les soirs des 10, 11 et 12 janvier 1947 ; les noms et adresses des correspondants ainsi que les heures d'appel.

Je restai là à tenir nerveusement mon combiné pendant que la femme faisait son travail, tout en lançant des regards noirs aux autres résidents du El Nido qui désiraient utiliser le téléphone. Puis, une demi-heure plus tard, elle revint en ligne et commença à parler.

Le numéro et l'adresse de Lindscott faisaient partie des appels du 10, mais il n'y avait rien d'autre cette nuit-là qui ait l'air douteux. Je notai néanmoins tous les renseignements ; puis, lorsque la femme en arriva à la soirée du 11 — juste au moment où Betty rencontrait Sally Stinson et Johnny Vogel dans le hall du Biltmore — je décrochai le cocotier.

On avait passé quatre appels payants à des cabinets d'obstétriciens à Beverly Hills. Je notai les noms et les numéros, de même que les numéros des services-répondeurs de nuit des médecins, suivis de la liste des appels payants qui venaient immédiatement après. Ces derniers n'éveillèrent rien de particulier — mais je les copiai malgré tout. Je m'attaquai alors à Beverly Hills avec un arsenal de *nickels* [1].

Toute ma monnaie y passa pour que j'obtienne ce que je désirais. Je dis aux standardistes des services-répondeurs que c'était la police, pour une urgence ; elles me passèrent les domiciles des médecins. Ceux-ci firent déplacer leurs secrétaires jusqu'au cabinet pour vérifier leurs archives, en leur demandant de me rappeler au El Nido. Toute l'opération demanda des heures, au bout desquelles j'avais ceci :

---

1. Nickel : pièce de 5 cents.

Tôt dans la soirée du 11 janvier 1947, une « Mme Fickling » et une « Mme Gordon » avaient appelé au total quatre cabinets d'obstétriciens à Beverly Hills, pour obtenir des rendez-vous en vue d'un diagnostic de grossesse. Les standardistes des services hors heures ouvrables avaient donné des rendez-vous pour les matins des 14 et 15 janvier. Le lieutenant Joseph Fickling et le major Matt Gordon étaient deux des héros de guerre avec lesquels Betty était sortie et avait prétendu être mariée ; les rendez-vous n'avaient jamais été honorés parce que le 14, elle se faisait torturer à mort ; le 15, ce n'était plus qu'un tas de chair mutilée sur la 39e et Norton.

J'appelai Russ Millard au Bureau ; une voix vaguement familière répondit :

— Criminelle.

— Le lieutenant Millard, s'il vous plaît.

— Il est à Tucson, pour l'extradition d'un prisonnier.

— Harry Sears aussi ?

— Ouais. Comment ça va, Bucky ? C'est Dick Cavanaugh.

— Je suis étonné que tu aies reconnu ma voix.

— Harry Sears m'a dit que tu appellerais. Il a laissé une liste de médecins pour toi, mais je n'arrive pas à mettre la main dessus. C'est c'que tu voulais ?

— Ouais, et j'ai besoin de parler à Russ. Quand revient-il ?

— Tard, demain, je crois. Est-ce qu'il y a un endroit où je puisse appeler si je retrouve la liste ?

— J'suis en vadrouille. C'est moi qui t'appellerai.

Les autres numéros de téléphone devaient être vérifiés, mais la piste des obstétriciens était trop grosse pour la laisser traîner. Je retournai au centre-ville à la recherche du copain toubib de Dulange, mais l'épuisement me tomba dessus comme une chape de plomb.

Je m'attelai au boulot et tins bon jusqu'à minuit ; je me concentrai sur les bars autour de la 6e et de Hill, je baratinai les piliers de bar, je leur offris à boire, allant jusqu'à pêcher au travers de leur baratin de poivrots un ou deux tuyaux sur des boîtes à avortement qui me parurent presque authentiques.

Une nouvelle journée sans sommeil se terminait ; je me pris à rouler de bar en bar, en mettant la radio pour m'empêcher de somnoler. Les infos répétaient à qui mieux mieux qu'on allait « remettre à neuf » le grand panneau des « Terres d'Hollywood » — en soulignant la suppression de « TERRES D' » comme si c'était le plus grand événement depuis l'avènement du Christ. Mack Sennett et ses parcelles des Terres d'Hollywood eurent droit à une couverture radio plus que conséquente, et un cinéma d'Hollywood repassait toute une série de ses vieux films de la Keystone Kops.

À l'heure de la fermeture des bars, je me sentais comme un flic de la Keystone et je ressemblais à un clodo — une barbe naissante, des vêtements crasseux, une concentration fiévreuse qui n'arrêtait pas de vagabonder. Lorsque les poivrots espérant un supplément de gnôle et de copinage commencèrent à me frotter la manche, l'indice me parut révélateur ; je roulai jusqu'à un parking désert, me garai et m'endormis dans la voiture.

***

Des crampes aux jambes me réveillèrent à l'aube. Je sortis de la voiture en titubant à la recherche d'un téléphone ; une voiture pie passa près de moi et j'eus droit à un long regard de la part du conducteur. Je trouvai une cabine au coin de la rue et composai le numéro du Padre.

— Bureau de la Criminelle. Sergent Cavanaugh.

— Dick, c'est Bucky Bleichert.

— Exactement l'homme qu'il me fallait. J'ai la liste. T'as ton crayon ?

Je sortis un calepin.

— Accouche.

— O.K. Voici les médecins interdits d'exercer. Harry dit qu'ils avaient un cabinet en ville en 47. Un, Gerald Constanzo, 1841 1/2 Breakwater, Long Beach. Deux, Melvin Prasger, 9661, Verdugo Nord, Glendale. Trois, Willis Blatt, comme l'insecte, il est en détention au Wayside Honor Rancho condamné pour revente de morphine en...

Dulange.

Le delirium.

« Alors j'emmène le Dahlia au bas de la rue pour voir le *toubib à blattes* — J'lui glisse un talbin de dix, et il lui fait un examen bidon... »

Je respirai à courtes bouffées et dis :

— Dick, est-ce que Harry a noté l'adresse où Blatt exerçait ?

— Ouais, 614 South Olive. L'hôtel Havana était à deux blocs.

— Dick, appelle Wayside et dis au gardien que j'arrive immédiatement pour interroger Blatt au sujet du meurtre d'Elizabeth Short.

— Sacré nom d'un chien !

— Putain de nom d'un chien !

***

Une douche, un coup de rasoir, des fringues propres, et je sortis du El Nido ressemblant à un inspecteur de la Criminelle ; le coup de fil de Dick Cavanaugh à Wayside me donnerait le reste de l'énergie nécessaire. Je pris l'autoroute d'Angeles Crest direction nord, estimant à 50-50 les chances pour que le Dr Willis Blatt soit le meurtrier d'Elizabeth Short.

Le trajet me prit un peu plus d'une heure ; le gros baratin sur le panneau des Terres d'Hollywood me tint compagnie sur les ondes. Le shérif adjoint dans son cagibi à l'entrée examina mon insigne et mes papiers d'identité et passa un coup de fil au bâtiment principal afin de me donner le feu vert ; ce qu'on lui répondit le fit mettre au garde à vous et j'eus droit à un salut. La barrière de barbelés s'ouvrit ; je longeai le quartier des détenus jusqu'à un grand bâtiment de style espagnol dont la façade s'ornait d'un portique couvert de tuiles. Comme je me garais, un capitaine en uniforme des services du shérif de Los Angeles s'approcha, la main tendue, un sourire nerveux sur le visage.

— Inspecteur Bleichert, je suis le gardien-chef Patchett.

Je sortis et lui donnai une poignée de main à lui écraser les phalanges, style Lee Blanchard.

— C'est un plaisir, gardien-chef. A-t-on dit quelque chose à Blatt ?

— Non, il vous attend dans une salle d'interrogatoire. Croyez-vous qu'il ait tué le Dahlia ?

J'avançai ; Patchett m'indiqua la bonne direction.

— Je n'en suis pas sûr. Que pouvez-vous me dire à son sujet ?

— Il a quarante-huit ans, c'est un anesthésiste, et on l'a arrêté en octobre 47 pour avoir revendu de la morphine de l'hôpital à un agent des Stupéfiants du L.A.P.D. Il a été condamné à une peine de cinq à dix ans, et il a fait un an à Quentin. Il est ici maintenant parce que nous avions besoin d'aide à l'infirmerie et l'Autorité pénitentiaire a jugé que c'était un risque limité. Il n'a pas de condamnations antérieures et c'est un prisonnier modèle.

Nous pénétrâmes dans un bâtiment bas de briques beiges, modèle typique des locaux « utilitaires » du comté — de longs couloirs, des portes d'acier en renfoncement portant des numéros en relief et aucun nom. En longeant une rangée de fenêtres aux vitres sans tain, Patchett m'agrippa le bras :

— Là. C'est Blatt.

Je regardai de tous mes yeux. Un homme entre deux

âges, sac d'os en uniforme bleu du comté, était assis à une table à jouer en train de lire une revue. Il avait l'air d'un gus avec de la jugeote — le front haut couvert de mèches de cheveux grisonnants qui se faisaient rares, des yeux brillants et le genre de mains, grandes et parcourues de veines, que l'on associe aux médecins.

— Ça vous dirait de rester, gardien-chef ?

— Je ne voudrais pas rater ça, dit Patchett en ouvrant la porte.

Blatt leva les yeux.

— Doc, dit Patchett, voici l'inspecteur Bleichert. Il fait partie de la police de Los Angeles, et il a quelques questions à vous poser.

Blatt reposa sa revue — *American Anesthesiologist* — Patchett et moi prîmes place face à lui ; le docteur revendeur de drogue dit :

— Je suis à votre pleine et entière disposition — d'une voix cultivée avec un accent de l'Est.

J'attaquai tout de suite à la gorge.

— Docteur Blatt, pourquoi avez-vous tué Elizabeth Short ?

Blatt sourit lentement ; et son sourire s'élargit petit à petit jusqu'à lui fendre le visage d'une oreille à l'autre.

— Je m'attendais à vous voir, mais en 47. Après la triste petite confession du caporal Dulange, je m'attendais à voir la porte de mon cabinet fracassée à tout instant. Deux ans et demi plus tard, je dois avouer que le fait me surprend quelque peu.

La peau me bourdonnait, comme si des milliers d'insectes s'apprêtaient à me dévorer en guise de petit déjeuner.

— Légalement, il n'y a pas de limite de temps en cas de meurtre.

Le sourire de Blatt disparut, remplacé par une contenance sérieuse comme un docteur de cinéma s'apprêtant à lâcher quelque mauvaise nouvelle :

— Messieurs, le lundi 13 janvier 1947, j'ai pris

l'avion pour San Francisco où j'ai ensuite pris possession de ma chambre à l'hôtel Saint-Francis, avant le discours d'ouverture que je devais prononcer le mardi soir devant la convention annuelle de l'Académie des Anesthésistes américains. J'ai fait mon discours le mardi soir, et l'on m'a inscrit comme orateur au petit déjeuner de clôture du mercredi matin, le 15 janvier. J'ai été à tout instant en compagnie de collègues jusque dans l'après-midi du 15, et j'ai passé les nuits de lundi et de mardi avec mon ex-femme au Saint-Francis. Si vous désirez une confirmation des faits, appelez l'Académie à son numéro de Los Angeles, ainsi que mon ex-femme, Alice Carstairs Blatt, à San Francisco au CR.-1786.

— Voudriez-vous vérifier cela pour moi, gardien-chef? demandai-je, les yeux toujours fixés sur Blatt.

Patchett nous quitta.

— Vous avez l'air déçu, dit le médecin.

— Bravo, Willis. Parlez-moi maintenant de vous, de Dulange et d'Elizabeth Short.

— Informerez-vous le bureau des Libertés conditionnelles que j'ai accepté de coopérer avec vous ?

— Non, mais si vous ne me répondez pas, j'aviserai le bureau du procureur de L.A. en demandant que l'on vous poursuive pour obstruction à la justice.

Blatt accepta le point gagnant avec un sourire.

— Bravo, inspecteur Bleichert. Vous savez naturellement que la raison pour laquelle ces dates sont si bien gravées dans ma mémoire tient à toute la publicité qui a entouré le décès de Mlle Short. Considérez donc, je vous prie, que ma mémoire est digne de confiance.

Je sortis stylo et calepin.

— Allez-y, Willis.

— En 47, j'exerçais quelques petites activités annexes très lucratives : je revendais des produits pharmaceutiques. Je les vendais essentiellement dans les bars, en premier lieu aux militaires qui avaient découvert les plaisirs qu'ils procurent outre-mer pendant la guerre. C'est ainsi que j'ai rencontré le caporal Dulange. Je l'ai approché, mais il m'a déclaré qu'il appréciait exclusivement les plaisirs du whisky écossais Johnnie Walker Red Label.

— Où cela se passait-il ?

— Au bar de la Yorkshire House, 6e et Olive, près de mon cabinet.

— Continuez.

— Eh bien, cela se passait le jeudi ou le vendredi qui a précédé l'élimination de Mlle Short du monde des vivants. J'ai donné ma carte au caporal Dulange — de manière peu judicieuse, s'est-il avéré par la suite — en considérant que je ne reverrais jamais plus l'individu en question. Je me trompais.

« Mes finances étaient au plus bas à cette époque, car je jouais aux courses, et je vivais dans mon cabinet. Tôt dans la soirée du dimanche 12 janvier, le caporal Dulange a refait surface devant ma porte en compagnie d'une adorable jeune femme nommée Beth. Il était complètement ivre, et il m'a pris à part, m'a donné dix dollars et m'a raconté que l'adorable Betty faisait une fixation sur une éventuelle grossesse. Aurais-je la bonté de lui faire un brin d'examen et de lui dire que c'était effectivement le cas ? Eh bien, j'eus cette bonté. Le caporal Dulange attendait dans l'antichambre et je pris le pouls et la tension de l'adorable Beth avant de l'informer qu'effectivement elle se trouvait enceinte. Elle réagit de manière tout à fait étrange : elle me parut triste et soulagée tout à la fois. Mon interprétation est qu'elle avait besoin d'une raison qui justifierait son comportement, de toute évidence, celui d'une fille facile, et le fait de porter un enfant paraissait parfaitement convenir à son besoin.

Je soupirai.

— Et lorsque sa mort a fait la une des journaux, vous n'êtes pas allé à la police parce que vous ne vouliez pas qu'elle vienne fouiner dans votre petit trafic de drogues ?

— C'est tout à fait exact. Mais ce n'est pas tout. Beth m'a demandé la permission d'utiliser mon téléphone. J'ai accédé à sa requête, et elle a composé un numéro avec l'indicatif de Webster avant de demander à parler à Marcy. Elle a dit : « C'est Betty », a écouté quelques instants, puis a dit : « Vraiment ? Un homme avec une expérience médicale ? » Je n'ai pas entendu le reste de la conversation. Betty a raccroché avant de dire : « J'ai un rencard. » Elle a retrouvé le caporal Dulange dans la salle d'attente, et ils sont sortis. J'ai regardé par la fenêtre, et elle lui a fait comprendre de la laisser tranquille. Le caporal Dulange s'est éloigné en tempêtant, et Beth a traversé la 6e Rue pour s'asseoir à l'arrêt de cars de Wilshire Boulevard, direction Ouest. Cela se passait aux environs de 7 h 30, le dimanche 12. Voilà. Cette dernière partie, vous ne la connaissiez pas, ou je me trompe ?

Je terminai ma prise de notes en sténo.

— Non, en effet.

— Direz-vous au bureau des Libertés conditionnelles que je vous ai fourni un indice précieux ?

Patchett ouvrit la porte.

— Il est net, Bleichert.

— Sans charre, répondis-je.

***

Une autre pièce aux derniers jours de Betty ; un autre voyage au El Nido, cette fois-ci pour consulter le dossier principal à la recherche de numéros répondant à l'indicatif Webster. Tout en feuilletant les fiches de renseignements, je n'arrêtai pas de penser que les Sprague avaient un numéro avec indicatif Webster, que le car de Wilshire passait à deux pâtés de maisons de chez eux et que Blatt pouvait avoir compris par erreur

« Marcy » pour « Maddy » ou « Martha ». Logiquement, ça ne coulait pas de source : toute la famille se trouvait dans la maison de bord de mer à Laguna la semaine de la disparition de Betty, Blatt était certain du « Marcy » et j'avais pressé Madeleine comme un citron pour qu'elle me crache tout ce qu'elle savait sur le Dahlia.

Et pourtant, l'idée persistait à ne pas disparaître, comme si une partie enfouie au plus profond de moi-même voulait du mal à cette famille à cause de la manière dont je m'étais vautré dans la fange en compagnie de leur fille en profitant de leurs richesses. Je lançai une autre ligne de raisonnement pour filer l'idée jusqu'au bout : je revins bredouille, une fois confrontées l'hypothèse et la logique.

Lorsque Lee Blanchard avait disparu en 47, les dossiers « R », « S » et « T » étaient manquants ; le dossier Sprague se trouvait peut-être parmi eux.

Mais il n'existait pas de dossier Sprague, Lee ne savait pas que les Sprague existaient, j'avais toujours veillé à tenir tout ce qui avait rapport à eux loin de sa portée avec le désir de garder étouffées les œuvres de Madeleine dans ses bras de lesbienne.

Je continuais à écrémer le dossier de l'affaire, couvert de sueur dans la chaleur de cette chambre sans aération. Pas d'indicatif Webster, et je commençai à avoir des éclairs de cauchemars : Betty assise à son arrêt d'auto-car à Wilshire — direction ouest — 7 h 30 du soir — 12-1-47, faisant au revoir à Bucky, sur le point de plonger dans l'éternité. Je songeais à interroger la compagnie d'autocars, à convoquer pour interrogatoire tous les conducteurs sur cet itinéraire — lorsque je me rendis compte que la piste était trop froide, que n'importe quel conducteur qui se serait souvenu d'avoir chargé Betty se serait présenté au moment de tout le battage de 47. Je songeai à appeler les autres numéros que j'avais obtenus auprès de la Pacific Coast Bell — puis pigeai brusquement qu'ils s'éliminaient d'eux-mêmes chronologiquement —, ils ne collaient pas avec ce que je savais maintenant de l'heure et de l'endroit où se trouvait Betty. J'appelai Russ au Bureau où on m'apprit qu'il était toujours à Tucson, pendant que Harry travaillait au service d'ordre qui contrôlait la foule près du panneau des Terres d'Hollywood. Je finis mon examen des paperasses, avec au total aucun indicatif de Webster. Je songeai à me procurer le relevé téléphonique de Blatt à la P.C.B., et j'annulai l'idée tout aussitôt. L.A. centre, indicatif Madison pour joindre Webster, ce n'était *pas* un appel avec préavis — il n'en resterait aucune trace, même topo pour les listes d'appels du Biltmore.

C'est alors que tout me dégringola dessus, images de la laideur accumulée : au revoir Bleichert à l'arrêt de bus, adios petit merdeux, toi qui fus quelqu'un, toi qui ne fus même jamais rien, petit indic et gros bras casseur de gueules à Négroville. T'as perdu au change une femme bien pour une connasse merdeuse, t'as transformé tout ce qu'on t'a jamais apporté sur un plateau en belle merde pure et dure, toutes tes grandes résolutions, c'est pas mieux que le huitième round au gymnase de l'Académie quand t'as foncé en plein sur une droite de Blanchard — pour retomber sur le cul dans un autre tas de merde encore plus gros qui portait le nom d'une fleur que tu as transformée en fumier. Au revoir, Betty, Beth, Betsy, Lizz, nous étions l'un et l'autre des errants, pas de bol qu'on ne se soit pas rencontrés avant la 39e et Norton, ça aurait peut-être pu marcher, nous deux, peut-être que *nous deux* justement, ç'aurait été la seule chose qu'on n'aurait pas foirée au-delà de toute rédemption…

Je dégringolai l'escalier quatre à quatre, sautai en bagnole et décollai code trois modèle civil, laissant de la gomme sur le bitume et faisant souffrir la boîte de vitesses, ne souhaitant qu'une sirène et un gyrophare pour me donner l'excuse d'aller encore plus vite. Après Sunset et Vine, la circulation commença à s'engorger :

des chiées de bagnoles tournaient au nord sur Gower et Beachwood. Même à des kilomètres de distance, je voyais le panneau des Terres d'Hollywood dégoulinant d'échafaudages, et les douzaines de petites fourmis humaines qui gravissaient le versant du Mont Lee. En l'absence de mouvement, je me calmai et me trouvai une destination.

Je me dis que ce n'était pas terminé, que j'irais au Bureau où j'attendrais Russ, qu'à nous deux, nous réussirions à compléter le reste du puzzle, que tout ce qu'il me restait à faire, à moi, c'était d'arriver au centre-ville.

L'embouteillage empira — des camions de cinéma défilaient en direction du nord tandis que des flics à moto retenaient les véhicules qui se dirigeaient vers l'est et l'ouest. Des mômes passaient dans les files en fourguant des souvenirs en plastique du panneau Terres d'Hollywood et distribuant des prospectus. J'entendis : « Keystone Kops à l'Amiral ! Air conditionné ! Venez voir notre grande reprise ! » On me mit sous le nez un bout de papier où était imprimé « Keystone Kops », « Mack Sennett » et « Cinéma Amiral — cinéma de luxe à air conditionné » sans même que j'en remarque les mots. Par contre, la photo imprimée au bas de la page fit sa marque en moi, comme un bruit énorme et discordant, comme mon propre hurlement.

Trois flics de la Keystone se tenaient debout entre des piliers qui avaient la forme de serpents avalant leur propre queue ; derrière eux, un bas-relief de hiéroglyphes égyptiens. Une garçonne des années 20 était allongée sur un divan de plumes dans le coin droit de l'image. Il n'y avait pas à se tromper : c'était l'arrière-plan qui apparaissait dans le film porno de Linda Martin et Betty Short.

Je m'obligeai à ne pas bouger ; je me dis que ce n'était pas parce qu'Emmett Sprague connaissait Mack Sennett dans les années 20 et qu'il l'avait aidé à bâtir des décors à Edendale que ça impliquait forcément qu'il avait quelque chose à voir avec un film porno de 46. Linda Martin avait déclaré que le film avait été tourné à Tijuana ; Duke Wellington, toujours introuvable, avait admis l'avoir fait. Lorsque la circulation reprit, je tournai à gauche jusqu'au Boulevard et larguai la voiture ; quand je pris mon billet au guichet de l'Amiral, la caissière eut un geste de recul en me voyant — et je m'aperçus que je soufflais comme un phoque et puais la sueur.

À l'intérieur, dans l'atmosphère climatisée du cinéma, ma sueur se figea sur moi comme si mes vêtements étaient soudain une parure de glace. Un générique de fin se déroulait sur l'écran, immédiatement remplacé par de nouveaux noms, sur fond de pyramides de carton pâte. Je serrai les poings lorsque brilla sur l'écran « Emmett Sprague, Assistant Metteur en Scène » ; je retins ma respiration dans l'attente d'une indication sur les lieux de tournage. Apparut alors le texte du prologue et je m'installai dans un fauteuil latéral pour regarder.

L'histoire, c'était quelque chose comme les Keystone Kops transposés à l'époque biblique ; l'action du film, des poursuites, des tartes à la crème et des coups de pied au cul. Le décor du film porno revint plusieurs fois, et à chaque vision, apparaissaient de nouveaux détails qui le confirmaient. Les prises en extérieur ressemblaient aux collines d'Hollywood, mais il n'y avait pas de scènes mixtes extérieur-studio pour me permettre de déterminer si le décor était en studio ou dans une maison particulière. Je sus ce que j'allais faire, mais je désirais une autre preuve bien solide pour étayer tous les « et si » logiques qui commençaient à s'accumuler dans ma tête.

Le film s'étirait, interminable, des sueurs glacées me faisaient frissonner. Défilèrent alors les génériques de fin : « Filmé à Hollywood, U.S.A. », et tous mes « et si » s'écroulèrent comme un jeu de quilles.

Je quittai le cinéma, tremblant dans la chaleur d'étuve de la rue. Je m'aperçus que j'avais quitté le El Nido sans mon revolver réglementaire ni mon .45 personnel, je pris les petites rues pour aller y récupérer mon petit canon portatif. J'entendis alors :

— Hé, mec, t'es l'agent Bleichert ?

C'était le locataire de la chambre voisine, debout dans le couloir, avec à la main le combiné du téléphone. Je me précipitai dessus en lâchant :

— Russ ?

— C'est Harry. J'suis au bout de B-B-Beachwood Drive. Ils sont en train de démolir un g-g-groupe de b-b-bungalows et y a un f-f-flic de patrouille qui a t-t-trouvé c'te baraque pleine de t-t-taches de sang. Y a eu une f-f-fiche d'interrogatoires de t-t-terrain classée p-p-pour c't'endroit aux dates d-d-des 12 et 13 et j-j-je…

Et Emmett Sprague possédait des maisons dans le coin, et c'était la première fois que j'entendais Harry bégayer dans l'après-midi.

— J'apporte ma trousse d'analyse. Vingt minutes.

Je raccrochai, pris l'échantillon d'empreintes de Betty Short dans le dossier et courus vers la voiture. La circulation était plus fluide ; au loin je voyais que les deux premières lettres de Terres d'Hollywood manquaient sur le panneau. Je pris la direction de l'est jusqu'à Beachwood Drive avant d'obliquer au nord. Alors que j'approchais de la zone de stationnement au pied du Mont Lee, je constatai que tout le remue-ménage était contenu par des cordes que gardaient des agents en uniforme ; je me garai en double file et aperçus Harry Sears qui s'approchait, son insigne épinglé au revers de la veste. Son haleine était chargée d'alcool, le bégaiement avait disparu :

— Doux Jésus, quel coup de veine ! Y a un flic qui était chargé de faire évacuer les vagabonds avant qu'on commence les démolitions. Il est tombé sur la cabane, et il est descendu me voir. On dirait que des clodos y ont séjourné depuis 47, mais peut-être que tu pourras quand même en tirer quelque chose.

J'attrapai ma trousse ; Harry et moi commençâmes à monter. Des équipes de démolition arrachaient les bungalows dans la rue parallèle à Beachwood et les ouvriers hurlaient qu'il y avait des fuites de gaz aux tuyaux. Des camions à incendie se tenaient prêts, les hommes avaient leurs lances en main dirigées vers d'énormes tas de décombres. Sur les trottoirs, s'alignaient bulldozers et pelles mécaniques, et des agents de patrouille jouaient aux chiens de troupeau en maintenant les habitants du quartier à bonne distance de sécurité. Un peu plus haut, devant nous, c'était le règne du vaudeville.

On avait attaché un système de poulies sur la face du Mont Lee, accrochées à de hauts échafaudages amarrés dans le sol à sa base. Le « r » de Terres d'Hollywood, d'une hauteur de quelque quinze mètres, descendait le long d'un gros câble sous le feu des caméras, les flashes des appareils photo, les bouches bées des badauds et l'œil des politicards qui sablaient le champagne. La poussière des buissons arrachés envahissait tout ; l'orchestre du lycée d'Hollywood était en place, assis sur des chaises pliantes, sur une estrade de fortune bâtie à quelques mètres du terminus des poulies. Lorsque la lettre « R » s'écrasa dans la poussière, ils entonnèrent « Hourrah pour Hollywood ! »

— Par ici, dit Harry.

On obliqua sur une piste de terre qui faisait le tour du pied de la montagne. Une végétation dense envahissait les deux côtés ; Harry ouvrit la marche latéralement sur un sentier piétonnier qui montait à pic. Je suivais, les branches accrochant mes vêtements et me fouettant le visage. Au bout d'une cinquantaine de mètres de montée, le sentier redevenait plat et ouvrait sur une étroite clairière bordée par un petit ruisseau. Il y avait aussi une minuscule cabane de parpaings sur une dalle béton avec la porte grande ouverte.

Je pénétrai à l'intérieur.

Les murs latéraux étaient tapissés de photos pornographiques de femmes infirmes et défigurées. Des visages mongoliens suçaient des godemichés, des filles nues écartaient toutes grandes leurs jambes atrophiées et corsetées d'acier, des atrocités sans membres ricanaient devant l'objectif. Sur le plancher il y avait un matelas ; il était recouvert d'une croûte de multiples couches de sang séché. Une dentelle d'insectes et de mouches transparaissait au travers des croûtes, emprisonnés là pendant qu'ils festoyaient jusqu'à la mort. Le mur du fond était couvert de photos couleurs collées, qu'on aurait dit arrachées de livres d'anatomie : des gros plans d'organes malades suintant de pus et de sang. Des éclaboussures, des flaques couvraient le sol ; un petit projecteur monté sur trépied était placé à côté du matelas, la lampe dirigée sur son milieu. Je m'interrogeai sur l'électricité, puis j'examinai la base du dispositif et vis qu'on y avait connecté une batterie. Une pile de livres éclaboussés de sang était entassée dans un coin — pour la plupart des romans de science-fiction, à côté de l'*Anatomie avancée* de Gray, et de *L'homme qui rit* de Victor Hugo qui détonnaient avec le reste.

— Bucky ?

Je me retournai.

— Essaie de joindre Russ. Dis-lui ce que nous avons. Je vais faire mes examens sur place.

— Russ ne rentre pas de Tucson avant demain. En plus, fils, tu m'as pas l'air dans une super-forme pour…

— Bon Dieu, tu vas te tirer et me laisser faire mon boulot !

Harry sortit furieux, crachant sa fierté blessée ; je songeai à la proximité des propriétés Sprague et du rêveur Georgie Tilden, dans sa piaule de clodo, fils d'un célèbre anatomiste écossais. « Vraiment ? Un homme avec une expérience médicale ? » J'ouvris alors ma trousse et violai le lit du cauchemar en quête de preuves.

Je l'examinai tout d'abord d'un bout à l'autre. Mis à part quelques traces de boue fraîche — les vagabonds d'Harry, probablement — je découvris des morceaux de ficelle fine, sous le matelas. Je raclai ce qui me parut être des lambeaux de chair qui y étaient restés attachés ; je remplis un autre tube à essais de cheveux coagulés de sang que je récupérai du matelas. Je vérifiai les croûtes de sang à la recherche de zones plus ou moins foncées, vis que tout était d'un marron uniforme et prélevai une douzaine d'échantillons. J'étiquetai la corde avant de l'emballer, en compagnie des pages d'anatomie et des photos porno. Je vis une empreinte de pas d'homme, délimitée par des taches de sang sur le sol : je la mesurai et reportai le contour des semelles sur une feuille de papier transparent.

Aux empreintes maintenant.

Je pulvérisai ma poudre sur chaque surface de contact de prise ou de pression dans la pièce ; jusqu'aux dos lisses des reliures et aux couvertures luisantes des livres sur le sol. Les livres ne donnèrent que des traces ; les autres surfaces révélèrent des empreintes brouillées, des marques de gants et deux séries d'empreintes nettes, séparées et bien distinctes. Pour terminer, je cerclai au stylo les empreintes plus petites sur la porte, le chambranle et le relief du mur près de la tête du matelas. Je sortis alors ma loupe et l'agrandissement des empreintes de Betty Short et commençai à établir les comparaisons.

Un point identique.

Deux.

Trois — assez pour une Cour de justice.

Quatre, cinq, six, mes mains tremblaient parce que c'était ici de manière irréfutable, sans doute possible, que l'on avait passé le Dahlia à la boucherie, et je tremblais si fort que je n'arrivais pas à transférer les autres séries d'empreintes sur mes plaquettes. Je découpai, à l'aide de mon couteau, quatre marques de doigts étalées sur la porte et les enveloppai dans un mouchoir de papier — c'était la nuit du laborantin amateur. Je remballai ma trousse, sortis en tremblant comme une feuille, vis le ruisseau d'eau courante et compris que c'était là que le tueur avait vidé le corps de son sang. C'est alors qu'un éclat de couleur étrange près des rochers à côté du ruisseau attira mon regard.

Une batte de base-ball — l'extrémité qui avait rempli son office tachée de marron foncé.

Je retournai à la voiture en pensant à Betty vivante, heureuse, amoureuse d'un gars qui ne la trahirait jamais. En traversant le parc, je levai les yeux sur le Mont Lee. Il ne restait plus du panneau que « Hollywood » ; l'orchestre jouait : « Y a rien de tel que le show-business. »

***

Je me rendis en ville. Le bureau du personnel de la municipalité et les bureaux des services d'Immigration et de Naturalisation étaient fermés pour la journée. J'appelai les R. & I. et obtins peau de balle sur George Tilden natif d'Écosse — mais je savais que je deviendrais cinglé si je devais attendre le lendemain pour avoir confirmation au sujet des empreintes. Que me restait-il ? Ou demander l'aide d'un officier supérieur, ou entrer par effraction, ou soudoyer quelqu'un.

Je me rappelai avoir vu un concierge qui balayait à l'extérieur du bureau du personnel, j'essayai la solution numéro trois. Le vieil homme écouta mon histoire bidon jusqu'au bout, accepta mes deux biftons de vingt, ouvrit la porte et me conduisit à une réserve de classeurs. J'ouvris un tiroir marqué PROPRIÉTÉ DE LA MUNICIPALITÉ — GARDIENNAGE — MI-TEMPS, sortis ma loupe et mon morceau de bois poudré — et retins ma respiration.

Tilden, George Redmond, né à Aberdeen, Écosse, le 4-3-1896 — 1,78 m-83 kg — cheveux bruns, yeux verts. Pas d'adresse, fiché comme « sans domicile fixe », pour l'emploi, contacter E. Sprague, WE 4391, permis de conduire de Californie L.A. 68224, véhicule : pick-up Ford 1939, numéro d'immatriculation 6B119A, transporteur d'ordures ménagères secteur de Manchester à Jefferson, La Brea à Hoover — la 39e et Norton se trouvaient juste au beau milieu. Empreintes mains gauche et droite au bas de la page ; un, deux, trois, quatre, cinq, six, sept, huit, neuf points de comparaison qui concordaient — trois pour une condamnation, six de plus pour un aller simple vers la chambre à gaz. Hello, Elizabeth.

Je fermai le tiroir, donnai au concierge dix sacs supplémentaires pour qu'il se taise, remballai ma trousse et sortis. Je repérai l'instant avec précision : 8 h 10 du soir, mercredi, 29 juin 1949, la nuit où un petit flic en uniforme de rien du tout a trouvé la clé de l'homicide non résolu le plus célèbre de toute l'histoire de la Californie. Je touchai l'herbe pour voir si la sensation était différente. Je saluai les employés de bureau qui passaient, je me voyais déjà cassant le morceau au Padre, à Thad Green et au chef Horrall. Je me vis de retour au Bureau, lieutenant en moins d'un an, M. Glace dépassant les rêves les plus fous de Feu et Glace réunis. Je vis mon nom faire les gros titres, Kay me revenait. Je vis les Sprague encaisser tous les coups jusqu'à l'os, leur honneur perdu à cause de leur complicité dans le meurtre, toute leur fortune inutile. Et c'est ça qui mit un terme à ma rêverie : il n'y avait aucun moyen pour que je puisse opérer l'arrestation sans admettre que j'avais gardé des preuves par-devers moi sur Madeleine et Linda Martin en 47. J'avais le choix entre une gloire anonyme ou un désastre public.

Ou la justice clandestine.

Je me rendis à Hancock Park. La Cadillac de Ramona et la Lincoln de Martha n'étaient plus dans l'allée circulaire d'accès ; la Chrysler d'Emmett et la Packard de Madeleine étaient là. Je garai ma Chevy peu reluisante en travers de l'allée, près d'eux, les pneus arrière enfoncés dans la bordure de rosiers buissons du jardinier. La porte de façade paraissait imprenable, mais une fenêtre latérale était ouverte. Je me hissai à l'intérieur du salon.

Balto, le chien empaillé, était toujours là près de la cheminée, gardien d'une douzaine de grands conteneurs alignés par terre. Je les inspectai ; ils étaient remplis à ras bord de vêtements, d'argenterie et de porcelaine très classe. Au bout de la rangée, une boîte de carton débordait de robes de cocktail bon marché — anomalie bizarre. Un carnet à esquisses, dont la première page était couverte de dessins de visages féminins, était serré dans un coin. Je songeai à Martha, artiste en publicité, et j'entendis des voix au premier.

Je me dirigeai vers elles, le .45 dégainé, le silencieux vissé à fond. Les voix provenaient de la chambre principale. Emmett et ses *r* roulés, Madeleine et ses accents boudeurs. Je me collai au mur du couloir, m'approchai doucement de l'embrasure de la porte et écoutai :

— … en outre, un de mes contremaîtres a déclaré que ces nom de Dieu de tuyaux pissaient le gaz. Ma jolie, il va falloir cracher très gros. Au moins pour infractions à la législation sanitaire et au code de sécurité. C'est l'heure pour moi de vous montrer à toutes les trois à quoi ressemble l'Écosse, et laisser notre ami juif Mickey C. utiliser ses talents de relations publiques. Il fera porter le chapeau à ce vieux Mack ou aux cocos ou à un quelconque macchabée bien pratique, tu peux me faire confiance, il y arrivera. Et quand les choses seront redevenues vivables, nous reviendrons à la maison.

— Mais je ne *veux* pas aller en Europe, Papa. Oh ! mon Dieu, *l'Écosse*. Tu n'as jamais été capable d'en parler sans nous dire à quel point c'était sinistre et provincial.

— Est-ce que tu crois que c'est ton copain aux grandes dents qui va te manquer ? Ah, je subodore que c'est le cas. Eh bien, permets-moi d'apaiser ton cœur en émoi. Il y a à Aberdeen de vigoureux garçons vachers qui feront honte à ce pisse-petit qui ne mérite pas le nom d'homme. Beaucoup moins curieux, des garçons qui savent rester à leur place. Tu ne seras pas en manque de queutards vigoureux, je peux te l'assurer. Bleichert a rempli son office en servant nos intérêts il y a de ça longtemps, et ce n'est que cette partie de toi-même qui aime le danger qui l'a remis sur nos rails. Partie peu judicieuse, me permettrais-je d'ajouter.

— Oh ! Papa, je ne...

Je pivotai et pénétrai dans la chambre. Ils étaient allongés tout habillés sur le grand lit à baldaquin, la tête de Madeleine reposait sur les cuisses d'Emmett tandis que les mains rugueuses de ce dernier lui massaient les épaules. Le père amant fut le premier à remarquer ma présence ; Madeleine fit la moue lorsque les caresses de Papa cessèrent. Mon ombre toucha le lit, elle hurla.

Emmett la réduisit au silence d'une main vive, luisante de bagues empierrées, qu'il posa sur sa bouche.

— Ceci n'est en rien une cocufication, mon garçon. Ce n'est que marques d'affection, et nous avons d'ailleurs une dispense nous y autorisant.

C'était le style à l'état pur, ces réflexes, ces accents de dîner de gala. Je singeai son calme :

— George Tilden a tué Elizabeth Short. Elle a appelé ici le 12 janvier et l'un de vous lui a arrangé un rendez-vous avec Georgie. Elle a pris le car de Wilshire pour venir jusqu'ici dans le but de le rencontrer. Maintenant, vous complétez le reste.

Madeleine, les yeux écarquillés, tremblait sous la main de son père. Emmett regardait le revolver qui le visait et qui manquait par trop de stabilité.

— Je ne conteste pas cette déclaration et je ne contesterai pas votre désir quelque peu tardif de voir justice faite. Vous dirai-je donc où il vous sera possible de le trouver ?

— Non. Parlez-moi d'abord de vous deux, ensuite vous me parlerez de votre dispense.

— Ce n'est guère pertinent, mon garçon. Je vous féliciterai donc sur votre enquête et vous dirai où l'on peut trouver Georgie et nous en resterons là. L'un comme l'autre, nous ne voulons pas qu'il soit fait de mal à Maddy, et discuter avec âpreté de vieilles histoires de famille ne manquerait pas d'avoir sur elle des conséquences fâcheuses.

Comme pour souligner ce souci paternel, Emmett abandonna sa main. Madeleine essuya le rouge à lèvres qui lui barbouillait les joues et murmura :

— Papa, fais-le taire.

— Est-ce que Papa t'a dit de me baiser ? Est-ce que Papa t'a dit de m'inviter à dîner de sorte que je ne puisse vérifier ton alibi ? Est-ce que vous croyez tous autant que vous êtes qu'un peu d'hospitalité et un con en cadeau arrangeraient tous vos problèmes ? Est-ce…

— *Papa, fais-le taire !*

La main d'Emmett fouetta l'air d'un éclair et Madeleine y enfouit son visage. L'Écossais passa logiquement à l'ouverture suivante :

— Venons-en au fait mon garçon. Faites une croix sur l'histoire de la famille Sprague. Que voulez-vous ?

Je regardai la chambre autour de moi, et j'en sélectionnai les objets — ces objets dont Madeleine s'était vantée en me faisant le catalogue de leurs étiquettes. Il y avait une huile de Picasso sur le mur du fond — cent vingt bâtons. Deux vases Ming sur la coiffeuse — dix-sept billets de mille. Le maître flamand au-dessus de la tête de lit coûtait deux cents bons milliers de dollars ; l'horrible petit monstre précolombien sur la table de nuit, rien que douze mille cinq. Emmett souriait maintenant.

— Vous appréciez les jolies choses. Je comprends cela, et des jolies choses comme celles-ci peuvent devenir vôtres. Dites-moi simplement ce que vous voulez.

Je tirai sur le Picasso en premier. Le silencieux fit « Pffft » et la balle à pointe creuse fit voler la toile en deux. Les deux Ming suivirent, des fragments de porcelaine explosèrent à travers toute la pièce. Je ratai la gargouille à mon premier coup — comme prix de consolation, je m'en pris à un miroir à bordure dorée. Papa et fifille étaient pelotonnés sur le lit ; je mis ma ligne de mire sur Rembrandt ou Titien ou quel qu'ait pu être le putain de peintre en question. Je fis mouche, un superbe trou commak, avec en prime un morceau du mur. Le cadre dégringola et toucha Emmett à l'épaule ; la chaleur de l'arme me cuisait la main. Je ne la lâchai pas pourtant, j'avais encore une balle dans la chambre pour obtenir mon histoire.

L'air était presque irrespirable, mélange de cordite, de fumée et de brouillard de plâtre. Quatre cents bâtons en poussière. Des deux Sprague sur le lit dans un enchevêtrement de membres, Emmett fut le premier à faire surface, caressant toujours Madeleine, clignant et se frottant les yeux.

Je plaçai le silencieux à l'arrière de sa tête.

— Vous, Georgie, Betty. Débrouillez-vous pour me convaincre, ou je descends votre putain de baraque du sol au plafond.

Emmett toussa et tapota les boucles désordonnées de Madeleine.

— Vous et votre propre fille.

Ma petite fille de riche leva alors les yeux, séchant ses pleurs, le visage marqué de plaques de poussière et de rouge à lèvres.

— Papa, c'est pas mon vrai papa, et nous n'avons jamais… alors c'est pas vraiment mal.

— Alors, qui est-ce ?

Emmett se tourna et dévia délicatement le canon de mon arme. Il n'avait l'air ni en colère ni décomposé. Il ressemblait à un homme d'affaires excité à l'idée d'une négociation ardue pour un nouveau contrat.

— Georgie le rêveur est le père de Maddy, Ramona

est sa mère. Voulez-vous de plus amples détails ou ce simple fait vous suffira-t-il ?

Je m'assis dans un fauteuil de brocart de soie à quelques mètres du lit.

— Je veux tout. Et ne mentez pas, parce que je le saurai.

Emmett se leva et s'épousseta tout en estimant les dégâts dans la pièce d'un œil averti. Madeleine alla dans la salle de bains ; quelques secondes plus tard, j'entendis l'eau couler. Emmett s'assit sur le rebord du lit, les mains fermement posées sur les genoux, comme si c'était l'heure de la confession d'homme à homme. Je savais qu'il croyait pouvoir tirer son épingle du jeu en ne me disant que ce qu'il voulait bien me dire ; je savais que j'allais lui faire cracher tout le morceau, à n'importe quel prix.

— Au milieu des années 20, Ramona a voulu un enfant, dit-il. Moi pas, et j'ai commencé à en avoir assez, ça me fatiguait d'être toujours asticoté sur ma paternité. Une nuit, je me suis soûlé et je me suis dit : « Mère, tu veux un enfant, je vais te faire un gars tout comme moi. » Je l'ai sautée sans porter de capote, et une fois dessoûlé, ça m'est sorti de la tête. Je ne le savais pas, mais c'est à ce moment-là qu'elle s'est mise avec Georgie, rien que pour avoir ce loupiot auquel elle aspirait avec tant d'ardeur. Madeleine est née, et j'ai cru que ça venait de cette seule et unique petite fois. Je l'ai aimée ma petite fille. Deux ans plus tard, j'ai décidé de tenter le coup pour lui faire la paire, et nous avons fait Martha.

« Mon gars, je sais que vous avez tué deux hommes, ce qui est plus que je ne pourrais prétendre. Aussi je sais que vous savez ce qu'avoir mal veut dire. Maddy avait onze ans lorsque j'ai réalisé qu'elle était le portrait absolument craché de Georgie. Je suis allé le trouver et je lui ai travaillé la figure, tic-tac-a-tac avec un rasoir. Lorsque j'ai cru qu'il allait mourir, je l'ai emmené à l'hôpital et j'ai soudoyé les administrateurs pour qu'ils indiquent sur leur registre « victime d'accident d'automobile ». Quand Georgie est sorti de l'hôpital, ce n'était plus qu'une épave défigurée qui inspirait la pitié. Je l'ai supplié de me pardonner, je lui ai donné de l'argent et je lui ai trouvé du travail à s'occuper de mes propriétés et à transporter les ordures ménagères pour la municipalité.

Je me souvins d'avoir pensé que Madeleine ne ressemblait à aucun de ses deux parents ; je me rappelai Jane Chambers faisant état de l'accident de voiture de Georgie et de sa dégringolade pour n'être plus qu'un clodo sans domicile fixe. Jusqu'ici, je croyais ce que me disait Emmett.

— Et Georgie lui-même ? Avez-vous jamais pensé qu'il était cinglé ? Dangereux ?

Emmett me tapota le genou, en signe de communion virile.

— Le père de Georgie était Redmond Tilden, médecin renommé en Écosse. C'était un anatomiste. À l'époque, l'Église d'Écosse était encore influente à Aberdeen, et Doc Redmond ne pouvait légalement disséquer que les cadavres de criminels exécutés et des coupables d'attentats à la pudeur capturés puis lapidés par les villageois. Georgie aimait à toucher les organes que son papa enlevait des corps. J'ai entendu raconter une histoire lorsque nous étions gamins et j'y attache du crédit. Il semblerait que Doc Redmond eût acheté un macchabée à des voleurs de cadavres. Il trancha dans le vif du cœur qui palpitait encore. Georgie l'a vu, et il en a ressenti une violente émotion. J'attache du crédit à cette histoire parce que, en Argonne, Georgie était accoutumé à utiliser sa baïonnette sur des cadavres de Fritz. Je n'en suis pas sûr, mais je crois qu'il a violé des tombes, ici, en Amérique. Des scalps, des organes internes. Horrible, tout ça !

Je vis une ouverture, un coup à l'aveuglette qui pourrait peut-être toucher au but. Jane Chambers avait fait état de Georgie et de Ramona qui filmaient les spectacles qui portaient sur les aventures d'Emmett au cours de la Première Guerre mondiale. Il y a deux ans de cela, au dîner, Ramona avait dit quelque chose sur « des interprétations d'épisodes du passé de M. Sprague que lui-même aurait préféré oublier ». Je forçai l'ouverture avec ma petite intuition.

— Comment avez-vous pu supporter quelqu'un d'aussi cinglé ?

— En votre temps, vous avez été adulé, mon gars. Vous savez ce qu'il en est lorsqu'un faible a besoin de vous pour que vous veilliez sur lui. C'est un lien particulier, comme d'avoir un petit frère timbré.

— J'ai eu un grand frère timbré jadis. Je l'admirais.

Emmett se mit à rire — d'un rire frauduleux.

— C'est un côté de la barricade que je n'ai jamais fréquenté.

— Vraiment ? Eldridge Chambers pense différemment. Il a laissé une note au conseil municipal avant de mourir. Il semblerait qu'il ait été témoin de quelques-unes des reconstitutions historiques de Ramona et de Georgie dans les années trente. Des petites filles en kilts de soldats et mousquets d'opérette, Georgie qui retenait les Allemands, et vous qui faisiez demi-tour pour fuir comme un sacré nom de Dieu de trouillard merdeux.

Les joues d'Emmett s'empourprèrent et il tenta de se placarder un sourire minaudeur sur le visage ; sa bouche se tordit de spasmes sous l'effort.

— Trouillard, hurlai-je en le giflant avec force.

Et le grand dur, l'Écossais, le fils de pute se mit à chialer comme un enfant. Madeleine sortit de la salle de bains, maquillée et habillée de frais. Elle alla jusqu'au lit et enlaça son « Papa », le tenant serré contre elle comme lui l'avait tenue quelques minutes auparavant.

— Parlez, Emmett.

L'homme pleura sur l'épaule de son ersatz de fille, elle le caressa avec dix fois plus de tendresse qu'elle n'en avait montré à mon égard. Finalement, il parvint à sortir de ses lèvres un murmure de soldat choqué par les obus.

— Je ne pouvais pas laisser partir Georgie parce qu'il m'avait sauvé la vie. Nous avons été séparés de notre compagnie, seuls, sans personne, au milieu d'un champ de cadavres. Une patrouille allemande était en reconnaissance, et elle enfonçait ses baïonnettes dans tout ce qui était britannique, mort ou vif. Georgie a empilé des Allemands au-dessus de nous. Ils étaient tous en pièce à la suite d'une attaque de mortiers. Georgie m'obligea à ramper sous cette forêt de bras, de jambes, de tripes et à rester là ; lorsque ce fut terminé, il me nettoya et me parla de l'Amérique pour me remonter le moral. Vous voyez bien que je ne pouvais pas...

Les murmures d'Emmett moururent. Madeleine lui caressa les épaules, lui ébouriffa les cheveux.

— Je sais, dis-je, que le film porno avec Betty et Linda Martin n'a pas été tourné à TJ. Est-ce que Georgie a quelque chose à y voir ?

La voix de Madeleine avait le timbre de celle d'Emmett quelques instants auparavant, lorsque c'était lui qui menait la danse.

— Non. Linda et moi étions en train de bavarder à la planque de La Verne. Elle m'a dit qu'elle avait besoin d'un endroit pour faire un petit film. Je savais ce qu'elle entendait par là, et je voulais retrouver Betty, aussi je les ai laissées utiliser une des maisons inoccupées de mon Papa, une où il restait encore un vieux décor dans le salon. Betty, Linda et Duke Wellington ont tourné le film, et Georgie les a vus faire. Il était toujours en train de fouiner autour des maisons inoccupées de Papa et il est devenu fou de Betty. Probablement parce qu'elle me ressemblait... à moi, sa fille.

Je me retournai pour qu'elle crache le reste, lui faciliter la tâche.

— Et alors ?

— Alors, aux environs de Thanksgiving, Georgie est venu voir Papa et a dit : « Donne-moi cette fille ! » Il a dit qu'il raconterait au monde entier que Papa n'était pas mon Papa, et qu'il mentirait sur ce qu'on faisait tous les deux, comme si c'était un inceste. J'ai cherché Betty, mais je n'ai pas pu la trouver. Un peu plus tard, j'ai découvert qu'à ce moment-là elle se trouvait à San Diego. Papa laissait le garage à Georgie parce que celui-ci devenait de plus en plus exigeant. Il lui a donné de l'argent pour qu'il se tienne tranquille mais il était toujours vicieux et méchant.

Et puis, un samedi soir, Betty a appelé, tout à fait à l'improviste. Elle avait bu et elle m'a appelée Mary ou quelque chose comme ça. Elle m'a dit qu'elle avait appelé tous les amis de son petit carnet noir dans l'espoir de se faire prêter de l'argent. J'ai passé l'appareil à papa et il a offert de l'argent à Betty pour qu'elle accepte de rencontrer un homme très gentil qu'il connaissait. On pensait tous les deux que Georgie voulait Betty juste pour… coucher avec elle.

— Avec tout ce que vous connaissiez de lui, vous avez cru ça ?

— Il aimait toucher les choses mortes, hurla Emmett. Il était passif. Nom de Dieu, je ne pensais pas que c'était un tueur !

Je les tranquillisai pour les inciter à continuer.

— Et vous lui avez dit que Georgie avait une expérience médicale ?

— Parce que Betty avait du respect pour les médecins, dit Madeleine. Parce que nous ne voulions pas qu'elle se sente putain.

Je faillis éclater de rire.

— Et ensuite ?

— Ensuite, je crois que tu connais le reste.

— Raconte quand même.

Madeleine s'exécuta, suant la haine de tous ses pores.

— Betty a pris le bus pour venir ici. Elle et Georgie

sont partis. Nous pensions qu'ils iraient dans un endroit correct pour être ensemble.

— Comme le motel de la Flèche Rouge.

— Non ! Comme l'une des vieilles maisons de papa dont Georgie s'occupait. Betty a oublié son sac à main, et nous croyions qu'elle viendrait le rechercher, mais elle n'est jamais revenue, et Georgie non plus, et puis nous avons vu les journaux et nous avons su ce qui avait dû se passer.

Si Madeleine croyait que sa confession était terminée, elle avait tort.

— Dites-moi ce que vous avez fait alors. Comment vous avez tout dissimulé.

Madeleine caressait Emmett tout en parlant :

— Je suis partie à la recherche de Linda Martin, et je l'ai trouvée dans un motel de la Vallée. Je lui ai donné de l'argent en lui disant que si la police la ramassait et l'interrogeait sur le film, il fallait qu'elle déclare qu'elle avait tourné à Tijuana avec une équipe mexicaine. Elle a tenu sa part du contrat lorsque vous l'avez capturée, et elle n'a parlé du film que parce qu'elle en avait une copie dans son sac. J'ai essayé de trouver Duke Wellington, mais je n'ai pas réussi. Ça m'a tracassée, et c'est alors qu'il a envoyé son alibi à l'*Herald Express*, et il n'a pas précisé l'endroit où le film a été tourné. Nous étions donc en sécurité. Et puis…

— Et puis je suis arrivé. Et tu m'as tiré les vers du nez pour avoir des tuyaux sur l'affaire, et tu m'as appâté avec des petites amorces au sujet de Georgie pour voir si je mordais.

Madeleine cessa de caresser Papa et examina ses ongles.

— Oui.

— Et l'alibi que tu m'as donné : « Laguna Beach, tu peux vérifier auprès des serviteurs » ?

— Nous leur avions donné de l'argent au cas où tu

aurais effectivement vérifié. Ils ne parlent pas trop bien anglais et, naturellement, tu m'as crue.

Madeleine souriait maintenant.

— Qui a adressé les photos de Betty ainsi que son petit carnet ? On les a envoyés sous enveloppe et tu as dit que Betty avait laissé son sac ici.

Madeleine éclata de rire.

— Ça, c'était la géniale petite sœur Martha. Elle savait que je connaissais Betty, mais elle n'était pas à la maison la nuit où Betty et Georgie se sont rencontrés ici. Elle ne savait pas que Georgie faisait chanter Papa ou qu'il avait tué Betty. Elle a arraché la page du carnet qui comportait notre numéro, et elle a griffé les visages des hommes sur les photos, sa manière de dire « Cherchez la lesbienne », à savoir moi. Elle voulait que je sois éclaboussée, impliquée. Elle a aussi appelé la police et lui a donné un tuyau sur La Verne. Les visages griffés, c'était signé Martha la géniale — elle griffe toujours comme un chat en colère lorsqu'elle est furieuse.

Quelque chose dans ce qu'elle disait sonnait faux, mais je n'arrivais pas à mettre le doigt dessus.

— C'est Martha qui t'a dit ça ?

Madeleine fit reluire ses griffes sanglantes.

— Quand les journaux ont parlé du petit carnet noir, j'ai su que ça ne pouvait être que Martha. Je lui ai arraché une confession à coups de griffes.

— Où est Georgie, dis-je en me retournant vers Emmett ?

Le vieil homme remua.

— Probablement dans une de mes maisons inoccupées. Je vous apporterai la liste.

— Apportez-moi aussi vos quatre passeports.

Emmett sortit du champ de bataille de la chambre.

— Je t'aimais vraiment beaucoup, Bucky. Vraiment beaucoup, me dit Madeleine.

— Garde ça pour Papa. C'est toi qui portes la culotte maintenant, alors garde ça pour lui.

448

— Que vas-tu faire ?

— Je vais d'abord rentrer chez moi et coucher tout ça sur le papier, en l'accompagnant de mandats de comparution comme témoins matériels pour toi et Papa. Ensuite je laisse le tout entre les mains d'un autre policier au cas où Papa irait voir Mickey Cohen en mettant ma tête à prix. Après ça, je pars à la poursuite de Georgie.

Emmett revint et me tendit quatre étuis de passeports U.S. ainsi qu'une feuille de papier.

— Si tu fais partir ces mandats, dit Madeleine, nous te démolirons devant le tribunal. Tout ce qu'il y a eu entre nous sera révélé au grand jour.

Je me levai et embrassai violemment sur les lèvres ma petite fille riche.

— Alors, nous sombrerons ensemble.

***

Je ne repartis pas à la maison pour tout mettre par écrit. Je me garai à quelques blocs de la demeure des Sprague et étudiai la liste d'adresses, hanté par l'énergie dont Madeleine avait fait montre, tant il nous était désormais impossible de sortir de notre impasse commune.

Les maisons étaient situées dans deux endroits : Echo Park et Silverlake, et de l'autre côté de la ville à Watts — territoire peu propice pour un Blanc de cinquante-trois ans. Silverlake-Echo était à quelques kilomètres plein est du Mont Lee, une zone de collines avec de nombreuses rues en lacet, de la verdure et des coins retirés, le genre de terrain qu'un nécrophile pourrait peut-être trouver apaisant. Je m'y rendis, après avoir entouré cinq adresses sur la feuille d'Emmett.

Les trois premières demeures n'étaient que de simples baraques désertes : pas d'électricité, des fenêtres brisées, des slogans de gangs mexicains plein les murs. Pas de pick-up Ford 396B 119A à proximité — rien que la désolation balayée par les vents du désert qui soufflaient des collines d'Hollywood. C'est en me dirigeant vers la quatrième adresse juste après minuit que j'eus l'idée — ou que l'idée s'empara de moi.

Le tuer.

Pas de gloire publique, pas de déshonneur public — mais une justice personnelle. Laisser partir les Sprague ou forcer Georgie à une confession détaillée avant d'appuyer sur la gâchette. La mettre sur le papier et, ensuite, trouver un moyen de leur faire du mal selon mon bon plaisir.

Le tuer. Et essayer de vivre avec ça ensuite.

Et essayer de mener une vie normale pendant que le bon copain de Mickey Cohen échafauderait le même genre de projets à mon égard.

Je chassai tout de mon esprit en découvrant que la quatrième maison était intacte au fond d'une impasse — extérieur discret, pelouse soigneusement entretenue. Je me garai deux maisons après l'entrée, puis parcourus le reste de la rue à pied. Il n'y avait pas de camionnette Ford, mais des tas d'emplacements pour se garer le long du trottoir.

J'étudiai la maison de l'extérieur. C'était du boulot des années 20, en stuc, un petit cube d'un blanc passé avec charpente en bois. J'en fis le tour : une voie menait à un minuscule jardinet à l'arrière en contournant l'allée dallée en façade. Pas de lumières — les fenêtres étaient toutes garnies de ce qui semblait être d'épais doubles rideaux. L'endroit était totalement silencieux.

Revolver au poing, je sonnai. Vingt secondes, pas de réponse. Je laissai courir mes doigts le long de la jonction entre la porte et le chambranle, sentis des éclats de bois, sortis mes menottes et engageai la partie étroite d'un cliquet. Les crans tinrent bon ; j'entaillai le bois près de la serrure jusqu'à ce que je sente que la porte donnait du mou. Un petit coup de pied, et elle s'ouvrit.

La lumière de l'extérieur me guida jusqu'à un interrupteur mural ; j'allumai, vis une pièce vide striée de toiles d'araignées, allai jusqu'au perron et fermai la porte de l'extérieur. Les rideaux opaques retenaient jusqu'à la plus petite parcelle de lumière. Je retournai dans la maison, fermai la porte et enfonçai des éclats de bois dans la serrure pour en bloquer le fonctionnement.

L'accès par la façade rendu impossible, j'allai à l'arrière de la maison. Une odeur nauséabonde de pharmacie s'échappait d'une pièce jouxtant la cuisine. J'ouvris la porte du bout du pied et tâtonnai sur le mur à la recherche d'un interrupteur. J'en trouvai un ; la lumière crue m'aveugla. Puis mes yeux s'accoutumèrent et je reconnus l'odeur : formaldéhyde.

Les murs étaient recouverts d'étagères sur lesquelles s'alignaient des bocaux contenant des organes conservés ; sur le sol était étendu un matelas que recouvrait à moitié une couverture de l'armée. Un scalp de cheveux roux ainsi que deux carnets étaient posés dessus. Je pris une inspiration difficile et m'obligeai à *tout* regarder.

Des cervelles, des yeux, des cœurs, des intestins flottant dans un liquide ; une main de femme, l'alliance encore passée au doigt ; des ovaires, des agglomérats de viscères difformes, un bocal rempli de pénis. Des mâchoires aux gencives roses garnies de dents en or.

Je me sentis pris de nausée et je m'accroupis près du matelas de manière à ne plus voir de choses sanguinolentes. Je ramassai un des calepins et commençai à le feuilleter ; les pages étaient remplies de descriptions, très proprement dactylographiées, de violations de sépultures — cimetières, noms des concessions et dates en colonnes séparées. Lorsque je vis « Luthérien de Los Angeles Est », là où ma mère était enterrée, je laissai tomber le calepin et tendis la main vers la couverture pour me trouver quelque chose à quoi me raccrocher ; que du sperme séché, dessus comme dessous, et je la lançai en direction de la porte. J'ouvris alors le second carnet au milieu, et une écriture masculine bien nette me ramena au 14 janvier 1947 :

Lorsqu' elle s' éveilla mardi matin, je sus qu' elle ne pourrait en supporter beaucoup plus et je sus qu' il me serait impossible de rester plus longtemps dans les collines. Il était certain que je tomberais tôt ou tard sur quelque clochard ou des amoureux en goguette. Je savais qu' elle était sacrément fière de ses petits nénés même lorsque j' ai mené des Chesterfield à leur rencontre hier. J' ai décidé de les sectionner lentement.

Elle était encore comateuse, peut-être même en état de choc. Je lui ai montré la Batte de Louisville, la Cogneuse de Joe Di Maggio, qui m' avait procuré tant de plaisir depuis la nuit de dimanche. Je l' en ai agacée. Cela l' a sortie de sa torpeur. Je lui en ai tisonné son petit trou et elle a failli en avaler son bâillon. J' aimerais beaucoup qu' on pût y mettre des pointes, telle une verge de fer, ou une ceinture de chasteté qu' elle ne serait pas près d' oublier. J' ai tenu la batte devant ses yeux, puis j' ai pris un couteau pour inciser une brûlure de cigarette sur son néné gauche. Elle a mordu son bâillon et du sang a jailli près de ses dents, là où j' avais amené le Joe Di Maggio, tant elle mordait fort. J' ai enfoncé le couteau jusqu' à un petit os que j' ai senti, puis j' ai vrillé la lame. Elle a tenté de hurler et le bâillon a glissé encore plus profond dans sa gorge. Je l' ai sorti pendant une seconde et elle a appelé sa mère d' un hurlement. Je l' ai renfoncé avec force et je lui ai tailladé son néné droit une nouvelle fois. Elle commence à s' infecter aux endroits où elle est attachée. Les cordes lui cisaillent les chevilles qui sont toutes pisseuses de pus...

Je reposai le calepin, pendant que j'avais la force de le faire, sachant que, si je vacillais, quelques pages supplémentaires me feraient vite changer d'avis. Je me levai ; les bocaux d'organes retinrent mon attention, des choses mortes, alignées par rangées, tellement ordonnées, tellement parfaites. Je me demandais s'il était jamais arrivé à Georgie de tuer, lorsque je remarquai un bocal seul, isolé sur le rebord de la fenêtre au-dessus de la tête du matelas.

Un morceau de chair, triangulaire, tatoué. Un cœur avec à l'intérieur, l'insigne des Bataillons aéroportés de l'Armée de Terre, et en dessous, les mots « Betty et major Matt ».

Je fermai les yeux et me mis à trembler de la tête aux pieds ; je m'enserrai le corps de mes bras et j'essayai de dire à Betty combien j'étais désolé d'avoir vu cette partie d'elle si spéciale, que je ne voulais pas pousser l'indiscrétion si loin et si profond et que j'essayais simplement d'apporter mon aide. C'est alors que quelque chose me toucha gentiment et je me sentis plein de reconnaissance devant cette gentillesse.

Je me retournai et vis un homme au visage tout de cicatrices, tenant entre les mains de petits instruments crochus, des outils à sonder, des outils à trancher. Il toucha ses joues de ses scalpels ; j'eus un sursaut en voyant jusqu'où j'étais allé et tendis la main vers mon arme. Deux stries d'acier jumelles cinglèrent dans ma direction ; le .45 glissa de ma ceinture et tomba au sol.

J'esquivai d'un pas de côté, les lames accrochèrent ma veste et m'arrachèrent un morceau de clavicule. J'envoyai un coup de pied dans le bas-ventre de Tilden ; le violeur de tombes reçut le coup en déséquilibre, il se tordit et bondit en avant, se ruant sur moi pour m'écraser contre les étagères du mur.

Des bocaux volèrent en éclats, le formol jaillit, d'atroces morceaux de chair reprirent leur liberté. Tilden était au-dessus de moi et il essayait d'abaisser ses scalpels. Je maintins ses deux poignets à distance et lui balançai mon genou entre les jambes. Il grogna mais ne battit pas en retraite ; et son visage s'approcha du mien, petit à petit, de plus en plus près. A quelques centimètres, il retroussa ses babines et referma les mâchoires ; je sentis ma joue qui se déchirait. Je le cognai à nouveau du genou, la pression de son bras se relâcha, je me fis mordre à nouveau au menton avant de laisser mes mains retomber. Les scalpels touchèrent l'étagère derrière moi ; je battis des bras à la recherche d'une arme et touchai un gros fragment de verre brisé. Je l'enfonçai dans le visage de Georgie juste au moment où il dégageait ses lames ; il hurla ; de l'acier s'enfonça dans mon épaule.

Les étagères s'effondrèrent. Georgie tomba sur moi, le sang coulant à flots d'une orbite qui ne tenait plus rien. Je vis mon .45 à quelques mètres sur le sol ; je nous traînai tous les deux jusque-là et je m'en saisis. Georgie leva la tête, poussant des cris perçants d'animaux. Il chercha ma gorge, la bouche énorme en face de moi. Je fourrai le silencieux dans son œil vide et lui fis sauter la cervelle.

33

Ce fut Russ Millard qui fournit l'épitaphe de l'affaire Short.

L'adrénaline bouillonnant dans mes veines, j'avais quitté la maison de mort pour rejoindre immédiatement l'Hôtel de Ville. Le Padre venait de rentrer de Tucson en compagnie de son prisonnier, une fois l'homme en sécurité dans une cellule, je pris Russ à part et lui fis le récit complet de mes rapports avec les Sprague — du tuyau sur les gouines par Marjorie Graham jusqu'à l'exécution de Georgie Tilden. Russ, d'abord abasourdi, me conduisit à l'Hôpital Central. Le médecin de service d'urgence me fit une injection contre le tétanos, dit : « Bon Dieu, on dirait presque que c'est un humain qui vous a mordu comme ça » et me fit des points de suture. Les blessures par scalpel étaient superficielles et n'avaient besoin que d'un peu de désinfectant et d'un pansement.

Une fois dehors, Russ me dit :

— Il ne faut pas classer l'affaire. Vous serez viré du service si vous racontez à quelqu'un d'autre ce qui s'est passé. Maintenant, il faut s'occuper de Georgie.

Il était 3 heures du matin lorsqu'on parvint à Silverlake. Le Padre fut secoué par ce qu'il découvrit, mais fit bonne contenance, en se tenant raide comme la justice. Et c'est alors que le meilleur homme que j'aie connu m'étonna.

Il me dit tout d'abord : « Allez près de la voiture » ; puis il tripatouilla quelques tuyaux sur le côté de la maison, recula de vingt mètres et vida son revolver réglementaire sur l'endroit. Du gaz prit feu et la maison fut la proie des flammes. On se tailla de là en quatrième vitesse, tous feux éteints. Russ me balança sa phrase :

— Cette obscénité ne méritait pas de rester debout.

L'épuisement vint ensuite, incroyable — et le sommeil. Russ me déposa au El Nido, je plongeai dans le lit pour une vingtaine d'heures d'inconscience d'un noir absolu. En me réveillant, la première chose que je vis, ce fut les quatre passeports des Sprague sur la coiffeuse. La première chose qui me vint à l'esprit, ce fut : *il faut qu'ils paient.*

S'il devait leur tomber dessus des infractions à l'hygiène ou au code de sécurité ou pis encore, je voulais que la famille reste dans le pays où ils auraient à en souffrir. J'appelai le Service des passeports américains, me fis passer pour un capitaine de la Criminelle et demandai officiellement qu'on leur refuse à tous les quatre la délivrance de nouveaux passeports — j'avais la sensation d'avoir accompli un geste d'impuissant, une petite tape sur la main. Je me rasai ensuite et pris une douche, veillant avec précaution à ne pas mouiller mes pansements ou mes points de suture. Je songeais à la fin de l'affaire pour ne pas avoir à penser au délabrement de ma propre existence. Je me souvins que quelque chose de ce qu'avait dit Madeleine l'autre jour détonnait, n'était pas à sa place, la synchro n'y était plus. Je jouai avec cette interrogation pendant que je m'habillais ; je franchissais la porte pour me trouver un morceau à manger lorsque, soudain, l'illumination se fit.

Madeleine avait dit que Martha avait appelé la police pour la renseigner sur la Planque de La Verne. Mais je connaissais le dossier de l'affaire Short mieux que tout autre policier encore de ce monde, et nulle part il n'était noté qu'une telle information sur l'endroit ait jamais été transmise. Deux incidents me mirent alors en branle : Lee qui avait reçu un appel de longue distance pendant notre corvée de téléphone le matin qui avait suivi ma rencontre avec Madeleine ; Lee qui s'était dirigé droit sur la Planque de La Verne après avoir craqué pendant la diffusion du film porno. Seule Martha « le petit génie » pouvait me fournir les réponses. Je me rendis jusqu'au quartier des agences de pub pour la mettre au pied du mur.

***

Je trouvai la véritable fille d'Emmett Sprague seule en train de déjeuner sur un banc à l'ombre du Young & Rubicam Building. Elle ne releva pas les yeux lorsque je m'assis en face d'elle ; je me souviens que le petit carnet de Betty Short et les photos avaient été sortis d'une boîte aux lettres à moins d'un bloc de là.

J'observai la fille-femme replète en train de grignoter une salade tout en lisant le journal. Deux années et demie s'étaient écoulées depuis que je l'avais vue, et elle avait tenu bon contre la graisse et un teint déplorable — malgré cela, elle ressemblait toujours à une version costaud femelle d'Emmett.

Martha reposa le journal et me remarqua. Je m'attendais à voir son regard brûler de fureur à ma vue ; elle me surprit en disant, avec l'ombre d'un sourire :

— Hello, monsieur Bleichert.

Je m'avançai pour m'asseoir près d'elle. Le *Times* était replié sur un article de la rubrique L.A. : « Incendie inexplicable dans les collines de Silverlake — un cadavre calciné méconnaissable retrouvé dans les décombres. »

— Je suis désolée pour ce croquis que j'ai fait de vous le soir où vous êtes venu dîner.

— Vous n'avez pas l'air surprise de me voir, lui dis-je en montrant le journal.

— Pauvre Georgie. Non ; je ne suis pas surprise de vous voir. Père m'a dit que vous saviez. Toute ma vie, on m'a sous-estimée et j'ai toujours eu la sensation que Maddy et Père vous sous-estimaient aussi.

Je mis le compliment aux oubliettes.

— Savez-vous ce que ce « pauvre Georgie » a fait ?

— Oui, je le sais. Depuis le début. J'ai vu Georgie et la fille Short quitter la maison ce soir-là dans la camionnette de Georgie. Maddy et Père ne savaient pas que je le savais, et pourtant c'était vrai. Seule Mère n'a jamais réussi à comprendre. Est-ce que vous l'avez tué ?

Je ne répondis pas.

— Allez-vous faire du mal à ma famille ?

La fierté qu'elle mit à dire « ma » m'atteignit comme un coup de poignard.

— Je ne sais pas ce que je vais faire.

— Je ne vous en veux pas de vouloir leur faire du mal. Père et Maddy sont des personnes méprisables, et je me suis mise moi-même sur la corde raide, rien que pour leur faire du mal.

— Lorsque vous avez envoyé à la police les affaires de Betty ?

Les yeux de Martha lançaient maintenant des flammes.

— Oui. J'ai arraché la page du carnet où se trouvait notre numéro mais j'ai pensé qu'il resterait peut-être

457

d'autres numéros qui mèneraient la police à Père et Maddy. Je n'ai pas eu le courage de joindre notre propre numéro à l'envoi. J'aurais dû. Je...

Je levai la main.

— Pourquoi, Martha ? Savez-vous ce qui se serait passé si la police avait été mise au courant de toute l'histoire de Georgie ? Accusation de complicité, les tribunaux, la prison.

— Ça m'était égal. Maddy vous avait, vous et Père. Mère et moi, nous n'avions rien. Je voulais simplement faire tomber tout le navire. Maman souffre de lupus maintenant, il ne lui reste plus que quelques années à vivre. Elle va mourir, et c'est tellement injuste.

— Les photos et les marques de griffures. Qu'est-ce que vous vouliez nous faire comprendre ?

Martha croisa les doigts, les entrelaça, les tordit jusqu'à ce que les jointures en deviennent toutes blanches.

— J'avais dix-neuf ans, et tout ce que je savais faire, c'était dessiner. Je voulais que Maddy soit salie, qu'on sache qu'elle était gouine, et la dernière photo, c'était Père lui-même — le visage arraché par mes griffures. Je pensais qu'il aurait pu laisser ses empreintes au dos. J'étais au désespoir dans mon désir de lui faire mal.

— Parce qu'il vous touche comme il touche Madeleine ?

— Parce qu'il n'en fait rien !

Je m'armai d'énergie dans l'attente du plus sinistre.

— Martha, avez-vous appelé la police pour la renseigner sur la Planque de La Verne ?

— Oui, dit-elle en baissant les yeux.

— Avez-vous parlé...

— J'ai tout dit au policier sur ma sœur gouine, comment elle avait rencontré un flic nommé Bucky Bleichert chez La Verne, la nuit précédente, et puis qu'elle avait rendez-vous avec lui ce soir-là. Maddy paradait devant toute la famille à votre sujet, et j'étais jalouse.

Mais tout ce que je voulais, c'était lui faire du mal à elle, pas à vous.

Lee qui avait décroché alors que j'étais en face de lui, assis à mon bureau, dans la salle de brigade d'University ; Lee qui avait foncé droit chez La Verne lorsque les *Esclaves de l'Enfer* lui avaient tourné le ciboulot.

— Martha, dites-moi le reste, ne me cachez rien.

Martha regarda autour d'elle et son corps se durcit tout entier — jambes serrées, bras collés au corps, poings serrés.

— Lee Blanchard est venu à la maison et il a dit à Père qu'il avait parlé à des femmes chez La Verne — des lesbiennes qui pourraient établir que Maddy connaissait le Dahlia Noir. Il a déclaré qu'il devait quitter la ville, et que, moyennant finances, il ne communiquerait pas les renseignements qu'il possédait sur Maddy. Père a été d'accord, et lui a donné tout l'argent qu'il avait dans son coffre.

Lee, complètement shooté aux amphets, introuvable, et à l'Hôtel de Ville, et au poste d'University ; il s'était cassé de L.A. à cause de la libération imminente de Bobby De Witt ; le fric qu'il claquait au Mexique, c'était celui d'Emmett.

Et moi, d'une voix éteinte :

— Quoi d'autre, encore ?

Le corps de Martha était tendu comme un ressort.

— Blanchard est revenu le lendemain. Il a exigé encore plus d'argent. Père a refusé, alors il l'a battu et lui a posé toutes sortes de questions sur Elizabeth Short. Maddy et moi avons tout entendu de la pièce d'à côté. J'ai adoré ça et Maddy, ça la rendait folle et méchante. Elle est partie lorsqu'elle n'a pas supporté plus long-temps d'entendre gémir son petit Papounet chéri mais j'ai continué à écouter. Père craignait que Blanchard ne fasse porter le chapeau à l'un d'entre nous pour le meurtre, alors il a accepté de lui donner cent mille dollars et de raconter ce qui s'était passé avec Georgie et Elizabeth Short.

Les jointures meurtries de Lee ; son mensonge « en pénitence pour Junior Nash ». Madeleine au téléphone ce jour-là : « Ne viens pas. Papa a une soirée d'affaires. » Une heure plus tard, deux bêtes au désespoir au motel de la Flèche Rouge. *Lee au Mexique, riche à en vomir. Lee laissant partir ce fumier de Georgie.*

Martha voulut s'essuyer les yeux et s'aperçut qu'ils étaient sans larmes. Elle posa la main sur mon bras.

— Le lendemain, une femme est passée chercher l'argent. Et voilà toute l'histoire.

Je sortis de mon portefeuille la photo de Kay et la lui montrai.

— Oui. C'est bien cette femme-là.

Je me levai, seul pour la première fois depuis que la triade s'était formée.

— Ne faites plus de mal à ma famille, je vous en prie.

— Partez, Martha. Ne les laissez pas vous détruire.

***

Je me rendis à l'école maternelle d'Hollywood Ouest ; assis dans la voiture, je gardai les yeux rivés sur la Plymouth de Kay dans le parking réservé aux enseignants. Le fantôme de Lee me bourdonnait dans la tête pendant que j'attendais — compagnie peu agréable pendant près de deux heures. La cloche retentit exactement à 3 heures ; Kay sortit du bâtiment dans une nuée d'enfants et d'instituteurs quelques minutes plus tard. J'attendis qu'elle soit seule près de sa voiture pour m'approcher.

Elle rangeait un tas de livres et de papiers dans le coffre en me tournant le dos.

— Combien Lee t'a-t-il laissé des cent bâtons ?

Kay se figea, avec dans les mains une pile de peintures faites au doigt.

— Lee t'a-t-il aussi parlé de Madeleine Sprague et de moi à ce moment-là ? Est-ce la raison pour laquelle tu as haï Betty Short pendant tout ce temps ?

Kay laissa ses doigts courir sur les œuvres d'art des gamins, avant de se retourner pour me faire face.

— Il y a des choses pour lesquelles tu es doué, doué comme pas possible.

C'était un autre genre de compliment que je ne voulais pas entendre.

— Réponds à mes questions.

Kay claqua la porte du coffre, son regard rivé au mien.

— Je n'ai pas accepté un centime de cet argent, et je n'ai jamais rien su de toi et de Madeleine Sprague avant que les détectives que j'avais engagés ne me donnent son nom. N'importe comment, Lee allait fuir. Je ne savais pas si je le reverrais un jour et je voulais qu'il soit à l'abri du besoin, si tant est que c'était possible. Il n'avait plus assez confiance en lui-même pour traiter à nouveau avec Emmett Sprague, c'est la raison pour laquelle je suis passée prendre l'argent. Dwight, il savait que j'étais amoureuse de toi, et il voulait que nous vivions ensemble. C'était l'une des raisons de son départ.

J'avais l'impression de sombrer dans les sables mouvants de tous nos vieux mensonges.

— Il n'est pas parti, il a pris la fuite, il a fui à cause de l'affaire de Boulevard-Citizens, il a fui pour avoir coulé De Witt, il a fui devant les problèmes qu'il avait dans le ser…

— Il nous aimait ! ne lui enlève pas ça !

Je parcourus le parking du regard. Les professeurs étaient debout près de leurs voitures, ne perdant pas une miette de la prise de bec entre mari et femme. Ils étaient trop éloignés pour entendre ; je les imaginai comptant les points, tant pour les enfants, tant pour l'hypothèque, tant pour les aventures.

Kay baissa la tête, les yeux au sol.

— Oui.

— Il a laissé faire sans rien dire.

— C'est à ce moment-là que tout est devenu dingue. Lee est parti pour le Mexique à la poursuite de Bobby, et il a dit qu'il reprendrait son enquête à son retour. Mais il n'est pas revenu, et je ne voulais pas que tu y ailles toi aussi.

Je saisis ma femme aux épaules et serrai jusqu'à ce qu'elle me regarde.

— Et même plus tard, tu ne m'as rien dit ? Tu n'as rien dit à *personne* ?

Kay baissa de nouveau la tête. Je la lui relevai d'une secousse des deux mains.

— Et tu n'as rien dit à personne ?

De sa voix la plus calme d'institutrice, Kay Lake Bleichert dit :

— J'ai failli te le dire. Mais tu as recommencé tes histoires de putes, tu t'es mis à collectionner ses photos. Je voulais simplement me venger de la femme qui avait détruit les deux hommes que j'aimais.

Je levai la main pour la frapper — mais un éclair de Georgie Tilden m'arrêta.

34

Je demandai à grouper le reste de mes congés de maladie et passai une semaine à laisser filer le temps au El Nido. Je lus, j'écoutai les stations de jazz en essayant de ne pas penser à mon avenir. Inlassablement, je me plongeais dans le dossier de l'affaire, même en sachant que l'affaire était close. Des versions enfantines de Martha Sprague et de Lee encombraient tous mes rêves ; s'y joignait parfois le clown de Jane Chambers à la bouche cicatrice, qui m'envoyait ses sarcasmes à la figure, les mots sortant de trous béants sur son visage.

J'achetais chaque jour les quatre quotidiens de L.A.,

et les lisais de la première à la dernière page. Le tumulte du panneau d'Hollywood était passé, il n'était fait mention nulle part d'Emmett Sprague, d'investigations du Grand Jury à propos de bâtiments défectueux ou de la maison brûlée avec son macchabée. Je commençai à avoir la sensation que quelque chose ne tournait pas rond.

Il me fallut du temps, de longues heures passées à contempler les quatre murs sans penser à rien. Mais, finalement, je mis le doigt dessus.

Ce n'était qu'une intuition, l'idée fragile qu'Emmett Sprague avait tout agencé pour que Georgie Tilden soit exécuté par Lee et par moi-même. En ce qui me concernait, ç'avait été plus qu'évident : « Vous dirai-je où il vous sera possible de trouver Georgie ? », tout à fait dans le caractère du personnage — aurait-il essayé des voies plus détournées que je l'aurais suspecté bien davantage. Il avait envoyé Lee à la recherche de Georgie tout de suite après avoir reçu sa raclée. Espérait-il que la colère de Lee culminerait soudain lorsqu'il verrait le meurtrier du Dahlia ? Était-il au courant de la salle des trésors de Georgie, fruit de toutes les tombes qu'il avait violées — et comptait-il sur elle pour nous pousser à la folie et au crime ? Comptait-il sur une confrontation brutale avec Georgie — qui éliminerait, soit ce dernier, soit les flics gourmands et fouineurs qui lui étaient cause de tant d'embarras ? Et pourquoi ? Dans quel but ? *Pour se protéger lui-même ?*

Il y avait dans la théorie un énorme blanc : à savoir l'audace incroyable, presque suicidaire d'Emmett, qui n'était pas du genre suicidaire.

Maintenant que l'on avait épinglé Georgie Tilden — le meurtrier du Dahlia Noir, purement et simplement — il ne restait aucune raison logique de filer la théorie plus avant. Et pourtant un petit fil ténu s'échappait de sa trame et n'y trouvait plus de place.

Lorsque j'avais couché avec Madeleine la première

fois, en 47, elle avait mentionné des petits mots destinés à Betty Short, des notes qu'elle avait laissées dans des bars : « Votre sosie aimerait vous rencontrer. » Je lui avais dit alors qu'elle risquait de regretter son geste ; elle m'avait répondu : « Je m'en occuperai. »

Selon toute probabilité, la personne qui aurait eu le plus de facilité pour « s'en occuper » était un policier — et j'avais refusé. *Et*, chronologiquement, Madeleine avait prononcé ces paroles exactement au moment où Lee Blanchard faisait état de ses premières exigences de maître chanteur.

Ce n'était qu'un fil ténu né de coïncidences et de théories, probablement rien d'autre qu'un mensonge de plus ou une demi-vérité ou le petit maillon d'une chaîne de renseignements inutiles. Un bout de fil qu'un flic avait dévidé, un flic qui voulait faire ses preuves et dont la vie s'était bâtie sur des fondations de mensonges. Qui était la seule bonne raison qui me vint à l'esprit pour poursuivre le fantôme d'une chance. Sans l'affaire, je n'avais plus rien.

J'empruntai la voiture particulière d'Harry Sears et entamai trois jours et trois nuits ininterrompues de planque pour surveiller les membres de la famille Sprague, à tour de rôle. Martha partit au travail en voiture et rentra à la maison, Ramona resta chez elle, Emmett et Madeleine firent quelques boutiques et diverses autres courses pendant la journée. Les premier et deuxième soirs, les quatre Sprague ne quittèrent pas leur résidence ; le troisième soir, Madeleine reprit ses rôderies nocturnes, dans son rôle de Dahlia.

Je la filai jusqu'aux bars de la 8e Rue, jusqu'à la Zimba Room, jusqu'à un aréopage de marins et d'aviateurs, pour terminer au Baisodrome de la 9e et d'Irolo en compagnie d'un enseigne de Marine. Je ne ressentis aucune jalousie, aucune attirance sexuelle cette fois. Je me mis à l'écoute à l'extérieur de la chambre douze et j'entendis la K.M.P.C. ; les stores vénitiens étaient baissés, impossible de voir quoi que ce soit. La seule variante qu'apporta Madeleine à son modus operandi précédent consista à larguer l'élu de son cœur à 2 heures du matin pour rentrer chez elle — et la lumière s'alluma dans la chambre d'Emmett quelques instants après qu'elle eut franchi la porte.

Je fis l'impasse le quatrième jour pour retourner à mon lieu de surveillance sur Muirfield Road peu après la tombée de la nuit. Je sortais de la voiture pour me dégourdir un peu les jambes lorsque j'entendis :

— Bucky, c'est vous ?

C'était Jane Chambers qui promenait un épagneul marron et blanc. Je me sentis comme un enfant pris la main dans le sac à bonbons.

— Hello, Jane.

— Hello, vous. Qu'est-ce que vous êtes en train de faire ? Vous espionnez ? Vous vous consumez pour Madeleine ?

Je me souvins de notre conversation sur les Sprague.

— Disons que j'apprécie la fraîcheur vivifiante de l'air nocturne. Ça vous convient ?

— Autant qu'un beau mensonge. Et un petit verre vivifiant chez moi, ça vous dirait ?

Je jetai un coup d'œil à la forteresse Tudor.

— Bigre, cette famille, c'est une idée fixe chez vous !

Je ris — et sentis les plaies de mes morsures qui me tiraillaient.

— Bigre, bigre, mais c'est que vous me connaissez bien. On va le prendre, ce verre ?

On tourna le coin de la rue en direction de June Street. Jane libéra le chien de sa laisse, il trottina en avant de nous, descendit le trottoir et monta les marches qui menaient à la porte d'entrée de la demeure coloniale des Chambers. Nous le rattrapâmes quelques instants plus tard ; Jane ouvrit la porte. Et je me retrouvai face au copain de mes cauchemars — le clown à la bouche cicatrice.

Je frissonnai.

— Ce satané truc.

— Voulez-vous que je vous l'enveloppe ? dit Jane en souriant.

— S'il vous plaît, n'en faites rien.

— Vous savez, à la suite de notre première discussion à son sujet, je me suis renseignée sur son histoire. Je suis en train de me débarrasser de tout un tas d'affaires d'Eldridge et je pensais le donner à une œuvre de charité. Mais, en fait, il a trop de valeur pour que je le donne. C'est un original de Frederick Yannantuono, qui s'inspire d'un grand roman classique, *L'homme qui rit*, de Victor Hugo. Le livre parle…

Il y avait un exemplaire de *L'homme qui rit* dans la baraque où Betty Short avait été tuée. La tête me bourdonnait si fort que je pouvais à peine entendre ce que disait Jane.

— … un groupe d'Espagnols aux XVe et XVIe siècles. On les appelait les Comprachicos, et ils enlevaient et torturaient les enfants, puis ils les mutilaient avant de les revendre à l'aristocratie pour qu'elle puisse en user comme fous de Cour. N'est-ce pas ignoble ? Le clown de cette peinture est le personnage principal du roman. Gwynplain. Quand il était enfant, on lui avait ouvert la bouche d'une oreille à l'autre. Bucky, vous vous sentez bien ?

LA BOUCHE OUVERTE D'UNE OREILLE À L'AUTRE.

Je frissonnai, puis me forçai à sourire.

— Ça va. Le livre vient simplement de me faire penser à quelque chose. Une vieille histoire, rien qu'une coïncidence.

Jane me scruta du regard.

— Ça n'a pas l'air d'aller du tout. Parlant de coïncidence, vous voulez en connaître une autre ? Je croyais qu'Eldridge n'avait de relations avec aucun membre de la famille, mais j'ai trouvé le reçu. C'est Ramona qui lui avait vendu la toile.

Pendant une fraction de seconde, je crus que Gwynplain me crachait son sang à la figure. Jane m'agrippa par les bras.

— Bucky, que se passe-t-il ?

Je retrouvai ma voix.

— Vous m'avez dit que votre mari avait acheté cette peinture pour votre anniversaire, il y a deux ans de cela. Exact ?

— Oui. Que...

— En 47 ?

— Oui. Buck...

— C'est *quand*, votre anniversaire ?

— Le 15 janvier.

— *Montrez-moi le reçu.*

Jane, une lueur affolée dans le regard, fouilla quelques papiers sur la table de l'autre côté du couloir. Je rivai mes yeux sur Gwynplain, superposant sur son visage les clichés luisants de la 39e et Norton. Puis :

— Voici. Maintenant, vous voulez bien me dire ce qui se passe ?

Je m'emparai du petit bout de papier. C'était du papier à lettres bordeaux, couvert d'une écriture régulière en majuscules, surprenante tant elle semblait d'une main masculine. « Reçu d'Eldridge Chambers 350 000 dollars pour la vente de la toile de Frederick Yannantuono *L'homme qui rit*. Ce reçu constitue le titre de propriété de M. Chambers. Ramona Cathcart Sprague, 15 janvier 1947. »

L'écriture était identique à celle du journal que j'avais lu juste avant de tuer Georgie Tilden.

Ramona Sprague avait assassiné Elizabeth Short.

J'agrippai Jane et la serrai brutalement contre moi avant de partir en la laissant là, l'air abasourdi. Je retournai à la voiture et décidai de jouer le coup en solo ; j'observai les lumières qui s'allumèrent puis s'éteignirent dans la grande maison et je passai ma longue nuit, trempé de sueur, à essayer toutes les variations de reconstitutions : Ramona et Georgie torturant ensemble, séparément, tranchant le corps en deux, se partageant les morceaux, Ramona et Georgie en voiture, l'un derrière l'autre, en direction de Leimert Park. Je recensai toutes les variations possibles et imaginables, j'échafaudai mes petites théories sur ce qui avait déclenché toute l'histoire. Je songeai à tout sauf à ce que j'allais faire lorsque j'aurais Ramona Sprague seule en face de moi.

À 8 h 19, Martha sortit par la porte d'entrée, portant un carton à dessins, et prit la direction de l'est au volant de sa Chrysler.

À 10 h 37, Madeleine, une mallette à la main, monta dans sa Packard et fit route vers le nord sur Muirfield. Emmett lui fit un signe d'adieu devant la porte ; je décidai de lui laisser une heure ou à peu près pour qu'il parte — ou alors je le ferais tomber en compagnie de sa femme. Peu après midi, il joua la carte que j'attendais — il s'éloigna de la maison en voiture. L'autoradio passait en sourdine un air d'opérette.

Un mois à jouer au maître des lieux avec Madeleine m'avait enseigné la routine quotidienne des serviteurs : aujourd'hui, jeudi, le gardien et le jardinier avaient congé ; la cuisinière n'arriverait qu'à 4 heures et demie pour préparer le dîner. La mallette de Madeleine impliquait qu'elle serait absente un moment, Martha ne rentrerait pas de son travail avant 6 heures. Emmett était la seule carte incertaine dans ma main.

Je traversai la rue et partis en reconnaissance. La porte d'entrée était fermée à clé, les fenêtres latérales verrouillées. J'avais le choix : la sonnette ou une effraction.

J'entendis quelqu'un qui tapotait de l'autre côté de la vitre et vis une forme blanche et floue qui repartait vers le salon. Quelques secondes plus tard, le bruit de la porte d'entrée qui s'ouvrait résonna le long de l'allée à voitures. Je fis le tour pour affronter la femme, bille en tête.

Ramona se tenait debout dans l'embrasure de la porte, spectre de soie en robe de chambre difforme. Sa

chevelure n'était qu'un fouillis de frisures désordonnées, son visage, une bouffissure aux plaques rougeâtres
— probablement de trop de larmes et de sommeil. Ses
yeux marron sombre — d'une couleur identique aux
miens — vivaient de frayeur. Elle sortit un automatique
de femme des replis de son peignoir et le pointa sur moi.

— Vous avez dit à Martha qu'elle devait me quitter.

Je fis sauter le revolver d'une tape ; il tomba sur un
paillasson de bienvenue portant un blason FAMILLE
SPRAGUE. Ramona se mordit les lèvres ; son regard
devint flou.

— Martha mérite mieux qu'une meurtrière, dis-je.

Ramona lissa sa robe de chambre et se tapota les
cheveux, réaction de classe d'une droguée de la haute.
Sa voix avait la froideur caractéristique des Sprague.

— Vous n'avez rien dit, n'est-ce pas ?

Je ramassai le revolver et le mis dans ma poche
avant de regarder la femme. Elle devait s'être shootée
avec des résidus de morph vieux de vingt ans, mais ses
yeux étaient si sombres que je n'arrivais pas à distin-
guer la taille de ses pupilles.

— Essayez-vous de me faire comprendre que Martha ne sait pas ce que vous avez fait ?

Ramona se recula sur le côté et me pria d'entrer.

— Emmett m'a dit qu'il n'y avait plus de danger. Il
a dit que vous vous étiez occupé de Georgie et que vous
aviez trop à perdre pour revenir. Martha a dit à Emmett
que vous ne nous feriez pas de mal et il a dit que c'était
vrai. Je l'ai cru. Il a toujours eu un jugement très sûr
pour tout ce qui concernait les affaires.

Je pénétrai à l'intérieur de la maison. Mis à part les
caisses sur le sol, le salon avait son allure de tous les
jours.

— Emmett m'a envoyé à la poursuite de Georgie, et
Martha ne sait pas que vous avez tué Betty Short.

Ramona ferma la porte.

— C'est exact. Emmett a compté sur vous pour que

469

vous vous occupiez de Georgie. Il était certain que je ne serais pas impliquée à cause de vous. Vous comprenez, physiquement, Emmett est un lâche. Il n'a pas eu le courage de le faire lui-même, aussi il a envoyé un sous-fifre. Mon Dieu ! Mon Dieu ! Vous croyez honnêtement que je laisserais Martha apprendre de quoi je suis capable !

La meurtrière tortionnaire était sincèrement abasourdie que j'aie pu mettre en doute ses capacités de mère.

— Elle l'apprendra tôt ou tard. Et je sais qu'elle se trouvait ici cette nuit-là. Elle a vu Georgie et Betty partir ensemble.

— Martha est partie voir une copine à Palm Spring environ une heure plus tard. Elle est restée absente toute la semaine qui a suivi. Emmett et Maddy savent. Martha ne sait rien. Et mon Dieu ! il ne faut pas qu'elle sache.

— Madame Sprague, savez-vous ce que vous…

— Je ne suis pas madame Sprague, je suis Ramona Upshaw Cathcart. Vous ne pouvez pas dire à Martha ce que j'ai fait, sinon elle me quittera. Elle a dit qu'elle voulait avoir son propre appartement, et il ne me reste plus beaucoup de temps !

Je tournai le dos au spectacle et fis le tour du salon, en me demandant ce que je devais faire. Je regardai les peintures et photos sur les murs : des générations de Sprague vêtus de leur kilt, des Cathcart qui coupaient le ruban sur fond d'orangers et de terrains vagues mûrs pour la construction immobilière. Il y avait la petite Ramona, fillette grassouillette, au corps comprimé dans un corset. Emmett tenant un enfant aux cheveux sombres, rayonnant. Une Ramona au regard vitreux tenant en équilibre la main au pinceau de Martha au-dessus d'un chevalet jouet. Mack Sennett et Emmett qui se faisaient l'un à l'autre des cornes de cocus. À l'arrière d'une photo de groupe d'Edendale, je crus reconnaître Georgie Tilden jeune — beau, au visage sans cicatrices.

Je sentis Ramona qui tremblait dans mon dos.

— Racontez-moi tout. Dites-moi pourquoi.

***

Ramona s'assit sur un divan et parla pendant trois heures, d'une voix parfois furieuse, parfois triste, parfois brutalement détachée de ce qu'elle disait. À côté d'elle, il y avait une table couverte de minuscules figurines de céramique ; ses mains ne cessèrent pas un instant d'en jouer. Je tournai le long des murs, en regardant les photos de famille et je sentis qu'elles se fondaient dans son récit.

Elle avait rencontré Emmett et Georgie en 1921, alors qu'ils n'étaient que des immigrants écossais en quête de fortune à Hollywood. Elle haïssait Emmett parce qu'il traitait Georgie comme un laquais — et elle se haïssait elle-même pour ne pas oser lui en faire la remarque. Elle ne lui en fit pas la remarque parce que Emmett voulait l'épouser — elle savait pourquoi, pour l'argent de son père — et elle n'était qu'une femme au physique ingrat, sans beaucoup de chances de se trouver un mari.

Emmett la demanda en mariage. Elle accepta et s'installa dans sa vie d'épouse aux côtés du jeune entrepreneur impitoyable, en passe de devenir un géant de l'immobilier. Qu'elle apprit petit à petit à haïr. Qu'elle combattit de manière passive en accumulant des renseignements.

Georgie vivait dans l'appartement au-dessus du garage les premières années de leur mariage. Elle apprit qu'il aimait le contact de la chair morte, et qu'Emmett se répandait en injures contre lui pour cette raison. Elle se mit à empoisonner les chats errants qui piétinaient ses plates-bandes et à les abandonner sur le pas de la porte de Georgie. Lorsque Emmett repoussa avec mépris son désir d'avoir un enfant de lui, elle alla vers Georgie et le séduisit, exaltant à l'idée qu'elle avait le pouvoir de l'exciter avec quelque chose de vivant — ce corps gras qu'Emmett tournait en dérision et dont il ne prenait son dû qu'à ses moments perdus.

Leur liaison fut brève, mais eut pour résultat un enfant — Madeleine. Elle vécut dans la terreur d'une ressemblance avec Georgie, qui se précisait de jour en jour, et se mit à prendre les opiacés que lui prescrivait le médecin. Deux ans plus tard, naquit Martha, fille d'Emmett. Ce fut comme une trahison à l'égard de Georgie — et elle se remit à empoisonner les chats pour lui. Emmett la surprit un jour en flagrant délit ; il la battit pour avoir pris une part active à « la perversion de Georgie ».

Lorsqu'elle confessa à Georgie qu'Emmett l'avait battue, il lui dit comment il avait sauvé la vie d'Emmett le lâche pendant la guerre — révélant au grand jour le mensonge d'Emmett dans la version que ce dernier avait faite de l'événement : c'était lui qui avait sauvé Georgie. Elle commença alors à organiser ses petites représentations — sa manière à elle de se venger d'Emmett de manière symbolique et sous des formes tellement subtiles que jamais il ne saurait qu'il s'y faisait rosser.

Madeleine s'attacha à Emmett. C'était elle, l'enfant adorable, et Emmett l'aimait à la folie. Martha devint la petite fille à sa maman — bien qu'elle fût le portrait craché d'Emmett. Emmett et Madeleine dédaignaient Martha le petit boudin, la petite pleurnicharde ; Ramona la protégeait, lui enseignant le dessin, la mettant au lit tous les soirs en lui recommandant de ne pas haïr ni sa sœur, ni son père, même si c'était le cas. Protéger Martha et lui enseigner l'amour de l'art devinrent ses raisons de vivre, sa force au sein de ce mariage intolérable.

Lorsque Maddy eut onze ans, Emmett remarqua sa ressemblance avec Georgie, et taillada le visage de son vrai père au point qu'on ne puisse plus le reconnaître. Ramona tomba amoureuse de Georgie ; il se trouvait maintenant encore plus dépossédé d'attrait physique qu'elle-même — et elle sentit qu'une parité s'était établie entre eux.

Georgie repoussa ses avances persistantes. Elle tomba alors sur *L'homme qui rit* de Hugo et fut touchée par les Comprachicos et leurs victimes défigurées. Elle acheta la toile de Yannantuono et la garda cachée, pour s'en repaître en souvenir de Georgie à ses heures de liberté.

Lorsque Maddy arriva à l'adolescence, elle se mit à aimer les hommes et à partager tous les détails de ses rencontres avec Emmett, en le câlinant dans son propre lit. Martha se mit à faire des dessins obscènes de la sœur qu'elle haïssait, Ramona l'obligea à croquer des scènes pastorales pour empêcher sa haine de devenir incontrôlable. Pour se venger d'Emmett, elle mit en scène ses reconstitutions historiques longuement mûries; en termes détournés, elles parlaient de sa lâcheté et de sa soif de possession. Des maisons de poupée qui s'écroulaient, et c'était les cabanes d'Emmett, bâties de bric et de broc qui s'effondraient pendant le tremblement de terre de 33; des enfants qui se cachaient sous des mannequins de magasin revêtus d'ersatz d'uniformes allemands et c'était Emmett, le trouillard. Nombre de parents trouvèrent les saynètes dérangeantes et interdirent à leurs enfants de jouer avec les filles Sprague. C'est aux environs de cette période que Georgie dériva de leurs existences, avec ses travaux de jardin et ses collectes d'ordures pour aller vivre dans les maisons abandonnées d'Emmett.

Le temps passa. Elle mit toute son énergie à s'occuper de Martha, lui enjoignant de terminer ses études au lycée très vite, allouant des subsides importants à l'Institut d'art Otis afin qu'elle puisse bénéficier d'un traitement de faveur. Martha réussit à merveille et y excella, Ramona vécut par le biais de ses réussites, toujours entre deux sédatifs, la tête souvent pleine de Georgie — il lui manquait, elle le voulait.

Puis, à l'automne 46, Georgie réapparut. Elle le surprit en train d'exposer ses exigences de maître chanteur à Emmett : « Lui donner » la fille du film porno, ou courir le risque de voir exposée au grand jour une bonne partie du passé et du présent sordides de la famille.

Elle devint d'une jalousie effroyable et pleine de haine à l'égard de « cette fille » et lorsque Elizabeth Short fit son apparition chez les Sprague le 12 janvier 1947, elle explosa de rage. « Cette fille » ressemblait tant à Madeleine qu'il lui semblait qu'on était en train de lui faire la plus cruelle des farces. Lorsque Elizabeth et Georgie partirent dans le camion de ce dernier, elle vit que Martha était montée dans sa chambre pour faire ses bagages en vue de son voyage à Palm Springs. Elle lui laissa un mot sur sa porte en guise d'au revoir, en lui disant qu'elle se couchait. Puis elle demanda négligemment à Emmett l'endroit où « cette fille » et Georgie étaient allés.

Il lui répondit qu'il avait entendu Georgie faire état d'une de ses maisons abandonnées sur les hauteurs au nord de Beachwood. Elle sortit par la porte de derrière, sauta dans la Packard libre, fonça vers les Terres d'Hollywood et attendit. Georgie et la fille arrivèrent dans le parc, au pied du Mont Lee, quelques minutes plus tard. Elle les suivit à pied jusqu'à la baraque dans les bois. Ils pénétrèrent à l'intérieur et elle vit une lampe s'allumer qui projeta ses reflets sur un objet de bois brillant appuyé contre le tronc d'un arbre — une batte de baseball. Lorsqu'elle entendit la fille glousser : « Vos cicatrices, c'est à la guerre que vous les avez eues ? » elle franchit la porte, batte la première.

Elizabeth Short essaya de s'enfuir. Elle l'assomma et obligea Georgie à la déshabiller, la bâillonner et l'attacher au matelas. Elle lui promit qu'il aurait des morceaux de la fille et qu'il pourrait les garder pour toujours. Elle sortit de son sac un exemplaire de *L'homme qui rit* et commença à en lire des passages à haute voix, en jetant de temps à autre un regard à la fille écartelée. Puis elle la taillada, la brûla, la frappa de sa batte tout en prenant des notes sur le calepin qu'elle emportait toujours avec elle, lorsque la fille s'évanouissait sous la douleur. Georgie observait, et ils déclamèrent ensemble les chants des Comprachicos. Après deux journées entières, elle entailla la bouche d'Elizabeth Short d'une oreille à l'autre, tout comme Gwynplain, pour ne plus la haïr une fois qu'elle serait morte. Georgie sectionna le corps en deux parties, lava les deux moitiés dans le ruisseau qui courait à l'extérieur de la cabane et les transporta jusqu'à la voiture de Ramona. Tard dans la nuit, ils roulèrent jusqu'à la 39e et Norton — un terrain vague dont Georgie avait la charge pour la municipalité. Ils y abandonnèrent Elizabeth Short qui devint ainsi le Dahlia Noir, puis elle reconduisit Georgie jusqu'à son camion avant de retourner auprès d'Emmett et de Madeleine, à qui elle déclara qu'ils découvriraient toujours assez tôt où elle était allée et qu'au bout du compte ils respecteraient sa volonté. En geste de purgatoire, elle vendit sa toile de Gwynplain à l'amateur d'art éclairé Eldridge Chambers, toujours à l'affût d'une bonne affaire, qui habitait quelques maisons plus bas — elle retira même un bénéfice de la transaction. Ce fut ensuite des jours et des semaines d'horreur dans la crainte que Martha ne découvre tout et ne la haïsse — du laudanum et encore du laudanum, de la codéine et des somnifères pour essayer d'oublier.

**

Je regardais une rangée de publicités parues dans des revues, toutes encadrées — les créations de Martha récompensées par des prix —, lorsque Ramona s'arrêta de parler. Le silence me parut discordant, son récit tournait et retournait dans ma tête, allant et revenant par bribes. La pièce était fraîche — mais j'étais trempé de sueur.

Le premier prix de Martha en 1948, décerné par l'Académie des Publicitaires, représentait un beau gars en costume à rayures qui se promenait sur la plage en reluquant un superbe morceau de blonde qui bronzait. Il était si peu présent à tout ce qui l'entourait qu'il était sur le point de se faire doucher par une grosse vague. L'encart au sommet de la page disait : «Pas de problème ! Son ultra-léger de chez Hart, Shaffner et Harx séchera sans un faux pli — et il pourra le porter ce soir pour lui faire du charme au club ! » La nana était longiligne et superbement carrossée. Elle avait les traits de Martha en plus doux et plus jolis. La résidence des Sprague était en arrière-plan, entourée de palmiers.

Ramona rompit le silence.

— Qu'allez-vous faire ?

— Je ne sais pas.

Je n'arrivais pas à la regarder en face.

— Martha ne doit pas savoir.

— Vous me l'avez déjà dit.

Le mec de l'affiche commençait à ressembler à un Emmett idéalisé — l'Écossais vu comme un des mignons d'Hollywood. Je lançai la seule question digne d'un flic que le récit de Ramona pouvait susciter :

— À l'automne 46, quelqu'un jetait des chats morts dans les cimetières d'Hollywood. C'était vous ?

— Oui, c'était moi. J'étais tellement jalouse d'elle à cette époque, je voulais simplement que Georgie sache qu'il comptait encore pour moi. Qu'allez-vous *faire* ?

— Je ne sais pas. Remontez dans votre chambre, Ramona. Laissez-moi seul.

J'entendis des bruits de pas légers qui quittaient la pièce, puis des sanglots, puis plus rien. Je songeai à la famille unie, qui faisait front pour sauver Ramona, à son arrestation qui réduirait à néant ma carrière de policier sous les accusations de détournement de preuves et d'obstruction à la justice. L'argent des Sprague lui éviterait la chambre à gaz, mais elle se ferait dévorer vivante à Atascadero ou dans une prison de femmes jusqu'à ce que le lupus s'empare d'elle ; Martha serait ravagée par la maladie, Emmett et Madeleine auraient toujours la compagnie l'un de l'autre — leur escamotage de preuves ou leur obstruction à la justice seraient des accusations trop légères pour qu'on les en poursuive. Si je faisais tomber Ramona, en tant que policier je ne serais plus qu'un petit tas de merde ; si je la laissais partir, c'en était fini de moi en tant qu'homme et, dans un cas comme dans l'autre, Emmett et Madeleine s'en sortiraient — ensemble.

Aussi l'attaque, brevetée Bucky Bleichert, se retrouvait bloquée, dans une impasse totale, au milieu d'une grande pièce cossue aux murs chargés d'icônes d'ancêtres. Je fouillai les grandes caisses sur le sol — visas de sortie des Sprague si le conseil municipal montait sur ses ergots — et vis les robes de cocktail bon marché ainsi que le carnet de croquis couvert de visages de femmes, sans doute Martha croquant ses alter ego afin de les placarder sur des affiches qui allaient vanter les mérites d'une pâte dentifrice, d'un produit de beauté ou de flocons de céréales. Peut-être même serait-elle l'instigatrice d'une campagne publicitaire pour faire relâcher Ramona de Tehachapi. Peut-être que sans Manman la tortionnaire, elle n'aurait plus assez de tripes pour continuer à travailler.

Je quittai la résidence et tuai le temps à faire la tournée des lieux lointains de mon passé. Je passai à la maison de repos — mon père ne me reconnut pas mais me donna l'impression d'être plein d'une énergie malveillante. Lincoln Heights regorgeait de nouvelles maisons — des turnes en préfa qui n'attendaient que leurs locataires — « Pas de dépôt comptant » pour les G.Is. Le Legion Hall d'Eagle Rock portait toujours son affiche qui faisait du battage pour le combat de boxe du vendredi soir, et ma ronde de l'époque où j'étais à Central, c'était toujours les mêmes poivrots, les mêmes gogos et leurs canards à sensations, les mêmes hurleurs qui prêchaient Jésus. Au crépuscule, j'abandonnai : une dernière tentative avec la fille de riche avant que je ne fasse tomber sa maman ; ma dernière occasion de lui demander pourquoi elle continuait à jouer au Dahlia alors qu'elle savait très bien que je ne la toucherais plus jamais.

J'allai en voiture jusqu'à la 8e Rue et ses alignements de bars, me garai à l'angle d'Irolo et attendis, un œil sur l'entrée du Zimba Room. J'espérais que la mallette que j'avais vue dans la main de Madeleine ne signifiait pas son intention de partir en voyage ; j'espérais que ma rôdeuse en Dahlia allait remettre ça, que sa sortie deux nuits auparavant n'était pas qu'un ballon d'essai.

Je restai là à contempler les piétons : militaires, picoleurs en costume de ville, simples habitants du quartier qui faisaient le va-et-vient dans la gargote d'à côté. Je songeai à laisser tomber, mais je pris peur à l'idée de ce qui m'attendait à l'étape suivante — Ramona — et je m'y collai jusqu'au bout. Juste après minuit, la Packard de Madeleine s'arrêta. Elle sortit — la mallette à la main, elle, Madeleine, et non Elizabeth Short.

Je sursautai et la regardai pénétrer dans le restaurant. Quinze minutes s'écoulèrent lentement. Puis elle sortit en se pavanant, Dahlia Noir jusqu'au bout des ongles. Elle balança sa mallette sur la banquette arrière de la Packard et rentra dans le Zimba Room. Je lui laissai une minute d'avance avant de m'approcher et de jeter un œil par l'embrasure de la porte. Le barman servait un groupe réduit au minimum de militaires à bananes ; les banquettes à rayures noires et blanches étaient vides. Madeleine buvait seule. Deux soldats se pomponnaient quelques tabourets plus loin, s'apprêtant à faire le grand saut. Ils lancèrent leur attaque à une demi-seconde d'intervalle. Le troquet était trop désert pour que je puisse assurer ma surveillance de l'intérieur ; je battis en retraite vers la voiture.

Madeleine et un premier lieutenant en uniforme kaki sortirent environ une heure plus tard. Fidèle à son ancienne manière d'opérer, elle monta avec lui dans la Packard et ils tournèrent au coin de la rue en direction du motel de la 9e et d'Irolo. J'étais juste derrière eux.

Madeleine se gara et se dirigea vers la petite guérite du propriétaire pour la clé ; le soldat attendit à la porte de la chambre 12. La frustration me fit penser à la K.M.P.C. plein tube, aux stores vénitiens tirés jusqu'en bas. Puis Madeleine quitta le bureau, appela le lieutenant et lui indiqua un bâtiment différent de l'autre côté de la cour. Il haussa les épaules et s'y dirigea ; Madeleine le rejoignit et ouvrit la porte. La lumière s'alluma à l'intérieur, puis s'éteignit.

Je leur donnai dix minutes, puis je m'approchai du bungalow, résigné d'avance à l'idée de devoir me contenter de standards de big bands et d'obscurité. Des gémissements venaient de l'intérieur, sans accompagnement musical. Je vis que l'unique fenêtre était ouverte à moitié, coincée par la peinture qui avait séché dans les feuillures. Je m'abritai contre une treille envahie de plantes grimpantes, m'accroupis et me mis à l'écoute.

Des gémissements plus forts, des ressorts de matelas qui grincent, des grognements masculins. Les cris amoureux de Madeleine se firent plus fiévreux — du grand théâtre, la voix plus soprano que lorsque c'était avec moi. Le soldat gémit plus fort, les bruits s'atténuèrent, avant que ne jaillisse la voix de Madeleine, à l'accent emprunté :

— J'aimerais bien qu'il y ait la radio. Chez moi, tous les motels en avaient. Les postes étaient verrouillés et ils marchaient avec des pièces, mais, au moins, il y avait de la musique.

Réponse du soldat qui essayait de reprendre haleine.

— On m'a dit que Boston était une jolie ville.

Je réussis à situer l'origine du faux accent de Madeleine : milieu ouvrier de Nouvelle-Angleterre, tout à fait la manière dont Betty Short était censée parler.

— Medford, c'est pas joli, mais pas joli du tout. Je n'ai eu qu'une succession de boulots dégoûtants : serveuse, ouvreuse de cinéma, documentaliste dans une usine. Voilà pourquoi je suis venue en Californie pour chercher fortune. Tellement Medford était détestable.

Les « A » de Madeleine s'écrasaient de plus en plus ; elle parlait maintenant comme un gavroche de Boston.

— Tu es venue ici pendant la guerre ? demanda l'homme.

— Uh-Uh. J'ai trouvé du travail au Camp Cooke P.X. Et là, un soldat m'a battue et puis, il y a eu cet homme riche, un entrepreneur dont les ouvrages ont été récompensés, il m'a sauvée. C'est mon beau-père par alliance aujourd'hui. Il me laisse aller avec qui je veux pourvu que je rentre à la maison pour le retrouver. C'est lui qui m'a acheté ma belle petite voiture blanche et toutes mes belles robes noires, et, quand je rentre, il me masse le dos parce que c'est pas mon vrai papa.

— C'est le genre de papa que tout le monde devrait avoir. Le mien, il m'a offert une bicyclette un jour et il m'a filé deux sacs pour que je me fabrique une caisse à savon afin de participer à une course. Mais il ne m'a jamais acheté de Packard, ça, j'en suis sûr et certain. Tu t'es vraiment trouvé un sacré papa gâteau, Betty.

Toujours à genoux, je me baissai encore pour regarder au bas de la fenêtre, à travers la fente ; je ne pus voir que des formes sombres sur un lit au milieu de la chambre. Madeleine/Betty dit :

— Il arrive que mon beau-papa, il n'aime pas mes petits amis. Il n'en fait jamais un drame, parce que c'est pas mon vrai papa et parce que je le laisse me masser le dos. Il y en a eu un, un policier. Mon beau-papa, il a dit comme ça que c'était quelqu'un qui ne savait pas ce qu'il voulait, avec des tendances vicieuses.

« Je ne l'ai pas cru, parce que le garçon en question, il était grand et fort, et il avait aussi des dents de lapin à croquer. Il a essayé de me faire du mal, mais papa, il lui a rabattu son caquet. Papa sait comment il faut traiter les gens qui n'ont pas de cran et qui flairent le pognon en essayant de faire du mal aux gentilles filles. Mon papa, c'était un grand héros pendant la Première Guerre mondiale et le policier, lui, s'était planqué pour ne pas faire son service.

L'accent de Madeleine était de moins en moins net, il se transformait en une autre voix, grave et gutturale. Je m'armai de courage dans l'attente de nouvelles paroles cinglantes ; le soldat dit :

— Les planqués, il faudrait les déporter en Russie ou les fusiller. Non, le peloton, c'est encore trop gentil. Il faudrait les pendre par euh… vous voyez ce que je veux dire, ça, oui.

Et la voix de Madeleine, maintenant un vibrato rauque au parfait accent mexicain :

— Ouna hache, c'est mieux, no ? Le policier, il a un collègue. Il rend à moi des pitits services, si — des pitits mots j'aurais pas dou laisser pour ouna fille pas très bienne. Le collègue, y frappe mon papa et y s'enfouit au Mecique. Yé fais dessins de figoura pour préparer déguisement et y achète robe bon marché. Yé paye détective pour lé trouver, et yé youe ma 'tite pièce. Y y vais à Ensenada aut'personne. Yé m'habille avec robe bon marché, dis yé souis ouna mendianté et frappe à la porte de loui. « Gringo, Gringo, yé besoin argent. » Il tourné son dos, yé attrape ouna hache et yé l'abats. Yé prends l'argent il volé à papa. Soixante et onze mille dollarès yé ramène à la maison.

— Dis donc, c'est quoi, cette plaisanterie ? baragouina le soldat.

Je sortis mon .38 et relevai le chien. Madeleine en « riche femme Mex » selon les termes de Met Dolphine, passa à l'espagnol avec un flot d'obscénités de sa voix rauque. Je visai à travers la fente de la fenêtre ; la lumière s'alluma à l'intérieur ; le petit chéri qui se démenait à enfiler son uniforme m'empêcha de tirer sur la meurtrière. Je vis Lee dans sa fosse de sable, avec les vers lui grouillant dans les yeux.

Le soldat déverrouilla la porte, à demi vêtu. Madeleine qui enfilait sa robe noire collante faisait une cible facile. Je la mis en joue ; un dernier éclair de sa nudité me fit vider le revolver en l'air. J'enfonçai la fenêtre d'un coup de pied.

Madeleine me regarda enjamber le rebord de la fenêtre. Aucunement ébranlée par les coups de feu et les éclats de verre, elle se mit à parler, d'une voix douce de circonstance.

— Elle représentait pour moi la seule chose qui eût quelque réalité, et il fallait que je parle d'elle aux autres. Comparée à elle, je me sentais tellement empruntée. Chez elle, c'était sa nature, moi, je n'étais qu'un imposteur. Et elle a été nôtre, chéri. C'est par toi que je l'ai retrouvée. Et c'est grâce à elle, que c'était si bon nous deux. Elle était nôtre…

Je dérangeai la coiffure du Dahlia dont Madeleine s'était apprêtée, qu'elle ne ressemble plus qu'à une quelconque pouffiasse vêtue de noir ; je lui mis les menottes, poignets dans le dos, et me vis moi-même dans la fosse de sable, à nourrir les vers comme mon équipier. Les sirènes firent leur apparition de toutes les directions ; des torches électriques éclairèrent la fenêtre brisée. Quelque part dans le Grand Néant, Lee Blanchard ressortit sa petite phrase de l'émeute aux zazous :

« Cherchez la femme, Bucky. N'oubliez pas ça. »

35

Je la suivis dans sa chute.

Quatre voitures pie avaient répondu à mes coups de feu. J'expliquai aux agents ce qu'il en était : en avant toute, sirènes et lumières, direction le poste de Wilshire — je bouclai la femme pour meurtre au premier degré. Dans la salle de Brigade de Wilshire, Madeleine avoua le meurtre de Lee Blanchard en concoctant un scénario imaginaire brillant — le triangle amoureux Lee/Madeleine/Bucky, et la manière dont elle en vint à se trouver intimement mêlée à nos deux vies l'hiver de 47. J'assistai à tout l'interrogatoire, et Madeleine fit un sansfaute. Des inspecteurs de la Criminelle chevronnés gobèrent tout, l'hameçon, la ligne et le bouchon : Lee et moi, les deux rivaux prétendant à sa main, Madeleine me donnant la préférence comme époux potentiel. Lee allant voir Emmett, exigeant de lui qu'il « lui donne » sa fille et laissant l'homme à demi mort pour avoir refusé ses exigences. Madeleine filant Lee au Mexique par désir de vengeance pour l'abattre d'un coup de hache à Ensenada. Pas une seule référence à l'affaire de meurtre du Dahlia Noir.

Je corroborai l'histoire de Madeleine en déclarant que ce n'était que très récemment que j'avais compris que Lee avait été assassiné. Je la confrontai ensuite à une revue de détails des circonstances dans lesquelles elle avait descendu Lee et la forçai à me faire une confession partielle. On transféra Madeleine à la prison de femmes de L.A. et je retournai au El Nido — m'interrogeant toujours sur ce que j'allais faire de Ramona.

Le lendemain, je repris mon service. À la fin de ma journée, une équipe de gros bras de la Métro m'attendait dans les vestiaires de Newton. Pendant trois heures, je restai sur le gril ; Madeleine avait mis sa cargaison de fantasmes sur les rails et je me suis contenté de prendre le train en marche. Le nœud de son récit ainsi que ma réputation de sauvage au sein du Service m'aidèrent à tenir toute la durée de l'interrogatoire — sans que personne ne mentionne le Dahlia.

Dans le courant de la semaine qui suivit, la machine légale prit le relais.

Le gouvernement mexicain refusa d'inculper Madeleine pour le meurtre de Lee Blanchard — sans cadavre, sans preuves à l'appui, il n'était pas pensable d'entamer une procédure d'extradition. On rassembla un Grand Jury pour décider de son sort. Ellis Loew fut choisi pour présenter l'affaire au nom de la municipalité de Los Angeles. Je lui dis que je ne témoignerais que par déposition écrite. Il accepta, connaissant trop bien mes réactions imprévisibles. Je remplis dix pages de mensonges sur « le triangle amoureux », fantasmes plus beaux les uns que les autres, dignes de Betty Short la romanesque, à ses meilleurs jours. Je ne cessais de me demander si elle aurait apprécié l'ironie de la chose.

Emmett Sprague fut inculpé par un Grand Jury séparé — pour infractions aux codes de l'hygiène et de la sécurité du fait qu'il était le propriétaire véritable, derrière une façade de prête-noms de la pègre, d'immeubles présentant des défauts dramatiques de construction. Il fut condamné à payer des amendes dont le montant dépassait 50 000 dollars, mais aucune charge criminelle ne fut retenue contre lui. En comptant les 71 000 dollars que Madeleine avait volés à Lee, il se retrouvait avec près de 20 000 dollars de bénéf dans l'affaire.

Le triangle des amants fit la une des journaux le jour qui suivit l'ouverture de l'affaire devant le Grand Jury. On ressuscita le combat Blanchard-Bleichert et la fusillade de Southside, et, pendant une semaine, je fus à nouveau une célébrité locale. C'est alors que j'eus un coup de fil de Bevo Means, du *Herald* :

— Fais gaffe, Bucky. Emmett Sprague va contre-attaquer, et tu vas t'en prendre plein la gueule, pour pas un rond, m'a dit Nuff.

C'est la revue *Confidences* qui me cloua au pilori.

Le numéro du 12 juillet comportait un article sur le triangle. Il comportait des paroles de la bouche de Madeleine qu'Emmett avait refilées au torchon à scandales. Selon la gosse de riche, j'avais joué la fille de l'air en service pour aller la sauter au motel de la Flèche Rouge ; je piquais aussi des bouteilles de whisky de son père pour tenir le coup quand j'étais de nuit ; je lui avais refilé tout le topo sur le système des quotas du L.A.P.D. en ce qui concernait les P.V. pour excès de vitesse et, aussi, « je tabassais les négros ». Toutes ces insinuations ouvraient la voie à des accusations plus graves — mais tout ce qu'avait dit Madeleine était vrai.

Je fus chassé des services de police de Los Angeles pour turpitude morale et conduite indigne d'un officier de police. Ce fut la décision unanime d'un conseil de discipline convoqué spécialement à cette intention et composé d'inspecteurs et de directeurs délégués, et je ne la contestai pas. Je songeai à leur offrir Ramona dans l'espoir d'obtenir une audience publique grâce à cette volte-face, mais j'abandonnai l'idée. On pourrait forcer Russ Millard à admettre ce qu'il savait et il pourrait en souffrir ; le nom de Lee serait traîné encore plus dans la boue ; Martha serait *mise au courant*. Le feu d'artifice avait près de deux ans et demi de retard, et les révélations de *Confidences*, c'était en guise de cadeau d'adieu, l'embarras dans lequel je laissais le Service. Nul ne le savait mieux que moi.

Je remis mon revolver réglementaire, mon .45 hors la loi et ma plaque matricule 1611. Je retournai à la maison que Lee avait achetée, empruntai 500 dollars au Padre et attendis que ma notoriété veuille bien mourir un peu avant de commencer à chercher du travail. Betty et Kay pesaient sur moi, et j'allai près de l'école de Kay pour essayer de la retrouver. Le directeur me regarda de la tête aux pieds, comme si j'étais un insecte qui venait de réapparaître à la lumière, et me dit que Kay lui avait laissé une lettre de démission le lendemain du jour où ma figure était apparue à la devanture de tous les kiosques. Elle y disait qu'elle entreprenait une longue traversée du pays en automobile et qu'elle ne reviendrait pas à Los Angeles.

Le Grand Jury fit passer Madeleine en jugement sous l'inculpation d'homicide au troisième degré — « homicide avec préméditation avec circonstances atténuantes et sous fortes contraintes psychologiques ». Son avocat, le grand Jerry Giesler, plaida coupable et demanda un jugement à huis clos. On prit en compte les recommandations des psychiatres qui découvrirent en Madeleine « une personnalité à tendances schizophrènes violentes et profondément psychotique vivant sous personnalités multiples » : le juge la condamna à l'hôpital d'État d'Atascadero pour une « période de traitement à durée indéterminée qui ne devrait cependant pas être inférieure à la peine minimum correspondant au Code pénal de l'État, à savoir dix années d'emprisonnement ».

Ce fut donc la petite fille à Papa qui paya pour toute la famille ; moi, je payai pour moi-même. Mon adieu aux Sprague, ce fut une photo en première page du *L.A. Daily News*. Des gardiennes emmenaient Madeleine hors du tribunal pendant qu'Emmett pleurait au banc de la défense. Ramona, le visage creusé par la maladie, était aux mains de Martha, son bon berger, très femme d'affaires, solide et sérieuse, dans son tailleur. La photo verrouillait mon silence à jamais.

36

Un mois plus tard, je reçus une lettre de Kay :

« Sioux Falls, SD
« 17-8-49

« Mon cher Dwight,

« Je ne sais si tu es retourné vivre à la maison, je ne sais donc pas si tu recevras cette lettre. Je suis passée à la bibliothèque et j'ai lu les journaux de L.A. Je sais que tu ne fais plus partie du Service, encore un endroit où je ne peux plus t'écrire. Tout ce qu'il me reste, c'est d'envoyer cette lettre et d'attendre le résultat.

« Je suis à Sioux Falls et j'habite au Plainsman Hotel. C'est le meilleur hôtel de la ville, et j'ai toujours voulu y habiter depuis que je suis toute petite. Ce n'est pas tout à fait comme je l'imaginais, bien sûr. Je voulais simplement me faire passer le goût de L.A. et on ne peut pas trouver plus différent de L.A. que Sioux Falls, à moins peut-être d'aller sur la lune.

« Toutes mes amies de lycée sont mariées, elles ont des enfants, et deux d'entre elles sont veuves de guerre. Tout le monde parle de la guerre comme si elle continuait toujours, et les hautes prairies à la sortie de la ville ne sont plus que des chantiers de constructions. Les maisons qui ont déjà été construites sont tellement laides, avec leurs couleurs vives et discordantes ! Elles me font regretter notre vieille maison. Je sais que tu la hais, mais elle fut mon sanctuaire neuf années de ma vie.

« Dwight, j'ai lu tous les journaux et ce torchon de magazine. J'ai dû compter au moins une douzaine de mensonges. Des mensonges par omission et des mensonges flagrants. Je me demande toujours ce qui s'est passé, même si au fond je ne veux pas savoir. Je me demande toujours pourquoi Elizabeth Short n'est pas mentionnée une seule fois. J'aurais pu me conforter dans mon bon droit mais j'ai passé la nuit dernière à faire le compte de mes propres mensonges. Tous les mensonges que je t'ai dits, toutes les choses que je ne t'ai jamais dites, même lorsque tout allait bien entre nous. Je n'ose pas te dire à combien je suis arrivée.

« Je suis désolée pour eux. Et j'admire ce que tu as fait en ce qui concerne Madeleine Sprague. Je n'ai jamais su ce qu'elle représentait pour toi, mais je sais ce que son arrestation a dû te coûter. A-t-elle vraiment tué Lee ? Est-ce que c'est encore un mensonge ? Pourquoi ne puis-je pas le croire ?

« Il ne me reste de Lee que ce que m'a laissé Lee (un mensonge par omission, tu sais) et je vais prendre la direction de l'Est dans un jour ou deux. Je veux être loin de Los Angeles, dans un endroit tranquille, chargé d'histoire. Peut-être la Nouvelle-Angleterre, peut-être les Grands Lacs. Tout ce que je sais, c'est que je reconnaîtrai l'endroit lorsque je le verrai.

« J'espère que ces mots te trouveront.

« Kay

« P.S. : Penses-tu encore à Elizabeth Short ? Je pense à elle constamment. Je ne la hais pas, je *pense* simplement à elle. Étrange après tout ce temps.

« K.L.B. »

Je gardai la lettre et la relus au moins deux cents fois. Je ne pensais pas du tout à ce qu'elle voulait dire, ou impliquait pour ce qui était de mon avenir, ou celui de Kay ou le nôtre ensemble. Je la lus et la relus en pensant à Betty.

Je virai le dossier du El Nido à la poubelle et pensai à elle. H. J. Caruso m'offrit un poste de vendeur de voitures, et je pensais à elle pendant que je refilais aux clients la gamme 1950. Je passai en voiture près de la 39e et Norton et vis que des maisons se construisaient sur le terrain vague et je pensai à elle. Et ce fut Kay, comme toujours la plus intelligente de nous deux, qui me fit voir les choses clairement.

Sa seconde lettre portait le cachet de Cambridge, Massachusetts, et était rédigée sur papier à lettres à en-tête du Harvard Motor Lodge :

« 11-9-49

« Mon cher Dwight,

« Je suis tellement menteuse et trouillarde que je remets tout à plus tard. Il y a deux mois que je sais, et je viens seulement de trouver le courage de te le dire. Si cette lettre n'arrive pas à destination, il va falloir que j'appelle la maison ou Russ Millard. Mieux vaut que j'essaie à ma manière d'abord.

« Dwight, je suis enceinte. Ça a dû se produire cette unique et horrible fois, environ un mois avant que tu ne déménages. C'est prévu pour Noël et je veux le garder.

« Voici maintenant Kay Lake et sa fuite en avant modèle breveté : s'il te plaît, appelle-moi, écris-moi. Bientôt ? *Tout de suite ?*

« C'est tout pour les grandes nouvelles. À propos de mon P.S. sur ma dernière lettre, j'ai quelque chose à te dire : étrange ? élégiaque ? En tout cas, parfaitement bizarre.

« Je continuais à penser à Elizabeth Short. À la manière dont elle avait dérangé toutes nos vies, alors que nous ne l'avions même jamais connue. Lorsque je suis arrivée à Cambridge (Dieu que j'aime les milieux universitaires !) je me suis souvenue qu'elle avait grandi tout près. Je suis allée à Medford, je m'y suis arrêtée pour dîner et j'ai commencé à bavarder avec un aveugle assis à la table d'à côté. Je me sentais d'humeur à parler et j'ai parlé d'Elizabeth Short. L'homme a d'abord été triste, puis il a repris le dessus. Il m'a parlé d'un policier de L.A. qui était venu à Medford trois mois auparavant pour trouver l'assassin de « Beth ». Il t'a décrit, ta voix, tes tics de langage, à la perfection. Je me suis sentie très fière, mais je ne lui ai pas dit que ce flic était mon mari, parce que je ne sais pas si tu l'es encore.

> « Dans l'attente de savoir,
> « Kay. »

Je n'appelai pas, je n'écrivis pas. Je mis la maison de Lee Blanchard en vente et pris l'avion pour Boston.

37

À bord de l'avion, je songeai à tout ce qu'il me faudrait expliquer à Kay, à l'évidence, pour empêcher que d'autres mensonges ne nous détruisent tous les deux — ou tous les trois.

Il faudrait qu'elle sache que j'avais été enquêteur sans plaque, que, pendant un mois de l'année 1949, j'avais fait preuve d'intelligence et de courage et avais eu la volonté de faire des sacrifices. Il faudrait qu'elle sache que la passion qui m'avait animé pendant cette période ferait toujours de moi quelqu'un de vulnérable, à la merci des curiosités malsaines. Il faudrait que je la convainque que, de toutes mes résolutions, la plus forte était que rien de tout cela ne l'atteigne et ne la blesse.

Il fallait aussi qu'elle sache à qui nous devions notre seconde chance : à Elizabeth Short.

En approchant de Boston, l'avion fut englouti par les nuages. Je me sentis lourd de crainte, comme si la perspective de notre réunion et de ma paternité m'avait transformé en une pierre en chute libre. C'est alors que je fis appel à Betty ; un souhait, presque une prière. Les nuages s'ouvrirent et l'avion descendit avec, sous lui, une grande ville de lumière au crépuscule. Je demandai à Betty d'arriver sain et sauf en échange de mon amour.

POSTFACE

Les Hilliker

Le cinéma accapare la culture à bien plus vaste échelle que les livres et de façon bien plus immédiate. Il progresse au pas de charge à coups d'annonces publicitaires anticipées en saturant les écrans. Le roman qui est ma carte de visite est devenu aujourd'hui un film d'exception destiné à une grande diffusion. Peut-être que grâce à lui, les ventes du livre atteindront à des chiffres sans précédent dans ma carrière. Il est aussi possible que cette postface ait beaucoup plus de lecteurs que je n'en ai eus à ce jour pour tous mes autres livres. L'occasion m'est ainsi offerte d'une mise au point essentielle, sans compromis. Et c'est avec reconnaissance que je la mettrai à profit dans les lignes qui suivent. *Le Dahlia noir*, le film comme le roman, ne saurait exister sans l'histoire personnelle qui me lie inextricablement à deux femmes sauvagement assassinées à onze années d'intervalle. Deux femmes qui constituent le mythe central de mon existence. Je veux par ce texte honorer leur mémoire. Je veux par ce texte rectifier les excès qui ont pu figurer dans mes écrits précédents. Et c'est par une élégie que je veux mettre un point final à leur existence mythique. Je veux leur accorder la paix en exposant la vérité qui leur a été refusée jusqu'ici et ne plus jamais prononcer en public la moindre parole les concernant.

De son nom de jeune fille, ma mère s'appelait Geneva Hilliker. Elle a laissé tomber le nom d'Ellroy lorsqu'elle a rejeté mon père. J'applaudis des deux mains à sa répudiation et admire sans réserve son désir de vivre sans l'appendice d'un nom de famille masculin. Elle

493

me hante au plus profond de moi de manières insondables. Il m'arrive souvent de parcourir en pensée l'itinéraire de sa vie, sans trop m'arrêter ou alors avec une lenteur laborieuse et attentive. Je démarre dans la campagne du Wisconsin et achève mon périple dans une contre-allée de L.A. Souvent, les arrêts que je peux faire en cours de route sont matière à hypothèses. J'ai vécu dix ans avec elle. Le passage du temps rend mes souvenirs d'enfance suspects. Par la suite, en lui accordant le riche statut d'héroïne romanesque, j'ai déformé mes souvenirs plus encore. Des choses de sa vie, je n'ai rien partagé, et je ne l'ai pas connue. Je me suis résolu à la connaître dans la mort. Les aperçus sommaires de ses quarante-trois années m'éclairent souvent de leur lumière. Leur brièveté affine le processus de mes visions en miroir.

Elle a grandi près de la frontière du Minnesota. L'été, Tunnel City était verte, l'hiver, aussi sinistre qu'un arbre mort. Son père était un garde-chasse alcoolique sujet à des accès de violence. Sa mère était frêle et ravissante. Sa sœur cadette la portait au pinacle. Un cimetière avoisine la maison où elle est née ainsi que l'église qu'elle fréquentait, aujourd'hui fermée et barrée de planches. Je m'y suis rendu à plusieurs reprises. La galerie de mes ancêtres s'y trouve encadrée par la masse imposante de ses pierres tombales. Hilliker, Woodard, Linscott, Pierce, Smith. Des fermiers et des membres du clergé protestant anglo-américains. Une lignée d'ascendants dont les espérances insatisfaites et les souffrances me resteront à jamais inconnues mais que je percevrai toujours dans mon code génétique.

Elle avait une chevelure flamboyante. C'était la plus belle fille de Tunnel City. Sa tante Norma Hilliker en était la plus belle femme. Elle a fichu le camp de Tunnel City à l'âge de dix-neuf ans. Elle n'a plus regardé en arrière qu'à l'occasion, sans contrainte, au gré de sa fantaisie. Tante Norma lui a payé ses études d'infirmière à

Chicago. Elle est tombée sous le charme de la grande ville et a succombé aux tentations de ses lieux de plaisir. Elle a bu à l'excès. Elle a eu des liaisons de jeunesse. Elle a remporté un concours de beauté et fait un bout d'essai à Hollywood. Sans succès. Elle est retournée à Chicago. Elle a appris qu'elle était enceinte. Elle a essayé de s'avorter elle-même et déclenché une hémorragie. Elle a eu une liaison avec le médecin qui l'a remise sur pied.

Elle a abandonné « Geneva » pour passer à « Jean ». Elle a noué ses cheveux en arrière sans recherche, arborant sa nouvelle coiffure avec une conviction impérieuse. Elle a épousé l'héritier d'une chaîne de magasins de sport pour en divorcer aussi vite. Elle a voyagé en compagnie d'une copine lesbienne beaucoup plus âgée. Elle a emménagé à L.A. et brisé le premier mariage de mon père. Ils se sont installés ensemble. Ils habitaient à cinq kilomètres du lieu où fut jeté le cadavre du Dahlia noir en 1947. Ils ont lu l'histoire de Betty Short, ils ont pensé à Betty Short, ils ont discuté de Betty Short en des termes dont je ne saurai jamais rien.

Je suis né en 48. Ma mère assurait la subsistance de la famille grâce à son métier d'infirmière, tandis que mon père cherchait sans conviction un emploi stable. Ils ont divorcé en 55. À ses yeux, mon père était un faible, la tête dans les nuages, cachottier et indigne de confiance à bien des égards. Elle avait raison. Lui la considérait comme une pocharde et une pute. Il était incapable de reconnaître à leur juste valeur ses compétences et sa nature scrupuleuse. Elle incarnait à la fois la rectitude morale calviniste du Middle-West et la fille qui se lâche le samedi soir. Elle était malheureuse de vivre dans ce décalage qui la désespérait et qui l'a tuée.

Elle a rencontré un homme. Elle a fait sa connaissance ce samedi soir-là ou bien elle le connaissait déjà. Elle était ivre. Elle a dit « oui » ou « non » ou « peut-être », ou quelque indéchiffrable combinaison de tout cela. Au bout du compte, elle a fini par dire « non ». Il l'a violée et l'a tuée. C'était le 22 juin 1958.

À sa disparition, mon chagrin a été complexe et ambigu. Je vivais en esclave de sa sensualité et adorais mon père permissif. Elle était stricte. L'église était une obligation qui ne souffrait pas d'exception. Je l'ai surprise au lit avec d'autres hommes. Je vivais dans l'espoir de l'entrevoir nue. Je la haïssais et me mourais de désir pour elle et mon souhait de la voir morte avait été exaucé.

Sa mort a corrompu mon imagination. Toutes mes lectures se sont recentrées sur des récits et des histoires criminels. Pour mon onzième anniversaire, mon père m'a offert le livre de Jack Webb, *The Badge*. S'y trouvait inclus un article sur le meurtre du Dahlia noir. Jean Hilliker et Betty Short – elles ont fusionné pour ne plus faire qu'une.

Il m'était impossible de pleurer ouvertement la mort de Jean. Celle de Betty, je pouvais. Je pouvais détourner la honte d'un désir incestueux vers un objet de désir sans danger. De mon cœur d'enfant insensible, je pouvais rejeter Jean aux oubliettes et accorder à Betty amour et dévotion.

Jean m'a conduit à Betty. Betty m'a conduit à Jean. La fusion initiale a été brève et brutale. La forme qu'elle a prise, ce long processus soutenu, a fini par perdre de son intensité. C'est devenu une chanson sentimentale, sans crescendo ni accord en diminuendo. C'est un passage obligé de près de cinquante ans qui exige ces derniers mots d'explication.

J'ai passé les sept années qui ont suivi en compagnie de mon père. Pour lui plaire, j'ai sali la réputation de ma mère. En grandissant, je suis devenu obsédé par les femmes. Je hantais les quartiers riches et épiais les familles heureuses dans leurs grandes maisons. Je me dévidais des fantasmes centrés sur Betty Short. Je me voyais dans les rôles de sauveur et de vengeur. Je pénétrais dans les maisons et fouillais les tiroirs de dessous féminins. J'étais né pour avoir une idée fixe et vivre dans l'obsession. Jean. Betty. Le sexe. Le crime et tous ses corollaires sociaux. Les étonnantes conjonctions d'un amour romanesque et profond – sans espoir et plein d'espoir – chez des hommes et des femmes durs et opiniâtres.

Mon père est décédé en 1965. Les douze années qui ont suivi, je les ai passées dans une spirale aux frontières de la folie. À vingt-neuf ans, j'ai tout arrêté. J'ai écrit six bons romans et fait exploser Betty et Jean avec *Le Dahlia noir*.

C'était une ode salutaire à la mémoire d'Elizabeth Short et un hommage intéressé à ma mère, une embrassade de pure forme. Lors de mes apparitions dans les médias, j'ai volontiers admis la confluence Jean-Betty et l'ai exploitée pour vendre des livres. À première vue impressionnant, mon grand numéro n'était, à y repenser, que du bagout de beau parleur. J'ai réduit ma mère à des phrases à l'emporte-pièce, je l'ai emballée et servie comme une marchandise de gros. Ce n'est que des années plus tard que j'ai déterminé la cause de mon comportement dénué de pitié.

Elle me possédait. Une exigence qui m'ulcérait. Moi qui voulais me voir en homme au-dessus des contraintes œdipiennes. J'avais créé une Elizabeth Short de fiction afin de supplanter la prétention de ma mère et lui voler la vedette. Cela a fonctionné dans le roman. Il s'est vendu à foison. Il laissait néanmoins Jean Hilliker toujours morte sur ce bord de route, sans la sanctification de l'amour.

Restait la dette morale que j'avais à l'égard de Jean. Comme restait ma dette morale à l'égard de Betty.

J'ai vu le dossier d'homicide de ma mère en 1994 et rédigé un article pour une revue à ce sujet. Un article que j'ai ensuite développé en un livre de mémoires intitulé *Ma part d'ombre*. Le livre était l'autobiographie de ma mère, mon autobiographie et le récit de mes tentatives infructueuses pour retrouver son assassin. J'y traitais de l'exploitation que j'avais faite d'elle et j'ai offert ma mère au monde avec zèle, souci du détail et finesse de brute. C'était une expression sincère de mon amour et une façon de l'honorer qui n'avait que trop tardé. Je n'ai péché que sur un point. Je ne possédais pas de dons de prophétie. J'étais incapable de prévoir à quel point ma mère allait changer de forme à l'intérieur de moi. J'étais incapable de prévoir l'influence de deux femmes extraordinaires.

Elles m'ont changé. Elles sont entrées en conjonction et par la force de leurs lumières, fait dérailler mon caractère obsessionnel. Elles m'ont appris à aimer d'un cœur plus léger. Elles m'ont convaincu d'extraire Jean de ma trajectoire existentielle, pour la laisser reposer dans mon cœur.

« *Cherchez la femme*[1], Bucky. Souviens-toi de ça. »

Une prophétie. Les paroles qu'adresse un flic obsédé à un rival et ami. Une mise en accusation et la célébration des ardeurs masculines. Une ellipse soufflée à l'oreille.

Jean. Betty. Helen. Joan. Doucement, désormais – entrez sans bruit dans ce qui suit.

*

Petite, qui étais-tu ? Comment aurais-tu grandi et qui aurais-tu aimé ?

Elizabeth Short était née à Boston en 1924. Elle avait quatre sœurs. Sa vie familiale a bien vite volé en éclats. Elle a quitté sa ville à la Jean Hilliker sans guère se retourner sur ce qu'elle laissait derrière elle.

Elle a traîné ses guêtres dans le sud et dans l'ouest.

---

1. En français dans le texte original.

Elle a atterri dans le L.A. d'après-guerre. Incontestablement, mais sans le moindre discernement, elle nourrissait un faible pour les jeunes soldats en uniforme. Le pendant d'un James Ellroy tapi devant les fenêtres des chambres à coucher, en beaucoup plus convenable.

Ce n'était ni une actrice de film porno ni une succube de film noir. En toute logique, ce n'était aucunement une fille facile. Irlandaise au visage rond, elle avait une mauvaise dentition et souffrait d'asthme. Elle est morte à vingt-deux ans. Le *Herald-Express* de L.A. a dit d'elle qu'elle « cherchait l'âme sœur ». Ses derniers mois ont été une suite de tentatives aussi désespérées que désordonnées de se trouver et de trouver l'amour. Pour cela, je la vénère. Dans mon roman, cette soif d'amour, je l'ai sous-estimée. À cette époque, c'est une chose que je ne ressentais pas. Ma propre soif d'amour émoussait ma perception de celle qu'elle était vraiment. Je ne suis pas parvenu à saisir toute la force de sa jeunesse pure et obstinée.

Ma propre jeunesse, j'y ai survécu. Pas Betty. Cette immense différence définit la dette que j'ai à son égard. Le fait d'être un homme et ma circonspection naturelle héritée de la rue m'ont épargné l'abîme. C'est un cœur inexpérimenté qui menait Betty. Ses aspirations et sa confiance de fille naïve l'ont conduite à sa perte. J'ai essayé de construire mon livre sur un juste équilibre entre le sordide et la bonté. Le lecteur décidera de cet équilibre d'une façon dont je ne saurais juger. Je crois que je connais Betty plus complètement aujourd'hui. Je suis convaincu que sa personnalité fait pencher la balance vers la bonté, de façon très marquée. Il y a une disproportion dans le portrait que j'ai fait d'elle. J'ai passé la Betty de fiction au filtre de l'urgence de mes propres désirs. Ces désirs ont bouillonné et décru au fil des vingt années qui séparent le roman du film. Betty Short se sentait indestructible dans sa force d'espérance. Et sa destruction en a résulté. Ce qui a été et restera sa tragédie.

Le cinéma accapare la culture à bien plus vaste échelle que les livres et de façon bien plus immédiate. Betty était folle de cinéma, il se peut qu'elle l'ait perçu. Elle rêvait d'être actrice. Elle s'habillait et se coiffait de manière spectaculaire. Elle tuait le temps dans les cinémas d'Hollywood et subsistait en se nourrissant dans les snacks. Elle racontait des mensonges énormes avec une perspicacité certaine. Elle concoctait de splendides histoires d'amour peuplées de pilotes de l'armée au destin funeste et d'enfants mort-nés. Ses récits la plaçaient au centre de grandes existences vécues sous la contrainte. C'est de cette façon qu'elle devenait prophétique. Elle pratiquait l'art de l'illusionniste. En s'imaginant au cœur de la tempête, elle changeait ses mensonges en vérités.

C'est de cette façon que j'ai marché sur ses traces. J'ai récolté des faits réels et les ai embellis. J'ai structuré le L.A. de 47 comme une zone de passion sous l'égide d'Elizabeth Short. Toutes les existences touchent le Dahlia. Betty reste absolue à jamais. L'obscurité définissait son existence. La célébrité définit sa mort. Sa courte vie sur cette terre et les limites qui étaient les siennes gagnent en ampleur et éclipsent de grands événements publics. Sa fin atroce nous apprend qu'il n'est pas d'échappatoire face à l'horreur humaine. Betty se ramifie en circuits obsessionnels. Elle enjoint à l'artiste de fusionner mensonges et vérités. J'ai marché sur ses pas. Brian DePalma a marché avec éclat sur les miens. Mon roman. Son film. Mon univers comme son témoignage visuel inscrit sur la pellicule. Le Dahlia comme noyau d'attraction, champ magnétique et arbitre d'une rédemption ambiguë.

Les films de Brian DePalma délimitent des univers d'obsession. Agencés avec rigueur, ils vous étouffent. Le temps de leur existence, l'univers extérieur disparaît.

Les couleurs flamboient étrangement. Le mouvement vous fige. Vous renoncez à toute maîtrise et ne voyez plus que ce que lui veut que vous voyiez. Il vous manipule au seul nom de la passion. Il comprend ce que s'abandonner signifie. Il est indispensable que le spectateur succombe. Ses films sont autoritaires. Il tient les rênes des réactions qu'il suscite d'une poigne de fer. Et sa prise se raffermit encore à mesure que ses histoires virent au chaos. Il se dresse et retombe, structure avec logique et déstructure, réussit et s'égare derrière la passion. C'était l'artiste idéal pour mettre en scène *Le Dahlia noir*.

Aujourd'hui, l'univers de Betty Short et mon univers sont devenus le sien. C'est un univers qu'aucun autre réalisateur n'aurait pu créer. Où le danger apparaît accidentel et où la corruption gagne sans cesse. C'est une ville champignon peuplée de désaxés psychiquement estropiés fuyant la Seconde Guerre mondiale. Là où prospèrent les démons. C'était bien là que la Dahlia devait mourir, et nulle part ailleurs. Les acteurs de son drame savaient ce que renoncer voulait dire. Comprenant qu'elle était plus grande qu'eux, ils savaient qu'en touchant son esprit, elle leur accorderait la transcendance. Cette même dynamique s'applique à moi comme à Brian DePalma. Betty nous dépasse, elle est plus grande que nous. Elle nous a tentés, elle nous a séduits, elle nous a intimé la soumission. Elle nous a donné cette superbe version de son histoire sans fin.

Elle a touché deux hommes, leur a offert son univers et pour l'un d'eux, le voyage qui le traverse. Bucky Bleichert est un flic de fiction, double fantomatique d'un écrivain et d'un réalisateur de films. C'est lui qui rédige par le détail la grande aventure de son existence, c'est lui le voyeur qui contemple le sexe par l'objectif de sa caméra. Bleichert est moi. Bleichert est DePalma. Il se tient à l'extérieur d'événements considérables. Il est perdu dans sa vision de détail. Il veut avoir toute la maîtrise. Il veut capituler. Sa vie intérieure est proche du chaos. Il a besoin d'imposer un ordre extérieur pour oblitérer son état mental. C'est l'Enquête criminelle considérée comme Art. Il a besoin de s'emparer de la malfaisance et de la faire sienne.

C'est ici que Bleichert n'est plus que moi et uniquement moi. Il porte comme un flambeau une blessure et une tendresse qui le consument au plus près, et peu lui importe s'il se brûle. Il y a quelqu'un là, dehors. C'est une Femme. Je la sens bouger. J'ai besoin de résoudre ce crime, de défaire les nœuds de cette énigme et de faire mienne cette trame d'événements – et ainsi elle m'aimera.

Dément. D'une niaiserie magnifique. Douloureux, plein d'espoir, enragé. La raison pour laquelle j'ai écrit ce roman. La fureur misogyne rationalisée. La raison pour laquelle Betty Short a été assassinée, celle qui explique pourquoi je raconte des histoires de rédemption à l'intention des femmes.

Et aussi pourquoi je suis un Hilliker bien plus qu'un Ellroy.

« *Cherchez la femme*, Bucky. Souviens-toi de ça. »

Josh Hartnett a compris le précepte. À l'écran, son Bucky Bleichert transpire de cette passion meurtrie pour ce quelqu'un là, dehors. Physiquement, Hartnett c'est Bucky tel que je le décris, et c'est moi. Il est grand, maigre, le cheveu sombre, avec de petits yeux marron. Il interprète Bucky au plus juste, sans excès de cabotinage. Il excelle à mettre en avant son savoir. Bucky Bleichert est sans cesse en train de jauger et de penser. C'est un homme circonspect, intelligent, sur ses gardes. Persévérant, il cherche à se protéger et s'il agit avec sa droiture, c'est à contrecœur. Il garde une dignité précaire à mesure que le consume sa folie obsessionnelle du Dahlia. Le roman est la voix d'un jeune homme qui devient adulte dans un enfer qu'il s'est lui-même fabriqué. Bucky Bleichert est seul responsable de sa propre chute. À un âge précoce, il a fait des choix moraux douteux et c'est d'une âme cruellement imparfaite qu'il fait don au Dahlia. Hartnett rend cela à la perfection. Il apparaît dans chaque scène, c'est lui le narrateur du film. C'est lui qui porte la vision morale du film. Il incarne une tendance positive du code des Hilliker : tu as beau avoir la peur au ventre, tu vas toujours de l'avant.

Le film se construit autour de l'axe de DePalma et de Hartnett. C'est une constellation sur trois modes : thriller/film noir/idylle romanesque sur fond historique. Les décors relèvent presque de l'expressionnisme allemand. C'est L.A./ce n'est pas L.A./ c'est L.A. vu par les démons du Dahlia à leur dernière extrémité. Les images sont signées Vilmos Zsigmond, Dante Ferretti a assuré la direction artistique, et les costumes ont été conçus par Jenny Bevan. Le film vous impose d'en savourer chaque scène et de vous délecter de l'univers visuel qui vous a pris au piège. Cette richesse textuelle symbolise l'emprise que le Dahlia a sur nous. Impossible de détourner le regard. Elle nous en empêche.

Scarlett Johannson, Hilary Swank et Aaron Eckhart sont les renforts de Hartnett. Ils l'aiguillonnent, le bousculent, le poussent vers sa destinée. Spectacle oblige, ils le croisent sur l'écran avant de se retirer, d'une certaine façon – à croire qu'ils savent que c'était à lui de payer le prix ultime pour Betty et que c'est à lui que revient de raconter l'histoire au bout du compte. Josh Friedman a fait de mon récit le récit de Hartnett et celui de DePalma. Il a saisi l'essence de mon livre avec une vigueur lumineuse. Friedman sait que l'obsession est une folie autoréférentielle communément appelée amour. À brève échéance, elle libère pour finalement détruire. L'amour exige déférence et abnégation. Ce que Bucky Bleichert finit par apprendre pour trouver une paix fragile.

Je savais cela il y a vingt ans. C'est autour de ce

thème que j'avais construit le roman. Bien souvent, le savoir n'est pas le pouvoir. La puissance dramatique ne constitue pas la volonté de changer. Je reviens aujourd'hui à la leçon d'un livre que j'ai écrit au soir de ma jeunesse. Change ta vie maintenant, telle est la leçon.

J'ai eu de merveilleux professeurs. Betty, Jean, ces deux autres femmes. Cet essai et le film qu'il célèbre appellent une conclusion. Betty et Jean continuent et m'accompagnent. Je veux qu'elles demeurent hors de tout dialogue public. Elles s'épanouiront dans le silence. C'est une paix qu'elles ont gagnée.

Ma mère avait neuf ans de plus que Betty. Elle a vécu vingt et une années de plus. Elle en savait plus que Betty. C'était une grande sœur. Elle avait des choses à lui enseigner. Ensemble, elles auraient pu être deux filles qui se lâchent le samedi soir, avant que des samedis soir ne les fauchent à jamais.

Ce qui fait de Betty une Hilliker. Ce qui lui donne de fait droit à un morceau de terre dans ce cimetière froid du Wisconsin où je reposerai un jour. C'est ma lignée dans son dernier repos. Aimez Dieu. Craignez Dieu. Cherchez la bonté lorsque vous assaillent des forces ténébreuses.

Le roman s'achève sur la grossesse de Kay Lake Bleichert. Bucky prend l'avion vers la côte est pour des retrouvailles qui seront très certainement difficiles. C'était en 1949. Leur fille est née en 1950. Elle a cinquante-six ans aujourd'hui. C'est une femme robuste, qui a le sens du devoir et le talent de raconter des histoires. Elle est Jean et Betty et moi. Assurément, c'est une Hilliker.

Je ne dirai pas si Kay et Bucky sont toujours en vie. Je les ai créés, donc c'est mon choix. Je sais, mais ne dirai rien. L'affaire du Dahlia noir continue à se déployer dans mon silence. En ce sens, la balle est dans votre camp.

J'aimerais remercier toutes les personnes, et elles sont nombreuses, grâce auxquelles mon roman est devenu un si beau film. J'aimerais remercier Helen et Joan pour leur grande gentillesse et leur générosité.

« *Cherchez la femme*, Bucky. Souviens-toi de ça. »
C'est bien ce que je fais. C'est l'immense cadeau dont Dieu m'a fait don et c'est aussi ma pierre angulaire morale. Je ne renoncerai jamais à cette pensée pure.

James Ellroy
San Francisco, 27 février 2006

Traduit par Freddy Michalski

Achevé d'imprimer en février 2007
sur les presses de Normandie Roto Impression s.a.s.
61250 Lonrai
pour le compte
des Éditions Payot & Rivages
106, bd Saint-Germain - 75006 Paris
Dépôt légal : février 2007
N° d'imprimeur : 07-0589
Imprimé en France